中国近现代稀见史料丛刊【第八辑】

张剑 徐雁平 彭国忠 主编

谭正璧日记（三）

谭正璧 著

王润英 整理 谭篪 审订

本辑执行主编 徐雁平

凤凰出版社

适适集

七言诗

梅　村

吴伟业

枳篱茅舍掩苍苔，乞竹分花手自栽。不好诣人贪客过，惯迟作答爱书来。闲窗听雨摊诗卷，独树看云上啸台。桑落酒香卢橘美，钓船斜系草堂开。

赵五玄斋中宴集

宋　琬

登楼客半是高阳，酒政无苛约数章。南国山川悲庾信，大江烟雨忆周郎。桐余深影留莺语，月下微痕试蕣香。莫向尊前增悲慨，汉京闻已讳长杨。

感事二首

彭孙遹

兀兀穷愁伏枕初，频搔短发独欷歔。十年骨肉摧残尽，七尺形骸涕泪余。触目伤心都并集，抚今追昔更何如。死生大矣谁能一，为起蒙庄试问渠。

郎家住在三重浦，妾家住在白石湖。路头相望无几步，郎试回头见妾无首二句直用原文。

韭菜花开心一枝，花正黄时叶正肥。愿郎摘花连叶摘，到死心头不肯离首句直用原文。

相思树底说相思，思郎恨郎郎不知。树头结得相思子，可是郎行思妾时全岛所至，植相思树。

手握柴刀入柴山，柴心未断做柴攀。郎自薄情出手易，柴枝离树何时还首二句直用原文。

郎捶大鼓妾打锣，稽首天西妈祖婆。今生够受相思苦，乞取他生无折磨台人最迷信，所谓天上圣母者，亦称为妈祖婆。谓其神来自福建，每岁三月，迎赛若狂。

绿阴阴处打槟榔，蘸得蒟酱待劝郎。愿郎到口莫嫌涩，个中甘苦郎细尝。

芋芒花开直胜笔，梧桐揃尾西照日。郎如雾里向阳花，妾似风前出头叶首二句直用原文。

教郎早来郎恰晚，教郎大步郎宽宽。满拟待郎十年好，五年未满愁心肝全首皆用原文，点窜数字。

蕉叶长大难遮阳，蔗花虽好不禁霜。蕉肥蔗老有人食，欲寄郎行愁路长首句用原文。

郎行赠妾猩猩木，妾赠郎行蝴蝶兰。猩红血泪有时尽，蝶翅低垂那得干。

难闻录

庚申孟夏，余听王与楫先生讲百法明门论于沪上龙门，片语只言辄录为札记，迨暑假至，而原书尚未讲竣，而札记亦因此中止。嗟嗟！此后风云变幻，余亦退学龙门，从此妙谛绝诀，永永不能再入吾耳。偶睹昔日札记，抚今追昔，能不怆然？且零简残墨，果不待木拱而始可宝也。语曰“佛法难闻”，因名所记曰《难闻录》，且志其缘起，示不忘也。九年十一月十九日忏人识于黄渡竹荫精舍。

难闻录(百法赘言)

王与楫先生述　忏人笔识

小乘自利，不肯利人，病在执着情爱，佛以空慧水洗之。人身难得，佛法难闻。观世音三十二相，佛千百亿化身。尊无间缘。《唯识开蒙》云，八现行识，及彼心所前聚于后类无间，等而开导，今后定生间等者，何义答能引所引，力齐名等。谓一引一聚，一聚酬一，一聚引一，一酬一聚，一引一法，一法一一聚引一聚一聚酬一聚一酬类有不等，力须齐等。问无间义，答能所相望于其中，间无自类，隔名为无间，问缘何义，答显非识等，三性、三量、三界、九地，因果漏等，此等自识，互相引生，是此缘否？答是。

不共无明。《佛教大辞典》：不共无明，独头无明也。《起信论》：业转现三细之间，无明独起，六粗而与余惑相应而起，则为相应无明。《唯识开蒙》谓不共无明有三种，一独行不共，二相应不共，三恒行不共。独行不共者，不与相应者共如，不与贪等俱者，是此有义二，一主独行，不与忿等小十俱者，名为是主，一非主独行，与忿等俱名为非主，是相应不共者，恒行不共者，与第七俱者，名为恒行，不与第六间断者，共名为不共。《瑜伽师地论》者，论一切乐境行果等所有诸法，皆名瑜伽。一切并有方便善巧相应义故。

境行果 { (依境起行证果)龙猛菩萨 (有见) 中论
瑜伽　瑜伽——般若
　　　元著　　本论

境瑜伽：一切境无颠倒性，不相连性，能随顺性，趋究竟性，与正理教行果相应，故名瑜伽。行瑜伽：一切行，更相顺故，称正理故，顺正义故，趋正果故，说名瑜伽。果瑜伽：一切果，更相顺故，合正理故，顺正义故，称正因故，说名瑜伽。三乘行者，由闻思等次弟习行如是瑜伽，随分满足，展转调化诸有情故，名瑜伽师。或诸如来，证瑜伽满。随其所应，持此瑜伽，调化一切圣弟子等，令其次弟修正行果故，名瑜伽师。谓境界、所依、所行，或所摄义。是瑜伽师所行境界，故名为地。论问答抉择诸法性相，故名为论。欲令证得瑜伽师地，而说世论，故以为名。几教所明境、行、果三相，依境起行证果，如是而设教故，十七地。舍婆提，即舍卫地名，亦译室罗筏悉底，北印度憍萨罗国之都城。释迦佛在世之时，波斯匿王居于此城，内有祇园精舍，其地即今印度西北部位拉普的 Rapti 河南岸之 RohotMahut，在乌德之东，尼泊尔之南。舍勒，内衣也，依今短裙。舍利，谓佛骨也。舍利子，释迦旡卒，弟子阿难等其身有骨子如五色珠，光莹坚固，名曰舍利子，因造塔以藏之。比丘尼，谓女僧也。毗，音皮，助也，亦作昆。《毗尼楞严经》严净毗尼，弘范三界。疏："毗尼，此云善治，亦即云律。"庭坚诗云："心洁似毗尼。"佛云："推倒人我山，凿开烦恼矿。"六祖曰："但用此心，直了成佛。"学佛以明心见性，去迷求悟为主；道教以清心寡欲，积功累行为主；儒教以致知格物，正心之理为主。迩虽有异，理归于一。然而佛学包括一切圆满真实，又岂儒、道二教所可同日语哉！

梁武帝问斋僧："布施有何功德?"达摩呵之曰："实无功德，是以教人学佛，非为求福也。"男女者，阴阳之位也。夫妇者，乾坤之交也。色心乍起之际，即太极之动机，而形骸相接之时，即天地之生意也。《圆觉经》云：一切众生，皆因淫欲而生性命，何其言之粗而确也。天下蛾眉，谁非人母野合而孕，为谁之子。节录《感应篇赘言》。三教以外，其它异端邪说，左道旁门，不可胜计，然而即以此三教论世间学者，往往持门户之见，入主出奴，互相谤毁，以致不能冶一炉而得其真理，虽程、陆大儒亦患此病。吁，可慨矣！

路有异途而同归者，真理亦然。若循三教之本义而修习之，必能同登于善。儒不察守一家言，彼此攻击，不遗余力，致于各失本来教旨，异说纷起，愈趋愈误，不得异途同归，况之于路，亦可慨矣！但路有长短广狭，而归于一者，真理亦然。佛教之路短且阔者也，简之以一二语阐明教旨，繁言之无量数语而犹未尽其极玄妙处，为理想所当然，至于他二教之路，未有如此之简便也。

人之善恶可譬之于铁，夫铁而置之不用，终成废物，或且有害，否则冶之练之，百炼钢成绕指柔，亦非难事。犹之人生本善，弃而不教，渐入于恶，甚至杀盗邪淫，无恶不为，有害于世。佛者，犹冶铁者也。恢复本来性质，使为有用。

有私心而后有人我，有人我而后无量数，众生纷纷扰扰，但顾自己，卒至不能平等大同，即不能同享快乐。佛云："推倒人我山。"六祖曰："但用此心，直了成佛。"当于此处再四味之。

良方无一定，以对症为主，然而药众生之病，舍佛教不可。六祖佛教禅宗相传凡六世，即初祖达摩，二祖慧可，三祖僧璨，四祖道信，五祖弘忍，六祖慧能，是为震旦六祖(《正宗记》)。慧能大师姓卢氏，新兴人，辞母直造黄梅东山，无得法，回南海法性寺，东山法门，后归宝林寺。一日谓众曰："吾于忍大师处受法要并及衣钵。今汝等信根纯熟，但说法要、衣钵不须传也。"次年坐化，塔于曹溪，今南华寺也，乘运载也。

明慧也，窥基大师训慧者，于所观境，拣择为性，断疑为业。谓观得失，俱非境中，由慧推求得决定故。本觉不觉(贪嗔痴)始觉。佛为还原返本之性学。不增不减(佛性)故。对法藏，阿毘达摩此云对法，又名阿毘昙，即论藏论者拣择性相教诫学徒之义。起信论，真如门生灭门即性相。瑜伽师地论五分，一、本地分(略广分分别十七地要义)；二、摄抉择分(略摄抉择十七地中深意隐要义)；三、摄释分(略解释诸经仪则)；四、摄异门分(略摄经中所有诸法名义差别)；五、摄事分(略摄事三藏众要事义)。瑜伽本地分中六百六十法，此论(此百法名门)由本地分中约略录出。

《瑜伽师地论》共百卷，为无著菩萨记弥勒佛空中说法者。心法八，心所法五十一，色法十一，不相应行法二十四，无为法六(共百法为此书之内容)。天亲(即世观)学小乘谤大乘，因兄无著曲导，深悔前非，欲断其舌，兄曰："汝舌毁，大乘应以舌赞，大乘补过自新，何必断哉？"于是研精覃思，制《大乘论》凡百余部。又天亲依瑜伽广造诸论，以释大乘，发挥非空非有，中道之教。清一黄门。

禅家心行□灭，言语道断，开口便错，一念不生。无我，断见外道；有我，常见外道。生生死死，来来去去，一切皆幻相也。般若(智慧)廿二年，破执著情爱。真性活泼泼地真空妙有。无贪嗔(恨)痴(无明)，即能平等性，心平则世界平，由无我而致然。自利利它，即菩萨众生之分。我是主义，谓我无主及法无主。无我执，主我空，无法执，生法空，我法俱空，乃是真空，而继妙有真，不可思议。涅槃(亦曰圆寂)永□诸趣入于不生不灭之门。四德：常、乐、我、净。

丛录永明大师法相义

吾闻吾师言，佛法虽广大精微理，而笔之惟体相用。由体大，故建立法性宗；由相大，故建立法相宗；由用大，故建立真言宗。体是真如，不可说，不可思议，以是因缘，当学法相，学体非相不显，故用托相生故。亘古亘今，言心言境，无非法相故。偏计是空，非有依它圆成，是有非空故。无上无容,是真了义故。由文字般若入实相,般若故学法相学者,当知所师承,当知所依经典。师则一切教法平等,所依佛薄伽梵,乃至本宗、初祖、弥勒、慈尊、无著、天亲、护法、戒贤、玄奘、窥基、惠沼。智用经典,则《华严解》《深密》《如来出现功德庄严》《阿毘达摩》《楞伽》《厚严》六经,《瑜伽》《五蕴》《百法》《摄论》《集论》《显物》《庄严》《辨中边》《分别瑜伽》《二十唯识》《三十唯识》十一论,犹夫法性之有文殊,乃有嘉祥、般若、一经、智度四论。木此本故,水此源故,从是流出,无量如来故。是故学法相学者,当于六经十一论中求,惟经论义奥,兴叹望洋,得门或寡,不有大圣,谁与玄文,惟彼基师造,疏百本要论,都起玄义,咸昭广为有情常无□说。是故学六经十一论者,当于基师记述中求。然元末丧乱,经籍荡然,瑜伽圣教真传久失,明人俭腹其弊,支辞道丧,千载嗣响,无人遂使此方教体阒焉无闻,怅怅奚归,有逾弱丧。清季,海通三岛,珠返光华,复日可为庆慰,然义文简,初学所难不有初,桄将画中道。永明大师述《宗境录》,依据古典,叙次法相,陈义浅显,堪作津梁,由是深入瑜伽,又海小补,不无慰情,聊胜此。《宗镜录》明人所依《八要》等书依是而造,佐证旡无,足跟随转,今则不尔其有疑义,以及阙文,则有其疏,乏资印证,圣道具存,迷途无畏,以是因缘,最录《永明法相义》。例如现作盗业,则八识中(即阿赖耶识)是有盗业之种子,现在或将来现起盗业之行为。前七转识,谓眼识、耳识、鼻识、舌识、身识、意识及第七末那识是也。攀缘、思虑、意识作分别解。六尘中之法为心思虑之竟。

六识:眼识、鼻识、耳识、舌识、身识、意识

六根:眼根、鼻根、耳根、舌根、身根、意根

六尘:色、香、声、味、触、法

心为王心所发为所。例如心为王,由心所发生之贪嗔痴等为心所。色法色质,五根五境。分别长短、大小、好恶乃名意识,特心中变现之景子无色质可见,故云无对色。无为法讲我人之真性绝对的,非相对的。

《楞严经》羊死为人，人死为羊。接引人是菩萨事业。心法，心所有法，色法，心不相应行法，即《金刚经》，凡所有相，皆是虚妄之意，亦起信论，由相会性之义，故名四法，曰“四染法”。依根之识，眼识眼根，诚能了别，谓此之识，依于眼根了别色尘，识从所依，名为眼识，余五识亦然。

眼、耳、鼻、舌、身，不起分别，惟意识能分别，故眼等五识虽依意为染(污)净(清)，依缘不名为意，而第六识独得意名。以前五识各将所属之根为名，亦显意识不共也。独头意识。第八识意根，第七末那识华翻意识，以此识即意，故若第六意识：主分别与意不同，非此识即意也。前七识名转识。异绩热果。等流果。时地变异。《八识规矩颂》云，去后来先作主公，关系颇巨，故名根本识，又名异熟识，又名种子识，又名藏识，又名阿陀那识，又名丈夫识，又名含藏识，又名相续识，顾名思义，可以知矣。

执持种子。我炁(著)执藏。业用犹作用。《八识规矩颂》颂末那识，恒审思量，我相随，数乘法，数外道，空德业，有六用八识，都是我们心法中间的头数。三性，善性、恶性、无记性(记别也即不善不恶性)。九地六欲，天为一地，四禅为四地，四空天为四地，一切时即过未现，佛弟子问佛曰：“何谓如来种?”佛言：“无明有爱，是如来种。”无明有爱者，多欲之谓也。佛教曰“忏悔”，耶教曰“悔改”，孔子曰“过则勿惮改”。凡古今宗教家，莫不以悔为去迷归正之第一步，盖悔者，精进之原动力也。

佛说：我于世界独爱一人，所谓一人即汝身。是性作体字解，业作用字解。玄奘亲承戒贤菩萨(三百笺)。《瑜伽师地论》卅本，《唯识》记廿本，唐人造，至宋明残缺不全，故唯识论之真理不能齐见。至清，此二书自日本补全，安立成立也，役使也，分量齐限。佛之宗旨，明心见性而已。然心与性有无数法度，当先明之，以己心性为主，消归自己，谓之修唯识观。别别各各也。缘攀也。

菩萨之欲望有四，曰宏誓愿，众生无边誓愿，度烦恼无尽誓愿，断法门无量誓愿，学佛道无上誓愿，成自性众生誓愿，度自性烦恼誓愿，度自性法门誓愿，度自性佛道誓愿。度佛教与外道争辩，故有因明学。定禅也，能引定，故谓无旁念而专于所思之事也。

教　大乘　中乘　小乘

理　定观　伪观　中道观

证　罗汉——相似觉　菩萨——分证觉　佛——究竟觉

祖师关话头(禅宗)，父母未生以前，谁是本来面目。行住坐卧四威仪时，顽空如石，不能瞭生死。观即现前一念之心性，即当体一念无去来。《三谛法华玄义》云谛(审实不虚)，审也。谓谛胜一切法，即空、即伪、即中。即空(真空)是真谛，即伪是俗谛，即中是中谛。此三隔厤，即是次第三谛。三一无碍，即是圆融之谛。隔厤者，三谛不互融也；次第者，前真次伪后中即别教(天台教圆通则藏)三谛也。圆融者，举一即三，全三是一，即圆教三谛也。一真即真空，泯一切法之谓也。盖诸法本空，众生不了，执之为实而生妄见，若以空观荡之，则谓实之情自忘情。忘即能离于诸相，诸相若离，则真空之理自然谛了，故名其真谛。俗即世伪，立一切法之谓也。诸法虽即本空皆不可得，若以伪观照之，则能谛了，性具诸法，历历宛然，故名假谛。三中，即中正统一切法之谓也。诸法本来不离二边，不即二边，若以中观观之，则能谛了。诸法非真非伪，即真即伪，清净洞澈，圆融无碍，即一而三，即三而一，不可思议，故名中谛。观照也，能观(主)之慧所观(客)之境。能观不二，以能观所观，浑化而言之也。《大乘义章》九：照见名智，解了称智，此此如别知世谛(凡一切世界法，实真不虚)者，名之为智照第一义(真性〔真空不空〕即吾人灵性)

者,说以为慧通则义齐。《法华经义疏二》:经论之中多说,慧门鉴空,智门照有。

一三千大千世界为一佛土,上为一小世界,千小世界为一小千世界,千小千世界为一中千世界,千中千世界为一大千世界。须弥山七金山,七香水海,在小世界中,山河大地(世界)、草木鸟兽(无情有情众生)皆事也。何以有此有理存焉,皆业造成之也。三宝佛宝,十方诸佛法宝,三藏十二部(为《大藏经》等),僧宝,登地菩萨,及一切圣贤僧,皆自自性中流出。行道而有得于心曰德,知后能行。六祖云,佛法在世间,不离世间觉,离世觅菩提(觉也即道也),恰如求兔角。又《华严》云,佛法不异世间法,世间法不异佛法。贪、嗔、痴为三根,三性善、恶、无记性。三根与精进心为四法。

瑜伽师地有六百六十法,天亲菩萨择选百种,曰百法名门。俱生我执俱生法,前生分别我执分别法执,善根成熟。阿赖耶识,无始以来之善恶种子。法华龙女七岁成佛,六祖不识字,因闻《金刚经》应无所住而生其心,即悟道见性,善根熟者,自然成佛。有分别为识,无分别为智,众生随识迁流,故有六道轮回之苦。佛转识为智,故能为之不动,去来自由,无一事不可办,又何不行之?有阳明即知,即行之旨,自系佛家所有事背乎否耶?安慧菩萨《大乘广五蕴论》解十心所申一信已于谛者,谓苦集灭道谛。

〇以下为窥基法师所解。

九、六、四至六、六。

断肠编

自　序

余本不欲以此书示人，拟付之一炬。继念辛苦艰难，备尝久矣，况世之如吾者，决非无人也。因汇订成册，题曰《断肠编》，将以质之当世宏雅，试于雨晦风凄凄之夕，对之作三读，则司马青衫不待听琵琶而始湿矣。

九年十一月十九日　正璧写于黄渡之竹荫庵

自　叙

我作此数书时，身颤手木，不忍下笔，然细思之，用与不用未可知也。倘天假吾年，得遂吾志，则此书作一篇断肠史也可。

七月一日 雯识

目　次

六、最后五日之日记(未完稿)

余勋、康民二弟鉴:

雯与二弟相叙以来,几将半载;此半载中,二弟亦必识吾之为何如人矣。今事出意外,令吾有不得不悲伤而自杀者。此事之无好果,吾早知之;吾之好事,当□其咎,吾亦不怨;仍怪彼伧何太忍心,必置吾于无生路,则吾所不解也。嗟乎!吾弟!吾本不忍以吾最后之一搏,告之吾弟;然吾又不忍不告,以作最后之永诀。

某夜:吾致良才师函中之言,吾弟亦曾见之;然亦惟稍露见端;今则吾志定矣,再三思量,惟有出此下策。明日报上:载有黄浦江头,某少年投河自尽者,即雯也。吾弟闻之,切勿惋伤,当知吾之凄惨志愿,实亦吾罪孽消脱之一日;灵魂有知,或当较生前快乐也。嗟乎!吾弟!以吾之故,余勋弟亦受谴责,当时吾实难过意;惟余勋弟知吾,不以为意,交情更甚于往日,吾实深感之。

吾欲言而言不能尽,吾有意而笔不能书。嗟乎!吾弟!吾心碎矣!吾茕茕一身,本不足道。所遗憾者,惟家中白发祖母;倚闾倚门,望我成立;今不幸而闻此惨事,不知又将伤心何如矣。嗟乎!生离死别,人生总有一天,惟迟早迟晚不同耳。从达观者观之,本系常事;吾本抱悲观者,至此盖不可遏,自是意中事。嗟乎!吾于二弟平日交情,颇亦不薄,吾所最敬服二弟者,二弟之聪明,吾自惭不如,二弟亦爱吾,不以不肖相弃。雯自忖得友如二弟,此生幸福亦不薄矣!嗟乎!好花见妒,明月难全;今日兰亭赋别,明即幽冥路隔;人生几许伤心事,不是生离即死别;此番惋伤,吾亦有之;吾知二弟之总亦难免有此番也。

嗟乎!吾之行此下策,此事之揭破时,吾心中早已种根,吾日记中有白话诗一首——《两条路》,即言吾之心事;细辨"□"、"四"二字,可以见得。前数日上课时,吾专思量此事,每念及此,向余勋弟视,向康民弟视,心中实难相舍,血潮攻击,几欲断吾此念;继念一误不可再误，咬牙定心，决定不变。盖吾生平，为他事尝狐疑不决；或今日以为是，而明日又非；此为大病，吾亦知之；惟不易改也。今则欲改而亦不能，换言之，即欲求生亦不得也。嗟乎！千言万绪，何从说尽；行矣永别，祈二弟努力！……吾所办书籍，不下数百种；当时实有一种大计划，今则已矣！家中无他人读书，故亦无用。兹分为甲乙两类，甲种赠于朱君祥，乙种赠与二弟，共分之。祈千万勿却，不必论其价值，作为一种纪念品可也。家祖母处，已有信去，将此事禀明，必可如愿。其详细目录，在朱君祥处；各目下已注明“甲”、“乙”字样，请按“乙”检取。吾之《日记》，不愿出世，亦存在朱君祥处，倘有人问起，云已同付潮流可也。

吾对于校长，至今仍觉抱歉。惟彼伧专探吾隐，以激校长之怒，吾实难恕之。吾本欲实行杜威夫人之言，以妙手空空，无法而止。此实吾最大遗恨也！

往者不可谏，来者犹可追，勋弟以吾之故，致受彼伧等之嫉恨；自今以后，祈诸事忍受，勿再蹈吾前辙；则彼伧虽恶，亦无隙可乘也。勋弟性素傲，与吾同；康民弟亦然。惟现在世上，仍无光明之路；吾等性情，易招人怨。盖自吾等观之，自是一片天真，并无半假；而自彼伧等视之，简实一反对派也。强肉弱食，本无是理，又无是事，则吾等之失败也固宜。

“不自由，毋宁死！”为吾此生唯一之宗旨。今不幸而果中其言矣。然“士可杀而不可辱”，古人已先吾言之；吾乃何人，而甘受辱哉？不忍受辱，则奋斗，不能奋斗，则死；丈夫死耳，何恋恋生为！

此稿系六月二十九日拟。

祥君足下：

去岁荷香兰碧之时，与足下初次相识于和风霁月中。风云屡变，岁月常迁，曾几何时，而预科卒业矣。方各额手交庆，共祝前途，而事出意外，有为吾生平所未经见者。嗟乎！雯本伤心人，更何堪此！足下固爱吾者，为吾设法多多，然病入膏肓，无可救药，命也何如，夫复何言！雯家庭状况，足下略必知之。退学平常事耳！以雯之身世，则何堪当此，辗转思量，觉此身罪恶，非死莫赎。行矣别矣，吾志实难再移。明日报纸：载有黄□浦头，逐波流而追湘魂者，即吾也。足下吾知己，吾本不忍相告，以伤足下心。然不告则不知，故忍痛一告。赵君余勋、水君康民处，吾亦有函在，足下可参观之。呜呼！足下！吾书至此，泪随声迸，不能再书矣。吾死之日，犹生之年；足下努力为之，灵魂有知，当在泉下为君广前途也。吾死不瞑目者，家中白发祖母，朝夕望我成立，一旦闻此，生死不能料。此等罪孽，吾虽百死亦不能赎。嗟乎！足下！吾书至此，心痛不禁，欲止不能，欲写何从；回肠寸寸裂矣。……吾所记《日记》，共十本。请足下珍藏，千万勿传出，倘有人问起，云吾已带入波涛矣。此书惟赵、水二君知之，此外无一人也。至要！至要！足下如真爱吾，存之作为一种纪念品可也。

吾生平所买书籍，不下数百种。《日记》中有《目录》一本，所记者皆是。今于名目下标甲乙字样，乙种赠与赵、水二君；甲种赠与足下。祈足下勿却。吾之为此，实出至诚；家中已有信往，大约可以如愿，盖吾家中无第二人读书也。足下足下！无论若何？此事必允吾。吾最后之要求，即在此。

足下性敦厚，吾素羡慕，故前途稳进，不烦吾多言。惟前日托吾作诗一首，序虽已就，而诗尚未起稿；有负嘱托，只得徒呼负负已！吾于去岁曾拟作《十九自述》一篇，逡巡中止，今则不得不作矣。仓卒之间，不通甚多，千万替我修改一二。

此稿系六月廿九日拟。

梅吉、永福、学文、润、明诚、志贤六君子公鉴：

雯得与诸君子叙首一堂，此生幸福，亦属不薄。方期共相勉励，同进一层；而祸事忽来，有令人不测者。嗟乎！雯本伤心人，更何堪此！自此事发生后，蒙诸君子百计设法，然病入膏肓，已无转圜余地；

虽国手如香晚师，恐亦将束手，况你我乎？以此雯郁郁于心，辗转思忖者旬日。思潮交战之结果，乃予雯以末路。嗟乎！诸君子闻之，必有痛骂者，有嗤笑者，有怜惜者，有狐悲兔死者，雯都任受之。惟预科同学五十二人，而如诸君子者，不满十人。吾由此知世态人情，固不但有凄凉已也！嗟乎！诸君子！前途茫茫，墨潮万层，奋斗则铤而走险，不奋斗则不得自由。雯一"铤而走险"而受挫者也。愿诸君子前途努力！注意！勿再蹈雯之覆辙。吾之《日记》，已和我同入波涛中。吾不愿以无谓之著作，惹起人之宸思。盖吾日记中，字里行间，诸多愁恨之作，尤是令人酸楚也。另有自述一篇，存朱君祥处。诸君子如不忘我，可取读之，即作为纪念我可也。嗟乎！嗟乎！雯生平未尝作恶，而彼伧竟忍置吾于无生地；其中天实妒之，为之奈何！雯生平寡交，如诸君子者，已不多得；故虽春蚕丝尽，尚犹恋恋难舍也。"不自由，毋宁死。""士可杀，而不可辱。"东西先哲，已有明言。雯乃何人，偏不能效尤哉！况我身世，又不能不尔也。嗟乎！吾有言而言不能尽，吾有意而意不能达；痛心疾首，不得不搁笔矣。……

此稿系六月二十九日拟。

余事发难之时，此六君子均为余划策且暗中助余不少，故独与此六君子别。

九、十一、十九　正璧写于黄渡

祖母大人万福金安：

谨禀者，孙不肖。校中命孙不必去，孙实无颜禀告，故忍痛与大人永别。祈大人不必惋伤！须知孙之出此，实则孙罪孽消脱之一日。灵魂有知，当亦快乐于泉下也。二十年养育之恩，来生作犬马以报。佛家果有因果，总能成孙此志。嗟乎！尘世茫茫，人莫不贪生而怕死，当知孙则实出于不得已。千古艰难惟一死，孙非不怕艰难，亦缘不得已也。事既至此，毫不容讳，将校中所以命孙不必去之原因列左。

先是《民国日报》上，有小说一篇，内中述一少年，姓王名志高，在城里师范读书，因不欲父母代定未婚妻，又一时不能解约，欲投河自尽。寻即大悟，脱离家庭。云云。此篇被校长所见，值同级有一同学，亦名王志高也，与孙同自习室。校长疑小说中云王志高，即校中之王志高也，乃大怒谓本级国文教员严良才君曰："他入本校，受了半年新文化，就做这种事。吾仍旧文化里的人，到做不出。他程度简实比吾高出万倍，请他不必再读。"又曰："读了五年书，将来也寻死觅活，我们教他做甚。……"严君即举以告我等，问作小说者为谁，显为有意作也。当时孙亦曾投过几次稿，有人疑孙所为，孙一时大愤，又以校长无故责王君，且词含欲开除之意，更为义愤，乃作一函，将校长所言，尽数录入，寄该报馆。明日，即登之报上。（惟未曾书明何校何校长）校长见之，于上修身时，对我等曰："我并未作此话，写信者何故捏造毁人名誉？实可恶云。……"又过几日，上修身时，又骂了一遍。孙听其言辞间若已知为孙所作者，乃急写正误信一封，亲送至该报馆。至明日，尚未登出。而舍监已命孙至舍监室，谓孙曰："汝对于校中科学，尚不能困汝，汝平日亦颇未犯什么。不过此次王志高事关汝什么？汝必为彼毁校长名誉？"孙即答因一时义愤，粗莽出此，此时亦悔孟浪云云。舍监命孙至校长处自承，孙即往。被校长大骂谓孙为一阴险之人，不配读书。孙即认过，求其赦宥。校长命孙自去设法，解脱此罪。退出后，同学慰孙曰："君不必担忧，校长倘欲开除君，一无名色，君不必记在心上也。"又过几日，孙至校长处，告以自己想不出法儿，校长曰："吾看汝总不宜于本校，下半年汝不必来了。你不留我面子，我还留你些面子。不教你就走，不过到暑假再有二星期了。"孙回至自习室大哭。本级同学，即写信至北京朱香晚先生，托其设法，命孙自亦写一信，痛切恳求。迨朱师复信，惟与孙诗一首。复诸同学之信，则云"待推明原委再为设法"云。朱师之诗列下。《近作一首寄助乐观》："骏马卸客憩高树，好马呼人入上林。除却自投罗网里，出门到处是清阴。"孙观此诗之意，定能为孙设法，故不以为意。

不意二十三日，校中来挂号信一封，孙睹信已惊，及拆视，则上书："学生谭正璧本学期内品行分数不及格，下学期毋庸来校。此致 谭正璧家属鉴。江苏省立第二师范学校启。"孙见之，如当天霹雳。连忙又写封上朱师。信中言，如仍无好结果，孙实难对祖母，惟有自杀云云。当时又致信同学弟赵君余勋，告以此事，且与之永诀。嗟乎！孙生平所最念念不忘者，除大人外，当首推此君。此君在校，与孙最友爱，孙视之若弟。致彼信中，不过寥寥数言，然彼见之，不知又将念孙如何矣。此外则水君康民，孙亦视之若弟，余如陆君廷抡、朱君祥、郁君祖伦，皆孙之知己交也。孙此次旋里，彼等均殷殷以信慰问，劝孙不必悲伤，不料校中竟不命我去也。校中之说孙品行不及格，则舍监曾亲对孙言："汝平日亦颇未犯什么。"言犹在耳，彼岂遽忘？明明为替王君一封抱不平信也。嗟乎！专谈佛学之校长，竟不发一些慈悲心。孙如死后，且看他将来十八层地狱中居何一层也。孙寄在赵君处之书籍，（即装在网篮中者）孙已去信云将书赠与，祈大人切勿再去索回。孙之赠书与彼，实欲作为纪念物耳，在情不在书也。（未完）

哀猿录

昆山谭雯二十自述

雯从前本欲将自己历史用小说体记述，今则不及焉。前此所记，如《不堪回首》及《鸿鹄志弹词》及《十九自述》皆未毕而中止，大都因人事倥偬，无闲多及故也。今则急于欲就，故略于昔而详于今，后悔莫及，咎由自取，吾又何言我之历史，实一篇哀鸿断肠史也。人有读之而哀我者乎？曷临黄歇浦头一吊之，则楚魂感激泉下矣。

九年七月一日雯识

一千九百零一年雯生于上海生义弄隔壁之一所楼屋内，其时祖父设肆于此。吾未生以前，母怀孕十八月，及既生，乃各大喜，认为不啻天上石麟焉。雯既长，知其事亦颇以之自负。嗟乎！嗟乎！吾自望颇厚，不料结果有如是者。

其时家中自祖父母、父母而外，尚有一兄，一从兄，一从嫂，一姑祖母。姑祖母者，祖父之妹也。二十即寡，故居余家，执经纪焉。当时爱吾者，除父母以外，当惟姑祖母为最。

吾生八月，母即以伤寒亡，吾颇以此事为平生大恨。盖吾脑海中母亲之像未得稍留痕迹，即梦中亦寻不见也。七岁入塾，八岁入东区小学，九岁后入私塾。

六时岁祖父以疾终，八岁时父亦以吐血病亡。从此以后，吾为一无父无母之孤儿矣。吾母亡时，父曾娶后母于安亭，生一妹，于去岁以疾终。嗟乎！嗟乎！从此至亲骨肉茫茫泉壤，虽欲相见，奈何无相见期耶！

十二岁肆以亏本停业，余乃同祖母、姑祖母迁居黄渡，时兄已出外做学徒也。

既居黄渡，乃入乡立第二初小三年级，肄业十四岁。

（未完）

江村细雨草萋萋，荞麦花开稻映堤。身本杜鹃□泣血，□归不住叫东西。

《寒釭琐语》《竹荫庵谈屑》
合　编

《寒釭琐语》《竹荫庵谈屑》合编自叙

这两种书，是我从研究旧文艺里头产生出来的。大概以笔记为宗，而更旁取于各种小说杂志。虽然，这二书也有分别，《寒釭琐语》，是纯粹的笔记体；《竹荫庵谈屑》，是近于半小说半笔记体了。至于那附的三种——《梦余小识》《伤心人语》《我闻屠苏》——那也可作小说，也可作笔记，却不必分别了。

从革新底眼光看来，这二书几乎没有存在的必要。“《论语》当薪，《尔雅》糊窗”，何况这种？但我也有一个解识：胡适之先生可以存他底《去国集》于《尝试集》之后，我岂不可存此二书于《雯乘》之后？《尝试集》是沿《去国集》而逐渐革新的，《雯乘》也是沿此二书而逐渐革新的，地位恰是相同。所以内容何如，体裁何如，可以不必深论。

至于我容此书存在的原意，也不为价值问题；不过存之以验我所学进退之程序，作一种研究旧文艺底成绩观罢了。

九·八·十四　忏人自序于黄渡

寒釭琐语

自 序

丁巳十二月余自昆山校中归，沉酣典籍，自修竟夜，孤灯为伴，乐自若也。所行所见动辄忘怀，故笔而志之，以示后日。因读陆放翁诗有“悠然残梦到寒釭”句，遂题曰《寒釭琐语》。

十二月黄溪谭正璧题于竹荫庵

序

余友谭君于寒假之后肄业藏修，缥缃万卷，无日不坐拥百城也。文符如雨，几有一日千里之势。余也企瞻云宇，不在蓝桥风雪中，至以为憾。今岁到校，以所著《寒釭琐语》见示，语语皆班香来艳之词，字字尽柳骨颜筋之笔。锦心绣口，文不加点，虽游夏不能赞一词也。读之聱牙，愿附知己。故不愿旁人齿冷，敢竭小技，惟按图索骥，终恐遗笑大方耳。

岁在戊午季春中旬九日，鹿城蕉下悟生题于夏溪。

（余喜笔记小说逐渐购置有二百余种之多，当时定成此书，亦得力于笔记为多。志之以示不忘功也。己未十月十日　雯志）

寒釭琐语

十二月初七日。

是日余于昆山回家。

初九日，寅正二刻六分大雪。

余是日至申购年货各种及书籍文具各种。按：书籍乃《虞初新志》《虞初续志》《啸亭杂录》《香祖笔记》《阅微草堂笔记》《然犀录》《鬼董狐》《世说新语》《聊斋志异演义》《食物疗病法》《石头记索隐》《清诗评注读本》共十二种，二十二册，定价大洋四元七角。

初十日。

至南市三泰码头三泰义烟纸号正华兄处，又至亮泰，片刻，即同兄至城隍庙购面盆三只，洋一元从在黄亲友托也。又片刻，方别兄，至震昌号余之舅祖家也。

十一日。

乘裕青船返，购《新闻报》一付，又购橘子四十只。遇正英兄至朱家角，坐而叙别，久之，叩余及正华兄之近况，余详告之。及抵黄，遂于船头揖别。正英兄托余回家后，将忌日单一纸寄与余，诺之。又约元宵节必至黄渡一省祖母。余在昆山时曾寄邮花六分于上海商务印书馆索《石渠宝笈》及《愙斋集古录》《元曲选》样本及书目，兼询廉价部设否，今回函已至，云样本照付廉价部。约寒假后渠知书目亦到而样本未至，意为邮局所没矣。以本地邮局设在一洋货店内故也。

（作小说难，作白话小说尤难。是书系近代小说大家铁樵先生所著白话小说中之铮铮者也。《石头记》《水浒》而外，允当推为第三，无任佩服，用□印证。己未十月十日　雯志）

十五日。

至安亭。在船中阅《聊斋志异演义》，甚乐。公事毕，一往居瑞伯表兄家。值病方愈，同瀛翱侄返黄（三点钟）。江上清波浩大，四光凝秀，身浮舟中，疑飘飘乎临虚世外也。应正英兄之托，书一忌日单寄与，又致商务印书馆一函，命查样本事。按：昆山李煜文君来函云前托代报考案名次今已发表，余列十一，即回函报之。又致杨夏漱君一函。《庄子·秋水》篇请循其本，下缺一"惠"字，盖翻印误也。江阴张之纯选《诸子菁华录》卷一《晏子春秋·外篇》"播弓矢"下缺"弦章人"三字，余初读即疑，之后见阳湖孙星衍校本及《说苑》皆有，方知系缺。

"少成若天性，习贯如自然"，今人视之俗语也，殊不知亦有所典。盖出贾子《新书》孔子所云，又见于《孔子集语》。"习贯"之"贯"字不当用竖心，盖连贯之意也，竖心乃后人妄加，殊无意义。

（此《庄子》盖育文书局本，故残缺不全，今已转售。本人本月在龙门购《庄子集释》一部，较之有天壤之别。盖最有名专印古集之扫叶山房所出版也。己未十月十日　雯志）

（此段乃余所武断，究是究非，暇时当考之许氏《说文解字》。己未十月十日 雯志）

今人读《石头记》，皆谓影清廷轶事与当时常兴文字之狱，故作此狡狯。今岁，王梦阮、沈瓶庵二君辑《红楼梦索隐》，谓书中之宝玉乃影清世祖，黛玉则董小宛也，以夺后不得终。北京国立大学校校长蔡元培君以之作《石头记索隐》，一翻其说，斥二君之非。谓宝玉乃胤礽，黛玉为朱竹垞，宝钗为高士奇，书中女子皆言汉人，男子乃影满人，王熙凤谓乃余国柱，即《风月宝鉴》之命名，以清风明月之意。后附《董小宛考》，谓世祖小于小宛十四岁，何能临幸？即小宛死年，世祖亦惟十四岁，其立说较二君为有据。后读珠泉居士《续板桥杂记》，名姝王二，苏州人，由琴川转徙金陵。有妹曰"凤姐"，善歌曲。余又疑即《石头记》中之王凤姐。群言粥粥，都未可信。余适于无意中得之，将来定必为之发挥一切，惟作者珠泉居士何人，当续考其姓氏里居。

（当时以黛玉为非董小宛者，尚有孟君心史。以董小宛为非董妃

者，尚有陈君诒先，皆辩之濯濯不可诬也。王、沈二君何不解事乃尔耶！十月十日　雯志）

《石头记》中水月庵在何处？觅之群书，皆不可得。今读宋牧仲《筠廓偶笔》，知在扬州。

（余当时之意以为《石头记》全部皆志白下曲院事，宝玉系嫖客中之最有名者也。其他黛玉、宝钗、探春、妙玉、晴雯、袭人等，亦各有其人。读《板桥杂记》，皆约略可定。十月十日 雯志）

十七日。

至申。奉祖母命，唤正华兄归，叵知以店中务多，无暇一走。

十八日。

回黄。世风日薄，自重者绝矣。十七日祖母命余至申取存银息，其折以线密缝，恐余窃窥。及归，在船中忽起一念，欲裂而观之（折中之数），又寻思曰：视之于吾何益？祖母托我已重我矣，我何不能自重乎？念遂息，后究不知其数也。

（余于此事，自知可失天日人人能如余，天下可以无不知足之人也。兮者余在龙门，祖母所费已属不少。吾自知难以报德，惟矢志不作一谎语，差堪自解罪愆□。十月十日 雯志）

侄瀛翱言："十四日在家时，母外出，锁其门。余在校归，二叔、祖母留余午餐，余却之。门已家门，入时，门上已无锁。余因未知吾母锁否也，故不疑有他。门后适为灶前，余入内室取米置釜，将至灶前烧之。忽灶前立起一男子，向余曰：'速呼汝母来算账。'余诺之。其人已出，盖白日撞也，见人归，设计以脱耳。幸一丝未失，惟坏一锁，后入河东某姓家（侄曾言其姓，余忘之。）被获，解之警察署，又使之游街。余亦见之，知其即在余家者也。入某姓家时，出余家一刻钟耳。"

二十一日。

余姻亲蒋氏（暂秘其名），为人吝而贪。余家向彼所买之柴，中实以泥块；见佳物不惜便索。余鄙其为人，言之祖母，祖母亦以为然也。

今岁冬送年礼，约值洋二元，在乡间可算重礼矣。彼心若不满，竟不谢一声，世态可笑也。

（此等吝人，今世不乏有人，甚至学校中亦有人，余甚厌恨。将来天演淘汰时，恐不能复存也。十月十日　雯志）

二十二日。

二十三日，亥正三刻五分立春。

是夕送灶，余自制纸轿一顶，从俗也。自昏至早，曝竹未尝一断于耳。

（吴俗以十二月二十四日为祀灶期，见郑樵《通志》。今俗以祀灶为灶君上天，于二十四日子时必升天，故改早一夕云。十月十日　雯志）

余昔读孙蓉镜君大著《寒感》一篇，末有“广陵之响”句。余初疑“广”乃“庐”字之误，今读王贻上《香祖笔记》，谓广陵即扬州，知实有其地，疑乃释。

吴曾祺先生（福建闽侯人）大著《涵芬楼文谈》引《韩诗外传》：“我武王之子，成王之弟”，系周公谓伯禽语。余按《史记》，周公乃文王第四子，为武王之弟也。故“武”宜改“文”字，“成”宜改“武”字。《文谈》以周公薨于成王之前，为《外传》之失，殊不知乃字之误而意未尝失也。吴君岂不鉴于秦火哉！

余读苏东坡《赤壁赋》，神凝心耽，若身历其境，后细究之，盖亦不能无失也。“诵明月之诗”，时月未上东山，何能引起赏月之兴？文之实轨已失，不当称为至文，惟描写入神，令人欣赏而已。

人之成大事者，不必拘小节，果然。然亦有行事吝啬而世之通人不以为病者，如《世说》王戎有好李卖之恐人得其种，恒钻其核。及王戎女适裴頠，贷钱数万，女归，戎色不悦，女遽还钱，乃释然是也。余以为戎乃有晋一朝大臣，未必果如是。

姚永朴先生（字仲实，安徽桐城人）大著《文学研究法》，荟萃群书，无识者以为知言。余甚鄙之，盖并无己意所出，而悉取之古书，乃摭拾余唾者之类也。

(永朴先生系姬传先生之适,遗其文宗湘乡而不宗桐城。虽曰湘乡,亦源由桐城,右本水源,何不一自扪心耶?此亦可见先生之怀襟矣。十月十日 雯志)

二十五日。

鸡不生卵,可碎蛋壳拌饭上与鸡食,即生。盖蛋壳多石灰质,易使鸡腹中之卵壳坚故也。无石灰质则壳不硬,故不生。右见《家庭常识》(中华图书馆出版,为不定期杂志之一种)。

余澹心《板桥杂记》,文甚工,其记繁华处,必作警戒语,亦纨绔之药石也。余甚爱读之。

(余屡欲一试,辄不得果。然亦人事倥偬,无暇故也。他日云归山岫时,或当一试,其果然白云扰□□刻何日耳?笔述至此,一叹而已。十月十日 雯志)

二十六日。

余不善书法,人争嗤之。后读清汲修主人《啸亭杂录》,言明之王凤洲素不善书,尝自云:"吾目有神,吾腕有鬼。"近时纪晓岚、袁简斋太史皆以不善书著名。又言《晋史》武帝疑太子不慧,命以判,而太子手书决辞以呈,武帝称善。按惠帝愚暗,世所罕见,乃能手书,以对其笔画端楷可知,然则善书亦何足贵也?此二言,可为我侪不善书者吐气。

(其后复见宋欧阳公书牍中亦有为不善书法者解嘲者,他日当亦录之。十月十日 雯志)

二十八日。

友人孙君容镜来访,余适在俞宅赴筵未晤。多年老友会面,失诸交臂,甚觉慊慊。

二十九日。

江南蒋氏(正英兄之连襟家)请余写门对,系贴内门,余乃捡《日用便览》书"移花助晓月,翦绿学芳辰"十字与之。除夕是晚,下雪一寸。

俗皆守岁，故终夜不眠。余家则非曝竹震耳，终夜连络。

（“移花助晓月，剪绿学芳辰”，雅人细事也，俗家争得有之。余之书此，亦为太不晓事矣，然其中亦别有阳秋也，始末何如，可详《影中影》。十月十日　雯志）

正月初一，元旦。

是日，俗必贺年，余则除之。

袁子才《新齐谐》载治鬼二方，今录之，以备遭此者一览。曰娄真人劝人遇鬼不必惧，总以气吹之，以无形敌无形。鬼最畏气，转胜刀棍也。张岂石云：“见鬼勿惧，但与之斗，斗胜固佳，斗败，我不过同他一样。”

（新年之中，余惟坐拥百城，自觉甚乐。天何不生吾身于琳瑯室耶？以此校彼，觉老天太不公道呵！十月十日 雯志）

魏文帝《与吴质书》，吴曾祺《历代名人小简》及梁《昭明文选》作五月二十八日，而吴兴王文濡所选《秦汉三国文评注读本》作五月十八日，孰是孰非，当俟之续考。

周公谓伯禽语，上已论之。今读《韩诗外传》，语与《涵芬楼文谈》异，乃言：“我文王之子，武王之弟，成王之叔父也……”《外传》固有周公薨于成王之前，而不当知成王之谥为失；然《文谈》之以兄为父，以侄为兄，其失更大也。

乡村人家，冬日多失慎，查源常在梁上，众皆目之为“狐祟”。余昔闻昆山周品人先生言（昆山县立第二高小校校长），鼠喜衔物作窠于梁上，遇所遗未燃之火柴亦衔之，与破纸、棉花等物，和冬日天燥，日光晒屋上，燐质遇热易燃，又兼纸棉等引之，故冬日尤多，又以乡村多茅屋故也。余甚然其言，书之以告村人。

（此等语只为下乘说法，余观之似录之无□也。十月十日雯志）

《啸亭杂录》载清时年少及第者姓氏，而不及王士祯，按士祯《香祖笔记》自言十八岁及第，而汲修主人岂不之知耶？

（汲修主人系著《啸亭杂录》者，文取其顺，故至□规□仿此。十月十日 雯志）

本地有洪桂芳者，某米行之经理人也。自去岁十二月初出外粜米，至今未归。十二月十六日曾在上海致信汪志国君，言十八日必回。二十日以后，汪君大为吃紧，以其生时年月使星者算之，皆言不得见面矣。其末如何，当续书。又，表舅父俞仁华君言洪君出门时，身带洋一千元，如其无踪，若洪姓家族向之要人，则汪君身负极重，而汪君乃股东之最大者。

捉猫于极暗处，顺其毛，则见有火星喷出，乃电光也。猫电多于他种动物，故若是。见《然犀录》。然余曾捉猫于被中试之，不见有光，不知何故，将以质诸猛盦老人。

去年春在家时，于奔步之余，手辑一书，名曰《鸿鹄室古今杂抄》。凡小说、诗文、理科、地理、历史、游戏，皆属之。书未半，至昆山肄业，心思尽罄，奔走不闲。今秘室尘封，余无暇启，将来此志谁克续终，付之一叹而已。

（此段系仿《影梅盦忆语》而作，故语多不利，自今视之，甚为好笑。况原书亦不值大雅一睹也。十月十日 雯志）

今人跋书，末皆书某斋，或轩、或馆、或室……之西窗下或南窗、北窗下。余每题跋，则书西窗，而皆不及东窗。忆前曾于正华兄谈是事，正华兄曰："不书东窗，以小说《岳传》秦桧妻王氏于东窗下设计害岳公，后人恶之，故忌也。"意近，是故书之。

（余阅《西湖志馀》，知东窗事实有其事，非出之浅鄙之小说也。十月十日　雯志）

按《韩诗外传》乃汉人韩婴著，在秦火之后，上误。

初三日。

三点钟地震时，余在西窗下阅《儒林外史》，爱其肖像，赏玩不忍释手。忽觉一阵头晕，不能自支。初若书桌倾翻，后见厨床皆有声，方知地震，乃呼祖母。约十分钟始止，祖母曰："余亦疑头晕，闻汝呼声，见凳在地上颤动，故知是。"于时闻室后邻人亦争传之，幸微动不烈，未曾为害耳。

（地震之原因有二：一火山爆发；一地壳陷落。此次之为何故，则余不知也。或即□头之地壳震开亦未可知，参观后条。十月十日 雯志）

余观去年历书，见去年余出门之日皆不宜日。事甚奇巧，何造物者之嫉余深耶？今将日子列下以备一桀。七月初四日至昆；八月三十日赴昆；九月念七日赴昆；十一月十一日赴昆；十一月十七日由昆返黄；十二月初九日赴申；十二月十八日由申返黄，右为诸事不宜日，七日。八月十三日由昆返黄；八月二十一日赴昆；八月二十八日由昆返黄；十一月初八由昆返黄；十二月初七日寒假返黄；十二月十七日至申；十一月二十日至昆，右为不宜出行日，凡七日。九月十三日由昆返黄　十二月十一日由申返黄；右为宜出行日，二日。共出外八次计转回十六次，而诸事不宜、不宜出行各居其七，宜日惟二。嘻！亦奇矣。

初四日。

俗财神诞。是夕，各店肆必接财神，旧俗相沿，不能改也，爆竹之声终夜不绝。

昨日戏画美人像一幅，起笔时觉不美观，及半远视之，乃楚楚欲动。至今日乃绘朱为唇，淡红色为颊，又为丽楚。后以误点朱为颊故毁，再画一幅，然终不及也。

初五日。

读清嘉兴何炳所著《舆览》，知扬州乃秦之广陵郡，故以此名。

二点钟，访孙君不遇，甚怅惘。偶读纪晓岚《槐西杂志》载李树芳《刺血诗》一首，读之，泪涔涔欲下。追足泣鬼神，今录之，质诸有情者。诗曰：去去复去去，凄恻门前路。行行重行行，转辗犹含情。含情一回首，见吾窗前柳。柳北是高楼，珠帘半上钩。昨为楼上女，帘下调鹦鹉。今为墙外人,红泪沾罗巾。墙外与楼上,相去无十丈。云何咫尺间,如隔千重山。悲哉两决绝,从此终天别。别鹤空徘徊,谁念鸣声哀。徘徊日欲晚,决意投身返。手裂湘裙裾,泣寄稿砧书。可怜帛一尺,字字血痕赤。一字一酸吟,旧爱牵人心。君如收覆水,妾罪甘鞭捶。不然死君前,终胜生弃捐。死亦无别语,愿葬君家土。倘化断肠花,犹得生君家。按:李树芳,宋人,与韩蕲王同时。

佛教有偈云:要知前世因,今生受者是。要知来世因,今生作者是。余谓:佛既神泯因果,何不施之当世,使易警悟?而必待来生,反引人疑似者何也。故此等语,乃诬教之言,惟庸人信之,究竟不值稍通理义者一笑。

(“因果”二字之意义,非作如此解。余当时才浅学疏,故致误会。十月十日　雯志)

蝎虎能人立而行,大抵皆成精者也。一见于《滦阳消夏录》,再见于猛盦老人《然犀录》。盖蝎乃毒虫,俗传若误断其尾,则必飞入人耳中刺人,痛彻心骨而死。此乃曾被人断尾入人耳,吸收人脑故也。年久远,故成精。按:耳内即为脑由耳入,取其易也。蝎亦物之灵泯者矣,举以告之博物者。

笔记而以“虞初”名志者凡四,不知者误为一种,盖名略异故也。今考之如下:《虞初志》十二卷,汉武帝小吏虞初著;临川汤若士《续广虞初新志》四十卷;新安黄承增《辑虞初新志》二十卷;新安张山来著《虞初续志》十二卷。玉缠郑醒愚编,近见《中华小说界》,某笔记载,有《虞初近志》一书,不著卷数,暂不列。

凡事视若难者多经手即易,读书亦然。余初不知广陵为今之何地,后知即扬州。今又读《舆览》,知江宁亦名广陵,后汉郡也。然在今日作文,及考据家不如用扬州、江宁为妙,盖古时地名互易,易致差误故也。

清时每一府所在地,必别有一县名。余读《板桥杂记》皆曰“白下某家事”,初不知白下为何地,读《舆览》,方知即应天府(南京),附名上元县也。唐为归化、金陵、白下、昇州故名。

黄渡沿淞江成镇，松江古名笠泽江，又名松陵江，禹贡三江之一。见清龚柴（宁波人）《江苏考》。今又名之曰“吴淞江”，又曰“春申江”，又曰“黄溪”，其来亦旧。

金圣叹所批六才子目，见于《三国志演义自序》，乃《史记》、杜诗、《庄子》、《离骚》、《水浒》、《西厢》也。今见者惟《水浒》《西厢》二书，余则未睹。《水浒》序目亦同上六种。今又读清娄东某君《研堂见闻杂记》，言圣叹批有七才子书，其目乃《西厢》、《水浒》、《左传》、《史记》、《离骚》、《楞严》、唐诗，与上异者二。岂误杜为唐，而又多《左传》一种耶？亦千古之疑案也。近日书局中有圣叹批唐才子诗，惜未得观，然知必自序之误也。

《哭庙记略》谓圣叹被祸时方从事杜诗，细加评点而未卒业，又若杜诗实有其书，岂序《三国》之时未尝集评而惟心许，故未卒稿耶？后之时，明达博闻君子当有以解我疑也。

《鸿鹄室杂俎》中有载历代名臣之短命者择死岁可考，则列之。今读《思文大纪》又得三人，列下：

三十六 不剃头男子赵昂，沙州人。清师入，出雉发令，人劝之雉，不肯，缢死。临缢时，自书“男子赵昂不肯剃头死”九字于壁上。噫！崇祯殉国，若吴梅村、钱牧斋辈自自长乐有愧此辈多矣。

三十八 大明福州右卫指挥使胡上琛。

二十一 琛爱妾刘蕙，时清兵入，不肯降，令人入山觅毒草。蕙自言与之全志，全拜天地祖宗，坐于中堂，全饮药酒而卒。

又《弘光实录抄》载溧水汪氏女，年十四，闻北兵至，投石回河中死，年及至笄，乃贞烈如此。孰谓秦无人？可谓有明盛德所致也。

章台十五唤卿卿，素影争怜飞絮轻。白舫青莲随意住，淡云微月最含情。《虞山竹枝词》也。此词不知作者姓名。盖痛诋牧齐狎柳如是，不能死君难而作。共十四首，此其首章。词妙入神，故抄之。按：柳如是，初号“影怜”，故词云云。

初六日。

顷再访孙君。晤谈良久，临行蒙赠以商务印书馆特价购书证六枚，余谢之。此证购书作九折，凡七折者作六五折，五折者四五折，余类推。（五点）

庾子山《华林园马射赋》"落花与芝盖齐飞，杨柳共青旗一色"，王子安《滕王阁序》拟为"落霞与孤鹜齐飞，秋水共长天一色"，世称绝笔。曹雪芹《芙蓉女儿诔》有"桐阶月暗，芳魂与倩影同消；蓉帐香残，娇喘共细腰俱绝"，虽亦为拟作，然较之《滕王阁序》之全用其半而不知加减者为胜。

刘彦和《文心雕龙》有"清风与明月同夜，白日与春林共朝"句，盖亦拟自庾子，以之论文，更称绝笔。

《禹贡》"三江"，北江即长江，中江即松江，南江即之江。见顾亭林《日知录》。

王荆公，商君之亚，性质很戾。见于其诗文，如作《平甫墓志》，通首无"兄弟"字，又无一天性之语。叙述疏略，寥寥四百余字。虽曰文贵简要，而人品心术可知。《唐宋八家文》选取之，可笑。而《文学研究法》以《唐宋八家文》为善本，又足发噱。

顷购通书一本，钱二十文。

荆芥穗为末，以酒调三钱，治中风，立愈。

治豆疹黑陷，用沉、乳、檀三香，不拘多少，放火盆内，焚之，抱儿于烟上薰之，立起。

小耳儿后生疮，肾疳也。地骨皮一味为末，粗者热汤洗，细者香油调搽。以上三方，见《蓼花州闲录》。

曹孟德作七十二疑冢，使人不能识其葬处，亦狡矣。后人有诗曰："尽掘七十二疑冢，定有一冢葬君尸。"读此，可浮一大白。

《鸿鹄室古今文抄》载金人瑞快哉事二十余则，兼以评语。今读《香祖笔记》载有一则，与此相类，亦录于下：十月十九夜，再雪竟夜，积素满庭，晚菊尚敷腴可玩。晨起忍寒坐信古堂，对雪看菊。忽梁溪琴僧宋莲见过，弹《平沙落雁》《汉宫秋》二曲，古音萧寥，忘其身在长安，官是秋曹之长也，不亦快哉！此段神致自然，有道家语气。

自制洋浆法。用干面一两，明矾三钱，石炭酸（即樟脑丸）五分，樟脑五分。如干面加多，余亦照加，以 $100:\frac{30}{100}:\frac{3}{100}:\frac{3}{100}$ 为比例制。时先将干面置器皿中，又将各物同时齐下，水亦同时倾下，厚薄均可，随意略为调和，即炖在火上，不必用盖，一面快调到沸时即离火，用力调干即成。其理以樟脑能杀虫，用明矾则不还薄。见《少年杂志》。

去岁十二月，蒙古发现鼠疫，死者甚多，人争危之。《时报·不可不知录》载治疫诸方，今抄之如下：鼠疫发现时，有十种——头痛如破，昏愦如迷，咽喉干燥，眼白全赤，痰中带血，胸中作隔，腋下红块，满身大瘇，面现青黑，无故干咳。如在此中患一种，速治。迟过二十四小时，即不能活矣。方如下：生莱菔不论多少，切碎，以食盐拌浸约二小时，用生麻油拌和，每日早晚餐食之，以解热毒、煤毒，使热不内伏。又方：金银花三钱，野菊花四钱，甘草二钱，薄荷一钱，生白芍二钱，生莱菔子一钱半，又熟，同上。上药七味，在疫气传染地方或自觉略有不适，即用清水煎服。又临时救治方：生石膏一两至八两，元参四钱至八钱，野菊花四钱至一两，金银花四钱至一两，连翘四钱，甘草一钱，薄荷二钱，丹皮四钱，射干二钱，川贝三钱，右药十味，如疫已传，即用清水煎服，不拘剂数，痊愈为止。再南方水土薄弱，一、二、三三味，似宜少用，仍视病人体气如何，务宜细察之。

视之不见，名曰“夷”；听之不闻，名曰“希”；搏之不得，名曰“微”，此三者，不可致诘，故混而为一。见《老子》。

今日致钱君永福一片。朝菌不知晚朔，蟪蛄不知春秋。以之拟智者少。语出《庄子》。

史称篡臣必灭君位者方可，而《荀子》杨倞（唐）注，篡臣者，篡夺君政也。若以此论，则曹操、马懿、李林甫、蔡京等，亦可称篡臣矣，此理之不可通者也。

育文书局本《贾子新书·立后篇》“妃曰不敢”下缺二十四字，思必有以补之。

镇人自称皆曰“合恒切”而称鱼也，亦曰“合切恒”，后读《列子》注，鱼当作吾，方知亦有所本也。

上所记洪桂芬事，今已得实。系与妻不合，故遁往异地而家，其妻所亦得行中银一千元为安家费，后被汪君骗出。此人一去，行中折本，每股东约八百元左右云。

初七日。

午后西市失慎，烧去一柴堆，一羊棚。

镇人程乾生在申为商，姘识一小家女已一年矣。女已字人，近日将嫁，忽女逃遁不见，女之父母疑为乾生所为，向之索人，因此蜗伏镇居，不敢出门。乾生父名伯和，乃本地保正，纵子行淫，知法犯法，可笑也。

六朝人文集中称人之富必曰“陶漪”，称人之贵必曰“金张”。陶猗乃陶朱猗顿，金张不知何人，当至校问之狄先生。

接李君煜文来信，上书十二月念五日寄，已十二日矣。邮局人懒送，可见一斑。按：此片乃翱侄至邮局购片时带来，非邮局送来。

（按：金系金日磾，张希张安世）

初八日。

抄作文数篇，将以投之商务印书馆《作文入门》。

初九日，酉正三刻三分雨水。

正英嫂来黄。

切音法检字时，如遇见（根古痕切音跟），初只取其音，后乃授以反切。一音变两曰反，两音合一为切，例如“根”，读成“古痕”二音，则为反。将“古痕”二字读成“根”字即为切。

其用法如（根古痕切），先将“古痕”二字再反作（公户）（胡恩）四音，取首末二音（公恩），即可得“根”字之音。右见《新国文教案》。

一字之声，有平上去入之别。吾国地方广大，各省方音不全，有四声不全用者，有不仅四音者，要当以四声为正鹄，四声之异点列下：

平与去有尾声：
- 平声之尾声不低不昂可任意延长
- 去声之尾声特哀远而短不可任意延长

上与入均无尾声：
- 上声力强
- 入声气促

上平金去入　金（平→）　上↓紧　禁（→去）　告↓入

今日接昆山校中来函，内成绩报告书一纸（同李君函）及褒奖状一条，余禀之祖母。

致兄一片（下为十日）。

今日致兄一片。

钱君永福亦来一片。

顷至孙君处，畅谈久之，得见《情史》《实用学生字典》及本年《教育杂志》。

今日致陈裕蕃君一函。

又赵伯生表舅一片。

孙君言嘉定学务员某至某国民学校调查时值暑天，校长已放假，某问路至校长家。于路见一人赤身在门外拣棉，某叩问至校长家之路而知不其人即是也。校长惊愕久之，不认又不可，乃曰："某即是也。"遂邀至室内食饭，而某适腹馁，遂饱受焉，席间稍谈话。及归，乃大书于县公报曰：某校长村中有事放假，余与校长谈，校长教授法甚有经验。此一饭之报也。甚足可笑。

林伯先生曰：凡人作记，易于漶漫，文势之缓急调剂，不可不讲，尤忌画蛇添足。

又曰：作记，转于接处最宜留意，不然易致散漫。

"相见时难别亦难，东风无力百花残。春蚕到死丝方尽，蜡炬成灰泪始干"，唐人李商隐诗也。情词悲恻，若闻深山黄钟一声。

常州府唐天宝间为晋陵郡，见《唐诗》注。

《旧唐书》大庾岭即东矫县，属韶州，一名梅岭。按：东矫县在广东。

“同是天涯沦落人，相逢何必曾相识”，千古至情伤心语也，若《花月痕》之用为悲妓语，则亵之甚矣！伤心人话，只合说与伤心人。知彼青楼中人，岂亦伤心人之类哉！（当时不知此二句系出自《琵琶行》，故为此语。今日读之，不觉为之解颐，去之示藏拙也。一九二一、一、五 忏人）

见人所绘《汉钟昧离图》，手执书一本，余匿笑。

《说文》“及”字，从刀从又，今作乃乀，非是。

瀛翱侄性顽钝，余不喜，欲使改之，然已为习惯误矣。

摩天岭有二，一在奉天东边道，一在甘肃兰山道。唐薛仁贵所大破之摩天岭，乃在奉天者也。

焚鸡毛烟，蛇嗅之必死，何论何蛇皆然。见《新齐谐续集》。余以村居者不可不知，故举而告之竹篱茅舍家者。

今日（十一）购《双鹤铭帖》《曹娥碑帖》《陆润祥帖》各一册。

今日路遇居君以义（乃正英兄之内侄），云明日至申，后日兄归，以二人同店故也。

托居君带申致兄一函，委购物数种。

十二日。

昨夜睡时心烦意烦，转侧不眠，乃取案头李涵秋先生（江都人）《并头莲》小说读之。书中情节离奇，若沈侠莲、崔莲英是有真性情。写莲音被黜时，同学违避世态，宛在可见。然推而源之，二人之婚姻乃同学及谢氏子所促成。何则盖莲英同学不去游湖，则何至误会而同侠莲亦游？若非谢氏轻薄，何至苗姓退而不娶？虽乃人力，亦天意耳。读之，每为三击节。

今人略识之无，便喜看小说，以为学问之道俱在是。殊不知小说家言，大抵浮而不实，借影生光，推而言情说鬼，将无作有，易令人生误。故初通文墨不宜近是，非但言情小说不可读，而说怪盗贼等小说亦不可读。积久神与心会，便生妄想，凡在求学时代皆宜束之高阁，付之乌有，方不碍也。《滦阳续录》纪晓岚子汝佶见《聊齐志异》误堕其窠臼，竟沉沦不返，以至于亡。及《新齐谐》之误学吴松，皆铁证也。然定心殓神，心不生邪念，目不见邪色耳。不听邪声，口不语邪言，于公务之余以之消遣，亦无不可。余喜观小说故言之如是，余之不生妄念，可矢之天日。

余观之小说最喜言情《石头记》、《花月痕》、“六才子”；历史《三国演义》《东周列国志》；笔记《聊斋》《新齐谐》《阅微草堂笔记》《梅花草堂集》《淞滨琐话》；果乘《谐铎》《觚剩》《然犀录》；神怪《西游记》《封神演义》；义侠《三侠五义》；弹词《笔生花》；军事《水浒》《荡寇志》；社会《儒林外史》。余则不敢领教也。

余列弟兄四人皆以字就衣食，正焕为金阁烟行经账，正衡为鱼行经理账目，正华为沪南纸烟号司账，余则肄业于学校。文虽不落人后，字则未也。至而瀛字一辈，则远不及吾辈。若四侄已十一岁矣，之无未辨，笔不成书。可叹！可叹！家风日趋于下，可见一斑。

今日先母生祭祀，回忆身世，不胜凄沧。母既去，世父又继亡，亲帏虚空，家法虚悬，回首光阴，已十余年矣。

（以下所记，自今观之几成明日黄花，然欲存庐山真面，□暂搁置，待我他日再选时，后记一遍可也。己未十月十日　雯记）

瀛翱谓余曰：“叔父双亲皆逝，至亲无人。若侄，虽年幼荒嬉，衣食仅可无忧，如足上鞋破，则母已做就。叔父比侄，能无天壤?”余闻之凄然怆然，泪涔涔欲哭而又不能哭矣。

顷居君以义来坐片刻即去。

余购古今名人画稿二册，内有王小梅《耕织图》十幅，尤称绝笔。

余九月中所绘之《晴岚暖翠图》，仿梧园笔，上有题诗，曰：“山郭雨初晴，山光照眼明。深山人不见，草际乱泉鸣。”

十三日。

磨刀欲利，可浸之盐中，然后磨。

欲去铁锈，以木贼草擦之。

木贼草不可竖擦，擦之则有路。

顷接正英兄来函云元宵无暇，不来。

武圣诞。

“天若有情天亦老，月如无恨常月圆”，不知何人诗也。殆可为有情多恨者解嘲。盖情恼生恨，恨巅反情，二者始终，自然之理也。

蔡邕之“邕”字，未有作“雍”字。王羲之《曹娥碑》误为“雍”字。

今日大哥来，送余牙粉三包，牙刷一只，手巾二块，小照一付，关帝像一枚及王羲之《断碑》、颜真卿《争坐位书》、苏轼《醉翁亭记帖》三种，以有事匆匆即去。噫！同气连枝，空言情愫，缠来即去，何能为情？然奔波不暇衣食，空悬其叙天伦之乐事，则大海茫茫，何日是岸？噫！吾又欲泪矣。

临去托寄投《作文入门》信一封。

今日阅报，见记汕头地震损害之调查及上海发现明代古井各一则，以文多不录。

余送兄至乘船处别，顺便至孙君家。孙君以《小说月报》见示。孙君曰：“余日日忙碌，无暇观看，故不知其内容。”余曰：“余观一书，佳者辄恐其完，完则无有继之者。故每观一书，虽不能底蕴尽悉而大旨亦得。大抵吾人读书稍用心思，一句钟可熟三千余字之文，此小说可以不必。然有而不览，岂不辜负好文作佳耶？”孙君一笑。

昆山一名马鞍山，见长洲吴梅《臞庵笔记》。

十五日，元宵节。

绘铅笔画人物图一幅。

孙君来访，视余作文久之即去。

午后访孙君，谈古文甚喜。为讲孔稚珪《北山移文》一篇，古意今谈，不亚《兰亭》一叙也。

上所记洪桂芳事，确已为僧。以有金山寺（在南京）僧在申面会洪桂芳，叩以入庙之则，僧告之曰："如带入洋三百元，则杂事皆仍作。一千元，则专司笔墨。"桂芳喜之，故知其必长谢红尘也。

初汪君在申拆字得一"脱"字，拆字者批曰：弟克兄头"以'兑'字之头乃弟字之'丷'故云"（同时有蒋姓者，乃洪君之谱弟也。在术者叩之，其对如此）。长离骨月觅之不见（以"觅"字乃"脱"字去"月"加一丿，一丶二划即"觅"字，"觅"字拆开，即成"不见"）。枯骨不存（僧家坐化，骨为灰，故言之如此）。亦可为神矣。

前日地震明时，姚家巷某茶馆正叙睹，时忽屋之中塌下一方，瓦砖齐飞，离睹台尚远，故未曾伤人。

桂芳走时，其台之抽拙有一账簿，中一页自述其苦况，以墨未干即翻掩，故稍糊涂，似曾人来恐见而中止也。其文之末句云："余之苦，恐世界上无第二人矣。"首大书四字为题，今志矣。

三点半，江南张姓失慎。余适在孙家，闻禁警，同孙君至俞宅后观之。初黄烟满江，继而火起烟灭，又而火灭白烟起，久之方觅息。

白门，《宋史·明帝纪》："宣阳门，民间谓之'白门'。"后遂名金陵为白门。李白诗："何年最关情，乌啼白门楼。"

夜与瀛翔同游野外，至施相公庙，见无放花炮者，乃复东行，渡西江桥至日间火烧处。月影移墙，夜色如雾，江中停泊，灯火隐显，水波微动，与月共色，此三千银世界中，今夜之月亦有焉。又东渡东江桥，忽起大风，满身悚然，又下塊向姚家巷而向野行。遥见各庙灯火或隐或现，树动云移，晰沥有声，因忆搜神志怪，见影疑鬼，捕风捉月，热汗一身，不得已遂归。至眠，稍有寒热，幸即愈。

十六日。

下午孙君来访，阅家谱久之。

作不堪回首，起稿将《鸿鹄志》及家谱为底本。

孙君言《石头记》所记女子，言貌、言服而未言足（若金莲字样），盖索隐所为女子皆指汉人男子，不缠足故如此。

夜至蒋姓家唤二侄归,以明日必归安也。

十七日。

嫂与二侄返安。

访孙君二次。孙君托余明日助之订白本,余诺之。

十八日。

抄菊花诗三首,梅花诗二首,兰诗四首,从孙君请也。

下午至孙君处订白本践,昨日之约见日记中。记数事,颇足助谈笑,今录三则于左。

十二月十一日,镇南约三里许有瞿家潭,东南又约二里半有一极大之老龙眼树焉。余初至第六学校为教员时,闻父老言此树已有百余年,相传为有神居其上,故虽一枝一叶亦无敢攀折,数十年来尝未一结实。今日余赴校时,见路人纷奔向南疾驰,旁人谓余曰:瞿家潭之老树忽于今晨自焚,火焰焮腾,人莫能阏,至今尝未熄也,彼等殆皆去观耳。且谓树中出鲜血颇多,余倾听之下,颇以为奇。迨至校中,张庚虞君及学生等皆说同前,心欲一觇其奇,然以校务羁身未克一往,是可憾耳。

又挽夏芍宾五七联曰:梦兆琼瑰不,知谁受神方。今日竟划江而渡,情深缟纻,堪叹又弱一个他,时将敏扉以还,语极自然。

按:芍宾名曰琦,本镇文学家也曾任青浦检察厅厅长,后以袁黄党争,忧虑成心疾致不能治事,遂辞职回籍,年五十二以疾终。曾有尺牍数种盛行于世,颇脍炙人口。

又夜梦一人为查体格,且云:"君寿可至七十五岁,归期在正月十五日前后。"吾父母之寿日亦言之,今忘矣。约略父于二月二十五日前后,醒后思之,甚奇。殆造物者之游戏三昧耶?

"梅须逊雪三分白,雪还让梅一段香",不知何人诗也。今日三点半下雪庭中,适有梅树梅香射鼻,雪白映精,此景似之。

夜卧时神思,仿佛稍冒风寒,转侧辗不卧,甚不适也。梦魇。

十九日。

晨雪。收理行李一切及书籍亦整理于箱，明日将黯然销魂。

顷赵生伯舅父来。

云移，见日光映西窗，倚案观书，更生乐趣。

二十日。

七时至孙君处。孙君托余代草近世算术二百余题，以孙君自己无暇也。

八时乘船至车站，舟中阅《白头少年》一册。

车站遇金云青先生，询余入校之期，余告之。

遇汪志国先生至无锡。

本站站长不肯粘行李票，故下车时，若非汪君相助，则殆矣。余甚德之。

到校时，校长周先生适不在，后一时方至，余向之行鞠躬礼。

临行时祖母付洋十元为膳费，又一元为零用。噫！祖母之爱我，其何如乎！

余事续入他本，此记以十二月初七日起至戊午正月二十日止。或曰："子家居一月之久，而对于令祖母毫无一感恩语，不太为过欤？"余曰："何谓其然也？余祖母之恩，非片言所能尽，如稍记在上，则有举一反三之劳，而否则又若疏漏者。故水到渠成之日，自当一依尊命，汇集成册也。"

附录正月初十日之笔记。

寇　生

镇有寇生者，翩翩一美貌少年也。父母早亡，寄养于中表宋氏。宋氏有女，美而知书，生悦焉。然寇谨守道学，以淫奔为耻。故无玉疵，惟两心相悦，时时不能释也。而女已他字，寇亦失望。一日晚，女以有恙，上楼寝，而邻偶失慎，延及宋姓。女之父母及其兄嫂皆逃，而皆忘女之未出。寇知之大惊，急全房外大呼表姊速起，而女不醒。寇不得已，急入房，在床以手推之，女适露寝，羞愧不能自主。寇即急以被裸之，抱而下楼，遂免于难。是后宋姓人皆借他姓宅以居，女知寇生之援己也，感激不已。常曰："吾虽不能与寇郎共偕白头，亦必以身报之。"女之嫂朱氏知其意，阴为女曰："姑如有志，我岂不能为曹邱生乎?"女含羞诺。嫂使婢密与生言，生大喜，至夜潜入楼，入女房中。此一宵后，两心甚觉牵牵，后亦遂不能见面矣。后一年，女之夫家定期娶，女不欲遂，立意自经。至夜深作一书于装头，潜至屋后，投井死。女父知之，心甚悲，取其书读之，曰："女与表弟，已身与之，再嫁非愿也，故一死以报寇郎。寇郎不知，请大人不可怠待，则死瞑目矣。"父视毕，大哭，命人唤寇至，以书示之。寇大哭曰："吾负吾姊矣。"女父不之责，谓之曰："后某家来娶，如何对答?"寇含泪曰："以偶失足堕井告之可耳。"于是至井捞女尸而葬之。后女之夫家来娶，遂以寇之言告之，事遂寝。惟一对鸳鸯终成离恨，甚可悲耳。寇生与余善亲，为余道之如是，言之时尚下泪。余曰："古语云之：'亡故是吾妻，穿破是吾衣。'今令正，虽春风一度，以死报君，终身为君妻，君之幸亦大矣。"

楚园逐客曰：呜呼！死者已矣，殉情义重，生者何堪同此哀鹃。影梅无庵，空结三生之梦；长离有楼，再寻来世之缘。一在人间，空院因风洒泪；一在阴世，孤楼对月长吁。身虽二地，情各一心，伤心人话，有遇于此者乎？呜呼！天长地久有时尽，此恨绵绵何时绝。吾书至此，改咽为哭。

我闻屠苏

庵曰"屠苏"，见高澹人《天禄识余》。戊午冬养病竹荫，于无聊之时，爰志所闻，以慰寂寥。

戊午十一月十三日，天禧星遍照，世界青年男女于是日结褵者，十有九家。巫山神女忙杀朝云，只羡鸳鸯不羡仙，此语可为的咏。镇有薛荣斋者，前清时以航海起家，资敌陶邓，在镇首屈一指。妻某氏同有阿芙蓉癖，因之家渐衰落。膝下惟一儿，年已二十，之无不通，无以异于乃父也。顾荣斋望抱孙颇切，亦于是日为其子娶镇杨氏女为室。请亲延友拥挤一堂，不圆洞房未暖而有先，于是之悖伦事出焉。

荣斋之姊嫁于上海大姓，生有七子一女。而长次三皆已取媳，是喜事也。阖第光临，十二日夜，男女大叉麻雀，惟三媳秦氏素不善是，故先其夫睡，枕单被冷，有若空床难独守者。四子季生年十八，性挑，达日飘蓬于花月世界之中，掷资千金如流水，而高靴鹬裘，顾影翩翩，余曾见之，尝妒其饰。

是夜半诸人战兴正浓，而季生已奄奄欲睡，竟闯至秦氏之室，卧于氏之身旁。天气略冷，不免偎倚。而以青年之叔嫂同床合被而眠，此中状况，非个中人莫能道矣。

夏模周先生，道学君子也，与薛姓同宅。是夜亦有事未眠，偶经二人所眠之室，门外见室门大开，季生露其首与秦氏卧于一被中，大骇，走告季生之母。其母闻之，不之措意曰："小儿辈乃司空见惯，请先生勿介意可也。"

噫！异哉！岂自后之世界，男女将不分耶？尝阅某说部载嫂叔通奸事，其嫂自解曰："叔嫂通奸，自古多有，无妨事。"由是言之，此风延今，已非一朝一夕。人类耶？禽兽耶？究为何耶？吾不得而知之矣。

秦氏曾来屠苏，余亦见之，乃一秀丽端章好女子也，不多言笑，举止大家，惜水性杨花，已遭白璧之玷矣。

余观世之人，心直口快者则必无阴谋事，而仪止威肃者其心有众人所不能有者。秦氏端庄，吾初不料其有他。人不可貌相，此言信然。

楚魂书至此，将有一言以告天下。寻花问柳诸君如欲求作神女涯生者，须于端庄静默若神圣不可侵犯之女子，求之心直口轻而多言笑者，恐徒受五金一块也。

秦之氏、季生之名，皆余所捏造，余人及事则据有直书。

竹荫庵谈屑

自 序

笔记之体多多矣。初读《聊斋志》,误谓惟有此体耳。继之以袁氏之《新斋谐》,纪氏之五种笔记,又以谓此体尽在是矣,而不知名人轶事、考据经史之亦为笔记。后一一购而阅之,得数百种,因集其体,别为是编。时适寓竹荫庵中,故即以名之曰“谈屑”云。

戊午六月朔,黄溪梦魂书

竹荫庵谈屑

(附《梦余小识》)

出安亭,进亭桥东堍一小径,沿溪行,渡二石桥,东望之,约远一里余,有白墙一所,高出地面约十余尺,耸突目前。及近,知为一土地庙。坐北南向,门前二大龙眼树,蔽日参天。下有一井,青石为栏,水涓涓不绝。庙之右侧为顾浦,河面阔数十尺,上架石桥,凌虚二尽。举足其上,若冯虚御风,遗世独立。俯视水深十丈,汤汤而北,久视之下,肃然而恐,身摇摇若堕,不敢留也。凡由安亭步行至黄渡者,必经是。如别寻他道,则必须摆渡矣。

是桥本无有也,有乡人专伺此摆渡,取资以度日。清中叶,菩提寺方丈某僧,道经此,囊中适无钱,求摆渡,不许。僧愤然曰:“君竟不济出家人耶?一钱迫死英雄汉,竟有之。看我出家人不能为已迫死之英雄吐气哉！蹣跚向别道寻桥而渡。

数年之后，顾浦之上，忽现一大石桥。人见而私议曰："此桥非千百金所能成。彼僧何人？本领不弱哉。"桥下坐一乞丐，见路人辄乞钱。有知其底蕴者，曰："此即数年前不肯摆渡彼僧之渡人也。"

噫！奇哉！所谓彼僧者，乃一落魄颠陋之穷酸。何德何能，有许大之资，为众生作此千金功德哉！读者诸君，勿促勿急，其静观下文。

某僧既循他道归，遂立志募化巨金，以造此桥，而报渡人。于是何论乡镇市，凡离安亭稍近者，咸莫不有此僧之踪迹。曰倚其中云。菩提寺本一有名之佛刹，善男信女，见此贵重之方丈，竟亲自募化。知其底蕴，嘉其志，咸争助米银。故未数年，至千万金。僧乃役石工数百人，往山中运石。石至，即亲监而造之。不数月而桥竟成。成之日，渡人仍在，僧笑谓之曰："今可践前日之约矣。"渡人默然而退。渡人既无生业，日益贫，至于求乞。僧闻之，叹曰："我虽不失信于众生，彼初何不悟者？竟一至于是。然亦自造其孽，天理昭昭，疏而不漏。"乃厚赍之。

僧于某年坐化。楚魂曰：世之立志坚忍不拔，而终归于成功者，此僧亦不可多得哉！所谓古之英雄，死于此哉！其志何不宏？曷不若僧之为，而使彼伧反为一文所迫也？呜呼！此僧可为地下一快英雄，而使未来英雄，勿自戕而又遭覆辙也。此僧亦可谓天下警醒人哉！

黄渡镇，西小桥西，有姚姓者。夫妇同居，无他人。夫名福卿，妻某氏。三年前偶起冲突，伉俪之间，致生猜疑，以致莺嗔燕叱，日达于闺闼之外。画眉之歌，荆钗相安，鹣鹣鲽鲽，卿卿我我，无复再现于此如锦如荼之青春后侣矣。

亲友闻其事，乃劝之，遂复呢喃之好。而福卿则反倚之若泰山，一粥一饭。非妻所自煮勿食也。本年五月二十一日，妻往邻家之召，代为刈草。一日不归，福卿遂一餐不食。及晚，妻归，又起龃龉。妻负气自睡，而福卿则卧于对床之柜上。夏日蚊吮，反覆不眠。有妻与夫之真爱情者，岂忍若是耶？

邻有闵姓老人，与姚家只隔一壁。夜半闻姚家开门外出声，初意其小便也。及久，不闻其返，乃大疑。至晨星寥落时，已披衣而直至姚家门首，大呼福卿已起身未，而并叩其门。姚妻闻声醒，见夫已不在柜上，而门又皆辟，大惊。应曰："不知昨夜何时已外出矣。"乃请邻人，四出寻之，皆不见。其后一人适往屋后河畔小便，见一人直立于河中，僵立若木。晌视之，福卿也。惊而奔告众人，乃相率以竿捞之，尸忽横而浮，乃捞之上岸，遂于当日入殓。此夫妻遂作断命鸳鸯矣。而姚妻之呜咽啜泣声，至今尝未已也。

楚魂曰：此余友孙君所讲也。余以为福卿之死，乃妻有外遇。恐罗敷有夫，不能耦使君，故出此下策耳。何哉？其可疑有五。三年前，夫妇曾反目，一也；及晚回家，又起龃龉，二也；半夜开门声，三也；尸立而不沉，必冤魂不散，四也；当日即入殓，五也。此等之事，安有贤有司雪而昭之？则冤魂解而淫妇罗，大快人心矣。

七月七日。 复郁祖伦君一函，系集南北朝诸家文牍所成，骈体也。郁君外号粲贻，家居昆山东北之蓬莱镇，有文才，家贫，常不能终其志。与余交情最惬，故不时通讯。其函抄于下。

执别溪阳，嗣音阻隔，箭阴长逝，流水不归。而春华来被，早石开鲜，知摄卫惟宜，动静多豫。君屏居赋闲，肆意典籍，文章轶驾于南华，疑庄生之再见。风雅追踪于西楚，信屈子之复来。顷赤帝运殃，才生抱恙，冥术不庸之痊，宜卜勿药之愈。致彼老饕，快我怀襟。璧生平爱嗜，不在人中。林壑之欢，多与时夺。视阴愒日，此心往矣，犹复少存闲远，澄怀清旷，栖寓竹荫，匪云止息政複颇寄夙心。时得休偃，仲长游居之地，休连所述之美，望慕空深，何可□□？但衡巫峻极，汉水悠长，何时把袂，共披心腹？言及增哽，揽笔无次。

璧此次投考师范，不与正取而列备取，惭愧殊甚。钱君永福、钱君咸，亦均落第。同侪境遇相同，徒增呜复。附白。

呜呼！情海茫茫，无边无岸，若小艇之飘荡其中，西东不辨，南北难分，鲜有自知其将覆者，于此下有人焉。生于情，死于情，伤于情，哀于情，而不知情之所从出。其地为孰，即古之泗洲城，今之洪泽湖是。

泗洲古为一繁华之区，人烟稠密，街道靡华，郊外三里许，有一大草场。草场之中，累累叠叠，皆昔日无定河边之枯骨焉。其傍垂杨之下，一大荒冢，高出于地面。树上饥乌，哑哑而啼。众鸟啁啾，噪声杂起。若为此不幸之情侣，诉不平鸣者。

一天好梦，幻成镜里空花。此中人语，只可为伤心人道也。嗟嗟！人海茫茫，从一一推其来踪去迹。我既堕文字之障，彼适结翰墨之缘。伤心人语，则说与伤心人知。过眼云烟，飘瞥散袅于空气之中耳，矧偶留鸿爪，我又奚必刻舟求剑，必欲一一写其实在哉！

长眠于此荒冢之中者，为少年吴氏梦华，及其表妹薛氏纤云。梦华固一多情少年也，父母并在，家饶于资。纤云父母双亡，寄寓舅家，自幼与梦华相处，嬉戏不忌，以致两小无猜。年小于梦华一岁，而梦华之年则在十七，时已各读诗书，曾受完全教育，而吟咏弄笔，常闻于此侣之中，宁不知即钟情所由耶？相处已久，兄妹爱情，固有甚于画眉者。卿须怜我我怜卿，虽不及于私，而湘江泪由是滴滴下矣。

茜窗风雨，滴滴愁人。郊外之大厦中，窗前坐二人，一少年，一女郎，即此多情之施梦华，及其表妹纤云是。梦华手执小说一卷，西向坐。纤云双腕扶于桌，面南向，手执笔作小书，□鹊无闻，若静心默领此亲爱之情者。梦华正凝视间。忽一手拍纤云肩，微语曰："云妹，兄今读此爱情小说，情不自禁。未知云妹观之，有此同情否？"纤云闻言，置笔于桌，受而视其签，则鹓鹑所著言情小说《圆月是》。

纤云取而阅毕，红晕于额，□犀粲然，微笑曰："兄欺妹乎？妹年幼不谙世事，男女有别，何以此言戏侬哉！侬虽不耦，决不若此蕙娘之遭遇，而受人救援，以使人全其俪伉。"梦华亦笑曰："兄虽失言，然妹亦忍哉！"两笑而罢。

某年清明节，湘畔平畴绿野中，农夫孺子，放声作歌，音韵深长，而白鹭黄犊，往来其间，已闲然不与世外为缘矣。一画舫行绿波中，如入图画。断桥颓岸边，一枝二枝桃花，乱红上树。风来时，则作落叶之缤纷。嗟乎！花开花落，本属随意之天，那足着行人流连耶？此舟中之主人，即吴梦华。梦华之出门为何事？读者自不得而知，然作者亦不知。故缀其日记列下。

十三日。余未起床时，慧蔼来告曰："云姑娘昨夜偶冒风寒，稍有寒热，今日仍未清，勿能起床也。"余曰："姑娘粥已食也未？"慧蔼曰："水勺不入口。何能食粥？"余急穿衣起，命慧蔼代理梳洗讫，急共入云妹卧室。时吾母已先入，余急于见云妹，不遑请安。坐云妹床沿上，揭其帐，微声问曰："兄昨夜别时，妹体无恙，今忽冒寒热，兄甚为惦记。未知此时凉些否？"云妹欲撑起坐，以头眩故，不能起支。两颊微红，香汗淫淫。余急止之，不必起。云谓余曰："累兄早起，侬甚不安。今汗虽已出，而身体仍热。请勿为念。"余曰："时已晏矣。往日亦必起身，妹勿多意。"余口中虽言，两目直注于云妹之面，倾国倾城之貌。春花秋月之容，丹铅不御，而风姿韵然。坐对玉人，身非草木，孰能敌此情愫哉！

十四日。天初明，急穿衣而起。慧蔼劝余再稍睡。余曰："余甚记念吾云妹，昨夜一宵不曾□眼，今故早去望之。"慧蔼曰："昨夜婢闻公子踌躇一夜，原来为此。第亦须自保身躯，长此平安，方能去视云姑娘之疾也。"言讫，憨笑。慧蔼，余最宠爱之婢也。有侠性，与余有同心。余有不惬意之事，每告之，彼必解劝。今闻言，乃谓之曰："妹乎？汝知余心否？云姑娘，余所爱也。一旦相离，余寝食不安也。"慧蔼微笑曰："休作情语。云姑娘闻之，恐又将娇嗔矣。"余亦笑曰："毋多言。去休。"入云妹室中。见云妹已坐于枕上，一小婢为之捶背。余问曰："昨夜睡安否？"云曰："多谢阿兄绝早来！侬往后决不敢当。侬昨夜略安，明日必可愈矣，请兄勿以为念。"余笑曰："兄并非为妹早起，系昨夜不能合眼，在床闷闷，故见天明即起也。妹勿劳神记念，愧煞兄也。”慧蔼在旁，笑曰：“恐一夜不眠，亦为着云姑娘耳。”云粉黛现红，视之而笑，余亦解颐。又略坐一歇，为云妹讲古事一则，以解病闷。讲毕，叮咛而别。临别，纤云曰：“兄能长此谈话，侬病中可以不寂寞矣。”余诺。

十五日。顷医生来治云妹疾，据云，系风寒略带伤食所致。服药一二剂，发散即愈，余大喜。

午后。城中姨家二表妹荭玉、荭英来视云妹，云妹招余相伴。二表妹系在淑英女学肄业。荭英性又直，多言笑。与余谈科学，齿芬濯濯，娓娓动听，不惯作小家女之羞态，余今又得一知己矣。至夕阳西下，乃告别。余约以假日再来舍，荭英嫣然笑诺，同其姊翩翩乘风归去。

十九日。云妹房中小婢来告曰：“云姑娘于昨日不见矣。”余急问曰：“何处去矣？”曰：“门窗未辟，未知从何出。今晨已四起寻觅，仍未有踪迹也。”余闻之，晕绝于地。及醒，则吾母及慧蔼在旁泣。余曰：“儿已醒矣，母亲勿悲。云妹有踪迹否？”母曰：“汝初愈，云儿之事，汝切勿多念。自有我等为之寻觅。”

呜呼！吾生不辰，鲜有兄弟。既有此同心之表妹，而天必夺之哉？云妹之病，余决其必无妨碍，孰知事有不测，病未愈，而云妹之踪迹已杳。云妹吾知己也，其贞操之性，一见可决，余以为必不有淫奔之事。然则何处去耶？非为强暴所劫，即为骗子所骗耳。悲哉悲哉！我恐此挚爱之云妹，或将从此不得见也。

二十一日。今日而知云妹因为为强暴所劫矣。父亲云，云妹不见之夕，曾闻屋上足行声，由此可无疑矣。然天有涯，地有角，尽吾足之所至，或可见我亲爱之云妹一面也。

二十四日。余决计往矣。今日天气甚晴，北风亦大。往长沙一推，或可得其端倪，尽力所之，翼有望也。

舟行或前，过白螺矶，经临湘，历武城矶，道岳阳，沿石城山，临汨罗江，路出湘阴，而直抵长沙。停舶船埠，及晚。梦华上岸，带一小奚奴,闲步入城,觅食馆晚餐讫。闲游街市,亦无心观览。至夜,出城作郊外游。弦月明洁,山光如水。至一大森林,万木参天,风吹作金石声。穷其源,则磷火闪闪,骇人耳目。梦华胆故壮者,亦不惧。又前行,忽一碣直挡其前。梦华又好奇,命小奚奴取火烛之。则上鐫非他,即梦华念念不忘之薛氏纤云之墓。梦华大骇,失声曰:"云妹已死乎?"遂晕绝于地。

及醒,则身在舟中,家人四环其侧。闻小奚奴曰:"速取汤来,公子醒矣。"家人应声取汤至。饮讫,又呈上一函。梦华揩目视其签,其母所发也。拆而视之,正言纤云之事。其略曰:梦华吾儿知悉,云妹已于十九日病故矣。所以不告汝而诳以不见者,知汝本爱汝妹,而恐伤汝心也。今不得不告者,则又恐汝四出寻觅,伤劳身体。如有三长两短,余又将何依?汝当念汝母惟生汝一人,早断此思。云儿夭死,余焉不悲?但悲亦无益耳。汝知不能忘情者,则抔土即在城西,可往一祭,以完汝兄妹昔日之情。事毕,即速返家,勿留连在外也。

梦华读竟,一恸又绝。家人更番守之,至天明,又醒。命家人备祭筵,往纤云墓上祭之。梦华行礼讫,伏地大哭,欲诉旧情,而不知言之何从起,愈觉哀咽。嘤嘤啜泣。巫峡哀猿,衡阳断雁,无此声之凄楚也。及祭毕,停泣返舟,命舟人返棹归。

抵家。谓母曰:"儿愿移云妹之柩,于儿书斋之外,早夕得敬一勺水,则儿心安,否则愿从之叙于泉下儿耳。"母不得已,许之。乃于斋外十武外,命人往长沙移纤云之柩,至而瘗于是。自是花前月下,梦华辄翱翔其下,非哭即叹,脉脉含情。情丝难短,而九幽贞魂,未知动心否!

不数月,梦华病。水勺不入口,日殆二日。母单生一子,日望其愈,而不知即由此情魔而长逝也。奄奄一息,早不虑夕。梦华谓其母曰:"儿早知必死,请母勿念。惟未报乳哺之恩,儿虽死不安,然亦无可奈何。死之后,儿有一言告于母,请勿罪。儿愿与云妹共一穸窀。"言毕,气已不续,不待其母之答,已离此红尘,坐证花果矣。

梦华既死，其母大哭。从其意，与纤云同穴郊外土山之前。二人既归斯土。三月之后，有盗发视，则棺木已朽，合二为一。纤云之骸上，又抱一男骸。女之殉衣犹白，男则容貌仍旧，含笑面红，其手枕于女之肩胛间。盗引而离之，则男骸顷刻即化为灰，无复原形。呜呼！天长地久有时尽，此恨绵绵无时绝。吾《茜窗泪影》，由是告终。

楚魂曰：情者相悦于心，终其身勿能止也。是以圣人不禁，俗子无之。彼吴梦华、薛纤云者，早夕同处，尤难为情。故其情也，铭于中而勿泄于外，所谓神领意会、心悦默服。长此终古，何能断怀！今同抔薄土，了此爱情，花好月圆，花已残春，月逢下弦，日远一日，而与人世违矣。

十四日。夜梦阅一书，书名已忘，中记有云：近安亭吴淞江之南岸，有石美人首，其初本人也。……其下历言美人事。余反复思之，终不可得，迨已杳如黄鹤矣。当余阅时，自思此段可修入安亭镇志。惜乎！已忘其底要也。十五日晨，六句钟书。

附梦余小识

梦余小识，乃丁巳十一月，在东庄与钱君永福所共纂者也。以未成全书，故附于是后云。

鸡与蜈蚣

楚　魂

余闻之村人言，鸡与蜈蚣，有不解之怨。故鸡见蜈蚣，必啄食之。蜈蚣见鸡死，必破腹而食其肠。初不之信也。后村人某姓家，共有人口十余。一日，忽阖家起一病，若腹中有物咬而作痛者。百医不愈，邻里皆不得其故。忽一道士至，自言能治之。主人延之入，揖之曰："固能治愈者，愿以千金为酬。"道士笑曰："余非为银钱而来，盖欲了一段因果耳。"遂命人取一鸡杀之，煮熟，而使主人食之。主人以为真也，遂欲入口。道士急以手夺之，复命之食。主人不解，复食复夺，如是者再。而主人不耐，忽觉涎流口痒，喉中作呕，吐出数物，皆长寸许，血肉模糊，昂首而动。道士笑曰："君病愈矣，速将此法去治他人。"主人谢诺，叩其故。道士曰："此病未作之先，曾食鸡肉否？"主人寻思久之，曰："有之，但已十余日矣。"道士曰："真此物作祟也。君家所食之鸡，先时曾食蜈蚣。蜈蚣之子，恨入骨髓。及鸡死，至夜深人静特必来食其肉。虽梁柱之间，彼亦能上也。食时，雌有偶生子。及后，人食之而不觉，腹中遂生蜈蚣。腹痛，即彼咬也。此吐出者，即蜈蚣也。食人精神，不少，不易使死，余当带之归山，以防他变。方纔使君食鸡而夺之再三者，诱彼之法也。盖此物一嗅鸡味，亟欲得食。再者以后，彼势不能耐，遂从喉出。君今病虽愈，禁食鸡三年，方可全痊。若食而复发，恐不可愈矣。盖再诱彼，彼不肯出也。"说毕，作辞欲行。主人谢以金，坚辞不受。惟持数十蜈蚣而去。其后一家之病皆愈，均无恙。惜未问道士之姓氏居处也。

楚魂曰：因果乃佛教之常谈也，不意村间果有其事。然无因无果，世敢有大逆之事焉。亦要旨也。

猫　鱼

楚　魂

丁巳十一月三十夜，梦己身为黑猫，蹲于膳堂中之桌上。彼时旁有二黑猫，余梦中以为与之同类也。相语久之，忽众猫齐奔，至蕴玉楼下，余亦随之。彼时忽来一猫鱼，身倍大，来抓猫食。余亦自知为猫，故亦爬至一竹竿。正爬之时。偶失足，余大惊，恐为猫鱼所攫，则性命不保也。急复抓上，得无恙。正蹲在竹竿之际，忽又有四大黑猫，自空降，捉住猫鱼。众切齿已甚，余亦以刀剖其腹。闻之彼四猫语曰："此欲食余等之猫，曰猫鱼。"四大黑猫，乃天所遣以救我等者也。余寤，不知所从，故亦笔之，以质之学者。

楚魂曰：余梦此之时，值此书指《梦余小识》开端之第二日，何余得材料之易耶？意者天恐余等无知，不能成篇，而赐之此梦欤？然亦未可定也。嘻！异哉！

初不解猫鱼之义，后细思之。吴中渔夫，捕小鱼以卖与人家猫食者，曰“猫鱼”。意即此也。世有猫食猫鱼，而猫鱼食猫，乃事理之反常，不可为训。岂亦佛家所谓因果欤？戊午九月二十五日。校正至此。楚魂识。

续蝴蝶梦

此篇本名《梦交蝴蝶》，楚魂以为不雅训，故改今名。

吾侪日间苦用脑力，至眠时，觉得衍字心思乱想，不易入梦，本为酣眠二字，楚魂以下句亦有，故改。加以鼠啾啾作声，使余曾不酣眠。乃自静心去思，不刻而已入清梦矣。忽增出余身如置异地，日中稔识之人，隔然不见。乃前行，路径曲折，万态幻状，无有原作“所”字不见。忽见衍字前途影影有人形，原作状。乃趋步追寻。原作焉。忽一人在余前，此句本作“忽即在前”。羽衣翩翩，本作蹁跹。揖余二言曰：“君今处世，曾未曾应改“仍”知处世之道也。”余疑而增“而”问曰：“何言之若是？”本作“为然”二字，楚魂以为无义，故改。其人曰：“吾人生世，如同黄粱之梦。见李秘《枕中记》。富贵荣华，一瞬间，即化为乌有。世之争名夺利者，求学待时者，贵显者，遨游者，自始至终，莫不皆然。人生一世，本作“若梦”，楚魂以与下句打叠，故改。为欢几何？吾子日日从事求学，不遗余力。安知山穷水尽时，亦得借而为用乎？古人秉烛夜游，亦以浮止若梦，自寻乐事。况吾子年轻精足，为乐更易，本作“多”改。曷不去此烦恼之求学，而从事于诙本作“谐”语谐文，以遣此梦余本作“寂寞”二字，与上语不合，改之岁月耶？余聆其言如当头棒喝，故后改名曰“波流棒喝”，见《东庄友谈》。转瞬间，目前变为本为“忽觉目前”，楚魂以“忽”字太多，故改黑暗，其人化作本为“为”字一大白蝴蝶，翱翔于余前。随风翩跃，洋洋自得。向上而飞，须臾不见。余方惊骇间，值同学徐君咳嗽一声，遂惊醒。床前灯光幽暗，窗外风声悄楸。事耶？梦耶？

非梦耶？梦中之梦耶？梦中之非梦耶？非梦中之梦耶？非梦中之非梦耶？余不自知，请质之来者。

悟生曰云云，以下列于下段之末，本作二篇，下篇名曰《病见阎罗》，义既不合，文亦相同，故拼为一篇。悟生曰云云，列下之末，以别全篇。下接上段。

余自梦蝴蝶后，精神仿佛，坐立不安，饮食改少。久之，水浆不入口，面目黄憔，余自以为必死矣，定是前梦之遗系也。岂庄周欲收余为徒生乎？是夜梦寐之间，忽见一使者，入门而来，手持简帖，向余曰："大王有命，请君速去。"余曰："余病不能行，奈何。"使者笑曰："君起试之如何？"余不得已，强自床起，身病若失，足行如飞。随至一处，宫殿巍峨，若显者第。使者导余入，至殿中，中一王者，冠冕仪肃，向余作揖，谓余曰："鄙处少一护花使者，君盍就之？"余不知所答，惟唯唯。王者面现喜色，本作"大喜"。命人导余至一室，取白衣一袭，命余穿，以为职衣也。余受本作"遂"而穿之，觉身轻为鸿毛。视本作"余"身已化为一小白蝴蝶，两翅一振，本作"跃"。自能飞行于空中。不顾其人，本作"无门得出"，余以与下文不合。改。乃本作"忽"飞至一花园中。百花盛开，芬芳触目，洋洋自得。余思前身为人时，梦庄周化为蝴蝶，而今余亦为蝴蝶，岂余平日所能料哉？

今增出庄周使余为蝴蝶，与自使自为蝴蝶，俱本作"亦"未可知。庄周化蝴蝶，蝴蝶化庄周欤？余化为蝴蝶，蝴蝶化为余欤？亦未可知。飞东飞西，自觉惫悴。忽飞至檐下，蛛网密布，余身遂为所罗，不得摆脱，泣泪狂呼，无有救应者。忽删"然"字檐角爬出一大蜘蛛，形如雪豹，缘网而来。余大惊，全身战悚，吓吓寒心。蜘蛛删五字前来攫余删"以"字以食之，余痛大号，惊醒，而余身仍在床上，人类故态，毫无变易。下删一句。家人进粥汤，余饮之，精神爽快，血脉和均。余即奋身跃起，举本作"运"动自由，毫无病态，本作"阻碍"。而身病全失，乃增出外行。增一字。至走廊，仰目四视，增七字。见檐角适有一白蝴蝶罗蜘网，而身已剩半。增五字。噫嘻！何其事之与余同耶？乃以其梦，告之本作"知"家人。家人曰："汝病方愈，不可在外游行，本作"欢"。宜居室静养，梦即由病而生，本作“来”，删“也”字。无有关系，汝勿妄想。”余聆之。屋居自思，此句上删一句。又觉疑异不能释。增三字。余居床数日，诚属病焉。何一夜之间，而使疾全愈？删“耶”字。庄周所嘱之言，余未尝不从也。岂从之不得其当欤？昔庄周化蝴蝶，而不为万物所伤，岂余不及庄周，而不当为蝴蝶耶？然梦中之蝴蝶，与檐角之蝴蝶，因为一欤二欤，事又若迫真，使余疑更不能定也。增三十字。蕉下悟生曰：昔庄周梦为蝴蝶，不自知其为非蝴蝶。岂余所遇，亦数千百年前之庄周化身耶？庄周以己处处人，欲使数千百年后之蕉下悟生，同其翩翩。妄想非分，亦难矣哉。故身遭蜘网，而伤其身也。“化身耶”句下，与全题多有不合，故余以己意酌，改之。

改文本非当事，余以悟生老友，必不我责也。或增或删，皆注明之，以存庐山面目。

余所增删，岂无不当？凤毛麟角，是所望于大雅。

物理名言，与人情冷语相间出，有明以来，不之见也。评。

戊午小春上旬六日，楚魂校至此，偶记。

伤心人语叙

曰叙者，非叙首之叙，乃叙事之叙也。

楚魂曰。物得生为人类，孰能免伤心事？男也女也，老也少也，农也工也。出塞之征夫，仕宦之学士。童子处女，比邱优婆，莫不皆然。然人各一性，性各一天，农不可以语工，兵不可以言仕，童子不可以语处女，比邱不可以语优婆，同是伤心，不易语人也。谚曰：“伤心人语，则说与伤心人知。”所云伤心人，境处非同，赋性各异。吾之悲语，不同彼之伤心，亦不可遽语以也。伤心者，出于天赋，铭及五中，近在胸臆之内，范在世界之外。其发也，嘤嘤啜泣，悠悠伤悲，草木摧残，金石激鸣，可泣鬼神，可起蛟龙，觉世界上无有同吾之伤心人语之，而欲寻之于世界之外者。衡阳断雁，巫峡哀猿，不能喻其情之哀也。虽然，人何以不知他人皆有伤心事？曰：“未尝告之同心人，己不能知他人心也。”有是伤心，其始皆起于情欲身世所遭。思而行之，行之而不得逞，势不能不归于伤心。嗟乎！三千世界，本属琉璃光明。琼楼茅舍，繁市深谷，原凹凸于空气之中耳。何不幸生此伤心人，而成为惨暗世界哉！忆昔湘江斑竹，万古人悲。戈壁青冢，千秋鬼哭。小青未逢黄客，元稹不遇昆奴。汨罗江上，屈子乘风已去。仁寿宫中，侯妃化鹤不来。桑园空演寄子，佳人难能再得。岳武穆恨株于秦桧，南霁云惜灭于贺兰。易水有志，彼苍空示白虹。甘泉妄思，此航恨受风吹。兹数者，天数使然。人心难挽，至今动人口舌，使人悲怀，忿忿此心，未尝不欲思有以填其情欲也。思精卫填劳，难填情海。女娲补俭，未补恨天。徒劳梦想，无可知何。反思古既有此，今焉独无。楚魂千古第一伤心人也，父母已逝，兄嫂不睦。身即鳏鱼，难为鹣鲽。交比胶漆，不会兰亭。祖母年衰，有日西沉之根。己身时病，无云上升之企。空为世人，枉作学子。世无同我之伤心人，我岂肯作嗷嗷之态，而乞怜于人前哉！幸而口舌尚存，笔花犹在。不慊唠絮，愿赋长篇。后或不乏同我伤心人，或能为我一作解嘲也。

雁喉集

通信集第一种

正璧学兄惠鉴：

风风雨雨，生花笔几叹飘零。踽踽凉凉，流水音何能绝响？才华清逸，谁是知音？琴剑萧条，我为恨客。龙门喜获，同登马帐，曾经共侍他山之石，琢磨之益良多。喻风与萍会，遇之缘不浅。汪泽叔度，虽吟工部之诗。谩骂祢衡，忽割管宁之席。每伤心而短气，思悔过而负荆。始因鸠补危巢，懒性实堪偾事。继悉莺迁乔木，私衷无以畅陈。值此荷谢，残红露凝，惨白蒹葭，秋水伊人，起竟夕之思，云树江干，伤别添离愁之感。鸿雁不来，鱼书忽至。愿联千载之交，欲证三生之果。洒尽英雄之泪，感激情深。抒将哀怨之辞，凄凉味苦。知我者或收谅精卫之伤心而不嫌杜鹃之饶舌乎？此后相离咫尺，不妨携句相过，共醉醇醪，恢复交情如旧。寸心代语，指白水以为盟，片楮难宣，抽江兰以寄思。孤灯萧馆，藉慰牢骚，月夕花晨，务希裁答。肃上并颂 学安 弟苏兆骧再拜。

九月八日夜　赵君附笔致意

复兆骧君书：

秋风秋雨，增憾旅人。海燕海萍，每伤游子。值此萧条旧舍，独对孤釭，寂寞客乡，频起秋兴。良宵峰下，惯听伯牙之琴。明月畦前，素嗜王弘之酒。三生之约，未坚半载之交遽绝，施酒骂座，我本无心割席拒朋。君亦太忍。悼昙花之一现，人俱此心。吊湘水之无缘，音原同调。继思刎颈艳啧，廉将军尚一度负荆，何独市虎误听，魏须贾反不能待罪乎？乃者骊歌声起，劳燕分飞，易水波寒，英雄短气，谁识市马骨于风尘，孰肯加青睐于阮籍？海市蜃楼，人情幻化，白云苍狗，世事无常，每忆中散，风怀倍增。山涛惭怍，不嫌唐突鲁仲连，原是有人敢效直陈，山水音何尝绝响，乃蒙相如见爱，遽许订盟。管子多情，引为知己。雯身非木石，安能不有动于中乎？相离咫尺，本不妨携句相过，人事参商，奈无心觍颜再步，只得寄秋水以相思，望云树而寓怀。已高情深挚，敢竭雕技，渴念良殷，不顾齿冷，施丹黄于伪典，加、乙于杜撰。指正之惠，想知己不我辞也。

肃此敬复　并颂文祺。不一。

九月十日　雯谨白

兆骧兄：

昨夜我从自习室里出来，要想在操场上散步散步，由这静寂的境界里，去找出些诗料来。这时有位同学告诉吾说："你有封信在号房里，是位姓苏的给你的。"我想：姓苏的，我的朋友，除了你外再有谁来？因此就疯也似的跑去取了，就在那号房边电灯下看了一遍。看到末了第二段，这无情的泪儿，险些儿流将下来。兆骧兄！在这家族制度底下，果然不能没有痛苦；但你的痛苦，却要算(?)大了。你的身世遭遇，都令人凄然；可惜！我有和你同样的身世境遇，所以不能用话慰你；不是我忍心，倘能时，我的精神上，早已不至像现在般的痛苦了！末了你说要我批评一下子，我本来处在客观的地位，果然较容易批评；但你的身世和遭遇，都和我一般，叫我不能不由客观而变为主观，那么或许能说得透澈些。看我底程度罢！

学校生活，我敢断定一句，除了 gagou 的 shanti－haiketan 学校以外，那一所不是牢狱生活？但话虽如此，我们现在所处的社会，家庭生活，与学校也何尝有两样？因此不能不令人神往到那"乌托邦"去了。但要建设未来，必先对付现在；换一句话，就是要和现在奋斗；尽我的力奋斗，就失败了也没有什么打紧——上几句话，和我暑假以前的宗旨(自杀)已"我矛我盾"了。假能脱离学校，已好似米尔顿

(milton)的“乐园”，失了复得；比较我，你好似在“天旷神怡”的自然园里，去吸收那天然的奥蕴，为你学问造下一个基础，我好似依旧在狂风暴风的波涛里，没有人来引渡，只好颠覆这一世了。

你要研究哲学，我也有这种思想，不过是否能达到目的，尚另是一个问题。玄庐说：研究哲学，要从心理学、伦理学着手。吾们也何妨尝试尝试看。一个欢喜文学的人，强迫他拖着一枝毛瑟枪，在前一世纪里，或许是算荣耀——戎马书生的荣耀。但在现在，令人看了，也要暗笑得肚子痛了。学校里天天谈革新，不知他们究竟革新些甚么，想来不过为他们底饭碗问题革新些罢！我在二师的时候，竭力提倡新文学，可惜我没有释迦牟尼的口才，去说得“天花乱坠”，而塞住反对者的嘴，这一番苦心，廷抡或许能晓得。我知道你一定也有这种景像，我们底苦心，是一般的。我们所走的路，是一条的；我们的胸襟，只有互相告慰，有谁解得来？

言论自由，一定要争；争而不得，那我的责任总算没有放弃，也可对得住自然给我的灵觉（soul）了。那些 Old fashionable，我们不惜和他决斗，任他受“自然淘汰”！到我们功成之日，正是他们潦倒之时；他们或者还要向我们请愿，恕他从前的罪，替他做一个洗礼呢！你说我现在脱离了樊笼，我实对你说：我现在正似出了第一监狱，却去投了第二监狱，照样下去，终身没有出头的希望的了。此中情形，我给廷抡和余勋底信里，差不多常常说起，你可找出参看。

我现在要告你最后的宗旨了。明春决计换校，是不必说。我将来一定要在著作一方面尽力，并且想研究一种专门学问——即力子说说的经济学或社会学。能够这样，我的天才，已足够了，再要多，也不能了。目的是无止境的，或有变动，视我直觉的变动，再定。

我们现在唯一的要事，是要保持“固有之我”——就是天真。我们的肉体上无论受何种的压迫，这精神千万不要动摇一些，像我上半年的要自杀，正是是因由肉体的去就，就连精神也受了动摇，现在想想，还觉得很是危险；我现在精神上很是痛苦，正因从前刺激得太深了，一时不能澈底的觉悟，所以这样。因此我想，以后无论怎样，要替我精神下一番修养工夫，勿使他再蹈前辙，所以又想到那“固有的我”，更加可贵而更加可宝了。

你和铭兰女士的一桩事，我不敢轻自批评，时候又不早了，过一二天，我必继续的说他一下，我决不放弃“你的爱友”的责任，请你候着罢！

九、十、二晨七时　正璧　于一商

晚上或明天，我再续写信你。

兆骧兄：

今天早上寄你的信，想已经进了你的“智识之囊”里去了。因为时间的关系，要说的，都没有说完，现在没有事，再继续的写下去；请你暂时搁置你所爱的……也继续看我的话罢！

你告诉我和铭兰女士的一桩事，我敢说你是第一次对人说，对么？凡是生物，都有真爱；这爱也可说是狭义的天真，所以我们当任他自然。什么纲常礼教，都是假借来压制自然的；所以我们要保持天真——真爱，不能不反对纲常礼教。好在我们都觉悟了，什么纲常礼教，都已不入我们眼帘了；以后我们只销能够永永保持我们底天真，已够了。西人解释这 love 字的意义，不像吾们单指那狭义的两性之恋爱；是举凡亲子、朋友、兄弟，都包括在里面；归总起来，可以说是“广爱”。所以我以为爱情之爱的人，对于他的父母、兄弟、朋友，一定比较别的人对于他的父母、兄弟、朋友的感情，加上一等。去年我读你的《哭祖母文》，我就知道你是一个有“真爱”底人；现在你告诉我铭兰女士一桩事，益发使我确定无疑了。

在几年前——新思潮未波动以前——居然能实行两性间的“自由恋爱”，这正是一件难得的事。我想：真的爱情，不在形式——肉欲——而在精神。形式有尽时，而精神是种 personality。你能够永久不断你精神的爱，伊也足够销受你了。就是你对于你底天真，也好交代了。恋爱而受人强制，究竟是件苦痛的事；因你的两性中间的爱的失败，却引起我朋友间的爱的失败史上的悲观来。

九、十、二午后

我朋友间爱的失败，不是朋友弃我，是人家用法儿把我们分离，使我们形式上隔膜。但我们也常说：我们底交情——就是朋友的爱——是精神上底交情；所以他们无论怎样，就是拿我们一置在天之涯，一置在地之角，也没有用的。康白情书底诗里，曾说过："世界上只有爱……"我们现在的眼光里看来，正是也只有爱。虽然两性的爱与朋友的爱，形式似乎两样，但真的爱，是决不有二元的。我生本没有用过两性间底爱，也有一个原因，就是我从前曾抱过"独身主义"——我日记里做过一篇文章，说明抱独身主义的理由。今年春里，因精神上的觉悟，就打销了。我又曾做《非独身主义》一篇。所以不但没有示爱于异性——女子，并且连这思想——求偶的思想——也没有。不然，我也很愿意赤裸裸告诉你呢！现在你的痛苦——隔绝两性的爱，和我的痛苦——隔绝朋友的爱，倘把他融在一炉里，就是用化学的手续，也分解不出的。正因为名义上硬把他分别，"爱"是一般的。一般的爱，自然没有谁能分解出来！

上边无伦理的说了许多话，只好请你去分析了再理会罢。我底身世，也约略的和你说说。我久欲以身世告人，只是没有人能理会；我既是你底"第二个我"，想你一定爱听的；不但爱听，我知道你还望我告诉你呢！我才出八月，就没了母亲；六岁，又没了祖父——外祖父，因我父是入赘的；八岁时，父亲也没了。从此以后，我就做了世界上独一无二的孤儿。我从小跟祖母过活，饥寒衣食，都是伊照管的。我再有一个哥哥，他十七岁时，就结婚了；未结婚以前，他是很爱吾的；到了结婚之后，因为要保持他们两性的爱，形式上就待吾两样了——实在是他们的不澈底。我的嫂子，就是你嫂子底第二，我也不忍说了；所以前年起，他们夫妻俩，住在他们的外家。我底家里，只有我和祖母二人了。再加上，我出外读书，家里单剩祖母一人。因此我从前在外，常常记念家里；我常说：我倘父母都有，我也不会多此一番哩！

九、十、三、八时灯下

昨天，我和余勋，康民，在华龙路游玩了半天，到夕阳西下，方才回来。我现在另外要告你一桩事，这事我本想不说——且又难说，但我底良心却不容我。究竟什么事呢？原来，上星期日，我约余勋和我游玩。他因疟病初愈，所以辞了我。我误认为他为冷待我，心里非常懊恼，且又非常悲伤——因为我的朋友，只有他一个呢！

我曾把我所忖度的，告诉了康民。那天，你到我处的时候，刚巧他的信来，我看了后，方才懊悔起来，原来我真差怪了他。昨天他和我游玩，我知他非常疲倦；他也似知道我前天怪他，所以忍住倦容，强若没事般的。唉！我算不猜破他的心理，我是知道的。只可恨我前天差怪了他，又不能坦白的面告他，我心里真难过咧！这种虽是小事，仔细想想，却很有意味。我现在把这事告诉你，无非要你告诉他，我已在我们俩的“爱神”之前，忏悔过了。以后这种心理永永不发生了。

我从前和朋友通信，都留底稿。此次和你通信，因时间经济，没有留着——就是以后，也想不留着。倘我有空时，问你借来抄录，你能允吾吗？不留底稿，也有一个原因，因为从前的信，都很短，容易抄副的。和你的通信，是很长；又因想请你改正改正，然后再抄，所以都不留稿。

我读了《三叶集》，很想和几个朋友照样通信。你既同志，以后永久的继续下去罢！这次总算是尝试，差的未必能免；但“自古成功在尝试”，胡适之的话，是不欺我们的。

我想自修一种英文法，你可告诉吾那一种最好？可惜！我这里研究英文，没有同志，所以很少兴趣！

你的知友　正璧上 十、四、灯下

我写字很潦草，请你谅我，是时间迫着我这样的。

正璧兄：

我的一种“冷澹孤寥”的心，却被你的两封信暖了许多！我却有些对你不起，因为自己有不幸的事，偏要引起别人的愁苦——费了许多墨汁来批评、安慰，和劝勉。我真真对不起你，你难道是个天使，用了“五饼二鱼”的手腕来救我这恒河沙般似的“嗷嗷待哺”的可怜虫。庄周说：“涸辙之鱼，不待西江之水。”我现在的心境，真是如此；你居然用灿花的妙舌；任我的环境是怎样的黑暗，也应该有一线的光明了。

上星期日，我因为有点小事——和一位朋友去买东西——就不能和你谈谈；就是你的信，也不曾复你，要等你第二次信来，一起回答罢。今天课后，我坐在自习室里，望着池塘里的半残半青的荷叶儿，带了憔悴可怜的颜色在西风兴上点着头，常是静悄的和呆坐的我保持相同的态度，忽然来了个翠鸟，飞了几个圆圈的空中航路，就息在一柄荷叶茎上，呢呢咽咽的好像殷勤安慰似的。在这个当儿，送信的人来了，我盼你的信来，你的信真来了。我心里的现象，你可以猜着了，猜着么？

我和铭兰的受了魔劫，却不曾和别人说过——说给无意识的人，不如不说反较好些，承你用最持平、最公正地话来指导我们要保守精神上的爱。这句话就是铭兰听了，也不晓得流多少伤心的泪呢？请你受我的从良心逼迫我的一句话：“谢谢你。”你说我是有“真爱的人”么？我觉得受四面的情网环绕——亲属、兄弟、朋友，我坠入网中，逃也逃不掉了，况且又不必逃的！从此以后，我要把你的话刻在脑膜上了，但我的脑膜上的空白狠多，你能常给我几句“金科玉律”填满他么？

你的文学都含着一种 Philosophy 的气息，这真是我“望尘莫及”的了，为什么造化小儿给人一些儿“慧根”，就使人受无限的折磨？你的小史，读了一遍，我的心好像浸在醋里，呼吸也促了一会。你的祖母和你，正如李密的《陈情表》里所说：“臣无祖母，无以召今日；祖母无臣，无以终余年。”你要怎样的向 Success 路上走去，好慰你的祖母呢？

□是人生的最大的阻碍，□是人生最大的助手。我们无论对于什么事，都要在这两者之间盘旋了许久；或者这个胜了那个，那个胜了这个，都是不满足的地方。余勋是个“天真烂漫”的少年，况且他和你是感情是再好没有的，他断不会无故的辞约，你的懊恼，我已经介绍到他，他说：“我并没有留心这些事……”你的心可以安了么？

你的“片纸只字”都是我宝贵的，自然是保存。望你以后皆用这样文簿的纸做信纸，因为我好把他们集合成个小册子，做我们的“雪泥鸿爪”罢！

我的《中学英文法》，内容狠好，等余勋去看你借给你看；看完了再向我借别的。我终日里读的著作，恍惚和他们周旋，也不晓得自己现在在何地何时了；却少一个人和我讨论；正如你一般的抱憾呀！余勋的英文程度虽然狠好，他却不欢喜和我研究，不肯指出我的错误，就是孔丘的一句话，“以吾一句长乎尔”的隐痛，他的“客气”就是我的“晦气”了。你遇着他，请你替我要求他一番。

你这几天有什么代表思想的著作么？我狠望你寄点来饱一饱我的眼福。昨天晚上我读胡寄尘先生的《新禽言诗》，现在寄给你看了，我也仿效做了几首；余勋也做几首，一齐寄给你，请你改正一下：

（一）割麦插禾（余勋）

割麦插禾。好农夫，莫愁苦。赋税重，不必顾。春种能尽力，秋收自会富。快快工作，割麦插禾。

（二）得过且过

得过且过，安闲懒做。事多猬乐，理不清楚。得过且过，现在吃苦！

（三）姑恶

姑恶姑恶，都是媳妇懦弱，无力反抗。姑也是人，妇也是人，姑见了妇，也会微笑。到那时，合家庭亲密和爱，何等快乐！

（四）不如归去

不如归去，合家团聚。尽吾所能，取我所需。悔恨当初误当兵，今日欲去不得去！

（五）行不得也哥哥

“行不得也哥哥。”哥哥道：“什么行不得；前途虽黑暗，光明自己做；我事我不做，还去等那个？”

（一）割麦插禾

割麦插禾，食指繁多，一人懒惰千人饿。哀鸿嗷嗷，是谁之过？食指繁多，割麦插禾。

（二）得过且过

得过且过，今天事，明天做；忙碌也过，安闲也过。少不勤力，老来受苦，无衣无食，欲过不得过，只好去叫化。君不见，红庙弄，十字路。

（三）姑恶

姑恶姑恶，姑何为恶？何为甘受姑束缚？生儿不爱，爷娘恩薄。寄儿他巢，给人鞭扑。爷娘如此，休怪姑恶！

（四）不如归去

不如归去，救我黎庶。醉梦甜嬉，不知觉悟。武人弄权，书生忧虑。黄祸黄祸，不如归去。

（五）行不得也哥哥

行不得也哥哥，哥哥行不得！恋爱自有，朝不保夕，当初懊悔曾相识。谁知君是轻薄儿，不知爱情知好色！

（六）提壶卢

提壶卢，提壶卢，戒了鸦片，不离酒壶。禁烟不禁酒，官警太糊涂，提壶卢，酒可沽。国破家亡民做奴，自有人来打你壶。

上面六首是我做的，望你切实的指导呀！再谈罢；你看得狠倦，也暂休息罢！

弟兆骧　九、十、五、夜

兆骧兄：

昨天起身早了些，一个人孤零的坐在三层楼上自习室里读

Tales From Shakespeare 的第二篇。东窗外无情冷风，一阵阵地送将进来。读了半篇，身子不觉作抖起来，有些吃不住了。没奈何！回到寝室里，睡了一回，觉着冷得好些，遂起身就在寝室里誊了一遍《打破包办式的校长制度》——就是上次你来时，我正在做的那一篇，约有一二千字，抄罢，头里又觉得隐隐作痛，所以只好又睡了。誊的那篇，我已送入《时事新报·学灯栏》；倘不收，我叫他寄回；想再寄到《民国日报·觉悟栏》发表，将来终能入你的"智识之囊"里的，你候着罢！

你的信和余勋的信，都是昨晚十时将近到的，所以没有看到一半，电灯就熄了；今天早上又拿来细细读了一遍，觉得不忍放手，拿来再读。兆骧兄，你的文章，真也有一种魔力，令人读得"欲罢不能"呢！前次的信里，我杂乱的把我的意思发表一些；你就说我的文学都含着一种 Philosophy 的气息，这真令我"惭愧无地"了。我对于 Logic，没有精切的研究过；所以发表的文字，往往被直觉所蒙蔽；这一层；我还望你指教我哩。凡是有灵觉（Soul）的东西，都有真爱；何况我们人类？那些杀人不眨眼的兵士，和贪贿买国的官吏；他们的真爱，因为都被"服从心""利己心"制服住了；倘他"真爱"把他们战胜了，还复了他的本来，和我们决没有两样。所以用释迦牟尼的"觉他"眼光看来，我们简实应当可怜他；并且还要怪自己："爱我的，我爱的姊妹弟兄们，还在背着太阳那黑暗的方面受苦，他们不能和我同来，我便到那里和他们同住。"像陈独秀先生的这样心肠，方所谓"菩萨心肠"呢。因为我上次所解释的真爱，不大澈底——狭义的，所以再演绎一番，不知你以为对么？

我的说话，果能暖你"冷淡孤落"的心吗？我的文字，果能引起你心境的一线光明吗？哈哈！我写信的时候，真何尝料得到！我的身世，凄凉极了；你叫我向 Success 路上走去，我也常作如是想。但我的环境，他常常会迫我到 Fail 的路上去，若不是有"Fail 者，Success 之母"的一句成语在先，我早学（Roman）卢梭的自杀了。我记的在高小的时候，做过一篇述家庭状况的文字，教师批说："情词悲恻，如读李密《陈情表》"，其实我从前——未入二师以前——的直觉文章，十篇总有七八篇是"如读李密《陈情表》"咧！所以我常说，我的历史，真是一篇"哀鸿断肠史"；知道我的，没有一个不替我伤心的。

我近来发表的文艺，一篇也没有；现在我和你通信我就作他是一种文艺练习了。你们俩的"新禽言诗"都很好，你是从词曲里出来的，自然校外较好些。余勋的，我嫌他太呆板了；但他没有研究过古诗和古谣谚，居然能做到如此，已是不容易了。你的六首中，我最爱《姑恶》一首，其余如《行不得也哥哥》一首，亦颇不弱。我胡乱的批评，你以为怎样？余勋，他叫我有兴时也做几首信他看看；我也素知我的"片纸只字"，你们都爱看的；但诗是写的，不是做的；且待几天吧！我不欢喜打诳语，你们信我吗？

"独学无友"，是一件最抱憾的事；余勋，他也常常讲起，他的英文智识，在你处得益不少。但他的性情，我知道的；他虽说已学得静些，但我终不信他。他真所谓"坐凳头不热"的，我曾要求他，每星期日来教我英文一小时，他至今没有允吾，所以你对我说的，我真和你抱同样的缺陷啊！明天，他到我处，我便替你要求他，你静听好消息罢！

九、十、七上午九时　正璧白

我所有的书籍，余勋都知道。你要看，只管问我拿便了。明天上午，倘下雨，叫余勋下午来；下午再下雨，那么再说吧！又及。

兆骧兄：

我吃这愁苦无聊的生涯，摧残了一个多月；任是丈六金身，也应销磨得瘦短些；何况我是肉体呢？所以六号起，我就病了。表面上看来：我的病源，不是着寒，便是伤风；实在我的病源，却非常复杂，已"匪朝伊夕"了。精神上的痛苦，是没药医的；从前人说过"心病害得心药医"，心病没有心药医，那就是我这次起病的唯一原因。吾本不欲以极痛苦极悲惨的心境告人，惹起人家洒同情泪；但你以最知己待吾，或许吾的痛苦，就是你的痛苦，那我的良心，又岂容我见外呢？兆骧兄，我这次所写的，并不算是封信，不过是表现吾这一月来心境的文艺。老实说，我委实没告诉处，告诉没感情的人，还不如不告诉的好，真真有兼爱——墨子的兼爱——心的人，怕十人里还找不出半个；这样，叫我对谁说了好呢？除了你外，简实没有第二人了。

我写这信的时候，神经晕眩的有些坐不住，但一腔苦痛，不说出来，比神经晕眩更不舒服。所以咬咬牙，定定神，不管神思清不清，胡乱的写了出来。“词”和“义”，自然都不讲究的了，你是总肯谅我的。

我吃校长的开除，我倒不觉得怎样，也不因是桩羞辱的事，而瞒过别人。就是换学校，我本在未入一商以前——入一商的原因下面再说——是决定暂时的，入了以后，虽则不大称心，但也忍耐得过。吾最悲痛的，就是和我几位亲爱的同志分别；这一幕惨剧开演以来，我精神上的痛苦，未尝断绝一刻；倘这世界没有一歇，我的痛苦也绝不会的。吾还可用从前拿来表示两性的爱的那句“曾经沧海难为水”的话来代表我现在对于我几位最亲爱的同学的心思。一商同学虽多，但都不在我眼里；我岂不能传布新思潮到他们的陈旧的脑子里，但独木不成林，事情不就，挫折又见了；况我在学校不过几个月，领他们到了半路上，忽地放了他们，使他们进退不得，这不慈悲事，我是不做的。我对于他们，又很冷淡；因怕明年又演一离惨剧，我真要憔悴死了。所以在一商里，常常一个人冷清清地的，不是长吁，便是短叹。看看书，却不知看在那里，那心早又不断的想到那几位同志去了。虽然星期日总能会面，但时间是无情的，一刹那间，又分别去；怎能比从前天天会面，不但天天会面，并且还时时会面，那我的伤心泪，又安能阻他不下来？前天，余勋来吾处，在理当然是极快乐的；而吾适得其反；为甚呢？会时果然快乐，但过了那一刹那时，却怎么处呢？况且我因不顾到你校里，所以必要他们来吾处，吾心里又很过意不去。前天的晚上，余勋又专诚替吾送书来；他在那很黑暗的清心学校前的路上，着了些惊；吾虽则后来送他到小南门外，但因我身子发抖，不能送他到校，吾现在还有说不出的过意不去呢！

今天早上，我拿带好的那本《莎氏乐府本事》读，他的文法，一时解不来；偶然想倘这时在二师，不是问余勋，也可问你，吾现在已成了“独学无友”的人了。想到这里，一片似酸非酸的心血，从心田里直冲到吾脑海里，又推着这泪儿出来。唉！这说不出的痛苦，叫吾向谁说呢？总之吾现在目所见的，耳所听的；无一桩不是不触动我心事的。

我考入一商，也是出于一时的盲从，然也是不得已。我本来想插入中学的二年级，后来因匋广师许我转入一师，所以我不谋别就了；至八月二十五日，忽地回绝了吾，那时各学校大都已经考过了，倘住在家里，又要受亲族的笑话，所以

吾考入此校，定混他半年再说。不道痛苦跟着我心境而来，一天不似一天；精神受磨折，那会不生病呢？

从前给你的二次信，我简实都是敷衍过的。我本想和你讨论或研究文学，那末方才不致失去通信的价值；但事到其间，却又没心绪起来，所以胡乱的写了几句，就敷衍过了。

现在我最忧愁的，就是明春换校问题；最痛心的，没有人替我管这事，所以必待我自己去找。但我是一个未经人道的青年，没有一个有名位的亲友；现在的世界，不论考学校，都有个脚路才易进去，像吾呢？一定要靠吾自己的本领，吾自己的本领又有限的，那吾安能不忧愁呢？况且明春换校，非插入他二年级不可；吾现在预定三处学校——澄衷，复旦，仓圣——这三处学校，是否能合我意思，还不能知道。取不取，更不能知呢！唉！我是没有一个人和我商酌的，不过记在心里，告诉人，今天是第一次咧！兆骧兄！你肯和我商酌商酌么？

我现在的病，不但寒暖失常——时寒时热——还时时心疼。我从前并没患过心疼的病，这次忽然有起来，有的原因，大概可以知道了。唉！就是我的心疼碎了，我这心里的深刻入的影像，是决不容他销灭的啊！

这次回家，我预言星期六——十六日——即到校，究竟怎样？现在还难预定，大约是不会失期的。

我换校的第一原因，又系身世问题：为甚呢？我现在的用费，都是我祖母给的；伊今年七十二岁了，伊那样的希望吾，吾巴不得早早报酬伊。但“日薄西山，朝不虑夕”，伊近来也一天老弱一天，那吾岂有不担忧的啊！一旦变生不测，我中途废学，是当然的事；但伊不能见到伊的希望，也是一桩重大的遗憾啊！上边的种种造因，却日日酿成我愁苦。所以我想早卒业一年好一年，而事实却不我许，唉！叫我怎不伤心？

一片凄凉的言辞，传入你的心里，吾知你又不知要起若何感想。我拿这些无谓的言辞告诉你，也因你是知己。这三张纸儿，你看吧了，望你就用火化了。第一次扰你的心思，我还过意得去；第二次，我却不愿了。所以望你把他烧做灰，省得下次无意中见了再看。你如有信，可寄黄渡西市交我收便了……

十、十、下午　正璧书于卧室

兆骧兄：

昨天四时以后，吾睡了一回：祖母叫我吃夜饭，我方才起身。却不道足也软得走不动了，要打跌了，眼儿看东西，一件变做二件了。今天早上，觉得比昨天早上更不好！祖母要请医生，乡间的医生，都没有好的，所以吾不要看。兆骧兄！一个人睡在床上，因为心容易静，所以更加上心事。眼角里的水，何尝干过一回，这种景象，吾真难过呢！

你偶见匋广师时，你对他说：“你的可怜的学生谭正璧，为了离了他许多可爱的同伴和前途有种种困难，要被这痛苦和忧愁缠绕死了，你如有菩萨心肠的，你应救他一救呀！”——以上我并不是愤话，是一时的真话。

十、十一晨三时　正璧(阅毕请扯去)

你上次要我的著作，我没有给你，昨夜在枕上成了一首白话诗，写给你和余勋同看！

笑？哭？

夜深矣，
凉风送入窗里。
一阵阵似哭似笑的虫声，
在墙外狠亲热的叫什么：
“姊姊！妹妹！
哥哥！弟弟！”
忽地里一阵雨来了，
这声音吃他打散了。
远远地只剩得一个，还在那里诉什么别离？
“别离”？
我跳也似的坐起。
定了神，仔细思量：
呀！好好儿的姊姊，妹妹，哥哥，弟弟，
本在一起的，偏把他分做一起，
二起，三起，四起。……
这样就叫做别离。
唉！苦别离！
到了雨上风低，我好看你！……

十、十夜枕上　正璧

正璧兄：

你的信叫我受同样的痛苦——和你的痛苦所说的痛苦！你记得欧阳子《秋声赋》里说“人非金石之质，安能与草木而争荣”么？你的境遇是潦倒；你不是说过你要保守“固有之我”的么？你为什么这样自苦呢？我狠希望你从黑暗里自开光明，保持那“世人皆醉我独清”的宗旨罢！

我对于转学问题，曾费了若干筹划，也曾和余勋谈谈补救的方法；他却没有主张。我以为你能把英文研究好了，中学的二年级不难考取的。你只要尽心力而为之，自然达到 success 的地方；吾则精神上委了无穷的痛苦，又有什么益处。你还可自解：你可以说商业……假使考不取，你便满足了许多哩！

我恨我的能力小，不可以大帮助你，安慰你，和替你牺牲！不过我们要互相磨励志气，不应该把“侧身天地窄”的牢骚意志，印在我们纯洁的心地！你的痛苦如不狠深，趁早儿克胜他，我也好引“蔓难图也”的成语来警告你了。你理会得没是？理会了，就该保守“达观”哪！

望你早些来到上海，我有许多的话，关系你的前途的——要和你讲哩。我先将要紧的回答你几句，其余再谈罢！

兆骧　九、十、十一

《英语周刊》寄给你看看。

正璧兄：

你的《笑？哭？》的诗，使我悲愤，所以也没有心绪回答你，和你一首。那首诗好像听那“霜晨鹤唳”和“月夜蛩愁”的一般，怎能不引起旁人动情呢？余勋的《荷》诗，寄给你看，可以晓及他近来的感想了：

荷

光明的太阳，夹着几阵微风，造成一片可爱的春气。
正在这个当儿，那凋零的植物，都带着几分生意。
波平如镜的沼中，也有几张荷叶浮起，
大的如掌如盘，小的一点半点。
再过几时，更有那些鲜艳动人的红花，映着清淡的绿叶。
好事易过，光明和爱的太阳，忽变做懒洋洋地。
肃杀的秋风，也就乘时而起。
自此以后，欣欣向荣的草木，都含着些死气。

那鲜艳动人的红花，连踪迹都没看见。

所剩的，只有些委落憔悴的枯梗，托着几张破碎不全的黄叶。

“荷呀！荷呀！您为什么先荣而后枯呢？
您向荣时，竟叫我不忍一时一刻地和您分离！
您枯萎了，便使我不堪回顾！
您自己可知道，这是什么缘故？
难道那冥冥之中，竟有万能的恶魔？”

兆骧兄：

你覆吾底信，我已在家里收到。关切的话，我自然很感激的了。廷抡对吾说你星期三来看吾，我望着你，请你退了课就来罢！昨天我叫余勋问你说我要借本英文的《温德华士代数学》，不知借着没有？在家里的时候，我曾做了一首七言律诗，常久不做了，诗的气味都没有了；钞在后面，你替我一改罢！我身体仍旧，上课依旧不上；不过自修英文，和看看新文学书籍。自己要找些快乐，只找得个“无聊”；个中状况，真所谓“不足为外人道也”了。

你前日叫我同余勋说的，我当面不便说，曾在信里提起过，但他没有覆吾，吾只好也不覆你了。我也要请你向对他说：叫他教教我英文，不知他究竟肯不肯？……

头晕得很，就简便的讲几句吧！

九、十、十七、下午五时　正璧于一商

秋夜病中枕上作

半倚斜枕看残釭，似闻萧条远寺钟。玉笛谁家吹轻凤，杜鹃何处泣花丛。泪因梦到流难断，愁为相思擢更浓。来日大难莫复问，满腔往事已重重。

“轻”字不协平仄，因一时不得他字以代，姑仍之。

正璧兄：

上星期日我本来要去看你，因为家父才到上海来，要和我游玩游玩哩！你的病在这萧索秋光里恁得缠绕，我恨不能做出那陈琳的檄和子美的诗，把病魔驱逐远离了你！（《代数学》昨天下午送来。）

你的信，昨晚收到的，真叫我的九曲回肠不堪断绝了。什么《病中枕上》的诗，哀思缠绵，简实是听浔阳江上的琵琶，我虽非司马白傅，然而一领青衫，已经被泪痕印透了。我也索性和你一首，正如那同病相怜的口吻，写在后面，你看一下子吧！

我有句话要和你讨论，就是你年纪比我大，都称我是"兄"，称呼要适当，不应该要客气的，望你下会儿改一改罢！你以为然么？

我的《新禽言》和《机声》都在《觉悟》《平民》上发表，你看见过么？昨天我又寄一首《草和露》的长篇给邵力子了，等登载出来，你便看见。现在我肚子痛，那篇诗太长也不便抄给你，请你原谅！

我和你的诗在下面："独萦愁绪对残釭，几许惊心夜撞钟。文字有灵翻脑海，风尘何事泣书丛。旷怀直欲泪湖静，尝心何妨胆汁浓。读罢君诗已如醉，那堪魔障隔重重！"

兆骧　十、十九　于龙门

兆骧兄：

在这寂寞无聊的光阴里，烦闷得要死，忽地里来了你和余勋，等时像"死灰复燃"般的，精神上愉快了许多。我是个被人家所吐弃的人，承你们看得起我，教导我，可怜我；我虽则有厌世之心，也应早早打销了。我现在觉得我们的良心，都应当是赤裸裸的，有什么意思，就可用语来发表。所以我每每有了意思，就对你说——别人前却不是这样。你呢？吾知你是欢喜听的，因此我今天又有许多话告诉你了。

自从和你们别后，我呆呆地回到寝室里；吃了夜饭，就睡觉了。因为日间听了你们许多话——你们那边的情形，枕上就起了一个复杂的思潮。什么？就是将来的目的，和预备投考问题。我现在把这思潮的起原，和暂时的结果，细细的写在下边。我的话是赤裸裸的，过分和不澈底的地方，你指导我罢！

（一）我自从患了神经衰弱病以来，记忆力一天退步一天。想起从前在十五六岁的时候——当时记忆力最是好，虽则没有特别超人的地方，自己知道是很聪明的——把光阴都消耗在看小说里，和受家庭的痛苦里。到得现在，知道用功到正途，已来不及了。比较了几位聪明强毅的少年——像余勋等，“自惭不如”；他们一天一天极快的进步，我却跟不上，想到这里，忿忿地又气又恼；不知把这身子怎样消灭了，使他不知不觉才好？

（二）但回转来想，自杀，我决计不再欢迎了。想起《觉悟》上贤宗书有句话说：“……我现在既然生了，也就不必强求其死，顺其自然吧……”但我想既然生了，须不负他才好，顺其自然，那么太消极了。——太消极，还是死的好——啊！决计！决计！我有几分天才，就做几分；不必拿别人做比较了。——实在拿别人做比较，把自己却放在客观地地位上去，失却了主观，这是不澈底的。

（三）我本来对于英文是很淡的——进二师的时候，我还定将来入国立科呢！到得今年春里，受了许多感触，和余勋的教我，劝我，就又定了研究英文的决心了。所以现在对了英文，却看得不十分难——甚至巴不得专修英文。英文法，我根底是没有的；在这里呢？教我的人一个没有。因为想到教我的人没有，就又卷入从前那样状况的思潮里去了！不忍说了！不再说了！说正经的吧！

（四）预备明年投考的手续，我已决定了一个暂时的手续：第一个月，专修英文法和中文代数——因为习英文代数不能不明英文法。第二个月，专修英文代数和读英文。从现在到年假，约有一二个月，这三个月里，把国文——包括新旧文学——一方面通通丢开，什么新文学，我也暂时停止研究。

我现在觉得我们的新文学，都是不澈底的。单是看杂志看丛书，是没用的。我现定把他暂时搁置，先研究好了英文，然后再从根底上着手，像研究博物理化等——那方才不是浮滑的。什么哲学社会学？我们现在还没有程度研究，报上的投稿，实在都自空谈。只消问一句"实行过么？"，就可知道了。所以我现在决计先下根底，研究二字，将来再说。

（五）但研究文法，起首总是很难的，并且没有人指导不能。我现在定研究《纳氏文法》第三本，在研究这可以先，先看《简易文法易解》的第二本。我现在以极诚恳极哀求的话，要你介绍给余勋，请他本星期日下午，到我处来，把这本——《文法易解》下册——的大意，教我一遍。我虽则不大聪明，或者因为自己的热心，在一极短的时间，也会从生效力。这事我自己想想，实在苛求了人家；但余勋，他是可怜我的，我想他总能允许我。

（六）再有一个问题，就是明年投考不取问题。我这里是决计不来了，倘考不取以后，我想入英文专修学校，专修半本英文，到得秋里，再插他的三年级。不过要寻一只英文专修学校，这一问题，觉得又很难了。——实在不难，因为我一个人没有主裁，恐怕盲从，又多费光阴，所以觉得很难。

上边总总的思潮，从脑子里作过了以后，心里觉得烦闷得好了些。现在我看得时间比从前加倍的可贵，一时一刻，不忍放弃。不过克鲁泡得金告诉我们说"生命是将来一切建筑底基础"。我现在又患了精神病——头痛，倘用功得太过，又要生出别的问题来。所以我一方面限止用功，一方面保养精神。那种胡思乱想，最容易伤精神，望他不要再扰入我神圣的脑子里来。

你上次底信里，叫我不要称你做兄，我本来赞成的——今天却仍旧误写了，不过也有一些讨论。单我不称你做兄，是不公道的。你我都不应称兄。为什么呢？因为我们同在一世界里，尚不能以智识程度分阶级，何况年岁？这年岁，不过为个人历史的关系，不能不有；然人与人的关系，却决计用不着。我们大家互相都看得是"人"就是了。所以我和锡昌、康民、余勋等通信，都单称名——有时写给余勋的信，称他做弟，那也是例外的，不澈底的，不过一时的高兴罢了——所以以后你我通信都不要称兄是了。

我的性情怎样？人家不易猜到我。我现在介绍一段书的看——就是《近代思想》第三章《卢骚》，里头所引卢骚《忏悔录》底第一段。你看了，我的性情，一大半可以见得了。

朱锡昌，我从前给他的信里，曾提起过你的名字；所以，他要求我介绍你和他通信。他是一个觉悟底青年，今年十七岁，在仓圣内智学校中学二年级，因为新文化运动，今年暑假里险被开除，他常常和我通信，我知我的新文学，实实远逊于他。你肯和他通信，他的通信处是：本埠卡德路善昌里六一六号 邹政坚转交。他告诉吾，他底学校里，没有书信秘密权，所以一定要由他人转交的。

我写了许多话，又要烦你费去许多精神来看。但你我知己，决不争这个！……

九、十、二十一日上午九时　正璧　于一商

这是空白，不用有些可惜，因做了一首白话诗写上。正璧附记。

光　明

立在三叉路口，
去问来往的行人：
"那条是到光明的路？"
他们都回我说：
"我们不知那条是到光明的路。
但世界上都是光明，
要有黑暗，除非人工去做。"
"觉悟了！
原来许多的路，都可到光明的，
我可自由走去。
倘有黑暗；
他既是人工造成，我也可用人工改做。

胆大的走去!
怕有谁来阻住!
奋斗! 努力! ……”

九、十、二十一日上午 于一商

正璧:

这一次通信我已经取消这假面具的“兄”字了。这个字在西洋家庭之间已不用他,至于“Brother”是弟兄浑称,无所谓兄与弟的辨别的。我们中国人动称父,兄,兄的阶级和父亲不过稍逊一筹罢了;以致于许多的家庭黑暗,就从这一个兄字上生出来——你读过《李超传》的,对于这“兄”字的势力久已听见了。还在前几年交朋友的也结起这“兄”“弟”的瀍带,弄得有名无实,真真可笑! 我们的感情是要从实际方面进行,固然是不应该受这“兄”字的牵挂——我们趁早弃掉他罢! 你和余勋通信也虽有这点缺憾,现在可以觉悟了没有?

昨天夜里你的信,真是一封充满人生希望的一个活泼泼的新动机! ——我们生在世界上,并不是为自己个人生的,是为爱我的生的——上帝使我们扶助人类的进化,穷苦的人,等着我们提携,还是千万的劳工先付了衣食和一切人生的东西,等着我们用我们能供献的去交换偿还……这样看来,我们所受的痛苦,是为爱我的受的,倘使撒手抛却了世界,岂非只图自己的清净;负了世界的许多债欠,将使谁替你偿还? 杜威说:“为世界死不难,为世界生难。”我也说自杀不是觉悟,确是罪恶! 你从前常抱悲观,由于身世的不幸,也难怪你,我为你担了许多的忧——我良心晓得! 但是我晓得你的智慧增长了,自然会改革的;然而不晓得你居然觉悟得这样的快,真叫我“喜出望外”了。这会儿你弄来的诗比较从前振作多了。“言为心之声”,可怕可怕!

上一次你在家里寄信我一封狠长的信,里面说叫我看过就扯去他;我何能扯去他,这一点违背你意志的地方,望你宽恕我罢,今天我把你的信都集拢起来，订成个小册子，便于检阅，我在这没课的一点钟里温习你的言论，大半是我引为“金科玉律”的，还是一小部分，我不赞成，要和你讨论讨论咧：

（一）对于你的独身主义　你说你从来没有过发生两性的爱，还是没有遭遇过的话？还是弃绝女子的话？你是个孤人——没了父母——自然是希望爱你的人多，才能安慰你的落寞的心境。我尝和余勋说过你必须有异性的调剂，然后可以补救现在的你。你想一想，罗素不是也有异性的爱么？大凡一个人遇到一个知己的女子，做他的朋友——不板定是夫妇名义，自然安慰他比较朋友——同性的——好咧！所以我问你还是没有遭遇过的么？再谈到我们对于女子，并非是为“钟情”起见，是为“互助”起见：所以我们不应该弃绝女子。你何为抱了这个主义——不娶主义？所以我问你是弃绝女子么？你必定要回答我，“我现在不曾问及两性的问题”；你为甚先抱了独身主义呢？抱了独身主义，不是已经判决两性的问题了么？望你仔细研究一下子再指教我的偏见！

（二）对于你的换校问题　你今年自从离开这里，就投考了商业学校，现在又要换别的学校，这是你的要紧的问题，我怎能搁住了不合你研究呢？当你得着这里不许你转学的消息，你应该要拿定张本去考那程度相当的学校，如果程度不能合格，就应该把这半年的好光阴，进一个专门的学校去补习，明年春天可以考进了。怪你从前脑子扰乱，叫你的光阴耽误，假使明春考不进澄衷，不是又耽误半年么？我望你现在对于新文学暂时少研究，赶快把代数和文法学完他吧！你的国文程度，就是进大学也可以的，所比较弱点，就是英文罢了。余勋的英文比较我澈底，因为我是死读书籍的，没有贯串的能力。你请他教你《文法易解》的大意，他自然是答应。不过望你当他去会你的时候，就把书拿出来请他指点，切不要清谈无益的寒暄才好！努力呀！

我的好朋友狠稀少，承你把朱锡昌介绍到我，十分欢喜，等课外我要写信给他。我告诉你，我已经有个朋友，叫做朱锡五，现在又得了个朱锡昌，真是一段佳话呀！你说他们没有书信秘密权，这样的束缚，比我们要更苦了！他若有信来，我要寄给你看。

卢骚的性情，就是你的性情，我狠相信。我还希望你将来就是中国的卢骚。我的性情却有些和你不同，你知道怎样？我也要介绍一段书你看，就是《佛兰克林自传》里受他哥哥逐出去，他却处有希望向成功的程途。这部自传，我读的是英文的，想你或者有译本的，所以我也不抄给你看了。

你的《笑？哭？》在今天《觉悟》发表，不知道有几何人同声一哭哩？《打破包办式的校长制度》，此文新报馆寄来么？早些寄给力子，早些使人觉悟啊！

我写到这里，心里好像和你接近了一般。我的身子是在商业学校里吗？对我坐着的，是不是可爱的谭君？谭君，你看了，是不是也有这种景象？

兆骧　十、廿二、一九二〇　于自习室，二师

正璧：

我自从十月起头到现在，已经得了四个小成功了——是我向成功路上的发明地方！想你也极欢喜听的：(一) 去掉了你"自杀"的愚意志；(二) 打破你"独身主义"；(三) 去掉了这假面具的"兄"字；还有第四一层是今天下午才探险得来的：就是"新生的我"！

我从前万恶的我，实在是不能容他延长住在我这纯洁的躯壳里，所以要革除他，消灭他；并且积极进行拥带新有的我哩！你且莫向新有我的能力和特长，你先要恭贺他这个安琪儿的诞生哪！

我在他没有诞生以前，日夜奔走——脑腺和心潮的奔走，一直到今日下午二时才把那盘踞牢固的我——旧我——驱逐了，我随即发了传单给宋学文等，一方面求他们的互助，一方面宣布从前的我的影子，离间他们的想像！这桩事我怎样不和你讲：新我的主义是把旧我

的一切罪恶洗得干干净净，旧我的主义良好的保存了，再扩张而更大之。他唯一的宗旨是“我不欲改造环境，也不许环境改造我”！这种奇怪的事实，却也是人生应有的觉悟。请你赶快替我想些积极的帮助和指导罢，等着你……

兆骧　星期日夜

今天我回家去看父亲，不能看你；下星期三会吧！

给朱锡昌的信同时寄去，等他回信给你看！

兆骧：

这兄字底假面具既经揭破，以后我们尽管坦诚的互相告慰；但假面具很多，不单是这兄字，我们倘能找出时，也不妨通通把他揭去。“魔障重重”，我们努力的去打破啊！

我从前的抱悲观，和现在的振作，也有一段历史可讲。悲观的起源，果然由于身世不幸；然像吾前几天竟达到极悲观地步——几欲自杀，是叔本华的人生哲学误了我。（一）为甚呢？叔本华说：“人的意志，是无目的的；无目的的意志，永远不会达到，所以单有痛苦；快乐呢，不过偶然忘了痛苦才有。”我读了这几句话，当时就以为“金科玉律”。觉得人的生活毫无乐趣，毫无希望！你想，我本来是抱悲观的，再惹了这厌世哲学的谜，精神上当然要起极大的变化呢！现在从悲观中解脱出来，忽然觉得人生有无限的希望，无限的乐趣！这功绩应当要推《觉悟》里贤宗写给谦之的那信了。信里有一段——录他大意——说：“人生幸亏是无目的的，意志却可自由；倘使有了一定目的，那意志就变做机械的了。”他这几句话，何等的光明！何等的澈底！我走在一条迷迷糊糊的道上，忽地听得一声“警钟”。在那里指我走到那边去，并且赐吾光明，脱吾痛苦，我怎会不顾意呢？好了！我现在觉悟些了。庄子说：“有大梦而后有大觉！”我竟然也算小梦小觉了！余勋的诗里说：“光明自己做。”这光明我们本来有的（可说“黑暗自己做”），我们只消恢复我们底光明就是了，何消再去做呢？

你怀疑我底两个问题，我现在解答你，你再替我下一个批评吧！

（一）独身主义 这主义我已打消了——前次信里已告诉你——不过当初为什么抱独身主义的原因，我对你说说。当初的思想，还是旧思想，并且还带些旧道德的色彩，所以在告诉你之前，我先要声明一句，请你不要笑话！抱这主义的原由，可以下边二例包括之：

（甲）由于身体的虚弱。

（乙）现在的女子，多轻视男子。

上边的二句话，我现在看了，竟要笑得气也喘不过来，真是笑话！两性间的关系，当保住精神上的爱；我当初专就形式上——肉欲——讲；竟蔑视女子，以女子为玩物；这罪名，我倘做起《忏悔录》来，要写得个不停咧！你想，身体虚弱，和爱情有什么关系？不过肉欲是有关系的——精神和肉体，虽则不能分离，然名义和实际上，当然是独立的。至于女子轻视男子，不是伊天性就这样的，我们有了应当被伊轻视的地方，伊方才可以轻视我们。实在和从前男子轻视女子，有什么两样？倘使谈起什么因果来，又是一个话柄呢！所以我们不怕女子轻视，只消除守自己底人格，表示我们底真爱；就是木石也要回过心来，况伊那样的"秀外慧中"呢？你说我们对于女子，是为"互助"起见；你的意思，和我一样；我暑假里做过一篇小说《此恨绵绵》，就是表现这个意思。你又说我因为没有父母，一定有爱吾的人多，才能安慰我底寂寞；并且必须有异性的调剂，这话更对。我因为少爱吾的人，所以造就我一种"冷澹"的心境；身世的关系于人生，原都是这样的。我现在有了一个知己朋友，就觉得是很亲热的，不论什么话，都肯告诉他；实在也因为少爱吾的人，要望人家来爱吾，所以这样。"爱！爱！人生的希望，都在这爱里！"

我从前做的二篇文章——《我的独身主义》和《非独身主义》，因为字数太多，可惜不能抄给你看，做个参考资料。我的日记簿——从八年九月一日至九年八月三十一日——现在托康民替我叫你校校役替我装订，你要看时，你只消问康民要。这二篇文章，也在里头。

（二）换校问题 谈起这问题，我引起“少爱吾的人”底隐痛。匋广师曰我转学不就，已在八月二十五日。那时各学校的招考期，大概已经过了。本来想在家里住半年再说，但我的虚荣心不容我——就是怕亲友笑话，所以将就的考进这里来。“木已成舟”，悔不及了。然唯一原因，在没有人和我商酌，替我出主意；没父母的人，这苦痛总是免不落的。新文化书籍，我现在已置之高阁；暂时监禁他三个月，以后再说。你说余勋的英文比你澈底。我实对你说，我觉得余勋对于求智识的兴趣，太为消极！自然科学，任其自然；精神科学，当然要多用些精神的。我嘴很直爽，想他见了，也不怪我批研得他太爽气。但不知你以为对不对？“一得”“一失”的现象，是很可怕的啊！

朱锡昌，你肯和他通信，我和他多是很希望的。

你专向成功的路上走，这就是我底不及你处，我现在也要学你了，并且是你指导我的啊！多谢！多谢！——良心上的谢你！

《时事新报》馆里的那篇稿子，我已写信去催，现在还没还我。想来一定不登的了，不过请你看《学灯》时留意些，九分已去，或者还有一分希望！（署名忏人）

我写信的时候，像和你对谈一样，这景象和你一样啊。

正璧　十、廿三上午九时　于一商

注（一）人生哲学是指人生观，不是指杜威的伦理学（杜威以伦理学为人生哲学，见《新中国》一卷二号）。

兆骧：

和你别后，到火车站，霎时火车就开的，所以不致十分寂寞。一到家里，观念就变了，变得到什么样儿，我说不出。前天会了朱锡昌，心里就生了几种觉悟，现在和你谈谈。

锡昌，他是绝对反对旧文学的，我不大赞成。因为我和你走的，都是折中地位，他走的是极端。折中的，可以永久些，绝端的，大概容易失败。所以有人反对胡适之教中学生看二十四史及老庄等书，我恨不得替胡适之做辩护；不过自己力量不足，只好作罢。锡昌的新文学，我和你略有不及他，不过，我敢断他一句，也是一种不澈底的，就是不能“知行合一”的。

怎见得他是不澈底呢？因为我去会面的时候，曾和我有一番客套话。兆骧！什么客套，我是最厌烦的；我们现在相逢的时候，问安当然要问的——不问而自己先说更好——别的有什么意思？“实行真实，力排虚伪”，这是他的不及我处。我心里的话，没有一句不可告人，也没有一句虚话，我的性情，你和余勋、康民、廷抡等，大概都晓得。你们几个人，也都是很直率的，没有虚伪，正是我真的同志。昨天别时，我叫廷抡送我至校门外，他送我至小西门，我也不推辞。这就可见吾们的性情了。锡昌，我想写信和他讨论这事，你以为怎样？

在半月以前，我曾起了一个信奉耶教的观念，不过我的信耶教，是信仰教的宗旨，并不有一些偶像观。现在我祖母也极赞成。镇上教堂里，曾来过一位外国牧师，他劝我祖母命我入教会学校——东吴——读书，我起初不赞成，现在想想，却很好！我的入教的理由：一，由于身世之不幸，罪恶多多，想指望他为忏悔地步；二，我没有人能够助吾，教里是要互助的，并且是行真实的“博爱”的——你说我少爱吾的人正说得不差，我想入教后或者有多几个爱我的——将来的地位，来得稳当些。我有了这观念以来，就求天人早早解决，结果却被入教得了胜。兆骧！陈独秀先生说“各奉各的神”，大约你不致反对我。我的目的和手段后，只有一只“爱”字，这教的宗旨，和我还合，所以我明春决计入教了。

你看了这几许话，倘然和余勋、廷抡等谈起来，必定要骇异。我自己想想，也极好笑。但你们想想，我无故决不入教的，这是环境引导我的。但引导的都是光明的，我也不怪环境。再有一句笑话，就是我和廷抡，此后做了反对派了，他是信佛教的。但我的意思，异教也没有什么要紧，况且为自己学问起见，将来可以把二教的性质，作一种研究，那么我们奉教的宗旨，更加正大了。再找明一句，“上帝七日造世界”，我到底反对的；达尔文的《物种原始》，我到底赞成的，别的都没有说了。

再要和你讨论一事，这事的动机，我在爱俪园里得来的。锡昌的客套，我当然反对，但有一种，我们也不及他。就是会面和分别的时候，不用鞠躬而用执手礼。我在里头会了许多人，他们都和我执执手儿。我和锡昌别的时候，执着还一时不肯放呢！（“摰”字是我杜造的）我想单是鞠躬或点点头儿，不能把心里的情意表示；至于执手呢？看他的紧和宽和时间的长短，就可表出亲热到几度，和一种“爱”的情意。兆骧，你以为是么？我的几位同志，都以为是么？倘都赞成的，我们下次见面时，就实行吧！不过初次实行，必要失笑，但能忍最好。我提出这事，也因为我和你们会面的时候，没有地方可以表示出我们的情意，借此也可发泄一些。以上的意思，请你对大家说一说。

我回到家里，祖母极安慰我，不要为明年事上心事，做到那儿就那儿。但我呢，总因此事不安，所以笑时，是很勉强的。顾君殿藩，他说：“我看你的容貌，总是像一派厌世者似的。”他的说话，果然不差。但我不是厌世，是上心事。他却没有明白哩！

我现在把自己叔侄兄弟的名义都取消，不管他们反对不反对，我只行我的。不过我对于祖母，因有别的关系，名义上暂时存着，将来也许要打销的。现在我所最亲热的，只有不多几个人，大约你猜得到，这样，你就可见人和人的爱情，和血统没有关系的了。所以什么叔侄兄弟，名义上是很亲热的，实在“适得其反”。不打销他做甚？

这纸儿一时不肯完，所以我又拉杂写几句。

这信里说明我信教的理由，还不大澈底，下次再详细的说说。

你把我信教的理由，告诉我几位同志，请他们就下一个批评我，你呢，当然肯批评的。

候你回信及诸同志的回信，请快一些，因星期六的早晨，我就要到沪的。

正璧　十一月一日晨八时

我写的字不大清楚，余勋，他是看惯的，你看不出，就问他。又及。

正璧：

昨天你在我这里谈得“不亦乐乎”，真打破了我莫大底愁城，冲开了五里浓雾，简直好像服一剂清凉散，把肺火、肝阳扫除得一大半，鼻孔里也通得一点生气了。你走的时候我也没送你一步，因为和薛惠临讲话，但是你我绝对反对客套的！

今晚收到你的信——附在余勋信里，我胜这电火光，把你的评论和你研究一下子罢！

锡昌反对“旧文学”，崇拜“新文学”，你不赞成，我也不以为然。试问中国的文学，四千年来都是用旧文学发表的，要研究文学，不要从旧文学里研究吗？没有旧文学，那里有新文学？孔子说：“温故而知新。”这句话难道欺我们的？况且现在我们承认的新文学，再过几年——十年八年不限定——难道不变了旧文学吗？新而旧，旧而新，好像蚂蚁爬在苹果上，循环罢了！

我又说新文学不是完全比旧文学坏，旧文学也不是完全比新文学好，各有所长，各有所短，我们要取彼之长，补比之短，这才是“对付潮流的手段”。如其不然，往往差出顾此失彼，这不是瞎子摸象，“不明其具体是什么”一像么？你的文学不是研究旧文学得来的么？就是胡适之先生也是旧文学陶铸多年的人，他不是仅仅读《水浒》《儒林外史》和《老残游记》等。

你是很直率的，我很佩服的，我也是“口快心直”的人，一句话到了咽喉便送出了口，想你也看得出的。余勋这几天狠觉得意气垂戾，对于我时而冷淡下来，我自问良心却和他狠好，不晓得他对于我有什么不如意的地方。今晚我把做的英文给他看，并求他指导——这是我们常有的习惯。忽然他说：“看不懂！”我再三要求，他仍是用这三个冷冰冰地字回答我，我的心实在凉透了，自己不觉难过起来，因为交朋友的风波，应该这样的险么？又想余勋年纪比我轻些，还有不澈底的地方要比我多，不过一时的蒙蔽——或者是他的烦恼激动的，望你有功夫写信劝劝他，叫他把他的心赤裸裸的给我们！

信教的问题，我要细细儿和你谈谈。我是天天读耶稣的言行录的未受洗礼的教徒，你恐怕还是才晓得的！校里同学晓得的也狠多的——他们想是大半不赞成——无意识的不赞成！我的罪恶狠多，良心的忏悔逼迫我；我的爱者狠少，孤寂的境遇逼迫我把我的灵魂交给救主。我从前也因为你是不同道，所以也没有告诉你，求你原谅。你能进东吴中学去读书，这就是得着主的了。愿你和我携手同在主的权力之下——在无上的恩、爱的庇荫之下！家兄曾著《宗教史上之中国观》一篇大文章，里面有"人无宗教心，则为善不力……作事不勇……国于天地，必有兴主，教也者，不可须臾看也…………安得借无上之神权，宁渡此无涯之苦海……"，这篇挂在盐城（敝邑）耶稣堂内，将来抄给你看；我录的几句，是合我的宗旨好对付你的要求的。

"握手礼"我极赞成；下次相见，将先伸十指与你一握，你我情爱才可以表示了。顾君说你是厌世派的模样，这句话我不希望你！耶稣以博爱为任，舍身救人，难道我们就可以厌世，这副责任，放弃了给谁挑呢？你打消家属名义的主义极有道理。我曾见外国人父给子书里有一句说："愿你把我当做你的朋友。"这不是和你抱同情的么？

康民、余勋和你拍的照片，我已看过。那湖山石旁边的你，是一种幽雅闲恨的态度——从眉毛眼角可以看得出的。你要叫我题几句歪诗，我只好献丑，一有功夫，就做把你看；但我的钝笔，恐怕不能把你们三位描摩尽致呢！我的诗实在不能叫做诗，不过写我的直觉罢了。你的《笑？哭？》，真是伤心人语！我常读他，当我愁恼排遣不得的辰光。我的《读玄庐〈月蚀〉》，力子虽没有改，我却自己不以为是，还请你批评一下子。

我恨为和你们同摄一张影片，但是我要拍几张照送给朋友们咧。等拍好了也请你题几句诗，因为我的意志，一半你明白的了。我现在舌头、嘴唇都痛，要早些睡觉，再谈罢！

望你自己珍重！能再回一封信更好！

兆骧　十一、一、夜　于二师（一九二〇年）

你的诗本，被我从朱先生处拿来寄给你。朱先生不替我们改，下次别要再给诗他看。我们要自助呀！

兆骧：

你信是今天午后到的，我在这很寂寞的时间里，得了你信，正好像见了你一般。我很不得把心里所有的，都写出来，但时间不许我，空间又不许我；所以写了这段，就忘了那段，总是不完全的。然比较了那“秋水伊人无日不在怀抱间也……”似的一种旧信，专重艺文而不务实在的，已好得多了。

你论旧文学之不当全处，正和我一般见解；我和你的文学，一大半可说是都靠旧文学帮忙。锡昌呢？他虽则反对旧文学，但我也敢断他一句，他的艺文，也是从研究旧文艺里产生出来的。他现在走了极端，我望他看了胡适之的论《国粹和国渣》，也渐渐地觉悟转来；将来呢？自然也会走在一条水平线上的。

匋广师，他教我以做事，总要三分假，不可全真——在暑假时对我说的——我绝对不赞成。因为全真不是走极端。真和假是绝对的，新和旧是相对的；相对的，应当调和；绝对的，丝毫不容互犯。决不能因新旧要调和，而就说真假也须对待。在事实上和理论上，都是不可能的。所以我说匋广师那样人，用旧道德来批评，可算是完人；拿新道德来批评，他是一个不澈底的抱保守主义者。你看我从前把很重大的托他，结果却害我到这地位；不是他为保守自己饭碗，保持校里的什么规则，他决不会是这样的。

余勋呢？他的性情，我到现在也捉摸他不出。大概我的爱他重他，是为他的聪明——想你也是这样。我从前曾把聪明不明聪的人，和用功不用功的人，做过一个比例式：

聪明＋不用功＝不聪明＋用功

聪明＋用功＞不聪明＋用功(＞作胜于解)

他虽是聪明，但他不肯十分用功。他曾直截痛快的对我说："那些'目不窥园'的人，我是不赞成的。"但吾想，他虽则不赞成十分用功，也须用六七分，一分不用，到底是不可能的。所以吾很替他担忧，在你面前，也说过好几次了。我从前劝他学得静些，换一句话，实在就是叫他用功些啊！我的待他，也是赤裸裸的；我还因和他分别，引为一件极痛苦的事咧！我实对你说，《笑？哭？》，一半是为他作的，所以才有这样入神。前次我差怪他冷待吾，是否我真的差怪，吾现在也仍不敢断定。你想，吾在一个无生气的牢狱里，要请一个所爱的人来谈谈，忽遭拒绝，这时觉得何等痛苦？结果我也劝你一句，他的性情，仍脱不了童稚气——不是天真——有时起劲，就和你很好；不起劲时，就不……了。再有一句：像我的心，以为有了一个爱友，是要到底一般相待的；因为在我一方，和他不好时，就拒绝他；在他一方面，他是爱我的，遭我拒绝，他一定有一种说不出的痛苦；我要谅他爱我的心，所以绝对不能拒绝他。余勋呢，他没有明白这理由，所以他的行事，依旧是任性的。空的时候，我也写信给他。我也巴不得他把他底赤裸裸的心给我们啊！现在我代余勋在你面前告一声，说："我是任性，你恕我！"可解去了你一些烦恼么？

前晚我给他的信里，还和他说一句笑话——你看了一定也要笑的，就是我在暑假时后，和他通信，无一句不是从心坎里蹦出来的；他虽是聪明，他还没有了解我爱他的意思，这是他的心地，不澈底处。使他能澈底的觉悟，当然是吾们的责任。

我是一个未来的教徒，就是你的同志。家里也有几本《圣经》——《新约全书》《旧约全书》等。本来"束之高阁"的，现在也拿来和别的书籍并列了。啊！险些扯谎了，我不过如此想，现在还没有拿出哩！——由此可见要说真话，真不易。入东吴事，还没有说妥，大约可以成功的，不过不是插班，就是不费钱我也不去的。我在未受洗礼以前，已有了同志，可见世上不论要做何事，一定都有同志，因不说，所以不知啊！

别的名义，我都打消，单剩朋友二字。因为这字的意义，是平等的，我现在把他底意义，考据明白，写在下面：

朋 《论语》注："朋，同类也。"

友 《说文》："同志为友。"

《中华大字典》："友，亲也，见《御览》；爱也，见《广雅》；凡气类全同者，皆曰友，见《正字通》。"

照上边的几个解释看，这二字的意义，是绝对平等的。所以我们仍旧可用他。至于兄弟二字呢？因为有了"兄则友，弟则恭"二句话，所以不敢用了；"友"是当然要的，"恭"就有了一种顺从的意思；弟要顺兄，就是不平等，所以我们索性打销干净，一个字也不要用他。

你信到的时候，我正在开手做首句话诗，现在看看，总不大好，待吾修改好了，再寄你吧！我的《笑？哭？》一诗，正和你表同情的；你的那首《读玄庐〈月蚀〉》，我没有读得记牢，所以待我到沪后，细细读了，再批评吧！

我和余勋、康民拍的那张照，我自己不太称心，因为不大活泼，流露出忧恨的样子来，却不配和他们合拍。所以待明年我在最快乐的时候，我们再想拍一张；你肯加入，我最希望！

回家后，本拟多看些英文；奈近日头痛更甚，不能多看；就是习代数也不能十分用功。不知为什么缘故，坐了一歇，要立起来走，脚就移不大动；大约吾的病是不轻，只是不肯装腔作势，所以别人不觉得。这病非静养不愈，最好是不看书，但这是决计做不到的。只好听之自然了！你为什么舌头和嘴唇都痛？知能告诉吾么？因为你舌头和嘴唇痛，连我也觉得有些舌头嘴唇痛了。

星期六日，在公共体育场会面吧！我祝你安好！并祝我几位同志都安好！

正璧　十一、二　灯下

今天又看了二种诗话——《石林诗话》《麓堂诗话》，心里又觉得松些，你要看么？我可拿给你。又及。

兆骧：

今天午后，不知为什么觉得闷得很，立也不好，坐也不好，看书也没心绪；笑也笑不出，哭又没有泪；睡觉呢，当然也睡不着的了。因此拖起笔来，蘸了几蘸墨；要想写字，又不知写什么好。想着了！要消这烦闷，还是和我亲爱的通知兆骧，作一次通信吧！

兆骧啊！吾把写信作消遣，已不止这次了；实在我已不得天天写信时时写信刻刻写信；肚里一有意思，就发表出来；迟了一些，就忘记了，或者不完全了。还好这半年的牢狱生涯，已过了一半了；但脱离牢狱的日子虽然近，吾可爱的时间，已去了不肯回来啊！一壁喜，一壁忧；一壁快乐，一壁痛苦；吾简实要成个疯人了。

余勋，我已写信去问他了。但他的性质，不比我们，写信是不大高兴的；所以他是否肯覆吾，吾现在不敢断定；因为他不曾把赤裸裸的心给我看啊！写到这里，忽然想起过去的历史来，和你胡乱谈谈。

去年我在龙门，因十三自习室和十四室相骂，所以我和余勋是不理会的，直至今春开学，依旧这样。记得有一天，我在新码头逢着他，我俯下头只管走，他红着脸呆呆地对我看了一看，大家一声儿不理，就交臂的走过了。以后我曾在他面前提起这事，他说："过去的事，不必提了。"实在这种事很可注意！为甚呢？只消问：起初为什么和他不好？他为什么和你不好？后来你怎会和他好？他也怎会和他好？为什么起先不好后来好？（你指我自己，因为这里是自问口气，下仿此。）这问题实难回答呢！但能免去"他要和你好，你不和他好；你要和他好，他不和你好"的那样缺陷，我已心满意足了——且慢，这事难说，你和他好，他是否肯真的和你好，现在不曾有过一种明了的表示啊！从和他不理会，到今年春里，怎会忽地里和他要好起来呢？这不过是一种自然作用，用理论来解答，是解答不出的。倘使吴水汀他不是常常不在校，他怎会天天到康民处？倘使康民不和我同自习室，他怎么会天天理会我？倘使吴水汀不学学在校，而康民不和我同自习室，他怎会到我处？倘使康民和我同自习室，而吴水汀天天在校，他怎能时时在康民处？倘使吴水汀不同自习室，而和康民同坐的又是别人，他又怎会时时到康民处？……很多，我一时写不完。既和他好后，他有时冷淡我，我只好忍着。大概我们的要好，只有一方面的；因为是我要和他好，他并不肯和我好。到得后来，他实在不过意了，他方才肯和我好。暑假前几天，我一时不看见他，就心里闷得很；有几次，他到讲习科里去了，我一时找不到，险些哭也哭得出来；这情状，康民是晓得的，他还时时笑吾呢！我为什么这样，我自己也不知道，大约是感情作用吧了！暑假里和他通信，常常叫他"吾弟""勋弟"，并且信里对他说："吾是没有弟弟的，单有一个哥哥，性情又和我不合，所以愿把你作亲兄弟看待，不知你肯不肯？"但他没有覆我。不过我有一次信去，他总回答一次的；他为了我，也很加忙了！他的信，我珍藏着，我就当他领我"爱他的情"的表示咧！中秋日，我为什么恨他呢？这里头有很隐微的事情，我不能说，并且说不出；这处，我的真实的良心，只好暂时蒙蔽一蒙蔽了。我曾对康民说："不论他怎样对我，我呢，是到底一般的！"我和余勋要好的一段历史，大略已经尽于此了；以后我望不要再生风波，那就是我最后的希望了。

我对于英文的兴趣，本来和廷抡一样的；后来经他的指导我，渐渐地有起兴味来，现在居然也想进注重英文的学校；这种好意，吾决不忘记他的，并且是"刻骨铭心"的。

你呢，和他要好的时间，比我常久些。因为是他先要和你好，而后你和他好；和我却是个反比例，结果呢，自然我不如你了。前天，他冷淡了你，吾敢料现在一定已回复原状了，对么？哈！哈！我这样的写信，事事都讲起，比面谈还爽快，真要算通信里的特别的了。

昨天所做的白话诗，已寄到《民国日报》馆里去了；倘收的，你就在报上看；倘不收，我就决计把原稿烧了，不给你看了。你原谅我吧！

我在发愤的时候，恨不得要学“黛玉焚稿”；只是又舍不得，我想到结果呢，总有一天，真的焚了才歇！你不要替我可惜，因为我不顾把缠绵悱恻流露于字里行间的无谓文字，害伤心人同洒一掬热泪呵！

今天上午，想做一篇自己的历史，名曰《不堪回首》；写了几页，又没心绪了，就搁笔了。这篇呢，我到底要做成了才歇，因为十分之七八，就可作是我的《忏悔录》呀！

我自己觉得我做的新诗旧诗，都不大自然、活泼。白话文，又没有新意思；所以自己总不满意。就是文言文，也荒疏了；仔细想想，真好叫做“一事无成”了。我的意志，常常随思想为转移；有时悲观，就是写给朋友的信，也很悲伤；有时快乐，信里也会说说笑话；有时达观，说的话，却又“满腹经纶”了。所以你看我信，就能晓得我当时的怀想；我的心，虽然不能掏出来给你看，但也十得八九了。

我现在所住的地方，不曾和你谈起过；里头也有一段很可痛的历史，现在也告诉你。（暂时搁笔 九、十一、四、四时。）我现在所住的地方，是一所家庵；为什么要住在这里呢？当初——在五年前——本来和我的哥嫂同住的；因为嫂子和我祖母不睦，实在耐不过了，所以就分居。但分居了，他们仍要搬来同住。那时镇上适有一个有钱的老太太——这名称不是我欢喜称，是轻蔑的意思——也和家里小辈不睦；所以造了一只家庵，一个人住在里面。伊因冷静，那时我祖母正在寻房子，伊就命吾伴伴伊，所以就搬起来了。名义上是庵，实是别墅的变称。庵里装有观音菩萨，却也清净，闲人不能进来。他哥嫂俩，因夫妻成双，当然不能搬进来；所以他俩就在丈人家住了。现在要想搬出来——因有朋友访吾不大便当——想搬了出来，兄嫂又要来吵，所以不敢了。你想倘不住在这里，我出外了，只剩祖母一人了；亏得住在这里，所以我虽出门，也很放心！

庵很大，中间一只“大厅”，厅的两傍，还有侧室；厅的前面，还有一进房子，做厨房用的。厢房也很大。我看书读书，就在厅的左侧室里，庵是向东的，所以吾坐的地方，恰在西窗下。许多书籍，就装在我面前,要看什么,就看什么。吾终天不出室门,到的吃饭时;祖母叫我,我方才出来。不过邮差来时,我就欢欣的要问"这信可是我的"了。

不过有一件不称心,就是没有散步的地方。市梢虽则很近,但没有同伴,我是不大高兴的。镇上有几个乡绅很看得起我,叫我和他们的子弟轧轧;不过我的性情,你是晓得的;不是同志,我不愿和他多交代的。

我被二师里开除,晓得的人很多;但他们不因此轻看我,并且替我极可惜!老实说,像吾这般人,简实是怪物,镇上没有第二个,恐世上也找不出第二个!真是一个唯一无二的持"破坏主义"者!所以镇上的那些名称读书的人,一个也不在我眼里啊!

我恨不得常常像在星期日一般的和你谈谈,只可恨二师里我不便常常来啊!我英文法很不熟,余勋允吾尽力指导我,你替我谢谢他!

不论什么话,我都"脱口而出",想你不嫌吾饶舌啊!吾给你的信,不论哪位同志都可看,因为我把公开态度,就是你的信,我也公开的。

夜将深了!祖母催吾睡了!吾不写了!

正璧　十一、四　灯下

正璧:

你真痴了!你为什么战胜不过"愁"字?"喜、怒、哀、乐……发而皆中节,谓之和……"这句话你岂不晓得?你偏要伤心病狂似的;岂不是用方木头上了圆凿,虽然角度崭然,但是折磨了,你为什么不理会这个意思呢?上一次你的信上说:"……现在从悲观里解脱出来,忽然觉得人生里无限的人生希望,无限的乐趣……"我心里狠为安慰。后来看你给廷抡的信里有什么"我虽然对兆骧说……但是,我还是仍旧……",你想,我看见了应该作何感想?正璧,我希望你像我一样的"从魔障以外找光明"哪！别要自苦呀！

今天你信里有"这里有很隐微的事情……只好暂时蒙蔽一蒙蔽了"。你既然要和我把"肝胆相示"，还请赤条条的赐教吧！（赐教两字，我是和你讲笑话的！）

你现在对于英文狠有点兴趣，我非常的欢喜；但是你给余勋的信里，说你的作文不要给我看；难道你把我当作外人么？我狠欢喜和你研究研究英文，你为什么这样的拒绝我呢？

"曲径通幽处，禅房花木深"，我读这两句诗，恨不得借一椽于寺院里；因为现在万恶底世界，避秦之地向那里去寻，只好结几个方外朋友，皈依我佛罢了。你家却享得一些闲净福——寄居在"洁净土"上，想起那边当这时候，红鱼击磬，和黄叶丹枫，真是有声有色，宜六根、六尘，四大皆归之于个"空"，你的个心灵应该要怎样的摆脱万象，去求你的"舍利子"啊！

人生做的文艺，却是和"雪泥鸿印"一般，其存其没，是不关重要的，你要焚稿的主义，也还是如此。但我以为象藏他的牙齿，不如把牙齿供世界雕刻家的用；就是你的稿子将来与其烧在这无情的火中，不如留在人类的脑里！你以为对么？你的诗稿，一定要寄给我饱一饱眼福——至于《觉悟》发表不发表，我们不可就不公开的！

锡昌的信，给你的看，看好再还我；因为我要复他咧！

廷抡给你的信把我看，说你和他说你要取消你的姓了！你的宗旨我也晓得，狠是赞成。不晓得你再进学校的时候，是否能打消呢？

余勋性质狠温柔，不过我们都要顺他一点脾气就好了。他自从你离开二师以后，他格外的寂寞了，你看不出他做的《荷》一首诗里的意思么？

我替你和康民、余勋三个人的照片，题了一首歪诗，录在下面，你又要说人的头歪，诗为什么又歪得这般地步呢？我想"世人皆正我独歪"，这也正和你"世人皆乐我独苦"一个模样了，哈哈！看诗吧：

　　踏破铁鞋，走遍万恶的尘里，

寻不出一片干净土地；
泪眼不浇愁，把块垒堆层层叠起。
借名园写照，收拾胸中邱壑，搬来眼底。
〇省识江左风流，应推三子：
一个白眼看人；
一个凭岩不语；
一个傲骨崚嶒，
胸襟磊落，何妨引石头做知己！
〇好一幅《风尘三侠图》，
于今有公第二，当这霜风未消，鸡声欲起，
趁着一线晓天光，供向菊花丛里。

兆骧　十一、五、一九二〇　于二师

兆骧：

你说我痴，我实是不痴，不过感情太热了些，所以弄到这般地步。

你叫我告我那很隐微的事情，我信上不便告你，待面告你吧！

我叫余勋不要把我的英文作文叫你看见，是因为我一时为虚荣心所蒙蔽；但也是这一次，不是永永不叫你看。实说我和你的英文程度，你处在指导者地位，我立在受指导者地位。所以你说"我很欢喜和你研究研究"，我实没有本事和你研究；不过你肯指导我，那是再好没有的。我怎敢拒绝你？我还睁着眼欢迎你呢！

我的那首诗稿，待下次再给你看；不过我的诗意，不是伤离别，便是悼身世；所以给你看了，你又要以为是"伤心人话"呢！

廷抡的性情很固执，我和他讨论取消这兄字，他偏不肯赞成，所以最后一封信，我没有覆他；待我意思想得圆满时，索性澈底的和他讨论研究出一个结果来，你能做我的助手吗？不过被他看见了。要说我是讨救兵了。他的信，附上。

余勋的性情很温柔，我也以为这样；不过在这温柔之中，还带着几分“勇往直前”气。我前次写信问他，他已有信覆吾；我当他不肯拿赤裸裸地真心示我们，他反怪我不肯把真心示给他了。我对于他的态度，你大概都明白；所以昨天的早上，我从把我对他所抱的态度以及种种都告诉他；还不足，晚上又续写了一封，此时大约已经到了他的“清纯无疵”的心里去了。他的那首《荷》诗，我读了后；已有信告谢他，因为他这诗的用意，我是很明白的了。不过有桩事，我不舒服的；就是他和康民不似从前亲热；在校里，果然暂时要避嫌；到了外边，仍可照常；但他们却不是这样啊！

我给余勋的信里，曾说过一句笑话；为什么被你知道了。——但我也晓得你一定会知道的。我在很烦闷的时候，要想寻句笑话来解解寂寞，所以就拿你做了笑话中的主人翁了。你的诗，我自己以为不如，怎敢说你是歪诗呢？你把我们三人，把“风尘三侠”来比拟；我们着实不敢当——但我也有这志愿。太史公说的“侠以武犯禁”，现在我们也只想打破万恶的法律；我们都要在法律的内外都夺还自由；不但替自己争自由，还望帮助人家争自由。“自由”是我们的生命，可贵的生命，谁肯坐视人家死亡啊！这就是我的宗旨之一，所以我说也有这种志愿。谢你！你能把我的宗旨显出来！

昨夜看了余勋的照片，要做首白话诗，做了十几句，做不出了，所以我又不能把来给你看了。那天在公共体育场，我因为有位同乡夏君清祺，和我在一起；所以不曾和你畅谈，你谅我吧！你信是五号写的，昨晚方到，不知为什么缘故？

九、十一、九　正璧　于一商

我昨天到北头去拍了一种二寸的照片，待他印出时，我就送你一张；你曾说也要拍几张来送朋友，我以为这最相宜。价位又贱，又不太大；又不太小，你倘要拍时，我这里有张廉价券，每打不过小洋三分半，我寄给你吧！——现在这券在该照相馆里，须待我拍的去拿了，他方才再给我。

今天要想做篇 Composition，做了我寄给余勋；待他替我改了，再给你看。是否做得成,现在还不敢决定咧!

换校后,我能否取消姓,自己不能预料,以后再想法。正璧又及。

前天做的那诗,抄给你看,就做了这里的补白吧!

别C君

斜阳满树,芳草惨色,缀成一片秋深意。
执手,无言,面相觑!
花不解语,石不能言,只是静悄悄地!
你看:
树,草,石;都充满了无限别意。
叫我们怎地不分离?
要诉别离!
情长!意重!语难尽!不知从何诉起?
只好别离:
各自找到光明路,
不唯早夕常相见——天天在一起。
愿你:
努力!奋斗!保重身体!
我去矣!

十月三日　于黄渡

这首是不是算诗,我不得而知,只是照心里所有的写的。

兆骧:

昨天到你校里,和你谈话,心里怎般快活?回去的时候,因为在你处看了几十首词,脑子里忽然起了诗意,在陆家浜滨,忽地有了一首诗稿;这诗我已做好了,就抄给你看。

河　上

一条雪练似的白浪,
从西边流到东边去;

打碎了多少泥和土，
却走出一条很光明的道路。

你看：
河的那一边，一棵猩红满枝的紫薇花，
放着绿油油的叶儿，
充满了自然的美和爱，
在这里过伊有生机的生路。
伊垂着支头，倒影在这波光里，
越显出伊的活泼玲珑，
越显出伊的娇红艳绿。

你再看：
伊怀里抱着一根凌霄花，
抽出百尺丝儿，缠绕着伊，
清红淡白，和伊正是一对，
很亲热的接吻，拥抱，同起同卧。
任渠们怎般亲热，
那无情的水儿，只是默默地在旁边流将过去。

霜下了，
凌霄花枯悴死了！
那枯憔无色的藤儿，
萎倒在地上；
紫薇花俯着首，
像叫他起来——再和伊拥抱、接吻；
他只是呆呆地躺着，
无言无语。

凭你千唉万呼，
他只是无言无语！

我仰首问自然：
“既叫渠们在一起，
为什么再叫渠们分离？
既叫他们分离，
当初为什么就不叫渠们在一起？
‘既有今日，何必当初！’”

自然默默不语——不能回答我！
暗地里又使了几阵微风；
把渠们的落叶，从岸上送到清波里，
任波流又送将东去。

唉！支和叶又分离了！
别意重重，不堪回顾；
天长地久，这二棵花儿，怎再会有当初。
为什么渠们的人生，都被自然支配住！

九、十一、十二、六时　在陆家浜滨得

我做的诗，总是没有十分诗意，自己读读，觉得俗得了不得。现在我方才知道，都为少读词的缘故。老实地说，我做的诗，已说比从前好些了；我的《雯乘》里的十几首，真连半点诗意都没有咧！我最爱你的诗，我巴不得常常读你的诗；你替我们题照片上的那首诗，我把照片放在床上枕子边，一天要读几次呢？昨天告诉你所做的那首《想“伊”》，现在也抄在下边，不过又加了几句，与投稿的有不同了。

想“伊”

伊很爱吾，
我也很爱伊。
伊和我分离，
我也远离了伊。
伊常常念我，
叫我怎会不想“伊”？

吾记得，
夜阑窗前，电灯影里。
执手互相慰藉：
伊劝吾奋斗——破怀的奋斗，
我愿伊努力——成功的努力。

吾还记得，
春水池上，绿柳丛里。
伊指着水上的垂柳，对吾说：
“我们俩底爱情，不要像这水儿；
伊无心的流了过去，不去顾爱伊的人的流恋。
当像这又浓又厚的垂柳，
叶长心坚，年年如此，永永到底。”

到今日，
不堪回顾！
只剩得——
灯下影单，
池上人稀。
只剩得伊的活泼泼的模样儿，

牢牢深刻在我脑筋里。

还有什么人来慰我——爱吾呢！

九十一、十二、十时 于寝室

这首诗的意思，不十分足，所以读起来不大顺口。不过我以为末句最好，为甚呢？倘然有同病的人，读了这句，我敢断定没有不心酸的。你说我的旧诗，和《疑雨集》是一派的，正说得不差。我读旧诗，很爱悼亡诗，和宫词；所以多是从那儿脱胎出来的。《疑雨集》也是这一派，我所以也很爱读的。

可惜你又要出第二师范了，你和余勋又要增添一番别意了。我也替你们伤情，你出校的时候，我拟做首诗送你，旧诗或新诗，临时再定。苍天既使我们相叙，为恁他又使我们分离；我真解不出这理由。但是世上只有永永的分离，没有永永的会合，想到这里，又要令人灰心了。

我以后常常要到你处游玩，或者天天要到你处游玩；只是我来的时候，他们要做什么，尽管做什么；不要为了我一人，荒废多少人的光阴。你把这意思，对余勋、廷抡说一说。这半年，我已决定一半时候看书，一半时候休养。到明年再振精神，积极进行，只消有志，不怕没有成功的一天。你以为是么？

我今天又来你处，把这信亲手交给你；恐怕自有写信以来，不曾有过。为甚呢？写信，因为不能面谈，所以才有，现在我和你相见，难道不能面谈么？这是我们的特别处；贾丰臻说我的性格是特别，我实在正是特别的。

我要和你行握手礼，见面时总忘记——只有行过一次——想想只是好笑；自己主张的，自己先不能实行，不是笑话么？

纸儿满了，霎时又写了五页了，再写罢！

正璧 九、十一、十三九时 于寝室

正璧：

你的信我都看过，现在复你两首律诗，代表我的心绪，你细细参详罢！兆骧诗。

故人踪迹经行处，一径黄光若有光。雅谑为君开小口，清谈助我涤愁肠。情天不补娲皇石，离恨偏遮乐玉墙。旧梦烟消寻不得，西风相对说凄凉。

不断灵山香火缘，天教邂逅浦江边。醉过髯叟三万日，人后放翁五百年。绮思抒将捐砚滴，哀音流露听奥笺。岂容狂态乘浇俗，别有尘心欲澄禅。

正璧，你能和我几首么？我狠欢迎你要送我的诗啊！《河上》《想伊》两首，引起我的感触"当年和铭兰的情景"，禁不住流了两行酸泪呀！

天气狠冷，望你留心身体的健康。

于二师　十一、十三、一九二〇

兆骧：

昨天上午十时，我正在寝室里读唐诗，因为英文读得有些厌了，要想做几首，恰巧你信来了。读你的诗，令吾一回伤心，一回欢喜，不知如何才好？拖起笔来，想和你二首；不道做了一首半，自己看看，没有一些诗意，就扯了。昨夜灯下，又想再做，拿到笔，又做不下去。啊！实在我的聪明，被悲伤憔悴尽了；从前所得的学问，也通通退步了。想到这里，自己又伤悼了一回！前晚灯下写给余勋的信，里头说得有些模模糊糊，当时为什么这样写，自己昏了，实在我有些癫了。但你既爱读吾的诗，吾岂敢不做给你看，暂时呢？只好不能。我抄两首《遗怀》在下边，这诗还是今夏在二师时候做的；不道恰成了谶语，正和我现在的感想一样；你读时就当作我现在做的吧！

遗怀二首

不堪回首想当年，爱月怜花任惹牵。愁里添愁残月夜，恨中饮恨落花天。闲云未许边矶坐，野鹤何尝结禅缘。识得爱河滋味苦，此生只合泪溅溅。

良辰美景本尽寻，但看垄头垂白杨。世态变幻悲苍狗，辰光迅速叹黄粱。伤心岂独风中絮，薄命还似草上霜。莫问凋零旧日事，此衷耿耿又苍苍。

自修英文，总因没有同志，又没有人肯指导(写到这里，不知为什么泪湖里又起波浪来了)，不能十分进步！唉！

星期日朱祥来访吾，他说："二师几位同学，他们都说，要去正璧的悲观，非使二师的人，不和他接触，使他渐渐地把心思淡下去不可！"我想这个法儿虽好，但太难了我了。"春蚕到死丝方尽"，他们都没有读过啊！我说以后常常到你那边来，现在觉得又不高兴了。为甚呢？来的时候，果然快乐的；待到得别时，又怎样呢？我曾对朱祥说过一句假达观的话，是："我倘仍在二师，至四年后，和你们终要分别的。时间长短有些分别吧了！"我心里却又不肯达观呢？

我要向你借种词书看——不论那种——托陆君廷抡星期三给我；我想，读诗读词，果然容易引起惋伤，但也容易消愁。

你不久又要离第二师范了，我明年大约到苏州去了，我们几许同志，越离越远越久了！想起那句"没有永合，只有永离"的话来，我心又要击碎了！

话多呢，不知该道哪里方完？

过去的事，脑海里常常拥起，又催我堕泪！正和你和铭兰女士的事一般啊！浔阳江上琵琶妇，向人诉往日繁华；天宝宫女，絮絮道玄宗遗事；不能不说，说也没有用；只有一句"不堪回首"啊！不知何年何月何日何时，是我真真脱离苦海，超登彼岸的时候？"欲寻方外罗浮去，且幸人间鬓未皤"；我的大好青春，已经在多愁多病里消去了一半了！

现在弄来国文荒了，新文学又没有根底，英文还是初级程度！真羞死我了！

九、十一、十六十时　正璧　于一商十号寝室兆骧：

昨天寄你的信，想已看过了。昨夜我七时就睡在枕上，居然把和你的二首诗做成，今天写出来，又改去几字，读起来也还顺口，所以抄给你。诗里的意思，还是说自己，还是说你，恐怕你我多分辨不出，只好心里自知了。请你看诗吧！

数纸书来情意长，为君消瘦损容光。难登彼岸因情趣，不渡爱河原断肠。精卫虽劳未填海，长房有术怎除墙。东风吹送哀蝉曲，留得愁时日早凉。

逅邂相遇是前缘，何事分离各一边。常哭残花零落落，每伤逝水去年年。冷炉香烬谁添火，酣酒诗成独写笺。好事多磨容易过，冰心又欲去参禅。（九、十一、十七）

兆骧！你说我是痴，我真有些痴。这几天连英文也不大读了，似代数也没心绪。心里想些什么，我也说不出。我的哥哥正华，他病得很重，写信叫我去，我不但不去，连信也不覆他。但他怎会知道我现在的情状呢？我对于骨肉的感情，也太冷淡了。有人说我，你这个人没有感情啊！我倘没有感情，我怎会痴到这般啊！实在我的性情，有些不近人情；换句话，是真痴！有时也会说笑，但心里是决没有一天会笑的；我被自然摆布住了，我挣不去呀！

九、十一、十七、九时　正璧　于寝室

正璧：

现在我把《聊叠词》借给你读；但是我希望你要折衷于文学——这是我对你底唯一的大希望！

你的天才，就是你的诗才，我狠佩服的。你做的语体和文体两种诗已经算是狠好；不过有几处小缺憾要和你说说哩。《易经》上说“一眚之微，安掩大德”；但是我们狠不欢迎这句批评——“大德不无小疵”。你和我是最好的朋友，应该互相宗告，互相研究，互相携手跳上文学底大舞台啊！我怎能瞒着良心，不和你说个明白？

一、语体诗 你的语体诗，富有感情的作用，所以有“惊天地，泣鬼神”的能力；不像我的诗纯是“推理”和“寓言”仅仅有教育的罢了。你的诗现在可算是罕少，你应该尽力的培养他，我所说的缺憾，并非是意义的，是辞句的。普通人讲“语体诗是重意义的，辞句所以忽略”，不对！既然叫做诗，不过是句调端详罢了；就如儿童底歌谣也是有句法，有音调的。你的语体诗的句法嫌太繁；音韵嫌不自然，望你留心。我不是“吹毛求疵”；因为我们通信研究学识，比空讲爱情好得多了！

二、文体诗 你的文体诗是“情”的一派——我先前说过好像《疑雨集》一派，我最欢喜读，并且欢喜去学他。你的缺憾，是音韵不准，常常弄错了平仄。（原来诗里有平仄压错，要晓得是在人不得已的地方。像你底《遣怀》里，“薄命还似草上霜”，似字是仄声，应该用平声，你道这个字不可以改换么？）你以为对么？诗的要紧部分有四，列表如下：

（一）文体诗底部分

<table>
<tr><td>用典$\frac{1}{9}$</td><td rowspan="3">意义$\frac{6}{9}$</td></tr>
<tr><td>选词$\frac{1}{9}$</td></tr>
<tr><td>压韵$\frac{1}{9}$</td></tr>
</table>

（二）文体诗和语体诗的不同

<table>
<tr><td></td><td rowspan="3">意义$\frac{7}{9}$</td></tr>
<tr><td>选词$\frac{1}{9}$</td></tr>
<tr><td>压韵$\frac{1}{9}$</td></tr>
</table>

望你下次留心在词句和音韵之间，将来你的诗（不要十年）定然可以

达到上乘了。我进了商务书馆之后，可以饱看涵芬楼底秘笈，你也可以由我借给你看；我们必须要看得多，然后才可以做得好！

你替余勋投的什么稿，什么题目，请你告诉我。我以为替人投稿，不过是替人博得虚荣心罢了，别的没有一毫益处。我们都要勉励做觉悟底青年，"替人投稿"是万万不可以的——就是打破虚荣心。

兆骧　十一、十七

兆骧：

你的批评，正合我心理。因为我自己也觉得我做诗有这几种缺点，你能明白指出，并且教导我，我很谢你！我要读词，也因为我的诗的句法韵法不大好，要借他来融化融化，使这毛病，渐渐地去掉。文体诗的出平仄，都管是为粗心；想多读诗，也会好的。不过我做的诗，总觉得词不达意，并且词句也不大正大。那些道德家看了，一定要说这是一派"风流艳子"做的；但我决不因要避去这名词，把我固有的天才改换。我的诗，近来不见一些进步——指文体诗——读的时候，被感情所支配，往往要流出泪来。

你将来入商务书馆之后，前途非常有希望；少看书，就是学问不长进的惟一原因；当然越多越好，我总希望我们的同志，都走到成功的路上去。

我替余勋投稿，并不为虚荣心；因为他要看全份报纸，去写信要有些不好意思；所以他托他代投一次稿，待录入时，他再写信去要，那方才不觉得什么。你现在可明白了。

你能猜到我必到你校里，我心里很要感激你，你真是我底知己啊！但我来时，挡去你许多可贵的时间；以后望你照常做事，我在旁胡乱看看书就是了。下边我又要乱写了，这一段写的，望你千万不要给第二人看，因为这段是等于把我的心，摘了半个出来。我写这段的时候，什么态度，不必多话，只有二个字可以包刮，是"心痛"！

余勋他今天很冷淡我，不和我攀一句话，不知他究为什么？倘说他别有不舒服，那么我来的时候，他踢毽子，何等喜笑快乐！见吾时，就把笑容收了。这是什么缘故？我现在忍痛说一句，他如果不喜和我做朋友，他索性回绝了我，不要冷一回，热一回；令人一回痛心，一回欢喜。你是知我心理的，当和我说这几句话时，心里怎样的难过？老实地说，我纵丧心病狂，待他的态度，可质之"皇天后土"，都是很光明的！兆骧，我在这时候，你猜我心里怎样？我要重提旧话，把我的身子，化做灰尘，使风儿吹得个无迹无踪才好！以上的话，你当然不能和他面说，但我也决不和他说。不过他的良心自己去想想，我待他究竟怎样？

明天我要去探我亲爱的哥哥的病了，他写了七八封信来，我一次也没回他，心里都被……牵住，把他忘记，自问良心，也不过去了！星期六仍回沪，倘多住几天，我即告你。

我今晚又收到我哥哥的信，对于我的前途，恐怕有大变化，就是不再读书。我所表现的种种，可算都已失败了；我没有能力，失败只好失败到底了。不过，我对于受朋友的弃绝，这是我料不到的。

锡昌我处也有信，下次给你看。

心痛极了——真的心痛极了，再会吧！

九、十一、十七七时　灯下　正璧

星期日，余勋倘仍肯来看我，请他先寄一信我！这事，大约又是我的妄想了！附信代给余勋。

兆骧：

早上从门房里寄你的信，想已看过了。我写这信的时候，心里非常难过！兄病得很险，已有九分了！他们又只是弄神弄鬼，我现在好似存统在他的母病时一般感想！我恨不得脱了家庭关系才好，我写这封信的时候，他们又在那里问卜了……

我决计星期六到校，余勋不知它肯星期日来看我不肯？你替我哀求他吧！你对他说，横竖我明年不在上海了，每星期都到我处来，不过七八次，落雨天还不算，你叫他允吾吧！以后分别了，不知何年何月，才能相见！——写到这里，心里怎般难过——或者永永不见面了也说不定！我写这几句话，真咬着牙，才写得出，你们意会吧！

星期六无论晴雨，我必到校，星期日倘下雨，余勋他如不来，我便到你们那边来，余勋他如肯来，这是难得的事，我料他决计不肯的。不过我倘到你校里，请余勋快快活活地待我，不要再像那天！我就感他的惠了！

起初写这信的时候，要想做首散体诗，叙我现在的状况，此时没有心绪，只好下次补写了。

写这信的地方是在一间我生平未到过的小楼上。写的时候，但听见病人的喘声，药炉水沸声。旁边坐着一个小岁的侄儿，在发挥他天然的笑和动！我的心，好似八月十八钱塘江里的怒潮，击个不住，要击碎了！

九、十一、十八夜　灯下　正璧

兆骧：

昨天我托你代给余勋的信，不知他看了，作何感想！我现在想，他看了以后，一定要怪我；他怪我也罢，不怪我也罢！只是我的良心，很对得住他。你说我从前给他底信里的话，都当他兄弟一般看待；实在我的志愿，巴不得有他一般的人来做我兄弟呢！这次的信，我自以为再赤裸裸没有了；我写这信，自以为再爱他也没有了；不知他可能谅我这番苦心否？今天又下雨了，我心里很纳闷，想你猜得出我！这几天不知为什么缘故，心里觉得无挂无碍，精神也愉快了许多。附上词四首，请你改正，望你不要客气。你做的，可能给几首我看看吗？你要看《点滴》，可问余勋拿，想他不至再说谎了！廷抡的照片，我星期六去拿，你告他一声。看词罢！

诉衷情

无情逝水去悠悠，看绿翠丝抽。谁不道魂销候，伤伊犹念

否？心切切，意油油，频愁眸。落花随水，飞絮依人，谁解兰舟！（九、十一、二十二）

一剪梅·病中

淡翠丝丝系紫薇，轻掩芸编，独笼绛帷。斜攲无语看黄昏，半是忧愁，半为相思。　红藕香残冷月低，绕道销魂，又惹情痴。伊人秋水各天涯，雁字频阻，望穿愁眉。（九、八、九）

殢人娇·述怀

易水风寒，英雄洒泪。灯前频把堪卢试。休萧索了，白虹志气。但只柔调儿女楼前事。　知己天涯，尺书常寄，若难忘玉暖花腻。龙鳞百尺，君须牢记。终有朝、逐戎马英雄志。（九、八、六）

桃园忆故人·访余勋不遇

落花时节江南路，遍洒巴陵残雨。但看若耶西渡，月锁烟笼住。　杜鹃声里人归去，隔得飞虹千步。满怀相思情绪，惯向天涯诉。（九、八、三）

第一首是昨天做的；其余三首，是暑假期里做的。《殢人娇》一首，里头的意思，现在看了，很是好笑！由此可见吾的思想，变而又变，不知变了已多少次数。吾的诗本来不大好，这词更加辣手了；你肯指教吾，吾很谢你！

《断肠词》《漱玉词》，多不惬吾意，还是读《花间集》好。我每逢别种书看得闷了，就拿来读。只苦不知读法，不能读出他平仄来！不知你可有法儿吗？

九、十一、二十三　上午九时　　正璧

昨天给余勋底诗，又改了几句，抄在这里：

见了哥哥，
忘了弟弟；
见了妹妹，
忘了姊姊。

这是人的普遍性，
我怎能单怪你。
不过你是无心，
我总道你有意；
因爱生疑，
这是我的不澈底。

我望你——
见了哥哥，
想起弟弟；
见了妹妹，
想起姊姊。
用你的爱来爱人，
也承受人的爱你。
什么“忒多心”，
什么“争意气”，
都拒绝他到流水里去。
大家和和气气。
亲爱到底！
我怎能再怪你！

九、十一、二十二　正璧

正璧：

你来信说有信给我和余勋的，我却没有收到，奇怪奇怪！

你做的几首词，我已经读过了，《述怀》一阙，要算是其中底杰作了！其余如《访余勋不遇》，也狠有情致；不过有一个字我不认得，写在下面，请你告送我：“隔得□虹千步。”你说《断肠词》《漱玉词》不惬意，正和我相同；但是这两部词里也有几阙绝唱，我们不可一概埋没罢了！《花间集》我未看见，你能借给我一饱眼福么？

寄余勋的信，虽然遗失，但是望你再写给他——不要附在寄给我的信里，因为你要规劝他，只好个人通信，若有第三个人见了，岂不是叫他恼羞成怒么？想你聪明，应该晓得事呀！

我录了几首歪词，望你指教，或者和几首也不妨。愿你常常快活！

兆骧　二、二三、一九二〇 于二师

浪淘沙·寄东亭戴子（兆骧）

陈榻久悬梁，孤陋堪伤，诗文谁与费评章。旧雨不来苔满径，闲煞春光。　　系帛雁成行，颜色□忘，相离百里海天长。何日西溪同访菊，杖竹鞋芒。（一九一八、二……）

齐天慢·寄家兄

镇日阴寒风峭，丝丝雨唤芽魂。任麦肥草长，蝶舞莺鸣。孤愁未遣，又是黄昏。觅句园林，寻诗巷陌，且莫伤春深闭门。行乐也，幸弟兄无故，父母俱存。　　从游聚集如云，喜桃李芜繁。闲且去著书堆案，填词塞纸。虽居城市，如住荒村。课子眠迟，惜花起早，身健还教却玉尊。居何恨，问故人何处，旧梦难论。（二九二〇、三、三十一）

菩萨蛮·怀铭兰

（一）问谁颠倒鸳鸯谱，月老红绳尝系误。明珠赠已迟，相逢未嫁时。春花秋更落，痴梦何时觉？欲织一尺罗，回纹可奈何。

（二）红绡浸透相思泪，只因咫尺成千里。好事尽多磨，中秋寂寞过。藕丝一何乱，不共金刀断。月儿空复圆，教人忆去年。

（一九二〇、九、二三）

（下次起，我要写得清楚一点了。）

兆骧：

我正在看《心理学大纲》，书面没有揭开，忽然到门房去看信，你的信来了。看了信后，令我心里难过得很；为甚一封很紧要的信，偏偏失落了呢？失落了还不打紧，这信我写的时候，曾费去三个钟点；现在要追想出来，再写一通，却不是容易。这事虽则是人事，但其中也凭自然在里头捉弄，为什么自然这样的不谅人呢？罢！罢！好胡乱的再写一封吧！吾倒不信，看他再失落去！

你叫吾直接寄他，你原也有你的意思；不过吾当初的意思，是叫他有不懂的地方，要问你的；所以才叫你转交。下次就直接寄他吧！

我做的词，自己总是觉得不好；要望你教吾！那个字你不认的是“飞”字，我写得很潦草，所以你不认得了。

《断肠词》，大概和温飞卿一派的。温飞卿以词意做诗，所以他的诗，不大好读，《断肠诗》也是这样。他们大概在不诗不词之间，所以诗词都不十分有精致！《花间集》，是一种选本，所以较好些；倘今天余勋来，吾就托他带上。你的几首词，《菩萨蛮》二阙最好；情词缠绵，我很爱读。不过吾要问你一句，你的词的平仄，是依据何书；因为我把你的词，和谢无量的《填词适用格式》相对照，不对的地方很多。吾的词，平仄都依是书，不知把你所依据的书来对照，可也有不同？

寄余勋的信失了，心里闷得很；所以你愿我快活，又成了反话了！

正璧　九、十一、二十四 十时

正璧：

今天修身课贾先生责备我退学，他不问我要退学底原因，直管一任武断，真叫我心痛呀！

他还说不可以引朋友进自习室谈话，这分明说的是“你”！望你不要再来，就是有信，也可以等我进商务书馆去再实行吧！对不起，这是我的不得已呀！

唉……

兆骧　十二、二、一九二〇

正璧：

……久不通信，心里非常烦闷。

我已经受过了免试，但是十七日才登报咧，请你等着。

现在我在家里，望你写信给我，使我打破岑寂呀！通信寄：宝兴路，新宝兴号，廿九号。

兆骧

十二、十四、一九二〇

兆骧：

几天不通信息，不知我在这里，也有了变故了！我以为你昨天必已在校，我底事，余勋总能告诉你；今日辰得你信，方晓你还在家里。星期六那天的下午，校里的教员干涉我不上课，要我补请假，以后照常上课。你想我怎会愿意呢？当时我就定了个立即退学的决心，半夜亲自送信给廷抡等，请他们星期日来和我商酌。结果我就定本星期四——明天——回里，昨天已向学监接洽，已经允许吾，并能归还膳费；所以吾明天决定走了。

事也凑巧，你退出二师，我退出一商，却在一个时候！这二天里，烦得很；我想回家以后，闭户读书，不问外事。二师诸同志，我约他们一星期通一次信，你我也照样吧！

明年入东吴，我还设法想入三年级；我底英文程度虽不好，但余勋告我说："你用全副精神去对付他，终不至退下的。"所以我决意努力！

闭户读书的课程，我决定英文和代数，从前我立志不坚，常常半途而止，这次倘再这样，我自己也对不住自己的志愿了！

近来你努力于做诗，一天进步一天；我还望你继续努力，造就你底完满的诗才！

明春起，我停止看新杂志，不过闲来研究研究社会主义吧了！我将来的志愿有二：一、做著作家（静的）。二、做宣传事业（动的）。至于那不动不静的事情，我是决计不做的！

如回信，请寄黄渡柴家巷交我吧！

一九二〇年、十二月、十五日　正璧　于一商

斗雪集

通信集第二种

1921年2月24日

忏　悔

朋友们恕我！无知的诱惑，丧失了我青年底人格，使我堕落到极深、极黑暗的地狱里去！空间的花、光和爱，都是天堂里所特具的；当你在地狱的时候，何论怎样地呼□，彼等总不会自己走来的，可是要烦闷死我了！升呀！升呀！地狱本是你自己进去的，你就可自由出来！天堂和地狱，本距离的没有那么远，一跃足——只消你自己肯决心一跃足，便脱离了地狱上了天堂了！升呀！努力地升呀！我底“罪案”，是我一部堕落地狱，再由地狱升上天堂的历史；本书，是我堕落地狱以前，所受诱惑的结晶。我本不愿留着本书，给朋友们看了笑骂，所以屡次要把彼撕去，但家熙——或许他可算是我唯一的知已——劝我：“念抄集之不易，留着鼓励未来，忏悔既往也好。”所以我便不撕去了。本书曾给兆骧、余勋看过，他们因此都不满意于我——兆骧讥我书名太俗，余勋怪我友情不专，可是他们都不曾了解我给他们看的用意！朋友们，我拿极诚恳的心，求你们永远恕我！

一九二一、九、一六　病中于黄渡

为什么叫做《斗雪集》？“斗雪”是“斗雪红”的简称。我们明白了“斗雪红”是样什么东西，便可晓得“斗雪集”是甚么意义了。“斗雪红”是一种有刺的植物，就是普通叫伊做“月季花”或“月月红”的。伊的花，一月开一回，四时不断。就是下雪的时候，伊也照旧开着，所以伊得到这"斗雪红"的名称,不比别的花,开得几天或几月,便谢了!到那时,令人怪凄惨的!我们俩的友情,不愿像别的花,一现便没有了;但愿像"斗雪红"一般,永久的采烂下去。并且偕伊能和"雪"争"斗",作为我们俩应当和外界奋斗的征象,拿来勉励我们俩的进取心!

一九二一、二、十九

端源是我的挚友,是我最敬爱的挚友,是我生平最敬爱的挚友!"交友重精神,不重形式。"这两句话是我们常常说的。端源虽然是我最敬爱的挚友,但和他会面得不过七八次;虽然会面得不过七八次,精神上却是"契然无间"的。这是甚么缘故呢?——当然是靠着这本"斗雪集"了。这本"斗雪集"里的文字,不过是一种信札的文字,并没有什么特别见解的地方,只是写情比较的深切一些。这"写情深切"四个字,就是重精神而不重形式的表现;在这里,便可见得我和端源的交情是怎样呢!叙述我和端源结交的历史,中间便有一段很可笑的事情。我和端源初次相识的地点,是在江苏省立第一商业学校。当时我进这学校,不过上了一个月的课;因为读了施存统的《二十年来的回顾》,便自由上课;后来又读了黄仲苏的《太莪儿传》,索性不上课了。所以在这校的同学,我都不大相识的。并且另外再有一个原因——因为我未入这校以前,原定是暂时住半年的,恐怕多结识了几个朋友,到将来分别时,未免又多一番别离的苦痛,所以一概不和他们相识。后来忽地结识了一位新同志许君从龙,我偶然问起他:"校里可再有别的同志没有?"他就举出端源来。并且说:"端源很佩服你的举止和学问。"好笑!这时我还不大认识端源呢!他又告我端源是那样个人,那样性情的人。我就猛然想起有一天,我和钱君家熙正走在到三层楼去的那步梯上,忽地一位同学从上面走下来,迎看我问道:"级长!——那时我做级长——这一课有没有?"我便回道:"不知道,我也刚才从下面上来呢!"便匆匆地别过了。那时家熙曾告我,这位就是赵君端源。想来就是他了。便又由从龙介绍我和端源谈话，更觉得他的性情“冷若冰霜”，有“凛然不可侵犯”的态度；每一发言，便“满口风生”。当时就使我敬爱得了不得！过了几天，我因退学回家，蓦地和他别了！当时总不免有一番悲伤，因为我和端源虽然识面，还不曾十分相熟哩！后来端源的信，先我而至；自此以后，我们俩的信，便穿梭般的时常来往；所以第二次会面时，便像天天在一起的一般了。这也可见精神上的交情的效果呢！因为以上的一段历史，便使我悟出一番因果来。我又要打机句禅谜：我倘然不出第二师范，怎会入第一商业？我不入一商，怎会和端源相识？倘入一商而不和从龙先相识，也怎会和端源相识？我为什么出第二师范——是为了投稿和罢课，为什么投稿和罢课？……这样问法，可以问至无穷，所以永永不能得到他的涅槃。因为一个因或一个果，都是不可思议的。这理由我一时说不尽，只消看了胡适之先生的《不朽》，便会晓得，这里不说了。端源是怎样一个人？因为他发表的文字，有时为才力所扼，不能十分发表出来，所以在这本书里，也还不能十分看出。我现在不妨尽我所知的，约略说一说。端源的身世，是极凄惨的！他是个从小没有父亲的人，所以他的精神上，总觉得有无限的愁苦。他只有一个姊姊和一个弟弟，渠们也都在学校里读书。将来一家子的事情，当然都担在端源一个人的肩上；这是中国家庭制度的特色，不容端源推卸得的。因此，端源尤其觉得前途有无限的悲观了。又加上他身体素弱，又稍患肺病，又没有机会医养，身体越益不大好！但有一事，我替他极乐观的；就是他天天早上，总练习五分间深呼吸，且动止都有一定的时候。不像我学静坐，坐了几个月，便不坐了；又学废止朝食，废止了半年多，又不废止了；高兴的时候，一天不出门；不高兴的时候，连书面都不见的。因为以上的原因，我对于端源，就生有莫大的希望！我虽然不敢断定一句，但我敢假设一句：境遇宽裕的人，决不及境遇穷迫的人肯用功，肯努力！试从历史上去证明，从实际上去证明，往往脱不去这个范围。但端源是个天真未泯的少年，是个神经质智慧质的少年，是个富于感情的少年；所以我并不勉藉端源去做未来的历史上的伟人，只希望他本他原有的境遇和性情，造就一些根本学问，去从事于抒情的艺术作品，做个中国未来的诗人。因为历来的诗人，不是感情丰满的，便是境遇身世不幸。现在端源却都有的，当然比别人更有希望呢！“互相□藉”，想端源定不负辜我的慰藉！这本《斗雪集》所谈的，都是些琐碎的事情，就是谈到各种艺术一方面，也不过是极小的一部分，并且还在开始。不过我们继续下去的通信，大约关于讨论诗歌为多；所以拟想这书的第二集，一定着重在这一方面了。

看啊！
采烂般的“斗雪红”，
花儿刚才开着。
今月开着，明月开着；
今年开着，明年开着；
在这不断的时间里，永永开着。
永久啊！永久啊！
伊不忧秋来春往。
伊不忧风吹雨打。
只是永远地采烂着，
和十五夜的明月一样。
努力啊，努力啊！
十五夜的明月虽是常圆，
有时也要受云儿掩遮。
伊虽然只是几干瘦枝儿，
但在雪天里也还透着几朵红花。
奋斗啊，奋斗啊！

一九二一、一、一九　正璧　于黄渡

这篇序里，我不是说“我们继续下去的通信，大约以讨论诗歌为多”吗？实在我并不希望讨论诗歌在继续下去的通信里，因为我既然能和源君同校，还通什么信？但在当时——源君未投改以前——还恐源君考不进澄衷，所以只好这样说。源君曾经对我说：“倘然考取了，我们在一校，真快活哩！我又好从你那里学诗，学些我不知道的事情和学问。”现在果然从了我们的愿了！源君很快活，我也很快活！但讨论诗歌，虽然不能在信里发表，尚可在我的日记里发表。我预想我以后的日记，大约记的“和源君谈话”为多，所以何尝不可说“可当这书续集”呢？目的都跟着希望而到，由此可见“有志者，事竟成”这句话，很有价值。并且我们可以拟想我们将来的远志，只消坚忍，未尝不可也达到！源君和我，都该努力啊！希望遂了，别的话，快活得说不出了，但也不用说了！

一九二一、二、二四夜　正璧　于黄渡

斗雪集

正璧：

你在校里的时候，我只见了你三四次；见你的举止行动，便敬慕你了。后来在许君的谈话中，知道你的学问和你的志向，使我尤其敬慕了。不久，我猛然听得你回家了！我心里便悲伤起来！——因为把我要同你交友的希望失去了。昨天许君对我说："我已经替你介绍和正璧通信，他也答应了。"我听了之后，何等快乐！今天在自修的时候，便糊乱□了一封信，要和你通信了。我望你时常写信给我，把你的学问道德，时常教我；并把新思潮，时常的灌溉我。如此——我使感你不尽了！我还祝你身体康强，学问天天进步！

赵源　一九二〇年一二月二〇日

端源：

我一个人冷清清地正坐在窗前读《庄子》，忽地你的信来了！连忙丢了《庄子》，拆开就看，心里快活得很！接连着读了一段《庄子》，看了遍你的信，看了再看，不知看了有多少遍数。心里想：我怎地答复我的新同志端源呢？……呀！有了！我不是常抱慰藉和勉励的态度来待吾的同志们吗？我难道不能把来待我的新同志端源吗？我初进一商的时候，就恨校里没有同志，我常对二师里的几位同志说起，每引为憾事！在上月二十五日那一天夜里，始和从龙相识；那时我连他的名字也叫不出，你想好笑不好笑？于是我方才知道，这里未尝没有同志，只是我自己不识罢了。因识了从龙，和从龙常常谈起你；我很慕你的性情和天资，又知道你也欢喜研究新文学，我就叫从龙怂恿你多看新文学的书籍。不道在这时候，我蓦地回家了——回家的原因，大约从龙总和你谈起，把我要和你交友的希望，忽然中止了！但我想：交友在精神，不在形式。我们俩虽不能天天见面；然意思的发表，原不限定当面才可能；一枝笔儿，比嘴儿更彻底十倍咧！因此我心里并不十分悲伤，望你也不要悲伤！以后只消时常通通信，我们俩精神上的交情，自然也就“契然无间”了。

我是个没有具体的学问的人，就是研究新文学，也没有什么心得。所以从前只在艺术上用功夫，不在学术上用功夫。我的作品，除了几篇小说几道诗外，别的简实可说希少。现在的意志，一方面，专力的研究英文——我因为从小失学，读书的机会少，所以英文程度是很低的，务达至能直接阅看原文的著作的目的方止；一方面，本我天然的性情，用抒情的手段，去从事于艺术的作品，来培养我的天才；再一方面，去研究各种根本科学，造就我的普通知识，为将来研究哲学社会学……的预备，别的志愿，我没有了。不知你的意志怎样？端源，你可以告我吗？

我不喜奉宗教。“真”和“爱”，就是我所奉的宗教。我觉得我们的心，都是赤裸裸的，有什么话不可告人？所以我不论同哪个人说话，并不说半句假话。凡是我的同志，都应该互相亲爱，并该存“同荣同辱”的心。有什么见不到的地方，不妨互相劝告。以上是我交友的宗旨，不知你以为怎样？胡乱的写了几句新诗在后面，就做这次信的结束吧！

满池里猩红雪白的荷花，
一朵，二朵，三朵……
点缀成一片美丽和爱的世界。
忽地一朵谢了！
二朵，三朵……都谢了！
池里一朵也没有了！
呀！原来一朵谢了，

那几朵也不愿独开了！
荷呀！你总要保住你一朵不谢才好！

再会吧！末了祝你身子康健！

一九二〇、一二、二二夜　正璧

正璧：

我上次接到你的信，我便知道你的志向。我的意志，也要告你了。我在中学毕业了，或者没有机会再读书；但我仍要自修上进，必要达到目的方止。什么目的呢？便是要养成公民的知识，造就一种专门的学问——如哲学社会学，其他如谋世界的大同、人类的进化，求真真的自由——这点，是我们应当做的。我的意志，也不过如此。

你来的那夜，我同朋友约定八时去拍球，但是我想去回复他们不拍了。我去的时候，书都没有放好，想便要回来的。不道他们已是不拍了，便拖了我到小南门去，回来已是十时了！因此，不能和你作别。我到现在心里还是恨呢！

现在要问你一句句子，怎样点法，望你告诉我！譬如说"街上屋里都是一个样子说着恭喜恭喜连连地鞠着躬"这一句。我还要请求你一桩事情：我的三叔兼代游美学生监督，不日要赴美了。我想要做首新诗送他，但是不会做；所以我托你替我做一首，我很感激你的！另事没有了，再会吧！

赵端源　公历一九二一、一、八　书于自修室

端源：

你的信，到了几天了。不就覆你的原因，想从龙总已告你。你托我做的诗，我替你转托二师同学兆骧君做；他今天才寄到，所以我今天才寄你。看诗吧！

送三叔赴美

太平洋里的潮，
当不住大西洋里的浪；
不是太平洋敌他不过，
只是不敢冒着险儿去冲撞！
谁做射潮的钱镠？
谁做乘风的宗悫？
再把那澎湃的学潮，
加上了百位的磅薄！
战争就是和平，
和平反不战争——
凭你到底引导，
使两般潮水携手同行。
去呀！去呀！
要得胜利，除非是冒险！
太平洋欢送你！
大西洋欢迎你！

兆骧君愿你钞来投稿《觉悟》报，你不妨试试看。前天叫我点句的那句句子，是："街上屋里都是一个样子，说着恭喜，恭喜，连连地鞠着躬。"这样点法。我十四日到了沪投考，便得和你相会，你候着吧！

一九二一、一、一二下午　正璧

端源：

和你别后，就很平安地回到家里。这次我在一商里住四天，因为能常和你谈话；比较从前住三个月，精神上觉得快乐得多！你极欢喜学诗，我是知道的，我也极愿指导你。只可惜，我的口才不好，所以不能当面指导你；但凭着一枝笔，也还写得下。我愿将我生平所知道的，逐一的可以在信里教你。做诗必要先懂声韵；懂了声韵，做诗是不难的。所以起先我就把声韵教你。这次信里，暂且不说。一则写来不及；倘待明天写，恐信到时，你已回家了。二则此时我疲得很，参考须得翻书。但待你回到家时，恐我的信，也就可到了。

你身体很弱，昨宵的一夕话，令我暗中替你悲伤！正因我是“同病相怜”啊！克鲁泡特金（K?）说：“生命是将来一切建设的基础。”朋友们常拿这句话来劝慰我，我也拿来劝慰你——望你减少用功时间！况且你年纪比我小，用功尽管来得及，还是保养好了身体再说。可惜我们不能像欧美……的人，住到海滨去吸收新鲜空气，任自然的治疗，当然容易好！现在又加上“烟尘万丈”的上海，身体强健的人，也要多病，何况你我呢！

我最佩服你的举止和性情，不是我过誉你，我对家熙君，也常这样说的！……

前次寄你的那张明信片，写得太是潦草，所以看不大清楚，现在再抄一通你看。

你的影像，常常现在我面前，所以我不说“再会了”。但祝你身体渐渐地康健！

一九二一、一、一八夜、十一时　正璧

附与家熙信，请你代给。

正璧：

我看了你的信，我很是快乐！为甚呢？因为你已经平安地回家，并且又因为你狠欢喜教我做诗。你所佩服我的，使我惭愧无地，那里敢当？我还望你时时更正我的差处，使我不丧道德，和你同到光明的路上去。

兆骧那里，望你替我谢谢他，并且替我介绍。家熙的信，我已给他了，他要待考了浦东中学以后，再写信给你——因为他好“一举两得”。

我祝你身体强健！

一九二一、一、二十　端源　书于家熙房中

正璧：

我写给你的信，忘记黏二分邮票，我想邮局一定要罚的。但里头也没有甚么要紧话儿，可请你不要去拿了。所有信里的话，我到了苏州，再复写一遍给你。你道好么？

一九二一、一、二十　端源书　在前信发后

端源：

你的明信片，昨天午后到的。不看你的信，心里总是不安；所以那专封欠资的信，到底我仍旧去拿了。

兆骧君处，我今天恰去信，乘便代你道谢，并且介绍他和你通信。你的通信处，我也告了他了。

前天起，聚焦了许多关于小学——文字学——的书做参考，到今天，编成《声韵略说》十几页。待脱了稿，就寄你。不过这书未留稿子，寄给你的就是稿子，望你保存着。你倘能把他都意会出，"声韵之学"，可说已十得八九了。不过因为参考书少，差误一定很多；又况大半是我自己的主裁，不免总有偏执的地方；这要请你自加观察了。你倘有不解的地方，尽管写信问我；倘问了仍不解，那么下次可以面教你，总以明白了为止。这事并不难，我在二师时，不过听受几次，就懂了。我知你也只消看几遍，也会懂的。

学诗的程序，我以为单学新诗，不大容易好。必先学不讲平仄的古诗，或是有规则的新诗。讲平仄的律诗和绝句，学虽然不必学；但他的体裁，一定也要懂的。实在古诗比律诗绝句难做，新诗比古诗更难做。一难在不讲平仄，读起来难得好听；一难在句子不定字数，太无拘束，容易累赘。但起首学，还是学古诗——五言古诗，因为句子又短，又有趣味。

你只消看我，第一次做诗，就是一首五言古诗，正因五言古诗比较的容易做咧！虽如此说，但也有并不曾读过古诗，他做出的诗，像从古诗里脱胎出的。像我二师里的同学水康民君，他年纪很小，不过十六岁；他从不曾读过古诗，也不讲什么平仄和声调。去年暑假里，他寄我一首有规则的新诗，做得非常的好。但他是仿胡适之先生的《蝴蝶》诗做的，简实可说“青出于蓝”啊！

一对黄莺儿，
喁喁在枝头。
如说分离苦，
如道会期远。
转念会期即，
何消忧和愁！

所以我以为你起先做，也不妨仿做。拣短而有味的，像《蝴蝶》一类的诗，把他随口念熟。可惜这种选本，一时找不到；待我有时间，抄给你吧！五言古诗，也待我逐渐抄给你，你现在暂时研究声韵吧！

《新学社丛刊》一本，送给你，我也是二师同学送给我的。另寄上我在二师时的讲义一本，上半本是文言文，不必去看他；下半本和新文学很有关系——现在有许多人，不过把文言改做白话，便自命为新文学家；看了仲密的《思想革命》，当恍然自觉。吾们做说理文，大概也脱不了罗家伦的《三 W 主义》；况且吾们尽可以依他做。读了胡适之《答黄觉僧函》，和蔡元培在北京女子高等师范的演说词，便不至蔑视研究旧文学的人；我是“新旧兼攻”的，所以才这样说法；但不知你怎样？你从前不懂加“标点符号”的方法，看了国语统一筹备会请教育部颁行新式“标点符号”的议案，我敢说一定要会点许多了。

上边胡乱的谈了几句话，做诗的方法，并不曾说明。因为现在就说，一时不容易懂；必得你看诗看得多了，再对你说，就容易明白了。你现在所有关于诗学的书——诗集等——有哪几种，请你告我！

你现在在家里的作事程序，也请告我！你倘调换学校，家庭里可有阻碍，是否你可自主，也请告我！

我明年决入澄衷了。

《国语虚字用法》很好，望你细细地看，并且和声韵学也很有关系。在新著作里,要算上乘了。你倘有不懂的地方,也可以写明页数行数,写信问我,我一定就复你!

我写给你的信,很潦草,请恕我忙!

祝你天天快乐!

一九二一、一、二二、夜八时　正璧　于黄渡

端源:

《声韵略说》,今夜脱稿了。不过没有校正过,倘有差误,请你用墨涂去,待我自己改正。到明年开校后,我要求你暂时还我,我要请别的朋友替我修改哩!

我候你覆信!

今日夜十二时灯下　正璧

端源:

二十三日寄上信一封,书三本,收到没有?因为得不到你复信,记念得很,望你立即写信慰我!诗选已钞成十念页,不日当寄上。《声韵略说》,差误很多,当为编订正;看不懂的地方有没有,请告知!

祝你身体康健!

正璧　一、二十六、晚

正璧:

你寄给我底信并书,我都收到了。我看了以后,心里感谢你得很!我要谢谢你,也要请你原谅我——因为你信上写着叫我早了复你,但是我二十三日回家后,忙着写信给我父亲在上海的朋友,到现在还没有写完,你想忙不忙呢?所以迟到今天,才答你底信。所有寄给我的书,我也没空看他。寒假课程表,昨天十二时定好,写好,我下次写信寄给你。

正璧！我底真友！你自愿劳心的教我——我所要学的——我知道你也能更正我，劝勉我，叫我的心中……

正璧！我现在的身体，是处在一个忧愁城里！唉！我底身体又弱，我底担子又重，叫我如何是好呢！……

一九二一、一、二五　端源　书于家中

端源：

你的信，我已收到了二天了。我初次寄信到你家里，恐中途有失，所以又给一张信生问你。读你这次的信，辞句怪凄惨的；实说，你现在所处的地位，和我现在也差不多呢！

我家里只有一个祖母，伊年纪老了，一切事都要我去管的；所以我一回家，也是很忙的。我身体底瘦弱，也不亚于你；心里的苦痛，也和你不相上下；所以我说不出话来慰你！但你年纪比我小，恐现在不把身子治好，年纪大了，就不容易治好。第一紧要的事，望你放宽忧愁，不要多上心事。越多忧愁，身子越不好啊！在一千九百二十一年以前，我是个抱极悲观的人——读吾底著作，就可知道，今年起，忽地抱了达观态度，一心一意的自修；所以近来精神上快乐得多了——比较的快乐。望你也学我！

今天收得家熙的信，说他曾寄信你，并说你的入一商，也为了经济问题，他也极希望你换校……我看到这里，心里很是悲伤！我从前入师范，也因为这缘故啊！你底身世，凄凉极了。我从小就没父母的，所以识得你没有父亲的苦痛，并知你负担果然不轻。但忧愁是没有用的，只消自己努力，自已有了学问，担子虽然，将来一定容易交卸的。上次信里，我问你调换学校，家庭里可有阻挡；我的意思，也希望你不要再入一商。我替你想：单重英文的学校，和你性情不配，须得英国算并重的。但倘入师范，你底身体，一定不及格，所以不容易考取。我想明年和我同入澄衷，好不好？倘寒假期内续招新生，你如愿去考他二年级，我愿同你去，代你考国文——因为这校的国文很重的——并且再可转托别的同学,从中设法。我的入澄衷,也因他是英国算并重的。倘寒假期内不续招,那么至暑假期里,考进他三年级也可以。总之,我极愿和你同校、同级,我所有的学问,也愿通通都教你。不知你以为怎样?一商读三年半的费用,也须二百多元,澄衷每年九十余元,读二年半,也所费不多。想你经济上一定没有关碍的。

你的文言文做得怎样?我因没有看见过,所以不知道。你如有兴时,写一次文言文信我看看,如何?你底家庭状况,望你有便也告我!兆骧说他曾寄过信你,你覆他没有?他的信,是文言还是白话?

我近来得了一次大觉悟,已决定改换研究学问方针。曾做过一篇数千言的《宣告同志书》,因很长,所以不能寄你。他的大意,和你说一说——我觉得一年来,专门谈什么主义、问题,都是纸上空谈,一点没有实益。真真的学问,一些没有得到,反而将以前所得的,荒了许多。根本的差误,是把旧文学看轻。实在我们要研究哲学,不能不先研究中国哲学;要研究中国哲学,就不能不研究《庄子》《老子》《申子》等书。

文学革命者,他叫我们不要学他,并不曾说不要研究他。现在我《庄子》还有时看不懂,将来怎好研究哲学呢?倘研究社会学,则旧文学更是重要。各国的社会状况,是不同的;中国人要研究社会学,当然先要明白中国社会状况的历史。那么不读二十四史、五经、诸子……怎能明白?现在我们不过学得几句白话文、几句新名辞,这样就可算是学问吗?所以我以后决定用革新的眼光,去研究中国哲学,社会学……先从懂旧文字着手,去研究旧文学。待旧文学通了,看《庄子》……能一目了然;那么方才能说研究哲学……哩!明年起,我先研究文字学——《说文解字》等,接着研究修辞学——不论新旧。一方面自己研究,一方面和你和别位同学讨论。另外再练习二种艺术——诗和小说,用来帮助他的不及。

端源!我从前真是胡闹!根本的学问,一毫没有;再不改变方针，前途危险极了。家熙、从龙、兆骧等，我已把吾的《宣告同志书》的大意，都告了他们。兆骧已复信赞成，他的复信，抄一段你看："以至易受热血冲动之足下，居然能于大梦之后而有大觉，诚骧之喜出望外者也。足下早觉悟一日，即足下早领略真人生观之一日。《宣言书》句句合于吾心，愿足下与骧共勉之。试思以骧与足下之聪慧，苟能斩断情丝，扫除魔力，精神一振，何事不成耶！"这信是文言的，现在和他通信，都用文言了。所以我也同样的告你，并且劝告你，以后也先替自己学问下一些根基，什么主义……到将来研究也不迟。实说，我对于旧文学的书籍，从前看过许多，所以研究起来，还不十分难。你呢，年纪小，当然不如我看得多；你倘赞成我的宗旨，我也愿和你互相勉励，并且也指导你。写到这里，精神疲乏极了，眼儿有些迷糊了。望你细细地味我信里的话，并且加以更正，那就是我的希望了！

端源！我的道德，是堕落到极点的；这地方我远不如你，望你也时常劝告我，我尤其感激你了！

年假里，倘家里没有空功夫，学诗不妨暂停，明年再教你也好。这事，你不必放在心上，我是极愿助人的啊！末了望你保重身体，多休养精神，并且不要多忧愁！

你的知友正璧　一九二一、一、二十九、夜　于竹荫庵

正璧：

今天你底信来，把我的忧闷打开。你的宣言，我都赞成。我也要觉悟，在我没有学问的时候，不去研究什么主义。但是你所说的哲学，这种学识，我连他是甚么东西都不懂，怎好研究呢？我还望你教我！你给我看的《声韵略说》，我已经看完《声之四种呼法》了。其中的一切，我已明白的了；就有什么不明白，也少得很。我现在努力的上前，终要学成了才心快！

你说你要练字，我非常赞成。我现在已天天早上练字，有空的时候，拿起笔来便涂；恨不得把字一好就好，免了受这种字不好的苦。

兆骧，他已和我通信了。想必他也肯教我做诗的。我底中文，脚差不多要蹩断了。我有时定要写封文言信给你。

你信上说得太客气了，把我要求你更正我的话……了，我请你不要再客气了，大家相勉吧！我有事要出去，所以写得潦潦草草，并且没有打稿子，以至不通的地方很多，望你替我更正！

我以后要用白纸写信给你，赞成吗？

赵源　一九二一、二、一　于家中

端源：

来信已到。现在特别提出一桩事，要求你立即告我。就是澄衷中学于下月二十一日续招新生，你愿去考其二年级吗？倘你愿去一试时，我要托别的同学从中设法哩！写信能不起稿最好，我现在不论写那种——文言文或白话——都不起稿的；就是那本《声韵略说》，我也没有起过稿。那书的“双声叠韵法”，我解释差了；望你暂时不要看，待我做了更正，寄给你后再看。兆骧叫我叫你读白居易诗——他的诗和白话差不多。现在要读，我可借你；如没工夫，待开校借你也好。写白话信用信笺太费，我和兆骧都用白纸，你说的，我很赞成！我和你通信，我都另钞在一本小册子里，你信有差字差句，我都替你改正，将来可以给你看。关于哲学的解释，下次告你。并且可以借一部《近代思想》你看——这书是浅近文言，简实是一部西洋哲学史，看了他，于哲学的根基，也可说有一些了。今天做了一首七言律诗，每句都用典故，望你看了不要笑……

二、三、夜　正璧

看　雪

半庭飞絮绕重门，湿透阶前碧血痕。鸿雁无心空蘸影，寒梅有色最销魂。情如秋水偏流海，命似彩云不托根。多分梨花差记候，东皇未命已纷纷。

正璧：

预备写信问你的时候，你底信来了。所说考澄衷的话，我现在复你了。你说她在下月二十一日续招新生，是不是公历二月二十一日么？我一定要去考的，但我还要考民立，你若能从中设法呢，那是再好没有了！我要谢谢你！我底文言文是很靠不住的，平时校里作文，总是"丙等"里的。所以我对于考澄衷，很有点儿恐慌！我很愿意同你在一校，但是因为这样缘故，大半不能遂吾的志愿了。你上次信里所说替我代考中文，我以为不可——因为你上次已经考过，岂不要再被他们认了出来；况且为了我特地乘车吃苦费钱地到申，叫我心中怎地安逸！所以我劝你不要如此，横着民立或者可以做我的退步。

我再有事情要问你：澄衷的地址，在上海那里？她所考的是什么书？报名费要多少？还有民立的考期，也望你一并告知我。因为可以一只不取还有一只在，不至于再到一商里去。

正璧！你中学读毕业后，想必不能再到大学里去了，或者做事带自修，是不是呢？我是这样的了。唉！我写到这里，我要哭出来了！人家这样，我却这样！一样的人，为甚他们能读到大学里，专心地求学，我们却不能呢？唉！你的诗，我看不大懂。因为我对于旧文学，自小就荒了。对于典故尤其不明，我还望你将这首诗解给我听，待我学一点儿。

白居易诗，我以为不必寄下来，因为我没有空看。如其我能侥幸同你一班，那时我真要好好地学他一番呢！

别的话没有了。我有一篇白话文的作文，我寄给你，望你替我更正，替我批评，将差的地方告诉我。

一九二一、一、四日晚十时　于家中　赵端源

斥退与大考

当当，当当，当当——散课钟打了六下，各班的先生学生都退了课；甚至一课书有半句还没讲完的，也退了下来。但是有一个课堂里边，各学生围着一个学生一个先生，在那里争辩，还没

有散呢！只听得围子里的一个学生，他一人对着先生说道："大考既没有甚么益处，何以定要大考呢？先生！不要考了吧！"再听得这位先生说道："你们做学生的，难道我——先生——底话不听吗？我做先生的，只知道照了教育所的定议做，旁的事我都不管；大考是一定要考的。"那学生接着又说道："照你这样说，你教我们书，是为了吃饭吧了！所以你常天天的迟到！"这句话方才说完，早听得有一种严厉的声音喊道："你，不许再开口！再说，我立刻将你斥退！"说完了，望着他恶狠狠的看了一看，一转身便走了。停了不多一会，一个校役来叫道："那一位是曹定？学监叫他去！"只听得同先生争辩的学生答应道："是我！"便独自到学监室去了。见了学监，学监问道："你为什么同陈先生拌嘴？哼！"曹生说道："我……"说出，便接着一种十分严厉的声音喊住他道："不许再响！这事情我知道的了！他是先生，你好违他的吗？陈先生年日性情又好，教书又勤；这样的先生，你竟还……我对你说，你下次再如此，我立刻将你斥退！"可怜的曹生，竟没有半句话可以说得，可以申辩得；低着头只是不响！

好个先生！好个学监！好凶个"斥退"！

端源：

在这很寂寞的时候，单望我的朋友有信来，就可打破我的烦闷。吃了夜饭，方才拿了一本《两般秋雨庵随笔》胡乱地看，你的信来了！你说澄衷你也一定要去考的，我心里何等地快活！二月二十一日，正是公历二月二十一日，实对你说：我这次还想去考她三年级——这不过考考吧了，实在三年级的英文程度，我还不够。顺便代你做一篇国文，是很容易的，并且也不费时。上次我去考，她自上午八时起考，至十二时止，我只考到十时，就考好了。考这校也不须报名费，也不用照片；所以我虽然考取，他们还没有认识我。考二年级的题目，把我前次所考的，写在下面：

一、国文题:“白话与文言”。他们说不论做文言白话,都可以的,所以我就做了一篇四百多字的白话文。

二、英代数:一次方程和解因数法。共三题,一为题目,二为公式,都很易做的。

三、英文法:

(1) What is a Sentence? What is a Phrase? Difference between a Sentence and a Phrase.

(第二题忘了,用中文写大意在下面:)

(2) 解释“Finite Verb”phrase 中的“finite”的意义,并且举出几种除了他以外的 verb。

(3) analyze a Sentence:那天出的是句 Complex Sentence,但分析还不十分难。但不知 analyze,你学过没有?

总之考的题目还不大难,所以我敢说,你倘去考,十分之七八可以考取,你说要考民立中学,考期还没有,一有就告你——我不是要你一定考澄衷才这样说,我以为你入此校是不大配。听说民立中学的肴膳,要算学校中最不清洁的;并且校长很专制,课程也有些不量学生的力;并且这样不容易毕业——听说每年不过毕业三四人——和你境遇,也是“冰炭难入”的。再有种种刑律,什么“吃大菜”……啊,想你一定也不能忍受。在这校,我也有好些同学,现在陆续出校,已剩一二个了。

端源你因境遇的关系,不能入大学,唉!我和你是一般的啊!端源!我能中学毕业,已算侥幸呢!什么大学,我和你都没福进去!“中国的大学,都是贵族子弟读的”,我们要记清这句话……

我做的那首诗,现在解释你看:(有几句,我又改过了。)“半庭飞絮压重门”,“半庭”二字,没有典故;为什么不用“一庭”或“满庭”呢?因为落雪没有直下的,都是斜下的,所以你看不论那家的庭院里,决不有四角都铺满的,总是偏在一边。“飞絮”二字,却用了典故了。是晋朝谢道韫的故事,事很长,不录;“飞絮”二字,就当“雪”字解。“重”

作“层”字解,“压重门”三字,我从清人诗“误猜梨院绕重门”句里去仿来的,形容雪的多,实在雪并不曾压到门上咧!“湿透阶前碧血痕”,“碧血”二字,唐人诗里常用的,大概“碧”是说草,“血”是说花;因为草是绿的,花大都是红的。冬里怎会有绿草和红花呢?那就是用“痕”字的原因;是说草花的痕迹,换一句说,就是说残草枯花。“鸿雁无心空蘸影”,这句是用苏东坡一首诗里的意思,他的诗,我还背得出,写在下面:“人生到处知何似,应似飞鸿踏雪泥。雪上空留鸿泥爪,鸿飞那复记东西。”为什么不做“飞鸿无心空蘸影”呢?这因为“鸿”字是平声,这字的位置,应该用仄声的缘故。这句是“仄仄平平仄仄平”,但我做的,都是一三五不论的——就是第一第三第五字的平仄,不一定的。做七律有二句成语,是“一三五不论,二四六分明”。这许多规则,下次再告。“寒梅有色最销魂”,这句里的“色”字,和上一句的“心”字,和下一句的“水”字,是“双声”,因为同是一句的第四字,所以不应该用“双声”。我因为没别字可代,只好用了再说。寒梅是说腊梅,王维诗“已见寒梅发,复闻啼鸟声”。腊梅是黄的,雪是白的,雪虽然落在梅上,但看来总是有色的。“销魂”,本来是江文通《别赋》里的出典,但用作分别的时候的形容词,此处是仿清人诗“春风无色最销魂”句的意思,是形容梅花的魂已离树,因为树枝吃雪压没了,看起来只见花不见枝了,所以说他魂——花——已离树,实在花何尝离树,不过枝看不见了,所以像花也离了树。“情如秋水偏流海”,这句是用《庄子·逍遥游》的典故,文甚长,不录。这句意思,是说雪落得很普遍的,像水流一般。“海”字作“海内”解,即“四海之内”解。“命似彩云不托根”,这句是用白居易诗“大都好物不坚牢,彩云易散琉璃脆”的意思。是说雪虽然好看,但霎时就要化的。“不托根”是像草之无根,所以是不长久的。“多分梨花差记候”“东皇未命已纷纷”。梨花是白的,拿来比雪。这二句,是诗人的幻想,不能拿句子来死解释。“东皇”是司春王神,是五经上沿下来的典故。二句翻做白话,就是,大约是梨花差记了时候,所以春天没有到,他就纷纷地谢了下来。

一首五十六个字的诗，把他一解释，就这样地多，看来像作诗难极了——实在一些也不难。我也不过学得一年咧！你倘能和我同校，我就可常常把诗讲解你听。我知你的性情，做诗是很欢喜的，况且成语说“穷而后工”，像我们的境遇，做出来的诗，写情一定比别人深切。你如有兴，做一首白话诗我看看如何？昨天我也做了一首白话诗，钞给你看：

卖饼儿

雪花一夜吹送，
满地堆积玲珑。
更加上阵阵西风，
霎时大地都冰冻。
月儿还当空，
东方尚未红：
“卖饼！”“卖饼！”一声声自风中送。
沿街来往，惊破屋中人梦。
寂寞的街中，
只有他，留衣赤足，饱受风和冻。
他不怕身寒，只恐饼欲冷！
身寒还得暂时耐，饼儿冷却无人买。
他不是“铁骨铜皮”，
他不是“天生贱种”。
他是要尽力得报酬，
他不愿坐着受人家的供奉！

你做的那篇白话文，语气很活泼。从前二师里的国文教员对我说：“你用字很要当，只不大活泼；水康民——他也是我很要好的朋友——的文很活泼，但用字不及你妥。你二人并成一人就好了……”现在读你的文，正和水康民差不多，不过用字不大妥罢了。我把他改正了些，仍旧寄你。我不是客气话，我改的也有不妥的啊！澄衷的地址，在虹口兆丰路，下次画一图样给你，他的简章，我寄给你。大约我们二十日就要到上海，我可以同你去报名……

二、六、夜十一时　正璧

斥退！

“当当”！“当当”！“当当”！散课钟打了六下，各班的先生学生多退课了；甚至有一课书剩半句还没讲完的△，也退了下来△。但是有一个课堂里边，许多学生围着一个学生和一个先生，在那里辩论，还没有散呢！只听得围子里那个学生，他独自对着那先生道：“大考既没有甚么益处，为什么定要大考呢？先生！可以不必考了！”再听得这位先生回说道：“你们做学生的，难道我——先生——底话都不听么△？我做先生的，只知道照了教育部里的部章做，旁的事，我都不管；大考是一定要考的。”那学生接着又说道：“照你这样，你教我们书，是为你自己吃饭吧了！所以你从前总是天天的迟到的！……”这句话刚才说完，早听得有一种严厉的声音喊道：“你不许再开口△！再说，我立刻将你斥退△！”说完了△，对着他恶狠狠的看了一看△，一转身便走了△。停了不多一会，一个校役来叫道：“那一位是曹定？学监叫他去！”只见得那方才和先生争论的那个学生答道：“是我！”他心里早已吃了一惊△，便独自跑到学监室。见了学监，立着不动！学监怒容满面地问道△：“你为什么和陈先生拌嘴？哼！”曹生回道：“我……”我字还没说出，便接着一种十严厉的声音喊住他道：“不许准再响！这事情我都知道了！无论怎样？他总是先生，你好违他的吗？况且陈先生平日性情又好，教书又很勤恳，像这样再好没有的先生，你竟还△……我对你说，你下次再如此，我立刻将你斥退△……”可怜的曹生△，竟没有半句话可以说得△，可以申辩得△，低着头只是不响！△好个先生！△好个学监！△好凶个“斥退”！△

（结末几句很好，我万万做不到。二、六、夜　正璧）

（这篇有许多有精彩的句子，我用△△△记出。）

二、六夜四时　正璧又

端源：

复你底信，定已收到了。信里不是说下次画一澄衷的地址的图样你吗？实在我虽则认识到澄衷的路由，路名却都叫不出，怎能画呢？所以只好取消前言了。你决定几时到上海？住在那里？我和你可在那里相会？请你立即告我！我想二十日（公历）到上海，下午一时在商务印书馆里候你，不知道你便吗？倘不便，你可另定一所地方，一个时候，我决不失约的。家熙告我也要去考澄衷——今夜收到他信，大约这次我们很有同伴了。我望你俩都能考取，你们也定了读书的地方，我也不至受无熟人的苦痛！我想这几天，你一定很忙的在那里预备了。我望你只消把代数因数法弄得熟一些，略为看看文法，不必十分用功的。我已托从前高小同学郁君祖伦，托他母舅余君从中说法了——余君在澄衷做教员，所以你尽管胆大一些是了，民立招考还没有日子。我从前听得人说，今年起，因预料生升级的很多，本科已无无余额，所以以后本科生不招了。是否为了这样缘故，待我打听。

本月十二日出版的《英语周刊》，我这里已于昨天收到，你想好笑不好笑？你处大约也已到了。来信到这里很慢——须三天，以后望你将邮票贴在封面，那会比较快一些！

候你复信，祝你精神快乐！

二、十、夜十时　正璧　于家中

正璧：

不爽快的身子，被你底信医好了！在商务印书馆约集狠好，但在楼上或楼下，望你告知我。

上次一信也收到了。analyze，我学过的了——也不好算全懂，不过懂得他一点儿吧了。考起来,狠危险呢!所要考的书,都没有预备,这真是荒唐!明天起,一定要起始了。

家熙也要去考,这真好极了!倘然都考取了,我们在一校真快活哩!互相勉励勉励!我又好从你那里学诗,学些我不知道的事情和学问,知道你一定不推却的,并且你信上也早已允许我的了,也用不着我再说。还有一题,不知道从龙也能来考吗?

我还有一桩难事——倘然考不取,我到那里去读呢?为了这个难题,要把我愁死了!

我底那篇白话文,望你给我题个名目——小说呢?随感录呢?你替我改了,更正了,我谢谢你!

一九二一、二、一三、夜　端源　于家中

端源:

你的信今天才到,所以今天才能复你。我一到上海,就到商务印书馆,大约不过十二点过一些。我可在楼上美术柜那边看书,倘能先到,你也在楼上等我吧!analyze,恐你还不大明白,所以我从"English Grammar Simplified Part Ⅱ"里录出许多"analyze",另抄一册,附寄给你,不过抄得很潦草,望你细细地自己去辨。能够都懂,考这analyze,可以不必忧了。我也没有预备,读你的信后,屈指一算,日子近了,所以明天起也要预备了。我现在时时默祝你们考取,能同入澄衷后,我愿把我所知的,通通教你。并且你倘然能胜过我,不但不妨忌,而且巴不得你这样!因为我近来智慧质虽然仍不弱于人,但记忆力一天退步一天;因此愿你在年纪较少的时候,为学问下一根基,不至像我有"年少不努力"的隐痛。我常说:自然既然造就我们这样的慧觉,我们应当利用他,不应当辜负他。像那些资质稍钝的青年,他们虽则竭力用功;但所费的时间,恐怕和我们比较,要多十分之七八,始能和我们相并。我们只消一览便记牢了,他们读许多遍还记不牢呢!但我们现在因为记忆力退步的缘故,得益大不如往日,反而要不及他们了。因此心闷得很！从龙因为经济关系，我料他决不能和我们入澄衷，可惜！但听说他秋季要转学到一师去哩！

你因恐考不取而担忧，确是不能不有。但我总劝你放下心，横着有我帮你。我总“惟力是视”，就是我考不取三年级也是不妨的——因为我即使不考三年级，一定也要到申交费，所以说专为帮你考试，你也不必过意不去。我托他说项的那位郁君祖伦，他已复信给我，说已写信给他母舅了。并且他说：“你的挚友，就是我的挚友，我怎能不为之尽力呢？”所以望你尽管放心！万一不幸，你还可暂入一商，到秋季考他三年级也好。望你也不必多忧。

你的那篇白话文，可当他是一篇写实小说。但修辞还不大足，以后你做这种著作时，望你多加修辞就好了。但多看《儒林外史》，也会好的。

近来天气一回暖，一回冷，望你起居注意！

会面的日子近了，心里欢喜得很！

一九二一、二、一五夜　正璧　于家中

端源：

昨信想已奉上。今日得二师同学陆君来函，云澄衷已改于二十三日上午八时招考，故璧于二十二日至申。足下可于是日下午仍往商务印书馆等候，地点与时间，俱如前约。

信到即复，以免挂念。

璧意足下此次至申，可将行李等均带出，以省往返之劳。未知足下以为若何？

二月十七日下午　正璧急启

正璧：

来函所谓，一切均知。

考期未知确否？何故报上均不载？万望探悉真确，即行通知，以免记念,此事令我恐惶！若不招考如民立,则将奈何！

二月十八日上午　源白

端源:

昨涵想已奉上。

得十八日来片,一切均悉。该校招考,单登《民国日报》,别报均不载,故足下处未见。惟已改二十一日为上二十三日,故昨专函奉告。足下可于二十二日至申。不招考,则万无其事,盖陆君决不诳吾也。请放心是荷！

匆匆不尽……

二月十九日下午　正璧

雪里的三个疑问

一

满天里雪花乱飞,
把一朵朵梅花打落到泥里。
和泥泞不是一样颜色,
为什么辨不出?

二

霎时"堆积玲珑"了。
霎时"香消玉化"了。
天上既不容伊住,
为什么人间也不容伊住?

三

人道是天公可怜穷人没有米柴,
故把银子生生地送下。
但市稍头几间破屋子里,
还有人在那里叫:"冷啊!""饿啊!"

二、一一

雪 后

庭心里堆着许多银子似的，
把这重门儿要压破了。
阶前花迹和草痕，
也吃他浸得湿透了。
墙角里一棵老梅树，
开着几朵金色花。
枝上梗上都铺着雪，
像是树的灵魂——花——已离了树了。
人说伊“爱情深”，
因为伊像水般的流普通的。
人说伊“寿命薄”，
因为伊一经太阳就化得没有了。
诗人的想像道：
“怕是梨花记错了时候，
所以春天还没过，
伊就纷纷地落将下来了。”

二、一一

我的挚友端源：

别后就回家，心里非常欢喜！我们的志愿，总算完了。以后互助且相切磋，努力的求学问，修品行，养身体；前途虽长，有了光明，不怕没走处！端源！二十三日那天，我心里委实懊丧得很！你想，我用了全副的精神，帮助你投考；倘再不取，我心里怎安逸？我虽然不奉一神，我又要说一声：这都是自然给我们俩的恩惠，我很感谢自然了。

我的《宣告同志书》，因为时间局促，未尽所有的意思十分之六七。本要想再做一遍，后来兆骧劝我从实际方面去忏悔，不要再费时做这种东西，所以我就不做了。原稿给你看，所未尽的，在这里再发表。并且再告你我们以后求学方针，不至于一到校就茫无头绪。端源啊！我们安心读书的机会，只有二年多了；在这二年里不再努力，恐将来要读时，反没有机会了！我最痛心的，就是我们俩只有得到一些普通学问的福份，没有求专门知识的幸运。但你年纪小，或者还有希望；我呢……不忍说了！况且未来的事情，决不能料定，到那儿就那儿吧！

现在把我们应该做的事情，列表如下，以补《宣告同志书》的缺，并且暗示我们入澄衷后应该抱怎样态度。

- 卫生
  - 静的
    - 休养精神
    - 清洁饮料
  - 动的
    - 动止有节
    - 起眠有时

- 文学
  - 文艺
    - 小说
    - 诗词
    - 美文
  - 学术
    - 哲学
    - 科学

- 道德
  - 静的—文言语
  - 动的—方举止

右表系随意排列，俱未依逻辑，然欲细排之，恐尽十纸犹未能如愿也。附识。

甲　道德

A　动的道德

1　方举止

规则是维持秩序的，并不是作难我们的。秩序乱了，我们就觉得扰烦的，难道规则不应守吗？所以规则应否存在，不成问题；只是规则的内容是否有所更改，却是一个大问题了。我们的举止，尽依着维持秩序的规则行，无谓的，不妨视有若无。其余为规则所无的，我们看来也应该做的，也尽管做。总之这“有礼貌”三字，是我们所要求的；孔子说的“文质彬彬，然后君子”这句话，原是不差的，我们最大的目的，也不过希望这八个字 。

B 静的道德

1 文言语

这言语原是用来发表思想的，像我的口才不大好，所以有很的意思，往往不能用言语来发表。并且朋友交际，尤不能以言语为主。源君，你底口才是很好的，交际的手段也不弱，我要跟你学呢！从前我因戏言而屡伤朋友感情；今年起，已立誓不再说笑。无谓的言语，不再多说。总之，我们虽然不愿满口书卷气，也不要满口村俗气。

论道德问题，见《宣告同志书》。

乙 文学

A 文艺

1 小说

我的文艺作品，都得力于小说，这是朋友们多知道的，不容讳说。所以我以后拟继续看小说，且加以研究。语体的，旧的研究《水浒》《红楼梦》《儒林外史》，而傅以《西游记》《镜花缘》等。新的研究《小说月报》，而益以各家小说集——如《点滴》——和各□志上所载的。文体的，我不再研究；不过我望源君，在空的时候，也看他几种，以知世间有此一体。

2 诗词

做新诗，一定要懂旧诗，不会旧诗的人，决做不出好的新诗来，因为新诗是从旧诗里蜕化出来的，子总有几分像母。广义的一句，就是，新文艺都是旧文艺的产子，何况是诗？源君！你欢喜学诗，我非常的同意。我每在一只学校里，要找几个诗伴，很不容易。就是有，他们都是写实派的诗，和我的抒情诗，也不相入的。你是个富于感情的人——我从心理学的人格分配证明你是个富于感情的人，不做诗则罢，做则和我一定是同派的。好在声韵你已懂了，再多读几十首诗，大约就可以做了。以后多读多做，会了旧诗，新诗是不必学的。更进一层，倘欢喜学词，我也和你学词。虽则不能都精，但总是都会一些好。我是赞成由博而约的——归纳的，所以样样都学一些，但不知你以为怎样？

3 美文

我所指的美文，范围很大，大约除了说理议论文以外，都算是种美文。蔡元培先生以旧时文体文都作为美术文，和我的意见不同——像许多写景的游记、写情的书牍和祭文和有韵的词赋等，我们都应该会一些。总之这地方，倘源君都爱学，我恨不得把我所知的都从脑子里挖出来都教你。古典主义，在文艺史上的价值，并不十分堕落，并且还有人要提创——见本年的《小说月报》，我们不妨也加一番研究，去引用引用呢！诗词的美，也占古典主义的惠，这二者有相互的关系的。

B 学术

1 科学

（一）数学 除算术我们都懂外，代数、几何、三角，都要学得熟，却不必求高深，因为我们是于文学的性质的人，科学都不宜求深。要求深也不高兴的，这是性质的关系。

（二）理科 校里只教物理和化学，其余动、植、矿、生理卫生学等，我们也应该懂一些，只消具体的看一遍，免了这“一事不知”的名便好了。

（三）地理 人文、地文、政治、沿革，都该略懂一些。地势也该学至能和简单地图。

（四）历史 东西洋史的大意，和文化、政治、沿革等的一个大概。

2 哲学

（一）大纲 哲学史和哲学派别等，稍为研究。

（二）心理　也学他大纲。

（三）论理　同上。

哲学的门类最多，社会政治教育都包在里头。在中国，还有道家法家名家……的分别，我们研究西洋哲学，且看一部《近代思想》；中国哲学，可阅胡适之先生的《中国哲学史大纲》。心理论理，暂取王星拱的《科学方法论》和陈大齐的《迷信与心理》。以上不过是具体的，继续可研究各家学说，如中国之《庄子》《老子》《墨子》《韩非》……外国之达尔文、赫克尔、康德、边沁、克路泡特金、托尔斯太、博格森、倭铿、罗素、杜威……诸家之学说，得一些分析的。

丙　卫生

A　动的

1　起眠有时

起眠均依校中钟令，大约以眠八时为率，不宜多睡。且每晨起，宜多吸新鲜空气以养肺。

2　动止有节

我极欢喜抱“Work while you work, play while you play ”的宗旨，以后也拟如此。

B　静的

1　清洁饮料

校中的馔，大约不至不清洁。我还拟继续废止朝食，能否未完。此外如不喝茶而喝白开水，不多食闲食，多食则无益而有害。

2　休养精神

我想继续学静坐，能坐也未定。

总之卫生一项，不必明白写出的如常换衣服、常洗浴、勤盥洗等，虽然不是明白写出，我们早都知道了。

以上大约的说了一遍，因为时间的关系，不能把吾心里所有的都写出，只好以后陆续再写了。惟关于文学一项，再特别提出，兼说明他的方法。并且中英并进，使他平等了方止。他的方法，我就我们中国清代伟人曾国藩的“看”“读”“写”“作”的方法。因为他的方法，不但容易实行，并且很容易得益。

（一）看　只求其多，越多越好，且越快越好。但我和源君的看书，都不算慢的里头去，以后只消看得多便够了。

（二）读　读求熟而不求多。因为读得熟才容易作。我们英文作文不大会，都不读熟的缘故啊！

（三）写　只消求写得整齐，而且写得快，不比求到“颜筋柳骨”的境界的。英字也是这样。

（四）作　除特别著作外，每日均记日记。我自一九一九年九月一日到今，没有一天不记日记。源君不妨也学我，我的《雯乘》，给你看了做格式。但我从前的日记，很潦草，且不能都当日就记。以后拟当日即记，且用正行楷。我的《雯乘》，是纲目体，看起来很清楚，所以以后仍用此体。

总之我们用宏大的眼光，为自己求学问，大约不至失败。并且互相勉励，互相指导，这真是一桩极快乐的事情呢！

源君啊！
平坦的大道都在我们面前，
三脚二步就到了。
但我们不愿意去走，
我们只好远远地望着他。
源君啊！
我们一路儿走呀！
三脚二步就到了，
再有甚么阻碍？

前面有二首象征主义的诗，你看看吧！实在我的诗也还没有“入巷”，只是随意写写吧了——不是客气话。我望你试做试做，我可替你改正。你越高兴做，我也越高兴改咧！

你的信，今夜到了。到的时候，我这信才写了一半，所以你的只好录在我的信的后面了。

一九二一、二、二五、夜十时　正璧

正璧：

我二十六日到校，你二十六日来可也。家熙处已有信去，可请勿念！

源急白

《斗雪集》的第一集，总算有了结束了。况且在结束的时候，都遇极乐的事，心里非常欢喜！源君依旧和我同校了，我也有了同志做伴侣，免去寂寞无聊的苦痛。大约此后我的精神上的痛苦，可以除尽了。唉！回头想到……一事，不知心里为什么又难过起来！但也是没法啊！倘没有源君，不知叫我怎样才好呢！……

璧附识

影中影

（一名须眉红线记）

第十卷

自 序

鸿浩室丛著第九种

连宵风雨，饮南酒数杯，纸窗淅沥声不止，一灯相伴，呵冻而为此书，自知不自量力，然又不能不为也。读数百卷书，多则易忘，稍加活用，以健我记忆，则为此书之宗旨也。今人或欲论文论情，则我岂敢顾？人事有变，天道无常，后或世上固有同我书中事者，则作为数十年之因话旧闻录观可耳。

共和八年一月十六日　楚魂呵冻识此

题 词

夜云生，夜鸿惊，凄切嘹唳伤夜情。空山霜满高烟平，铅华沉照帐孤明。寒月微，寒风紧。愁心绝，愁泪尽。情人不胜怨，思来谁能忍？

小窗无聊，捡诗得陶弘景《寒夜怨》一首，玩其情词，与此书宗旨相类，因录为题词。

八年一月十七日午后　楚魂识于竹荫庵西偏室之小窗下

侠情小说

须眉红线记

江苏昆山楚魂氏谭正璧意述

第一章 释情解嘲

清风动帷帘，晨月照幽房。佳人处遐远，兰室无容光。襟怀拥虚景，轻衾覆空床。居欢惜夜促，在戚怨宵长。抚枕独啸叹，感慨心内伤。右张华情诗之一。

游目四野外，逍遥独延伫。兰蕙缘清渠，繁华荫绿枝。渚。佳人不在兹，取此欲谁瓠？与。巢居知风寒，穴处识阴雨。不曾远别离，安知慕俦侣。右张华情诗之二。

楚魂，千古第一伤心人也。籍隶昆山，迹居黄渡，年华十八，已通经史子集；杂记小说，无有不览。测其才，为文辞当可自成一家言。而楚魂则不然，无故寻愁觅恨，有时似傻似狂。酒酣耳热之余，慷慨悲歌。雨晦风凄之候，搔首神灰。日与屠狗辈伍，市人皆莫测其果何如人也。楚魂既伤负才而不遇，乃从事于言情哀情之文词。人或嗤其不务学术，此学术乃指文章之术，非指近今学校中之诸科学也。楚魂对曰："论古人之失，述古人之义，前人尽之矣，吾欲厕身其间，岂不将为第二南郭耶？"其藏拙之意，流于辞外。是书也，论其文，则班香宋艳；论其情，则唯妙迫真。屈子美人，当让独步；陈思洛赋，更逊一筹。语语从天真流出，字字由经历得来。实近世云间姚鹓雏、江都李涵秋而外，第三人也。文人为艺，精一可以入词林。吾于楚魂之不文，又何赘焉？吾何人也？曰：楚魂也。以楚魂论楚魂，在人视之，岂不以为有二楚魂耶？曰：然。有志经史，著作等身者，第一楚魂也。天真漫烂，入于情窠者，则第二楚魂也。楚魂岂可有二？曰：一而二，二而一者。人不幸而堕入于情，人何不幸而更堕伤心？今人或言：楚魂之情，梦想之情也。楚魂之伤心，无聊之伤心也。呜呼！我愤其言，吾耻其言，我未能卒服也。楚魂身非草木，安得而无情？楚魂境遇既困，安得而不伤心？人各有情，人各有伤心，安得必谓无聊梦想哉？楚魂乃穆然以思，瞿然以悲，曰：楚魂之有志经史，其第一天性也。楚魂之堕入情窠，其第二天性也。此第二之天性，谁造之？曰：境遇造之，人力造之。屈原者，楚之贤大夫也。其言曰：言与行其可迹，情与貌其不变。又曰：思美人兮，揽涕而伫眙。媒绝路阻，言不可结而诒。上均见《九章》。古诗有曰：伤彼蕙兰花，含英扬光辉。过时而不采，将随秋草萎。见《古诗十九首》。《四愁诗》，张衡作也。中有曰：路遥莫致倚惆怅，何为怀忧心闷伤。见《昭明文选》。其始也，志有所欲，欲而不成，则堕入于情。其终也，情不能遑，更堕伤心。递相为因，递相为果，此天下之公理也。视彼自许为无情无有伤心者，何遽不逮耶？何遽不逮耶？人非草木，孰能无情？有情即有伤心，无情无伤心者，草木也。古人已先吾言之矣。

江蓠生幽微，渚。微芳不足宣。被蒙风云会，移居华池边。发藻玉台下，垂影沧浪泉。沾润既以已。渥，结根奥且坚。四节逝不处，繁华难久鲜。淑气与时殒，余芳随风捐。天道有迁易，人理无常全。男欢智倾愚，女爱衰避妍。不衰微躯退，恒惧苍蝇前。愿君广末光，照妾薄暮年。右陆士衡《塘上行》。

焦东周生，悲情之冥且遥也，积愤而作《扬州梦》。其言曰："梦中景恒幽，梦中气恒秋。梦中意恒愁，梦中泪恒稠。皆情也。景不知何国，气不知何属，意不知何触，泪不知何自，集梦中情。"是情皆空，必归伤心之证也。

人读龚郎玉《香畹楼忆语》，或谓遇情，或疑逾礼。沈秉玉抚然有间，曰："此非深知郎玉之言，且非至情至性人语也？凡人笃于一伦者，五伦皆厚；漓于一伦者，五伦皆薄。”是则以无情为非天性，而必薄于五伦之证也。

昔震泽杨复吉之论冒巢民也，曰：“巢民先生，生多奇遇。而中年后，屡彼死别，悲。殆禅家所谓福修慧，而未了愁缘者。顾情本作色。能伐性，忧能伤人，而先生独享大年，其以情本作色。寿者欤？抑以忧延龄者欤？”是则有情伤心，不损身体之证也。

由是言之，彼以我有情伤心为耻者，实一薄于五伦之禽兽耳。与其对牛弹琴，不如任犬狂吠。因恐世上之类彼吾者，仍哓哓不休。故不惜齿芬，一为宣辩耳。

楚魂曰：余书至此，将尽四页，犹未涉书中事，读者岂不撼乎？顾释情解嘲，亦余所不得已也。

第二章　蔓丝莚飏

美女妖且闲，采桑歧路间。柔条纷冉冉，落叶何翩翩。攘袖见素手，皓腕约金环。头上金爵钗，腰佩翠琅玕。明珠交玉体，珊瑚间木难。罗衣何飘飘，轻裾随风还。顾盼遗光彩，长啸气若兰。行徒用息驾，休者以忘餐。借问女安居，乃在城南端。青楼临大路，高门结重关。容华耀朝日，谁不希令颜？媒氏何所营？玉帛不时安。佳人慕高义，求贤良独难。众人徒嗷嗷，安知彼所观？盛年处房室，中夜起长叹。右曹植《美女篇》。

楚魂曰：余同学文樵者，华亭人也。好读书，家贫不能终其愿。寄人篱下，本非其志也。乡有薛叔衡者，退隐君子也。妻邵氏从母姓。毷氉频年。家颇小丰，膝下一子一女。子名道林，年十五，叔衡延师授教。天资聪颖，读一书即能琅琅上口，与余总角交也。女曰芷英，年方及笄，姿艳逾中人。豆蔻春初，娇莺乳燕，见者辄惊为嫦娥下谪。性绝慧，母固大家女，颇知书，女红之暇，教以唐诗元曲，靡不领会。脂粉简编，杂陈棐几，左家女才子，恐无此闲雅也。叔衡有姊，嫁于华亭贾姓，即文樵之父也，惟生文樵。文樵十五岁时，父以病亡，家徒四壁，乃迁居黄渡。其母以十指度日，入不敷。乃以文樵寄其弟家□道林读，始免冻馁。文樵长芷英一岁，故兄妹称焉。芷英无兄而有兄，文樵无妹而有妹，其乐可知！嗟乎！贾宝玉有言：咱们一处长大，一处闲玩耍，一床儿睡觉，一桌儿食饭，非他姊妹可知也。是则文芷亦将有之矣。邵氏知其甥范库罗胸，使芷英抽扎问字，搜求僻典，旁及传记小说。芷英每过往受听，若有会心，则秋波斜睇，似服文樵之淹雅者。文樵反羞涩，未尝一托微波也。芷英曾语母曰："文哥殆必芙蕖清艳，冰雪聪明者，始足与偶。"母为輾然。时盖文樵未聘，而芷英未字也。

叔衡有事常他出，邵氏则懦性人也，待亲甥无异己子，故闺房内室，任其出入，不以为嫌，而不知二人之情丝，由是蔓焉。芷英眉目娟秀，腰支婀娜，好衣紫绡，素丝裙，翩翩然画不能肖。时居一小亭，四方俱窗栏，名曰"碧意亭"，实则俨然一阁也。湘帘文儿，净无织尘，右图左史，琳琅满架。文樵时过亭侧，往往闻曼吟声，娇若晓莺之出春谷，则正晓妆初罢，读玉溪诗，或昌谷集也。

裙长衫短须低垂，遥对青山学画眉。

手把柳枝临水镜，效颦能否到西施。

文樵是有情人，与芷英亲近既熟，时窥视其貌，则娇波流慧，细柳生姿，画黛弯蛾，莲钩蹴凤，其美有不可言语形容者。时或以言挑之，芷英不怒而微粲，文樵益惑焉。芷英年届瓜期，已解情事。爱文樵之美貌多才，已心属之。

一载之中，曾有二次来为芷英执柯者，柔肠寸碎者屡矣。而文樵亦恐有西厢之憾，戚然不乐。芷英虑其病，乃私以真意告之。有时情不自禁，辄拥抱接吻，其亲爱之情，固有甚于交颈者。

自初夏至秋末，芷英竟一疟不起。此不起，非谓死也，谓其不能起床也。读者如误会，而洒热泪于纸上，则又害太阳菩萨加忙矣。呵呵。文樵每日必三四次望之，而芷英如一刻不见文樵，则望眼若三秋。试问天下人有情人，爱情更有热于此者乎？

秋夜促织鸣，南邻捣衣急。思君隔九重，夜夜空伫立。
北窗轻幔垂，西户月光入。何知白露下，坐视阶前湿。
谁能长分居，秋尽复冬及。

将一载，而文樵母病。文樵归家侍汤药，而芷英怨矣。芷英之爱文樵，不独情辞间也，且以笔墨记之，藏于枕畔。如问楚魂何以知其藏于枕畔，则楚魂必垂头莫对。于无人时辄书二人之情况，以示不忘也。文樵归，即数月不抵舅家。非负情也，实以母病不得离也，而芷英更怨焉。

自君之出矣，一夕复一晨。思君如形影，何刻不随身？
自君之出矣，行迹尽苍苔。思君如朝露，惟怕日将来。
自君之出矣，未识春风面。思君如车轮，一日几万转。
自君之出矣，空房独洒泪。思君如行云，去住两无意。
自君之出矣，清夜常反侧。思君如明镜，照见妾颜色。
自君之出矣，徘徊更踯躅。思君如牵丝，方断还复续。

楚魂曰：以上乃余所补叙也。兰因絮果，已种根于此，惟余文乃零简残墨。如欲详其始末，请观文樵芷英之日记，以后所记，为余与二人撮合之事。余固无能，此事则自以为有补于情天也。

第三章　销魂余烬

洛阳城东路，桃李生路旁。花花自相对，叶叶自相当。春风东北起，花叶正低昂。不知谁家子，提笼行采桑。纤手折其枝，花落何飘扬。“请问彼姝子，何为见损伤？”问“高秋八九月，白露变为霜。终年会飘堕，安得久馨香？”女答“秋时自零落，春月复芬芳。何如盛年去，欢爱永相忘。”答女吾欲竟此曲，此曲愁人肠。归来酌美酒，挟瑟上高堂。右宋子侯《董娇饶诗》。

楚魂曰：余以男子身而为情界之红线，虽与他人作嫁，然非红线比也。红线巾帼女子，双方易与接洽，而余则惟周旋文樵君，顾欲作红线，其亦难矣。今余自称为红线，阅者或疑其妄，然亦有说焉。御沟流叶，岂亦有红线哉！惟天幸耳。今芷英之日记，拾之余而不拾之文樵，设余而无情者，不为之传达，双方岂有不以情死哉！天幸而拾之余，而余又有红线之行，为达文樵，又使手下健儿，从中以计作合，使成百年伉俪，则须眉红线之称，洵无愧焉。

注意："余所云'红线'，乃凤雏先生所著《情天红线记》之'红线'也。如必指为杨巨源《红线传》中之红线，则事实不类。"春日阑珊，为踏青之佳候。踏青，非美俗也。余以畸零之人，吟咏之余，顾不能不加之娱乐，故常踏青于郊外，聊以遣此寂寥之光阴已。清明日，余与翱侄游于镇东沈家村，满野胡蝶纷飞，映日光作金碧色。柳叶垂眉，桃蕊含羞，菜黄麦绿，点缀田中，牧童牛背，一笛横吹，音韵幽长，有足令人感身世者。

微阴翳阳景，清风飘我衣。游鱼潜绿水，翔鸟薄天飞。

有最可惨之声，激吾耳神经系者，则少妇之哭其夫也。"伤哉伤哉！一天好梦，幻成镜里空花。侬复何乐在世？呜呼！水上浮萍，枝头残蕊，身非自主，听其飘蓬，落溷飘茵，无非前定，复何言乎？"席上何人泪最多，江州司马青衫湿。余闻至此，神呆心怆。起而自视，襟襦皆湿矣。

余此行，虽为此一对贤伉俪之福幸，然对此□不能不起此颓丧语。自我言之，自我当之，彼贤伉俪，吾惟祝其举案齐眉，百年卿我，决不同我之畸零，触目皆伤心事也，

三月不相见，鸿雁乖期约。行路各传闻，迹同情事错。

五更寒不寐，珠泪忍还落。一一证前言，疑信百揣度。

道适李家舍，访友人薛道林。道林，余之总角交也，本居黄渡，后迁至是村，与余每年相叙二三次，交情甚惬。今既经是村，其家即在咫尺间，安能放过此一遭哉？

至其舍，道林适往亲友家赴清明筵，其母留余叔侄午餐，情意甚艰，余不忍却，遂造之。道林家颇小丰，屋后园一大场，其姊爱花，故奇葩异卉，辍植场周。中即碧意亭，四通草茎，亭中置几案文房之属，

即乃姊吟咏处。

余先饭毕，独信步至场中。过其亭，启门入，据案小坐。案上置一汉鼎，氤氲雾绕。时香将尽，余取而插之，灰中若有物触余手者。余思必残香，取弃之。及出，乃一火残不全之小册也。余睹其上所书字，识为芷英手迹，阅二三页，亟藏于怀，将思以遗吾老友贾文樵也。

天将晚，道林仍不归，余谢辞其母旋里，其母留余二人宿其家，则道林必归，可得相见。余恐祖母倚望，诚意坚却之。

返家后，夜坐小窗，出怀中小册阅之，则软情腻词，露于字里行间，惜已烬十之三四，□中或有不贯，余仍其旧，今抄列之于后。原所缺，彼自有意中人补之。吾岂敢作一亵言，从中为个沙吒利哉？

为火所残者，以□为记，多则约计其页数行数字数书明之。其〇〇乃原有，非余所添也。其目为：

首缺十八字……貌少年也，较侬长一岁，呼侬为妹，不多言笑。与侬初见时，口艾艾不遑及道一字，两颊已现粉红色，如桃蕊含苞，爱杀侬也。侬见其羞态，又觉好笑。楚魂曰：关姑娘甚事？而必好笑也。

缺五行六字……〇〇不爱读五经文字，及散学时，常取一二新译小说，倚榻坐于碧意亭，口中喃喃不绝。侬或遇其前，渠每误侬为书中安琪儿，辄呼之出口。及知之，向侬道罪。嗟乎！皇天在上，侬岂敢罪吾心爱之〇〇哉？

二十□□侬请渠为……此处缺二行九字……输将发忿，侬一笑止之。

午后，过亭中，〇〇呼侬曰："芷妹欲消遣乎？可阅此《石头记》。兄观之，情节甚佳也。"侬曰："父亲曾云，《石头记》女儿家不当看。如知之，又遭打杀矣。"〇〇曰："妹安心，此时舅在外，大约晚方归。兄为检此一回，妹试阅之，便知书果如何耳。"侬果受而阅之，其回目乃《情切切良宵花解语，意绵绵晴日玉生香》，将尽二页，〇〇忽挽言曰："兄如耳上有红脂时，请妹亦代拭之。"侬弃书笑曰："兄欲为贾宝玉耶？惟妹愿为薛宝钗也。”〇〇曰：“妹如何不愿为黛玉？”侬曰：“兄休作笑语儿！宝玉与黛玉分属夫妇，妹何敢拟？”〇〇大笑曰：“妹自误怪兄，可阅第十三卷即知之。”侬果又取而观之，乃宝玉与宝钗结褵事也。不觉两颊热晕，含羞言曰：“果妹误矣。”又此下缺十六字。楚魂曰：姑娘之误，吾知其故意误也。

(上缺三页)初七日以意度之当是四月初七日。侬将《杜工部集》还〇〇，〇〇曰：“妹昨夜曾云将作诗，今想必已就，可使兄一观否？”侬与之。

〇〇取侬诗去。及午后，□□，□〇向侬笑曰：“兄不敏，敢和一章，以博妹一粲。”侬曰：“兄又将客气耶？”取而视之，盖步侬原韵也。其诗列下：侬见其中有情亵语，知〇〇意，笑谓之曰：“姑饶这次，下次必(此下缺十余字)。”楚魂曰：姑饶这次，乃唐玄宗戏虢国夫人言也，不知姑娘于何处见之。

侬固一弱女子，天付吾姿，尚非庸庸。观〇〇之意，甚是爱侬。侬竟羞答答不敢诉之心事，又恐父母知之，必以为门户玷矣。

晚，母亲归。舅母赠侬花样一本，侬翻阅之，样式甚新，中惟鸳鸯交颈、并头莲二幅，为侬最爱。

楚魂曰：此二种，在余观之，因属可爱，今姑娘亦爱之，其□心动矣。

母亲命侬，为〇〇作一(下缺三行)

午后，命〇〇试穿之，甚巧，〇〇复脱而反覆视之，观其意，若不忍释手者。久而久之，乃笑谓侬曰：“妹何不为兄绣一并蹄莲耶？”

楚魂曰：久而久之，此光景煞是可观。

道林弟忽病，侬与〇〇夜伴之。时夜深，〇〇眼倦欲合，头垂垂如□□。侬戏以纸捻刺其鼻，〇〇大嚏而醒，捉住侬臂，欲得纸捻而甘心，侬急藏之于怀，〇〇竟欲探侬怀得之。侬急笑呼曰：“兄如再不住手，侬将呼母亲矣。”言未已，而力不支，遂为所夺去。夜半，宽衣将寝，忽觉乳头微痛。急以火烛之，瑰肉作青色，更以手抚之，仍微微痛。不知其故，思之达旦，始悟为〇〇抢纸捻时所〇〇也，又气又(缺三字)

楚魂曰:〇〇亦恶作剧矣。处女之乳,岂容他人〇〇也?

(上缺六十余字)胜怅惘,然侬知渠心,必亦若侬之惦记也。母知侬故,以言慰之。

楚魂曰:知而不防,致成情怨,家法何在?

午后,读《疑雨集》,中有典故,侬不能解,欲问〇〇,渠又不在。道林弟之才,本不及渠,又不及侬,安能解之?因书于册,待〇〇来时,当向之请教。

楚魂曰:姑娘亦客气矣。

天将晚,侬立门外闲眺,忽睹西北影影有红光。未几,烟焰爀天,料必失慎也。计其处,当为黄渡镇。侬以〇〇在镇,不觉忐忑。自己又是女儿家,恨不得插翼飞去一探。

楚魂曰:人事何干姑娘,而必着急乃尔耶?

间壁李老妈自镇归,侬知之,急往询问,遽而曰:"镇上失慎者何家耶?"老妈曰:"乃万年桥……"侬闻至此,大吃一惊,不觉失色。"……张家饭店也。"侬方稍安,又问曰:"再有他家否?"曰:"无之。……姑娘……令表兄老身曾见之,亦在看火着也。"侬曰:"可曾与妈妈攀言来?"曰:"渠未多言,惟问姑娘安否。"侬闻之,不遑他答,惟曰:"向兄无恙,感谢上苍!"

楚魂曰:姑娘谢天,竟不避老妈耶?

十一日,自此一吓,夜间忽起寒热。反复不眠,及将天明,始出汗如流,方得安睡一歇。及起,引镜自照,则杏仁上颊,真可脸压桃花。侬自照见,犹为怜惜。有情如〇〇,安得而不相爱耶?

侬书此事,自觉汗颊,欲止而情不能禁。究能遂侬心否,则又在燕山黑水头也。

楚魂曰:姑娘曾读《木兰诗》也。

父亲自镇归,为侬购《女界宝》一部。侬阅之,乃笔记体也。父亲云,如阅完之后,须于灯下讲与母亲听,侬不得已诺之。

亭边〇〇所植之想思子一支,已繁植开花。侬倚栏玩赏,芳莳触鼻，若与种花人会晤一室也。

楚魂曰：陆放翁诗有曰“花如解语还多事，石不能言最可人”，可为此段写照。

侬至○○书室，已尘满几案。侬以毛帚拭之，抽其屉，中有一残纸，侬取读之，乃○○日记一则也。中间或涉侬事，侬思○○何胆大若是，被他人得之，岂不又传为笑话儿耶？

十二日，今日为侬生日。父母素爱侬，为设寿星座，点大香烛，煮面分赠亲友，一天闹热，而侬心则未尝不在○○也。

侬已十五岁矣。标梅将过，青春不再。值此生日，不胜有无穷遗憾。

午后阅《女界宝》三则，从父亲命也。

（此处缺一段，不知字数。）

及夜，母亲因忙碌一日，早睡。侬于灯下绣一鞋，将半，母亲梦中唤侬睡，侬诺之。

十三日，今日天阴，早餐后，大雨如注，雷声震耳，屋有漏隙处，水涓涓不绝，侬急往○○书室，不知漏隙有无。及视之，幸已无幸入大慰。为微尘所塞，不之流下也。

○○心爱之书，即侬心爱之书也。如为雨所湿，则○○必不乐，而侬亦不乐也。渠侬一体，渠之物，侬岂不当注意视察之耶？

楚魂曰：姑娘所谓渠侬者，指兄妹也。兄妹男女有别，可云一体耶？今既作是言，则亦情之至而爱之至也。

十四日，昨夜父亲曾云，明日○○必来。侬早餐后，即往厅上守候，一刻如三秋，望眼欲穿。忽有人声自外入，侬急立而听之，乃○○与道弟之笑语声也。侬与○○相见，各道安适毕，偷目视之，觉与前别时越发清秀，满面笑容，和蔼可亲。○○亦转目视侬，四目相射，侬不觉红晕于额。○○急以他语乱之，始别而罢。

二美集

自 序

《牡丹亭传奇》上有二句曲说:“良辰美景奈何天,赏心乐事谁家院。”王勃《滕王阁序》也有二句文说:“四美具,二难并。”这《滕王阁序》里的“四美”,正是《牡丹亭传奇》里的“良辰”“美景”“赏心”“乐事”。我这书也是用他做“赏心”“乐事”的,所以就叫做《二美集》。以上是说明此书命名的原意。

这次暑假里,我在家里天天的“提心吊胆”!本来是立意专修英文和白话文的,自从接到那信后,就把宗旨改变。——此信的内容可详《雯乘》第五本。于是不是看小说,便是读古诗;把这一月多的光阴,很平常的挨过去。此书是没心绪看书的时候,陆续钞成的;积满了这五六十页,就把他钉成一小册子。

此书是一无价值。我做这书,自知也白费时;但是比那用这时候去逛戏园打马雀消遣的,总好得多。所以吾也不怕人家说我,七凑八集,居然凑集成了。

别的都好钞集,为甚必钞这类的东西呢?这也有一个原因。我上半年在龙门的时候,和朱祥君讲笑话,余勋弟、康民弟猜灯谜。往往笑话一时讲不出,灯谜也一时没有题目,心里很是烦闷!但是这种消遣,究竟是容易开发心志的;所以当时已经想定,待暑假回到家里,一定好好儿的自己编纂一本;预备后来再讲笑话猜灯谜时用,那可不至再缺乏材料了。唉!但是书虽做就,从此以后,却再不能和朱祥君讲笑话,和余勋弟、康民弟猜灯谜。为甚呢?也为了那封令人发指的信……

九、八、十八　忏人序于竹荫庵

上编一

忏人戏编

《雅谑选录》浮白斋主人原著

书凡一卷，多选自名家稗乘。豆棚瓜架，大作用为谈资也。因更择其浅近者若干则，别为选录，以为我《二美集》之一种云。九年七月二十三日，忏人氏一语识。

厕 屋

蜀中吴坤斋好谑，因邻人构新屋，往贺之；叹曰："这房做得妙！"(庙)主人曰："只可作公厕屋耳！"吴曰："何出此言？"主曰："不是厕屋，何为公一入门便放屁？"

金眼睛

党进命画工写真，写成大怒，责工曰："前日见你画大虫，尚用金箔贴眼，偏我消不得一双金眼睛乎？"

母哭子

有一妇人，青衫红裙，口里哭着亲亲。问他哭着何人，妇曰："他爷是我爷女婿，我爷是她爷丈人。"

黄雀拆蝻

东坡赴邻人小集，盘中有黄雀四枚，一人连啖其三，仅存其一逊公。公笑曰："再请！省得黄雀拆了蝻。"

鸡有七德

倪云林访友，见其家蓄鸡甚多，殊无飧客意，乃指鸡曰："此禽有七德，君闻否？"主曰："但有鸡有五德，那有七德？"倪笑曰："君若舍得，我亦吃得；这是二德，岂非七德？"

靠着谁活

吴中有呆子，年三十，倚父为生；父年五十矣。遇星家推父寿，当八十，子当六十二。呆子泣曰："我父寿止八十，我到六十以后，那二年靠谁养活？"

必复如此

平原陶丘氏，娶妇色甚令，颇相爱。产后，妇母来探望，年老矣。及母告去，陶急遣妇。妇请其故，陶曰："顷见尔母衰齿可憎，亦恐新妇老后，必复如此，是以相遣耳。"

遇偷儿

乡居有偷儿，夜瞰迂公室。公适归，遇之。偷儿大恐，并弃其所窃来羊裘而遁。公拾得之，大喜。自是羊裘在念。每夜归，门庭晏然。必蹙额曰："何无贼？"

狗病目

迂公病目，将就医，适犬卧阶下，迂公跨之，误蹑其项，狗遽啮公裳裂。公举告医。医故调之曰："此狗当是病目耳；不然，何止败君裳？"公退，思吠主小事，暮夜无以司儆。乃调药先饮狗，而以余沥自服。

刳马肝

有客语马肝大毒，能杀人，故汉武帝云："文成食马肝而死。"迂公适闻之，发辩曰："客诳语耳！肝故在马腹中，马何以不死？"客戏曰："马无百年之寿，以有肝故也。"公大悟，家有畜马，便刳其肝，马立毙。公掷刀叹曰："信哉毒也！去肝尚不可活，况留肝乎？"

修屋漏

久雨屋漏，一夜数徙床，卒无干处，妻儿交诟。迂公急呼一匠葺治，劳费良苦。工毕，天忽开霁，竟月晴朗。公日夕仰屋叹曰："命劣之人，才葺屋，便无雨，岂不白折了工费也。"

矮坐头

家有一坐头，绝低矮，迂公每坐，必取瓦片支其四足。后不胜烦，忽思得策，呼侍者移置楼上坐。及坐时，低如故。乃曰："人言楼高，浪得名耳！"遂命毁楼。

浴狗日

俗传三月三为浴佛日，六月六为浴狗日。有客谒杨南峰，值三月三日，杨以浴辞。客不解，谓其傲也，思以报之。杨乃于六月六日往拜，客亦辞以浴。杨戏题其壁曰："君昔访吾吾洗浴，我今访君君洗浴。君访我时三月三，我访君时六月六。"

枕上之嘱节录

刘髦二子，俱登进士。次媳入京，公适卧疾，呼之床前，而以手拍枕曰："老年头畏风，速买一帕寄回。"明旦登程，诸亲毕会，忽又呼媳曰："勿忘昨夜枕上之嘱！"众骇然问其故，乃始抚掌。

失　马

王皓性迂缓，曾从齐丈宣北伐。乘一赤马，平旦蒙霜，遂不复识。自言失马，虞侯遍求不获。须臾日出，马体霜尽，依然系在目前。方云："我马尚在。"

赠　卵

有请箕仙者，仙至，自云何仙姑。一顽童戏之，于掌心画一卵字，问姑曰："此何字？"箕遂判云："似卯原非卯，如邛不是邛。仙家无用处，转赠与尊堂。"

东坡佛印

东坡为佛印题小像云："佛相佛相，把耒倒挂，只好擂酱。"一日，佛印亦与东坡题真云："苏胡苏胡，比上不足，比下有余。"相与大笑。

彭祖面长

汉武帝对群臣云："相书云，鼻下人中长一寸，年百岁。"东方朔忽大笑，有司奏不敬。朔免冠云："不敢笑陛下，实笑彭祖面长。"帝问之？朔曰："彭祖年八百，果如陛下言，则彭祖人中长八寸，面长一丈余矣。"帝亦大笑。

岳母房事

有奉泰水之命，以房典银。既成交，而房价未足。婿为柬以促曰："岳母房事，至紧至紧！早晚望公一处，以救其急。"

死后佳

叶衡罢相归，一日病，问诸客曰："我且死，但未知死后佳否？"一士人曰："甚佳。"叶惊问曰："何以知之？"士人曰："使死而不佳，死者皆逃归矣。一死不返，以是知其佳也。”满座皆笑！

恨卢郎

卢公暮年丧妻，续弦祝氏，甚少艾。然视以非偶，每日攒眉。卢问：“汝得非恨我年大耶？”曰：“非也。”“抑或恨我官卑耶？”曰：“非也。”卢曰：“然则为何？”祝曰：“不恨卢郎年纪大，不恨卢郎官职卑。只恨妾身生太晚，不见卢郎年少时。”

此段问答隽雅有体，不徒取其足供雅谑也。仟人识。

河魁在房

李戴仁性迂腐，娶阎氏，年甚少。与之异室而处，约曰：“有兴则见。”忽一夕，小竖报云：“院君扣户欲见。”戴仁遽取《百忌历》灯下看之，大惊曰：“传语院君，今夜河魁在房，不可行事。”阎惭而退。

上下譬

王元美宴客，偶泄一屁，众暗笑不止。王即设一令，要四书中“譬”字三句。王云：“能近取譬。”众举“譬如北辰”“譬如掘井”等句，皆以不如式而罚。众皆不服，王曰：“我譬（屁）在下，公等譬何在上？”

上编二

忏人戏编

《芸窗雅事选》施清原著

碌碌车尘，莫若枕流漱石；劳劳案牍，何如弄月吟风。漫言麟阁浮名，且效山人逸致。偶以自解，亦订同心。原序：《芸窗雅事》二十一则，旧题施清撰。韵深意远，清雅可诵。择其合于己意者得十六则，为我《二美集》上编之。

二九、八六　忏人谨识

溪下操琴
听松涛鸟韵
法名人画片
临《十七帖》数行
矶头把钩
水边林下得佳句
与英雄评较古今人物
试泉茶
泛舟梅竹屿
卧听钟磬声
焚香著书
醉穿花月影
啸奕
载酒问奇字
同佳客理管弦
试骑射剑术

上编三

忏人戏编

《评选玩月约》张山来原著　谭雯评选

一　玩月之人

韵人

韵人包含甚多，琴棋书画外，优伶亦得到一席。知己良友无论矣。

高僧

只须能谈玄理，优婆亦可，未必比丘。

羽流

丹客方士，我所不取，以其太俗也，张君以为如何？

美人

未必都是王嫱、西子，只须易安、如是足矣。盖美人而不解韵事，不如一幅美人图纸之还带些雅气耳。

剑客

能剑者未必侠，能侠者未必剑，个中虽不乏双全者，然终以能侠为上。能剑而不能侠者，市侩也；能侠而不能剑者，尚不失为英雄也。故剑客当易侠客。

善歌者

最好又能跳舞者。

二　玩月之地

高台

须在山中湖里者为上，乡村为次，余则等之自郐矣。

曲廊

傍池者，或傍溪者。

楼上

须面对山水者方雅。

舟中

当如苏公赤壁。不可如最俗之万年桥诗会，令人阅之，作三日呕。

山馆

同楼上。

萧寺

“倒卷银潢注海，广寒宫对水晶宫。”此地必能见之。指对湖者。

道院

以无丹炉者为佳。

平冈

须近林下者，方不负读和靖居士诗也。

三　玩月之物

茶灶

酒具

须连下酒物。

竹几

寒衣

炕棹

僧帽

此物似可不必。

诗韵

笔砚

须备有纸。

虎丘席

枕

蒲团

洞箫

檀板

琴

更加以铜琵，学东坡居士唱“大江东去”，似亦不恶。

秋虫笼

四 玩月之事

联吟

射覆

度曲

吹箫

弹琴

参禅

饮酒参禅，和尚亦可吃肉，可发一笑。

说剑

兼谈除人间不平事，须不负此剑亡用处。

谈心

谈心最难言也。吾生平未得一真正知己，与之一谈心。书至此，吾又欲作阮子穷途哭矣。

舞剑

月明之下，舞剑一回，痛哭一场，岂特消胸中块垒已耶？

上编四

忏人戏编

《客斋使令反》程芡臣原著

吴宁野作《容斋使令》，何仙郎补之。鞭挞古今，不减阳羡书生鹅笼中作幻。然痴人说梦，不无微讶唐突，妨我素业。请以山林具足者，略反其说。

长须奴，把钓收纶，芦中鼓枻。

赤脚婢，石火瓦铛煮茗，炊麦饭藜羹。

花妃，随时装束，各园广榭中，献倾城笑。

鹤子，玄裳缟衣，舞庭阶，候宾客。

封家姨，举止轻率，专拂扫应门，夏则北窗下扇枕。

蝶使，剪彩衣锦带，扎缚，报春信，执板听莺歌。

曲生，当垆理杯斝，袭风味，破烦闷。

石丈，峨冠穿袖，百结衣，拱立，掌松竹。

蜂媒，黄衲袄，以针工出入香闺，簧鼓春心致撩乱。

月姊，霓裳羽衣，司灯火，伴孤另。

天地日月。

上编五

忏人戏编

《香雪斋乐事》江之兰原著

以座有博雅知己，娓娓而谈前言往行为乐。

以得奇石、法帖、名画，丈房旧物，摩挲不置为乐。

以闻喜言见善行为乐。

以不谈势利为乐。

以不言人过为乐。

以宠辱不惊为乐。

以无惭衾影为乐。

以焚香煮茗为乐。

以救得一命，或活一昆虫草木为乐。

以与静友相对无言，莫逆于心为乐。

以与逸友山肴野蔌，尊酒相叙为乐。

以与侠友悲歌慷慨为乐。

以栽花种竹为乐。

（地天了　忘言言）

以受欺为乐。

以措费为乐。

以闲为乐。

以讨论性理为乐。

以不尚虚礼为乐。

以洁为乐。

以养生为乐。

忏人曰："佛以境由心造，有以哉！心以为乐，园无往而非乐也。余天性悲观，睹此但觉伤心，而无乐可言焉。"

上编六

忏人戏编

《小半斤谣》黄九烟原著

有某公善治生，间市肉，不得逾四两，名为小半斤。人遂以“小半斤”呼之。道人闻而叹曰：“此盛德事也，不可不传！”因为长谣恭记之。

“市肉市肉！”震惊神人！乃公终身不饮酒，穷年不茹荤。今朝胡为忽市肉？咄咄怪事！畴可比伦！一解

“市肉市肉！”爰叙僮仆。左手提衡，右手启椟。有铜如金，有钱如琛。把授童仆，不觉掩泪酸心！二解

童仆受钱，愕眙相视！长跪请命，市肉宁几？童曰一斤，公怒欲捶。童曰半斤，怒犹未已。童仆惶恐，莫测公旨！三解

匍匐再请，听公何云。徐伸四指，曰小半斤。小半斤者，半斤之半。半而又半，禄已逾算。四解

仆乃前行，公尾其后，侧身蹑足，潜伏闾右。仆诣肉肆，钱付屠手；屠方鼓刀，公突而前，曰：“此吾亡肉你无我朘。”屠曰：“公肉，敢不腆焉。”一增再增，肉重于权。名小半斤，不啻六两。公扶仆归，大喜过望！五解

肉已至家，仆欲持去。公曰：“无遽。谈何容易？此肉吾归细细区分，安得仓皇暴殄等儿戏。为吾呼爨婢前来！”“此肉谨付汝，汝其善烹煎。一为干豆荐祖考，二为宾客饷师生，三为君庖献吾口、饮吾腹。吾与妻妾子女共咀啖，下及汝曹俱彭亨。猫鼠不得窃，犬豕不得争。余涪满注缶，铄釜须令戛戛鸣。珍重小半斤，此肉良匪轻！”六解

“市肉市肉!”震惊神人！咄咄怪事，畴可比伦！我闻东海有麒麟，麻姑擘脯世莫陈。公之啖肉，毋乃啖麒麟。吁嗟乎！小半斤！七解

我闻古有豢龙人，飂叔潜醢享夏君。公之叹啖肉毋乃脍龙肝，批龙鳞。吁嗟乎！小半斤！八解

我闻天厨之内，有熊蹯豹胎猩猩唇，惟辟玉食罗八珍。公之啖肉，毋乃啖彼熊蹯豹胎猩猩唇！吁嗟乎！小半斤！九解

完。

下编一

忏人戏编

《节录兰亭百话》楚魂旧作

去岁春，余肄业镇绅夏模周先生家，与其大公子清祺相友善。灯前月下，辄以谈笑为谑。因辑此编，用为记念。今择其关于谈艺者，节录出之，以实吾《二美集》云。九年七月二十一日楚魂自志。

射对难，射对用古事又难。盖非史事聚衷，一时不能骤发。余以《三国演义》中"五关斩六将"命题，请清祺对。清祺对以"一箭射双雕"，可谓天然巧合矣。然非少年脑筋敏捷，决不能骤而出此。

清祺以"绿珠"命对，余初对以"红桃"，而"桃"字不叶韵，乃改作"红玉"。隽秀亦颇不弱。

尝忆十六岁夏时，正英兄命余对，"六木森森，桃楠梧槐杨柳"。余终不能对。

按此对见《乾隆巡幸江南记》，所对之句，今已忘矣。七月二十一日雯志。

正英兄又命以一对，乃"童子打桐子，桐子落，童子乐"。盖取童、桐、落、乐，音同义别。一时难对。今岁忆得一对，为"大枫受大风，大风到，大枫倒"。而到、倒声异，终不及原题之贯串；神妙之对，属之异日。

清祺以"华亭鹤唳"对"潍水风声"，殊非易易。余初欲对"曲江水声"，及清祺既对出，自知难及，虽藏拙不言。

余自制短对若干列下：石榴对银杏或木樨。水仙对洛神。竹枝对柳絮。眼镜对便壶。高山四皓对竹林七贤。

当时不知音韵，差误甚多。读之堪笑，仍之，以示其真也。七月二十一日雯志。

夏初载龙门，余勋命余对“移倚依桐同玩月”，余不能对。及揭出，乃“点灯登阁各攻书”也。因忆得而附记之。七月二十一日雯志。

下编二

忏人戏编

东坡神智体 晚眺

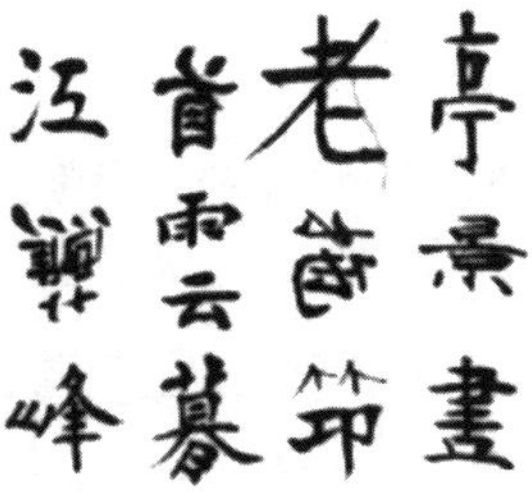

长亭短景无人画，
老大横拖瘦竹筇。
回首断云斜日暮，
曲江倒蘸侧山峰。

戏仿东坡神智体成一绝
味鲈

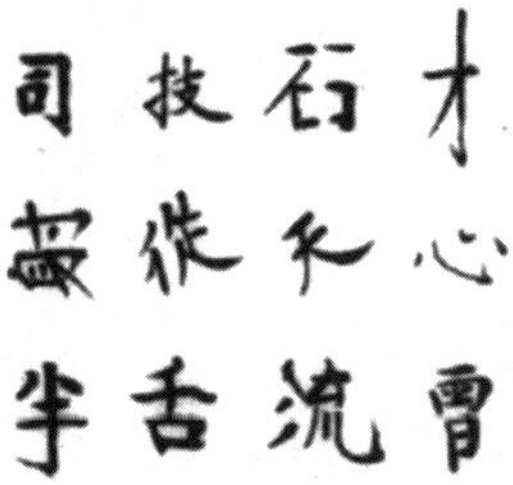

才长心细无人会，
石破天倾水倒流。
小技偏从千古合，
半同射覆半藏钩。

又变前体作二字句成一绝叠前韵
前人

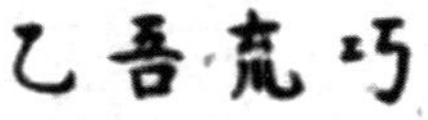

颠倒成文工小巧，
伊人不见水空流。
仰天大笑无言语，
细意虚心一笔钩。

神智体七古一首
失名

长白横空返逍遥，横汤断水刀河桥。
斜月三更门半开，夜长横枕意心偏。
短命到今无口信，肝肠哭断无人来。
山高水阔路口长，浓云细雨倒断杨。
小舟反渡河口过，风倦花谢半日香。

变体诗一（录《定夷丛刊》）
（读法见后）

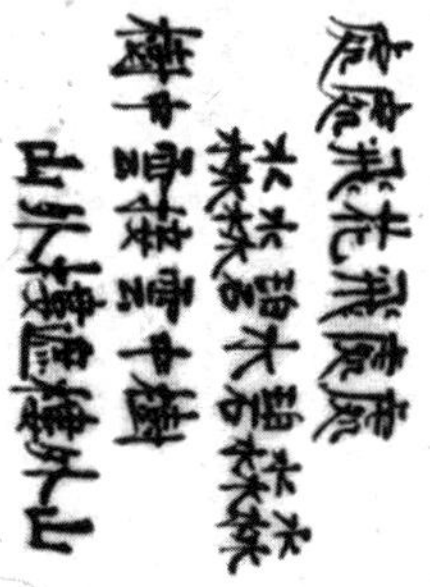

此诗自左而右，自右而左，均能成诵；且辞句不变。即以末句为首句，而倒读之，则尤为叶韵。雯识。

变体诗二（失名）
（读法见后）

香蓮碧水動風涼夏日長

長日夏涼風動水碧蓮香

此诗左右均可读；惟每段读第二句时，须退上四字。

香莲碧水动风凉，水动风凉夏日长。

长日夏凉风动水，凉风动水碧莲香。

此体有春夏秋冬四首，今但录其一。七月二十一日忏人志。

变体诗三（录《果报录》）

凤楼中夜染寒风信莫通宵不眠凤楼中

（读法见后）

每句退上四字读。

凤楼中夜染寒风，

夜染寒风信莫通。

风信莫通宵不眠，

通宵不眠凤楼中。

原为连环式。

巧对一（录《瓶庵笔记》）

南通州，北通州，南北通州通南北；

东当铺，西当铺，东西当铺当东西。

第一条，惟“南北通州”四字，组成三字句二，七字句一。

第二条同，亦惟“东西当铺”四字，组法亦同。七月二十一日忏人志。

巧对二（余勋述）
移椅倚桐同玩月；
点灯登阁各攻书。
上联取“椅、倚”同音，“桐、同”同音；
下联取“灯、登”同音，“阁、各”同音。

下编三

忏人戏编

一字谜语
左右山相对中流水不盈　盥
红颜短命　妖
时当日色沉山后　峙
门外人来月已斜　僩
鸟宿池边树　潗
云澹月明花影重　能
无心恋色　娈
三人共卜二人旁观　従
睡过午时犹不寤　寐
落照雁行斜　是
温飞卿　父
风月中人　蚨
一曲阑干一篆香　恶

东来紫气满函关　闻
去岁左迁夜郎道　覆
似闻昨松子恐是汉代韩张良　根
回虽不敏请事斯语矣　罪
牛衣对泣　器
词源倒流三峡水　训

雨后山色浑如睡　雪
沧海变桑田　梅
平时呼海若反去送昭君　珑
虞美人　娶
杨玉环旧日的匹聘(语出《长生殿》曲)　amazon
青青莲叶满横川　姜
一炁化三清　嗫
春雨茁新苗　秦
立春雨水　泰
半老佳人在　化

烛奸　灿
交柯之木本同形东枝憔悴西枝荣　林
如何同枝叶亦自有枯荣　才
双眸何盈盈年华破瓜始何幸傍佳人自愧非才子　樱
碧玉年华　爪
乌头白　乌
鱼尾谓之丙　炎
睁睛人独立　倩
避寇　淮
正月初八　是
千里　周
小阳春　真
势如破竹　不
竹疏宜入画树少不成村　彭
半卷湘帘暑雨来　箸

一帘书伴长安客　题

上　陟
易之为书也　颀
犹带朝阳日影来　暌
桂香时节　肸
七月流火　禾
三人同行其我一也　徐
水陆并进　钠
伐木声中遇洞宾　哥
四口一十　图
一口四十　毕
六一二五　辛
别四十年逢一夕　舞
尼僧托钵何方去　层
蛇竹　起
二人同心　答
家语　闾
阴差　魏
请出八字便是妻子　窒
无偏无陂无反无侧　置

下编四

忏人戏编

人名谜语
千金一诺　季子然
状元试三场一生吃着不尽　曾点
南山归敝庐　孟之反
青氈　王子垫
元来是西厢里结丝桐　琴张
不仁不智无礼无义　独孤信
问征夫以前路　程不识
人面桃花相映红　丹朱　颜般
钻尺隙相窥逾墙相从　成瞷
人谏陆抗勿饮敌人酒　子叔疑
宓妃荐枕　曹交
絷之维之　棉驹
羑里操　琴牢

夫子将复为丛棠　孟施舍
又效子过矣　公孙丑
客之美我者欲有求于我也　宾媚人
墨子九拒　斩般
枯杨生稊　老阳子
立太傅少傅以养之　东宫得臣
岂若匹夫妇之为谅也　原仲

三薰三沐　敬仲
以孙祢祖　灵辄
今年岁在辰明年岁在巳　寿梦
环柱而走　绕朝
同年小月两英雄　孙周
王孙贾　公子商人
宜臼　太子申生
火中成军　烛之武
舍尔灵龟　介之推
损下益上　闵子马
淮南术　毕万
行人安稳　游吉
乌龟　蔡墨
意气洋洋甚自得也　御说
添丁抹书　子雅
青春作伴好回乡　杜回
圣贤面目　孔孟皮
步步生莲花　勾践
东晋　司马迁
迁善改过　司马错
迁善　太史慈
果　许由
厉王出居于彘　胡亥
鲂鱼赪尾　鳞朱
将军不断头　张释之
说梁冀迎合清河王　李固言
但见远树含烟　楼望
阿房　秦宫

不如叔也洵美且好　段秀实
秦可卿死封龙禁尉　贾捐之
董其德而善良者几千人　晋鄙
唐睿宗封于相　王旦
八百会同　侯君集
塞外草衰　秋胡
宋武公遗像　司空图
其妻醉之酒　灌夫
非复吴下阿蒙　侬智高
破甑不顾　孟达
北方之学者未能或之先也　陈师道
顺帝二十八年七月　元结
朝衣东市错含怨　晁无咎
舞罢回身向郎抱　息夫躬
聊暇日以消忧　楼望
景星卿云　文天祥
玉容寂寞泪阑干　杨涟
门　周遇吉
顺时自保千金体　息夫躬
当今之世舍我其谁　孟任
未若柳絮因风起　无盐
恁过针关　红线
大师行深深拜了　红拂
许置面首三十人　妹喜
十姊妹　女华
妹喜女华　夏姬
紫陌尘　红拂
朝云朝霞　苏小小

露滴牡丹开　阴丽华
天下英雄惟使君　刘无双
深柳读书堂　木居士
松涛　林如海
千金躯　王善保
班超生入玉门关　赖大家
倚门而望倚闾而望　贾母
惜可儿此处惘然　空空道人
白鱼入舟　周瑞
我为女子薄命如斯君是丈夫负心若此　霍启李十
吾与尔三焉　寿儿小舍王丈
呼吾作天公不亦可乎　鼓上蚤花荣
碧眼儿坐领江东小霸王短命二郎　紫髯伯孙立
孟起虽勇当与翼德争先未若君之绝伦也　美髯公索超孔明
坐如莲瓣未开　宣赞关胜
恐非平生魂阴若花　杜梦仙
国中或去十常侍政事方能挽半回　田丈
陆地行舟　程济
柒　陆续
美哉轮焉五句　张贺
朝南暮北采薪风　郑樵
日初出则沧沧凉凉　冷朝阳
红裙妒杀石榴花　斗丹
雪里怎开红折甲　冷苞
与人一心成大功　马忠
免补同知即行升用　班超　司马迁
柳丝花片　翠缕小红
年几何矣　盘庚

处暑　伏完

仆夫　管辂

珠履三千　文宾

接天莲叶无穷碧　盖宽饶

吊者大悦　乐挽

无欲速　徐达

天置数　袁衔

年年二三月　常遇春

风定花犹落　谢自然

祀典　祭遵

笔管　孔颖达

九十九岁　白寿

典质一空　畅当

挟泰山以超北海　岳飞

有不可犯之色　严颜

满面阴鸷　庞德

周郑交质　王伯当

中常侍冠　貂蝉

皆大欢喜　莫愁

大则以王　巨无霸

长嫂似母　管叔

容光必照焉　孔明

春寒花较迟　冷苞

九府圜法　吕布

光风霁月　黄道周

拊床谓之曰君终当坐此　许靖

也应胜似碧纱笼　红拂

与子之妻兄弟也　弥瑕

田家子　文种
他不令许放我自写与你从良　张释之
香衾　黄盖
汉惠帝　刘季孙
使闵子骞为费宰　季任
白璧无瑕惟在闲情一赋　子玉
争座位　斗班
卢植　咎陶
鼠璞　子玉
花光　朵儿赤
西洛是吾乡寄居在咸阳　张籍
延清　宋甫
字子容　许南宫
就礼于卢氏伤情感物郁郁不乐　李怀玉
负荆　谢蔺
执其手曰吾久负贤者　景延广
抗疏功名簿　匡章
如牛　赵云
先代所美　陈也俊
望之如月下聚雪　甘后白于玉
大富贵亦寿考　织女告子仪
虎牙何敢尔　呼延灼
帝有恩言　裴宣
今将军尚不得夜行何乃故也　小李广
负夏　赖大
兄弟俱求　季札
谏陆抗服药　子叔疑
哑继儿早已人猜破　成虎

孤岛吟

问天词

“知我意，感君怜，此情须问天！”

——温庭筠《更漏子》之三

“惟有擘钗分钿侣，离别常多会面难，此情须问天！”

——晏殊《破阵子》之一

小　叙

万方多难，人事乖违。萍飘有时，燕聚无日。孤岛繁华犹是，重帷涉想仅存。路遥湘水，谁作灵瑟之独弹；月冷新亭，何来楚囚之对泣！枝叶披离，花忍同笑；雨云消散，露亦含悲。正值金戈铁马之际，忽兴别凤离鸾之痛。人惊伯有，我本清狂。虽非哀思之音，其亦伤心之哭乎？夫汉皇念逝，落叶情深；屈子离忧，美人意远。陈思必传宓妃，竹姹不删风怀。迹既可踪，事有同感。后之览者，其将有取于斯欤！是为序。

国难第二年十二月二十一日识于泸寓

忆江南二首（步金荃韵）

之　一

时光晚，人去□空楼。望断天涯雁字远，忆来欢梦总悠悠。何日会瀛洲？

之　二

秋容老，秋思远无涯。旧事渺如叆叇月，寒风吹落梧桐花。肠断暮晖斜！

菩萨蛮五首(步浣花韵)

之 一

人生事事多惆怅,何如常醉销金帐。圆月正当时,情殷酒肯辞! 漫劳分徵羽,且托琵琶语。别久易忘家,双飞趁落花。

之 二

人人都道秋光好,西风催送秋光老。愁绝碧云天,衾单不耐眠。 花容皎似月,世态冷于雪。莫羡白云乡,温柔堪断肠。

之 三

此时总忆芳春乐,风鬟雾鬓春衣薄。花满谢家桥,酒帘处处招。 金樽共记曲,笑看鸳鸯宿。绿叶拥红枝,缠绵竟忘归。

之 四

难消长恨且寻醉,一杯忘却人间事。博得红妆心,春情水样深。 从来欢梦短,生怕更声满。娇甚惯相呵,昵人欲奈何!

之 五

秋光可爱花容好,花容易谢秋光老。绿盖暗湖堤,香笼人自迷。 暂同樽酒渌,相看双鸳浴。无语对斜晖,衷情伊独知!

蝶恋花四首步阳春韵

之 一

小劫后庭摧玉树。烟绝香消,心字成灰缕。依旧秦筝弹绿柱,城狐社鼠自来去。 泪眼休看塘外絮!露湿风柔,整日飘成雨。鸿雁不来谁寄语,斜阳偏照临歧处。

之 二

密誓心期相许久。绿暗红稀,人面还依旧。憔悴萧郎非病酒,惜花自与花同瘦。 一曲《渭城》悲折柳。水远山遥,离恨寻常有。只合青衫伴翠袖,此情最苦黄昏后。

之　三

转眼秋光逐水去。桂子香飘,黄菊开来暮。天上银河通有路,碧梧栖老凤凰树。　　深院画梁无燕语。粉冷莲红,心苦君知否?塘外西风塘上絮,飘零知是归何处?

之　四

相见几回心早许。暗问佳期,屈指难定数。看取残红乱踏处,风高隔断双飞路。　　怜惜韶华惊日暮。怕惹离情,弦落歌频住。梁燕归时烦寄语,休将愁去将欢去!

浣溪沙十二首(步珠玉韵)

之　一

疏雨梧桐滴滴秋,烽烟处处断切更筹。不如归去莫迟留。　　池上田田遥入梦,窗前个个看成愁。繁华早逐水东流。

之　二

不见浓红江上林,黄花独拥满园金。枝低叶小未成阴。　　泪眼休看迟去燕,芳时难识晚来心。斜阳衰草怨秋深。

之　三

天遣多情共一杯,玉山遥接楚云台。襄王未老莫空回。　　金屋妆成正待夜,小楼雨过盼重来。几番搔首几徘徊。

之　四

燕脆莺娇隔水稠,绿丛深处暗香流。一苇不减汉皋游。　　好事无隐云在梦。良宵几见月当头。从今词笔莫言愁。

之　五

娇小轻盈弱不衣,风流羡杀大家仪。明眸欲妒远山眉。　　莲雨声声滴叶碎,夕阳处处映帘垂。怕看雁字惹相思。

之　六

长日吟哦愁里过,浓霜掩尽绿庭莎。池塘浅小亦风波。　　难遣韶光舞翠袖,为怜人面爱圆荷。情深怎奈别离多!

之 七

不耐离情醉玉卮，荷风吹老绿裳衣。蝉声拽送残林枝。　　苦忆缠绵人去后，更多懊恼梦回时。忍者蜡泪从心垂！

之 八

塘外轻雷塘上烟，亭亭爱煞雨中莲。微风吹送木兰船。　　衷语难闻香阁远，离弦低拨玉樽前。不堪怅望暮云天。

之 九

客里惊听雨后蝉，玉池凄冷黯红莲。怎同欢笑舞离筵？　　孤馆何堪漏夜雨，繁霜飞绝晚林烟。红稀绿暗自年年。

之 十

为惜韶光驻玉旌，阳欢乔笑醉连觥。清词翻出断肠声。　　且共绸缪活昔暮，何须惆怅忆归程。此时心绪不成情。

之 十一

生就多情窈窕身，明眸频转最销魂。清音轻吐笑频频。　　桃李飘零常入梦，河山劫后不成春。钟情谁是意中人？

之 十二

错却芳时惜晚华，荷风吹皱绿窗纱。江头独□白蘋花。　　乍觉惊心鬓有雪，勉同娇笑脸生霞。何时并看银河斜？

临江仙八首(步小山韵)

之 一

劫后绛帷初见，课余问字频逢。浅颦低笑语生风。李羞塘上白，桃妒岸边红。　　春水绵绵伤逝，秋云薄薄愁同。情多争奈梦魂空？绮怀翠影里，别意藕丝中。

之 二

钗擘艳容常忆，钿分锦字来稀。今年漫写《无题》诗。少陵终念国，庾仪只哀时。　　燕侣莺俦怎拟，心怜意惜谁知？香泾纵好不思归。愿为双白鹄，飞上最青枝。

之　三

纵与千般怜意，怎难一霎欢情。霜红桔绿忆归程。猗园多黄叶，曲院对长亭。　　蜀酒难消别绪，秦筝莫放离声。相如终负旧才名。《白头》骄雪月，青鸟迷江城。

之　四

柱短弦声哀促，路遥人面悠长。飞花红遍旧池塘。小山词意苦，洛浦梦魂香。　　巫峡风涛峻险，阳台云雨荒唐。吐珠咳玉费思量。缠绵三五夜，懊恼十三行。

之　五

世事浑如梦里，东风忙却花时。荼蘼落尽流莺啼。有心恋故阁，无处觅寒枝。　　天意不怜茅草，人情难舍葑菲。相逢莫得同车归。怕看并蒂艳，恨作独行飞。

之　六

秋老行云易散，更深幽阁难眠。骊歌听唱晓风前。情深杨柳岸，人远碧波天。　　十里香波菡萏，几回梦送归船。醒来孤枕自生怜。不事花烂熳，祷取月团圆。

之　七

恨我明珠未系，送君银泪双垂。伤心雁断燕分时。含情空脉脉，无语故飞飞。　　凋落谁怜玉树？轻盈莫舞罗衣。春深铜雀永相思。终愁团扇弃，忍放杨枝归？

之　八

相见胜如不见，争如相见难亲。香销歌歇暗罗中。宁为雾里客，独惜镜中人。　　记得那回晤别，盈盈欲起滞身。万千珍惜话频频。芙蓉心本苦，翠柳何时春。

跋　浣溪沙二首

写《问天词》未成，忽婴小疾，展转床笫者数日。岂无病呻吟，竟成恶谶乎？爰于枕上吟成《浣溪沙》二阕，聊作绮语之悔，并效获麟之续焉。

十二月二十八日晚记

为写心词拼死狂，沤红唾绿费思量。轻按低拍终成行。　憔悴梁园非病酒，缠绵洛浦太神伤。日来感受更难当。

写得词成病亦成，虫鸣鸟语不堪听。风凄雨苦更愁人。　几次别来未入梦，者番忆起便销魂。总迟相见是何因！

醉白词

小 叙

上岁历秋而冬，写《问天词》未成，忽婴小疾，顿兴绮语之悔，竟至中缀。但湘云未逝，洛梦犹浓；人间花好，不容忘情；天上月盈，正当三五。况李仙杜圣，虽未定论；一生低首，渠非无因？遂于旧历岁首，立誓续弹旧调。依《问天词》例，步武昔贡原韵，写为《醉白词》。意旨所在，例不明书；何日告成，亦暂难屈指也。谨为序。

一九三九年二月十九月(旧历元旦)下午五时书

忆江南二首(步金荃韵)

之 一

东风紧，燕子未归楼。独叶空枝难作笑，秋云春梦两悠悠。无泪洒空洲。

之 二

春寒重，春信渺无涯。人面不如原上草，世情只爱鬓边花。独自数横斜。

虞美人五首(步阳春韵)

之 一

凤笙歇后秋萧索，无泪洒空箔。当时不解怜婵娟，强作庄容谈道绮窗前。　无端忽赴离亭宴，回首深深怨。如何慰藉伊人心，徒向梦魂深处去追寻。

之　二

空劳紫燕穿低产，相对常无语。早知辜负一年春，懊悔当初未把两心论。　　从今不见人如月，恨事如何说！夜来疏雨滴梧桐，惹起别情幽绪一重重。

之　三

漫思长想天难曙，孤枕倚凭处。怎生错却迎风期，纵有幽情密意已嫌迟。　　风光错从闲中送，何处探归凤！白云尽日掩深闺，苦忆飘枝零叶鬓云低。

之　四

从来饶舌总鹦鹉，空院生蜚语。云情玉谊转成空，枉把冰怀雪意付东风！　　愁中不见韶华去，独惜飞花舞。任他春尽两眉弯，只有悄吟低唱拍阑干。

之　五

真情自古淡如水，不必常相对。纵缔眉约与心期，逢到疾风妒雨便分飞。　　骊歌唱后音容远，空有帘常卷。夜深但见月溶溶，乍觉枝疏叶落一庭空！

浪淘沙五首(步六一韵)

之　一

零落怨春风，消损茅容。片帆何日返楼东？数尽江峰人不见，蛩泣花丛！　　聚散太匆匆，离恨无穷！秾桃依旧映门红，好事任从流水逝，此意难同。

之　三

风雨惯摧残，秃尽枝丹。驹光快似一弹丸。满眼繁华何处是，日近长安！　　苦难纪新元，凋落堪怜。何时重见旧门关？容易别离难得见，人老家山。

之　四

对语意缠绵，佯作娇欢。人生常在别离间。借得花前一携手，且忘《阳关》。　　愁里若多闲，秋梦方阑。终朝惆怅倚屏山。相念临歧分袂处，有泪无言！

之　五

曾约园林游，难挽归舟。都缘生不解温柔。辜负山情与海意，从此低头。　　心语出珠喉，一吐难休。从来恨事缺金瓯。叵耐曲终人散后，水不西流！

浣溪沙五首(步准海韵)

之　一

老去元龙懒下楼，连绵风雨却如秋。前情颇忆小亭幽。　　无可奈何家国恨，似曾真个倚罗愁！日来惆怅对吴钩。

之　二

酒入愁肠怀不开，离中岁月若难挨。从今独自怕登台。　　流水无情霜入鬓，仙源有路雨沾鞋。依依忍不盼重来。

之　三

目送孤鸿双涕连，都缘未积买山钱。梅林菊圃徒流涎。　　终夕簟凉愁独笑，半庭花艳惜孤眠。此生只结想中缘。

之　四

小驻红尘怯网罗，园林绮梦离情多。人生到处是风波。　　壮志难谐且撒手，良缘莫遂奈天何！怜伊身世竟恁么！

之　五

爱煞天然两脸霞，轻言低笑胜红牙。破瓜碧玉出名家。　　只怕雨消三月暮，怎禁风侵一枝斜。无缘回护溷中花！

醉落魄三首(步东坡韵)

之　一

分携才昨，胡北越南同飘泊，月凉花暖更萧索。梦里想中，懊悔当时错。　　幽情清意愁忘却，凄风淡雨惊零落。何因未汀山林约？

归去他年，谁伴孤亭鹤！

之　二

惊心华发，相逢常怕临歧决，日长更苦音书绝。红满花枝，只怨人轻别。　　小楼孤馆空凄咽，萧郎早瘦损双颊。席前泪侵青衫袍。事愿两违，衷事凭谁说！

之　三

清星凉月，横斜不见疏枝发，人生何事难常合！最是萦怀，叶落花飞节。　　缤纷满砌泥苔滑，无言相对愁怎说，玳梁燕去呢喃歇。有限年华，忍作经年别！

菩萨蛮二首(步春波韵)

之　一

日来苦忆芳菲节，画堂风暖花如雪。皓月正当阑，同看云外山。
难写凄凉句，不见断肠处。争遣此时情，春愁水样生。

之　二

玳梁不见双栖处，潇潇又听黄昏雨。苦忆缠绵时，此情只自知。
惊鸿天外见，日近伊人远。望尽长安秋，依依独下楼。

减字木兰花九首(步春波韵)

之　一

是真非戏，既得相逢且一醉。云散风流，处处湖山处处愁！
月高笙冷，吹彻玉楼幽梦醒。满眼凄凉，不见飞花鬓上香。

之　二

幽怀难寄，眼底心头都是泪。莫着青衫，月白霜清不耐寒。
帷前强笑，花未飘零人正少。从此生情，拚却相思了一生！

之　三

良辰有几？辜负年年同岁岁。何用文章？伴得花魂死亦香。
风光似水，一惹温柔身已矣。不爱娇羞，独惜春红逐浪流。

之　四

茂陵小病，独拥寒衾终夕闷。梦里相思，瘦损腰围只自知。
何来妒雨，揉碎花枝难诉语。莫忆当年，人事乖违只黯然。

之　五

凭谁唤醒？噩梦中宵泪满枕。怎不思量？人在他乡酒满肠。　　落红片片，愁眼模糊看不见。事到而今，懊悔当初没用情。

之　六

芳时一瞬，风泊鸾飘永日恨。心事阑珊，空向东风说旧欢。
星辰月夕，人远天涯无处觅。逝水年年，莫羡鸳鸯且独眠。

之　七

桃花依旧，人面而今安在否？几曲《梁州》，唱彻心中无限愁！　　忍教空度，立尽中宵昨夜露？更约重来，酒入愁肠泪满杯。

之　八

天风引到，低首倾心且作笑。相倚凭阑，故把双星指点看。
物华依旧，独尽花前一杯酒。安用双鱼？莫致相思万里书！

之　九

腥风膻雨，故国河山论没处。风景奚如？写尽千行未尽书。　　此愁谁共？待得重圆总似梦。非爱飘零，暮哭朝歌亦放情。

跋

此册陆续写作，迄今适为半载。近来事愿既乖，秋风又起。人中宛若，相隔天涯，梦里相思，嗟叹何及！惟有抛针弃梭，乘化待终业已。

一九三九年八月十四日　书于百无聊赖中

独语楼词

补　序

当一九三七年秋，上海沦为孤岛，余全家被困，穷愁无聊，爰写成小词三集。其《问天》《醉白》二集，前后均附序跋，故其写作年月尚约略可考，而此《独语楼词》独付缺如。大抵当时拟续《问天》《醉白》之后，成《浣溪沙》百阕，不知何故，未完或而中止。其中止时日，似当在孤岛亦沦为敌土之后，观词中语意，可知也。兹于整理之际，为补序如上。

一九六六年八月二十日作者自记

浣溪沙五首(步春波韵)

之　一

一霎欢情似梦中，春愁秋恨永无穷，日来心事总成空。　　身似飞红随水散，思同暗露着花浓，不妨常对月朦胧。

之　二

冷落银屏不忍歌，红情绿意尽蹉跎，酒闲人散奈愁何！　　残柳萧萧低岸月，落花处处盖庭莎，人间恨事一何多！

之　三

不爱多情自有情，水流花谢暗伤神，此身独怨长飘零。　　终恐黏成泥里絮，何妨散作峡边云，任君看取也销魂。

之　四

偏有闻情采野薇，东风犹湿燕梁泥，悲红悼翠两未宜。　　人爰黄昏新月后，心随彩凤画楼西，一枝独自倚斜晖。

之　五

怕听蝉声曳别枝，天涯消息竟迟迟，此中苦况只伊知。　　蜡炬难干身外泪，春蚕不尽梦中丝，从今莫诵义山词。

浣溪沙十首（步饮水韵）

之　一

为爱荷风六月凉，任他细雨打纱窗，楼高望不见斜阳。　　春梦腻时愁醒早，秋芳尽处犹闻香，才知身世太寻常。

之　二

折尽青青不见条，人间何处有红绡，凭阑独想更无聊。　　冷月吟来夜袂雨，腥云掩尽浦江潮，冰魂雪魄自相招。

之　三

不觉星星满鬓霜，愁长怎与日争长？浮萍身世总凄凉。　　《玉树》歌残春渺渺，《春江》声绝夜茫茫，黄花开到自重阳。

之　四

老泪纵横不忍收，小楼独坐忆从头，春波何日见回流。　　茅草有情休怅惘，落红无意莫迟留，玉池处处尽鱼钩。

之　五

吐尽丝丝不见怜，炎凉人世奈何天，等闲将近白头年。　　海上空传绮梦好，筵前但觉鬓云偏，繁华旧事忆从前。

之　六

风雨连朝愁不胜，荆榛满地少人行，摘花没处斗轻盈。　　老去结邻徒有约，秋来好梦总无凭，此生何奈太多情。

之　七

恩怨迷离两不分，陶然同醉有红裙，吝情从不惜馀熏。　　陡忆离情悲白水，徒怀旧梦泣长门，有谁凭吊坠楼人？

之 八

一霎西风叶满楼，白云正好忍下钩，诗成寻处已忘愁。 伤逝情随年事老，哀时泪向梦中流，醒来懊恼忆从头。

之 九

弱骨不禁风里支，那堪失意又伤时，日来消尽瘦腰肢。 纸上风情总黯憺，意中好事竟参差，未来岁月耐寻思。

之 十

望断长空归雁稀，未来消息竟微微，梦魂早逐移云飞。 不见佳人凭翠竹，徒存襄草映斜晖，伤心莫上江头矶。

浣溪沙十一首(步忆云韵)

之 一

暮雨潇潇忆二娘，香魂艳魄早沉湘，峡云空护楚襄王。 秋到江南人自老，梦回塞北夜方凉，思君一夕九回肠。

之 二

最是伤心怨小蘋，无端懊恨到黄昏，谁家都住水边村？ 我本有情如磊石，君岂无意学湘云？时时相对亦销魂。

之 三

地窄如何作漫游？几番风雨即成秋，斜阳不照海西头。 离乱生涯同噩梦，孤另身世只闲愁，一声长笛泣红楼。

之 四

举目河山万事非，登临拼得泪沾衣，园林虽好游骢稀。 霉雨飘时花自落，夕阳红处燕方归，伤心离别总依依。

之 五

不见飞花再上枝，闻阶独立常移时，无端双泪盈眶垂。 鬼蜮人情悲射影，苍黄世事惜弹棋，梦长夜短醒嫌迟。

之 六

黄叶西风到处阴，秋凉庭院自愔愔，月明星好有云侵。 蛱蝶迷香空见影，芭蕉着雨暗伤心，年年此刻费呻吟。

之 七

埋尽遗芳自掩门，深悲梦里见归人，一年又是一年春。　举案难同甘淡泊，拂衣孰与拭啼痕？最难挨受是黄昏。

之 八

汴水流同泗水流，吴山点点尽成秋，夕阳斜照旧瓜洲。　几度终成离别梦，者番不是等闲愁，相思人在远江楼。

之 九

到处飞红压绿茵，狂飔吹老长安春，日来愁煞看花人。　憔悴潘郎悲白发，飘零小玉泣风尘，相怜沦落暗伤神。

之 十

何日重来陌上车？风笙不闻闻胡笳，汉家宫阙在天涯。　总觉愁来添寂寞，那堪梦里忆繁毕，一天风雨尽飞花。

之十一

摧却卢家白玉堂，荒池无复见鸳鸯，余生备受劫□难。　乱后人情多淡薄，愁中岁月更绵长，寂然无曲顾周郎。

纾情集

序

雨下得凄凄切切地，我坐在自习室里，伴着一盏昏黄的电灯，正是“一个愁字了得”的时候，正璧底信冒着雨，连夜的赶来了。

信里谈的什么？正璧是个诗人——充满了情感的诗人，自然是谈他底思想界的成绩——诗！

正璧的诗是“发挥他底性情”的诗，并非是“咬文嚼字”的诗，更不是“写风景”“卖牢骚”的诗。

我读了他底信，好像和他促膝对谈的一样。看他一片的话，真可以打破这个堕入了我的愁城。

我忽然想起了正璧托我替他《纾情集》上做一篇序文来了——这好比尝了鱼肉，又想熊掌，列位要笑我是个老饕，恰好做宋朝的个风流诗人苏东坡底后裔了，其实不然。正璧今夜信里和我谈几句关于音韵的道理，真是引起我底馋涎，却不得不使我“得陇望蜀”的了。

正璧说我是他底知己，我果然是能佩做他底知己么？他请我做篇序文，我果然是能替《纾情集》夸张几句胡词滥调——“诗人少达多穷”么？想来想去，我是诗学的门外汉，吃着些甜头，就还想批评几句了不成？我是否有批评《纾情集》的能力？再想一想！

《纾情集》底情，却都吃他底著作者纾尽了，我还要拾人牙慧么？《纾情集》是否必须我做这篇序文？是否有了我底序文就能使得《纾情集》增了价值？我现在可是觉悟得许多了，若是《纾情集》是在一年前遇着我，我还可以替他说几句拍马的话，这是《纾情集》底不幸呀。假使《纾情集》在半年前遇着我，恐怕我还要看都不看咧，这还算是《纾情集》底大幸呀！

什么是《纾情集》?《纾情集》是正璧底代表。正璧是怎么样个人?只消来细味《纾情集》里情话稿子,一定会寻出个情天的种子来。

正璧自己编了诗底思想来了,正是使学者、读者明白他底情怀,然而我却不敢用我对匋广先生说的话来批评和赞美他。因为那两句话只可以对匋广先生说,还可以博得这个《纾情集》底著作人底解释是引老孔儿的典故,倘使我用这两句对正璧说,读者将要误会,并且还要弄出下面的一段笑话来:

(一)仰之弥高——不顾脸了。

(二)钻之弥坚——不通了。

试问仰起头骨来看他底脸,越高越看不见,他底脸面在那里?试问一块板,除非铁铸的,越钻越坚,岂不是"不通"了么?正璧,你仔细味我底话罢!快打破你底片面的观察罢!恐怕你又要从拍马二字改作打马二字来批评我了。你要慎交呀!像我这种朋友底强项,不肯阿附人真是难得的呀!

《纾情集》底序文,我搁了笔罢,然则我又何必假他白冤呢?阅者诸君,我谢谢《纾情集》,正璧应该谢谢他,阅者诸君也应该谢谢他。因为兆骧没有《纾情集》怎能剖白他底清洁?正璧没有《纾情集》怎能批评弃斥兆骧的瑕疵,自鸣清高呢?读者诸君没有《纾情集》,怎能从我们俩发生觉悟呢?……

归总一句,《纾情集》的文字我还算是他底知己;至于他底情感,我敢说不能是他底知己。正璧,你认我是识你文字的知己罢,还有你情感的知己。请你向你底另外个知己余勋索一篇序,写在我序文上面一张空白纸上罢。抱歉得很,抱歉得很……

苏兆骧　一、十三夜、一九二一　于二师、上海

自　序

记曰:诗以言志。故作诗,未易言也。余自束发受读孔孟之书,均能琅琅于口,而诗则未学焉。迨年稍长,始知诗之不可不学,于是而三百篇,而秦汉,而六朝,而唐宋,而元明,而清,以迄近代之诗,腹藏之凡数十百篇。至曩岁之春,始敢一试,然未明声韵伏猎夥焉。及入龙门,得通声韵之学,匋广师又为之指导作法,于是始得抵于小成。但余所作以纾情为多,盖秉质使然也。读余诗者,其忆司马白傅浔阳江头听琵琶时乎?恐未待曲终而一领青衫已浸透几重矣。上章涒滩之岁月在黄钟下浃首日,鹿城悟昙老人识于淞阴之竹荫精舍。

序 二

诗与思想

诗和思想，有狠密切的关系。思想是高尚的人，写的诗，一定也高尚；思想卑微的人，写的诗，一定也卑微。从什么上证明呢？新诗人分析诗的内质，共有二派：一是抒情的，一是写实的。内质是什么？就是我所说的思想。单就抒情的思想而说，情有美感恶感，美感又分做善、爱、欲；恶感又分做怒、衷、惧、恶，总谓之七情。在心理学上，这样讲法，是不可能的，我且就普通的讲。人的感觉，受了七情底刺激，就起思想。那么这思想底美恶，当然随情感如何而定，有了一种思想，才发之于诗。一个人在平常的时候，诗是写不出来的，必定有了情感，才能发现。情感受了痛苦，思想一定也惟有痛苦，他写的诗，一定也使人读之，顿生痛苦。情感受了愉快，他底思想，一定也觉得愉快，他写的诗，一定也使人读之生愉快。由此看来，诗是决定随思想情感而定他底内容。夫思想高尚，思想低微，也是随情感而定。那么谁说思想高尚，写的诗，反会卑微；思想卑微，写的诗，反会高尚呢？即从因果律上讲，也是不可能的。诗和思想的关系，也“可见一斑”了。

思想底高尚，就可分配定人格的高低。所以看诗底写法，就可发见他——写诗者——底人格。从前的人，以为诗人底人格，都是很高尚的。这句话，我澈底地不承认。因为用论理学来证明，是不成立的。我们底说理，一定要根据于论理，才不至有差误；决不有在论理上不成立，而自能独立而成立的。所以我说：诗人底人格，既然有最高尚的，一定也有最低微的。因为高尚和卑微，是永远相对的，并不是绝对的。相对的名辞，决没有分离的；既然不能分离，那么当然最高尚之外，还有最卑微者在。做《郑风》《卫风》底人，他一定先有了《郑风》《卫风》里所含的写实或抒情的思想，然后才能做出《郑风》《卫风》来。倘然诗人底人格，都是最高尚的，那么三百篇里，怎会有《郑风》《卫风》呢？

以上是举各个诗人底人格而说。一个诗人底人格，也有时高尚，有时低微，所以在一时间里，可以断定一个诗人底人格；在许多时间里，就不能断定一个诗人底人格。因为思想是流动的、易变的，诗意也是随思想而流动的；他底人格当然也是流动的。流动的人格，有时高尚，有时卑微；须待他盖棺的日子，才能结算他底总数——究竟高尚的时间多还是低微的时间多——而断定他真真的人格。

我底人格，也堕落到极巅了，也卑微到极巅了。在我发表的诗里，可显见一大半。现在方才觉悟，而晓自己抬高；但一面抬高，一面却仍旧堕落。在这"新陈代谢"底时间里，这境况一定要经过的，我也并不以为意。将来的人格，究竟到什么地步？还可以在吾未来的诗集里去寻。过去的呢？就在这本《纾情集》里来找吧！

这本《纾情集》里的诗，都是一九二〇年十二月底以前所作。也有旧体的，也有新体的，"新旧并存"。我把旧体的集在一起，题做《纾情集上编》；新体的也集在一起，题做《纾情集下编》。另外有几篇长篇的旧体诗，钉在上编底后面，做个附编。从前注诗家，替古人注诗——注出诗意(思想)，而定他底人格——往往因一二处可疑的意思，就长篇连牍地替他做考证，结果，还是"聚讼纷纷，莫知所从"。现在我底诗，虽然比不上古人底大著作；但在我个人方面，也可算得是种不朽的作品。每一首诗，在当时写的时候，一定一首有一首底意思。"年深日久"，恐怕连自己也要忘记了。后来底人，虽则不见得要来替我注诗，但我自己，怎忍把我当时的思想淹没呢？因之参考我底日记《雯乘》《无心集》和通信《听嗅集》，再加入自己底忆想，把我所写的诗，一首一首地注出他作时的思想来。要知道我从前的人格果然怎样？就可在这里找出了，就可照这里定了。

一九二〇、一二、二八　正璧　于竹荫庵

上编提要

《人世》　这首诗读了匄广师底《送美东学以诗》后做的——新诗是写的旧诗是做的。匄广师底诗，是抱乐观的；我就扩充他底意思，改做达观。我这首诗底原题，是达观；“人世”，是匄广师替我改的。古诗往往以篇首的几个字做题目，匄广师替我换题目，大约就是这个意思。匄广师底那首诗，我抄在下边：

送美东学以诗(美是匄广师底大公子)

大地多苦人，我与汝皆乐。人世一苦境，乐惟游与学。登山我犹健，格物汝渐博。采集西湖上，此行登仙若。秋风汝远适，余亦弦歌作。庭院与瀛峤，腾致两天各。努力向前程，黄海波涛恶。

——《匄乘》八、九、五

匄广师说“人世一苦境”，我说“人世皆乐境”，这就是我和匄广师底不同处，这就是我做这首诗的本旨。

《月下泛舟》　这首并没有十分深意。他底原意，已在序里写出，不过“文人好事”，起首二句，是有意做的。里头藏着一位同学底姓名，是“吴水汀”君。吴君水汀的人格，我不敢下批评；不敢因他生得“丰姿翩翩”，所以人家都很瞧得起他。我和他虽没有感情关系，但我认定他也是一位很聪明的人物。我底日记，关于他底文学，有好几篇。现在不能一一录出，请看我底日记吧！

《雯乘》第一卷一一、二七，(纲)偕沈君学锦至严师处。

《雯乘》第三卷《乘》附《息影庐漫识》二、一四，(纲)与吴水汀君一函，赋七言律诗一首《怀水汀》。

《雯乘》第四卷三、十及三、一五,(纲)做小说一篇《一个可怜的少年》。

《妹亡一阅月矣仲秋下浣三日偶来入梦容悴腰弱不减当时中心悲伤赋此以遣》 余妹没于去年九月十八日,现在在日记录几段在下面,就可见当时我的情感:

> ……及抵母亲处,适将出殡。见余至,乃命稍停,待余行礼。……母亲在帏后,伤心痛哭,惨不成声,余初强持止泪,至此乃不复能忍。……停柩野中,以砖造椁封之,乃归。嗟乎吾妹,由此长眠夜台,永永无再见之期,吾妹有灵,当知汝有伶仃孤苦之兄,于今日送汝行也……
>
> ——《雯乘》一卷九、一八
>
> ……妹小余四岁,性端谨,寡言笑,不好脂粉,而善典籍,性与余相近……又加刻苦用功……夜以续日……呜呼,子瞻有妹,道韫无兄,余实有愧。今岁春,偶患小恙……秋之始,不愈亦不重……不意余到校后之十八日,而噩耗竟来,出意外,更形伤恶……呜呼,虽非同胞(妹系后母所出),实系骨肉,痛逝者之无辜,悲生者之有憾,雯也伤心人,安能免此一番哉……
>
> ——《雯乘》一卷九、一九著伤心之言

《奈何辞》 这首是读了项羽《拔山歌》后做的,匋广师说:"这首音节很好,不过我是抱乐观的,里头的意思,我不敢赞成。"我做的时候,只求音节好,所以没有顾到里头的意思。谁晓竟堕入悲观里去了。

《有感》 这首是思家而作。匋广师误把"流水祝亲帏"的"流水"二字,作"流水无情"解释,不知我是用"绿水长流"的意思呢!

《深秋夜思》 此首是仿陶弘景《寒夜怨》,所以很古的。

《九月十二日晨露不散即景赋此》 这首是写景诗,没有半点抒情的。

《此生》 这首也是达观的意思,写之以见我胸襟也。

《追感往事》　“此生未半心无竞”一句，匋广师读了，说我“志气灰颓，少年不当这样……”。日记里也有记载，录做参考：

……严师谓余曰：“匋广师谓汝所作诗，太为灰颓，少年人不宜如此。且‘诗以言志’，读汝诗，即可窥见汝志。”余答曰：“雯之作诗，皆因纽于韵脚，不求意之可否，以此多灰颓语，实则雯近来颇抱乐观，绝不敢萌消极主义也。”严师曰：“汝意亦然。大凡初学诗者，往往易流于此病，且读某种诗，即仿某种之意，未必皆一己之意也。或者汝好读此中书之故乎？”余曰：“良然。”……

——《雯乘》一卷一一、一一

《怀粲贻》　粲贻君，是我底知己交。从前我和他底通信里，曾相约将来为社会尽了义务以后，一同栖隐山林。所以诗里有“他年湖海共扁舟”句。“风云国土著东流”一句，也寓着一些意思，读者一看就会晓得的。

《和无求童子军十绝》　这十首诗，做来投稿《童子军月刊》的。后来《月刊》改组了，这十首诗，也就不登了。

《九月二十四日候兄不至怅而赋此》　这首不过写悬念之意，事实可看《雯乘》一卷一一、一六底日记。

《赠菊影》　这首是一九一九年十月二十四日做的，原稿已失，所以不能录入集中。现在想着几句，抄在后面。忘了的，以□为记，就是“一字不更，以存其真”的意思。

平生知己首推君，雅什传情挹□芬。作赋羡君能倚马，修词愧我不成文。难为萍水□□□，岂属龙头泾浊分。□□□□□□□，□□□□识孤雯。

《结交》　我生平最恨好拍马屁的人。兆骧君，他极崇拜匋广师。我和他到匋广师处，他总是“先生先生”地不绝于口。吾就老大地不赞成。后来他做了一首什么《戴匋广师》底诗，诗里有二句什么“仰之弥高，钻之弥坚”，他居然拿孔老儿目匋广师了。因之我就做这诗，来明吾底志向。不知匋广师看了，懂得我意思没有？

《寒夜》 这首是忆友伤时之作，盖当时我只有一个朋友粲貽，又远在姑苏。国事不靖，太平无日。既无太平之日，则岂能与粲貽长聚乎？转辗以思，会面无日；惟有重振志气，以勉不负吾良友之厚望而已。

《己未冬至回乡偶题》 此诗是写景中寓意，不过有伤"睽离"而已。反思"天下一家"，则此诗也，岂不是成了没意识的吗？

《岁暮感怀》 此首也是思乡之词，并无寓意。

《月下独步》 此诗也是写景中寓怀，大约还在去年未入龙门时所作。

《夜雨》 "忧国伤时"，就是我当时的怀襟，"歌声不闻闻笳声"，也是很写实。龙门与沪军营，不过一里之隔；所以喇叭声，很听得见。雨中听喇叭声，因而忆及征人，亦是我"狐悲兔死"的意思。

《忆友》 此首即《息影庐漫识》里的《忆水汀》一首。因为与水汀身分不合，故改今题。

《从军行》 此二首仿王昌龄《塞上》《塞下》二曲而作，连韵脚都仿他。他的时期，也在未入龙门以前。盖吾当时极赞成戎马的功绩，所以才有这番话。

《除夕遣怀十绝》 先二首和末二首，是述怀。第三至第八，是忆友悼亡，今分别述之如下：

第一首述做此十首诗的意思。第二首是伤自己"少壮不努力"，日事闲愁，把光阴看得很淡，像水也似的，任他流去。第三首是悼姑祖母，姑祖母少亡夫，寡居母家，余等幼时寝食不离，后亡于一九一五年，余叹图德报之无从，故歔欷而为此词。第四首是忆兄。第五首是悼妹，参看前面。第六首是怀粲貽，也可参见前面。第七首是忆志贤，盖君此时，与吾正时常通信也。第八首是怀水汀，事实见《雯乘》第三卷二·一四与吴水汀君函，及二·二十与朱志贤君书。第九首是述自己不好爱情，惟喜朋友，其如无知己乎？第十首终结，寓尽而不尽之意。

《清明即事四首》　全篇都是伤春之词，实则伤己也。

《飞絮词》　此诗起稿于龙门教室中，盖恰为严师上国文课也。其时余与文绩始为友，余以诚意待君，而君时冷时热，意莫能测。中心怆伤，成此四绝。飞絮实即自况也。第一首意谓君如不肯友我，则我惟有含恨终身；但身虽天涯，此心不断，或我误怪君耶？第二首言人欲与吾为友，而我不肯与之友；吾与友君，君亦拒我；君既不情，则吾惟有若飞花处处，终身不交一友；使彼欲友我者，徒具痴心而已。第三首言身虽飘零，出身非微；君既恨我，惟有独树一帜，与伤心人同谈幻梦，不愿与世人并也。第四首言我心倘成死灰，欲友吾而不得；君虽悔我，恐不及矣。右四首之意，至今尚未尽；盖君之诚心，吾至今未知也。噫！不忍言已！

《赠逃禅》　逃禅好禅理，余与之为方外交。全首都言禅意，合君身分也。

《遣怀》　这二首的意思，已经在序里说明，不必再写了。

《悲观》　此二首，在我那不幸之事发难的时候做的，所以满首都是惊心之语，是什么不幸之事呢？这事《雯乘》里缺而不载，可参看我做的《断肠集》。

《长恨词》　此诗与《飞絮词》的诗旨，大同小异，我也不忍写出了！

《端月下浣四日舟次淞江忆文绩》　在这时，君已友吾，一旦分离，心里何等地悲痛？“苍黄易变”，盖亦有感而言，不道后来我果然不再入二师了。每读此诗，心痛欲绝！只得抱恨终身已。

《端月晦夕梦见文绩因赋此寄之》　诗意甚浅，不注自明。抄日记一则，以言梦事。

与余勋第五书：

……隔夜做了一个希奇的梦，梦里好像仍旧在学校里。你被那沈舍监关在一间宿舍里，不准和吾相见。后来你偷出来见了我一面，连忙就回去。我那时觉得很是悲伤，就哭醒了。天未十分亮,我就起来做了三首诗;后来又写了一段信,寄给你。我想你看了这三首诗,起初一定要莫名其妙呢!现在可明白了?……

——《雯乘》第五卷七·二十

《有感》 此首也是思友之词,看"浦之西,浦之东"二语,就可晓得是思何人。

《秋忆四首》 此诗有分目四,兹亦分别论之:

《忆文绩》 我和文绩的感情,和别人不同,所以发之于诗的情词,也比别人深切。中间二联,是隐指永别之痛。"有情志士",除君谁当?"失路英雄",非我莫属。后二句言虽与君永别,尔我自视如一,虽不会山阴,岂有同笈而人能谬,指为谁主谁宾者乎?我与文绩,一而已。

《忆觉先》 觉先最能慰我,我待之亦不亚于文绩。君志甚壮,非若余之一受挫折即思退步也。"月夜庭前石色淡,霜天峡里阴啸哀",此情此景,令我追想当初!未知君亦若是否?

《忆吉六》 吉六之于吾,可谓善始善终矣。我素以侠自许,而恨人之不我识,"吊潇湘",亦伤心人语之意也。后二句,系骂一班闭户读书,不问外事者。君识我侠,君直我所为,故以知己待之。

《忆才父》 才父即逃禅,言世事可怕,我等不如乘年纪未老,归隐山林,作方外交,则永永相叙矣。"三生约",亦不过骗人而已,岂真能三生相叙哉?识破此意,还是得聚一日且聚一日好。

《即事》 既已居家,再归何处去耶?盖此心已不在人间,欲效东坡之乘风归去耳。实亦嫉世之词也。

《桃源忆故人》 此阕我曾抄给兆骧君看,君许为"狠有情致"。思念之词,缠绵尽致,非文绩亦莫吾当也。

《殢人娇》 此阕系述志也。盖我好侠,又极崇拜英雄,当时之心理,可笑也已!

《一剪梅》 病中思友作也。是时诸君——文绩、康民、廷抡——

与吾通信甚密。吾因不能会面，犹嫌信札来往之迟，故发为此词。

《诉衷情》　此首作于一商。又怨又恨，怨谁恨谁，解人自识之。

《病中枕上》　此首今秋卧病居家，成于枕上。曾寄兆骧，兆骧复信有云："……什么《病中枕上》的诗，哀思缠绵，简实是听浔阳江上的琵琶，我虽非司马白傅，然而一领青衫，已经被泪痕印透了，我也和你一首，正是同病相怜的口吻……"后来兆骧对我说："我极爱你'泪因梦别流难断，愁为相思摧更浓'二句。在教室中，我常把这二句，写于黑板上……"梦别和谁别？相思又思谁？我也不忍说明了。附复人和诗，复人即兆骧；所和诗，即兆骧信里所云的那首。

《和复人君诗二首步原韵》　诗意和《病中枕上》差不多，也是恨别的意思。满篇都是伤心话，兆骧亦伤心人，所以才能告他。兆骧原诗，可算是诗中上乘，惟写情诗有我那样切耳。兆骧称我的诗，是《疑雨集》一派的写情诗，实则余最爱义山诗也。

《留别龙门诸同志》　此诗共四首，我这次自一商告退回家而作。第一首是自伤老大之意。第二首言我虽好发牢骚，然志气仍锐；"塞翁失马"，指出龙门事也；明年我决心非投考插入别校二年级不可，故有"来朝入上林"句。第三首和第四首又是痛别之词，此诗曾录寄文绩。

《思乡词》　此首是从我所做的那篇《割爱》小说里抄出的，暗中亦自说自也。

《送春词》　此首从余《西窗吟草》中录出，也在未入龙门时作。

《寄友》　吾做这首的时候，心痛得很！吾自回里后，与文绩书四次，而君不我一复。又怨又恨，而为此词，拟寄之而又不忍！嗟乎！此心或至坐证碧云时，始免梦碎耳！噫！……

附　编

《青泥莲花行》　此首咏梁夫人事也。事实均据《通鉴》。去年春，余好读樊山《彩云曲》和梅村《圆圆曲》一类的诗，故仿为此体。

《章台柳》 此首依许尧佐《章台柳传》作。

《前采蘋曲》 此首依曹邺《梅妃传》作。妃姓江氏，采蘋其字也。传中言妃死于兵，《隋唐演义》中有妃受仙人救复入宫中侍玄宗终老事，必有所本。他日检得之，当更为作中后二曲也。

《恨别词》 此首义甚浅，不解自明。惜未完稿也！

《绝命词》 此诗之作，在本年八月末。其时余适收得校中龙门书，即命余不入至书，中心羞恧，觉非死莫赎，故发为此词。此事之始末，可详《断肠编》。

下编提要

《秋云》 此首因与表弟永福龃龉而作。日记中有记载(与郁祖伦君书):

……我已与钱君永福,不大理了,为甚呢?说来也可笑!有一天,我同他说笑话,我吃他说的没有口开,我就把含恨!以后大家就不叫应了。你想:新交怎及得旧交好?叫我这几天很难过呢!唉!既有今日,何必当初?……

——《雯乘》一卷一一、二八

《一场火》 此首系罢课时作。每逢调查日货,余与朱君志贤必在其内,盖余性好之也。日记中亦有记载如下:

……沿途抄出日货甚多,其有不服查抄者,或将照牌打碎,或将柜枱捣毁,抄出之日货,运往公共体育场,都付之一炬。当焚烧之际,同声三呼"民国万岁"。约烧至七八句钟方尽……

——《雯乘》第二卷一二、一

《十五夜底月亮》 此首系思家之词。犹"抬头望明月,低头思故乡"之意。

《少年》 此首系译诗。

《送国桢》 陈君学佳,曾有一篇《广孝》文章。他说:"……凡是比我长的,都是我的父母;比我幼的,都是我底子侄;和我差不多的,就是我的'兄弟姐妹'。这样就叫做'广孝'……"我这首诗中间几句,也就是仿他底意思而作。国桢余之侄,时失业在家,偶来访余,作此送之。另附一段,系勉之之辞。

《再送国桢》 我幼时曾习商,故诗中及之。侄始生时,余祖父母视之，不啻拱璧。今以疯疾废，不能习商，家中任其来去，余伤彼身世之不幸，兼思及己，有“兔死狐悲”之意。

《这是什么声音?》 这首的意思，是由匄广师所讲的话里，推演出来的。匄广师说：“富者身穿重裘，时还嫌冷，必呼人再添火炉，偶闻隔一层纸窗外叫卖饼声，推窗视之，其人赤足裸腕，衣破还单。这时富人的心里，应作何感想？……”余推其意，成此篇。吴君祯基，曾广此意，作小说一篇。

《自由》 这首是写实。那天我们正在饭堂前等饭吃，忽地廊下笼中的鸟儿逃走了。有的说他一定还回来，有的说他不回来定饿死。我对康民说：“此意可成诗。”康民点首。我做此首时，康民日记中亦做一首，做得比我好，题目却忘了。后来这诗校长贾丰臻先生看见了，说我是不满于校里而作。又说：“吾们校门是开的，进出尽可自由。倘不满意于本校，可以自己告退，有谁在门口堵住？……”哈哈！梁王绍先生说：“好诗遭奇祸，真不料也……”我做这首虽不算好诗，然亦由此罹祸，真亦不料也！

《水调歌头》 此首为严师所见，谓余：“汝何仍抱悲观?”余叩以由何知之？严师指“声声说为着谁来”句，曰：“不抱悲观，何故声声说‘为着谁来’?”余语塞，微笑而吧！实则余亦无心之言也。附说一篇，甚长，可参观之。

《多丽》 此首之意，亦隐指人情而说。言既与吾友善，则应始终如一；如中途见弃，不如始时即不与吾为友之为愈也。末句之意，显而易见。

《人也如此》 此首系勉友而作。

《没题》 此诗看似平浅，实则寓意甚邃。大旨即庄周“物我一体”之意。

《将来》 此首与《彻底地觉悟》《现在》二首，有连带关系。其时余与文绩友，君时以白眼相加，故悲而为此词。伊本指女性，此处则用“伊人秋水”之伊字，幸读者勿误会也。

《看比赛足球》　此首系看本级与二年级比球而作，寓“人当有谦，不可太骄”意，又即“骄者必败”意。

《彻底的觉悟》　参看《将来》。

《理想中的“伊”》　此诗用意邃远，不便写出。

《风？雨？》　文绩要我做首白话诗，补他日记之缺，我就做这首给他。他后来没有抄去，我就自己留了。那时文绩和我感情甚怏，他要求我做什么事，我都乐为之！不但此也。

《现在》　参看《将来》。此首用意，全从浏阳《仁学》里得来。

《百灵鸟底歌》　此首系译诗。文绩指正我不少，书之，以示不忘。

《两条路》　“L”系指自由（Liberty），“D”系指死（Dying）。即“不自由，毋宁死”之意。作之日，即我“不幸之事”揭破之日。那时我从校长室里出来，心痛得很，愤而为此诗。参看与余勋、康民书：

> ……“不自由，毋宁死”，为吾此生唯一之宗旨，今不幸而果中其言矣。然“士可杀不可辱”，古人已先吾言之，吾独何人，而甘受辱哉？不甘受辱，则奋斗；不能奋斗，则死！丈夫死耳！何恋恋字为？……
>
> ——《断肠编》

《寄康民》　此诗已于附信中说明其意，不必再写矣。

《微笑》　此诗是避愁寻欢之意。作时余正在最忧最痛之日，欲以此遣之耳。然意可遣，其奈事实不我遣耶？

《心坎里的“你”》　这诗是怀文绩而作。隔宵梦见文绩，晨起即为此诗，故亦可云是纪梦之作。文绩爱我，定能解我意也。

《哭》　此首随手写成，不加修饰，而自然成调。以前我收到校中开除信，即函告匋广师。时匋广师适在北京，迨返，即函招余至校面谈。录日记二段：

> ……匋广师说：“你要仍在本校，一定不能，也有一个原因。因为品行不及格而开除的，尚有四人；你倘使入校，就对不起

他们。所以只有转学一师。待我与校长商量后，把你成绩送过去，并且由了洲先生去说，十分之九，可以成就；虽则不能决定，但是志在必成。吾以极短的时间结束，再命你来申取转学证据……”

——《雯乘》第六卷八、一二

……隆君的信里说：“匄广师说：须待了师二十一日回申再复……”今天二十三日了，我怎样的担忧？守在门口儿待邮君来，时候过了，只是不来……

——《雯乘》第六卷八、二三

吾知读此诗者，未有不下泪！不下泪者，无人性人也！

《黄浦江上别文绩》 作时余已考入一商，故雄心又起，勉文绩而又自勉也。

《末日》 此首题于《雯乘》之末，亦自勉之词也。自是以后，余作品又换一胎。以下诸诗，或做郭沫若，或仿康白情，但十首中，不能神似一首也。

《秋夜想文绩》 牢狱指二师也。余当时矢志不入二师一步，而见文绩又不便，故诗中及之。是时余在一商。

《梦》 此首夜梦文绩，而起稿于明晨枕上。迨起身，即写成此首。见日记：

……枕上——夜间三时——成白话诗一，题为“梦”，盖梦中曾见吾爱友也……

——《无心集》九、一三

《华龙路上》 华龙路风景很好，从前我和文绩、康民、廷抡等常去玩的。那天我一个人在那边玩了半天，才写成这诗。录日记一则，做参考：

……下午至华龙路法国公园侧，坐在环龙纪念碑旁的一个茅亭里。看了一本《少年中国·诗学研究》号……待夕阳西下，方才慢慢地回来……半天的受了自然的美和爱，想做首白话诗把他写出。能否？还没定。……

——《无心集》九、二八

《木樨花下》　这首是读了文绩《荷》诗后写的，是借别人的口吻，替自己出气。文绩的那首《荷》诗，因太长，故不录入了。单录兆骧给吾底信一段，做参证：

……他——指余勋——自从你离开二师以后，他格外的寂寞了。你看不出他做的《荷》一首诗里的意思么？……

兆骧　一一、五、一九二〇　于二师

《笑？哭？》　此诗卧病家居时，成于枕上，曾寄兆骧。又曾登入《民国日报》。兆骧和我通信里常提起，今录数段于下：

……你的《笑？哭？》的诗，使我悲愤，所以也没有心绪回答你——和你一首，那首诗好像听那“霜晨鹤唳”和“月夜蛩愁”的一般，怎能不引起旁人动情呢？……

兆骧　九、十、十

……你底“《笑？哭？》在今天《觉悟》发表，不知道有几何人同声一哭哩？……

兆骧　十、二十二、一九二〇　于自习室

……你的《笑？哭？》真是伤心人语！我常读他，当我愁恼排遣不得的辰光……

兆骧　一一、一夜　于二师一九二〇年

《想“伊”》　文绩要看全份报纸，写信去要，又不好意思，叫我替他代投稿，取后再去要。我就做这首《伊》是指自己，只求诗好，所以意思很令人发笑！我给兆骧底信里曾说：“……这诗的末一句，我敢说：任是无情人读之，也要下泪的……”他底覆信里说：“……《河上》《想伊》两首，引起我的感触，‘当年和铭兰的情景’，禁不住流了二行酸泪呀！……”也可见这诗感人之深了。君和铭兰女士底一段情史，他日定当入吾的作品里。暂不题。

《C！——》　C即文绩也。《无心集》中，俱称君曰C，其时君不用功于学，余作书劝之，凡二千余言，而附以此诗。君与余与康民，交情最好。暑假后，忽和康民冷淡起来；后来和我也冷淡起来，故我为此辞讽之。参看康民寄我的信：

……余勋兄和我没有会面的机会，好比在三千里外的朋友一般；否，三千里外的朋友有信哪！他这态度，是从暑假期中说我没有覆信给他起——你顾不到的时候起。那时我也有一张明片去声辩说我没有接到他的信，可是他也置之不理了。……

一九二十年十二月二十二日　灯下　康民曰

我常读这段话，我眼中觉得总是湿粘粘的。"你顾不到的时候起。"康民！他真知我心啊！他真我的知己啊！

《残荷》　意谓吾等爱人，当摆能受我爱者爱之，否则白爱之也。亦有所别指，不便说明。

《别绩君》　这首是仿兼士君底《春意》——《新生活》十一期和《新诗集》第一编——写的。亦"聊以自解"之词而已。

《寄从龙》　君是一商里的同学，和吾同志。这次我回家，看他没精打采的很，作书慰之，附以此诗。此诗自成一体，集中无二也。

《河上》　一一、一三我自二师回校，过陆家浜，有感而成此首，"仰首问自然"以下数语，颇为兆骧所赞赏。

《读我底"笑？哭？"》　这首也是做来替文绩投稿的，原名叫《读正璧底"笑？哭？"》。"……原来的世界上，只有永永的别离，没有永永的在一起……"这三句话，令人读之，真"凄楚欲绝"咧！

《寄端源》　上编的末几首，我做时是很伤心的；这编的末一首，我做时却是很快乐的。君也是一商同学，年十五，才质并美；在校时，余因种种关系，不能与之接近，回家前之数日，余由从龙之介绍，始友君；待回里有期，与君交来数日，有难别意。迨回，君书先余至，余心大慰；作书覆之，凡千余言，附此诗，示吾之宗旨也。余每云："凡吾同志，均系同枝的花儿，同开同落！"此首亦即此意。君年较文绩幼，而性好静，文绩远不及也。一商课程平常，余使从龙怂恿君明年换校，君以家庭关系，故未允。余在校时，从龙告余，君最重我，且恐吾不肯友君。余笑曰："求之不得，敢拒耶？"乃使从龙，与之订交焉。君动息有时，且举止庄重，余甚慕之。惟"朱赤墨黑"，则吾为君盟者耳！噫！人格堕落如余，君竟重之，君之怀襟，又岂可量耶？余又何憾焉？

一九二〇、一二、三〇夜十二时　正璧　于黄渡竹荫精舍

著者附启

另有《一年来思想变迁和做诗的经历》一篇，拟做此书的序第三篇。属稿已半，时促未及竣事，待吾他日编《抒情续集》时，再录入可也。

一九二〇、一二、三〇　正璧　于竹荫精舍

纾情集上编

谭　雯著

自一九一九年一〇月至一九二〇年一二月

人　世

人世皆乐境，何苦寻愁恼。
青春信不再，白发人已老。
不慕长安宫，不羡蓬莱岛。
终随秋草萎，何必萦怀抱？
我今乐天命，谨守维孔道。
笑彼名利人，怀璧以为宝。
一朝虽回头，青丝已华皓，
如何不达观，尽把愁眉扫。

月下泛舟并序

共和八年，中秋前一日，雯归自沪渎，道出安溪，与表弟钱君永福，偕汽车既下，舍陆登舟，时天已垂暮，放棹中流，月上风来，几不减苏长公赤壁之乐也。

萧声出水汀，舟入吴枫泾。
凉月皎且洁，金风猎复冷。
逸想慕赤壁，豪兴思洞庭。
一叶中流荡，风旋随水渟。
江清山隩暗，月上雾光奂。

乘兴归来晚，惟留峰色青。

注：这首诗底末两句，是取“曲终人不见，江上数峰青”底意思。

妹亡一阅月矣仲秋下浣三日偶来入梦容悴腰弱不减当时中心悲伤，赋此以遣

宵来梦亡妹，仿佛似生辰。
执手慰久别，同临百尺滨。
兴念手足情，恋恋更相亲。
忽讶妹已故，何来此幻身？
潸潸欲下泪，哀哀几伤神。
一梦由心造，百年亦岂真？
非悲亦非喜，无果亦无因。
欲解此中疑，厥惟周圣人。

奈何辞

日月逝兮不我留，不我留兮我心多忧。
我心多忧兮岁蹉跎，岁蹉跎兮唤奈何。
奈何奈何莫高歌，欢乐无几兮哀情多。

有　感

离乡二月矣，睽违岂不迩。
朝发夕可至，觌面在尺咫。
阮囊不足羞，功课难闲觉。
只可长叹息，流水祝亲帏。

深秋夜思

秋云生，秋风紧，秋江水澎湃。无限心中事，忐忑到五更。宁为得志死，毋为失意生。愿此生此世，无渝此盟。

九月十二日晨雾不散即景赋此

西风昨夜偶停吹，晨兴披衣窗外窥。
近水楼台惟剩脊，远郊林木不留枝。
双飞燕子迷歧路，独宿鸳鸯怨隔堤。
浊世红尘淹没尽，居然世界变琉璃。

此　生

此生何欢乐？闲闲如野鹤。
睨予傲苏公，寓形字内托。
天寒穿百结，腹饥咽糟粕。
长同松柏青，天地相零落。

追感往事

十九年来一转眸，未将往事付春秋。
闲寻陶令东篱菊，兴泛苏公赤壁舟。
依栏观波开藕榭，坐矶学钓想芦洲。
此生未半心无竞，俯视松江日夜流。

怀粲睢

霜高月冷又三秋，眷念伊人水尽头。
觞咏兰亭怀逝迹，风云国土看东流。
天涯知己应同恨，遗世畸人原不忧。
恳切祝君须努力，他年湖海共扁舟。

和无求童子军十绝并序

读《童子军月刊》中无求君七言十章，不揣鄙俚，辄步原韵，为狗尾之续。

只念生为冠带伦，要完责任自轻身。
平居规律能维守，虽是童年亦助人。右《愿词》

试开卷首看规条，善恶分途心自昭。
益智广仁兼励勇，不教人世起波涛。右《规律》

素愿由来出至诚，况经立意效完盟。
休云难治童年气，但看云头有万程。右《宣誓》

细腰短腕自昂藏，木棍持来效武装。
虽是武装不骄慢，本心敬爱又忠良。右《服装》

来观野外有群童，个个精神气象雄。
欧化传来学新式，祝声普及亚洲东。右《操演》

惟凭旗帜代邮电，何恨睽离有峻关？
乡老观来偏怪异，欲扔扶杖效同般。右《旗语》

满野风云景色春，同袍勇奋似军人。
看他不尽争雄气，却俱尼山智与仁。右《野战》

深山隐隐有人烟，疑道陂陀屋舍连。
却是团员新露宿，风霜两臂著披肩。右《露宿》

麦饭葱汤学治庖，炊烟不绝起荒郊。
管他酸苦与辛辣，滋味炎凉一腹包。右《烹饪》

负笈远方从教师，及瓜今届成期时。

但希成绩人人美，各挺瑶林秀一枝。右《考验》

九月二十四日候兄不至怅而赋此

尺素临风诵几回，几回欢笑逐颜开。
有心待诵《眉山集》，好意先陈宋氏杯。
数看天边日落去，时闻云际雁呼来。
几经探问津梁杳，闷杀怀人费久猜。

结　交

君子适俗世，宜和又宜介。
相交不在多，同道能不懈。
割席务令名，方悔倾心诖。
只为愿始终，容许择交隘。
但愿来日长，相契毋逅邂。

寒　夜

闷坐无言对小窗，何人相与伴残釭。
雁音未至胸常忆，世事难言泪一双。
眼看边云生戍色，心惊巷月照寒梆。
平生志气中宵振，风卷潮声入浦江。

注：以上的二十三首诗，都依匊广师改正的钞录。

己未冬至回乡偶题

萧声摧客归，风雨湿征衣。
野岸皲庐突，霜林寒鸟希。
半帆随水急，一鹜傍汀依。
门闾仍如旧，但讶风景非。

岁暮感怀

暑尽凉新秋复冬，家山睽离隔江峰。
吟成《落月》愁难遣，诵罢《蓼莪》泪数重。
暮景不堪游子赏，宰社争得旅人逢。
浦江南北横骑驰，尚逊寒窗伴残釭。

月下独步

一团玉镜悬河东，纤纤清光四海同。
仿佛声来暮山寺，依稀影出广寒宫。
似风淅沥摧败叶，如雨萧条滴旧桐。
伊谁相伴惟有影，此心洗涤已成空。

夜　雨

风雨连宵梦不成，歌声不闻闻笳声。
燕然久杳胡骑迹，野塞枉留孺子名。
昔日烟云休再道，今宵风雨倍伤情。
辗转不眠恨漏尽，寄语家乡数行程。

忆　友

春雨如丝愁杀人，咿唔窗下觅题频。
联床夜话情如梦，谱曲谈心事已陈。
岂悔今宵寻句苦，只求来日联诗新，
一腔心事难描尽，兀坐无言目黯神。

从军行

男儿须奋志，誓复关山道。
疆场争战丧，惟我血涂草。

非如昔时人，遣戍恋亲老。
青史载雄名，亦传义方好。

我今愿战死，岂复畏霜刀。
四鄙皆我敌，单骑出临洮。
晨寒风卷面，雾尽日初高。
千秋豪杰名，原不埋蓬蒿。

除夕遣怀十绝

年来境遇半都哀，月下灯前伤几回。
今夕蹉跎再虚过，留将何日展颜开？

故园风雨意悠悠，荏苒时光不我留。
十九年华瞬逝去，风云俱进更添愁。

忆得童时不解悲，依依膝下恋难离。
可怜捧檄归来日，已是陇头草满时。

为因衣食常离别，有日归来亦刹那。
此夕此宵羁旅恨，不知恨到几何多。

彩云易逝月西湮，徒示昙花一现身。
异日蓬庐僭息影，诗联柳絮又何人？

终日思君君不知，一堂话旧总难期。
此宵可恨无明月，独凭窗前掩素帷。

江头一别情何极，鱼雁频来意似兰。

寄语伊人休挂念，闲情江上看云滩。

狐悲兔死我怜君，久盼好音看逝云。
江水东流留不住，但存残草向斜薰。

蓝桥解杵我无心，大好青春半逝沉。
岂恨多愁多病累，恨无知己少知音。

生性由来好学诗，灯前苦吟夜眠迟。
投笺不再喁喁语，恐惹余悲永夕思。

——己未除夕于黄渡竹荫庵西窗灯下

清明即事四绝

凄风凄雨恼人愁，何事凭轩涕泗流？
早悟空昙君莫笑，白云处处是琼楼。

丝丝飞絮满江城，花里杜鹃夹岸鸣。
我欲悼春春未暮，不如归去又唤声。

昔日听莺柳未青，今朝试马柳边停。
流莺有恨缘离别，野水无言自落萍。

梁间燕子语呢喃，院外飘茵送客帆。
为恨相随流水去，临风洒泪湿青衫。

飞絮词

江南春色旧繁华，二月垂柳已落花。
错怪东风无留意，偏携遗恨走天涯。

盈盈软柳故依依，断作飞花处处飞。
风雨无情人有意，痴心难挽旧芳菲。

谢家宅里旧风流，移得江滨对绿洲。
忍受东皇无限恨，悠然好梦征人愁。

春来无事不伤情，微雨楼前好送迎。
报道春深零落去，伤心又恨未饯行。

赠逃禅

先生本是禅中人，何事人间亦笑嗔？
袪妄涤名清本性，明心不没见天真。
早登彼岸参遥近，悟彻空花识果因。
他日寒山能入定，可容拾得结禅邻？

注：这首诗是抽象的，所以觉得不大好！

追　怀

不堪重话旧华年，爱月怜花任惹牵。
愁里添愁残月夜，恨中饮恨落花天。
闲云未许边矶坐，野□何尝结禅缘。
识得爱河滋味苦，此生只合泪溅溅。

良辰美景本寻常，但看垄头垂白杨。
世态变幻悲苍狗，辰光迅速叹黄粱。
伤心岂独风中絮，薄命还怜草上霜。
莫问凋零旧日事，此衷耿耿又茫茫。

长日无聊，愁恨欲绝，赋此二首，将以遣之耳！然悠悠此心，终不能已。生性造之，谓之何哉？但愿此身，不至多愁多恨死，于愿足矣。雯附识。

悲观

长日漫漫惟有思，赏心乐事又何时？
那堪追想风波险，此次风波轮到谁？

当年忏悔改前非，免得临时泪沾衣。
愁恨路长欢路短，此心所苦惟歔欷。

长恨词

何事伤春恨欲狂？闲情治理看鸳鸯。
岂缘不解寻欢娱，早把人情嚼透尝。

简简心事小青愁，相对无言学楚囚。
千古伤心惟一恨，此身原悔住红楼。

万端俱集对茫茫，身世坎坷两可伤。
为憾生平无知己，只留遗恨在潇湘。

绵绵凄雨送残春，恨事阑珊泣沾巾。
不悔此心长恨苦，来生愿作无心人。

端月下浣四日舟次淞江忆文绩并序

与文绩别一日矣，生离可痛，岂独阳关；往事难踪，遽非长恨！天涯目迎，伤鸿雁之来迟；好事无常，痛苍黄之易变。昨日同堂，今各歧路；中心怆伤，更况对此茫茫乎？随笔所之，录成二章，聊泄悲怀，亦以写恨也。雯识于舟中。

弦歇龙门话别时，魂销欲绝费多词。
伤心独恨《阳关》赋，薄命还怜嵇子痴。
崔九堂前情万丈，灞陵桥上泪千瓻。
知音同哭天涯别，无事愁肠应有思。

思君无日不伤情，苦雨江头愁送迎。
泪看朝云凝血色，惨听孤鸿叫三声。
蓼花有意常含恨，逝水多情空作惊。
心绪万端难说尽，那堪重话旧时盟？

端月晦夕梦见文绩因赋此寄之

苦乐本无常，离合当有期。
人生行乐耳，何事好凄其？
谁无续琴心，谁无复梁思？
感此伤永别，别恨两心知。
昨日鸿书来，殷勤致情词。
君情我所怀，对此益相思。

宵来梦见君，憔悴异旧时。
君既惨不乐，我亦泪双垂。
思君在南浦，欲渡无毛羽。
会当何日见，共诉相思苦。
君在罗网中，欲飞无羽翼。
闻者愤欲死，彼伧忍相迫。

鱼网幸有疏，得见君颜色。
刹那网复恢，恨无回天力。
痛哭泪摧醒，残缸剩半息。

凝坐独神伤，终宵惟苦忆。
如此风波险，前途危难测。
愿君珍重去，弱肉恐强食。

注：诗意可参看《雯乘》第五卷七月十五日底《杂记一则》。

有　感

薰风来有时，万物齐向荣。
大块多生气，天空列雁行。
伊人心有思，有思在浦江。
愿为比翼鸟，飞飞共成双。
一在浦之西，一在浦之东。
此恨虽绵绵，会当有日逢。

秋忆四首有序

江萍海燕，聚散无端；苦雨凄风，会离有日。送行南浦，痛鸿雁之分飞；凭吊灞陵，念伊人其宛在。岂独鸟啼红树，忆旧心殷；亦由枫落吴江，伤秋意远。雯浦头返棹，蛰居蓬庐；每怀离情，遣成楚调。“秋虫夜语”，不同杜老之诗；“夕鸟归林”，异于欧公之赋。未能舞剑，敢逞舌华。尽此聊写悲怀，记之用以告恨。知己天涯，想必同俱此憾也！庚申孟秋，上浃六日，雯识。

忆文绩

秋雨秋风愁杀人，生涯潦倒不为贫。
有情志士相思恨，失路英雄泣沾巾。
世事苍黄难自料，秋愁惨淡易伤神。
相逢不待山阴上，同笈谁复问主宾？

忆觉先

大陆阴云久晦黑，中原孤雁常往还。
乘风早让君怀壮，挺险应怜我志摧。

月夜庭前石色淡，霜天峡襄猿啸哀。
此情不减巴山里，应亦相思寸寸灰。

忆吉六

海天秋思正茫茫，别恨还同愁恨长。
素梦荆卿居易水，因伤贾子吊潇湘。
英雄尚有风波险，志士岂无爱国肠？
荆棘洛阳宫里地，贱他宋玉赋高唐。

忆才父

愁到三秋愁更多，风云南浦恨如何？
岂缘未订三生约，忍把相离一世过。
暖暖人情悲鬼蜮，苍苍世事等坎坷。
好寻方外罗浮去，且幸人间未鬓皤。

七　夕

露花似水已秋天，澹淡相思愁不眠。
星滴绛河波欲泻，云凝残月影还寒。
谁家闺里吹羌笛，何处花丛泣杜鹃？
万里关山同此色，良宵莫作寻常看。

即　事

江村细雨草萋萋，荞麦花开葵映堤。
自是杜鹃善泣血，归声不住叫东西。

桃源忆故人季夏中浣七日访文绩未遇填此寄之

落花时节江南路，遍洒巴陵残雨。看尽若耶西渡，月锁烟笼住。杜鹃声里人归去，隔得飞虹千步。满怀相思情绪，惯向天涯诉。

附言：雯学填词，此阕实破题儿第一遭也。“按图索骥”，未知能神似一二否？

殢人娇

易水波寒，英雄洒泪。镫前频把湛庐试。休萧索了，白虹志气，但只羡调儿女楼头事。　　知己天涯，尺素常寄。苦难忘玉暖花腻。龙鳞百尺，君须牢记。终有朝遂戎马英雄志。

附言：……你做的几首词，我已经读过了。《殢人娇》一阕，要算是其中底杰作……——复人

一剪梅病中遣怀

淡翠丝丝系紫薇，轻掩芸编，独笼绛帷。斜攲无语看黄昏，半是忧愁，半为相思。　　红藕香残冷月低，才道销魂，又惹情痴。伊人秋水各天涯，雁字频阻，望穿愁眉。

补白：一封黄莺儿，喁喁在枝头。如说分离苦，如道会期远。转念会期即，何消忧和愁？——康民

诉衷情

无情逝水去悠悠，看绿翠丝抽。谁不道销魂候。伤伊犹念否？
情切切，意油油，频愁眸。落花随水，飞絮依人，谁遣兰舟？

病中枕上

半倚斜枕看残釭，似闻萧条远寺钟。
玉羌谁家吹引凤，寒蛩何处泣花丛？
泪因梦别流难断，愁为相思摧更浓。
来日大难莫复问，满腔往事影重重。

附复人君和一首步原韵

独萦愁绪对残釭，几杵惊心夜撞钟。
文字有灵翻脑海，风尘何事泣书丛？

旷怀直欲汨湖静，尝口何妨胆汁浓。
读罢君诗已如醉，那堪魔障隔重重。

补白："我想世界上只有光，只有花，只有爱！"——康白情

和复人君诗二首步原韵

数纸书来情意长，为君消瘦损容光。
难登彼土因情热，不渡爱河原断肠。
精卫纵劳未填海，长房有术怎除墙？
东风吹送《哀蝉曲》，留得愁时日早凉。

相逢萍水是前缘，何事分离各一边？
常吊残花零落落，每伤逝水去年年。
冷炉香尽谁添火，酣酒吟成孰写笺？
好事多磨容易过，冰心久欲去参禅。

附复人君原诗

故人踪迹经行处，一径黄光若有光。
雅谑为君开笑口，清谈助我涤愁肠。
情天不补娲皇石，离恨偏遮宋玉墙。
旧梦烟消寻不得，西风相对说凄凉。

不断灵山香火缘，天教邂逅浦江边。
醉过髯叟三万日，人后放翁五百年。
绮思抒将捎砚滴，哀音流露听蛮笺。
岂容狂态乖浇俗，别有尘心欲证禅。

留别龙门诸同志

诸君年少皆英俊，独我无才是弃才。

万里乘风君等去，无才只合看山隈。

生虽善愁又善病，人间去住岂无心？
塞翁失马安非福，且看有朝入上林。

人生欢乐本无常，离别茫茫似转樯。
待得野云归野岫，恐伤世事又沧桑。

旧梦兰亭不可寻，烟消往事久沉沉。
而今又唱《关山别》，任道无情也沾襟。

“黯然销魂者，惟别而已矣！”况玉门关外，不比浔阳江上耶？雯何人，而能独免哉？庚申仲冬上浣六日，雯附识。

思乡词

江流不断兮游子思乡，关山从近兮，谁知反路又长？银河耿耿兮长夜苍苍，思乡里兮不能遽忘。风云有路兮江汉无梁，愿生双翼兮寥廓而高翔。

送春词

九九寒消始识卿，逅邂花底嘱迟行。夜深喁语恨时速，依依每至晓星横。今忽唤声归去也，黯然难别我销魂。

依依难舍今去矣，怨词空满桃花纸。送春只有迎春人，春去倚栏含愁视。凄凉满花我伤心，为扫残花埋落蕊。

注：此二首，大约在一九一九年四五月间作。

寄　友

日日望君书，君书何不至？逝水岂无心，抛卷空长喟。恨吾感情热，每苦与君别。君何忽怪我，竟与吾决绝。花开会有时，明月不常缺。不如花与月，此心愤碧血。

世情多炎凉，谅君不若是。吾太自苦耳，几欲憔悴死。月圆终不常，花开怎没齿？愿与君永绝，问禅将已矣。作此寄与君，心酸如酒醺！自怜亦自笑，昔何太殷勤？

各走天涯路，休订后会盟。青山虽不老，山下绝孤雯。久溺爱河里，一朝回头视。彼岸在目前，相离惟尺咫。吾本有心人，岂愿终溺死？识得爱河是陌路，愿君休再来缠我。

纾情集附编

谭 雯 著

青泥莲花行

紫栏三曲绕朱楼，绝代佳人善频眸！为恨巫山欢秦楚，无悲柳陌鸣素鸠。春风三月争妍艳，燕子楼前践翠潋。堕溷落厕褪红花，安得青史剔红焰？对镜自怜冰雪肌，铅华常御欲何为？难道终作商人妇，浮萍落蕊委曾飔。果然青睐有韩生，磊落英雄原钟情。相逢不嫌曾落溷，章台镜下怜倾城！湖边春草满春色，萍底鸳鸯眠比翼。“同是天涯沦落人，相逢何必曾相识?”归来画鹢载丽人，帐暖春宵绝华尘。妒杀徐娘年华莫，鸡皮黄发羞朱唇。贞花已折惭蘅薄，柔丝千里怨别鹤。飘絮虽承志士怜，芳心难解负欢乐。此身名节终已矣，湛湛吴江枫落水。群芳斗色有妍媸，方知原非愧淮枳。忽传胡骑遍地来，眼看赤土已尘灰。将军身受朝廷禄，死誓此躯生不还！鸳鸯交颈原惜别，池畔楼头同一辙。我惜将军味情痴，鸿志不捣黄龙穴。将军未必即已也，夜酣锦帐昼緤马。虽是志未捣黄龙，愿与蛾眉并华夏！初出茅庐江海间，幺幺小寇扰夷晏。冲冠怒发独兴师，走马平江逐斥鹖。忠勇未足褒美之，为何但绣赐珠旗？纠纠雄心仍未已，青龙江上列熊罴。箫鼓前进胡惊还，天际长流十二关。屠苏险获胡儿首，陈旌觇敌拥金山。当时尘马昼夕接，胜负刹那防转睫。登山执桴有丽姝，娇喘芳香惊飞蝶。三通玉鼓敌慌奔，流水落花若蛙翻。住甲沉兵战息迹，二龙南翔让中原。乘槎万里行如飞，吓杀胡儿绝胡威。不图藩鹈能献策，雄师断送剩双归。将单虽挫威仍积，归去胡儿终惊魄。暂来粉里卧高轩，夜锁梨花昼画策。温柔乡里久闲居，脾肉复生悲遂初。果闻猖狂有小丑，凤凰冈上振电舒。仍骑骏马拥雄师，湖赣凯笛又湘西。深待息肩安绣幕，奈何诏渤有忧辞。可恨卖国有秦桧，忿来幽谷伴纤葛。杜门谢客不谈兵，鬓颊腻摩绵闺闼。柳条荫下有驴骑，三四奚童持酒醨。永绝宦尘甘淡泊，月明林下采薇芝。呜嗟乎！英雄末路我知之，影形亲同自解颐。溷花原非花自污，贞花安胜蒲柳姿？麦黍离离一刹间，风月仍惹人睇盼。樵父已忘柳边径，渔歌那唱衡阳雁？佳景何尝看不足？湖内鸳鸯双浮绿，雌者交颈雄相怜，疑是将军同红玉。

章台柳

英英桃瓣落青池，池上柳丝碧映堤。柳丝影里现红阁，帘前有女倚栏窥。柳絮抟成碧玉身，桃蕊生就红英姿。曲终筵前惟解语，诗成镜下好画眉。画眉解语朝复夕，又闻琵琶声萧飒。纤手弹成离鸾音，柔怀诉到辽西客。辽西学士素衣人，识路梦中宵复晨。应怜使君未有妇，况兼宋玉是西邻。西邻宋玉原好色，况是倾城与倾国。良宵偷赖朝云忙，佳期不凭红娘力。佳期花下月良宵，妒杀花妖与月妖。亏得素公善惜士，红拂识君原先料。料得卿心坚难阻，任卿别抱琵琶去。秋月春花欢速迟，薄命怜卿似柳絮。丝丝柳絮随风飞，吹到天涯不复归。一朝名字来彼岸，怨词传去语依依。"章台柳！章台柳！昔日青青今在否？纵使长条似旧时，也应攀折他人手。"柳絮虽轻不负情，况经曾订死生盟。也凭片语报君去，相逢何必待来生。"杨柳枝，芳菲节。所恨年年赠离别！一叶随风忽报秋，纵使君来岂堪折。"歌罢未遂素日心，妒花狂雨又摧寻。画鹢载归宠专夜，春停每恐绿成阴！绿叶成阴我不恨，但希有日偿宿愿。香车偶逢紫薇前，怨语诉说终落溷。怜溷人忆落溷人，况遇良宵与月辰？酒阑不禁韵凄咽，座客衫湿醉尉嗔！为君夺归依依柳，艳福还应君消受。天长地久有尽时，此情绵绵期皓首。吁嗟乎！风刀雪剑过新年，长日难销愁绪牵。艳诗翻成《章台柳》，韵事传来《杨柳篇》。杨柳依依我原慕，诗成有阙须拾补。不然野草与溷花，爪鳞满简无足数。

——庚申正月二日夜十时

前采蘋曲

罗浮山下梅花村，玉雪为骨冰为魂。十里参条傲寒蕊，横斜影浅动黄昏。疏枝阴里有丽姝，碧玉明珠方鹓雏。沥沥莺声解语花，明眸皓齿酥作肤。采蘋小字倚罗倚，香巢本筑桃源里。桃源仙子爱山春，山前一片浣溪水。浣溪双桨去如飞，天子命来强载归。翠华阁里承恩日，雨湿梨花蝶影稀。可怜佳丽四万人，不及纤纤南海尘。无论桃根与桃叶，争奈西子非前身。独邀春宵年复年，依稀曾记写红笺。沉杳芍药花开日，镜破从此难复圆。不爱梅花爱杨花，杨花争艳梅花斜。娇痴为怜桃红汗，早忘依依两鬓华。洞雀春深今已矣，西风吹送东宫里。多情天子仍忆记，芙蓉帐里春潮起。万种柔情那可说，并蒂莲开君应折。却恨鹦鹉好传言，黄门不解销魂别。情丝难割遣豆蔻，缱绻原为伤春瘦。作赋今无司马卿，妾身难比陈皇后。玉犀亲挥赋《楼东》，恨杀西堤杨柳风。笙歌燕赏绸缪日，吹散席中惊舞鸿。泪珠洗脸度春宵，难忘黄姑来鹊桥。长门既无连枝誓，何必珍珠慰寂寥。花萼楼边芳草芜，乐府尚传一斛珠。可怜渔阳鼙鼓起，不见娇躯见画图。天涯地角无寻处，请寄牢记嗷嗷絮。生耶死耶堕囮耶？令我嘘唏难为誉。青史未必尽于此，再续何须嫌早迟。君不见月缺原可逢望日，花落再必逢春时！

尚拟作中后二曲，因一时未得依据，不敢杜撰，故暂搁笔。

恨别词

春申江上，魂兮归来；南浦桥头，惨然辞去。既伤心于死别，亦含恨于生离。中心悠悠，赋此以遣！七月二十七日。

沪滨花事三春好，连理枝头常合抱。同气连枝之意。任他雨残与风摧，砭性依然傲百草。惟恐百草妒复仇，苦雨凄风常含愁。果然一朝双摧折，海角天涯任去留。去留漂泊无时定，离合悲欢惟天听。人亦如此人何堪？誓共天地共寿命。天长地久有尽时，此情绵绵永相持。良宵月下双舞剑，细雨窗前联吟诗。吟诗舞剑月复日，不管桃稀与李密。咏歌楼头意绵绵，看云江上情切切。切切绵绵无时已，两心皎洁如秋水。生性由来傲冰霜，世态岂嫌处瓜李。瓜田李下本多诬，况是须眉俱丈夫。羡杀鹊鸽雁儿妒，闻情语里起风波。只缘不解风波险，烂熳天真是澹淡。早晓到头离恨生，应悔当年未学谄。丈夫别耳何谄为？功成会合总有时。红尘岂没英雄志？愿君勿效儿女悲。为悲此别成死别，烂熳心肠非石铁。虽隔云山无几层，怎耐永违君颜色？

绝命词二十绝　已成八绝

漫将心事诉愁词，知己天涯应有知。
休道吾生坎坷累，吾生一半为情痴。

此情字措举凡与我有关系之人而言。

灵均原是我前生，不合尘寰有送迎。
识透湘江波浪赤，楚魂二字早呼名。

“劝君莫识一丁字，此事从来误几人。”
不读放翁诗里意，岂知斯果由斯因？

右七绝三首，一九二〇年七月二十四日作。

生平不解合时宜，执笔挥毫遂所思。
意谓祖龙不复生，谁晓祸又起文词？

我是天涯沦落人，稀逢知己少知音。

江头魂魄西归日，可有友朋来吊凭？

水赵可算是知己，友爱常呼弟与兄。
一在瞜城西北隅，一在茫茫黄浦东。

水，谓水君康民。赵，谓赵君余勋字文绩。余皆视之如弟。

二三诤友朱陆郁，天涯地角随逐鹿。
闻得孤雯今不存，定当一为知音哭。

朱君祥，字吉六，金山人。陆君逃禅，字才父，弇山人。郁君祖伦，字粲贻，鹿城人。余皆视为诤友。

我本无心作此词，惟觉心头悲难持。
付与伤心哭我人，为我留作永相思。

右皆白话诗，不讲平仄，亦不讲韵，凡五首。

纾情集下编

谭 雯著

自一九一九年一一月至一九二〇年一二月

秋 云

“秋云”，古人往往把他比作“薄”字底意思。我做这首诗，本意也不在这“秋云”上，就在这“薄”字上，是心中有感触而做的，并非“无的放矢”。

秋云！
你底心如何这样的淡？
你待人如何这样的“薄”？

我看你——
好比春天底花儿，
阑珊看不过一年一回；
如十五夜底月儿，
圆满时也不过两三天。

唉！
今天是在秋里，
仅看你自己称强；
看到了冬天里，
也不过同这“花”“月”一样。

所以我劝你——
得意时，不要太骄傲；
失意时，也休寻烦恼。
你自已凭着本分对人，
到头来，
有什么人说你不好？

一九一九、一一、五

一场火

黑层层的，都腾上天去；
那是甚么？我们同去看罢！
到了一个场里，里面立着许多人，围笼着；
有的把东西掷向里去，黑的变做红的了；
一冒一冒，冲上天去；都道什么？
原来是烧日货吧！
天也晚了，日也落了，
那月亮儿已到了半天。
一阵红火，一阵黑烟，
把这月亮儿遮得黑暗。
约莫有三个钟儿，人也散了，火也熄了，别的都没有了！
为何但剩一个水晶般的月，溜溜地在半天里？
伊去年今日，也是这样的亮，不知伊今日底心里，却是怎样地？
火也罢！月也罢！我再问问那用日货底同胞，心里究竟怎地？
我知道他们究竟没有回覆的了！

一九一九、一二、一

十五夜底月亮

今天是十一月十五：
那月亮儿——
格外的圆，
格外的光明。
我在伊下边的黑暗
世界里，
但看头——对伊
不住的望，
耳朵里，万籁都静！
树上的黄叶——天空的白云，
我都不见；
为甚呢？
我只看见这月亮儿在我当头。

我心里——
别的都不牵念——
也没有什么牵念。
忘不了的——
只有个白发祖母；
伊在那天一边，
为着我——
不住地担忧！
“月亮儿！
你是个冰清玉洁的
女孩儿
你可能够——

把我底心事，
从这边传到那边去，
我就感激你了。”
我向伊说了几句，
伊低着头——
像对我不住地孜孜地笑，
也没有话回答我。
伊底意思，我知道了。
“你好痴呀！
侬是个冰清玉洁的女孩儿，
那可同你凡夫俗子攀谈？
你念你底祖母，
关侬甚么？
你是你——侬是侬，
你在地上——侬在天空，
你界限须看清了啊！
请你绝了妄想吧！”
我垂了头——
不敢再做声，
也不敢再向伊望。
耳朵里——
听得那边条窗红
镫影里——仿佛有人
在那里唱一声声什么：
“不如归去？”
唉！
你真个妄想吗？

一九二〇、一、六

少 年

这首诗是梁任公先生做的，叫做《少年进步之歌》。原文是英文，我把他翻作白话。由英译文汉，我这次是第一次，所以译得不大好。差的地方也很多，是要请我底同志原谅的。原文见《新民说——论进取冒险》。

少年！
当时你们向这条路上去，
你们切勿回头望！
少年！
这条路虽是很长，
那未来的日子也很多，
足够你们去走；
你须用你底坚决忠愿，
勿停了你底走，
再回转头来望！

少年！
倘有时你要扒上一个小山：
第一要用你一定的志愿，
和你那强壮的胆量。
人家要用绳来捆你回去，
你头也不要回，
只管“大踏三步”地前向！

少年！
等到你将近这山顶，
你莫想你底工作已完。

倘然遇了那凹凸难走的山路，
你只管向上扒去……扒去……
山顶到了，
你成功就在这山顶上。
少年！
patient
plodding
plucky
这几位少年，
他们曾努力地到过这山顶上！
……

附注：patient、plodding、plucky，这三个字底意义很多，我没有决定的力量，所以仍旧用他原文。一月十五晨雯呵冻附志。

送国桢

什么叫做“天涯海角”？
什么叫做“生离死别”？
“天涯”我们都不能找去，
“地角”也不过在这地球上边。
在我们可到的界限里，
来往都可自由。
有什么叫做“天涯”？
有什么叫做“地角”呢？

凡是人类，
都是我底亲子兄弟。
离了这块儿的，
再可和那块儿的相叙——相亲。

"生离"!"生离"!
问你和谁"生离"呢?

我和你都是青年,
你叫我"叔父",
我不过比你大着两岁。
这界限应当早早破除,
才是世界上的正理。
……
比我长的,
都是我们底"诸姑伯叔";
凡是青年,
都是我们底"弟兄妹姊"。
假使他们在襁褓里头,
我们应该把他做"侄子"看待。
"诸姑伯叔",
"弟兄妹姊",
"侄子";
决不会一天里都死亡干净,
问你和谁去"死别"呢?

什么叫做"天涯地角"?
什么叫做"生离死别"?
这种不达观的话,
谢绝了才是道理。
附
我今天希望你的——
你好似黄海里的波涛,

日夜和风雨交战，
无论什么样？
你不要退还半步。
努力！努力！
你现在正和他“酣战”呀！

一九二〇、三、一七

再送国桢

细雨蒙蒙
正是我送你的时候，
不管什么叫做风儿雨儿？
都不怕，
赶紧走吧！
今年今月今日今时，
我才知你我都是个可怜可悯的人。
为什么？
世界上除我俩以外，
再没有个像我们俩的飘零了！
唉！你也这样！
我也这样！
我和你将来的地位，
不知道究竟怎样？
我想起你堕地的时候——
曾祖父母那样欢喜，
祖父母也那样欢喜，
宝贝似地看待，
到了今日，
“前情似水”，

已随着流过的水去了！
我都不怪。
不过这万恶的社会，
我决不肯恕他。
做学徒——做学徒！
这种做奴隶底事，
一天不打破，
我和你总没有希望！
倘不是这样，
我和你——安有今天的这样！
罢！罢！罢！
面前都是黑暗的路，
叫我那么样走？
拼命的去，
到那样儿，就那样儿罢！

一九二〇、三、一九

这是什么声音？

不知道那一天，
像是在冬天里，
那鹅毛似的白雪花，
向着东南西北乱飞。
屋子白了，树也白了，
一遍污浊世界，
等时变做银地，
我巴不得——这一年到底，
都是这样地！

不知道在什么地方，
有一座很破的茅屋，
被风吹得摇摇地动，
已是半斜半圮。
那无情的雪儿，
又不住地落将下来。
眼见得——这破屋儿上的，
要和地上的并成一气。

忽地里一个娇滴滴的声浪，
“卖花！”“卖花！”
从那里传到我耳朵里。
这种声浪，本是天天儿听见的，
有什么稀奇？
独是今天听见了，
却激皱我底神经系。
“伊也是人，我也是人；
伊住的是茅屋，我住的是‘高厦大第’。
伊不怕风——雪，难道是生性就是这样吗？
我见了雨，就怕出门，
却也不是老天派我这样地。”

“呀”的一声！
连忙抬起头来，
从这窗眼里瞧去；
早见——一个“亭亭玉立”的女孩儿，
站在这雪地里。
身上虽穿着很破碎的衣服，

却遮不了伊天生的美丽。
形式上看来——伊是个很穷苦的女孩儿；
从精神上看——那环境底自由，
却造就了伊底喜孜孜地。
我不忍再看了，我不忍再想了，
我心关不住了！
丢了书，走出门来，
向伊来的路上走去。
也不怕什么风，
也不怕什么雪！
“先生！你要买花吗？
我底花，又浓又丽，又是新鲜……”
我低了头，皱着眉儿，
又细细地听——
“先生！你照应些吧！”
我买不了这些花，
我们——母女俩——就一天没饭吃！
“先生！你作成了我吧！……”
我底心，
险些被这呜咽的声浪击碎了。
仍旧抬起头来看，
伊底脸上，依旧喜孜孜地。

“唉！知道了。
伊底声浪，并不呜咽，
并不悲凄。
不过入了我底耳朵里，
变做呜咽，变做悲凄。

伊虽是贫苦，
伊却有伊底自由。
我虽有吃有穿，
天生的自由，
早被外界都夺干净了。
能够自由，
自然不会呜咽，不会悲凄。
不能够自由，
自然呜咽，自然悲凄。
这很自由底人底快乐声浪，
入了不自由底人底耳朵里，
自然也变做呜咽——悲凄的了。”
我想到这里，
那呜咽——悲凄的声浪，
却依旧连续不住地，
送入我关不住的心里！

一九二〇、五、八

自　由

笼子里的鸟儿，
忽地逃出去了。
有人说：
“伊吃的东西，
受人家供给给惯了，
一旦到外边去，
自己不会寻食吃，
一定要饿死的了。”
我说：“这话完全不对，

应该根本地打销，
应该说——
与其不自由地在笼子里活着，
还是自由地逃到笼子外边去饿死的好。”

一九二〇、五、一二

水调歌头·树影底下

很清凉的风，从对面吹来。
花儿——叶儿——枝儿，
越觉得阑珊。
我在伊底影下，
身子倚着阑干，不住地长叹！
你是呆鸟吗？专欢喜徘徊。
低着头，抿着嘴，挺着腿。
自言自语，声声说“为着谁来”。
今天很鲜嫩的，
后日落满苍苔，令人也心酸！
不如今天无，免得后来悲。

这首白话诗底体材，是我特创的，因为我觉得近来的白话诗，都是杂乱无章——除了几位名家外。长的，淋淋漓漓，太占篇幅；短的，又达不尽意思。所以我想：就是外国诗，也有一定的章节，像现在的白话诗，随意说几句，押了些方音底韵脚，究竟不好算是诗。又况诗是一种美文，就是白话里，也应该带些美。有人说：“白话里分不出美和不美。”我以为白话未尝没有美和不美。只销看以前的小说，就可见得。《水浒》和《粉妆楼》，都是白话。人家说：“《粉妆楼》虽是学《水浒》做的，然怎及得《水浒》好？”同是小说，同是白话，《水浒》底好，正是他有美；《粉妆楼》的不及《水浒》，正是因为他没有美。其余像《西游记》和《后西游记》，《红楼梦》和《青楼梦》，都是一样。照此看来，白话小说也有美和不美，白话诗当然不用说了。白话诗底美，有二层：

外质底美——词底美。

内质底美——意底美。

内质已经由胡适之先生说过：就是要做具体的，不要做抽象的——因为具体的是美的，抽象的是不美的。内质虽则美了，外质不美，却仍旧不好。外质的美是什么？就是我以为要有一定的章节。现在的白话诗，要算是胡适之先生底最好，因为他是从旧诗里变化出来的。旧诗底词——章节——底美，是美到极巅的了，他既然从旧诗里化出来，自然也带着几分词——章节——底美。他底白话诗底美，正是他词——章节——也能做的美的缘故。我假使说一定要做多少字一句，或者说一定有了多少句，方才能够算一首，那么人家必定要骂我是"复旧派"。这个骂，我是不怕的。不过，我以为要有一定的字数或句数，也太呆板。于是我想出一个法儿来：用以前的词调——如《满江红》《浣溪纱》等。不讲平仄，只销押着些韵，就算数了。他底好处，我说在下边：

一、不至太长，也不至太短。

二、可以省去许多烦麻的名词。

三、有一定的"音节"。

上边所说的三件好处，以前的白话诗里，都是没有的，并且是做不到的。即如我上边所做的那一首，比较我以前所做的，觉得好些。所以我也要学胡适之先生那句"自古成功在尝试"底话，此次也好算是"尝试"了。

一九二〇、五、十六　正璧

注：《尝试集》中，不少此体；我当时未见，故自以为特创，然达尔文与洼勒司，千古允为美谈；我与适之，岂不逮耶？想适之亦决不以我为掠美也。

一九二〇、一二、一七　正璧于竹荫庵中灯下

多丽·那里去了？

东风里，
一阵阵地花飞。
这很可怜的光景，正是晚春天气。
从前是清红淡白，今天都零落满地。
雨打鸟啄，人践马踏，
都化做黄土青泥，
伊底美洁的干躯，糟蹋到这里。
看来和黄土青泥，何曾分别。
我问伊——昔日的美，
今天都在哪里？
看来在一年里头，惟有几天的美丽。
几天美丽，令人丧气；
好，还是没有底。
伊究竟哪里去了，害得我挂记。
伊早晓得有今天，休再怎地！

二〇、五、一七

人也如此

有一天，那风儿飕飕地从空里吹来，树枝儿，草叶儿，不住地在那儿刮刮地作响。

吾从远地里瞧去：绿油油的树，红腥腥的花，也受了风的激刺，在空里荡漾。

您倘然有您底自主力，不论风儿雨儿，他来鼓动您，您当他没有一样。

可怜！您是没有知觉的；吾对您说这几句话，好似和您做了一场春梦！

吾要夺上帝予夺的权力，把知觉——灵魂——给您，您好好儿地去用，再不要受了风儿雨儿的激刺，就撤消您底主张。

这都是我的希望！

没 题

我是什么？你是什么？他是什么？——都在这世界混闹！

人吗？——不是！鸟吗？——不是！兽吗？——不是！

难道是植物、矿物吗？——都不是！

究竟是什么？——也是人，也是鸟，也是兽，也是植物，我叫不出渠底总名字。

我知道了——是世界上的一件怪东西。

我，你，他，都是世界上的怪东西。

我！愿做怪东西吗？你！愿做怪东西吗？他！愿做怪东西吗？

自然都不愿的了。

但到底总是件怪东西！

一九二〇、六、一

将来(Future)

池底上面，岸底上边：

几棵雪也似的绣球花，开得很足似的。

他也爱伊，你也爱伊，我独最爱伊——

爱伊像是对我笑，爱伊像是可怜我。

我并不要受伊底爱怜；我爱伊的，是爱伊底知我。

每天的早晨，到每天的晚上，我总得见伊三四次；

倘使不见伊，便似伊早已忘记了我。

伊也似知道我爱伊；

但是伊真真的心意，我却不能够得知。

无奈何！——“花不常好”“月不常圆”“情不常全”，

只好“徒唤奈何”！
哪一天的晚上，我去找伊；
伊回转伊底头，变做冰也似的脸儿，好似不认识我！
伊真地不认识我？
我也俯下头，想起——
“前情如水”，心里一阵阵不住地难过！
难过做甚？
人情原是不常，你总要怪自己从前的差误！

一九二〇、六、一二、下午

看比赛足球

沙尘起处，
正是双方剧战的场地。
全副的精神，全副的力量，
都消磨在这时光里。
“扑”的一脚，进了！
大家拍手呼欢喜。
那一方面——
都你怨我，我怨你；
大家垂头丧气！
赢了休欢喜，
输了休丧气！
你且回头来看——
“扑”的一脚，进了！
赢的输了，
输的赢了！
欢喜的变做丧气，
丧气的变做欢喜！

我叫你休欢喜！
你偏要欢喜！
我叫你休丧气！
你偏要丧气！
这“循环往复”底事体，
原算不得什么希奇！
我早明却这番道理，
你为何不信呢？
啊哟！“扑”的一声！
那边又进了！我也不敢说了……
不知到结果，
竟是怎地？

一九二〇、六、一一、下午

彻底的觉悟

一阵阵的风，飕飕地吹来；把池上的绣球花，吹得个飘零满地。

我是伤心人，本来“别有怀抱”；今天把这自己伤心，伤心到花上去，为花颦眉！

我本没有爱花心，不过可怜伊残弱飘零，为伊拾起。

人家笑我——讥我，我只是不管；不是真的不管，因为我暂时忍气。

伊虽则没有知觉，伊也似可怜我。但伊并不彻底，不过令我着迷。

我觉悟了！我彻底地觉悟了！我今日受了人家气，我将来又要受伊底气！

唉！——“既有今日，何必有当初”？

当初怎样欢喜，今天怎样丧气。

说什么欢喜——丧气？

都是我觉悟的不彻底。

我愿我——觉悟了再觉悟，觉悟到底，觉悟的彻底。

觉悟底觉悟，觉悟到最彻底……

一九二〇、六、一四、下午

理想中的"伊"

"伊究竟是谁"？

"伊是个世界上有人格底人，我和伊常在一起。

我爱伊慕伊——

爱伊底美和爱情，慕伊底聪明伶俐。

伊也瞧得起我，我也瞧得起伊。终天的，喜孜孜地一团和气。

男女底爱情，本不容第三者干预。但我很相信伊，任伊与第三者任意攀谈，任意交际。

况这是伊底自由，我怎能侵犯伊。

伊也是个明白人，识得我这番苦衷，这番心地。

何论什么样？伊决不把爱我底爱情，爱到别人身上去。

我愿祝——"天长地久""日换星移"，

我们俩底爱情，与时间同生同死！

以上的话，都是我底妄想，我底没有见地。

我是个孤另另的人，说什么爱情不爱情！问我去爱谁？

唉！爱情！爱情！

况你曾溺死了多少人也！……

一九二〇、六、一五、上午五时半

风？雨？

什么"风风"，
吹得窗儿刮刮儿地响？
什么"雨雨"，

落得阶前滑滑似地湿？
什么响？什么湿？
只恼了窗里的主人，苦了阶前的黄叶！
风儿，雨儿，
渠们自己怎晓得？
只有人儿叶儿能解答。

一九二〇、六、一五

现在(Moment)

“现在”是什么？
就是“将来”底“过去”，
就是“过去”底“将来”。
说什么“过去”？
说什么“将来”？
实在都是“现在”。
我前天说“将来”，为什么今天偏说“现在”？
我前天所说的“将来”，就是今天底“现在”。
我今天所说的“现在”，就是前天底“将来”。
“现在”！“将来”！
到了明天，就是今天所说“现在”底“过去”，就是前天所说“将来”底“过去”。
说什么“将来”——“现在”——“过去”？
实在都是“将来”——“现在”——“过去”。
吾说“将来”，偏变做“现在”。
“将来”是“理想”，“现在”是“事实”；
“将来”是“因”，“现在”是“果”。
有了美的“理想”——“因”，
自然有美的“事实”——“果”。

有了不美的“理想”——“因”，
自然有不美的“事实”——“果”。
“过去”！“过去”！
不过评判“理想”——
“因”——和“事实”——“果”。
早有“将来”，何必“现在”？
早有“现在”，何必“过去”？
“既有今日，何必当初”？
我说彻底地觉悟，
我当真地彻底地觉悟了无？

一九二〇、六、一八、晨六时

百灵鸟底歌(The Larke's song)

一个菊畦底旁边，有个露水浸湿的鸟窠。
一只百灵鸟，从里边飞将出来，飞到天空去。
张开伊底嘴，唱起伊底山歌。
又是响亮，又是清楚。
但是伊并不发狂，伊是高兴——有趣。
“醒啊！醒啊！”(wake up！ wake up！)
伊嘴里唱道：
“这世界渐渐儿地懒惰了。——为什么我知道？”
当时我从你底窗口飞过，向里面偷看——
瞧见一个女孩儿，伊正酣卧。
醒啊！可爱的女孩儿！你不要和这太阳同起同卧。
伊听了我底话，就慢慢地从床上爬起来。
恐怕伊不能学伊底功课！——伊不能做完伊底功课！
你知了这个，恐怕你也要替伊下泪了！……”

一九二〇、六、一八、八半灯下

两条路——L和D

一条是L底路，
一条是D底路。
这两条路，
一样儿长，
一样儿阔。
不过一条是彻底光明，一条是黑暗模糊。
你要走哪条，就是哪条。
但是这两条底中间，
我总得拣一条走去。
立定你底主意，休回转头来，只管奋斗去！
能走哪条时，你只好走哪条路！

二〇、六、二二

寄康民附信

康民！
你是我最爱的兄弟。
除了绩弟外，
要算到是你。
吾记得八号底那个早晨——
你坐在黄包车上，
你回转头来望。
我和绩弟，也远远里不住地瞧着你！
那时正是——
我们底“销魂桥上”，东西分离。
到如今——
在室静人单的时候，常存两个连续不断的影儿，在我心坎里。

一个是他——绩弟，一个是你。
今天绩弟来信说：
“我看你底信上，总抱着悲观，我却不以为然。因为我们俩底交情，是从精神上生出来的。区区五十多天，数百余里，哪能够来阻止我们精神底团结呢？……”
我受了这番教训，
从这愁苦的心坎里，
顿时生了一些欢喜。
虽则不能把 aeceticism 完全弃去，
却好像有了一点儿的生机。
康民弟！
你此时还是替我担忧，
还是为我喜孜孜地？

今天绩弟来信，附着你寄他的一首诗；我读了几遍，手不忍释。那时我正在读 Kleeleatt’和《尝试集》，当时就心热起来，所以也做这首寄你，请你替我修改。老实说，我做的新诗，委实不及你。前天的那篇小说，已经登出，想你必已看见……如有兴，你也做几篇来投稿投稿。不知你以为怎样？我现在别的心事都没有，所不安的，只有一件，你是知道的。我就用“临风布意，不尽欲言”二句话，做这信的结束。并且再要问你声可好？

一九二〇、七、一八　正璧

微笑！（Smile）

天生成我会忧愁：
不是长吁，便是叹气！
你看——
绿阴满地，
鸟儿唱歌，花儿乱飞。

这正是人家微笑的时候，
偏偏只有我还是颦眉！
我要把这颦眉生生丢去，
迎接这微笑到我心坎里。
但是这黑层层的环境，
还替我挡住。
我总得把这环境，用力士底铁链，击他个粉碎，
还我原来的亮晶晶地，
微笑！微笑！
你且等着机会！
你莫要燥，只管静悄悄地，
你总有一天，到我底心坎里。

一九二〇、七、二一、午后

心坎里的“你”

寄文绩

“一日不见，如三秋兮。”
我读着纸堆里这两句诗儿，
细玩了觉得很没有道理。

“肠断鹳鸰风雨声。”
虽挡不住东西分飞。
活泼泼地的“你”，怎道会——
浦南浦北，
竟自别离。

形式上别了“你”，

心坎里依旧忘不了“你”。
我愿——
心坎里的“你”，
和时间同生同死！
有我就有“你”！
无我方没“你”！

夜凉似水，
我又见“你”。
紧捏了“你”底手儿，
不肯放“你”。
放了手儿，
恐失了“你”。
失了“你”，
再向何处觅“你”？

“鸡鸣了！
放下吧！”
必须放下！
放下了影像里的“你”。
又来了心坎里的“你”。
“你！”“你！”
怎说“一日不见，如三秋兮”？
不见了影像里的“你”，
还剩着心坎里的“你”。
这空间实不容分别我和“你”。

思潮落了，

从又涌起。
落了“你”，
又起了“你”。
起起落落，
只有是“你”。

时间！空间！思潮！
都容着“你”。
教我怎忘了“你”？

一九二〇、八、一九、晨六

附信：近日《觉悟》里有很好的新诗，看了不觉“技痒”起来，故做这首寄你。然也可使你见得我这几天里，很是逸闲咧！昨天的信，想已收到！康民弟还没有信来，不知你处怎样？匀广师也没有别信，已请陆君去问。待他覆我，我再告诉你罢！绩弟！再会！

八、一九　正璧

哭！

好音不至，叫我怎地安心？
仔细思量，只有是哭！
我从小儿会哭！不是天生就我底哭！
乃这万恶的环境，
迫着我哭！
气也喘了！泪也没有了！
这涓涓不绝的泪儿，从此哭完了！
将来我要哭，也不能哭了！
为什么？
哭和不哭，不成问题。
看好音不至，乃是生死的关头，要定我底生死问题！

我不死，泪儿虽没有，
也仅着我干哭！
我死了，泪儿虽多，
也不能再哭！
飒飒的秋风，你只管吹到我面上，泪儿吃你吹干了！
泪儿虽干，哭只是哭！
有人问我——
你怎不奋斗？
我不能奋斗。
我意智薄弱，人家迫我，我只有是哭！
我只会牺牲。
这是名誉的牺牲。
——就是死。
死了，方使我不能再哭。
唉！光明！光明！
我差认了你！
你也原来不过戴着假面具，你底本身，也是罪恶！
再哭吗？
气也喘了，泪也完了！
我不哭了！
待我揪住这光明问他——
你究竟肯给我光明吗？
他不给我！
我就定我底生死问题。——就是死！
哭！哭！
我底身世，只有哭！
恰巧我也在这哭里过了一世！
完了！完了！

“男儿死耳！何恋恋生为?”
你休恋生！
你恋生，就辱没了你底名誉！
“身可灭！名不可灭！”
你！还是死！……

一九二〇、八、二三、下午　忏人哭题

附言：此首的意思，可参看《雯乘》第六本。另有书后若干言，今不录。

黄浦江上别文绩

滔滔的浪儿，
不住地在那里击江里的船儿！
险啊！险啊！
要沉下去了！
但伊任他抛，任他击。
伊依旧没动分毫！
啊！我知道了！
伊会奋斗，伊胆大！
倘伊不是这样，
伊早沉下去了！
我们觉悟了！
我们也学伊！
奋斗！胆大！
胆大的奋斗！
什么浪儿?
我们仅管不要怕他。

一九二〇、九、二、夜

末日(Dead Day)

题《雯乘》末本

今日是《雯乘》底末日，
也是我浪漫生涯底末日。
从浪漫底生涯里，
超入自然底生涯去。
脱离厌世观,悲观，
再入喜生关,乐观里去。
这书儿从头至尾，
无一不是浪漫的，
厌世的,悲观的；
此后我底艺术，
决换向自然的,喜生的,乐观的做去。
前途茫茫，
过我底自然生涯。
实行真实的爱，
爱我所爱。
精神虽不肯被物质征服，
物质也须和精神调和。
光明的,自然的，
送我入第三世界去!

一九二〇、九、三、九、灯下

秋夜想文绩

夜凉如水，
更耐西风又起。
霎时怪赤帝归去迟，

此时恨孤雁又将南归。
一阵阵飞遍南北东西。
似接又似离。
更禁不住哀叫一声声，
似诉“别离”！
什么“别离”？
且待东皇早至。
留得前情在，
割不断的情丝，
遍系着海角天涯；
常常会牵记！
“物犹如此，人何以堪？”
虽不隔着千水万山，近在咫尺。
怎奈牢狱门一重，
抵得够黄海，东泽，
长江，黑水！
叫我怎能见你？

一九二〇、九、九

梦

秋寒矣，
夜深露凝似水。
日中执手离别，
夜深又起相思。
转转辗辗！
怎能入眠？
置了枕儿嫌高，
去了枕儿，却又嫌低。

唉！
这是怎生一回事？
“正璧！”
又亲又热的一声，
送进我耳朵里。
活泼泼地的你，
果然站我面前，
向我笑迷迷。
挽了我底手儿，
我神情若醉，
又迷又痴。
说不尽的相思，
写不进的情意！
……
“呵！”“呵！”
睁眼看时——
我直躺躺地眠在一间宿舍里的床上，
舍外的电灯光，
已是半明半灭，
单剩了一个孤单单的我！
早已不见了你！
闭了眼儿，
再要寻你，
却总寻不到你！
“呵！”“呵！”
可恨几个蟋蟀儿，
钻在我的床下——依旧叫个不住，
又摧起相思！

唉！
渠即不摧我，
叫我怎地不相思？
“呵！”“呵！”“呵！”
三下钟了！……
天明了！……
坐起身来，
细想前情，
已如流水！……

一九二〇、九、一三、五、晨

华龙路上

绿油油的树儿，
碧澄澄的池儿，
还笼着一只黄金色的亭儿。
风吹着，云掩着，
吹得树儿摇摇地动，
掩得池儿墨墨的黑，
这亭儿依旧照样站着！

亭子里头，
一个着白色衫子的少年，
坐在一只卧椅上；
头儿眠着，脚儿搁着！
手里拿的是一本《少年中国》底《诗学研究》号，
眼睛流连不住地看着。
那是谁？
就是我！

树叶落到我底身上，
水花吹到我底面上。
我只是照旧看着，
照旧眠着，
赏识那自然底艺术底美，
领略那宇宙底神秘底爱。
我底灵魂，
似吃自然夺了去；
偌大的宇宙，
但把我底身子留着。

夕阳在西，
我们——树，水，亭，我——
都在他将尽未尽的光里。
书已看完，回看天上，
黑云又起，
树上的叶儿，池里的波儿！
都停着不动。
像这自然暂时将息，
把宇宙的活动，
暂时关闭，
站起身来，拿了书儿，
从亭子里慢慢地走将出去。
穿过树荫，
踏着草径，
抬头但见枝影槎杂，
落叶缤纷。
一幅自然底真像，

吃渠们收拾干净。

不忍别离！
不住地回转头来看。
但暂暂看不见——远着。
身要留着，
足子却不容你留着。

猛然想起二月以前事，
和文绩、康民、廷抡都来过。
如今却怎么着？
哭吗？不哭。
伤心吗？不伤心。
只是低下头儿想：
想那二月以前事，
如今果真什么着。

一九二〇、九、二七、灯下

木樨花下

黄金般的花儿，
还夹着碧波似的叶儿。
一支，二支，三支，四支……
点缀成一棵又大又高的树儿。
微风惯送香气，
一阵阵送进我底鼻子里。
我看了这刺骨的沁香，
霎时间神经似醉又似迷。
忽地里少了一枝，

听说是吃人家折去。
再从远地里瞧去，
已不似从前那样茂盛——稠密。
纵说香气仍旧，
可知已少了生气！
一个小孩子走向前来。
手里拿着一件又黄又绿的东西，
笑迷迷地对我说：
“这支花儿，
可以插在你书桌上的那个花瓶里。
大小也还相配。”
我连忙接了，
呆看着花，
忍不住放在嘴唇边，
和伊行了个接吻礼。
回头又向树望，
无言！半晌！
欠着身子，
只叹了一口气！
这不识事的小孩子，
依旧站在我面前，对我喜孜孜地。
可知我永永不能恕你！
你说上帝仁慈，
上帝！他也恨你！你这样顽皮！
他也怎肯真的恕你？

一九二〇、一〇、一五、下午

笑？哭？

夜深了，
凉风送进西窗里。
那墙外的乱草堆中，
一阵阵似哭似笑的虫声，
似在那里很亲热地叫什么——
“妹妹！姊姊！
哥哥！弟弟！”

滴滴！沥沥！
雨来了！
风也起了！
这声音吃打散了！
只寂寞的阶石和篱笆，
也在凉风雨中睡着了。
停一阵，
东一声“凄”，
西一声“凄”；
又像是各自诉“别离”。

什么是“别离”？
我跳也似的坐起，
□着呀！
原来把那和和气气的——
妹妹，姊姊，哥哥，弟弟，
本在一起的，把渠们分做——
一起南，

一起北，
一起东，
一起西。
原来这样就叫做“别离”。

想“伊”

伊很爱我，
我也很爱伊。
伊和我分别，
我也远离者伊。
伊常常牵记我，
叫我怎地不想伊？

我想起——
夜色窗前，电灯影里；
和伊搀着手儿，互相慰藉——
伊劝我奋斗——破坏的奋斗，
我愿伊努力——成功的努力。

我还想起——
春水池上，柳丝丛里；
伊指着水上的垂柳，对我说：
“我们俩底爱情，不要像这水儿，伊无心地流了过去，不顾爱伊的人底留恋。
应该像这柳儿，叶儿浓厚，心儿坚细，年年如此，永永到底！”

到今日，
不堪回顾！

只剩得——
灯下影单，
池上语稀。
只剩得——
伊底活泼泼地的模样儿，
牢牢深印在我心坎里。
还有谁来慰我——爱吾呢？

一九二〇、一一、一二

C!

C!
见了哥哥，
忘了弟弟；
见了妹妹，
忘了姊姊。
这是人底普遍性，
我怎能单怪你？
不过你是无心，我总道你有意。
因爱生疑，
这是我底不彻底。

C!
“秋色原是春光底变态，
怨恨亦何尝不是爱情的结果。”
茫茫天壤，
都沾染着这种心理。
不单是我对你。

C!
我望你——
见了哥哥,
想起弟弟;
见了妹妹,
想起姊姊。
用你底爱来爱人,
也容受人底爱你。
什么怨和恨?什么乖和戾?
都任他随了波流去。

C!
我们大家亲亲热热,
和和气气。
一同迎着这红色的爱光,
从地狱走到天堂里。
到了那时,
再有谁说“不满意”?

一九二〇、一一、二二

残 荷

荷呀!
荷呀!
你花红叶绿的时候,
我见你时,
爱你地不忍别离。
到得秋深时,
你底花儿碎了,

你底叶儿枯了；
我过你面前，
为你酸心，
为你颦眉！
你自己决不会知道：
什么——
花红叶绿是可爱，
花碎叶枯是丧气。
我用客观底心，
来猜主观底你。
可不是失了你底本意？

一九二〇、一一、三

别绩君

斜阳满树，芳草惨色；
缀成一片秋深意。

执手，无言；
面相觑！
花不解语，石不能言；
只静悄悄地！

要诉别离，
情长，意重，话难尽；
又不知从何诉起。

你看——
夕阳，芳草，花和石；

都充满了无限别意！
叫我们俩怎地不分离？

只好别离！
各人找出光明路，
朝夕岂难常相见。

愿你——
努力！
奋斗！
保重身体！
我去矣！

一九二〇、一一、三

寄从龙

我本伤心人，
偏遇伤心事。
万古伤心是别离，
别离偏偏常迫我！

为了别离起相思，
相思又苦我，摧我起相思。
相思！相思！
我不相思，你偏绕着我！
相思相思愁杀我！

为了别离起相思！
不伤心时怎过意？

一九二〇、一二、一四、灯下

河　上

一条雪链似的白浪，
从西边流到东边去，
打碎了多少泥和土，
却走出一条很光明的道路。

你看河的那一边：
一棵猩红满树的紫薇花，
放着绿油油的叶儿。
充满了自然的美和爱，
在这里过伊有生机的道路。
伊垂着枝头，
倒影在这波光里。
越显出伊底活泼伶俐，
越显出伊底娇红艳绿。

你看——
伊怀裹拥着一根凌霄花。
清红淡白，
和伊正是一对。
腰里又抽着几根丝儿，
缠绕着伊。
狠亲热似地接吻——拥抱——同起同卧。
任渠们这般亲热，
那水儿只是在旁边冷冷地流将过去。

霜下了！

凌霄花枯悴死了！
那萎憔无色的藤儿，
碎倒在地上。
紫薇花俯着首，
像叫他起来——再和伊拥抱接吻。
他只是呆呆地躺着，
无言无语！
任你千唤万呼！
他只是无言无语！

我仰首问自然——
“你既使渠们在一起，
为什么再使渠们分离？
既然要叫渠们分离，
当初为什么叫渠们在一起？
既有今日，
何必当初？”

自然默默地不语！
不能回答我！
暗地里又使了几阵微风，
把渠们底落叶，
从岸上送到清波里，
任波流又送将东去！

唉！
枝和叶又分离了！
别意重了，

不堪回顾！
天长地久，
渠们怎再会有当初？
为什么？——
渠们底人生，
都受自然支配住！

一九二〇、一一、一三

读我底“笑？哭？”

可怜很小的虫儿，
也会凄凄诉别离！
有什么别离和一起？
都是你们觉悟得不彻底。
你当初不是很亲热地叫什么——
“妹妹！姊姊！
哥哥！弟弟！”
怎会后来又是凄凄地——
一起南，
一起北，
一起东，
一起西。
原来的世界上，
只有永永的别离，
没有永永的一起，
一起是暂时，
别离是到底！
你们明白了这番道理。
人和虫儿，

都该欢喜！
快放弃了你们似哭的声音，
去换取你们原来的喜孜孜地！

一九二〇、一一、一七

寄端源

满地里猩红雪白的荷花。
一朵，二朵，三朵……
点缀成一片美丽和爱的世界。

忽地一朵谢了！
二朵，三朵，都谢了！
池里一朵也没有了！

呀！
原来一朵谢了！
那几朵也不愿独闲了！
荷呀！
你总要保住你一朵不谢才好！

一九二〇、一二、二二、夜八时

《中国近现代稀见史料丛刊》已出书目

第一辑

莫友芝日记　　徐兆玮杂著七种
汪荣宝日记　　白雨斋诗话
翁曾翰日记　　俞樾函札辑证
邓华熙日记　　清民两代金石书画史
贺葆真日记　　扶桑十旬记（外三种）

第二辑

翁斌孙日记　　翁同爵家书系年考
张佩纶日记　　张祥河奏折
吴兔床日记　　爱日精庐文稿
赵元成日记（外一种）　　沈信卿先生文集
1934—1935中缅边界调查日记　　联语粹编
十八国游历日记　　近代珍稀集句诗文集
潘德舆家书与日记（外四种）

第三辑

孟宪彝日记　　吴大澂书信四种
潘道根日记　　赵尊岳集
蟫庐日记（外五种）　　贺培新集
王癸避难日志　辛卯年日记　　珠泉草庐师友录　珠泉草庐文录
嘉业堂藏书日记抄　　校辑民权素诗话廿一种

第四辑

江瀚日记　　王承传日记
英轺日记两种　　唐烜日记
胡嗣瑗日记　　王锺霖日记（外一种）
王振声日记　　翁同龢家书诠释
黄秉义日记　　甲午日本汉诗选录
粟奉之日记　　达亭老人遗稿

第五辑

袁昶日记
吉城日记
有泰日记
额勒和布日记
孟心史日记·吴慈培日记
孙毓汶日记信稿奏折（外一种）
高等考试锁闱日录
东游考察学校记
翁同书手札系年考
辜鸿铭信札辑证
郭则沄自订年谱
庚子事变史料四种（外一种）
《申报》所见晚清书院课题课案汇录
近现代“忆语”汇编

第六辑

江标日记
高心夔日记
何宗逊日记
黄尊三日记
周腾虎日记
沈锡庆日记
潘钟瑞日记
吴云函札辑释
新见近现代名贤尺牍五种
稀见淮安史料四种
杨懋建集
叶恭绰全集
孙凤云集
贺又新张度诗文集
王东培笔记二种

第七辑

豫敬日记　洗俗斋诗草
宗源瀚日记（外二种）
曹元弼日记
耆龄日记
恩光日记
徐乃昌日记
翟文选日记
袁崇霖日记
潘曾绶日记
常熟翁氏友朋书札
王振声诗文书信集
吴庆坻亲友手札
画话
《永安月刊》笔记萃编
浙江省文献展览会文献叙录
杨没累集

「十三五」国家重点图书出版规划项目
国家社会科学基金重大项目「中国近代日记文献叙录、整理与研究」
（项目编号：18ZDA259）阶段性研究成果

中国近现代稀见史料丛刊【第八辑】

谭正璧日记（二）

张剑 徐雁平 彭国忠 主编

谭正璧 著

王润英 整理 谭箎 审订

本辑执行主编 徐雁平

凤凰出版社

图书在版编目（CIP）数据

谭正璧日记 / 谭正璧著 ； 王润英整理 ； 谭箎审订
. -- 南京 : 凤凰出版社, 2021.10（2023.2重印）
（中国近现代稀见史料丛刊. 第八辑）
ISBN 978-7-5506-3474-9

Ⅰ. ①谭… Ⅱ. ①谭… ②王… ③谭… Ⅲ. ①日记—作品集—中国—近代 Ⅳ. ①I265

中国版本图书馆CIP数据核字(2021)第182792号

书　　名	谭正璧日记
著　　者	谭正璧 著　王润英 整理　谭　箎 审订
责任编辑	单丽君
特约编辑	黄如嘉
装帧设计	姜　嵩
出版发行	凤凰出版社(原江苏古籍出版社) 发行部电话025-83223462
出版社地址	江苏省南京市中央路165号,邮编:210009
照　　排	南京凯建文化发展有限公司
印　　刷	江苏凤凰通达印刷有限公司 江苏省南京市六合区冶山镇,邮编:211523
开　　本	880毫米×1230毫米　1/32
印　　张	30.5
字　　数	793千字
版　　次	2021年10月第1版
印　　次	2023年2月第2次印刷
标准书号	ISBN 978-7-5506-3474-9
定　　价	248.00元(全三册)

(本书凡印装错误可向承印厂调换,电话:025-57572508)

袁行霈先生题辞

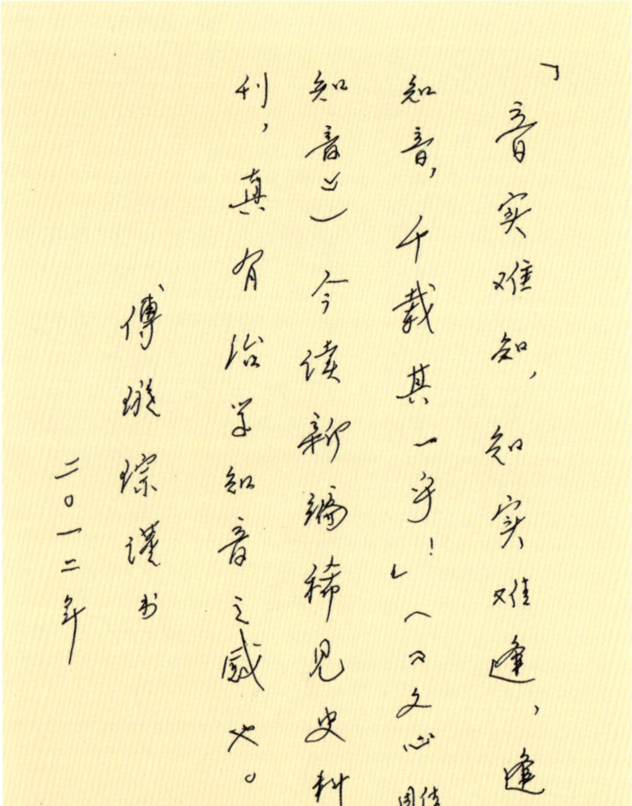
「音实难知，知实难逢，逢其知音，千载其一乎！」（《文心雕龙·知音》）今读新编稀见史料丛刊，真有治学知音之感也。

傅璇琮谨书

二〇一二年

傅璇琮先生题辞

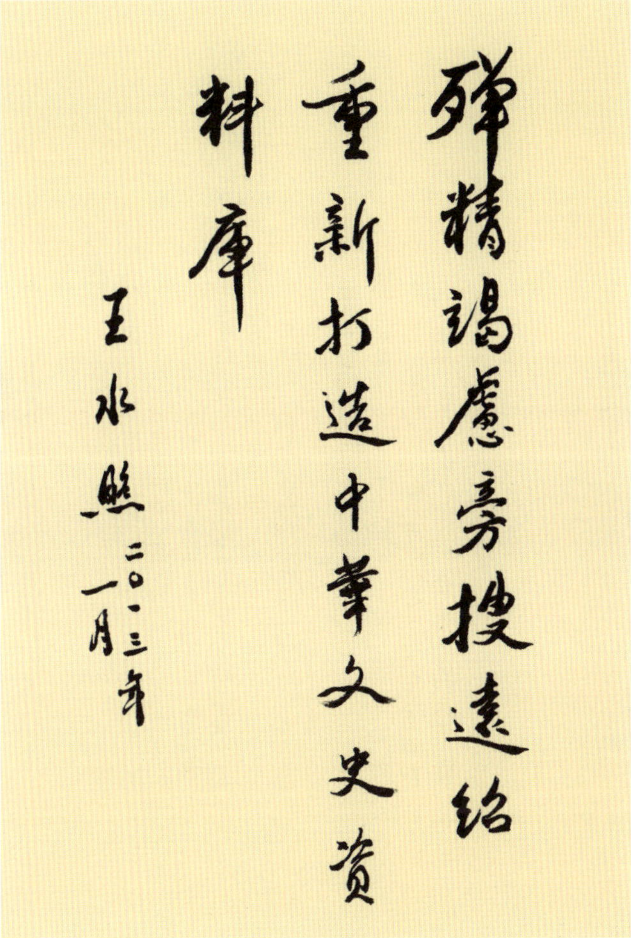

王水照先生题辞

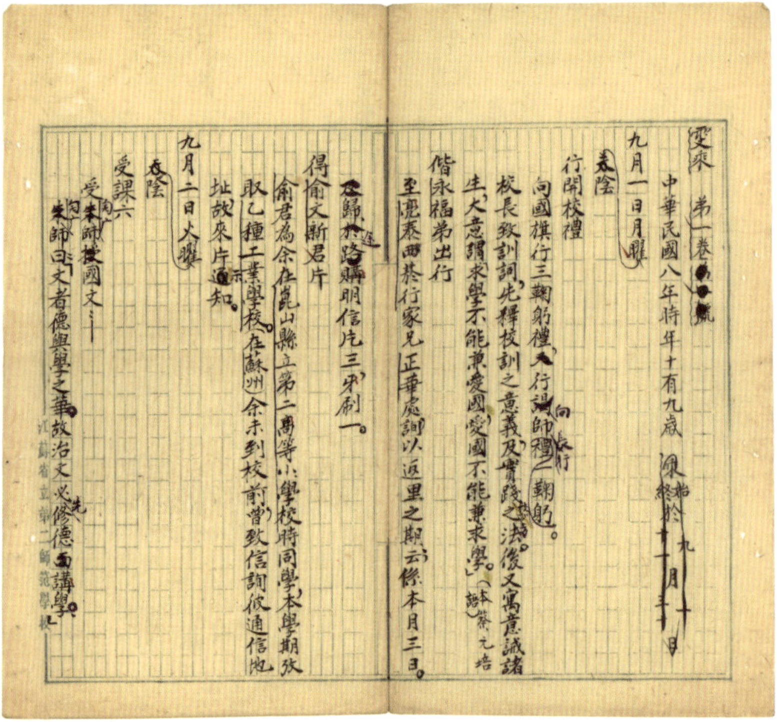
雯乘 第一卷
中華民國八年時年十有九歲
九月一日月曜
行開校禮
向國旗行三鞠躬禮
校長致訓詞，先釋校訓之意義及實踐之法，後又寓意誡諸
生，大意謂求學不能兼愛國，愛國不能兼求學。（本蔡元培語）
偕永福弟出行
至鹿泰西巷行家兄正華處詢以返里之期，云係本月三日。
明信片三張刷一。
得俞文淅君片
俞君為余在崑山縣立第二高等小學校時同學，本學期改
取乙種工業學校（在蘇州），余未到校前曾致信詢彼通信地
址，故來片通知。
九月二日火曜
受課六
文者德與學之華，故治文必先修德而講學。
江蘇省立第二師範學校

《雯乘》书影

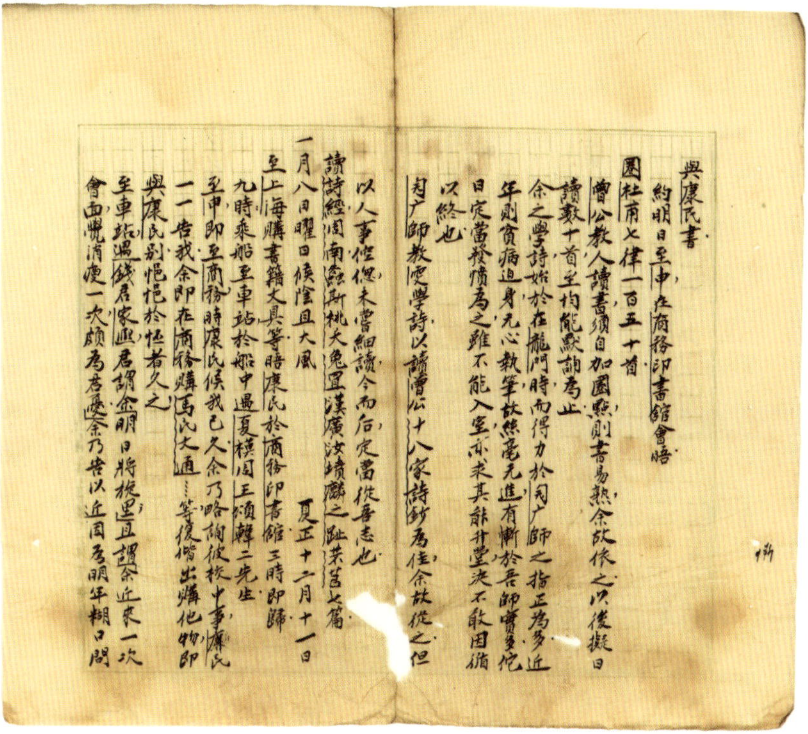
與康氏書。
約明日至申在商務印書館會晤。
圈杜甫七律一百五十首
曾公教人讀書須自加圈點，則書易熟，余故依之，以後擬日
讀數十首，至均能默誦爲止
余之學詩，始於在龍門時，而得力於同广師之指正爲多，近
年則貧病迫身，無心執筆，故然毫無進，有慚於吾師實多，他
日定當發憤爲之，雖不能入室，亦求其能升堂，決不敢因循
以終也
同广師教授學詩以讀曾公十八家詩鈔爲佳，余故從之，但
以人事倥傯，未嘗細讀，今而后定當從吾志也
讀詩經周南螽斯、桃夭、兔罝、漢廣、汝墳、麟之趾、芣苢七篇
一月八日曜日候陰且大風　　夏正十二月十一日
至上海購書籍文具等，晤康氏於商務印書館，三時即歸
九時乘船至車站，於船中遇夏橫周、王頌韓二先生
至申即至商務，時康氏候我已久，余乃略詢彼校中事，康氏
一一告我，余即在商務購馬氏文通……等，復偕出購他物，即
與康氏別，悒悒於懷者久之
至車站，遇錢君家涵，君謂余明日將旋里，且謂余近來一次
會面，恍惝渺一次，頗爲君慶，余乃告以近因爲明年糊口問

《拈花微笑室日记》书影

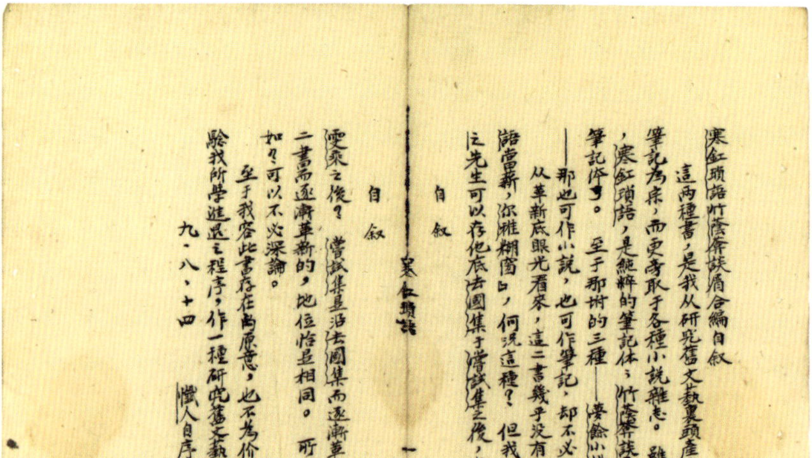

寒釭瑣語竹簃脊談屑合編自叙

這兩種書，是我从研究舊文藝裏頭產生出來的。大概以筆記為床，而更旁取于各種小說雜志。雖然，這二書也有分别，寒釭瑣語，是純粹的筆記体；竹簃脊談屑，是近于半小說半筆記体了。至于那所的三種——婆餘小識傷心人語我聞麈録——那也可作小說，也可作筆記，却不必分别了。

从革新底眼光看來，這二書幾乎沒有存在的必要。日"論語當日新，沉滞糊塗"，何况這種？但我也有一个解識：胡適之先生可以存他底法國集于嘗試集之後，我豈不可存此二書于漫衆之後？嘗試集是沿法國集而逐漸革新的，漫衆也是沿此二書而逐漸革新的，地位皆是相同。所以内容何如，体裁何如，可以不必深論。

至于我容此書存在的原意，也不為价值問題；不過存之以驗我所學進退之程序，作一種研究舊文藝底成績現罷了。

九、八、十四　懺人自序于黃渡

自叙　一

寒釭瑣語

自叙　二

《寒釭琐语》书影

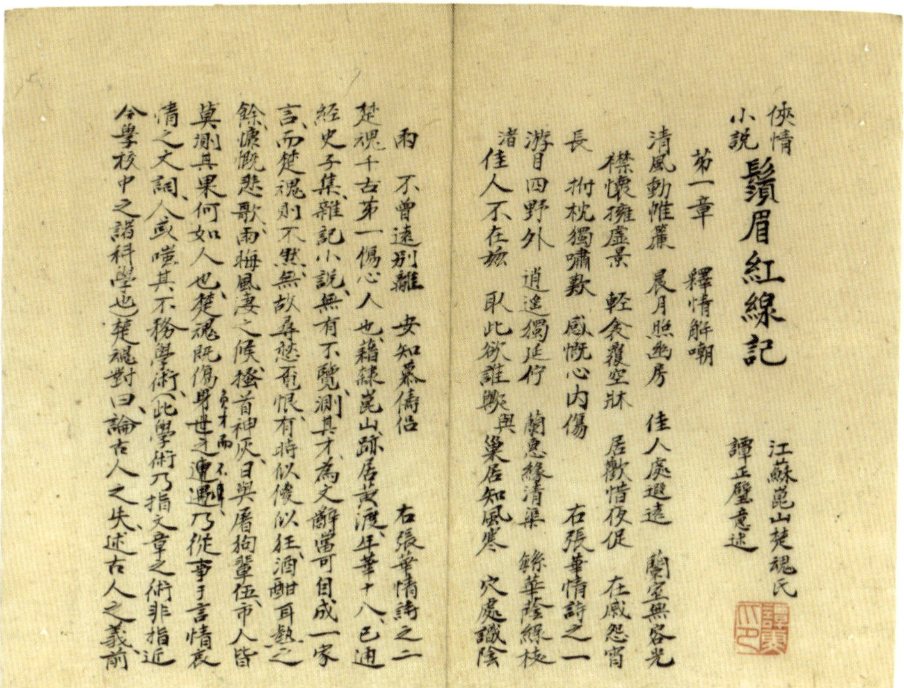
俠情小說　鬚眉紅線記

江蘇崑山楚䰟氏
譚正璧意述

第一章　釋情解嘲

清風動帷簾　晨月照幽房　佳人處遐遠　蘭室無容光
襟懷擁虛景　輕衾覆空牀　居歡惜夜促　在戚怨宵
長　撫枕獨嘯歎　感慨心內傷　右張華情詩之一
游目四野外　逍遙獨延佇　蘭蕙緣清渠　繁華蔭綠枝
渚　佳人不在茲　取此欲誰與　巢居知風寒　穴處識陰
雨　不曾遠別離　安知慕儔侶　右張華情詩之二

楚䰟千古第一傷心人也，籍隸崑山，跡居黃渡，年華十八，已遍經史子集、雜記小說，無有不覽，測其才，為文辭，當可自成一家言，而楚䰟則不然，無故尋愁覓恨，有時飲傻似狂，酒酣耳熱之餘，濃慨悲歌，雨梅風淒之候，搔首神灰，日與屠狗輩伍，市人皆莫測其果何如人也，楚䰟既傷身世之遭遇（負才而不遇），乃從事于言情哀情之文詞，人或嗤其不務學術（此學術乃指文章之術，非指近今學校中之諸科學也），楚䰟對曰：論古人之失，述古人之義，前

《影中影》（《须眉红线记》）书影

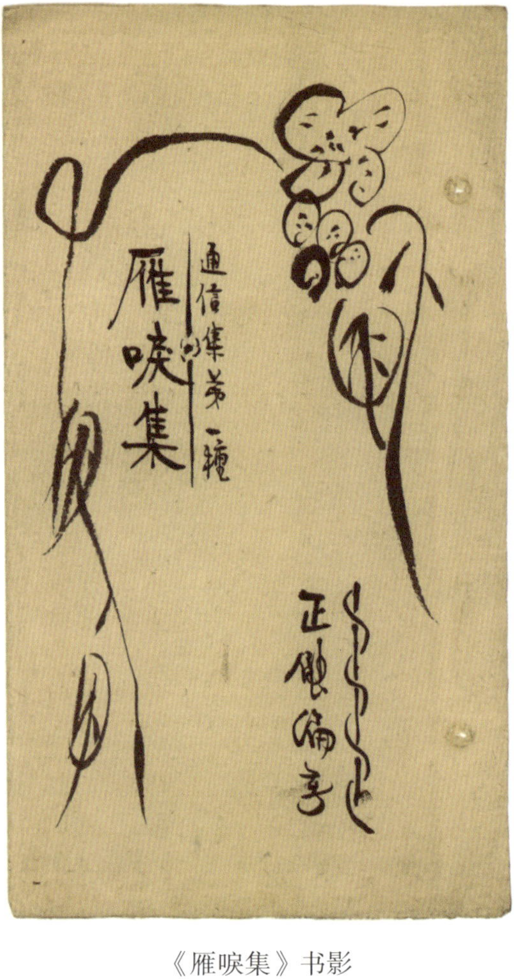

《雁唳集》书影

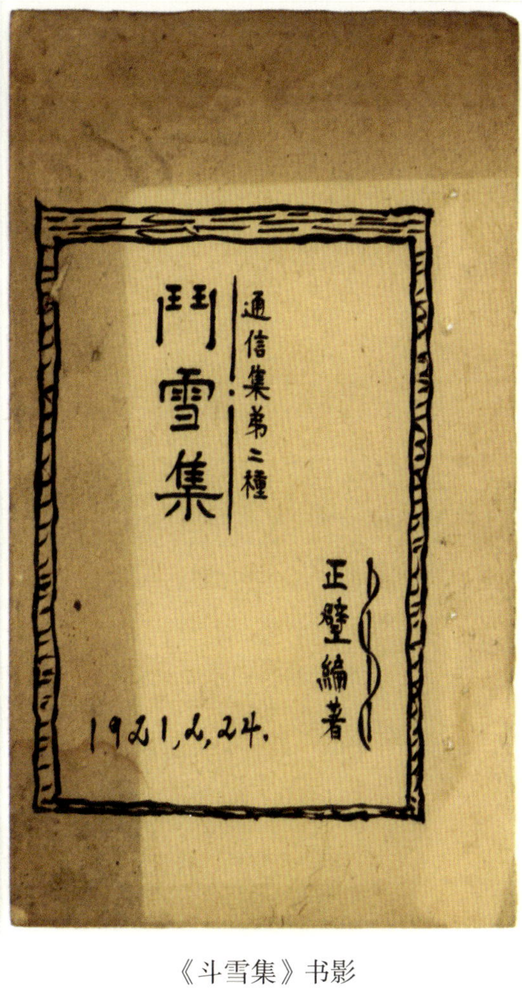

《斗雪集》书影

《中国近现代稀见史料丛刊》总序

在世界所有的文明中，中华文明也许可说是“唯一从古代存留至今的文明”（罗素《中国问题》）。她绵延不绝、永葆生机的秘诀何在？袁行霈先生做过很好的总结：“和平、和谐、包容、开明、革新、开放，就是回顾中华文明史所得到的主要启示。凡是大体上处于这种状况的时候，文明就繁荣发展，而当与之背离的时候，文明就会减慢发展的速度甚至停滞不前。”（《中华文明的历史启示》，《北京大学学报》2007 年第 1 期）

但我们也要清醒看到，数千年的中华文明带给我们的并不全是积极遗产，其长时段积累而成的生活方式与价值观具有强大的稳定性，使她在应对挑战时所做的必要革新与转变，相比他者往往显得迟缓和沉重。即使是面对佛教这种柔性的文化进入，也是历经数百年之久才使之彻底完成中国化，成为中华文明的一部分；更不用说遭逢“数千年来未有之变局”、“数千年未有之强敌”（李鸿章《筹议海防折》），“数千年未有之巨劫奇变”（陈寅恪《王观堂先生挽词序》）的中国近现代。晚清至今虽历一百六十余年，但是，足以应对当今世界全方位挑战的新型中华文明还没能最终形成，变动和融合仍在进行。1998 年 6 月 17 日，美国三位前总统（布什、卡特、福特）和二十四位前国务卿、前财政部长、前国防部长、前国家安全顾问致信国会称：“中国注定要在 21 世纪中成为一个伟大的经济和政治强国。”（徐中约著《中国近代史》上册第六版英文版序，香港中文大学 2002 年版）即便如此，我们也不能盲目乐观，认为中华文明已经转型成功，相反，中华文明今天面对的挑战更为复杂和严峻。新型的中华文明到底会怎样呈现，又怎样具体表现或作用于政治、经济、文化等层面，人们还在不断探索。这个问题，我们这一代恐怕无法给出答案。但我们坚信，在历史上曾经灿烂辉煌的中华文明必将凤凰浴火，涅槃重生。这既是数千年已经存在的中华文明发展史告诉我们的经验事实，也是所有为中国文化所化之人应有的信念和责任。

不过，对于近现代这一涉及当代中国合法性的重要历史阶段，我们了解得还过于粗线条。她所遗存下来的史料范围广阔，内容复杂，且有数量庞大且富有价值的稀见史料未被发掘和利用，这不仅会影响到我们对这段历史的全面了解和规律性认识，也会影响到今天中国新型文明和现代化建设对它的科学借鉴。有一则印度谚语如是说："骑在树枝上锯树枝的时候，千万不要锯自己骑着的那一根。"那么，就让我们用自己的专业知识与能力，为承载和养育我们的中华文明做一点有益的事情——这是我们编纂这套《中国近现代稀见史料丛刊》的初衷。

书名中的"近现代"，主要指 1840—1949 年这一时段，但上限并非以一标志性的事件一刀切割，可以适当向前延展，然与所指较为宽泛的包含整个清朝的"近代中国"、"晚期中华帝国"又有所区分。将近现代连为一体，并有意淡化起始的界限，是想表达一种历史的整体观。我们观看社会发展变革的波澜，当然要回看波澜如何生，风从何处来；也要看波澜如何扩散，或为涟漪，或为浪涛。个人的生活记录，与大历史相比，更多地显现出生活的连续。变局中的个体，经历的可能是渐变。《丛刊》期望通过整合多种稀见史料，以个体陈述的方式，从生活、文化、风习、人情等多个层面，重现具有连续性的近现代中国社会。

书名中的"稀见"，只是相对而言。因为随着时代与科技的进步，越来越多的珍本秘籍经影印或数字化方式处理后，真身虽仍"稀见"，化身却成为"可见"。但是，高昂的定价、难辨的字迹、未经标点的文本，仍使其处于专业研究的小众阅读状态。况且尚有大量未被影印或数字化的文献，或流传较少，或未被整合，也造成阅读和利用的不便。因此，《丛刊》侧重选择未被纳入电子数据库的文献，尤欢迎整理那些辨识困难、断句费力、裒合不易或是其他具有难度和挑战性的文献，也欢迎整理那些确有价值但被人们习见思维与眼光所遮蔽的文献，在我们看来，这些文献都可属于“稀见”。

书名中的“史料”，不局限于严格意义上的历史学范畴，举凡日记、书信、奏牍、笔记、诗文集、诗话、词话乃至序跋汇编等，只要是某方面能够反映时代政治、经济、文化特色以及人物生平、思想、性情的文献，都在考虑之列。我们的目的，是想以切实的工作，促进处于秘藏、边缘、零散等状态的史料转化为新型的文献，通过一辑、二辑、三辑……这样的累积性整理，自然地呈现出一种规模与气象，与其他已经整理出版的文献相互关联，形成一个丰茂的文献群，从而揭示在宏大的中国近现代叙事背后，还有很多未被打量过的局部、日常与细节；在主流周边或更远处，还有富于变化的细小溪流；甚至在主流中，还有漩涡，在边缘，还有静止之水。近现代中国是大变革、大痛苦的时代，身处变局中的个体接物处事的伸屈、所思所想的起落，藉纸墨得以留存，这是一个时代的个人记录。此中有文学、文化、生活；也时有动乱、战争、革命。我们整理史料，是提供一种俯首细看的方式，或者一种贴近近现代社会和文化的文本。当然，对这些个人印记明显的史料，也要客观地看待其价值，需要与其他史料联系和比照阅读，减少因个人视角、立场或叙述体裁带来的偏差。

知识皆有其价值和魅力，知识分子也应具有价值关怀和理想追求。清人舒位诗云“名士十年无赖贼”（《金谷园故址》），我们警惕袖手空谈，傲慢指点江山；鲁迅先生诗云“我以我血荐轩辕”（《自题小像》），我们愿意埋头苦干，逐步趋近理想。我们没有奢望这套《丛刊》产生宏大的效果，只是盼望所做的一切，能融合于前贤时彦所做的贡献之中，共同为中华文明的成功转型，适当“缩短和减轻分娩的痛苦”（马克思《资本论》第一卷第一版序言）。

《丛刊》的编纂，得到了诸多前辈、时贤和出版社的大力扶植。袁行霈先生、傅璇琮先生、王水照先生题辞勖勉，周勋初先生来信鼓励，凤凰出版社姜小青总编辑赋予信任，刘跃进先生还慷慨同意将其列入"中华文学史史料学会"重大规划项目，学界其他友好也多有不同形式的帮助……这些，都增添了我们做好这套《丛刊》的信心。必须一提的是，《丛刊》原拟主编四人（张剑、张晖、徐雁平、彭国忠），每位主编负责一辑，周而复始，滚动发展，原计划由张晖负责第四辑，但他尚未正式投入工作即于2013年3月15日赍志而殁，令人抱恨终天，我们将以兢兢业业的工作表达对他的怀念。

《丛刊》的基本整理方式为简体横排和标点（鼓励必要的校释），以期更广泛地传播知识、更好地服务社会。希望我们的工作，得到更多朋友的理解和支持。

2013年4月15日

目　录

按 语

谭正璧走了已经三十年了，今年是他诞生120周年，在这个特别的日子里，《雯乘》与《拈花微笑室日记》等谭正璧写于百年前的日记得以展示给世人。

《雯乘》是他1919年入龙门师范(江苏省立第二师范)开始，逐日所写，直至第二年他离开后的那一年间。日记详述了这一年的学习、生活，当时正逢社会大变革、新文化运动汹涌澎湃的时代，给当时追求进步的青年以深刻影响……

雯，是他自诩的一个名字；乘，《韵会》乘者，载也。取载事为名。春秋时晋国的史书称“乘”。这里的含义也就是记载自己的历史——日记。

《拈花微笑室日记》则记于1921年日1月1日至1924年2月11日，其中遗失了很大一部分。

在1921年1月15日的《拈花微笑室日记》中，他整理了几年来的作品的目录，其中有如下记述:《息影庐漫识》一卷日记 、《雯乘》二卷日记 、《雯乘》三卷日记、《无心集》一卷日记、《罪案》一卷日记、《悟昙室日记》一卷。现在能看到的只有比较完整的《雯乘》，还有残缺不全的《拈花微笑室日记》。

日记为何如此断断续续残缺不全，少了那么多？我在图书馆查阅谭正璧的有关资料时，找到他写于1941年的文章《三迁》，初时不以为意，待拿来仔细阅读后，恍然大悟，这里记载着一段让他难以忘怀刻骨铭心的历史，痛心呀痛心：

> 第一次是在一九二四年的秋天。时间虽然远离现在已有十七个年头,可是想想仿佛像是眼前的事。那时我刚从上海放弃了一个中学校的职务,到那离开故乡——黄渡——不到二十里的南翔某姓家去做家庭教师。
>
> ……
>
> 谁知不幸的人总不会遭受幸运,在那边过了不到半个月的安静生活,霹雳一声,江浙两省的军事领袖,为了争夺上海护军使那个肥肉样的地盘,在安亭黄渡之间打起来了!……
>
> 大概过了二个月,战争完结了,浙军失败,苏军把上海占领了。那时故乡的人都络绎的回去探望。……
>
> 又过了几天,火车照常通行了,便同祖母等回去。于是我才把散在地上的书一起理了起来。检点结果,四史只剩三史了,但也已破烂不全。《新青年》《东方杂志》《小说世界》等都整包的不见,后来有人在某宅发现若干小说书,上面盖有我的图章,那边原是红十字会的驻所,这些书据说是他们临走时留下的,总计这次失去的书,至少当在七八百册以上,就是剩下的,除单本外,大部书的剩余也等于不剩一样。最大的损失是我自己的日记,我是从一九一九年起按着日记的。可是在这次却失去了一大半,因此把录在日记里的许多诗文等也失去了。而且从此我再也不高兴继续记下去了,这损失却是多么大啊!

看看中国的历史,多少文化典籍被毁于禁书或被毁于战争兵燹,还有许多被强盗殖民者焚毁掠夺……这里被毁于军阀战争的这些日记,相比之下,虽然只是沧海一粟,然而它同样有着相当的价值。而谭正璧又因此终止了继续写日记的决心,其损失也是不可估量的。

在前人的各种作品,包括日记中,为我们留下的是珍贵的历史、是中华民族优秀的文学遗产。“慧眼识英雄”——对民族的文化亦如此，感谢凤凰出版社倪培翔社长和张剑、樊昕、王润英老师为此所做的努力和辛勤付出。因为有你们，许多优秀文化遗产得以重见天日、涅磐重生，才能被继承发扬光大！

谭　篪

从《谭正璧日记》看一位近代学人的养成

（代前言）

谭正璧(1901.11—1991.12)，字仲圭，原江苏省嘉定县(今属上海)人，是二十世纪著名的文学研究专家，尤其在中国古典小说、戏曲、弹词等通俗文学领域成就卓著。其所著《中国小说发达史》被誉为“20世纪上半期最完整、最详细，因而是最佳的一部中国小说史”[①]，编纂的《三言两拍资料》《古本稀见小说汇考》等，是相关研究方面必不可少的参考书。其对弹词、木鱼歌、潮州歌等说唱文学的研究不仅开风气之先，且就关注时间之久和成果之富而言，学界至今罕有其匹。此外，谭正璧在中国文学史、女性文学、儿童文学等多方面皆有重要贡献。2012年，上海古籍出版社首次将其学术著作结集，出版了《谭正璧学术著作集》。日前蒙其哲嗣谭箎出示谭正璧未刊手稿，笔者整理了《谭正璧日记》。

《谭正璧日记》包括《〈寒釭琐语〉〈竹荫庵谈屑〉合编》《雯乘》《拈花微笑室日记》《影中影》《二美集》《雁唳集》《斗雪集》《纾情集》和《孤岛吟》，共九种。《〈寒釭琐语〉〈竹荫庵谈屑〉合编》所作时间最早，为谭正璧1917年自江苏昆山县立第二高小毕业后居家创作的笔记和小说，是其早期尝试研究“旧文艺”的成果。因多按日期记录所为所见，实已兼具日记性质。自1919年进入上海江苏省立第二师范学校(又称“龙门师范”)，谭正璧开始逐日记日记。《雯乘》五卷最为完整，

---

① 黄霖:《20世纪的“中国小说史”编纂》,《东岳论丛》,2004年第3期。

起止时间为1919年9月1日至1920年9月3日;《拈花微笑室日记》三卷,含1922年1、5、6、8、9、10月,1923年上半年,以及1924年1月至10月之日记。中间缺失的部分惜毁于1924年秋突然爆发的江浙兵乱,并且历此一劫后谭正璧大为失望,不再继续写日记。其余几种,虽不以日记命名,却主要为在此期间谭正璧创作或编写的作品集。《影中影》《二美集》为谭正璧1919年撰作的小说及1920年所编杂记;《雁唳集》《斗雪集》分别系1920年至1921年间谭正璧与好友苏兆骧、赵端源往来的通信集;《纾情集》更是直接由《雯乘》和《拈花微笑室日记》中辑出的诗文结成。唯有《孤岛吟》,时间相对较远,为谭正璧1938年在上海沦为"孤岛"后所作的词集,暂附于末尾。

《谭正璧日记》虽有缺失,但不失珍贵,特别是它集中保留了1917年到1924年间谭正璧的日记和创作。此期内,始创于上海的《新青年》正高举新文化运动的旗帜,文学革命在陈独秀、胡适等人的倡导下轰轰烈烈地开展。1919年"五四"运动爆发,更是迅速将文学革命运动推向了高潮。当时谭正璧正值17岁到24岁的成长关键期,为求学和生活离开家乡黄渡,数次来到沪上。可以说,此后谭正璧的学习研究皆与二十世纪学术思潮的发展紧密相关,他的经历正是当时中国知识分子在新旧文化碰撞下求学治学的一个缩影。《谭正璧日记》的发现,对于了解谭正璧及其所处时代皆颇有助益。

一、谭正璧的"青春写真"

谭正璧的经历和形象,目前主要来自两方面的信息。一为他人的片段式回忆,如同乡黄霖《一世清贫何足论,三身著作自传神》中感叹前辈学人谭正璧"晚景凄凉",学生陈金生《谭正璧先生谈"回译"》记录老师谭正璧给予的指导与启迪,其子谭墉、谭篪《我们和父亲的故事》描述父亲谭正璧带给他们的欢乐童年和温情父爱等;[①]另一类则为谭正璧本人陆续发表的《谭正璧自述》《〈邂逅〉自叙》《煮字生涯六十年》等文。前者是不同人的主观印象,且仅从一两个角度着眼;后者或限于文体和篇幅,多为生平经历及著述成果的梗概。即便两类材料相结合,构建的谭正璧形象仍然是粗略模糊的,甚至偶有失真。相对而言,通过《谭正璧日记》,作者却在有意无意间留下了一张自绘于上世纪初期鲜活的"青春写真"。

(一)"千古第一伤心人"

谭正璧生世堪悲。1901 年 11 月母亲生下谭正璧,八个月后却因染时疫亡故,父亲续娶别居,不料三年后亦亡。谭正璧自幼由外祖母抚养,因从母姓。到 7 岁,随兄入同乡周颂梅先生私塾读书,以《三》《百》《千》等开蒙。8 岁上半年始入私立同化小学,下半年又转入公立东区小学。9 岁再改入瞿凤飞先生私塾,续习《鉴略》《幼学句解》及四书。但很快辛亥革命起,举国动荡,加之家庭贫寒,遂辍学。12 岁因家境每况愈下,生活窘迫,谭正璧随外祖母迁居老家嘉定县黄渡镇,后插入黄渡小学三年级。待满 14 岁,按照当地俗例,谭正璧由人介绍去到苏州义源福水烟店做学徒。未及一年,不堪师傅诟辱,遂私自逃归,再求外祖母同意他继续念书。此后外祖母托人介绍,谭正璧经入学考试,始得编入昆山县立第二高小三年级。著《寒釭琐语》与《竹荫庵谈屑》时,正是一年后谭正璧从昆山高小毕业家居的一段时期。

这段时期里,顾及家中生计全靠外祖母一人张罗维持,高小已毕业的谭正璧再度陷入不知未来能否继续升学的巨大苦闷中。对于身世之悲和求学不易,更多出几分感慨和思考。在《〈寒釭琐语〉〈竹荫庵谈屑〉合编》后附有一篇《伤心人语叙》,当是谭正璧的无奈自况:

---

① 谭篪:《谭正璧传》,北京:北京出版社,2016 年版,前言、第 302—305 页,第 319—328 页。

……有是伤心，其始皆起于情欲身世所遭。思而行之，行之而不得逞，势不能不归于伤心。……楚魂，千古第一伤心人也。父母已逝，兄嫂不睦。身即鳏鱼，难为鹣鲽。交比胶漆，不会兰亭。祖母年衰，有日西沉之恨。己身时病，无云上升之企。空为世人，枉作学子。

谭正璧自称“千古第一伤心人”，指出其伤心不仅出于天性禀赋，更主要来自悲惨的身世、多愁多病的身体以及祈盼上升又恐不得的现实。不独此例，大约作于同时期的《影中影》，标题下注明为侠情小说，但在正文前，谭正璧却不惮辞费地插入《释情解嘲》一文，再度称自己乃“千古第一伤心人”，且围绕这个自称进一步阐述：

楚魂，千古第一伤心人也。……楚魂之有志经史，其第一天性也。楚魂之堕入情窠，其第二天性也。此第二之天性，谁造之？曰：境遇造之，人力造之。屈原者，楚之贤大夫也。其言曰：言与行其可迹，情与貌其不变。……其始也，志有所欲，欲而不成，则堕入于情。其终也，情不能逞，更堕伤心。递相为因，递相为果，此天下之公理也。

通过虚拟分离出一志于经史、一堕入情网的两个“楚魂”，谭正璧呈现了内在理想与现实遭际的矛盾拉扯，自己深陷于所欲不成而堕入伤心的因果循环中，找不到出口。这种痛苦，不免让他时时想到空有才华抱负的楚大夫屈原，将其引为同道知己。此时谭正璧以“楚魂”为笔名，正包含了他对个人身世遭际的慨叹。

在经历了第一次考学失败的曲折后，1919 年 9 月，谭正璧终于考入江苏省立第二师范学校预科。然而这种“伤心人”的心绪，似乎并没有随快乐合意的学校生活开始而有所改变。虽然当时同父异母的三妹早夭，谭正璧已经产生警惕，并主动阅读《北美瑜伽学说》等书籍,注重修养,提醒自己宜取“快乐主义”,试图从根本上消除烦恼。但入学一月余,在10月27日的日记中,谭正璧记录当日考六书,他在恍惚中竟鬼使神差把本不该失误的题目生生答错,因之作文以自儆。思来想去,发现仍是伤心在作祟,处处虑及身世、遭遇,以至于想到“什么要想看一种书,没有钱去买啊;要想回家省视祖母,因为欲省银钱,至不克往啊;自己的目力不好,黑板上的字看不清楚啊”各种琐碎,无不伤悲,且越想越悲,头脑昏懵,才将试题的答案写差。

谭正璧此间所作的诗词,多是《奈何辞》“欢乐无几兮哀情多”及《寒夜》“世事难言泪一双”之类。严良才先生阅过后即指出太过悲观,谭正璧甚佩其言,亦决意改变。但到1920年元旦第一天,其又作《我的自杀论》:“……我虽则在学校里读书,因为境遇不顺,没有一天不抱着悲观;假使有一天悲观到了极步,或者竟至自杀,也未可知。”文中又是一番自警,立志坚决去除自杀的观念,祝自己以后离了悲观的境遇,一步步走到快乐的路上去。其越是反复自警,越可见“伤心人”的心绪在谭正璧心中烙印之深。

正因影响深刻,“伤心人”心绪在长久的性情陶养和反复自警下可能暂时消歇,可一旦遭遇大的逆境,仍然极易被触发。1920年6月暑假将临,谭正璧得知他极可能被校长开除,一时万念俱灰。《拈花微笑室日记》第三卷附《断肠编》,留录了他从6月29日起连续5日的诀别计划。先著自述一篇,再拟信致好友赵余勋、水康民及朱祥,托付和安排其自述和日记,并将多年藏书分赠出去。最后拟上外祖母书,沉痛作别。7月23日,暑假在家的谭正璧果然收到学校来信,被告知品行分数不及格,“下学期毋庸来校”。谭正璧当日又致信赵余勋、郁祖伦和朱香晚先生,“不知落了多少泪”。第二日,又拟赋《绝命词》二十绝,成三绝,满篇皆是“付与伤心哭我人,为我留作永相思”等语,自杀心意已决。所幸后来在朱香晚、邵力子及众好友的劝说和设法之下,随着谭正璧考入第一商业学校,此事终归平静。

当然，谭正璧“伤心人”的心绪并不总是表现得如此极端，它更多的时候呈现为性格上的敏感多情。好友苏兆骧在为《纾情集》作序时就曾指出，若问谭正璧是个怎样的人，从其创作的诗歌中便“一定会寻出个情天的种子来”。谭正璧在自序中亦言，其所作诗文以抒情为多，“盖秉性使然也”。

平素里无故寻愁觅恨，读书常潸然下泪等自不待言，《谭正璧日记》里反复出现、令人印象深刻的是谭正璧对待朋友的深情。因身世孤零，他结交朋友极易投入，多半的情绪皆因友情牵动。在二师时，他和赵余勋、水康民、朱祥等形影不离。尤其赵余勋，谭正璧最为看重，热情地唤其“勋弟”。但因个性有别，常感对方时冷时热，令谭正璧中心伤怆，其所作《飞絮词》四首、《忆文绩》等正是因了友情上的挫折。进入澄衷中学后，同学赵端源身世相似，谭正璧同病相怜，引其为知己。但二人中间发生误会，谭正璧在日记里亦多次记其因赵端源而情绪失控：“余不觉大愤。嗟乎！余待源君之情无所不至，为我从来待友所未有者，君竟欲示绝于吾，友道如此，可胜浩叹！”“源君终日以冷语嘲余，余大愤。”“余大愤……乃立誓‘海可干石可烂’，从此后与源永永割断感情关系，有渝此誓视海石。”

“伤心人”“零落人”“伶仃人”“恨人”等词，在《谭正璧日记》中屡屡言及。身陷逆境而欲自杀时有之，交友受挫而欲断情亦有之。在历事渐多后，加之善于自省自警和以释理等务求修养，最初“千古第一伤心人”的心绪实已化作敏感多情，成为谭正璧的性格底色。

（二）秉直尚侠的“狂人”

谭正璧曾在《我的童年》中说起，他自小听哥哥正华讲英雄事迹，且时常看《水浒》《三国》《七侠五义》等崇尚英雄主义的小说，因此十三四岁便有了英雄的壮志。加之外祖母说他是母亲怀胎十八个月而生，更以为自己长大能做出些“伟大的英雄事业”。[①] 在二师时，因朱

① 谭篪：《谭正璧传》，北京：北京出版社，2016 年版，第 9 页。

祥能识其“侠”,谭正璧视之为知己;挚友赵余勋写信给谭正璧,称其为秉性爽直的“狂人”;苏兆骧见到谭正璧和水康民、赵余勋三人的合照时,亦赞他们为“风尘三侠”,对此谭正璧十分满意,回应道“我也有这志愿”,希望能如司马迁所说的那样“侠以武犯禁”,将来不但要勇敢地为自己争取自由,还要替他人争自由。看到梁启超生平最推崇陆游,有诗“集中什九从军乐,亘古男儿一放翁”,谭正璧深为认同,盛赞其襟怀。

十分明显的是,无论在《雯乘》还是《拈花微笑室日记》里,常能看到一个敢于冒犯、秉性爽直的谭正璧。苏兆骧是其好友,谭正璧还将他们的通信集而为《雁唳集》。但对于苏兆骧拍朱香晚先生马屁的事情,他并不讳言。不仅作《结交》诗,表示后悔和这样的人交朋友,并且在此诗的自注中说:“我生平最恨好拍马屁的人……他总是‘先生先生’地不绝于口,吾就老大地不赞成。后来他做了一首什么《戴皃广师》底诗,诗里有二句什么‘仰之弥高,钻之弥坚’,他居然拿孔老儿目皃广师了。因之我就做这诗,来明吾底志向。”

好友之外,谭正璧对待师长不仅不会如苏兆骧那样,且仍敢提出“批评”。在1919年11月29日的日记里,谭正璧记录说,教他们国文的严良才先生将其日记给谭正璧等几位学生看,然而大家都不敢提批评。此事引发了谭正璧的思考,他认为批评实际是一个人对多数人甚至政府、社会的一种责任,“应该照良心上去唤醒他”。看了先生的日记而不回他个批评,是失了责任,对不住先生。这件事情后,谭正璧曾作一篇白话文《鹏姘头》,批评严先生对一位学生开玩笑说“将来年纪大了,不知道姘头要鹏多少了……”直指严先生太过油腔滑调,失了做先生的风范,而且“鹏姘头”语有不尊重妇女的嫌疑,支持新文化运动的严先生实不该以此教坏青年人。

在谭正璧的思想里,批评是责任,所以往往能跨越地位、尊卑、长幼等因素去思考问题,勇于提出批评,置世俗藩篱于唤醒他者觉悟的批评责任之下。陈独秀在上海工界联合会演讲时说“劳力者治人,劳心者治于人”，谭正璧在日记里写到，作为新文化运动巨子的陈独秀说的这几句话却不合理，“因为我们现在正在打破阶级制度，讲不到什么‘治人’‘治于人’了”。虽然胡适曾在《古本西游记序》中称赞过赵元任的翻译水平，但在阅读赵元任翻译的《阿丽丝漫游奇境记》时，谭正璧亦不为权威所惑，点出是书虽曰体为欧化，但字里行间模糊迷离，翻译得并不令人满意。

当时的中国正处于内忧外患之中，谭正璧还曾著文批评社会和国家的各种不平事件，譬如其多篇“读报卮言”：《倪嗣冲纵兵围奸桑蚕女学校》怒发切齿地申讨倪嗣冲驻安庆安武军部的兽行；《顾维钧和王正廷的功劳》指斥相对于顾、王二君，国内那些祸国殃民的尸位素餐者；《山东问题——福建问题》悲叹人们对山东、福建这样巨大的国耻问题竟只有五分钟热度。此外，还有《妇女解放的研究》为妇女求得真正的平等设法，《哭日记文》则为新文化运动言论受阻发声等等。

然而到1920年暑假之前，秉直尚侠的“狂人”谭正璧却因他的勇于冒犯和好打抱不平，遭到二师开除。事情起于《民国日报》上刊载的一篇小说，小说主人公名王志高，和谭正璧的同学同名，也在师范读书，因追求婚姻自由欲投河自尽，最后大悟脱离家庭。这篇小说恰被二师校长看到，误会其主人公即本校的王志高，于是大怒，对严良才先生说：“他程度简实比吾高出万倍，请他不必再读。”“读了五年书，将来也寻死觅活，我们教他做甚。”谭正璧从严先生处得知，很为校长无故责王志高且有开除之意而抱不平，义愤之下将校长所言尽数录下成一函，寄往《民国日报》馆。该信不仅未刊出，还为校长得知，指谭正璧为阴险之人，不配读书。谭正璧虽曾急写正误信，并亲自送往报馆，还两次去校长处自陈，朱香晚先生等亦从中帮忙，但到暑假，谭正璧仍收到了学校的开除信。

被二师开除，对谭正璧打击甚大，几令其自杀。事后对于自己义愤的打抱不平，谭正璧懊悔万分。在写给赵余勋的信中说：“勋弟呀！

我好好的在校里读书,偏偏要做这种侠烈的举动,却害了自己。”吃了这场大的教训,谭正璧虽说“也算明白了一番世故”,懊丧之下,也说以后生活在世上,情愿做个抱“个人主义”的人,绝不再做意气的举动。但在接到开除信后不足十日,谭正璧作《殢人娇·述怀》时言“终有朝遂戎马英雄志”,酷肖陆游,读之,仍有侠气。结合此后谭正璧在上海沦陷期间创作的《孤岛吟》,受鲁迅《故事新编》影响而著的数篇历史小说,写象征中国不亡的剧本《梅魂不死》,以及秘密参加党的地下工作等,可知他一直以读书人的各种方式做着不用剑的侠士。

(三) 善改易变的“矛盾人”

在二师里,朱香晚先生负责为谭正璧他们讲授《论语》和小学等课程。1919 年 9 月 29 日的日记里,谭正璧记朱先生讲授“君子”的话题。讲到宋儒修身大要有三,第一是把所做的事情都省察一过;第二第三是省察后,没有差误的便忍养,做了差事则要改去、克治,即君子“过勿惮改”。朱先生课中所授,实际也是谭正璧欣赏和抱持的观念。尤其进入二师后,受各种新思潮的冲击和影响,随见识的增长、智识的发展,谭正璧不断主动更新个人观念,因此日记中常能发现他前后矛盾的记录。这一点,谭正璧非常清楚:“余作是言,同上卷日记并读之,不无自相矛盾处。”他借曾国藩“以前种种,譬如昨日死”的话解释说:“则余今日之言,仅作今日之言观可耳;昔日之言,等诸镜花水月可耳。”谭正璧思想转变之快,有时一篇文章尚未完稿,原有的想法早已改变,文章就不再做下去了。他本人亦说:“可知吾的思想,变而又变,不知变了已多少次数。”

入二师不久,谭正璧就著文称自己抱“独身主义”。为什么呢?在谭正璧看来,客观上他的境遇穷困,而世界上的女子不可能除去“奴隶性”和“主人性”,所以不会有欢喜共同生活的人出现;主观上他的性格高傲,宁肯断绝情爱,绝不愿使精神受外界的攻击。这篇《我的“独身主义”》作后才两月,谭正璧就另做了一篇《非“独身主义”》,此时他的思想已发生改变:“觉得这‘独身主义’,是一种非人的主义,所以要把他打销。”谭正璧意识到他当时由于眼光太短，且缺乏推测人性的能力，过早判定室家之乐毫无生趣，对女性的性情存在偏见等，带着旧道德的色彩。所以，先前笃定永久成立的独身主义也务必要改了去，否则不仅对不住他人，自己也因此丢弃了家庭的幸福。

谭正璧求学时期，文学革命正炽，全国各类报刊杂志无不大力提倡新文学，然而谭正璧对于新文学并非一开始就欣然接受。从小受经史子集的旧文学熏染，他“素来最欢喜的是旧文学”，常常钻进去研究便舍不得出来。当胡适发起文学革命时，谭正璧就“老大的不赞成”。彼时他想的是，白话文做起来过于累赘，大不如文言精当。但是时间不长，谭正璧很快在学习中发现了问题。他在读用文言写成的哲学、文学、社会学等各类书籍时，很多词句都无法读懂解通。于是思考，为什么不能把这些书籍做得更加易懂呢？猛然便意识到胡适等人提倡白话文的好处。所以又开始改变，不仅手边备着白话文的新书籍和杂志，而且想去学习白话文，从此日记里也有了白话文的创作。

接触新文学、做起新文学后，谭正璧是否对旧文学就采取了完全摒弃的态度呢？当时包括谭正璧的同学如朱锡昌等在内的很多学生便是如此，全国因此新旧文学之间舌战不休。当然，谭正璧最初也对新文学投入了极大的热情，“那以前的旧文学，早已不知道都抛在哪里”。但很快他便有了新的觉悟，自己的文学也是从旧文学中得来，新旧文学各有短长，要取彼之长，补彼之短。他为此专门做一篇《宣告同志书》，说明看轻旧文学是最大的差误，此后要改换研究学问的方针，“新旧兼攻”。在给好友郁祖伦的信里，他以俗语“二姑之间难为妇”打比方说：“我以为在这新旧文学交替时代，两方面都要并重的。”对于所在的二师教授学生白话文而不废旧文学，谭正璧很是快乐。因为郁祖伦所在的学校重旧文学而不务新文学，谭正璧过一段时间就将《星期评论》等新文学刊物寄给他，希望郁祖伦能和他一直同道。

此外，在最重要的人生观上，谭正璧亦多次调改。因为身世，他在很小的年纪便常抱悲观。以其聪颖，同样很早就意识到此问题的严重性，“不加修养，势必见殆”。1919 年春，他开始有意阅读各类修养书籍，以此开心志，兼挽回业已形成的悲观心态。如读《北美瑜伽学说》，见“东风吹落花，故乡安在也”句，谭正璧感受到世界虽大，但随处都可安身，从而缓解了思乡苦闷；读《觉悟》，阅“人生幸亏是无目的的，意志却可自由”语，豁然看到未来可期，光明并不因身世境遇悲惨便不会出现，而要靠自己去做成。读《近代思想》，又悟出将叔本华的悲观和尼采的乐观相调和，欲持达观的人生观。悲观的心绪时常反扑，谭正璧需要反复自警。曾作诗《达观》(后朱香晚替其改名为《人世》)提醒：“如何不达观，尽把愁眉扫。”在《雯乘》结束后，亦作《末日》明志：“脱离厌世观念，悲观；再入乐生观，乐观里去。”即使在遭遇被学校开除的重大打击后，谭正璧仍然重拾信心。好友苏兆骧在信中就对其改变之迅速表示惊讶：“你从前常抱悲观……但是我晓得你的智慧增长了，自然会改革的；然而不晓得你居然觉悟得这样的快，真叫我‘喜出望外’了。”靠着主动的调整改变，“伤心人”谭正璧方不至于走上他多次提到的“自杀”的道路上去。

正如谭正璧所言，一个人的思想一天不同一天，“所以他的觉悟，也一天多一天”。日记记录了他多次打消以往的想法，对相同的事情态度反复，改了又改，似乎总是前后矛盾，但也因此清晰地呈现出青年谭正璧思想成长的脉络以及这种成长之迅速。

《谭正璧日记》中描画的谭正璧，正值青春年纪。因生世境遇，养成“伤心人”的天性。这使他对“情”的感受敏度远胜于常人，对小说、弹词等重“情”的通俗文学情有独钟。他爽直尚侠，有狂者胸次，却也义气鲁莽，尚缺乏辨事识人的经验。造就他日后在学术研究上不畏权威，独有发创，于历事渐多之后，笔下仍旧藏着英雄气。在当时新旧文化交相激荡的浪潮下，谭正璧持理性的省察，善改易变，及时调改想法和意志，在长期以己之矛攻己之盾的自策自励中不断自我炼造。

二、从适意泛读到专事研究:谭正璧的阅读实践

至1966年“文革”被抄家时,谭正璧的藏书量竟达万册,这对于时常领不到工资、需要卖文为生的学人来说,几乎是个奇迹。范凤书《中国私家藏书史》亦将谭正璧作为民间藏书家记入①。别于侧重书籍搜集和庋藏的藏书家,谭正璧的藏书几乎全部用于个人阅读与研究。他曾说:“一个人多得智识的方法,不外乎多看书,对于旧文学这样,对于新文学也是这样。”“我的认识文学,是邂逅的,是没有人指导我的……”从中可以看出书籍阅读对于谭正璧非比寻常的意义。其并非出身诗书世家,求学期间因经济不支而数次中断,故又无高深学历,可以说阅读书籍是谭正璧获得智识增长、进入文学研究的主要依赖途径。在《谭正璧日记》里,确实可以感受到他对于读书的重视和着意记录,即便《拈花微笑室日记》中部分日记只列大纲,读书仍是其中不可缺记的重要内容,成为了谭正璧的一种生活日常。

从写作时间上看,《谭正璧日记》中《寒釭琐语》《竹荫庵谈屑》最早,作于1917年冬谭正璧从昆山县立第二高小毕业家居期间,它们反应了谭正璧早期的阅读情况。首先,谭正璧读什么书?事实上,从十二月初九回到家第二日的日记里,即可窥豹一斑:

> 初九日,寅正二刻六分,大雪。余是日至申购年货各种及书籍文具各种。按:书籍乃《虞初新志》《虞初续志》《啸亭杂录》《香祖笔记》《阅微草堂笔记》《然犀录》《鬼董狐》《世说新语》《聊斋志异演义》《食物疗病法》《石头记索隐》《清诗评注读本》,共十二种,二十二册,定价大洋四元七角。

① 范凤书:《中国私家藏书史》(修订版),武汉:武汉大学出版社,2013年版,第579页。

是日谭正璧购买的书籍,除《清诗评注读本》《食物疗病法》二种外,其余十种皆为小说。这也体现了《寒缸琐语》和《竹荫庵谈屑》中谭正璧所读书籍的大致状貌。以子部、史部文献为主,其中小说笔记类书籍尤夥,《昭明文选》《说文》类仅有几部,只占零头。一些小说笔记还被多次提及,如《石头记》被提及 5 次、《板桥杂记》3 次、《香祖笔记》3 次等,说明它们可能被反复翻阅。谭正璧自小随家人外出听戏,听外祖母和私塾先生讲来自小说、弹词和宝卷等书中的故事,也在家中书箱搜得《西游记》《封神演义》等观读,故而对小说等通俗文学书籍颇觉兴味。从苏州水烟店逃回家中后,除了攻读《左传句解》《史记菁华录》《古文辞类纂》等几部书籍外,通过购买和租借,阅读得最多的仍是小说和弹词。[①]《寒缸琐语》《竹荫庵谈屑》中谭正璧对小说等通俗文学书籍的阅读偏重,正与此相呼应。

据谭正璧所言,此时他已购得数百种笔记,"新年之中,余惟坐拥百城,自觉甚乐"。并且谈到在阅读一过后,他对笔记之体的认识大有长进,见识到《聊斋志异》《新齐谐》《阅微草堂笔记》之外,名人轶事、考据经史等亦可为笔记。同时对于小说笔记,谭正璧开始有了一些评判,如认为余澹心《板桥杂记》"文甚工,其记繁华处,必作警戒语,亦纨绔之药石也"。然而主要从教化角度着眼,可见此时还有模仿明清人评价小说的痕迹。他也形成了最初的个人鉴赏品位:"余观之小说,最喜言情《石头记》《花月痕》、'六才子';历史《三国演义》《东周列国志》;笔记《聊斋》《新齐谐》《阅微草堂笔记》《梅花草堂集》《淞滨琐话》;果乘《谐铎》《觚剩》《然犀录》;神怪《西游记》《封神演义》;义侠《三侠五义》;弹词《笔生花》;军事《水浒》《荡寇志》;社会《儒林外史》。余则不敢领教也。"但很快,在 1919 年双十节谭正璧自注此段内容时便称"自今观之,几成明日黄花"。

---

① 谭正璧:《煮字生涯六十年》,见《煮字集》,北京:东方出版社,2019 年版,第 309 页。

或受笔记文体以及清人延续下来的学风之影响，谭正璧此时的小说阅读，从教化入手以外，呈现出较重的考据倾向，处处求实求真。如考地名，由明代宋荦《筠廊偶笔》知《石头记》中水月庵在扬州；考人物，疑珠泉居士《续板桥杂记》中名姝王二之妹曰“凤姐”，苏州人，由琴川转徙金陵，此即《石头记》中之王熙凤；考事实，李葆恂《然犀录》云捉猫于暗处，顺其毛，则火星喷出，谭正璧亦曾捉猫于被中试之，却不见有光。其考证的方法未必严格合理，结果亦恐有误，并且在很多条目后只能暂时写下了“他日再考”“俟后再考”等字样，包括尚不知“同是天涯沦落人，相逢何必曾相识”来自白居易的名篇《琵琶行》等，可知谭正璧当时无论知识储备还是研究能力，皆力有不逮。但显而易见的是，他对小说、弹词等通俗文学书籍强烈的爱好此时已完全展现，并于阅读中不觉萌生了钻研的兴趣。

1919 年 9 月，谭正璧来到上海江苏省立第二师范学校学习，自此进入了阅读最为活跃的关键期。1919 年是个特殊的年份，这一年“五四”运动刚爆发，而上海作为当时中国最繁盛开放的城市，旧的封建体制被打破，城市文化在资本主义经济推动下迅速发展，大街小巷书刊出版机构和书店林立，各种新思潮涌入，并在这里获得了最利于生长的土壤。对于嗜书如命的谭正璧而言，在当时来到这里，真犹如突然闯入一个巨大的琳琅室中。此阶段谭正璧阅读书籍之多，从 1920 年 2 月他开始自编《藏书目录》便可想见。①

《雯乘》系逐日而记，完整地留录了谭正璧在二师期间的书籍阅读情况。我们发现，自进入二师后，除上课外，谭正璧隔三差五便请假外出，外出则必去书店书摊看书购书。经常光顾的就有商务印书馆、中华书局、文明书局、扫叶山房、亚东图书馆、先施公司、江左书局、亚东图书馆、群益书社以及南边的邑庙、北边租界棋盘街里的旧书摊

---

① 《藏书目录》见《雯乘》手稿第三卷(下)，几乎包含谭正璧自小积攒的所有藏书，并且到上海后购买的书籍占绝大多数，据笔者统计，此目录收书达 1009 种。

等。其中,商务印书馆因设有廉价部,于谭正璧这样并不宽裕的学生最为相宜,因此更是常去,连朋友间约着见面也往往选择在这里碰头。

此期内,谭正璧购书是颇兴奋的,日记里甚至记载了两次“冲动消费”。一次是1919年10月26日,当日谭正璧逛完邑庙,又去棋盘街,在江左书局购买了一部《史记》及《三国志》。谭正璧说:“若讲这二种书的用处,我一时也说不尽,但是我想买他已是二年余了,至今日方得如愿,不觉快活得很。”另一次是在同年12月8日立次年的杂志费预算表——月刊部分,《新潮》,每期三角,全年三元六角;《太平洋》《新青年》,每期二角,全年二元;《少年中国》《少年世界》,每期一角,全年一元二角。《新社会》旬刊,每期二十文,全年五角;《新生活》《星期评论》为周刊,前者每期四十文,全年一元六角;后者每期二十文,全年一元。这样算下来,共八种,总价需十三元一角。并且还预备倘有新出版的杂志,当随时酌定。虽所费不少,但立完这预算表,谭正璧心里却非常满意,因为他一心想着:“我如果能够把他都细细儿的研究,怕将来不成个新学家?又况我的脾气素来欢喜看书,不论哪一种,如果被我看中了,我必百计的买他到手方罢;今天既有了这种预算,明年何论怎么样,我必定照着他做。”至于经济问题,“吾可顾不得了”!

买一本想读的书,往往需要跑好几处去寻,购得与否,亦常影响着谭正璧的快乐。《星期评论》谭正璧几乎每期都读,中间第九期,他去亚东图书馆购买,却发现已经售罄。听说爱多亚路《民国日报》馆或有售,遂又赶往该处,仍旧遍寻不得,乃闷闷而归,为此整日打不起精神。为买《欧洲战役史论》,谭正璧去了商务印书馆好多次,后来终于买到,当日他不禁在日记里记到:“我心里那么样的欢喜!自然不须说得。”

实际上除了购买,谭正璧的书籍阅读来源,还有向老师借阅,以及和同学之间互相借阅。尤其是熟悉之后,他和几位关系亲密的好友约定,一人订几种报刊,交换阅读,以有限的资费尽量阅读更多。此外,其时二师里也有很好的阅读条件,比如报刊方面,在入校一周多后写给外祖母的家书中，谭正璧兴奋地提到：“孙素喜阅报，校备有报纸六种，故于每日散课后必往，遍阅需一小时余，然仍不妨碍自修。”在获取书籍的便利上，上海相对于谭正璧曾经读书的昆山和老家黄渡，无疑具有霄壤之别。趁着这样的条件优势，谭正璧此期内如饥似渴地阅读了大量书籍和报刊杂志。兹将谭正璧自 1919 年 9 月 1 日入二师上学至 1920 年 6 月 27 日离开二师回家期间日记中出现的书籍，分旧学书籍、新学书籍以及报刊杂志三种，列表如下：

旧学书籍	《战国策》《论语》《许氏说文》《段氏说文解字注》《王氏说文句读》《尺牍要例》《四书集注》《左传》《左传菁华录》《左传句解》《庄子》《韩非子》《列子》《墨子》《管子》《文子》《十八家诗钞》《唐诗三百首》《杜诗精华》《广韵》《清外史丛刊》《文心雕龙》《西游记补》《圆圆曲》《咏和宫词》《霜猿集》《柳如是书像赞》《广阳杂记》《观技》《两般秋雨庵随笔》《史记》《清代野记》《道德经》《影梅庵忆语》《花月痕》《板桥杂记》《桃花扇传奇》《虞初新志》《虞初续志》《古今说部丛书》《青楼小名录》《履园丛话》《黄妳余话》《空同子》《石头记》《秦淮闻见录》《锄经书舍零墨》《戏瑕》《幽梦影》《幽梦续影》《清诗评注》《碧鸡漫志》《涪翁杂说》《湖壖杂记》《广长舌》《簪云楼杂说》《与朱仲我书》《春望》《凉州词》《小仓山房尺牍》《牡丹亭传奇》《说听》《搜神记》《音韵阐微》《燕子笺传奇》《述学内篇》《淞滨琐话》《夜雨秋灯录》《荡寇志》《跰尘续笔》《遗愁集》《疑雨集注》《聊斋志异演义》《说林》《清代演义》《智囊补》《淞滨琐话》《诗经》《史记》《三国志》《韩诗外传》《孝经》《百子全书》
新学书籍	《北美瑜伽学说》《修身礼仪法书》《仁学》《天演论》《饮冰室全集》《诗学指南》《说林》《短篇小说》《旅行述异》《小说丛考》《读子卮言》《佛学易解》《印度哲学概论》《中国哲学史大纲》《欧洲战役史论》《中国文学史参考书》《西洋历史地图》《东洋史要地图》《新的小说》《东游挥汗录》《清慈禧太后画像记(译本)》《西湖游览指南》《湖山便览》《天方夜谭(英文本)》《侠隐记》《续侠隐记(译本)》《日本人之支那问题》《读孟札记》《刀销剑匣》《尝试集》《手足仇》《三叶集(译本)》《讲坛》《杜威演讲录》《词学指南》《华生包探案》《衣食住》《西洋演剧史》《东洋史要地图》《倭氛记》《汉语大字典》《辞源》、英文小说

续表

报刊杂志	《中华小说界》《英语周刊》《解放与改造》《星期评论》《海潮音》《学生潮》《新生活》《少年中国》《童子军月刊》《太平洋杂志》《新青年》《新潮》《少年世界》《新社会》《心史丛刊》《东方杂志》《中国寓言》《大夏丛刊》《申报》《小说丛报》《中华小说界》《大中华杂志》《新申报》《民国日报(副刊)》《觉悟》《教育杂志》《黑潮》《新妇女》《新芬》《女界铎》《通俗丛刊》《平民导报》《北京大学学生周刊》《学生》《钱江评论》《民心》《少年社会》

根据以上表格,结合《谭正璧日记》分析,旧学书籍部分实际上主要由三类组成:第一类是教学内容相关书籍,如《论语》和《说文》,乃朱香晚先生讲授的内容,针对传统的六艺和小学教学;《战国策》和《尺牍要例》是严良才先生讲授的内容,针对文章写作训练。而《四书集注》《左传》《左传菁华录》《左传句解》《庄子》《韩非子》《列子》《墨子》《管子》等则是谭正璧围绕课程的拓展性读物。譬如朱香晚先生就要求在习《论语》时万不可自出己意,蔑视朱注,需与朱熹《四书集注》结合参看;受《论语》"学而时习之""温故而知新"影响,谭正璧认识到温习的重要性,于是开始重新阅读以往读过的《左传》等书。第二类是学习作诗而阅读的书籍。谭正璧偶尔读唐诗,此事记在日记中为朱香晚先生发现,先生遂于课下教其如何作诗。按照朱香晚先生的建议,谭正璧从曾国藩《十八家诗钞》入,通读曹植、阮籍、陶渊明、鲍照、杜甫、王维、苏轼、陆游等各家之后,先找到投合自己情性的一家加意研求至精熟,再进而细求其他各家。关于诗韵,谭正璧仍从先生推荐,阅读了《广韵》等韵书。表格中除以上两类书籍外,第三类数量最大,几乎超出前两类的总和。它们是包括《广阳杂记》《碧鸡漫志》《两般秋雨庵随笔》等在内的小说,以及包括《桃花扇传奇》《牡丹亭传奇》《燕子笺传奇》等在内的传奇剧本,这类书籍完全代表了谭正璧的个人喜好。

新学书籍部分,其中一类是谭正璧为修养虚弱身体和敏感精神而阅读的书籍,如《北美瑜伽学说》《佛学易解》《印度哲学概论》《中国哲学史大纲》等，它们曾在谭正璧刚到沪上及此后很长时间内曾予其极大的抚慰。一类是新思想读物。如谭嗣同《仁学》、梁启超《饮冰室全集》、赫胥黎《天演论》等。最后为数众多的仍然是小说一类，不同的是，里面出现了不少英文小说和译本小说，如《天方夜谭》的英文本，胡适所译《短篇小说》和《清慈禧太后画像记》《侠隐记》《续侠隐记》等翻译小说。另外，谭正璧在"五四"运动爆发之后的当年来到上海，原本此前全国的报刊杂志并不多，但"五四"后一年里，新出版的期刊竟猛增至 400 余种[①]，上海无疑是其中的佼佼者。谭正璧因此得以阅读了相当多的报刊杂志，《星期评论》《新青年》等刊物更是每期都会订阅。

由此可知，求学二师期间的谭正璧一方面继续大量阅读旧学书籍，另一方面，由于上海便利的条件，他通过阅读新学书籍和报刊杂志，接触到了当时正活跃的各种新思想。1919 年 12 月 1 日，谭正璧在其《三月前底回顾》中谈及自己入学三个月来的变化，称其最欣喜的便是思想上的进步。不同于以往专注于旧文学，读死书而致思想保守窒塞，彼时的谭正璧开始革新思想，也喜欢研究一些国家社会的新问题，将学术与实践结合思考，表现出初识新思想时的惊喜和兴奋。从阅读构成来看，此期内谭正璧读得最多仍是小说和戏曲类通俗文学书籍。我们从《谭正璧日记》1920 年 3 月 4 日所记中了解到，谭正璧并不十分在意考试成绩，虽然在二师第一学期成绩均在八十分以上，但第二学期他给自己设定的目标只有四十分。因此，他读书并非为了获取高分，而更偏向一种自我喜好的选择，是在喜好的基础上，对自我期许、自我树立的营养式需要。显然，小说和戏曲类书籍正为谭正璧提供了他最渴求的智识养分。

在此期间，谭正璧读书渐有章法。对于《左传》《论语》等旧学经

① 刘兴豪:《报刊舆论与中国近代化进程》，北京:《光明日报》出版社，2016 年版，第 211 页。

典时常温习,对特别喜爱的诗词,如吴伟业《打冰词》《圆圆曲》等往往熟读至能背诵,并时常抄录下来,《谭正璧日记》中就曾记他抄录吴伟业《咏和宫词》、苏轼《雍秀才画草虫八物》等情况。有时读到兴起,谭正璧还在日记中记下阅读体验。例如他称《圆圆曲》与《咏和宫词》为"双璧",认为有清一代唯有樊增祥前后《彩云曲》足可与之相抗;指出《霜猿集》记明亡事,各诗下皆系以注释,称之为诗史亦不为过,直可与《彤史拾遗记》《烬宫余闻》并驾齐驱;阅读《清代演义》,看到其记事繁而精、用笔荡而洁的特点,评价此书实驾《三国演义》等白话小说之上。新小说中,谭正璧说自己最喜《小说丛报》和《中华小说界》,一则搜集遗闻,可补史阙;一则译笔颖活,可启智慧。另外,谭正璧的阅读还伴随着写作学习和模仿。读了报刊上发表新思想的白话文章,他也学着做并开始投稿;读了译本小说,他便尝试着翻译英文篇章等。

总体看来,谭正璧此期的阅读虽然仍注重对旧学经典的研习并取得了很大进步,但"五四"以来大量宣传新思想和新文化运动的书籍和报刊杂志,显然给他带来了更加新鲜和强烈的刺激,令他眼界大开,在思想和写作上都接受了一场崭新的洗礼。尤其在他最爱的小说等通俗文学上,不同于最初单纯朦胧的喜爱,谭正璧此时看得更多,结合中外古今多样丰富的文本类型,对小说形成了更加理性清晰的判断,而这种成熟的认识,又反过来加强了他对爱好小说的确认。正如他在日记中坦言"余之得力于小说者实多,难以言语云也",甚至在得知被二师开除欲自杀而作绝命书的同一天,谭正璧仍在读小说:"我得生一日,且自乐一日,则笔记之功,实居其首也。"

被二师开除后,谭正璧托人多方设法,希望能够继续完成学业,最后迫于经济条件等选择考入江苏省立第一商业学校。不过上了一个月的课后,发现学校各种情况着实糟糕,因为读了施存统的《二十年来的回顾》,谭正璧开始自由上课;后来又读了黄仲苏的《太戈尔传》,索性不上课了。虽然此后又再考入澄衷中学,但不久仍因经济问题而中断学业。回到家乡黄渡,谭正璧曾在很长一段时间内做着当地大户金家几个孩子的家庭教师。可以说，自离开二师，由于家境窘迫及对所上学校的不满意，谭正璧事实上已进入了完全自学的阶段。这种自学，绝大部分依赖于他的阅读。

由于离开二师后的两三年里，谭正璧多居黄渡，其阅读面临的最大问题是获取书籍再也不如在上海时那般便利。因此，邮寄一度成为最主要的获取途径。之前一直订阅的报刊杂志改寄黄渡外，谭正璧还时常写信给上海多家出版社如中华书局、商务印书馆、民智书局、亚东图书馆、伊文思书局等索要书目、询问出版情况及邮购书籍等；向二师的同学和上海的熟人打听书籍售卖情况、让其代买或介绍购书。在 1922 年 8 月 13 日的日记里，有谭正璧写给茅盾的一封信，询问文学研究会定期出版的刊物究竟有哪些，以及《世界语》《短篇小说集》等如何购买。谭正璧自己也隔三差五就要去上海办事访友，每回必趁机去书店和书摊寻书、购书。所以他的阅读因为此前在上海的基础，实际上并未受到所处环境的影响，并且还常能读到许多最新出版和不易得的书籍。

为将来生计考虑，加之此前英文程度平平，谭正璧从二师回到家中最初决定学好英文，并打算于旧诗外，在新诗和小说中择其一专门学习。于是他每天清晨自修英语两三小时，其余时间“不是看小说，便是做小说；不是读诗，便是做诗”。其阅读基本延续了在二师时养成的良好节律和习惯。从阅读内容上看，仍然包括旧学书籍、新学书籍和报刊杂志，非但没有减少，反因加入了新的品类而更加丰富。但此期内有一个最大的不同：不似在二师时受新文化运动影响而对新思想、新文学那般热血冲动，谭正璧重新认识到了旧文学的重要性。1921 年初，他曾作数千言的《宣告同志书》，决定改换研究方针，先懂旧文字、研究好旧文学，然后“新旧兼攻”，用革新的眼光去研究中国哲学、社会学和文学方面的问题，走到研究的正途上去。随着思想认识走向理性和成熟，谭正璧调整了阅读重心，更加重视对《说文解字》《诗经》《庄子》《老子》《申子》等旧学书籍的研读，同时亦不放松对新文学的关注。结合胡适“旧学为体,新学为用”的主张,他还将胡适《中学国文的教授》一文所列新旧书目抄录下来,预备陆续购置。谭正璧此时对外国文学涉猎也更广,读了爱罗先珂、泰戈尔、托尔斯泰等许多名家的作品,特别是林纾用古文翻译的欧美名家作品,最令他喜爱。此外,谭正璧还报名入英文和算术函授社,并自修世界语和日文。就具体的文体来说,在诗词和美文之外,小说始终是他的最爱,包括英文学习,他也从感兴趣的小说入手。

不仅阅读内容趋于合理,谭正璧对读书方法也作了改进。他先是发现自己往日读书太杂且“贪多务得”,以至于许多书看过同没有看过一样,悟到先前的读书方法存在问题,于是初步计划限定几日看一书,看完再换另一本。不久之后,他更是模仿曾国藩“看、读、写、作”的自学方法,立下以《资治通鉴》代看、以《诗经》代读、以《说文部首句读》代写和以记日记代作的日课计划。谭正璧曾认为求学时代应留出更多时间来读书,因此于1921年末曾有以后不事著述之信誓,但在参照曾国藩和胡适之后,方觉著述不仅不会妨碍读书,且读书是求知,著述是代行,知行要合一,二者还能相互促进。因为确定了科学的读书求学方法,谭正璧在当年就取得很大的进步。他曾说:“1922年,是我最勤于研究文学和创作的一年,这一年中,赏鉴了很多的本国及世界文学著作,而尤增进了中国文学史的知识,得以认识了中国历代文学的真面目。”[①]此外,谭正璧创作的诗歌和小说也在当年于报刊杂志上发表了好几十次,其《人生底悲哀》也得以编成,这一切都更增添了他对研究中国文学的兴致和热忱。这套曾国藩式的读书法此后虽然在实践中有所调整,但大体未变,读书与著述并行不悖,成为伴随谭正璧一生的治学习惯。

谭正璧的个人阅读,由最初契合其天性的小说等通俗文学书籍

---

① 谭正璧:《〈邂逅〉自序》,见《邂逅》,上海:光华书局,1926年版,书末第5页。

而入，继而去往上海，受到良好的六艺和小学等旧学基础的训练，同时新学书籍和报刊杂志的刺激，又令其眼界大开。他曾深为新思想所吸引，但在学业中断后的自学探索下认识逐渐成熟，最终选择了新学与旧学相结合、读书与著述相促进的治学方法，并形成一种长期的治学习惯。而在此过程中，谭正璧的阅读也从适意泛读进而为对中国文学的专事研究。这套在自学中形成的阅读或治学方法，在此后也同样助力于谭正璧最感兴趣的小说等通俗文学的研究。

三、由资料留录到写作训练：谭正璧的日记书写

日记最初的功能是为防止遗忘，谭正璧记日记正有留存资料方面的考量。《寒釭琐语》是《雯乘》之前最早的日记雏形，谭正璧在自序中只有短短的几句话，主要介绍著述原由："所行所见动辄忘怀，故笔而志之，以示后日。"可见促使他起意记日记的便是意识到个人记忆力的局限。

翻阅《谭正璧日记》，发现其资料留存至少包括两个方面。首先是谭正璧个人成长材料的记录。自1917年的《寒釭琐语》起，谭正璧就在日记中择要记录了自己某日做何事，购买和阅读了何种书籍，著述了什么以及出现怎样的心理情绪和思想认识等，虽然其中偶有缺失的部分，但大致呈现了谭正璧从17岁到24岁之间的成长状况。自昆山高小毕业回家再到上海求学等重大人生节点自不必说，更重要的是，日记将谭正璧这段时期的人生细化到以每日为单位，使其青年时期的形象更加立体和清晰。比如其中记录了许多谭正璧的"人生第一次"：1919年11月5日第一次学做白话诗《秋天的云》，做得"似通似不通"；1919年11月28日第一次写白话信就是写给好友郁祖伦；1920年1月14日第一次翻译英文诗歌即为梁启超《少年进步之歌》，"译得不大好"；1920年8月9日第一次学习填词，作《桃源忆故人》等等。它也记录了青年谭正璧许多想法上的小转折：1919年5月21日决定永久地取消"独身主义"；1920年3月25日由于对国内

国际形势的失望,决定再也不谈国事了;1921 年初决定改换研究方针,暂时放下研究"主义",先通旧文学等。

另外,由于逐日而记,谭正璧的情绪和想法能够被及时记录,并且时间一长,便能从中见出他心理和思想上的成长变化。目前所见作于 1917 年的《寒釭琐语》手稿,其中多则日记之后都有谭正璧在 1919 年双十节添加的自注。比如就《寒釭琐语》中对佛偈所云"要知前世因,今生受者是。要知来世因,今生作者是"中"因果"二字的理解,谭正璧自注说:"'因果'二字之意义,非作如此解。余当时才浅学疏,故致误会。"对"同是天涯沦落人,相逢何必曾相识"二句,自注云:"当时不知此二句系出自《琵琶行》,故为此语。今日读之,不觉为之解颐。"甚至打算删去以藏拙。显然,时隔两年,去到上海的谭正璧在学识上成长异常迅速。事实上,在《〈寒釭琐语〉〈竹荫庵谈屑〉合编》的自序中,谭正璧就透露出他容此书存在,"不过存之以验我所学进退之程序,作一种研究旧文艺底成绩观罢了",正是强调日记在保留成长材料上的意义。谭正璧著有影响很大的《中国女性文学史》,对中国女性文学的研究具有开风气之先的意义。但对于女子,青年谭正璧却曾在 1920 年 3 月 16 日的日记中写到他一度认为他们本来具有"奴隶性",并且倘若真的解放了,也必定会把男子当奴隶看待,"奴隶性"就变作了"主人性"。好在同年 5 月 10 日随着思想认识的提升,谭正璧深度剖析自己的错谬,推翻了以前的想法。这类成长材料在《谭正璧日记》中随处可见,可为研究谭正璧提供丰富线索。

除此以外,需要特别提出的是,这种资料留存还包括大量谭正璧早期的著述材料。《谭正璧日记》中,著述总是作为很重要的一项内容被记录其中。有趣的是,谭正璧不仅在日记中记录了当日著述的文体类型和具体题目,大多数情况下,更是将所著作品全文录入,即使一些篇幅过长的文章和通信,他也会摘录其中的部分内容。这种情况在其他日记中并不多见,反应了谭正璧对其著述的有意留录。《纾情集》是谭正璧 1920 年 12 月底前所作诗歌的合集,其中大部分作品在《雯乘》《拈花微笑室日记》中都能找到全文，我们有理由猜测，前者或许正是从后者中搜辑而成。1924年因军阀混战，谭正璧的日记失去了一大半，对此他非常心痛地说“因此把录在日记里的许多诗文等也失去了”，换句话说，谭正璧确实曾把日记当作他留存所作诗文等作品的“仓库”或“宝箱”，许多未发表的作品都能在日记中得见。不仅单篇诗文词作品，谭正璧所著的书籍，日记中也有许多相关记录。如《寒缸琐语》记他在1916年春曾辑《鸿鹄室古今杂抄》一书，此书当时就未能完稿，它唯一的线索便来自日记的这条记录。如1922年1月15日的日记，谭正璧提到他自1917年以来所著书籍已有三十多种，并列出多种主要著作，其中《夏溪随笔》《悟昙室诗集》《墨子研究》等书籍目前早已散佚。可以说，日记更加全面地展示了谭正璧的著述成果和情况。加之谭正璧记日记的宗旨乃为存真，很多感到不便说明的内容宁可不记也不愿作伪，真实性得以保证更增加了《谭正璧日记》在文献方面的重要价值。

事实上，不只当作为防止遗忘而记录成长、存储著述作品的资料库，日记于谭正璧而言还具有另一层重要意义——作为一种写作的日课训练。谭正璧曾在日记中记二师正式开课的首日1919年9月1日，严良才先生为他们讲授国文。严先生效仿曾国藩将“治文之事”分看书、读文、写字和作文四门。其中作文一门，谭正璧在后面备注“日记”二字。可知当时严先生是将记日记当作训练学生写文章的日课。严先生教给他们，日记之体宜用纲目体，日记之质，一曰记知（含学与思），一曰记行（事）。查看谭正璧当日日记，发现他正是按照先生所讲规范记录，以大字提要为纲，小字分注为目，纲简目繁，内容上做到知行结合。这样记日记，实际上既训练了写作思路和写作方法，同时也对每日的所学所思进行及时反刍，利于提高智识和锤炼心性。谭正璧的日记需要交给严先生用三色笔批改，因此他的写作和学习、思想等，先生都能够及时知悉并有所指引。比如看到他进校后比较悲观，劝其宜取“快乐主义”；比如发现他读书太杂，建议“不如专一的好”等。同年9月3日的课上，严先生又讲到了标点问题，要求诸生在作文时须自加标点，以免读者产生阅读误会。

谭正璧对自己的日记写作亦经常反思，发现不足后便及时调整。1919年9月18日，因得知同父异母的三妹早夭，谭正璧极度悲伤，接连两日的日记不免意叠词碎，体量上大幅增加。对此，他作跋云：“以上所记，自知太赘篇幅，然此心悠悠，不能自已，故信笔直书。”同年9月28日，谭正璧因受新文化运动影响，结束用文言而开始用白话写日记，并尝试使用新式标点，为之前用文言写作的部分也加上标点。作日记满三月时，他检视自己的日记，总结有几件事做得不好：字写得潦草；白话和文言夹杂；标点符号用差的地方很多。并且对未来日记的记法，提出了用正体楷书誊写，白话和文言分开，没有关系的事情不记等要求。1924年6月30日，《拈花微笑室日记》已完成五卷，谭正璧再次为半年的日记作跋，此次他结合实践，看到之前一直用的纲目体缺点太多，预备改用杂志体，分行为一门，知为数门。具体即“大事记”，记行的一方面，略同纪事本末体；“著述记”，记知的一方面，分诗、文、小说、读书录和其他，不必尽具且不具亦可。

由上可知，资料留录之外，谭正璧更是将日记当作一种著述文体而有意自我训练和打磨。离开二师后，谭正璧不再将日记送给严良才先生批改，改为和赵余勋、苏兆骧、陆廷伦等同学朋友之间互相翻阅、切磋，在日积月累中不断进步。虽然谭正璧也有其他多种著述，但日记作为一门日课能够保证他最基础、持续的思考和写作训练，彼时应该给正在快速成长成熟的谭正璧带去了颇多益处。1922年，谭正璧在做金家的家庭教师时，也将记日记作为对自己学生的日课要求。谭正璧的妻子蒋慧频在此时成为他的学生，每日均记日记，过一段时间后谭正璧便为其批改。1923年7月到10月间由于二人住在一起，日记也开始并在一起做。一则日记，通常一人占一半，有时谭正璧所记在前，有时蒋慧频所记在前，形成了独特的日记格式。

综上所述，不幸困窘的身世境遇令谭正璧形成敏感多情的性格，这使他和文学结缘，和小说等重“情”的通俗文学天然亲近；他秉直尚侠，故能在今后的学术研究上开拓思路，独有创造；他善于调整、勇于改变，因此能够在不断的自我炼造中快速成长。他也是难得的读书种子，适逢“五四”、新文化运动时期，在大量的阅读中摸索出一套新学与旧学相结合、读书与著述并行不悖的治学方法。青年时代的谭正璧已经找到了学术兴趣，明确了研究方向，掌握了科学方法，为其从事一生的中国文学研究打下了坚实基础。可以说，《谭正璧日记》作为典型，向我们展示了在风云激荡的 20 世纪初期一个近代学人如何自我养成。

四、余论：二十世纪早期的上海片段

1919 年 9 月，19 岁的谭正璧带着好奇的眼睛和满腔热血于“五四”运动爆发后不久从家乡黄渡来到上海，虽然中间因学业中断又曾几次短暂回到黄渡，但至 1924 年日记结束，谭正璧多数时间都与上海相牵绊。因此其日记对当时的重大时事和社会状况有不少揭示，其见闻对于了解二十世纪早期的上海有所助益。

比如学校里。自“五四”起，上海多次爆发工人运动，其中在新式学校受过教育的学生起着重要的推波助澜之作用。《雯乘》记录了 1920 年 4 月间谭正璧所在的上海江苏省立第二师范学校以及附近的商业学校、中华职业学校等学生为发动工人罢工而组织和参加的活动。4 月 14 日，二师的学生们便实行罢课。15 日到 22 日连续 8 日分组外出演讲，不料 22 日演讲时有同学在制造局遭到兵士殴打，全体同学要求惩办殴打学生的兵士，结果两边冲突了起来，兵士们又动手打人，还好最后一个军官表示“我们惩办他就是了”，当天的事情才算暂时告歇。23 日，学生们继续去制造局阻止工人上工，虽然被兵士拦住，但包工们都没有上工，当日晚上城厢内外的大游行也都顺利进行了。24 日，女校一女生被巡警打了耳光，引发众怒，同学们拥着该巡警到警察局讲理，结果派去谈判的学生代表被扣押，其余学生遭到巡警的殴打,谭正璧背上挨了一鞭,又被打了一枪柄,还在逃跑中摔跤受了伤。此次事件,二师全校共有四五十人受伤。谭正璧以亲历者的视角记录了当局士兵如何千方百计阻挠学生发动工人运动,工人本身支持学生的主张,也能积极响应他们的宣传号召,而当局无疑是最大的阻挠者。

关于新旧文学之争,新文化运动当时在上海虽然影响很大,但旧文学仍然有一大批忠实拥趸,这在学校里表现得尤为明显。江苏省立第二师范学校以前教授的都是旧文学,自谭正璧所在的预科一级起,方改做新文学。预科的同学如谭正璧等普遍深受新文学影响,思想和行为都较别级更为自主独立,这就使得本来对新文学不满的教员以此为由迁怒于他们。1920 年 3 月末,因为时疫(脑脊炎)正盛,二师附近的民立中学已有两名学生暴毙,二师学生也大起恐慌,纷纷收拾杂物归家。而回家的学生中恰以预科人数最多,几位教授旧文学的先生很不赞成,骂他们为"老大的预科"。谭正璧因此作文《"老大的预科",还是"少壮的预科"?》以驳斥回应,认为做旧文学的先生对学新文学的他们实有嫉妒之心。二师当时的校长对新文学也存在偏见,当误认《民国日报》上一篇为解除婚约欲投河自尽的主人公王志高为二师预科学生时,将严良才先生唤去,大怒道:"他入本校,受了半年新文化,就做这种事。吾仍旧文化里的人,倒做不出。他程度简实比吾高出万倍,请他不必再读。"谭正璧后来因被怀疑是写作这篇小说的作者而被开除,其中多少受到校内新旧文化之争的影响。正如他的一篇评论《教育家底责任》中指出的那样,当时无端开除学生的学校很多,且多半与新文化运动和爱国运动有关。

又如社会上。"五四"以后新学书籍和报刊杂志呈流行趋势,在数量上陡然增多,然而随着这股浪潮也出现了一些新现象。1919 年 12 月 14 日的日记里,谭正璧记录了一则购书见闻:几位学生装束的人,戴着徽章,拿着《民心》周刊在商务印书馆门口兜售,周旋得很殷勤。谭正璧询问价格,对方回答"八十文",待揭开版权页核实定价时，发现已被“万众一心”的邮花所掩盖，最后谭正璧却在卖报小贩处获知此书仅售三十文。某书局预出版《新文化丛书》，在征稿启示里说“为读者的购买力，只求普及，定价不能太大……”，结果丛书出版的第一本《女性论》，不仅厚度比定价本就偏高的新潮社之《科学方法论》要薄一半，价格反而更贵，有欺骗消费者之嫌。胡适所译的《短篇小说》售卖异常火爆，然而谭正璧在翻检该书后质疑，这本书共有154面，售价为大洋三角三（定价四角，打八折），其中的小说大半在各种新杂志如《新青年》《新潮》《每周评论》《留美学生季报》《新中国》等上登出过，那么此书是否应该再发行？是否应该卖这样贵的价格呢？谭正璧提到当时提创平民教育的人，都骂商务印书馆出版的新学书籍卖的价格太贵，不便家计贫困的人购买，以此而推，胡适这个大人物的大著作也存在同样的问题。可见因为“五四”和新文化运动的开展，新学书籍大为流行，社会上已有人趁机利用这种流行赚取利益。

关于时局，“五四”以后的上海是中国内忧外患的典型。对外方面，上海到处是租界，谭正璧他们要到华龙路旁边的公园里去，却被一个安南的守园人喝退出来，但日本人却准许进入。1919年12月7日，谭正璧在生日当天专门去上海码头查察，发现本来在洋泾浜外面的日本兵舰，早已经停到南边来了，一共有五艘，一丈外便停一艘。每艘日本兵舰的后边跟着一艘美国兵舰，像监视它一般。可知当时日本越来越猖狂，其他国家也紧盯着中国这块肥肉。国内方面，军阀残害百姓。1919年11月安庆督军倪嗣冲部下安武军视南京政府的宪法形同虚设，两次围奸桑蚕学校师生，其禽兽行为令人发指，导致死的死、伤的伤；不久，别处的军阀军队也放胆那样做，又围奸了七里河。谭正璧对此恨得无话可言，感到国家危在旦夕，发出了中国人只能做亡国奴的绝望慨叹。

除此之外，《谭正璧日记》还记录了当时上海的城市环境，大马路上卫生条件恶劣，粪车很多，浊臭熏蒸，最为开化的上海，其卫生却如此糟糕,走在路上险些不能呼吸,相比起来,乡间反倒有一种清明气象。这是很有用的环境史资料。《谭正璧日记》主要囊括了谭正璧的求学时代,因此其中记录了许多学校教育方面的事情,比如当时上海新式学堂、教会学堂大量涌现,不少学校招考和录取均通过报纸公示,招考时由于不贴照片,时常出现代考的情况,谭正璧就既替人代考过,也托朋友为自己代考过。新式学堂要求学生注意卫生,养成沐浴洗脚等习惯,要做体检,主要测心脏、肺、皮肤和是否有花柳病等。有的教会学校要求学生一定要信教。谭正璧还在日记中完整地留录了二师预科的课表以及学生运动会的程序单。提到学生中间流行喝一种九洲大药房生产的名叫"人造自来血"的补药,等等。通过《谭正璧日记》,可以为教育史提供多方面的生动材料。总之,《谭正璧日记》包蕴丰富,值得我们进一步挖掘和研究。

王润英

雯　乘

第一卷

中华民国八年(1919),时年十有九岁。九月一日,月曜,阴。

行开校礼。向国旗行三鞠躬礼,向师长行一鞠躬礼。校长致训词,先释校训之意义,及实践校训之方法。后又寓意诫诸生,大意谓“求学不能兼爱国,爱国不能兼求学”(本蔡元培语)。

偕永福弟出行。至亮泰西烟行家兄正华处,询以返里之期,云系本月三日。及归,途购明信片三、牙刷一。

得俞文新君片。俞君为余在昆山县立第二高等小学校时同学,本学期考取乙种工业学校(在苏州)。余未到校前,曾致信询彼通信地址,故来片示知。

九月二日,火曜,阴。

受课六。受匋广师授国文——匋广师曰:“文者德与学之华。故治文必先修德讲学。”匋广师曰:“今世值文学大荒之岁,欲求丰年,责在尔辈。”匋广师曰:

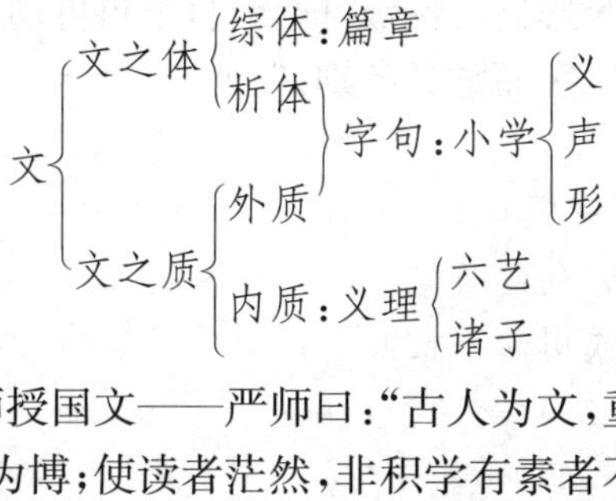

又受严师授国文——严师曰:“古人为文,重华藻而不务实在,僻典连篇,自以为博;使读者茫然,非积学有素者不能遽解;故常人视学为畏途,以致教育不能普及。自今而后,欧美学术,日渐输入,已成科学世

界，普及教育，尤为要事。故诸生以后作文，当屏弃华丽之辞藻，以实用为主，能以国语叙述尤佳。”

严师曰：“《战国策》为记事文，无艰深之僻典及华藻之辞语，诸生读之最宜。故屏弃《文选》诸书不读，而专授此书。”严师曰：“有清诸文学家，非宗桐城，即推阳湖。自今而后治文者，但求能达意表情足矣，分派推宗，殊属多事。”严师曰：

- 治文之事
  - 作文（日记）
    - 日记之体：纲目体
    - 日记之质
      - 记行：事
      - 记知
        - 思
        - 学
  - 写字
  - 读文
  - 看书
    - 批评
    - 综合
    - 分析
    - 比较

九月三日，水曜，晨阴且大风。

受课四。受严师授国文——严师曰：“诸生作文，须自加标点符号，否则他人读之，易致误会。今举例如左：孺人每令婢倚几傍饭，即饭。目眶冉冉动。孺人每令婢倚几傍饭，即饭，目眶冉冉动。右见归有光《寒花葬志》。同是十六字而意义各别。”

标点符号

。或．句号（每句完用）

；分号（用法例如并列的长句）

：冒号（总括上文或引起下文）

，点号

？问号

！惊叹号

，。用法举例如左

（《左传》）“凡尔器用财贿，无置于许。”其意即无置“凡尔器用财贿”于许。

（《孟子》）“所恶于上，毋以使下。”其意即毋以“所恶于上”使下。

（《论语》）“子路，曾晳，冉有，公西华，侍坐。”

九月四日，木曜，晴。

受课六。受严师授《战国策》——严师曰：“汉刘向校定各国杂史，而成《战国策》三十三篇，其书非出自一家之言，故每章各自为体。”严师曰：“禹取九州铁，铸成九鼎，以象九州之形，王者掌之。秦思篡取王位，故兴师以求之也。”严师曰：“齐之发兵救周，亦欲得九鼎以自称尊，故颜率一言即诺。”严师曰：“文，记事之文，表情之文，达理之文。”

致正华兄片二。一询其何日至申。一托其带出算盘及《中华大字典》，并询祖母安否。

九月五日，金曜，晴。

受课六。

往省教育会听余日章先生演说。下午五时，至省教育会，坐少顷，由会长黄炎培先生介绍余先生讲演游美时之闻见。黄先生退，余先生乃上坛演说。今录其要语如下。（辞不达意，非所计也。）

余先生曰：“鄙人初意，原欲由美赴欧。既至美国，检阅全国多日报纸，无有言及远东事者；偶记一二事，亦惟言日本如何发达，及中国如何腐败；于所谓最重要之山东问题者，概未言及。以此忿愤而改变初志，遂留美不去，以联络全美人士之感情，使其争山东问题。孰知彼等茫然不知，至山东地势之广狭，山东关系之重要，山东人口之多寡，更无论矣。某日，纽约克开大会，鄙人得友人之介绍，亦得人会。鄙人由此机会，即将山东问题之不平待遇，一一详述，及退，美人之接见者，除询问一二饮食事外，仍不言及。鄙人不得已，乃将山东问题，投稿全美各大报馆，盖必使美人知山东问题待遇之不平而后已。

数日之后，全国报纸，皆载山东事，由是而日本之无理、中国之受侮，一一披露。全美人士，蜂然大愤！皆怜中国之境遇，而痛诋和会之不公道；日本于此，亦遂踖踧不安！

鄙人在美时，有友人在巴黎来函，述及和议事，今亦略述之：我国此次外交之一败堕地，早由于一九一七年二三月间之两星期内定之。盖日英、日法、日意、日俄诸密约，早将山东问题，暗中订定。故和议中之尚持公理以争者，惟一美国。而日本又以撤除人种问题以难之，意大利又以退出和会为要挟；美总统欲使国际同盟之成立，不得不阿意顺从，而吾山东，遂以断送。由此可见日本外交手段之敏捷，殊出人意料之外，真堪令全世界人注目也。

以不谙外交之中国，而欲与敏捷外交之日本争胜，胜负之决，各国早已预知。而吾国代表之惰懈败事，亦当自尸其咎！当和议开幕之时，各国代表，多奔走连日，互相联络。独吾国代表，寂然无闻，一无预备。嗟乎！——诸君！吾代表于此时卧薪尝胆之不暇，孰知竟开心骋怀，终日大打扑克；国家大事，付之东流！

不但此也，和约签字日，吾国少数代表，欲私行去签，嗣为留法学生所侦知，四出俟阻，方得停止。诸君！须知吾国人对此不公道之和约，无论灼肌裂肤，强兵压境，决不可签。盖后日吾国自强，可以力争；签订之后，虽有力与争，各国必指为背和约，群起责问。试问吾国人能以一敌众乎？

彼日本又以不签和约，不能加入国际同盟，以吓吾国；吾国人不明国际同盟之内容者，欲补签和约，此大误也。盖国际同盟之性质，威迩逊不在欲使世界真真和平，而在欲执世界牛耳；或谓其不但欲为美国大总统，而欲为全世界之大总统；甚者目之为强盗王，信不诬也。同盟之性质既若是，则一无价值，可知如不加入，亦无关系。

此次‘五四’风潮，传达美国，美之人士，大加敬重，共议扶助进行；吾国前途，或稍有光明。然他人之助，不可久持；故鄙人以最诚恳最紧要之一言，贡诸在会诸君，曰：‘欲人助，必先自己助自己始！’……”

余先生演说毕，黄炎培先生上坛，代众人致谢意，并勉励众人，当一从余先生之言行事。遂退，时钟已近七时；及归，途中灯火如星矣。

九月六日，土曜，晴。

受课三。

偕永福弟往商务印书馆购书。购《四书集注》一部，又至文明书局购《清外史丛刊》四种。往时于扫叶山房前，逢赵君怀璧，询知现在民立中学。及归，又遇徐君廷赞、陈君忠彝于五马路望平街口；二君一在中国体操学校，一亦在民立中学。

九月七日，日曜，晨晴，下午阴。

偕永福弟往城隍庙市场。购茶壶一把，蓝墨水一瓶。

洗足。余性懒，心好卫生，而虑不能实行，故一一记出，以自励。

致郁祖伦君函。信系昨夜缮就，而今日投邮。郁君现肄业省立第一师范学校，余之至交也。

九月八日，月曜，晴。

受课三。因天忽酷热，故下午停课。受匋广师《论语》——匋广师曰：“‘文’主修辞，‘语’专达意。此‘文’与‘语’之不同处。”匋广师曰：

- 《论语》
  - 语旨
    - 关于教者
    - 关于政者
    - 关于学者
  - 语类
    - 弟子相与言而转闻于夫子之语
    - 孔子应答弟子、时人之语

匋广师曰：“思想者事实之母，故思想必近附事实。然思想自思想，思想者，事实之先声；事实自事实，事实者，思想之结果，不可混而为一。”匋广师曰：“秀民最能发生思想，而不能见诸事实。平民最能施行事实，而不能发诸思想，此为中国衰弱之一大原因，必两相附近而后可。”

洗衣。

事修养。“前不见古人，后不见来者。东风吹落花，故乡安在也？”见《北美瑜伽学说》。余生八月，母见即背；八岁时，父又弃养。伶仃独立，赖祖母扶养，得至今日。然先天既弱，后天又虚；贫病交迫，年复一年；又加浸淫典籍，以致身躯日弱；不加修养，势必见殆；天既生吾，弃之可惜。今春以来，专务修养诸书，求开心志，以兼挽回，虽东爪西鳞，所见不多，然嚼之大有意味。身居陋巷，如潜山谷，心地静明，一尘不染，非真知此中三昧者，不能以神会也。

余远离家乡，思念之心，未能或已。祖母日薄西山，朝不虑夕，以此颇抱悲观，常日不乐。自得诵此言，不觉恍然大悟，方知世界虽大，随处都可安身；落花飘蕊，原由风定，树高千丈，叶落归根，只可作自慰自解耳。

九月九日，火曜，阴。

受课六。上午第二时英文改算术。

拟尺牍一通。上家长书。禀告在校近况。

祖母大人膝下：

敬禀者，孙叩违慈颜后，即安抵校中，身子安适，堪纾悬念。校中于本月二日开课，孙于各种科学程度，尚不至相悬，甚喜。宿舍章程，晨六时起身，晚十时寝，稍觉不适，大抵因在家习惯所致，日久自能安适。孙素喜阅报，校备有报纸六种，故于每日散课后必往，遍阅需一小时余，然仍不妨碍自修。孙非年稚，自知勤奋求进，决不敢负大人之望也。近日天气变常，寒燠难测，伏乞大人珍摄。余俟续禀，虔请金安。

孙正璧谨禀　九月九日

接正华兄覆片一。算盘及《大字典》已托居乾华君带出，命余至三泰码头自取，并告祖母甚健，私衷大慰。

九月十日，水曜，晴。

受课四。上午第一课数学改英文。

出校。告假得许可，至三泰码头居君乾华处，取算盘及《中华大字典》，即归。

九月十一日，木曜，阴。

受课五。受贾师授《修身礼仪法书》——贾师曰："礼为精神的表现，仪为形式的表现。"

接郁君祖伦由邮局递还《日知录》二册。《日知录》系余在家时借与郁君者，此时乃交还。

读唐诗。（读那几家诗，课余可来匋广处谈谈。）

九月十二日，金曜，晴。

受课六。第二课体操改算术。受匋广师授《说文》——

六艺
- 易
- 诗
- 书
- 礼
- 乐
- 春秋
- 论语
- 孝经
- 小学（别为一纲）

小学
- 形体（《说文》等书）
- 声韵（《广韵》等书）
- 义训（《尔雅》等书）

积字成句，积句成段，积段成篇。

右表见二日日记，惟此表较详，故不慊而复录之。

匋广师曰："《说文》之文，非文章之文，系文字之文。其分别处，文章之文，为字所拼成者，文字之文，为以拼成字者。"

九月十三日，土曜，晴。

受课三。受《语》——匋广师曰："古人之书，有自为一书而不分篇者，有但分篇数而无书名者。后人将无篇者分篇，无名者题名，于是若不可辨，实则一开卷即知。今举例如下：原不分篇而为后人所分者，多举篇首字题篇，大都皆无意义。如《论语·学而》《孟子·梁惠王》等篇。原不有总名而为后人所题者，如《荀》《扬》《庄》《列》等。其书本惟有篇名，故其篇名皆能包涵全篇意义。如《庄子·逍遥游》《荀子·劝学》等篇。”雯按：匋广师所云，与此略异，余不揣鄙陋，稍为广述之。

听童子军教练员沈师训言。沈师曰：“童子军之原名，译自英文，初曰‘童子斥候团’。后见其有类军人装饰，故易名童子军；然并不含有军人性质，惟人格教育之一种耳。童子军之所以为人重视者，以其具有完全之技能，具有威肃之精神，能为人所不能为者。近世界各国，莫不有童子军，吾国百事皆落人后，独于童子军一事，提创不遗余力。交通便利诸区，大都有之，亦不可不谓中国文明日进也。”雯按：其辞甚长，以限于篇幅，故简略之。

偕永福弟出外。在市上购笔及牙粉、信封等物。往夏成周先生处。先生本为余同乡，又系先父之友，今因其子清祺、清祥二君，肄业民立中学，故租屋居申。余外出时，先生来访，未遇，留书地址于门房，余归方知，故急往候之。清祺、清祥二君，亦余之挚友也，一年十二，一年十四。

九月十四日，日曜，晴。

至亮泰烟行。到后，稍坐，索旧报纸及元书纸各若干。复往夏宅，坐谈片刻，即归。

偕永福弟出外购书。至中华书局买《诗经》一部，及墨水一瓶。又至文明书局购《疑雨集注》一部，亚东图书馆买米突尺一支。

九月十五日，月曜，晴，风甚大。

受课六。受《语》——“读《论语》，自始至终，无一此字，盖以斯字代之。”“君子有德者及在位者之称。缘在位者必有德，有德者始在位；二者兼合，不可分离。如分离，则不成其为君子矣。”“凡为事皆曰

‘政’，非专指政事而言也。”“《论语》全书，可分为三类：曰‘学’，曰‘政’，曰‘教’。有朋自远方来，盖受教也；‘教’不倦，‘学’不厌，而后可以言‘教’、言‘学’。”习《语》——“余每读书，五六遍后，即能背诵；然数日之后，即已遗忘。故‘学而时习之’一语，是孔子亲身经历得来。遗忘者，即不时习之故也。谢氏曰：‘时习者，无时而不习。坐如尸，坐时习也；立如齐，立时习也。’盖兼‘智’‘德’‘体’三育而言学，可谓深得大意。人能孝悌，而后忠信随之。其必以孝悌为先者，人必由家庭教之，而后方施之社会故也。在家庭必孝悌，在社会始忠信，二者不能互易，先后职斯之故。读《论语》时，须句句推敲，不可草率，而后方觉意味深长。《论语》与《孟子》之不同处，一主理，一主辞。”受许——

书之体二……独　文
　　　　　　　体为
　　　　　　合　字

六书
- 指事
- 象形
- 形声
- 会意
- 转注
- 假借

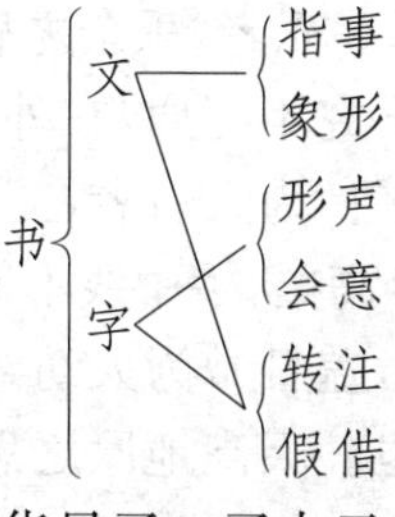

接正华兄函。函中云：“兄大约后一日至申，弟可于星期六下午至亮泰一叙。”

九月十六日，火曜，晴。

受课六。谈话课。

字音之四种呼法
- 开……收音阿
- 齐……收音噫
- 合……收音呜
- 撮……收音于

九月十七日，水曜，晴。

受课四。

致正华兄一片。覆前日之来信也，并请代禀祖母要零用若干，及棉袄棉被，且托其代为带出。

读唐诗孟东野《游子吟》："慈母手中线，游子身上衣，临行密密缝，意恐迟迟归。谁言寸草心，报答三春晖？"母子相依，天性使然，故手持一线，身穿一衣，即能有动乎中，而生无限感慨也。母之于子，未尝欲其一刻远离左右；不得已而别，口虽催行，而心中惟恐其不归；倚门倚闾，望眼欲穿；故母之恩，岂寸草之心所能报哉。余父母弃养，伯叔又无，惟一年高祖母，伶仃在堂。自余之出，乏人侍奉，余之中心，固未尝不凄然欲碎也。为后日糊口计，不得不勉强负笈，然亦所以遵堂上之命。余之出也，嘱保重，嘱用功，嘱忍耐，嘱无事不必归；而其心也，吾知亦未尝欲余远离左右一刻也。尝记一年前，余寝疾居家，将半载，祖母大忧；及愈，欣然而出，则大乐。乐者，乐余之病愈也；非乐余之出也。故临行又转忧而言曰："身子究不复原，在外不如在家息养为便，恐再缺课，故不敢再挡汝。"嗟乎！为人后者，闻其亲切恋爱之言，能毋感激而下泣乎？虽然，祖母年高矣，手中线不能执也，平居衣服，必以钱购，然其钱之来，言之堪酸，盖日常为人纺纱而得也。故穿一衣，用一钱，未尝不念祖母之劳苦也。天高地厚之恩，安能尽道！嗟乎嗟乎！茫茫前途，吾不忍言；祖母年逾古稀，等之风中残烛，一旦不测，则余茕茕此身，将何依乎？人之有父母者，吾惟见其日事豪侈，真心用功者百不得十；不知金钱之由来，恣意挥霍，若较之余，恐悲凄之不暇，何暇作乐哉？读《游子吟》，当皆不至汩没其良心也。余以多忧多愁之身，厕身学校，而人不能见吾多忧多愁，何也？盖余自今春来，已务修养而持释理，尝记数言曰："毋劳尔神？放下而已矣！汝何为忧愁？放下而已矣！汝何事苦虑将来？放下而已矣！"故每转念及忧时，诵此数言，可使冰然若释。

致中华书局一函。索《书目》也，兼补《疑雨集注》缺页二。

九月十八日，木曜，晴。

致商务印书馆一函。索《图书汇报》及《英文书目》。接母亲谕。余上习字课毕，退至自修室，见桌上置一明片。取而读之，不觉四肢作悚，凄然欲泣；盖吾亲爱之三妹，于昨日病故矣。今录母亲来谕如左："次儿知悉：汝妹忽于今晨变病，巳时疾终，大约明日大殓，望汝禀明校长，回安一次，此嘱桐次儿鉴。母字　闰七月二十四日。"余即往晤表弟钱永福君于十七号自习室，告之曰："天有不测风云，俗语应矣；吾三妹于昨日病故，余固不料之也！"永福弟亦为之凄然，曰："然则兄宜作速归去，以慰堂上！"余诺之，即往舍监室告假。

至安亭奔妹丧。告假毕，稍理用品，即离校，已九点钟矣。乘电车至车站，适九点四十分班之火车开，至午后四十五分钟，方得再有；故至震昌南货店（余之表母舅所设也）。留余午餐；毕后，再至车站，乃购票乘车抵安。在路上行，心中无限凄楚，触景伤心，睹物悲怀；既惜吾爱妹，又念及自身；有此身前途，不堪追想之慨！于路购《新申报》一份，在车中阅之，以解悲怀。及抵母亲处，适将出殡，见余至，乃命稍停，待余行礼。礼毕，入内谒母亲，母亲在帏后，伤心痛哭，惨不成声；余初强持止泪，至此乃不复能忍。时正华兄已先余由申归，同余送殡之街后，停柩野中，以砖造椁封之，乃归。嗟乎！吾妹！由此长眠夜台，永永无再见之期；吾妹有灵，当知汝有伶仃孤苦之兄，于今日送汝行也。归，母亲以哀伤过甚，已泪干声哑，余等劝慰之。食回丧饭毕，余乘舟至黄渡，兄留居安，盖明日乃三朝也。俗人死三朝，必由家人往祭，故留兄任之。

至家。余抵家后,见祖母甚健,心中大悦。祖母见余较前稍瘦,诘余安否。余告以无他,惟近日稍积食耳。乃至药铺置皮硝十文,余睡时用布包束腹上使消去之。

九月十九日,金曜,晴。

在家。祖母以余归,乃市肉为肴,又为治消食之剂,无非欲余身体健也。又赐月饼一匣,余嚼之大乐。嗟乎嗟乎!吾祖母之恩,不能一一形容,虽有百身,亦不能报其万一也。午后,又付余洋五元,以为校中零用;余誓必可省则省之,决不浪费半文;前此所用,已记于簿,可供查察,又可以明苦衷也。

致永福弟一片。告以昨日在安情形,兼托代告舍监,余于星期日必至校。

理书籍。在书箱中取《左传菁华录》第一、二册,《左传句解》第二册,《文子》《庄子》《列子》各一部,《天演论》一册,《许氏说文》全部,将以带至校中温习或研究也。

著《伤心之言》一篇。新会梁任公先生著《饮冰室全集》,中有《伤心之言》一篇,盖先生有感于国事而作也。余之斯篇,则以妹亡之故,伤心不能自已,仿其目,一泻胸中之愁,故名虽同而义自别,非可一概论也。读余记者,是宜明辨。

余母逝后,父即续娶后母,居安亭,生三妹。余则生长祖母家,故三妹之一言一行,不甚深悉。兹篇所述,悉闻之此次丧事中亲戚之谈话也。

谭雯曰:天下伤心人,孰有甚于余者乎?父亡母逝,祖父又故,至亲者惟存一祖母,一后母,及一兄一妹。祖母及兄,余早夕相亲,融融泄泄,可不必言。后母及妹,居安亭外祖母家,余每年惟往省三四次,故稍觉生疏。实则吾妹一故,念及骨肉之情,一片伤心,亦不能自已也!余文陋,不足以传吾妹,然义不容辞;片言只语,率尔成篇,欲使天下伤心人,不吝同洒此一掬热泪耳!

妹小余四岁,性端谨,寡言笑,不好脂粉,而喜典籍,性与余相近。肄业圣公会女学，智德二育，素才不落后；又加刻苦用工，焚膏继晷，夜以续日，年以为常。呜呼！子瞻有妹，道韫无兄，余实有愧！今岁春，偶患小疾，母亲不甚注意，而妹则仍百城不释。余初不知也，孟夏初，余往省，始知之。劝以宜速治，母亲云："本月以来，已请医三次矣。"余取医方读之，盖亦以为小恙，稍服药即愈，余遂不以为意。秋之始，兄亦往省，不愈亦不重，以此益视为不碍。不意余到校后之十八日，而噩耗竟来，事出意外，更形伤悲！逝之日，所读《孟子》末篇，尚在案上。师校中师长，亦甚惋悼，命学生二十人送殡。盖怜才惜命（作惜薄命解），人所同也。嗟乎！虽非同胞，实系骨肉；痛逝之无辜，悲生者之有憾，雯也伤心人，安能免此一番哉？

余身躯素弱，厕身琳琅之中，自觉太险，今又以妹故，更觉心折骨惊（心折骨惊之典故，见江文通《别赋》，岂严师未曾见耶？九月三十一、雯），来日方长，能无杞忧。然境由心造，加以修养，节止研求，日除烦恼，而持"快乐主义"，则有病也亦愈，因噎废食，似可不必。此次一番伤悼，以余不达观故。实则瑜伽行者有曰："谁能为汝亲爱，放下哉！"又曰："生死幻也，放下哉！"虽至亲骨肉，男女少壮，同作如是观，何用悲也。

以上所记，自知太赘篇幅，然此心悠悠，不能自已，故信笔直书。意叠辞碎，更不记也。跋以上二日日记。

九月二十日，土曜，阴。

在家。接正英兄禀祖母函。正英兄祖母之嗣孙，在珠家角行商，来信托将炳侄之衣服、铺盖等由申寄至角。祖母命余至申时，托亮泰号内代寄之。

祭祀。今日为先叔祖母怀堂公忌日，故设筵祭之。

兄自安亭来即去。兄云："母亲留彼住至出月，故即回安。"余告以明日至校，且约在申再晤。

发寒热。余自十八日在舟中稍受风寒，至是乃发寒热。

九月二十一日，日曜，晴。

赴校。余自昨夜发寒热后，头痛身软，汗出不已，以致八时尚不能起床，恐误乘车时刻，不得已而起。余初取意欲步行至车站，祖母云："疾未愈，宜乘舟，切勿吝小资而遗大戚致后悔莫及。"余诺之，遂遵其命。凡在少年时代，固当节俭，乘舟车往他处，近者可省则省之。余每至车站（约六七里），祖母必命余乘舟，余以欲节省故，必违其命，此次独否，盖有感于同学友李君瀛俊之故也。李君，昆山北陆家桥人，肄业太仓第四中学；去岁冬，有疾，步行回家。初，疾甚微，以行路太多，遂至不起，余辄引以为前辙。在乘舟处遇旧友孙君蓉镜，稍谈别后事，即别。至申后，往棋盘街五洲大药房买自来血一瓶，又至天泰祥、亮泰各一次，将炳侄之衣服、铺盖等，托亮泰内由脚划船寄至珠家角。及到校，已四下钟矣。得中华书局寄来《乙种图书目录》一份。夜间仍发寒热。

九月二十二日，月曜，晴。

上祖母书。禀至申安好。

受课六。受《语》（自"子曰：道千乘之国"至'使民以时'一章）——"学说之文整齐，美术之文差参。唯其整齐，故能清；唯其参差，故能美。""读《语》当与朱熹《集注》并之，如必独出已意，蔑视朱注，则明之陈际泰，乃前辙也。""君子之心公而恕，小人之心私而刻。公而恕，故易事难悦；私而刻，故易悦难事。"

五德：
- 敬事
- 信
- 节用（《墨》言节用，《老》言俭与此同）
- 爱人（《墨》言兼爱，《老》言治与此同）
- 使民以时

"孔子之节用而爱人，即墨子之节用兼爱，老子之治俭。三者源同而道异也。"

文字第一次笔试。

得中华书局印刷品一。即前日所索补之《疑雨集注》缺页也。

九月二十三日，火曜，晴。

得商务印书馆寄来《英文书目》一份。

受课六。受严师授《尺牍要例》——“一字不成行，一行不成笺。敬式用之于上平行，简式用之于平行以下。抬头有阶级抬平抬两种，阶级抬施之于敬式，平抬施之于简式。”

书牍之总义五
- 辨分……分有尊卑
- 辨谊……谊有亲疏
- 辨情……情有深浅
- 辨事……事有吉凶缓急
- 辨人……人有雅俗男女

书牍之体质二
- 内质……（词语）
  - 词
  - 语
- 外质……（笺函）
  - 笺
  - 函

九月二十四日，水曜，晴。

致正华兄一函。询何日至申，并托将短脚裤带出。

受课四。

九月二十五日，木曜，晴。

受课六。

偕陆廷抡君谒严师谈话。严师观余日记，谓余太为悲观，宜取“快乐主义”，余甚佩其言。故以后所记，一如所命，前此已就，虽更改亦无益；盖悲观已悲观矣，来日快乐，方兴未艾，不必计较也。又往匋广师处，观昔日投考课卷，听二师谈论，约一句钟。

九月二十六日，金曜，雨。

受课六。受匋广师授《六书》——“名与字相同，古人以口所言者为名，笔所书者为字。”“释‘名’字。古时无火，夕不见物，暗中遇人，辄自报名，故从夕从口。”“释‘以事为名’句。事，形也；名，字也；言以形为字也。”“释‘取譬相成’句。譬为同音之字，言取同音之字合成一也。例如江，古读如工；河，古读如可。”“古惟以一字注音，魏孙炎始作反切法，名曰反语。反切，系后人讳反曰切，而并称之也。或以二音合一曰切，一音化二曰反，余以为不然。盖既一音化二曰反，古书注中何不曰反○○，而曰○○反也？”

九月二十七日，土曜，阴。

受课三。受《语》（“弟子入则孝”章及“子夏曰贤贤易色”章）——“古理有已变者；未变者；宜变者。《论语》一书，是未变者。”“凡一真理发明，其寿命各有长短。如达尔文之‘生存竞争说’，当时几视为铁案不移，今则已有非之者。惟此章之道则不然。一则寿命已断，一则寿命方长也。”“小学先行后知，大学先知后行。《中庸》有曰：‘成己成物。’小学是成己者，大学是成物者；成己而后能成物，故先小学而后大学。”“古籍多施之秀民教育，不可以为平民教育，《论语》亦然。”“真理之寿命长短，可见文化之进步迟速。理之寿命长，则文化进步迟；理之寿命短，则文化进步速。”“古之所谓富民者，以力不以财；今则反之。”“凡‘人’我皆当爱之，不可存，‘我’‘你’‘他’分别之心，如此方得谓之有道义者。”“小学简而浅近，大学繁而高深。”“古之求学目的，在于成己成物。今之学者，皆志在显宦。所以今不逮古。”“释‘致’字。自外而内致获，自内而外致委。”“古以君为重，独荀子重道不重君。”“小学之道，先行后知；子夏之言，与之相反；故吴氏以为有弊。”

小学
- 孝 弟 谨 信 爱 亲……行
- 学……知

大学
- 格物、致知……知
- 诚意、正心、修身、齐家、治国、平天下……行

孔子门下分二大派：

沈潜……狷……崇实……保守（如曾子、子夏等）

高明……狂……崇虚……进取（如颜渊、子贡等）

知行之分别
- 行……实（故沈潜属于行）
- 知（学、思）虚（故高明属于知）

习《语》。匋广师授《论语》，崇王学之“知行合一说”。

出外一次。观化装演讲团演《遗嘱》。

九月二十八日，日曜，雨。

温《左传》。读《左传》。温者，温已读者；读者，读未读者。

禀母亲片。余昔日至安，母亲嘱余本月二十八日至安一次（三妹煞期）；余以缺课故，故禀告待五七时方往。

偕永福弟出外闲游。至邑庙，永福弟先归；余续至夏模周先生家，四时归。（日记至此，暂作一结束，文言自此终，白话自此始。）

九月二十九日，月曜，雨。

温《左传》。

受课六。受《语》——子夏曰：“贤贤易色；事父母，能竭其力；事君，能致其身；与朋友交，言而有信；虽曰未学，吾必谓之学矣。”（雯按：此章所受，已于二十七日日记中有之，此系续受者。）匋广师说：“凡人当明白这‘虚’‘实’二个字的意思。‘虚’就是知，‘实’就是行；

有了知，那么才可以行。今子夏所说的话，是不用知就可以行，那么就不成话了。所以人家有反对他的说数的。”子曰：“君子不重则不威，学则不固。主忠信。无友不如己者。过则勿惮改。”匋广师说：“吾前天所讲‘君子’二字的解释，是在位者及有德者的称呼。因为有德者方才能够在位，那么在位者都是有德的了。此处的‘君子’二字，若是也照这样讲，似乎有些不合。所以此处所称的‘君子’，当作将学‘君子’的人解；并不是已经在位者，及已经有德者。”“汉朝的学，是重在考据。人家叫他做汉学；宋朝的学，是重在义理，人家叫他做宋学。义理比考据稍有价值，所以宋学就比汉学看得重些了。以上所讲，都是古人治经的派别。今专就宋学而讲，宋儒的修身大要有三章：第一叫做‘省察’，凡是所做的事，一一把他省察省察；第二第三叫做‘忍养’‘克治’，省察之后，若是没有差误，就可‘忍养’；若是自己做了差事，那么就应当‘克治’他了。”“一个人犯了过，就要把他改却，方才于吾品行无碍。若是不把他改去，连着又去犯他，那么就成了一种大恶了。恶是不可改的，过是可以改的。所以人家有了过，还好；若是犯了大恶，那就不行的。”

君子
- 存成（实）
  - 威重……形于外者……身
  - 忠信……存于内者……心
- 祛妄（虚）
  - 不如己者……防外来者……人
  - 过……祛内有者……己

（雯按：上表所记，令人视之，一目了然。所以匋广师的话训，吾是很佩服的。）曾子曰：“慎终追远，民德归厚矣。”匋广师曰：“慎终是讲‘丧’，追远是讲‘祭’。今世的人，对于自己父母，生时不能孝敬，到了死后，多抱‘死葬之以礼，祭之以礼’之话训，以谓能如此，就可算孝了。早把‘生事之以礼’一句，付之度外。所以我主张的是‘事生主义’。为什么呢？大凡一个人身体是实的，魂灵是虚的。父母生时，你去孝养他，他是知道的，且快乐的。等到死了，你把他身后的事，办的很好，又化了很多的钱，去办这么好的棺材咧，这么好的祭筵咧，他都一些也不知道，并且也不知道快乐。这样看来，生时不孝，死后方尽礼，也何苦来呢？吾今有一个最易明了的譬况在此：一个人，忽然害了一个疮，后来烂得很大了，取刀把他割去，他也不觉得痛，这为什么缘故呢？因为这块肉已今死去的缘故。所以全身死了，也是这样看。况这割下的疮，决不把他用贵重的东西存他，人死之后，最好也是这样。推而自己父母死后，也是这样。所以我最赞成这'事生主义'哩。

"凡人初堕地的时候，早已负有极重的责任。是什么呢？原来即是吾前天所讲《中庸》上的'成己''成物'二事。'成己'可以'学'字去包括他，'成物'可以'政'字'教'字去包括他。故欲卸此极大的责任，非'成己''成物'不可；欲'成己''成物'，非从事那'学''政''教'不可；这《论语》全部的宗旨，都在'学''政''教'三事上着重，所以《论语》是不可不读的。"受文字——匊广师曰："古人注音，始用'读如某'。后以文字数太少，不足供给，乃起用反切。又分同声、同韵、同音三项；(例)玕，基烟切，读如坚。基与玕同声；烟与玕同韵；坚与玕同音。"匊广师曰："凡'形声'字所取譬之字，与原字之义，多有关系。如取古为譬之字，多非吉祥意，其一例也。枯、苦、固、故。（王照说）又有二例如下：仑，从人从册，理也；凡取仑为譬之字，多含有理字意：纶，丝之有文理者；论，有理之文；伦，伦理。巠，巛，川也；川，水之长者，凡取巠为譬之字，其名物都系长者。经，布之甚长；纵面，茎，草茎甚长；形脛，腿也，足上之一长段是也；陘，山壑间之长路(如太行山有八陘)。凡'形声'字有最要之秘诀二：用以为'声'之字，与原字多有义。凡取以为'譬'之字，音必同；如不同，则今古音变之故。江，以工成之，故用为声。河，以可为'声'，故以为'譬'。可字之义，与河字无关。盖取其可之音，若河中之水声也。例如，铜、铁、锡、钉等字，皆取其物之声，以为字之声。其余甚多，兹不列。"匊广师曰："《说文解字》共九千余字，而'形声'字占五分之四。故于'形声'二字之意，当先明白，然后学《说文解字》方不致艰难。"

读《庄子·逍遥游》篇。

九月三十日，火曜，晴。

温《左传》。

受课六。

往匋广师处谈话。吃了夜饭后，稍休息一会子，我就到匋广师处谈话。起初，匋广师看了我的日记上边还记着读唐诗一纲，就在下面添写几句，是"读那几家诗，课余后可来匋广处谈谈"，因此我就不能不一去。况且匋广师的训话，我平日最佩服，恨不得时时领教，此次命我一往，真好似天从人愿了。匋广师的训话很长，又兼方言有些听不懂，故我所记的，只是小小的一分子。不然，我日记的资料，更要多哩。但是我的性质很是愚鲁，不能达意的地方也很多，所以匋广师很好的训话，被我差记的也不少，只好告罪了再说。

余到了匋广师处，先述明来意。匋广师说："做诗是极高尚的事。前次毕业诸生中，有好几位是能做的。我既见你读诗，知你必定欢喜学，所以我命你来谈谈。但是我今天最要教你的几句做诗宗旨，你须牢记着。第一，须知道作诗是件极快乐的事情：我胸中所有的一切悲欢忧乐，都可把他一一写出来。有的说，既是快乐的，为何有许多诗，令人读了能够悲凄呢？要晓得这快乐二字，是对于作者方面说的，并不是对于读者方面说的。当时作者怀中，有许多的悲凄，无可发泄，就把他一一写入诗中。你想，作者既然将悲凄发泄出来，岂非已变成了一个快乐的人吗？所以我说作诗是极快乐的事，就是这个意思。第二，诗主性灵，故必定任他自然。无论文言白话都好，起初做时，不可就做律诗，必定先从古诗着手。不必论多少，二句以上，都可叫他做"诗"。若是先学律诗，既要求平仄的切合，又要求对语的精工，那时早把性灵一方面塞住，已觉得不快乐，而且必视他做难事了。第三，须以一家为宗。初把各家诗都通通读过。心中爱那一家，就把这一家细细儿的研究。然而家数浩繁，不能够都一一把他卒读，所以不得不求之选本，选本以曾国藩选的《十八家诗钞》为最佳。（雯按：桐城姚永朴先生的主张，也是这样。见先生的大著《文学研究法》。）汝如果要读，你可到我处来借。”我问道：“诗韵以那一种最为适用呢？”匊广师答道：“古韵书分韵太多，故于你们初学有许多不便。明末顾炎武先生，把他并作十韵，只有平声一类，这上去入三声，都隶属在里边，为这么呢？例如平声东，读东字时，这上去入声的董、冻、笃三字，自能连口而出。所以不必把他分立，用之最为便易。然以吾的意思想来，先用方音，后用古韵也好。其次的韵书，是《广韵》《佩文诗韵》二种，至于那《诗韵集成》《诗韵全璧》等书，都是科举时代用的，内容太为呆板，与你们是不合用的。”由匊广师处出来，就到化装演讲团围观演习《国仇记》，约十分钟，即退还至自修室。

十月一日，水曜，晴。

得家中寄来衣包一个。即我前日写信去要的短脚裤二条。

受课四。

正华兄来，余与之坐谈半句钟。并带来棉被一条。

阅《天演论》。

十月二日，木曜，晴。

温《左传》。

看《学生潮》。

受课六。

偕苏君兆骧及永福弟至匊广师处借《十八家诗抄》一部。匊广师曰：“学诗之程序，初取各家诗遍读，然后择与吾性所相近之一家，加意研求，而我所作者当亦求其与之相似；如我读杜，人读我所作疑为杜；我学李，人读我所作疑似李；果能如此，则可与言诗矣。一家精熟，由是再进而复细求各家。取其精蕴，去其繁缛，既精切博，最后乃自成一家之言。如此，可以谓之入彀。”余请于匊广师曰：“自今日起，我等所作之诗，各录一册，请先生一一改正，未知可否？”匊广师曰：“如此，余甚赞成。汝等录就之后，待余改可也。且余所作者，亦将与汝等观之。”至是，乃借《十八家诗抄》一部，作礼而退。

读曹子建五古。

阅《凝雨集》三页。

十月三日，金曜，阴。

读曹子建五古。

温《左传》。

受课六。受六书——匋广师曰：“‘形声’字之必须辨别清楚者，其故有二：对于古，则‘形声’字多，如识字，必先辨别之，而后方不至误紊；对于今，则名词日多，古字不足用，必造新字，所造之字，亦‘形声’字多；故汝等当注意之。”比，聚集也，排次也，亲也。谊通“义”。依《说文》则仁义之义为义（仁义二字中藏人、我二字）。情谊之谊为谊。指、㧑，同指挥，或指麾。武，从止从戈，言平定干戈，必用武也。信，从人从言，凡人之所言皆有信，失信者，非人所言也。令，从亼从卩。亼，同集，鸟集于木叶也，与翔字为对，止曰集，飞曰翔。卩，节也，等之今日之印信，古奉君命，用以为信，共有二，可以相合，故合亼、卩二字，而成令字。长，从[illegible]，从兀从匕。[illegible]，即亾字。兀，高远意也。匕同化，言高远而易变化也。亾声。“比类合谊”句之举例。

止（类）
戈（类）｝武（义）

人（类）
戈（类）｝信（义）

六书之化合：

一实象（指事）
二虚象（象形）｝独体（文）
三有声（形声）
四无声（会意）｝合体（字）
｝四体
五由杂体之多（转注）
六由成体之少（假借）｝（有文有字）二用
｝书体之辨

读《庄子·逍遥游》篇。

十月四日，土曜，阴。

读曹子建、阮嗣宗诗。

受课三。

全校学生往共公体育场，兼游行街市。

正华兄来，云："今日下午回家。"

读陶渊明五古诗。

十月五日，日曜，晴。

上午出外一次。至亮泰西烟行。又访夏模周先生，及其二公子，不遇。

午后偕永福弟出校。先至邑庙。永福弟以足疲先归。余乃往先施公司购《辞源》一部；商务印书馆，购《王氏说文句读》《广韵》各一部；扫叶山房，购《十八家诗钞》一部。三时半归。

十月六日，月曜，晴。

复读曹子建五古。

受课六。

于贩卖部购子书六种。计《庄子集解》四册、《韩非子》六册、《列子》二册、《老子》一册、《墨子》四册、《管子》四册。

十月七日，火曜，晴。

受课六。受《语》——匋广师曰："凡人有求于我，可应者应，不可应者不应；如不可应者而应之，则人将效荆轲之求樊于期者而求之我，亦可应之乎？如应而不与，则失信，应而与，则丧生，故不如不应之为愈也。故曰：'信近于义，言可复也。'"匋广师曰："恭而近于谄，则自辱，故曰，'恭近于礼，远耻辱也。'"匋广师曰："勤俭者，可以成人，可以成家，可以成社会，可以成国家。人每以'老生常谈'而忽之，故人不人而家不家，社会不成其为社会，而国家不成其为国家也。尝见人家联语有曰：'勤能补拙，俭以养廉。'二语可谓有经历人言。"匋广师曰："食毋求饱，非故意减省其食也，使之不饿而不必求满足，则是矣。何曾一日食万钱，袁世凯一餐二百元，皆饱之谓也。”匋广师曰：“‘食毋求饱，居毋求安’，是言不必用心者。‘敏于事，而慎于言，就有道而正焉’，是言必须用心者。”匋广师曰：“孔子最讲安贫乐道。故以谓己有学，人必知之。惟不知人，则一旦行政，每至贻祸焉。”

同永福弟至安亭。乘晚车抵安，已灯火隐显矣。谒母亲，略谈话，并述妹生前事，心酸几至下泪。九时寝。夜间梦魇，醒而口噤身木，乃念六字真言，遂已。雯按：此事非属迷信，治心理学者自知之。

十月八日，水曜，晴。

在安亭。晨，母亲于妹灵前哭泣，余闻而起身劝慰之。

步行至黄渡。共行十二里，至家，祖母矍铄如常，乃大喜。

兄自横河村来。兄居横河村，每数日来镇一次，此次坐谈三句钟，即去。

俗中秋节。俗中秋必赏月，余今夜则哦吟灯下，未与月一见面也。

录昔日所作诗草。

十月九日，木曜，晴。

阅《清室外纪》。

读《清诗评注读本》。

阅《董若雨西游记补》。此书文逊原书，而庄雅过之。

熟读吴梅村《圆圆曲》。

十月十日，金曜，晴。

国庆日。往访孙君蓉镜，坐谈片刻，即归。

正华兄自横河来，日暮乃去。

校《寒釭琐语》。是书为余丁巳年寒假中一月之日记，大都皆治杂记时作，故以考据为多。自今视之，已成刍狗。然零简残墨，亦心血所成，故为校正讹误，存以为后来之纪念。今录其序语于下：“丁巳十二月，余自昆山校中归。沉酣典籍，自修竟夜，孤灯相伴，乐自若也。于所行所见，辄易忘怀，故笔而记之，以示后日。因读陆放翁诗，有‘悠然残梦到寒釭’句，遂题曰《寒釭琐语》。黄渡谭正璧识于竹荫庵之西窗下。”按，原书约二万余言，今但录其序，亦“进尝一脔，全鼎之味可知”之意也。

十月十一日，土曜，晴。

昨宵乡立各小学校举行提灯会。余昨日未曾出门，故未知有提灯会事。及今晨朝起，闻窗外（余往常所居之室外为一小场，邻妇皆在此晒衣，每相问答，余辄闻之，有以助吾日记者，非今一朝矣。）邻人闲话始知之。民国成立以来，八载于兹。吾乡之每年庆祝国庆日，其盛况未有逾于今岁者也。吾不禁贺吾国前途之渐入佳境，吾以是知东亚之睡狮，终有一朝大醒日也。谨贡数言，用伸贺忱。

访孙君蓉镜即归。

阅《文心雕龙》。

十月十二日，日曜，晴。

赋七言绝句四首《无题》。

祭祀。今日为曾祖光礼公之忌辰。

到校。下午二时，至镇东姨母家，稍坐即告别，乘舟至车站。及上车则满车拥轧异常，几无立足地。过南翔，人益众。及抵申，已万家光火如星矣。乃立而俟钱君永福。初，余在安亭，约钱君亦于是日是次车至申，且约在申车站相晤，而后一同赴校。至是，以人众拥挤之故，等候多时，未晤。乃先乘电车至西门，而钱君亦至，乃再乘车至尚文门。及抵校，已六时半矣。

十月十三日，月曜，晴。

禀祖母明片。告在路平安也，语另载。

受课六。受《语》——匋广师曰：“《学而》一篇，大都皆讲‘学’；《为政》一篇，大都皆言‘政’；由此可见《论语》之题篇名，亦非率尔者也。”匋广师曰：“孟子云‘幼学壮行’，《学而》是言幼学时代；《为政》是言壮行时代。”匋广师曰：“古之为政，皆以德治，后渐改为法治。孔子乃在完全德治时代；及商君、韩非子辈出，乃变为法治时代。”匋广师曰：“《诗》之旨有二：曰美，曰刺；美之欲其更美，刺之欲其改恶；故曰：

‘思无邪。’”以上受《为政》《诗三百》二章。匊广师曰：“是章系比较法治、德治之优劣；上三句是言法治之弊，后三句是言德治之善。”匊广师曰：“当人民在德治政策之下，良莠不齐，于是略绳之以规矩，欲使莠者与良者相齐也。然绳之愈严，而彼所犯愈烈，且彼所犯者，乃在规矩之外，在上者不能以法责之也。乃不得不如蛛网之细密，以定法律，使之不能借口于法外以横行而后止。此法治政策之所由起也。”以上授《道之以政》章。匊广师曰：“古时秀民，卒业于小学，即入大学。十五岁以前，是小学时代；十五岁以后，是大学时代。”匊广师曰：“‘天命’者，即今之所谓哲理也。”匊广师曰：

- 中庸之大旨
  - 知
    - 生知
    - 学知
    - 困知
  - 行
    - 安行
    - 利行
    - 勉行

受严师授韵学——

声母表

牙音：见、溪（次清）、群、疑（次浊）

喉音：晓、匣、影（喻）

舌音：端、透、定、泥、来……

知、澈、澄、娘、日……

齿音：照、穿、床、审、禅……

精、清、从、心、邪……

唇音：帮、滂、并、明……

非、敷、奉、微……

十月十四日，火曜，晴。

受课四。考英文。国文科札记。匊广师曰：“上下四方曰‘宇’（如物理学等），往古来今曰‘宙’（如史学等），统称之曰‘自然科’。”匊广师曰："有德者之言不虚伪，有学者之言不虚空。"匋广师曰：

讲学{质学（如博物、理化等学）
文学（文、词等学）
玄学（哲学等）

十月十五日，水曜，晴。

受课四。

赋五言古诗二首。《人世》《月下泛舟》。作就后另录于册。同钱、宋、苏三君所作者，呈匋广师改正。

读《说文句读凡例》。

十月十六日，木曜，晴。

受课六。受修身——贾师曰："凡求学之人，不可不求身体之健全。英人洛克（Locke）有言：'有健全之精神，而后有健全之身体。'身体不健全，每至中途辍学，或有竟至丧其生命者，甚可危也。故诸生均宜多加锻炼，使人人皆普及。凡全级中而惟一人能锻炼至跳极远度跳远，我以为不如人人能跳稍近度为得，盖不如普及之故也；例如去岁之运动会跳远选手只五人，今岁春增至十人，本学期乃增至十五人；盖逐渐加多，欲使人人皆及而后已。"又曰："求健全之方法有二：曰卫生，曰锻炼。卫生，主消极的；锻炼，主积极的。譬之以铁置于指定之处，虽不加损坏，亦必自然腐败；如投之于炉，日加锻炼以成钢，始得不损。事卫生者，犹置铁于指定之处；事锻炼者，犹投铁于炉，而欲使其成钢也；求身体之健全者，可以知所从事矣。"

读曹子建《箜篌引》及《薤露行》。

十月十七日，金曜，晴。

读曹子建《虾䱇篇》《吁嗟篇》。

受课六。

赋诗一《记梦妹》。

著读报卮言一篇。读报卮言，在家时已成若干篇，今于课余续著者也。今日所做，其题为《中日单独借款成立》。

十月十八日，土曜，晴。

受课三。

出校一次。至老马路又往邑庙。

十月十九日，日曜，晴。

上午至棋盘街。至江左书林买《段氏说文解字注》一部。

录诗五首。

作诗二首《奈何辞》《有感》。

十月二十日，月曜，晴。

孔子生日。

游孔庙。

著《游孔庙记》一篇。

致正华兄一函。

十月二十一日，火曜，雨。

受课六。

赋诗二首《深秋夜思》《此生》。

录吴梅村《咏和宫词》一通。该诗系七言古诗，共七百五十六言，录时费时二点半。余昔曾读《霜猿集》，今又读该诗，知系相附而行，可以互相考证。故亲录一通，然又以余读诗最爱此种诗之风味故也。

读吴梅村《打冰词》及《圆圆曲》，至能背诵而止。《圆圆曲》脱胎《长恨歌》，与《永和宫词》堪称双璧，有清一代诗家之为此体者，惟樊樊山《前后彩云曲》足与相抗，余则袁子才之《题柳如是像》、万太鸿之《悼亡姬》亦具此等风味。《疑云》《疑雨》二集，岂足道哉？等诸自郐可也。

十月二十二日，水曜，晴。

受课四。

购《董其昌行书帖》及《爨龙颜碑》各一册。余性懒为事，辄有始无终。余之学书，非一次矣，临数十朝即止，故书法无进步之望。今岁入校后，观各同学所书，几皆金钩玉撇，相形之下，自觉汗颜，故特购此二帖，限每日摹临，如再中止，定当效苏子之刺股也。

读曹子建《蒲生行浮萍篇》《野田黄雀行》《门有万里客行》《泰山梁父行》《名都篇》。

录袁子才《柳如是书像赞》。

临行书二页，八分书一页。

阅《杜诗精华》。

十月二十三日，木曜，晴。

受课六。

读苏子瞻诗，得《雍秀才画草重八物诗》八首，爱其写真如生，因录之：

促　织

月丛号耿耿，露叶泣泞泞。夜长不自暖，那忧公子寒。

蝉

蜕形浊污中，羽翼便翾好。秋来闾何闼，已包寒茎槁。

虾　蟇

睅目知谁嗔，皤腹空自胀。慎勿困蜈蚣，饥蛇不汝放。

蜣　蜋

洪钟起暗室，飘瓦落空庭。谁言转丸手，能作殷床声。

天水牛

两角从自长，空飞不服箱。为牛竟何事，利吻穴枯桑。

蝎　虎

跂跂有足蛇，脉脉无角龙。为虎君勿笑，贪尽姜尾虫。

蜗　牛

腥涎不满壳，聊足以自濡。升高不知回，竟作黏壁枯。

鬼　蝶

双眉卷铁丝，两翅晕金碧。初来花争妍，忽去鬼无迹。

十月二十四日，金曜，晴。

临行书二页，八分书二页。

读曹子建《美女篇》《白马篇》《升天行》《五游篇》《远游篇》《仙人篇》。

受课六。

温《霜猿集序》。是书失作者姓名，序系明史道邻先生妾李傃作也，四六排比，雅哀可诵。书系记明亡事，各诗下皆系以注释，称之诗史，不为过也。直可与《彤史拾遗记》《烬宫余闻》并驾齐驱，独惜书阙有简，遂使作者名没不彰，则是所深憾耳。

赋诗一首赠菊影。

十月二十五日，土曜，晴。

临行书八页。

受课三。受匋广师文学绪——

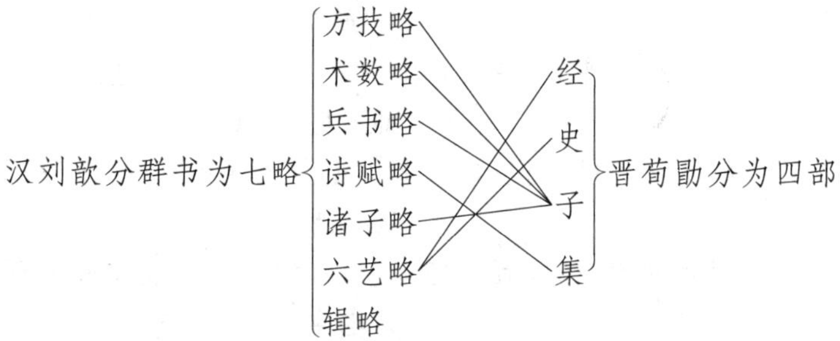

依荀勖序，“经史子集”作“经子史集”。受匋广师《语略》——“仁，对外体万物，对内存一心。”“仁即心也，人无良心，即彼不仁。程子以待人不周为不仁，盖以视人己为一体为仁，故又以人己异视者为麻木不仁。人忧亦忧，人乐亦乐，此以人己为一体也；人忧我乐，人乐我忧，此人已异视也；分人己者，犹‘我’异视我之百体，全身必不遂，故谓之麻木不仁。孔子之学以‘仁’，‘仁’分‘人’‘己’，‘己’以‘学’，‘人’以‘教’；由‘学’‘教’而归乎‘中’‘时’；‘中’云者，得乎其中；‘时’云者，随时而变。”

访夏模周先生及其二公子。值先生自黄渡回，祖母托带给余零用之银若干元，先生见余至，即付余，是日，先生之长女、公子及其婿咸在。

十月二十六日，日曜，晴。

偕永福弟及沈君学锦出校一次。今天天气很好，我约了二君到校外去走走。然而亦为着到棋盘街去购书，出校之后，先到了邑庙，那时路上粪车很多，臭得几乎呕出来，自己一想：从前在乡间的时候，决不有这种难闻的气味，并且还觉得有一种清明的气象，所以俗话语说得好，“城市不如乡居好”。真说得不差哩。到了邑庙，钱君先还，余遂同沈君到棋盘街去，在江左书局的里边，买了一部《史记》及一部《三国志》，若讲这二种书的用处，我一时也说不尽，但是我想买他已是二年余了，至今日方得如愿，不觉快活得很。又到中华书局的廉价部，及商务印书馆的二层楼上逛了一会子，在商务印书馆买了《秋雨庵随笔》及《广阳杂记》各一部，又在五洲大药房代替钱君买自来血一瓶，遂慢慢儿的步行还校，那时手足觉得很不舒服，为什么缘故呢？原来为了拿了很重的书，又走了很多的路。

治六书。预备明日考试也。

十月二十七日，月曜，晴。

受课六。第三时考六书。

著文自儆。今天第三时是考六书，考的题目叫做“取譬相成说”，不知什么缘故，把“形声”二字都写作“假借”二字，这“取譬相成”一句话，明明是指“形声”说的，与“假借”字毫不相干。为什么缘故，必把他写做“假借”二字？问问自己的心，自己的心也不知道，都管是自己粗心致误是了，所以自今以后，我不忘着这“诸葛一身惟谨慎”的话，这句话，能够早日想着他，何至于有今天的事，但是“既往不咎，来者可追”，以后自己勉力些罢了。

著《自伤》一篇：

雯啊雯，你原是个很聪明的人，为何近日以来，性质大变？

聪明的，变做愚鲁的了；快乐的，变做伤心的了；颠颠倒倒，像失了魂似的，不知是什么缘故？若说是身体衰弱，又不似七八十岁的人，脑筋不完全，何至变做愚鲁？若说是心事太重，在年轻求学的时代，衣食无忧，一心一意的用功上进，那有工夫再去多想他事，也何至于伤心呢？咳！想来想去，自己也不知道，这也不是，那也不是，究竟是什么呢？唉！知道了都管是为着"境遇""身世"二件事了，甚么叫做"境遇"？这"境遇"是指着一个人遭遇而说：遭遇得称心，那时就觉得快乐；遭遇得不称心，那时就觉得伤心；这伤心也定是从遭遇得不称心上来的。我既说衣食无忧，再有什么不称心？这不称心三字也包含的很多，什么要想看一种书，没有钱去买啊；要想回家省视祖母，因为欲省银钱，至不克往啊；自己的目力不好，看黑板上的字看不清楚啊；以及其他的种种，都是叫做不称心，所以越想越气，越想越伤心，弄得脑子里头昏昏懂懂，至于今天考六书的时候，我所知道的，反把他写差了（我做这篇文的宗旨在此）。咳！雯啊，雯啊！再这样的伤心下去，恐怕连读书也读不成了，我劝你以后不必如此。你自己想想看，你到学校里来做什么的？至于"身世"一件事，我已经在日记上记了好几次了，但是也有几句话可以包括他：父亡母逝，伯叔均无，祖父亦亡。惟存一年老祖母，如再有不测，我是世界上边一个独一无二的孤儿。伤心事恐没有比这事再甚的了，教雯怎样能够不伤心呢？古语说得好，"伤心人语，说与伤心人知"，世界上既没有比吾再伤心的，教我向谁说呢？只好如哑子吃了黄连一般。

接正华兄覆信。来函云："兄于二十二日（阴历）至申。"

十月二十八日，火曜，晴。

受课六。受匄广师《语略》——"'人''己'之'人'，即日本人所称'社会'，本国严又陵先生译为'群'字。孔子之学，与科学不冲突，而耶教则不然，昔耶教曾有人悬万金之赏，求论说以破'天演论'。夫

'天演论'者,科学之枢纽也,其宗旨与耶教之尊崇上帝,大相背谬,然以理直之故,耶教亦无如之何,故较之孔子之教,能无天壤。"

读方苞《观技》并译为白话文:

我有一个知己朋友,在直隶省河间府属下做县令,他姓孙,名字叫做屺山。有一会子,在那己卯年的冬里,我到河间府去拜望他,那年正逢着二头立春,所以在这立春的一天,他请我在他的署中观技,献技的是个年轻少女。(原来因为府中的百姓,感激上官保护地方保护得很安宁,所以请这位少女来献技,是代表感谢意思的。)这一天,看得人也不少。那下人早已把天井的两傍,竖了两根很长的竹竿,并且距离得很远;在这两根竹竿的头上,横里又系了一根很细的索子。远看去,像在半天里一般。在这个当儿,那少女已经装束停当,就轻轻的走到竿的傍边,将身向上一冲,早已若燕子穿梭一般已窜到了竹竿的顶上,就在这索上,轻移细步,慢慢儿的走来走去,口里还唱着山歌,身子也不枉一枉,眼见得这种本领,非同小可。并且还不算数:这少女在竿上从新溜下,那下人又早已在地上叠了许多桌子,向上望去,也高得很,这女子爬向上边去,向天仰卧着,两只很小的脚,也向上直义。下面许多人畀着一只一二百斤重的大瓮,置在他的足尖上,他将两足把他旋转,快得像风车一般。又歇一歇,这许多人把瓮子畀下,他方才在桌上慢慢儿的站起来,向空一跃而下,气不加喘,面不改色,众人不觉大声喝采,独是我心中很替这女郎可怜。为什么呢?你想这很高的索子,那猴子恐怕也不能履;这很重的瓮子,那壮士恐怕也拿他不起;偏偏这十四五岁的少女,他能够行走这索子上如履平地;他又能够把瓮子旋转如飞;你道容易不容易?这种事,自我看来,觉得危险得很,恐怕还有性命出入。唉!这少女都管为着衣食问题,所以愿牺牲性命,与他相搏。你道可怜不可怜呢?

十月二十九日，水曜，晴。

临行书五页。

著《十九自述》一篇。

受课四。受《诗》札记。[王勃]字子安，绛州人。[三秦]即三辅。京兆，右扶风，左冯翊，是也。[五津]即白华、万里、江口、涉头、江南。[苏味道]栾城人，为人奸诈百出，故有文无行。[秾]《诗经》："何彼秾矣，华若桃李。"秾，盛也。[金吾]汉制：执金吾掌禁夜行，唯正月十五夜敕许弛禁，前后各一日，谓之放夜。

读《战国策》。

十月三十日，木曜，雨且风。

读鲍明远五古。

临行书四页。

受课六。受匋广师授注音字母。

ㄙ	ㄘ	ㄈ	ㄆ	ㄊ	ㄑ	ㄎ	ㄓ	ㄗ	ㄅ	ㄉ	ㄐ	ㄍ
△		○		○	△	○		△	△		○	△
私	七	方	扑	突	畎	考	之	节	包	刀	鸠	浍
			ㄌ	万	冖	广	ㄋ	兀	ㄒ	ㄏ	ㄕ	ㄔ
				△	△	○				○		○
			力	（万）	幂	俨	乃	兀	下	罕	尸	彳

释例：△为异体字，○为同音字。

录钱、宋二君诗共四首。

读陆放翁七古。

十月三十一日，金曜，天晴。

读陆放翁七律诗。

受课六。

录彭孙遹《江北谣》三首：

种树莫种枣，多实亦多刺。果熟市得钱，刺多作藩蔽。

枯树采蚕丝，日织盈丈许。卖向江南人，敖杀江南女。

乘驴涉浅水，莫向无人处。新妇无丈夫，驱驴不得去。

阳11.1阴9.9，曜土，阴，下午晴。

上午至亮泰西烟行及三泰义纸烟号各一次。

下午本校开秋季运动会。正午十二时，全校学生齐集操场，依级排列，向公共体育场出发。至时，场中已布置一新，来宾亦已不少。乃散队而依次表演，兹列程序单所记者如左：

1　开会（全体）

2　兵式操（单人教练）（一年二年合级）

3　原地掷八磅铅球 ⎫

4　原地跳远（各级三分之一） ⎬团体比赛

5　五十码轮流跑（3、4、5团体比赛） ⎭

6　百码赛跑（选手）

7　短棒体操（讲习科）

8　旗语（童子军甲乙组）

9　八百八十码赛跑（选手）

10　(1) 走步(2) 德国式体操(3) 助跃台运动(4) 竞争游戏

（预科）

11　百二十码低栏赛跑（选手）

12　烹饪（童子军甲乙组）

13　跳远（选手）

14　(1) 走步(2) 瑞典式体操(3) 木马运动(4) 竞争游戏（一年级）

15　二百二十码赛跑（选手）

16　兵式操（连教练）（三四年合级）

17　盲人缚结（童子军丙组）

18　跳高（选手）

19　(1) 走步(2) 新式棍棒体操(3) 器械运动(4) 竞争游戏

(三年级)
20 撑竿跳高(选手)
21 四百四十码赛跑(选手)
22 八段锦(第二部)
23 掷铅球(选手)
24 搭蓬卸车(童子军甲乙组)
25 (1) 走步(2) 美国式体操(3) 双杠运动(4) 竞争游戏
(二年级全级)
26 一英里赛跑(选手)
27 器械运动(选手)
28 余兴(化装演讲团)
29 给奖
30 闭会

及天已黑暗,尚未演毕,因定于明日在校内举行。兹列于左:

1 八段锦(第二部)
2 掷铅球(选手)
3 搭蓬卸车(童子军甲乙组)
4 器械运动(选手)

已经表演者,即当场按优次给奖。兹又列最优等人姓氏列下:

百码赛跑
甲组 沈家祺
乙组 钱继曾
八百八十码赛跑
甲组 杨鼎成
乙组 钱继曾
跳远
甲组 沈家祺
乙组 唐宗福

百二十码低栏赛跑
甲组　沈家祺
乙组　唐宗福
二八二十码赛跑
甲组　赵榛
乙组　钱继曾
跳高
甲组　钱寿士
乙组　唐宗福
撑竿跳高
甲组　施达培
乙组　唐宗福
四百四十码赛跑
甲组　赵榛
乙组　钱继曾
一英里赛跑
甲组　杨鼎成
乙组　石慕雄

阳11.2阴9.10,曜日,候晴。

赴诵盘医院验身体。上午十时,舍监马先生领十三、十四两自修室学生十八人(原二十人,其中二人以病回家),赴诵盘医院,余逢第三验,故即归。今列所验之身体状况如左:

心脏　佳
肺脏　力薄弱
皮肤　完好
花柳病　无
备考　营养状态欠佳

午后偕沈君学锦至棋盘街购书。出校门,由邑庙向北,至棋盘街购书多种。步行回，至民国路，乘电车至西门。复由西门步行回校，费时约三句钟。所购之书列左：

《解放与改造》一二号合册，群益书社；《诗学指南》，中华书局；《词学指南》，同上；《英语周刊》二百九、十期，商务印书馆；《英语周刊》又预定自二百十一期起二百六十二期止　同上。

阳 11.3 阴 9.11，曜月，候雨。

阅《诗学指南》。

受课六。

阳 11.4 阴 9.12，曜火，候晨雾，晴。

作七言诗三首《追感往事》《晨雾》《怀粲貽》。

读《清诗评注读本》卷六。

受课六。

阅《英语周刊》。

阳 11.5 阴 9.13，曜水，候晨雨，后阴。

阅《解放与改造》。我看了这本书内的《工团主义之研究》一篇，就觉得这种书一无价值。为什么呢？我中国在于今天是普及教育的发展时代，使一国的人能够个个人识几个字，已是侥幸。你想中国的社会，阶级制度，尚未全去，能够多普及几个中流社会子弟，已是好了，这些下流社会的人，是不必说。下流社会既然不多识字的，又没有人把新学说去告诉他们，恐怕这“工团主义”四个字的意思也没有明白，那能够照这篇文的道理去做呢？这不过是无理取闹罢。所以吾奉劝诸位自外洋回来的留学生，将这些似通非通的新学说少翻几篇，拿这些可贵的光阴，去做些实用有益的文字。不是这样，要被人家笑了。

受课四。

阅《两般秋雨庵随笔》。我看了这本书中有一篇，于今日白话文中的用字，有些关系，所以把他录在下边：“字典：不知而问，曰‘拾没’。没，毋，果切，音么，今北人所谓什么也。”照我的意思，以后要用什么二字时，不如用拾没二字的好。我并非附会他，理上是应该如是的。

做白话诗一首。我学做白话诗，是今天第一次，做得似通又不通，有些束手的观念。因念每做一件事，起初没有不艰难的，所以我暂时忍耐着去。

秋天的云附序

秋天的云，古人往往把他比作薄字的意思，我做这首诗，本意也不在秋天的云上，在这薄字上，是心中有感触而作的，并非无故作闹。

秋天的云——
你的心如何这样的淡？
你对人如何这样的薄？
我看你——
好比春天的花，
栏珊着不过一年一回；
如十五夜的月，
全圆时也不过二三天。
唉！
今天是在秋里，
尽着你自己称强；
看到了冬天里，
也不过同这“花”“月”一样。
所以吾劝你——
得意时，
不可太骄傲；
失意时，
也休寻烦恼。
你自己凭着本分对人，
到头来，

有什么人说你不好。

阳 11.6 阴 9.14，曜木，候晴。

受课五。今天体操课，因教师没有到，所以不曾上。匋广师授注音字母，因时候局促，不曾授完，所以吾不便把他记上；待后天授完后，我必定有一回，细细儿的把他写出。

阅《天演论》。赫氏学说，今日亦有反对之者，然其说实有可取处，故余平日亦颇重之。近日遇耀根氏编译之《人类进化之研究》一书，其中采用赫氏之说，亦复不少，是书价值，可以想见。

阳 11.7 阴 9.15，曜金，候晴，夜雨。

受课六。

至严先生处。昨夜我曾同潘文渊君到严先生处，我问他："那一种白话体的书最好（因为近来出版的书很多，弄得不易选择）？"严先生说："是胡适之先生译的《短篇小说》很好。这书写二人对谈的神状，不容易做得到的。你看起来，又有兴味，所以是很为相宜。"今天我吃好饭，从饭堂出来，恰好严先生也走过，他叫住了我，到他寝室里，他向我说："我有一份《星期评论》，全张都是胡适之先生的谈新诗，和做新诗的法子，所以我借给你去看，看了便知道新诗的作法了。"我受了，又谢了一声，就此退下。

阅《星期评论》。我以前做的白话诗，自己看了，觉得没有生趣。今天，看了这《星期评论》上的胡适之先生的《谈新诗》，就知道他的缘故。为什么呢？胡先生说："诗，须要用'具体的'做法，不可用'抽象的'说法。"我做的都是"抽象的"说法，所以不觉得好了。

阅《新生活》第六期。此书是向徐亚倩君借的。

阳 11.8 阴 9.16，曜土，候雨。

临行书四页。我已经不临行书数天了。有人问我说："你前天不是说'如是中止，必定学苏秦刺股'？你已经不写数天，该当什么样？"我当时听了，一时不能回答，想了一想，方才答道："你责备我，是不差的，但是我也并非食言，有一个很大的缘故：你想刺股不是要伤皮肉的吗？我曾读《孝经》，中有一段说：‘身体发肤，受之父母，不敢毁伤。’难道我的身体，不是受之父母的？所以只好食言。以后能够勉力些，也不负了我昔日的话。”（此段在今观之，甚为好笑。九、八、二十三 灯下。）

受课三。今天知广师将《注音字母》中的声母教全，我把他录在下面：

- 声母读法
  - 加韵读
    - 加己读
      - 唇音
        - ㄅ己薄
        - ㄆ己泼
        - ㄇ己墨
        - ㄈ己弗
        - ㄪ己物（握为入声）
      - 舌尖音
        - ㄉ己德
        - ㄊ己特
        - ㄋ己讷
        - ㄌ己勒
      - 舌根音
        - ㄍ己格
        - ㄎ己克
        - ㄫ己愕
        - ㄏ己黑
    - 加一读舌前音
      - ㄐ一基
      - ㄑ一欺
      - ㄬ一仪
      - ㄒ一希
  - 直读
    - 舌叶音
      - ㄓ…之
      - ㄔ…痴
      - ㄕ…尸
      - ㄖ…入
    - 齿头音
      - ㄗ…资
      - ㄘ…此
      - ㄙ…私

做白话文一篇。我今天钉了几本草稿簿，是《读报卮言》《杂记》《短篇文稿》《诗稿》《白话文》。每本上都做了一篇序（已经做了二篇）。独是《白话文》上做了一篇白话的，我今将他记在下边：

我素来最欢喜的是旧文学，所以那些什么经啊、史啊、子啊、集啊,家里也藏有许多。我钻在他中间去研究,像他的奴隶一般,忙得了不得。自从到了校里来,才与他一隔离,便觉得轻松了许多。唉!照这样看来,要做个文学家,简实是不容易的。吾近来已把他看得冷淡些,但是总久离不了他,有时也还拿几本来看看。当北京大学文科主任胡适君,发起“文学革命”的时候,我就老大的不赞成。为什么呢?我的意思,以为这种白话文,做得太是累赘;不如做文体三言二句的了当;所以采也不去采他。到了后来,也就趋向他一方面去。又为着什么呢?我有时候,读文体的哲学书啊、文学书啊、社会学的书啊,以及其他种种,觉得有些辞句,不能解释,心中一想,他们为何不把他做得容易懂呢?猛然想到白话文的好处,就觉以前反对得不是。方才知道这胡适君的宗旨,果然是铁铸难移的。所以我近来也备着几本白话的新书及几期白话的杂志,心中也想去学学他。于是我的著作上,就多添了几篇白话的文字了。

阳 11.9 阴 9.17,曜日,候晴。

偕沈君学锦、薛君惠临往北市购书。到的地方很多,不便把他一一写出,所以但把购书的书局,及所购的书名列在下边:

《短篇小说》(第一集)胡适译,《新生活周刊》一至十一号,《星期评论》纪念号及二十一、二、三号,《黑潮》一、二期,以上亚东图书馆;《英语周刊》二百零一至零八期。以上商务印书馆。

《清代野记》二册,中华书局廉价部。

今天在路上看见的有二件事,吾心里很不舒服。第一件,是在邑庙里看见的“抵制日货”四个字,不是“五四”运动时天经地义的好名词吗?到了今天,忽然不知那里去了。我自己也是个学生,觉得惭愧的很,难以对吾五万万亲爱的同胞。但是我有一句话,是我虽对不起多数的同胞,也有少数的同胞也对不起吾。为什么呢?你看今天邑庙里头贩卖日货的小贩,不是我五万万同胞的一分子吗?他们为何必要贩卖日货呢?他只图自己得利,不顾我全国同胞的体面,教我们怎样能够担当得起吗？所以吾们学生方面对不住同胞处少，那些贪利小贩们对不起我们处多。近来的人，都责备吾们学生不热心。不知道吾们学生，实有许多为难哩。第二件是在沿路看见的（除租界外）。近日社会上有些智识的人，都道："'卫生'是不可不讲究的。"上海是最最早开化的地方，对于卫生应该比别处地方考究些。却不知道与我说的，偏成个反比例。我今天朝晨在路上走，鼻子里头险些不能呼吸。你道我说这句话说得奇怪吗？却并不奇怪，你自己去走走就可知道。究竟为什么呢？原来因为街上东来西去不断的粪车，那臭气实在使行人难闻。我说上海应该先考究"卫生"，不知为什么至于这样咳？这样看来，我们中国人的程度，可以知道了。

接家中寄来衣包一个，余即作信覆之。

阳 11.10 阴 9.18，曜月，候晴。

受课五。今天因朱了洲先生没有到，所以体操课不曾上。

画图一张纸。

读唐诗四首。

阳 11.11 阴 9.19，曜火，候晴。

看《新生活》三本、《星期评论》一期。

受课五。今天朱了洲先生仍旧没有到，所以体操依旧没有上。

阅胡适《短篇小说》。

以昔日所借之《星期评论》，还于严先生。晚餐前，余同潘文渊君至严师处，严师谓余曰："匊广师谓汝所作诗，太为灰颓，少年人不宜如此。且'诗以言志'，读汝诗，他人即可窥见汝志。"余答曰："雯之作诗，皆因纽于韵脚，不求意之可否，以此多灰颓语，实则雯近来颇抱乐观，决不敢萌消极主义也。"严师曰："汝意亦然，大凡初学诗者，往往流于此病，且读某种诗，即仿某种之意，未必皆一己之意也。或者汝好读此种诗之故乎？"余曰："良然。"又稍谈近来新旧文学之争论，几若战国之辩士，舌战不休。又谓近日全世界都持"社会主义"，资本家与劳动家相宣战，其结果必至全体同盟罢工，资本家之运命，必同昔日俄罗斯之资本家而后止。又谓中国之新学说，在鼓吹妇女解放，社会平等，为将来大改革政治之先声。最后必起过激党之扰乱，其结束乃能成真真文明之中国。

阳 11.12 阴 9.20，曜水，候晴。

温英文法。英文法是一天隔一天受的，并且一天隔一天必须温习。今天为何特别记出呢？因为这课里的生字很多，读熟他觉得很难，费了一个多钟点，所以特特地地的把他记出来。

受课四。受匋广师授“注音字母·韵母”。今把他记在下边：

韵母表(俱读平声清音喉音)

ㄥ　ㄤ　ㄣ　ㄢ　ㄡ　ㄠ　ㄟ　ㄞ　ㄝ　ㄜ　ㄚ

哼　昂　恩　安　讴　傲　危　哀　也　痾　阿

附介母表

ㄥ　ㄨ　ㄧ

迂　乌　衣

阅《少年中国》(妇女号)及《星期评论》。这《少年中国》，是昨夜在严先生处借的。

偕潘文渊君赴严先生处谈话。严先生把他的书，拿出来让给我们看。约摸有十念种。

读《史记》滑稽、游侠、吕不韦三列传。

阳 11.13 阴 9.21，曜木，候天晴。

作杂记一则。

受课六。受匋广师《论语》——匋广师曰：“‘礼’以治身，‘乐’以治心。”匋广师曰：“‘具体’云者，约之谓也，不可以谓学问。然学问必须具‘具体观’，而后有进。”又曰：“凡事有终有始：‘具体’者，终事也；非始事也。”(雯按：具体之说，与受《语》无关，此乃匋广师总结《论语》卷一全篇，为讲具体时，因而解释之也。)匋广师曰：“周末‘文’胜于‘质’，礼务‘奢’而不‘俭’，林放疑其本之不如是也，故以之问孔子。”

匊广师曰:“孔子以君子不‘争’,惟于射而后有‘争’;而老子亦言有‘争’,惟主于消极的;墨子言‘争’最全,然终则归于无‘争’;此孔、老、墨之相似处也。”

阅《黑潮》及胡适《短篇小说》。《黑潮》是专门研究中日问题的,宗旨

(补白。有一天,匊广师说:“吾们当俭朴,穿着一方面,不可奢华。”因而说起带戒指的历史,吾们听罢,都哄然大笑。我恐怕后来要忘记,故记在下边——说起理来,是一无价值的。我因为这处空着不好看,故用他来填满。

古时的天子,都有三十六宫七十二妃去供他受用。但妇女们在天癸期内,如天子要去幸他,天子的身体,必定受着污浊,所以戴这戒指做记号,天子见了这戒指,就知道他是在天癸期内,就不去幸他了。你们想:你们是男子,天癸从何来,如果戴这戒指,人家把历史来证他,岂不成了大笑话吗?所以是不戴的好。)

却还纯正,我没有什么反对的话。惟对于这《短篇小说》,却有一个疑题,不妨记在下边,以供读我日记的诸位,拿去研究研究——这本书共有一百五十四面,卖大洋三角二(定价四角打八折)。价钱的贵贱不必先说。其中的小说大半在近来各种新杂志(如《新青年》《新潮》《每周评论》《留美学生季报》《新中国》等)上登过的,不应该把他再发行。如云不曾受酬,可以再印,却不该卖的这样贵。近来各位提创平民教育的,都骂商务印书馆出版的新学书,卖的价钱太贵,不便家计贫困的人购买。然对于这本书,却该怎样的骂他?提创提创,不知把什么去提创。大名鼎鼎的大著作,作用原来如此的。

阳 11.14 阴 9.22,曜金,候天晴。

看《新生活》三本。

受课六。第二三时考作文,题目是《记沼》。

作诗(七绝)十首。今天向陆廷抡君借《童子军月刊》一本,看见里边有无求君作的《童子军十绝》十首,取题甚新,因依样画胡卢,也

做十首。他的分题,是《愿词》《规例》《宣誓》《服装》《操演》《旗语》《野战》《露宿》《烹饪》《考验》十个,把童子军应该做的事情,都包括无遗,可是很不容易的。

阳 11.15 阴 9.23,曜土,候晴。

阅《清代野记》。

接正华兄来信。云:"二十四日(阴历)来望弟。"我一想二十四日是星期日,我要到北头去买书,可是很不凑巧,吾明天自己到亮泰里去瞧他,如他已由黄渡出来,能够一会,那是最好的了。

阳 11.15 阴 9.23,曜土,候晴。

演算草。

受课三。受矧广师授唐守温"三十六字母"读法。

至亮泰访兄,不遇,遂至北市购书。午后,向舍监先生告了假,到亮泰去访问大哥,他却不曾出来。遂即顺便到城内,又打城内到棋盘街,在江左书林及中华书局的廉价部,及四马路中三处廉价部,逛了一会子。后来到亚东图书馆买了些新杂志。又到法大马路里一个剪发店去剪了发。那时天已黑将下来,遂急急的乘电车回校,却还好,不过五点半钟,那心中的石头,就此放下。今把所购的书列在下边:

> 《唐说文》一本八十文(在邑庙里头旧书摊上买的);《星期评论》一至八、十至十三、十五至十六、十八至二十期各一张,共十七张;《少年中国》第五期,一本;《新生活》第十二期,二本(一本是替陆廷抡君买的)。(以上在亚东图书馆里买的。)

在棋盘街看见一堆人,笼着看什么东西,我也挤上去看。原来是一个穷人,卧在地上,旁边用粉笔写着许多字,我看了一遍,大约记得几句。今把他录在下边(已经忘记的,用□为记):

> 落难人□金生,年十八岁,浙江□□人。在县立第二十一高等小学校毕业后,因父亡,母命来申寻父友谋生,而父友不知去向。初居小客栈,当押度日,今已全尽,无资归家,至流落申地。

乞仁人君子慷慨解囊，得母子团圆，则当感佩洪恩，日焚香祝颂也……

在下边署落难人□金生白。我看了觉很奇怪！不知他果真是高小校毕业生不是！如果是的，难道他的母校里，假作不知道？我猜十分之九是假的，里边有一处破绽，待我说来。他说寻父友不着，应该就回去，为何至吃尽当光，方才想着呢？这不是他自己不好吗？我想我国的道德，堕落的一天不似一天，甚至拿我神圣不可侵犯的学生名义，拿来做讨饭的照牌，那些惯做奴隶的巡警，又不去干涉。唉！我国道德的前途，这样捱下去，尚还可以设想吗？

看《清代野记》。《清代野记》三卷，梁溪坐观老人撰。所记皆宫闱秘事，下至市井琐语，诚一代之秘笈也。昔王渔洋先生自序其大著《池北偶谈》云："大之可以博识，小亦可以作谈助。"今吾于是书亦云。

阳 11.16 阴 9.24，曜日，候晴。

记杂记，续十三日所记也。

阅《少年中国》第五期。

候兄不至。我今天整天的不出校，因为等吾哥哥来望吾。到了四点钟，仍旧不来，我燥急的很。就告假出校，到亮泰、天泰祥、三泰义（这三处都是他必到的地方）去找他，那知连影儿也找不着半个。觉得这事很奇怪，难道他竟至失信吗？唉！……前天他寄我的一张明信片，上写"带申谭寄"。邮票上盖的图章是上海十七号邮政局，我就检阅《上海指南》，知道十七号邮局是南马路一带（我去找过的三个店都在这处）。所以我在天泰祥时，问娄君润初说："近来可有人自黄渡来没有？"他想了一想，说："没有。"我在亮泰、三泰义里也曾问过有人自黄渡来没有，他们都还说没有。我的意思，以为如有人从黄渡来，或者这封信是托他带至上海寄的。今他自己也不见面，他人又不曾新从黄渡来，难道这信是天外飞来的吗？况这信上的字迹，明明是他自己写的！真令我好疑惑啊！

致兄片。此片寄向黄渡去的，如他不在黄渡，吾就白寄了。

赋七言律诗二首。题目是《候兄不至》《寒夜》。

观火着。晚饭之前,忽闻鸣火钟声,乃至网球场瞭望之,见西方红光满天。计其处,约在西门外。继而火星上冒,至晚餐毕方熄。共烧一句钟余,确实在何处,当于明日报纸求之。

阳 11.17 阴 9.25,曜月,候晨雨,下午阴。

受课六。受匊广师授《韵略》——声韵分部之变迁。隋陆法言《切韵》分为二百六部。雯按:谢无量《诗学指南》引《梁书·沈约传》曰:"约撰《同声谱》,以为在昔词人,累千载而不悟,而独得胸襟,穷其妙旨。自谓入神之作。隋陆法言撰《切韵》,在沈约后,当是本诸约作。而法言书亦亡。宋《广韵》卷首,犹是陆法言撰本,长孙纳言笺注。则《广韵》之二百六韵,即是法言之旧目也。"又按张廷华《学诗初步》云:"梁时浙江吴兴人沈约作《四声谱》,分平声三十韵。上平与下平各十五,上声之韵二十九,去声之韵共三十,入声之云凡十七,此即今之诗韵也。"夫沈约书已久亡,张氏之以数分四声,不知何据。又按《古逸丛书》第十种覆宋本《广韵》,分上平声二十八部,下平声二十九部,上声五十五部,去声六十部,入声三十四部,共二百六韵,与谢说合。独张氏以沈氏分为一百六韵,以为即今之诗韵,夫今之诗韵,都依平水韵,一百七韵,明与沈氏不合也。沈氏与陆氏所分,相差一百韵,则谢氏以陆氏为本诸沈作,又属忆说。故我以为言分韵者,当始沈约,不当始陆法言,独惜沈氏之书不传耳。沈氏之书,谢氏引作《同声谱》,张氏作《四声谱》,未知孰是。宋刘渊《礼部韵略》分为一百七部。雯按:刘渊,宋淳祐间,江北平水人,拼陆氏之二百六韵为一百七韵。以刘平水人,故名之曰平水韵。宋以前皆依陆韵(即广韵),至是乃群舍陆而就刘矣。清之《佩文韵府》,明之《洪武正韵》,亦皆依之。明顾炎武《古音表》分为十部,举平以赅上去入。雯按:《古音表》二卷,顾氏"音学五书"之一也。顾氏以"休文作谱,不能上据《雅》《南》,旁摭《骚》《子》,以成不刊之典。而仅按班、张以下诸人之赋,曹、刘以下诸人之诗所用之音,撰为定本。于是今音行而古音亡",故撰《古音表》,一洗沈氏之弊。然其中割裂入声,遂意分配,颇为世所诟病。清江永《古韵标准》分十三部。雯按:是书凡四卷,以诗三百篇为主,而以周、秦以下音之近古者附之。分平上去声各十三部,入声八部。大抵皆依顾氏《古音表》而增减之,古音书之最备者也。

阳 11.18 阴 9.26,曜火,候晴,暴寒,温度降至三十七度。

阅《饮冰室全集》第十二册。

受课六。

受匋广师授《论语》——匋广师曰:"老子之学说,是退化的,故深而难解;孔子之学说,是进化的,故浅而易晓。"又曰:"孔子生于周,故曰'我从周'。如生于唐、宋,吾知其必亦曰:吾从唐、宋也。夫一代有一代之进化,而古必逊今,孔子之重今,即是重进化之意。"右授"殷因于夏礼"章——匋广师曰:"有比较,而后有竞争。嫉人美,非竞争也;人美而我偏欲美于人,则竞争也。今人误以前者为竞争,而忽于后者,故至于不能竞争。夫竞争始于比较,故当除竞争之名,而名之曰'比较',则于义实两当矣。"

画图一张。

正华兄来。下午五时,正华兄来,余叩以"前日何成失约",知系"家中祭祀,祖母命其亲向,故至今方出。前日之信,系托同乡唐君所寄,故余所访之三处,皆不晓也"。同至西门市场,即归,在校门前作别。

阅《三国志》。是书系仿殿版,而由魏默深先生断句者也。

阳 11.19 阴 9.27,曜水,候如昨。

阅《少年中国》。

受课四。

致兄信。兄寓老马路亮泰号,余约以星期六下午往访。

阳 11.20 阴 9.28,曜木,候如昨。

阅《星期评论》四张。

受课六。

阳 11.21 阴 9.29，曜金，候如昨。

受课六。

阳 11.22 阴 10.1，曜土，候如昨。

受课三。第一时考算数。受《语》——匋广师曰："'礼'宜适中，不及为'俭'太过曰'奢'。"匋广师曰："教育家假定物类之品质有三，曰'真'，曰'美'，曰'善'；真者真确，美者美好，善者亦真亦美；孔子之称'韶''武'与此意同。"匋广师曰："事君尽礼之'君'字，可作'国'字解，不当取狭义作原义解。"

下午至兄出晚餐后归。至兄处（在亮泰），适店中过节，留余晚餐，余诺之。本日又适出三节会（俗以清明、七月半、十月朝出会为三节会，年年如此。会中神为本邑城隍及高昌司土地等五位），在会人皆衣新鞋衣，行于道中，洋洋自得，余观之，不觉为之感叹！晚餐后归，抵校门，值夜会过，余不愿观，即入校。

阳 11.23 阴 10.2，曜日，候如昨。

上午偕沈君至北市购书。出尚文门，经西门，过法界，至棋盘街。各书局皆未开，乃在路上略散步，购《民国日报》一份。今将各书局中所购置书列下：

> 《履园丛话》《太平洋杂志》，商务印书馆出版；《新生活》第十三期，亚东图书馆发售

沈君先归，余顺便至兄处。兄云："大约后天回家。"余托代禀祖母，要棉鞋及夹鞋等。兄允诺，余略坐，即归。

下午至亚东图书馆购《星期评论》第十、十二、二十四期各一份。又往中华书局购《饮冰室全集》木箱一只。余去岁购《饮冰室全集》一部，以卷帙浩多，不便携带，故今日购木箱一只，装入之后，携带较便也。余所谓之《星期评论》，已出至第二十四期，中第九期，余向亚东书馆购买，已经售罄。询其"他处可有代售"，彼答云："爱多亚路《民国日报》馆或有之。"余往爱多亚路，寻《民国日报》馆，不得，乃闷闷而归。

寄郁君祖伦《星期评论》三期。郁君处不通信者二月矣。余知其校中重旧文学而不务新文学，故赠以新除之《星期评论》，故欲其与余略同道也，否则他年相会时，各走其是，必至水炭难入矣。

阳 11.24 阴 10.3，曜月，候晨微雪，后仍如昨。

受课六。第三时考文字，题为"述国音三十九字母"。

读《霜猿集》。

阳 11.25 阴 10.4，曜火，候晴。

受课六。

阅《太平洋杂志》。里面有一篇，是剑农先生做的《宪法上的言论出版自由权》。引法律上所规定的出版法，以为近来被禁止的各报馆，并没有违背法律的记载，不过那些政客，恨他们把他的非法举动详细记载，于他们面子上有些不好看，不得不用此强做手段，去吓住他们。篇末又有几句警醒吾们的话，说："美国的卢思福说得好：'假若一个人不能为自由奋斗，就不配享自由。'我们大家奋斗罢！"这几句话是我最是佩服，愿吾同志都照他做。

阅《星期评论》纪念号。

阳 11.26 阴 10.5，曜水，候晴。

受课四。

接郁祖伦君来片。大致谓"《星期评论》已收到，本校仍重旧文学，故于白话文未有门径"云云。

温《左传》。我今春在家里读的《左传菁华录》第一册，到校之后，经温过一遍。但约模有一个月不温了，恐怕把他忘掉，故从头至尾，又细细儿的读了一遍。孔子说道："温故而知新。"这话是有经验有价值的，我们应该照着他做。我已经得了好些益处，所以愿以后仍旧温个不闲，不至于像不曾读过一般，就是自己也对得住自己。

读《论语》。我自九岁至十三岁，曾读过《大学》《中庸》《论语》及《孟子》四卷，今都一句也背不出了，自己悔恨以前不把他温读温读。今日匋广师又把《论语》授给吾们听，我就乘这个时候，把他所授的，章章读熟，以补我前日的缺憾。所以我今夜又把他读了一通。

阅《韩非子·外储说》。

阳 11.27 阴 10.6，曜木，候略暖，下午阴，欲雨。

读老子《道德经》。读古书当知古音，读《老子》亦然。例如“无名天地之始”之“始”字，当读若“西”；“有名万物之母”之“母”字，当读若“迷”；“西”与“迷”同韵，如读今音，则不同韵矣，其他类比者甚多，兹不再举。

受课六。听匊广师训言，择要列如下——匊广师曰：“凡遇师长，必行敬礼，非必皆行九十度之鞠躬也，即一颔首亦是。惟假作不见，则不可。”匊广师曰：“凡学者之修，即《大学》之明德，佛家之自觉；治人，即《大学》之亲民，佛家之觉他；自觉属于小乘，觉他属于大乘。”

著《华文旗语之商榷》一篇。此篇与陆军廷抡共著，拟投入《童子军月刊》中，取与不取，非所计也。

偕沈学锦君至严师处。既至，适吴君水汀亦在，知为□□事也（此事不便写出，余记之于别纸中）。余询严师曰：“余之日记已改好否？”严师曰：“今尚未，明天必可给汝。”遂同赴匊广师处，所谈事皆系吴君事，今不录。中心欣慰而归，已九点半矣。“兔死狐悲，物丧其类”，我同学中如有一人生意外事，我都是牵念的。今幸匊广师肯把吴君保全，不然，我就应了以上二句话了。这事大半由严师作成，所以我对于严师，却表出非常佩仰的态度。我们遇着这二位仁爱的先生，却很不容易的。

阳 11.28 阴 10.9，曜金，候阴，曾下微雨。

致郁君祖伦一函，附诗一首。我今天写一封白话信寄给郁君，约模有六七百字。今把他大略记在下边，以为第一次写白话信的纪念：

祖伦知己：

前天接了你的来信，我不曾立刻作覆，抱歉得很。今天的课程，比平日稍会轻一点子，所以我乘着闲，把我的近况告诉你一番，想你必定爱听的。我与你不通音问，已有好几个月了。在这几个月中，记念你得了不得，只是没有工夫写信给你。你也是在学校里的，必能知道我，原谅我的苦衷。所以你没有信给我，我也是这样。

你在这旧文学上用功，我也很赞成的。但是，本校里虽则教白话文，旧文学却仍旧不废，那些十三经啊、二十二子啊、《史记》啊、《说文解字》、《广韵》等古书，将来都要读的，所以我很欢乐。你校里用些什么书？你有空时，也请你告诉我一二。

我做白话文，不是天天做的，有时候心里高兴，就做一二篇，所以不见得十分好。近来校中的科学，陆续的都举行小考了，我考得都是平平，没有出人头地之处，觉得没趣得很。祖伦你怎么样？你可以告诉吾么？

我已与钱君永福，不大理了，为怎么呢？说来也可笑：有一天，我同他说笑话，我被他说得没有开口，我就把他含恨，以后大家就不叫应了。你想，新交怎及得旧交好？叫我这几天很难过哩。咳！既有今日，何必当初？只可自己怨恨自己。

我近来看报，看来看去，件件都是不惬意的事。何物日本，他的海军，竟在福州上岸，入省城去了。本地学生联合会，开了好几次的紧急会议，只是没有切实的办法，唉！中国！中国！可怜的中国！你究竟在哪里？祖伦！你心中如何呀！

我前天曾做一首七言律诗，是赠你的，我把他录在后边，如有不通的地方，请你指教指教。

八年十一月二十八日 正璧

附诗

霜高月冷又三秋，眷念伊人水尽头。觞咏兰亭怀逝迹，风云国土看东流。天涯知己应同恨，遗世畸人原不忧。恳切祝君须努力，他年湖海共扁舟。

我在白话信后，附着“美术的”文学的诗，似乎有些不伦不类。但是我也有一个意思，我以为在这新旧文学交替时代，两方面都要并重的。俗语说得好："二姑之间难为妇。"这面对得过了，又对不过那面；那面对得过了，又对不过这面；是都不行的，不如两方面都对得住的好。

阅《太平洋杂志》。

受课五。今天体操课没有上。受《语》——匊广师曰："人而不闻道，犹未为人也，待其死后，宜等诸一猫犬耳；故不闻道，不可死。然闻道之后，当躬行实践，否则仍与不闻同。"匊广师曰："世界之物，此竭则彼盈，自然之理存焉。故我取多，则人必少取，人，安有少取而不怨者乎？此即孔子所谓'放于利而行，多怨'之意也。"匊广师曰："不能礼让则争，除射而外，皆不当争，故争非好名词也。争而不让，凡事必至于不进行，为国亦如此，国政不败者鲜矣。"匊广师曰："生为人类，即当思为人类造幸福；故生于今世，当为后世谋快乐。于是思出种种便易之法，遗之后人，以省后人之辛苦。系人类固有之责任也。固如是，人类之得幸福，与年俱进。"雯按：此理极难解，今举一最浅近之例以譬之：例如古人读书，必须抄写，自有印刷方法后，即免抄写之苦；书中之典故，或不能解，经人造出一种辞书、类书后（如《辞源》《佩文韵府》等书），可一检即得，而免必须多读书之苦；故发明事物、编辑书籍，皆欲使后人省劳而免苦也。然自后或有较再简易之发明，更可省劳，亦未可知，故曰与年俱进。

阅《太平洋杂志》。

禀祖母一函。是要鞋子，并无别的话说。

阳 11.29 阴 10.8，曜土，候阴。

受课三。同陆廷抡君到严师谈话。今天午后没有课程，所以同陆君到严师处。那时，严师正在改吾们默书簿的差字。我就在他书架上取了一本《庄子》，细细儿看了一回。陆君向严师要他的日记看，我也丢了《庄子》，拿着同看。看好后，严师向我们说道："你们看了我的日记，应该还我个批评来。"我们笑着回他说："那可不敢。"退出之后，回到自己自习室里，细细儿玩严师所说的话，觉得里头很有意味——一个人对于多数人的责任，有二种：一种是主张，一种是批评；即如政府，是处于主张地位；国民，是处于批评地位；主张的好或是不好，批评的人，应该照良心上去唤醒他。不但国民对于政府如此，凡是第一者对于第二第三者地位的人，都应该如此。我今天看了严师的日记，不曾有个批评回他，是失了吾的责任，是吾很对不起严师的。

阳 11.30 阴 10.9，曜日，候雨。

著文一篇《我的"社会主义观"》。

社会是合多数人做成的。所以我们对于社会上的责任，应该尽力完却，方算是个人，方可以对得住人。那些专惯安享现成不尽责任的人，都可算是我们仇敌。以上的话，都是主张"社会主义"的宣言。近日新流行的什么"工团主义""共产主义"，都是从他这宣言中，支出一派来。名字虽是两样，路却是走一条的。这种主义，能够实行与不能够实行，我已经料定他，敢说是一定能够实行的。我说的能够实行，是对于世界先进国说的。吾们中国，恐怕还不易做到。为什么呢？中国人的程度，简实还在幼稚时代，待他壮时，方才可以仿这个主义做，所以必定较别国慢一点子(那日本不在这个例内)。这主义达到目的的时候，就是我人类幸福享满的时候。所以这种主义的实行期概不是永久的、遗传的、循环往复，必定仍旧归到"阶级主义""资本主义"。虽是未来的事情，是不可思议，不可记极的，但从我眼光里看来，返观太古，就可推到未来，这是一定的理。太古的时候，土地是公有的，事物是公有的，甚至于妻女也可说是公有的，岂不是一个很好"社会主义"的榜样吗？以后渐渐变做"利己主义"，于是土地也私有了，事物也私有了，除妻子是应当私有的外，没有一件不反背"社会主义"，人民一天一天的开化，那阶级也一天一天的严密。什么"国家主义""资本主义"，都放胆的行出来，渐渐的做到今天的地步。你想，以后"社会主义"虽能实行下去，依公理计算起来，岂不是同太古捱到现在一样吗？所以我敢假定他说，

“社会主义”完全实行的时候，就是“阶级主义”及其他反对“社会主义”的各主义萌芽之日。人类真真的幸福，恐怕到底产不出。我对于实行“社会主义”的前途，却生出无限的悲观。我读张东荪先生做的《第三种文明》一篇，里面说：“有人说现在‘社会主义’的新潮流，是复古，这便大错了。”我却不承认这句话。因为先生的主张，是世界观；我的主张，是历史观。各人走各人的路，都不可侵犯的。

著读报卮言一篇。此篇是白话文，所以录出：

《日本人在福州伤我学生》的感言

他竟敢向我们宣战吗？他竟敢伤我神圣不可侵犯的学生吗？看他后来！日本……日本……不是一个国家的名字吗？我近来差不多天天听见的——他是个大国吗？不是。——他是个强国吗？不是。——他是一个先进国吗？都不是。——怎么他竟敢伤我学生呢？因为他知道我没有力量去抵御他，他就无所不为了。唉！堂堂中国，竟被这很小很弱的后进国来欺侮，我真真料不到——中国！中国！并不是弱国，并不是小国，并不是后进国——难道他竟忍着受人欺侮吗？不必说，他必定……他敢宣战，难道我是不敢宣战？他敢学飞蛾投火？我们是决不肯放松他——看火胜，还是蛾胜。我们神圣不可侵犯的学生——他竟敢伤害！这真了不得了！他能够把我全国学生，通通杀尽方罢——若剩一个——哼！哼！看你自己保得住，保不住。我以上说的，并不是空话。他如敢照样做下去，不肯罢休——我看他后来！

偕沈君学锦至北市购书。至棋盘街，转湾向四马路。经西，又从石路至大马路，乃向东行，经黄浦滩路，渡白渡桥，沿苏州河而西，又渡内白渡桥。再西行，入道傍公园，同坐于亭，久之，乃复循他道归（复经棋盘街，由邑庙）。在邑庙曾见多数之学生，演讲抵制日货，语甚激烈，有泣下者，愧不如也。今日所购之书报列下：

《新生活》第十四期、《少年中国》第四号、《星期评论》第二十五期，均是亚东图书馆内买的。

习《语》。读《论语》里头孔子所说的“夷狄之有君，不如诸夏之亡也”二句，觉得有点不大合理。我就做一篇文章去质问他——孔子之一言一行，必本诸事实；故言不妄发，行不越轨。当春秋之世，王道微，周室衰，孔子之道，不能行也。故愤憾之意，发于言辞，“夷狄之有君，不如诸夏之亡也”二语，是其见端也。吾以为孔子之作是二语也，必遂口而出，于理，未尝计及之也。夫夷狄云者，古时以为他国之代名词，实际上与吾国均在同等地位者也。吾国有君，他国亦有君，事理之常，何足为怪。观孔子之意，以为中国无君，他国不宜有君，是嫉视他国，轻蔑他国，以他国之地位，次于中国也，乌可以哉！故是二语，虽用之以刺朝政，然自是不开化人语，非孔子所宜言也，而孔子竟言之。吁！亦可怪矣！

跋以上三个月的日记。

这本日记上所记的，是满足三个月的事，事实却还真确。惟里头有几件事，我自己很对不住自己：

一，字写的潦草；一，白话文言夹杂；一，标点符号用差的地方很多。以后仍旧这样，是很不兴的事。所以我暂定未来日记的记法，以后必定照着他做：

一，用正体楷书誊写；一，写的一字不差（恐怕做不到，只要少差些已好了）；一，别定一例；一，白话是白话，文言是文言；一，没有关系的事不记。

“往者不可谏”“来者犹可追”——雯啊！你以后勉力些……八年十一月三十日下午八时五十九分谭雯跋于龙门师范学校第十三自习室的电灯下

九月二十九日以前的，都是旧式文字；今夜没事，把他也加上标点符号。其余也校正了一遍。九·八·二十三夜，灯下　谭雯。

第二卷

始于八年十二月一日,终于九年二月二十九日。

十二月一日,月曜,晴。阴历十月初十日。

受课六。

著文一篇。

三月前底回顾

我自从到学校里来,已经满足三个月了。在这三个月中,对于各种科学,都丝毫没有进步,实在惭愧得很。若是就新思潮一方面讲,到还对得过去,所以我今天心里很觉欢喜。为甚么呢?我且把三月前的进取心,和三月中底进取心,比较一比较,就可知道了。我三月以前底进取心,是狭义的;近来底进取心,是广义的;狭义底进取心,是专在旧文学上用功,只知道读死书,不论懂不懂,只要读得多,就算好。所以在思想上,是窒塞的;在事实上,是保守的;于学术上,却没有进步底希望。这"进步"二字,是对于一代底学术上讲;若是对于个人底学术上讲,就不成话了。为什么呢?因为个人能够死用功,是也可以进步的;不过于一代底学术上,只知道遵守旧的,引用旧的,不能再特别的生一种新思想,去改革旧的;所以我说不会进步。这广义底进取心,是和狭义底进取心,大相反对;他是专从新思想上着手,是守旧的,也不是执拗的;是革新的,又是讨论的;所以对于事实上,可以实行;对于思想上,可以发明;于学术上,可以大大的进步。我近来也欢喜研究些新问题了。什么妇女解放啊,社会主义啊,劳农政治啊,也曾自己同自己商榷一会子。我虽则没有把他写出来,实实在在，胸中储蓄已经好多日子，有一朝空闲，我就把他发泄个通畅啊！

十二月二日，火曜，晴。阴历十月十一日。

受课三。

接郁君祖伦函。

正璧知己：

昨天接到你的一封信，一切事情，我都知道了。我是没有做过白话文的，今天也要趁兴试一会子，不知道里头差误有多少，还请指教指教。

本校分甲乙二组：甲组里是重国文没有英文的；乙组里是国文英文都有的。我来的时候，有一位老先生，他是我的同乡，他教我进甲组，这个时候，我没有打算后来，就听了他；到了现在，我就懊悔也来不及了。

我将来的志向，现在还没有定。为怎么呢？因为没有读英文，只好随东到西，唯命运是听。你的志向怎么样？可以告诉我罢么？

钱永福君，我也知道他的性情，他是一点都不肯吃亏的，你若一点不肯让他，他就要同你冲突了。但是朋友多一个好一个，现在心里怎么样？我来做媒介，和你们讲和好不好？

你赠我的一首诗很好，但是我却不曾做过，所以不能奉和了。自己想想，却是惭愧得很，也要望你原谅原谅。

十二月二日，祖伦自苏州寄

我接得祖伦君的一封信，把他细细儿的读了一通，心里觉得非常感激他，却又非常悯怜他。为怎么呢？感激他，是感激他的劝我和永福君好，我心里没有不愿意的；悯怜他，是悯怜他的志愿不能达，和我比较，几有天壤的分别。我因此生了一种感想：我今天在校里，最是称心的，那二位国文教员，我很佩服；不但佩服他的教授好，并且还佩服他的心地好，这种幸福，是不容易享得到的，却被吾凑了现成啊！（一）

我自己庆贺自己：是去岁来投考，没有考取；若是考取了，那一级的国文主任，什么王□□，听得他是有名的糊涂先生，教的学生，都是同没有教的一样，那时恐怕懊悔也来不及了，岂不将同郁君一样吗？吾一生的幸福，险些儿丧尽在这一遭。（二）

1. 参看本记第一卷十一月二十七日的日记。

2. 参看拙著《戊午消夏记》。

本校学生全体出发至公共体育场会合七十二学校游行街市，六时返。自闽事发生，本地学生联合会，开紧急会议，议决"于今日下午，各校一律停课，同游行街市，以唤醒国民"。故有是举。大队出发后，同声齐呼抵制日货，于城内外环行一周，沿路抄出日货甚多，其有不服查抄者，或将照牌打碎，或将其柜台捣毁，抄出之日货，运往公共体育场，都付之一炬。当焚烧之际，同声三呼民国万岁。约烧至七八句钟方尽，余则同朱祥君于六时先归。

做诗一首。

一场火黑层层的，都腾上天去。那是甚么？我们同去看罢。到了一个大场，里面立着许多人，围笼着，有的把东西掷向里去。黑的变做红的了，一冒一冒，冲上天去，却道甚么？原来是烧日货罢。天也晚了，日也落了，那月亮儿已到了半天。一阵红火，一阵黑烟，把这月亮儿遮得黑暗。约模有三个钟儿，人也散了，火也熄了，归吗？慢一点儿，待吾细细儿看他一回，别的都没有了，为何但剩一个水晶般的月亮，溜溜的在半天里？他去年今日，也是这样的亮；不知他今天的心里，却是怎样地？火也罢，月也罢，我再问问那些用日货的同胞，心里究竟怎地？我知道他究竟是没有回覆的了。

十二月三日，水曜，雨，(阴历)十月十二日。

致正华兄一函。报告昨天的情形，和要鞋子。

受课四。昨晚学生联合会议决"各校于今日起，停课四天，分组出外演讲，继续唤醒国民"。今日因天雨未果，故仍上课。

十二月四日，木曜，晴，(阴历)十月十三日。

上午全校学生往公共体育场，甲组演讲团四出演讲，余均先返。本校演讲团，共分甲乙丙三组，每组又分六小组，以英文字母顺次为名。余列在甲组A队，故今日上午，亦出发演讲。本组组长张士明君，率本组至西门家庭工艺社，调查牙粉原料，与社主天虚我生辩论久之，卒不能得其真相。

（一）此系下午事，误记于此。是日下午，各演讲团一律出发。

夜至严师处。我到严师处的时候，他正在改我的日记，他对我说："我看你平日看的书太杂，不如专一的好。"我心里很赞成这句话，所以回答他说："是的，我听你。"约摸又闲话了半个钟头，方才告退。

十二月五日，金曜，晴。（阴历）十月十四日。

上午偕朱志贤君散步黄浦滩，复至棋盘街买书。今天所买的书是《新青年》七卷一号，《新生活》第十五期。

下午甲组演讲团出外演讲，余亦在内。

十二月六日，土曜，晴。（阴历）十月十五日。

与同自习室诸君印刷传单。近来出发的演讲团，人人都会演讲，独是我们同自习室诸君，因为没有惯常，所以一个也不曾讲。大家商议之后，都觉得非常的过意不去，因此我提议："大家出些纸头，多印点传单，拿他来代演讲，也可以略为过意得去。"大家都赞成，我就去告诉组长，组长也很赞成，马上刻原纸，凑纸头，拿到书记室里去开手印刷，印到午餐时，一共印了八百多张。

下午甲组演讲团出外演讲，余仍在内。

晚全校学生赴三牌楼裕泰纸号，抄出日本马粪纸数十捆。是日晚，余在阅报室阅报，闻人生杂起，乃出室外探之。知系全体往三牌楼查日货，余亦往。其抄出马粪纸甚多，满载一塌车，不敷，拟明日再载。而该店于夜半运往北市去矣。

十二月七日，日曜，晴。（阴历）十月十六日。

今天是我生日。

偕朱志贤君游黄浦滩，又至《民国日报》馆买二十七期《星期评论》一张。今天我和朱君游黄浦滩，不为别的缘故。因为我有一天看报，上边记着一节，是“日本的兵舰，本来停在洋泾浜外面的，今都停到南边来了”。我当时看了，非常的忿怒，决计去查察一查察，究竟他怀什么意思。所以趁今天空闲，同朱君走一趟。到了黄浦滩后，在十六浦外面的轮船码头上向北走。那眼珠不住的在江面上瞧，细细儿去视察那日本兵舰，他果然停到南边来了，一共有五只，都是远着一丈外停一只。我心里思忖，他这样摆着，他是不怀好意，可以见得了。却还好，每只日本兵舰的后边，都跟着一只美国兵舰，像监视他的一般。我因此就知道，美国人对待我们的心理，始终一般的。唉！何物日本，他的眼睛里几几乎已经没有中国。谁说强权可以战胜公理？我拭目看他后来。下午本校演讲团全体出发。三时半，齐集公共体育场，并焚毁日货。昨夜所抄出的马粪纸，和今天抄出的海参，都一齐烧毁，约烧了二个多钟头。到天已乌黑，方才回校。

做文一篇。

生 日

今天是我的生日，所以我心中生了许多感想，不妨来记他一会子：

俗例，每逢一个人的生日，必定祭家堂，谢灶君，吃面，说许多吉祥的话。我今年却不是这样。为什么呢？一则是不比在家里，不能够做这些事；二则不应该从旧习惯，应当早把他解放去；所以我也安心过去，觉得比往年没有两样。我别的事都不记，单记的是去年今日和今年今日的比较。

去年的今日怎么样？我家里单有一个祖母，这天早晨起来，他做了许多纸锭；到了吃饭的时候，当厅点了一对大蜡烛，家堂上灶面上都点了一对；又烧了许多的面，大家吃了个饱；祖母又命我在香烛前磕头，我就依了他，恭恭敬敬的磕了四个头；当我磕头的时候，我耳朵里，仿佛听得祖母在那里祝祷，说的是：“愿保佑他一年四季平平安安的过日子……愿他将来，有志气的读书上进，替祖宗争气……”我听到这里，忍不住的要大笑起来，仔细一想，他的话，却一些儿也不差。化了锭，送了神，一天的事，就算了结。

今年的今日怎么样？今天是星期日，上午同朱君到黄浦滩去调查日舰，下午同演讲团出去演讲；到了晚上，就睡觉了；整天的同没事一般。偶然想到今天是我的生日，几几乎下了一把热泪。“我是个堂堂男子，竟效那儿女子的娇养态吗？”自己重重的责备了一番，当时也就忍住了。这样一比较，我的心理，就可知道了。

十二月八日，月曜，晴。（阴历）十月十七日。

和朱君到南火车站游玩。返。朱君先到校。余则往访夏模周先生。和夏先生谈了一回近日的停课事，夏先生很不赞成学生捣毁人家的货物。我又把近来的各种新主义告诉他一番，他都点头称善。清祺、清祥二君都到学校里去了，所以不曾遇着。我与他们已经一个多月不相见，这回仍旧不曾相见，心里没趣得很。我回到校里，收到正华哥寄我的鞋子一包，上面写着，命我四点钟到亮泰里去会他。这个包，并不是信局里寄来的；我料他必定自己带来找我，因我不在校中，他把这个包留着，自己也先回去了。

饭后到亮泰去会正华哥。到三时半始返。正华哥向我说：“我明天到石皮巷里姊夫家去吃喜酒，二十一日仍还上海，你仍可来会我一会。”我说道：“这样很好。”他又取出一张照相给我看。照上一共有三人，一个是他，一个是娄君润初，一个是居君坤华；他们都是化装的，扮的是“黛玉葬花”：他饰宝玉，娄君饰黛玉，居君饰袭人；他戴了一只很高的冠儿，穿了一双很厚的靴子，像要向前走的样子，摇摇摆摆，煞是好看；娄君是坐着，手撑着颊；居君倚在娄君的左边，像在劝慰娄君的样式；他三个人都在一个花园子里，近傍是一所院子，帘子卷着，里边的床、厨、桌凳，都看得很清楚；院傍有一顶小石桥，桥下的水，涓涓的好像在那里流个不住；桥的那一边，亭子啊，假山啊，不知有多少，看过去好像有二三里路远。这张照是着色的，所以觉得分外的好看。

到了三点半，我就告别回校。那些未解放的人，看了我这篇文章，必定骂我们不知廉耻。为甚么呢？他的意思，以为有身份的人，不应当做这些事，你的哥哥和娄、居二君已经卤莽去做，你又去附和他，岂不是都不知廉耻么？我素来知道，旧社会里的人，以男子扮女装，为极下贱的事。所以他们视那般演剧的人，几乎在下流社会中，也要捱他出去；今天新社会的人，却不是这样了，人人多慕着欧、美的文化，有一种新式事做出来，人家都不赞成，他说："是学欧、美式的。"人家就不敢反对，反去赞同他；难道演剧化装，在欧、美社会里，算是上等人做的事，我们不过扮了一扮，我不过把他记了一记，就算不知廉耻吗？恐怕世界上，万万生不出这种道理。所以从旧眼光看来，我们做的事，都是卑鄙的，不肖的；从新眼光看来，我们都是正大光明，没有一些儿破坏道德。请问生在今天的世界上，所用的眼光，应该从那一样？

阅《新青年》及《星期评论》。

立明年的杂志费预算表。

书名	每期价目	全年总结	
《新潮》	三角	三元六角	
《太平洋》	二角	二元	
《新青年》	二角	二元	
《少年中国》	一角	一元二角	
《少年世界》	一角	一元二角	
以上月刊			
《新生活》	四十文	一元六角	周刊
《新社会》	二十文	五角	旬刊
《星期评论》	二十文	一元	周刊

共八种，总价十三元一角。倘有新出版，随时酌定。我立了这张预算表，心里却非常的满意；我如果能够把他都细细儿的研究，怕将来不成个新学家？又况我的脾气，素来欢喜看书，不论那一

种，如果被我看中了，我必百计的买他到手方罢；今天既有了这种预算，明年何论怎么样，我必定照着他做，这经济问题，吾可顾不得了。

十二月九日，火曜，晴。（阴历）十月十八日。

受课六。受《语》——匋广师曰："君子之对己，存一心；对人，体万物。"匋广师曰："古以君子小人为异途，而君子之教小人，则以佛教觉他之法，有规过劝善二种：规过主积极的，劝善主消极的。"匋广师曰："君子与小人性之相反：

君子——好义——天理——人性——善

小人——好利——人欲——兽性——恶

依天演进化例计算，古都兽性，今则人兽性相杂，真真之人性，在于未来。"匋广师曰："曹子建所云：'文人相轻，自古已然。'即今之所谓谑言也，佛经谓之轻根。"匋广师曰："章太炎先生主张，求学问当'求是''应用'。余主张目的在'体'与'用'；'体'即'求是'，'用'即'应用'；先生又以今之杂志，皆是科举时代之墨卷，其题目千篇一律；余则素主'宁不同，毋雷同'之说。与先生之说，大意相同。"匋广师曰："《学而》篇大旨皆言学，《为政》言政，《八佾》言礼乐，《里仁》言人伦。"

阅《解放与改造》。B队H队N队演讲团，在九亩地捉获贩米奸商黄守仁。这个人专惯贩米卖给日本，被本校学生分会调查日货委员调查着，所以今天这三队演讲团同去质问他。那知他反出言不逊，动了公愤，把他捉到教育厅里去惩办，因为教育厅里拒绝不纳，只好领到本校。那时天已黑了，路上的人，知道他贩米的事，都恨恨的要把他打死；有的要推他到电车轨道上去轧死他；幸亏我们学生把他保护住。到校后，命他写了一张悔过书。又恐怕放他出去，要被人打死，所以打电话到警察厅，派了两名警察来，送他回去。……这事就算了结！

十二月十日，水曜，晴。(阴历)十月十九日。

受课四。今天严师上课，他对我们说：“明堂我因有事要回家，大约须隔十数天方可回来，所以以后的课程，都请匋广师代替。”

十二月十一日，木曜，雨。(阴历)十月二十日。

受课六。受匋广师授许——

五体
- 原……丄
- 变……二
  - 旋
    - 到……例 畐(厚；畗之到) 帀(匝；㞢之到)
    - 反……丏(乏；正之反) 㐆(依；身之反)
    - 侧……尸(尸；人之侧) 氏(氏；山之侧)
  - 幻……勹(人之幻) 尣(尢之幻)
  - 引……廴(彳之引) 禾(木之引)
  - 阙……乙(口之阙) 歺(𣦼之阙)
- 杂……三
- 叠……宀
- 集……亖

……体之体

三体
- 本仓史之旨㈧见鸟兽号远之迹，知分理之可相分异也。初造书契。
- 本秦书之旨⊙仓颉暖历博学，皆取史籀大篆。或颇省改。初有隶书以赶书易。
- 本尉律之旨㊀尉律之旨言或不正，辄举劾之。

(坿)同/异体相合谓之叠/集例 㚘珏哥/江河

阅《新潮》二卷一号。

十二月十二日，金曜，雨。(阴历)十月二十一日。 受课六。受匋广师授许——《说文解字》部首第一。

授许次序。先部首，次部属，后叙篇。授许释例：

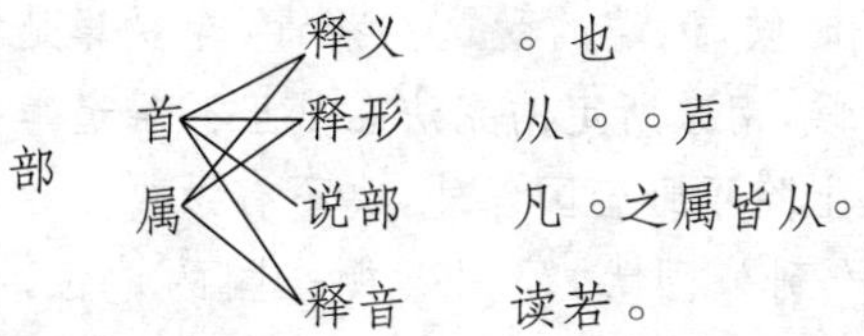

匑广师曰：“《说文解字》注中之反切，系大徐取《唐韵》增入，(俗以唐孙愐等所定名之曰“孙愐韵”)非原有也。盖汉时无所谓反切，惟有譬况及读若○二例，有则始于六朝。此本系大徐校定，而小徐系辞者也。”雯按，大徐谓徐铉，小徐谓徐锴，皆精于此书。铉于宋雍熙时重加刊定，益以未收之字，为新附字；世称大徐本；锴著《说文系传》，世称小徐本，二徐皆南唐人。

阅《倭氛记》。此书皆记日人谋我之真相，而欲警醒国民，故都据事直书。盖《西京》《董狐》之流亚也。

十二月十三日，土曜，晴。(阴历)十月二十二日。

受课三。受匑广师曰授《语》——匑广师曰：“今之文人，略读书籍，便好妄肆讥评，夜郎自大。即如《论语》一书，彼等以新学自居者，未尝寓目，便痛诋之，以为孔子主政治教育，有害于今日社会教育。殊不知孔子固颇恶政治教育也，读《子路、曾皙、冉有、公西华侍坐》章，便可省见。”

访正华兄未遇。彼尚未至申，故未遇，拟再往(明日)访之。

阅许指严轶事小说《陆沈集》。载《小说月报》。此篇系记有清时一文字之狱，波澜曲折，颇堪悦目。

著《读报卮言》一篇。

倪嗣冲纵兵围奸桑蚕女学校

中国历史上第一次。什么叫做法律？文明国人做的吗？多是吾们同胞，快救啊！

我国军阀派的无法行为，不胜屈指，然没有甚于这次围奸桑蚕学校的禽兽行为了。

中国历史上纵兵淫掠的事也有，不过都在天下大乱的时候。要讲这太平时候，无端的受这些荼毒，却要算是第一次。中华民国成立的时候，南京所定的宪法在那里？难道单把他威吓小百姓的吗？世界上除了野蛮国以外，决不有做得出这种事的。这样看来，此事若传到外国去，外国人视吾国的地位，将怎么样？死的死——辱的辱——如是中国人啊！决有不惋伤的，更没有不替他们怒发切齿的。那些假作不闻的人，都是没血性的啊！并且吾们若不大声伸讨，别处的军队也放胆照样做，那还了得吗？

唉！公理——自由——幸福——不知那一天，真真的能够轮流到我们人类身上来！

十二月十四日，日曜，晴。(阴历)十月二十三日。

访兄仍未遇，乃至棋盘街购书。所买之书列下：

《新社会》第一期至四期；《星期评论》第二十八期；《新生活》第十六期；《民心》第二期

编《童子军修养录》一篇，将以投之《童子军月刊》也。是编总纲分为三：曰体智，曰辨仁，曰明勇。

著白话文一篇。

商务印书馆门前的学生

我今天到棋盘街去，打商务印书馆门前经过，有几个学生装束的人，身上都挂着徽章，在那里拿《民心周刊》卖。我想，这书的第一期，我已经买过了；今天不妨再向他买本第二期；况且他周旋的很殷勤，我心里也有些意不过。遂问他价钱。他说："八十文。"我听了很骇异，忙忙的揭开版权页上的定价看(难道从这期起涨了价吗)。不道却被他用"万众一心"的邮花贴没了。我又恐是我自己听差，又问了他一声："什么价钱？"他仍旧回答我说："八十文。"到了这个时候，我就忿忿的把书还了他，说道："我不要了。"回头就走。远远里听得他还在那里说："我们是不欺人的。"后来我转湾到望平街去，在那里的买报小贩处，买了一本，价钱是三十文。

他所说的"不欺人",原来如是的。况且他算是一个"学生"呀!

十二月十五日,月曜,晴。(阴历)十月二十四日。

阅《星期评论》。

受课六。受矧广师授许——太初者气之始,太始者形之始,太素者质之始。见《易纬·乾凿度》《列子·天瑞》。一其形袭庖义卦画,其声存人类元音,其义具象数理三者之精蕴,故以为五百四十部九千三百五十三文之始。⁂象日月星之形,故画作三ф。小指日月星之事,故浑作三丨。会意之辨仌。

　　从。从。并峙为义。

　　从。。顺递为义。

著读报卮言一篇。

顾维钧和王正廷的功劳

　　和约之拒绝签字,美国上议院保留山东案之通过,是谁的功劳?我今天阅报,见驻美公使报告北政府的电报说:"美国上议院保留山东案的通过,都是顾、王二君奔走之力。"吾因此想到前日对德和协拒绝签字的功劳,也要算到顾、王二君了。返观吾国内的官吏,他们也享受吾们给他的俸禄的,他们却安坐着不做事,并且还想出事来害我们。什么卖国条约啊,抵押借款啊,纵兵奸淫啊,解散集会啊,都是近来他们做出的,拿他来和顾、王二君一比较,却怎么样?一个是慷慨救国的英雄,一个是祸国殃民的盗寇;一个是鞠躬尽瘁,一个是尸位素餐。现在吾国有的都是下一种人;上一种人,只有顾、王二个。那还可以说吾们的造化吗?

禀祖母一片。

　　祖母大人膝下:

　　谨禀者,孙定于本月二十九日(阴历)回里,恐有劳倚望,故先预禀。

　　专此,敬请金安。

孙正璧 谨禀 十月二十四日

十二月十六日，火曜，晴。(阴历)十月二十五日。

受课六。受匋广师授《语》——匋广师曰："结交须有礼义，有界限，然后可以长久。"匋广师曰：

凡"人"对"群"性有四：

我的＝你的 你的＝我的……上
我的≠你的 你的≠我的……又次
我的≠你的 你的＝我的……末
（以上三项：次序）
我的＝你的 你的≠我的……次

著读报卮言一篇。

世界的运命只视明天以后四天了

近天的报上，载着香港某报上的天文台报告，说："据美国亚路弼巴达博士推测：本月十七日起，二十日止；在这四天里头，金、木、水、火、土、天王、海王、七星，都向太阳行去，必定把太阳冲穿，而放炭气；地球上的气候，将有大变动。"又说："地球于此时必至爆裂而生缺口，或竟有不可思议的结果。"人家看了，都非常的惊吓，都说这次必定要混沌了。今天已是十六日了！我们一天一天的巴望他到临，不过再剩四天。各人都预备着个"死"，所做的事，都不大高兴再做下去，以为侥幸得过四天，再说大约世界没日，终有临到的一天，我们不过恰好逢着这个当儿。但是我的心里，却以为这是很欢喜的事。为怎么呢？要晓得，我并非不怕死的，不过我想，我们既然做了个人，见识越多越好。譬如以前的历史，我们是知道的；以后的历史，我们却不能够知道；这一来，世界运命，就此了结。一部完全世界史，都在我们眼光中经过。比较进起来，岂不是我们的大造化吗？你道应该欢喜，还是不应该？我说了这许多话，到底有一朝没一朝，只要视明天以后的四天了。倘若过了四天，我必定有一篇大文章，在我的日记上出现。

十二月十七日，水曜，晨阴，下午晴。（阴历）十月二十六日。

受课四。

接兄片。信云："兄于昨日至申，带出棉鞋一双，课余可来亮泰自取……"

至亮泰访兄兼取棉鞋。在兄处略坐，即告别，兄送至本校附近方归。

阅《少年社会》。

十二月十八日，木曜，晴。（阴历）十月二十七日。

受课六。受匋广师授《语》——匋广师曰："人当三十以内，以学为职；三十以外，以政为职；七十以后，以教为职。"匋广师曰："佛家以人性惟有智愚而无善恶；盖善生于智，恶生于愚；有智愚，而善恶概之矣。故佛家之导恶入善，恒以自觉觉他之法，以谓去其愚，自能明心见性而入于智，入智则无所不善矣。"

阅《新潮》。

十二月十九日，金曜，晴。（阴历）十月二十八日。

受课六。受匋广师授许——

释例

二　非　耦　一

丅　非　到　丄

𠂇　非　反　又

故凡字之义相待者，其形必并出，非递生。

《四声表》

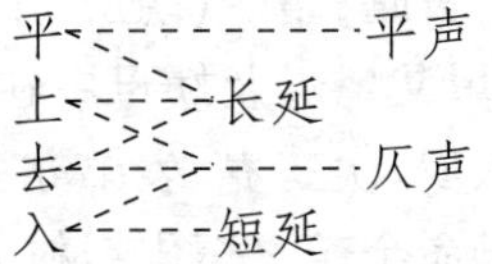

雯按：长短延为读法，平仄声为用法。下午第三时考文字。

治装。归期将届，乃向朱志贤君借手提箱一只，将一时不切用之书籍及夏衣等，装之满箱。

接母校狄云士先生请赴喜筵帖：先生之长公子君武，今夏毕业于北京大学，于明年一月十日，与顾女士结婚于其乡。先生与余有师生之谊，故折柬来请。今将柬式列下（一字不易。柬用硬纸，折叠作二版。面书谭正璧先生五字，全柬均粉红色。柬之里，则所书如下）：

中华民国九年一月十日长男福鼎与顾瑛女士在江苏
省太仓县璜泾乡塔东街本宅行结婚礼谨治喜筵恭请
阖第光临　狄为璋同妇陆藏贞鞠躬
为璋字云士福鼎一名膺字君武
顾女士字缀英同县履衡先生女

此柬折衷新旧，自成一格，故录之。

十二月二十日，土曜，雨。（阴历）十月二十九日。

受课三。

归家。午饭之后，雨依旧落个不住，余等得不耐烦，便到舍监室告了假，提了箱，在校门口叫了一辆黄包车，乘到西门。那时送吾到校门口的，只有朱志贤君一个，临行时，还说了一声"再会"。乘车到黄渡的时候，那雨依旧不住的落下，只好趁了船，满船共有十八九个人，实在轧得了不得，不得不忍耐着去。船里的人，一半是我认识的，大约他们都自以为是读书人，不住的高谈阔论。我耳朵里曾听见他们说过，怎么！……"三十九个"……"新思"……我到今天也不曾解识得出。（二十三日记）到了家里，见祖母甚健，我心里就很安慰。那时我的表姊也在我家，并问了声好。

十二月二十一日，日曜，晴。（阴历）十月三十日。

至表舅父家。时舅父舅母及姨母咸在。二表妹、一表弟见余至，均作欢迎态（长表妹六岁，次三岁，表弟亦三岁）。余略坐，即归。

表姊回安亭，祖母命余送之至朱钱村方别。

校余所编《古今稗史捃华》。暑假无事，集古今杂记数百种，择其精者，得一百二十种。又每种取其一篇，汇集成册，沿《钱塘南北史》

之例，名曰《古今稗史捃华》。为吾友孙蓉镜君所见，携归高斋，亲任校勘。复由吾宗林伯先生改正谬误，为之作序。奖勉之言，愧不能当。今录之于后，将以明金玉之音也：

楚魂君静默寡言，沉酣书史，闭门独学，目不窥园，扃户著书，膏以继晷。余虽得瞻眉宇，而未获与之作竟日谈也。近读所辑《古今稗史捃华》，知君以涵今茹古之功，为断句断章之业。蒐罗宏富，简择精严，收铁网之珊枝，剪云机之锦段。倾其沥液，荟此琳琅，采撷皆见见闻，闻征引必原原本本。足使学子俯首，墨客醉心，举彼干宝之《搜神》，虞初之《志异》，皆兼而赅之。今之所睹，不已多乎？夫剧谈著录，康骈宾退之余，泊宅成编，方匀旅居之日，想其高斋无事，永昼难销，雨晦风凄，鸡谈对罢，香温茶熟，雁侣来迟，缙芸帙而绎旧闻，展兰缄而哦新句，钉花红笑，如晤美人，带草碧抽，宛逢佳士。畴明月而可共招清风以时来，况复豪气未除，闲情不免诺。诺皋剑侠，段成式抒其胸襟；志异鬼狐，蒲柳泉寓以怀抱。雅人托兴，大抵如斯。达士浇愁，诸多类比。孰谓小说为可已也哉？然而夏五郭公，旧多脱简，别风淮雨，原有讹文。此是彼非，未能尽晓，千虑一得，曷敢自居？爰将僭改数条，并附以谫陋之言，而归之楚魂君时。中华民国八年夏正闰月十一日，谭同椿书于灯下。

十二月二十二日，月曜，晴。（阴历）十一月初一日。

阅《说林》。是书凡十四集，武进恽铁樵先生编纂，而商务印书馆发行者也。所选均当代名著，而第十四集纯为先生所著。近人或言："今人小说，都东拉西杂，摭拾旧籍，殆无足观。"（见《说库》卷首吴兴王文濡先生例言）自有此书，不患无可作解嘲焉。余读新小说，最喜《小说丛报》社之《小说丛报》，及中华书局之《中华小说界》；一则搜集遗闻，可补史阙；一则译笔颖活，可启智慧；与此书之词新笔雅，直可鼎足而三。余喜观小说，人或非之，然余之得力于小说者实多，难以言语云也，他日有闲，当分别论之。

阅《清代演义》。是书共十六卷，杭县王炳成著。搜罗宏博，汇成此编，清史之首尾具焉。事，繁而精；笔，荡而洁；实驾《三国演义》等诸白话小说之上也。夫历史演义之见重于事也久矣，明高儒《百川书志》评《三国志演义》云："据正史，采小说，证文辞，通好尚，匪伪匪虚，易观易入，非史氏仓古之文，去瞽传诙谐之气，陈叙百年，总括万事。"近人无锡孙毓修君亦云："若以通俗而言，陈寿之志可废，而罗氏此书（指《三国志演义》，相传为罗氏贯中著）为不祧矣。"然其中尚有可以指摘处也，王君有曰："《三国演义》中，连环计、空城计两节，连环不详所本，空城计则《南史》萧承旨守济南事，诸葛无是也。文非不佳，奈淆乱史事，不可谓非白圭之玷。"王氏此书，则自言皆系实事，并无捏造，余阅有清一代之稗官野史、笔记杂录，其中与之吻合处，亦复不少。则作者之胸襟，可以想见。而其写革命时事，无党派歧见，更不易易。虽各家记载，间有不同；而传闻或亦有异辞；是则作者所望于大雅之指正者也。

十二月二十三日，火曜，晴。（阴历）十一月初二日。

赋五言律诗一首《己未冬至回乡偶题》。

接正英兄禀祖母函，祖母命余作信覆之。正英兄系祖母之嗣孙，商于青浦之朱家阁镇，来信照录于下而附以浅陋之说明。

谨禀祖母大人膝下：

迩念慈体安康为慰，启者炳儿，顽皮成性，体质甚笨且贪嘴口快，搬事不识进退，做事毫无清头。训斥之，仍然如是。本身之功课，字目、算盘、银洋，十份中不知一二。今日教之，明日仍旧懒惰，性甚高，做事非言不动，是真不可训之人。此从小时毫无规教，成此油腔无用的废人。孙亦无法教此顽劣，拟赶彼出去，实因不欲见此完全不受教导之劣子，因未曾禀明祖母，未敢擅行，故今专函谨达刻下。炳儿右手有牵筋疯症，看治过一次，今其举动当心亦不肯听闻。大人需要鱼虾物，如金弟或桐弟有暇，请来角一聚，当便带上耳。

谨此 上禀 敬请金安

孙锡英拜上，十月三十日

右原函，字数格式，一律不改。函中所称炳，系余之侄，名瀛第，一名国栋（后改国桢），炳卿其字也。十四岁，习商于上海之老天主堂街北永泰烟号。距今已三年矣。今夏有疾，若癫痴然，乃束装归，与余同居五日，祖母命余后授彼珠算，彼则先知后忘，殆皆茫然，后送至正英兄处，离今已将四月。闻之祖母云：上月曾来黄，见其较前略佳，不料其仍如昔日也。吁！难言矣。信到后，余即禀于祖母。祖母命余作信覆之，余即据祖母之意，缮成一函。如左：

英兄如晤：

弟自七月初赴校后未曾一纸启告，罪甚罪甚！此次于上月二十九日旋里，昨接禀祖母一函，一切均已转禀。祖母之意，以为炳侄如性仍不改，吾兄尽可以严厉管理。炳侄虽则油腔成性，而对于吾兄尚有几分怕惧，或可因此改变，决不可逐出。云手上有疯，当亟亟治愈，不须容缓。未知吾兄以为如何？弟于初四日赴校时，促不及趋候，祈原谅之。余容续启。

此请大祺

弟正璧 谨启 十二月初二日灯下

此函发后，结果若何，不得预料。吁！我实难言。

阅《影梅庵忆语》。是书系清如皋冒辟疆氏，悼其亡姬董小宛而作，字字发乎真情，故文词挚而哀，事实雅而艳，青楼、北里，何足与俦也？余生平所观览，自《香惋楼忆语》《忆钗楼忆语》，及《小说月报》中之《旧时月色》一篇而外，实不多覯。至情至性之语辞，可称叹观止矣。生于今日之世界，而有言我阅此等书为不当者，我知其人非守旧派即道学家也。不然，文求峻洁，辞求达意，发于天性之语，安见其不当阅耶？以我之意，无论何书，如能动人怀襟，均系佳著；凡足使人览之入睡者，都在屏弃之例；以之择书，则莽从之病，或可除矣。非我故好大言也，余自束发受书，中途经历，往往有相同此旨者，故因记而兼及之。近日之白话文，除一二种名著外，大都皆使人阅之欲睡。中国文学之前途，尚堪问耶。余作是言，同上卷日记并读之，不无自相矛盾处。然曾国藩有言："以前种种，譬如昨日死。……"则余今日之言，尽作今日之言观可耳；昔日至言，等诸镜花水月可耳。

十二月二十四日，水曜，阴。（阴历）十一月初三日。

赴东市姨母家。我的祖母，今天早晨到姨母家去，等到回来，他对我说："今天他家过冬至节，请你去吃饭，因他家里人手不多，所以不来邀了。"当时我正在看眠鹤山人著的《花月痕》小说，着了神，就有意没意的回答道："今天吃饭，我可不去了，就在家里吃罢。"到了下午，就去了一次，并谢了他的盛意。姨母又留我吃夜饭，我又坚意辞去。天将黑，我就回家。

阅余澹心《板桥杂记》。王阮亭《秦淮杂诗》有曰："傅寿清歌沙嫩箫，红牙紫玉夜相邀。而今明月空如水，不见青溪长板桥。"更读《板桥杂记》，不禁有沧桑之感。但未知山河仍旧，而桃叶渡头，清歌画舫，尚如昔日否，恐更消减几许矣。

十二月二十五日，木曜，晴。（阴历）十一月初四日。

阅《桃花扇传奇》。

到校。夏模周先生及其二公子，亦于是日至申。余遇于车站，询知系星期日旋里；同至申，天已乌黑。乃乘电车至西门，于小西门外与先生等别。及到校，已七点半矣。在电车遇扒手，外褂之纽，被解去三枚，为卖票人所瞥见，欲送至捕房，余以未曾失物，止之。得正华兄函。此函系昨日所到，余到校始获见者也。照录于左：

> 桐弟手足前日所说星期六回家，未卜已回过否？十分念念。兄于明晨（初四日）回家，吾弟阳历年暇回家否？请书信示明。寄交黄渡可也。
>
> 专此 即问 学安
>
> 兄正华手启 初三日四点钟
>
> 兄大约初六、七出来，信不写亦可，又及。

十二月二十六日，金曜，晴。(阴历)十一月初五日。

禀祖母片。报告在路平安。

受课六。严师回家去结婚，于昨天到校，所以他今天仍旧上课了。上课的时候，他并不说什么，单把他结婚时，及后来，经过的情形；和他眼光所观察的，心里所批评的，细细儿的告诉了我们一番。我听了之后，于无形中得了许多见识。然而也有赞成的，也有不赞成的；赞成的，我说明赞成的原由；不赞成的，我也下了一个批评。但是我的话，并不有什么价值，不过照我一个人的意见，胡乱说几句就算了。

他说：我结婚的第一夜，并不曾睡觉，因为做事情忙得了不得。到了明天，方才有些空闲。当夜我要试试她的心理(还是新的呢，还是旧的呢)，要和她搭讪几句话。一时，想不起第一句应该说什么。后来一想，我到底终要和她说话的，遂意说一句也好。我第一句就问她说："你识字吗?"她回答我说："也识几个。"当时我听了，心里很是欢喜，因为她肯立刻回答我，将来一定容易解放的。后来我又问她说："倘若你死了，教我怎么样?"她答我说："你可以再娶一个。"我又问她说："我死了你怎么样?"她又答我说："没有什么样。"我又故意问她说："我许你再嫁，你怎么样?"她笑着回我说："世界上没有这个道理。"从我的眼光里，细细儿的考察：她所重的，只是"金钱主义"。什么手镯啊，耳环啊，簪啊，能够多给她一点，她就贴心熨意的顺属你。但是也有一种最密切的情感：她嫁了我，眼光里只有一个我，并没有别人。这种情感男儿家反是没有，这是我很佩服的啊！

严师所说的话，不止这几句，我不过记他几句精要的。他第一句问的话，我也有些赞成。不过第二次所问的，到后来不曾说明理由。令听受的人，觉得他问得奇怪，疑猜不出，又不好问。和没有问过一样。所以我的意思，不如连下更讲明一番的好。但是所问答的话，那些不解放的人听见了，必定又说："这些不吉利的话，平时也不应该说，为甚么刚才结婚就讲呢?"女子是持金钱主义，差不多个个如此的。我想起来，欧、美的妇女，恐怕未必不是这样。所以妇女解放，这个问题;我们应该加意的讨论啊!

十二月二十七日,土曜,晴。(阴历)十一月初六日。

受课三。

今天第二时考英文。

和同自习室诸君著棋。近来天气忽寒,手颤不能写字,故著棋解厌。

著读报卮言一篇。

兵队围奸七里河

前天倪嗣冲手下的兵,围奸了蚕桑学校。我就做一篇文来骂他。里边曾说:"吾们若不大声伸讨,别处的军队也放胆照样做,那还了得吗?"不道今天果然应了我的话了。这种事又发生,我恨得没有别的话说。以后国家的运命,大概可以知道。我们准备做亡国奴就是了。末路将到了,我不过再有一个最后的希望。是:"以后不要应再应吾的话。"并没有别的希望。

十二月二十八日,日曜,晴,暴寒,华氏表跌至二一度。(阴历)十一月初七日。

偕朱君往北市购书。所买之书列下:

《太平洋》第二卷第二号;《心史丛刊》一、二、三集;《新生活》第十七、八期;《骈文指南》一册;《新社会》第五号;《中国语言》初编;《星期评论》第二十九、三十号

访正华兄未遇,返至西门,与朱君会,饮而归。我去访正华哥哥,没有遇着。就对他们说:"明后两天,我有事(指演讲)出校,请他礼拜三自己来找我罢。"近来我心里很昏闷,所以约朱君在西门相会,进一个酒店里去,饮了一回酒。

十二月二十九日,月曜,晴。(阴历)十一月初八日。

受课五。

出外演讲,即归。

寄狄先生(贺其公郎结婚)贺礼。

十二月三十日，火曜，晴。(阴历)十一月初九日。

受课五。

阅《心史丛刊》。

十二月三十一日，水曜，晴。(阴历)十一月初十日。

受课三。

阅《心史丛刊》。

录小考时所作国文一篇。

记　沼

掘地为穴，灌以水，而不与江河相通者，曰池沼。大凡圆形者曰池，曲且长者曰沼。池孤立居中，宜远观；沼则深且幽，能令人赏之无尽与。故沼尚焉。凡沼有深有浅，深者宜鱼，浅者宜荷。非浅非深，荷鱼咸宜。余所见者，有鱼有荷，其非深非浅者乎？沼之两旁，砌以石坝；沼之两岸，植以花树。石坝之上，又围以栏，览者便焉。沼中之荷，春则萌，夏则放，秋则残，冬则尽。沼中之鱼，小者游泳，大者横眠。同一沼也，而四时大小各有别焉。吾尝论之：治沼者，犹治国也。荷与鱼，犹国中之有人民也。何则？荷之四时，犹人之由少而壮，由壮而老，由老而死也。少而学，壮而行，老而衰，死则身尽焉。鱼之大小，犹人之有贫有富也。贫者乐守天命，任意去留。富者愿为守财虏，几如麻木不仁。孰谓治沼不与治国同哉？若夫沼之美恶，荷鱼之美恶也；国之美恶，人民之美恶也。而沼国不与焉。今吾观吾国中，尽皆秋之荷，鱼之大者也。为其民者当若何？

八年十一月十四日上午　正璧

这篇文章，从吾今日看来，不满意的地方很多。因想我当时做的时候，也曾费过一番脑力。所以把他录下，为后日做个纪念。

录四月以来所做的诗：

人　世(五古)

人世皆乐境，何苦寻愁恼。青春信不再，白发人已老。不慕长安宫，不羡蓬莱岛。终随秋草萎，何必萦怀抱。我今乐天命，谨守维孔道。笑彼名利人，怀璧以为宝。一朝虽回头，青丝已华皓。如何不达观，尽把愁眉扫。

月下泛舟(并序)(五古 十月十五日)

共和八年中秋前一日，雯归自沪渎，道出安溪，与表弟钱君永福偕汽车既下，舍陆登舟，时天已垂暮，放棹中流，月上风来，几不减苏长公赤壁之乐也。

萧声出水汀，舟入吴枫泾。凉月皎且洁，金风猎复冷。逸想慕赤壁，豪兴思洞庭。一叶中流荡，风旋随水渟。江清山隩暗，月上雾光冥。兴尽归来晚，惟留峰色青。

妹亡一阅月矣，中秋下浣三日，偶来入梦，容悴腰弱，不减当时，中心悲伤，赋此以遣(五古 十月十七日)

宵来梦亡妹，仿佛似生辰。执手慰久别，同临百尺滨。兴念手足情，恋恋更相亲。忽讶妹已故，何来此幻身。潸潸欲下泪，哀哀几伤神。一梦由心造，百年亦岂真。非悲亦非喜，无果亦无因。欲解此中疑，厥惟周圣人。

奈何辞(七古 十月十九日)

日月逝兮不我留，不我留兮我心多忧。我心多忧兮岁蹉跎，岁蹉跎夕唤奈何。奈何奈何莫高歌，欢乐无几兮哀情多。

有　感(五古 十月十九日)

离乡二月矣，暌违岂不迩。朝发夕可至，觌面在尺咫。阮囊不足羞，功课难闲览。只可长叹息，流水祝亲帏。

深秋夜思(五古 十月二十一日)

秋云生秋风紧，秋江水澎湃。无限心中事，忐忑到五更。宁为得志死，毋为失意生。愿此生此世，无渝此盟。

此　生(五古 十月二十一日)

此生何欢乐，闲闲如野鹤。睨予傲苏公，寓形宇内托。天寒穿百结，腹饥咽糟粕。长同松柏青，天地相零落。

追感往事(七律 十一月四日)

十九年来一转眸,未将往事付春秋。闲寻陶令东篱菊,兴泛苏公赤壁舟。尝想离情诵别赋,难寻旧梦到红楼。此生未半心无竞,俯视松江日夜流。

九月十二日晨雾不散即景赋此(七律 十一月四日)

西风昨夜偶停吹,晨兴披衣窗外窥。近水楼台惟剩脊,远郊林木不留枝。双飞燕子迷歧路,独宿鸳鸯怨隔堤。浊世红尘淹没尽,居然世界变琉璃。

怀粲怡(七律 十一月四日)

霜高月冷又三秋,眷念伊人水尽头。觞咏兰亭怀逝迹,风云国土看东流。天涯知己应同恨,遁世畸人奚不忧?恳切祝君须努力,他年湖海共扁舟。

和无求君童子军十绝(并序)(七绝 十一月十四日)

读《童子军月刊》中无求君七言十章,不揣鄙俚,辄步原韵,为狗尾之续。

只念生为冠带伦,要完责任自轻身。平居规律能维守,虽是童年亦助人。(右《愿词》)

试开卷首看规条,善恶分途心自昭。益智广仁兼励勇,不教人世起波涛。(右《规律》)

素愿由来出至诚,况经立意效完盟。休云难治童年气,但看云头有万程。(右《宣誓》)

细腰短腕自昂藏,木棍持来效武装。虽是武装不骄慢,本心敬爱又忠良。(右《服装》)

来观野外有群童,个个精神气象雄。欧化传来学新式,祝声普及亚洲东。(右《操演》)

惟凭旗帜代邮电,何恨睽离有峻关。乡老观来偏怪异,欲扮扶杖效同般。(右《旗语》)

满野风云景色春,同袍勇奋似军人。看他不尽争雄气,却具

尼山智与仁。(右《野战》)

深山隐隐有人烟,疑道陂陀屋舍连。却是团员新露宿,风霜两臂著披肩。(右《露宿》)

麦饭葱汤学治庖,炊烟不绝起荒郊。管他酸苦与辛辣,滋味炎凉一腹包。(右《烹饪》)

负笈远方从教师,及瓜今届戌期时。但希成绩人人美,各挺瑶林秀一枝。(右《考验》)

九月二十四日,候兄不至,怅而赋此(七律 十一月十六日)

尺素临风颂几回,几回欢笑逐颜开。有心待诵《眉山集》,好意先陈宋氏杯。数看天边日落去,时闻云际雁呼来。几经探问津梁杳,闷杀怀人费久猜。

结　交(五古)

君子适俗世,宜和又宜介。相交不在多,同道能不懈。割席务令名,方悔倾心诖。只为愿始终,容许择交隘。但愿来日长,相契毋逅邂。

寒　夜(七律 十一月十六日)

闷坐无言对小窗,何人相与伴残釭。雁音未至胸常忆,世事难言泪一双。眼看边云生戍色,心惊巷月照寒梆。平生志气中宵振,风卷潮声入浦江。

己未冬至回乡偶题(五律 十二月二十三日)

做白话文一篇《我的自杀论》。

大中华民国九年

一月一日,木曜,晴。夏正十一月十一日。元旦。

民国八年,又容容易易的过去了。今天是民国九年的第一日,照例应当说些自祝祝人的话,我也略为应酬几句,不过也是循个例。祝自己——我虽则在学校里读书,因为境遇不顺,没有一天不抱着悲观;假使有一天悲观到了极步,或者竟至自杀,也未可知。所以我的前途,却非常危险。表面上;从人家看来,近来却是欢欢喜喜的过日子，不知道却是悲极生乐啊！旧的生活，已经过去了；未来的生活，我却不能够知道。不过我祝我自己以后：离了悲观的境遇，一步一步，走到快乐的路上去。人家唤你，你头也不要回他一回，胆大的，努力的，向前跑去。释家说"回头是岸"，我敢说"回头是祸"。你如果要除自杀的观念啊！必须走我所说的那一条路。我祝你：仔细些，休自误。可贵的人世，不要自己弃掉了。祝同学——我平生最知己的同学，只有一个郁君祖伦；他在苏州第一师范里读书，我的日记上已经题起他好几次；他的境遇，非常的贫苦，往往志不从心。所以他和我都是个伤心人啊！我趁着我今天高兴，也祝他几句，不知道他在那边知道不知道；还是和我一样？我和你——都是青年，都是贫苦，都是在师范学校里读书。风波也经过几回，安逸都没有享过。已前的，不必再提起了；以后的，我和你只是努力的去做。怕甚么风浪，生甚么恐怖。光明的大道，现在我们的面前；快快走去，有甚么阻碍呢？平平安安的日子，我和你——都是生受的了。访正华兄，遇饮而归。

一月二日，金曜，晴。夏正十一月十二日。

接沈其荣君贺年柬，余亦用贺柬覆之。君，余之旧友也，肄业省立水产学校。

受课六。今天上国文课，严先生出大考国文题目，叫我们预先做好。他的题目是："半年的学校生活，我所走的是怎样一条路？"

一月三日，土曜，晴。夏正十一月十三日。

受课三。偕朱祥君往北市购书。所购的书名列下：

《新青年》七卷二号；《新妇女》第一期；《新生活》第十九期；《新社会》第六期；《平民导报》第一号和新年号

一月四日，日曜，晴。夏正十一月十四日。

至北市购书又至兄处。所购的书名列下：

《少年世界》第一号；《星期评论》新年号

阅《虞初新志》。

致金雪园先生函。先生系安亭人，余之姻表兄也。曾毕业于本校，与舍监王乘六先生同学。

雪园先生：

我到学校里来，已经四个多月了。因为课程忙得了不得，所以没有一封信写给你。自己觉得很是抱歉，请你原谅一点。

现在我们的试读期，是已经圆满。来年的去留，暗中早已定好。但是我的地位，却很危险。为怎么呢？说来也可叹！

本校一年级的同学汤鑫；他的身体，本来平时不大康健，前几天，忽然死了。所以上课时校长对我们说："这届所取的学生：如有身子不好的，满了试读期，明年请他不必再来……"

先生！你想我的身体，本是瘦弱的。虽则这半年中没有生过一回病，然而从校长的眼光看来，说不定要有怎么变卦？

假使真有甚么变卦，我也没有别的法儿，只好听天由命。因为本校的舍监王乘六先生，和你是同学，又是同乡，我所以我特地的请你写封信问他，倘是没有什么变卦，那是我的很造化了。

待王先生回覆你之后，请你就写一封信给我，或者就请王先生面告我也好。这一来，待我也好安心的过去，不至多一件心事。

先生！我写这封信的时候，我心里很着急啊！所以字也写的不大好，说话也不大连贯，只好告罪了。

九年一月四日灯下 正璧自上海龙门师范学校发

一月五日，月曜，晴。夏正十一月十五日。

受课六。

阅《星期评论》和《新青年》。

出外演讲。近来新文化的运动，流水般的一天进步一天。单讲"女子解放"这个问题，差不多人人都知道。我为何凭空提起这几句话呢？却有一个很大原因。今天出去演讲，在路上看见几个年轻女子；他们身上都穿着很奇巧的装束，像是女学校里的学生。王君志高向她们看了几眼，当时我要和他说几句笑话儿，故意问他说："你看什么？"他被我问得难为情了，低着头，红着脸，只管走，一句都没有回答我。我又向他笑道:“王君！你不必不做声,我是知道的,这事也算不得甚么。你只须问我:‘你怎样知道我看什么?’我就也没有话回答你了。况且不止这样,我知道你近来也看些新杂志了;凡是新杂志上,差不多都载着一二篇女子解放问题,想来你也必定见过。看人家,又不犯法;男子是个人,女子也是个人,人和人都在同等的地位。你看男子,人家决不有话说你;你看女子,难道人家反要来说你吗?如果人家来说你,你也可回他说:‘女子不是个人吗?人看人,有什么要紧?’那人家也没有话回答你了。你现在这样一个态度,差不多同没有解放的人一半,守着那‘看女子是有邪念’的心思。被我一说,就觉着羞得了不得;你若有一天,到了男女直接交际的时候,不知道脸上要红得那么样呢?老实说,我见了女子,也要看的;因为我知道,这桩事,并不犯法,是应该的。今天这一些小事,不把他早早解放去,将来还可以说什么男女交际吗?女子的地位,又要弄到和男子不平等了。我以前也和你今天一样。自从看了些新杂志以来,差不多把旧的都解放去;自今年起,从新再做一个人。我素来知男女之间,用不着说什么‘廉耻’。只要自己不欺自己就是了,有甚么怕羞呢?”王君听了我这一番话,点了点头,像有些觉悟。——不知道他究竟怎样?因此我想到妇女解放的前途,却有无限的阻碍。王君志高!他也算是个中等学校的学生,为甚么不解放到这样?所以胡适之先生曾说:“女子解放,当从男子解放做起……”(一)我不赞成这话。李人杰先生,他说:“男子解放,是要女子来解放的,是要女子的解放来解放的,是女子解放的结果。……”(二)我也反对这句话。我的意思是:“女子解放,应当男子先去解放她,她方才能够自己解放。”照我的意思去做,那么方才有效力了。(一)见《少年中国》妇女号。(二)见《星期评论》新年号。

一月六日,火曜,晴。夏正十一月十六日。

受课六。

购《女界铎》第一号。这本书是务本女子中学校里四年级学生编辑的，发行的。里边有一篇《贞操问题》，下面署名是蔚慈做的，里面有几句说："现在有人主张说道：'女子既有解放的名词，他们的贞操，自然也可以取消。'说出这个话来，良心都没有了，是不是像禽兽一样吗？"我看了之后，细细儿想一想，不觉大笑起来，等时就生了两个问题：（一）倘若女子年轻时，死了丈夫，是不是仍旧要守节？（二）女子受了人家污辱，还是仍旧自杀不是？倘若照上二个问题去做，那么女子仍旧和没有解放一样了。所以我不得不把女子应当取消贞操的缘故，说在下面：男子和女子是平等的。男子死了妻子，可以再娶；倘若女子死了丈夫，不能再嫁，那么男子也不能再娶了。为怎样呢？女子为她的丈夫守节贞，男子也应该为他妻子守贞节；这一来，反而害我们男子也要守鳏。倘若说女子尽管守节，男子尽管再娶，那么又要怪我们待女子不平等。所以我要忠告她几句话，是"男子再娶，不算什么事；女子再嫁，也用不着说甚么'贞操'的"。（更好把'贞操'二个字的名词除去。）第一个问题既经打破，第二个问题可以不必说了。

做白话诗一首：

十五的月亮

今天是十一月十五：
那月亮儿——
格外的圆，格外的光明。
我在她下边的黑暗世界里，
仰着头——对她不住的望；
耳朵里，万籁都静。
树上的黄叶——天空的白云，
我都不见。
为何呢？我只知道这月亮儿在我当头。
我心里——
别的都不思——也没有什么牵念；
忘不了的，

只有个年老的祖母；
她在那天一边——
为着我，不住的担忧。
月亮儿！
“你是个冰清玉洁的女孩儿，
你可能够，把我的心事，
从这边传到那边去，
我就感激你了。”
我向她说了几句。
她低着头——
像对我不似的孜孜的笑，
也没有话回音我；
她的意思，我知道了。
“你这个人，好癫啊！
侬是个冰清玉洁的女孩儿，
那可以同你凡夫俗子攀谈；
你念你的祖母，
关侬甚么；
你是你——侬是侬，
你在地上——侬在天空；
你界限须看清了啊！
请你绝了妄想罢。”
我垂了头——
不敢再做声，
也不敢再向她望；
耳朵里，听得那边绿窗红灯影里，
仿佛有人在那里，
唱一声声什么“不如归去”。

唉！你真个妄想吗？

一月七日，水曜，晴，大风。夏正十一月十七日。

受课三。

著《读报卮言》一篇。

《山东问题——福建问题》

早已都无形的销灭了。唉！依旧是五分钟热度。讲到这二个问题，我是哑子吃了黄连一般，真不可说！真难说！真没有说！起初是怎么样？结果是怎么样？起初都说不可存五分钟热度。后来到底都是五分钟热度。

阅《星期评论》。

一月八日，木曜，晴。夏正十一月十八日。

受课六。受许——《说文解字》，部首第二。

做白话文一篇：

翲姘头

什么话？这是严佩松先生说的话。可以拿他来研究一研究。浦江明君，他到严先生那边去，他和严先生说笑话。严先生笑道："你这样年纪小，就滑稽到这样；将来年纪大了，不知道姘头要翲多少了……"哈哈！这是什么话？亏他可以对学生说！说先生和学生，本来没有说笑的道理，就是说几句，也不应该油腔到这样！亏他是个先生！亏他还好教学生！现在虽则用不着《礼记》上那句"师严然后道尊"的话。我想这几句也不见得应该讲。就把这"翲姘头"三个字的字义讲，严先生，我知道他也洞悉"女子解放问题"的，这翲姘头，是否是糟践妇女？是不是仍旧把妇女当作附属品看待？看他将来还好说"女子解放"！不止这样，翲姘头，是不是于我品行有碍？是不是正大光明的事情？是不是应该对青年人说？老实说翲姘头这桩事，于道德上，是妨碍的；于事实上，是黑暗的；他对青年人说，同他教青年人窃物一样。他是我的先生，我是他的学生。我没有本事去辩驳他。是是非非，只好待多数人心理的判断怎样就怎样罢。他是读过罗家伦的"三 W 主义"的，看他拿我什么样？

一月九日，金曜，晴。夏正十一月十九日。

受课六。

读《清诗评注读本》(七言律诗)。

一月十日，土曜，晴。夏正十一月二十日。

受课三。

做白话文一篇：

"解放"和"改造"

"解放"和"改造"这二件事，是一不是二；分别应该分别，路又不可紊的。有了"解放"，方才可以说"改造"；有了"改造"，方才可以说"解放"。"解放"是"改造"的先声，"改造"是"解放"的结果。所以吾说：是一不是二。担这些责任的人，第一要有"牺牲”和“奋斗”的精神。没有这些精神的人，必定受不起摧折，倘使受了摧折，他就要羞缩不前，中途停止了。我且把这二件事的意义和责任，用简单的白话说在下边：什么叫做“解放”？“解放”的责任是什么样？“解放”是解放旧的。倘使人家不知道那个旧的应该解放，我就用批评的眼光去批评他，使他觉悟。这是我们对于“解放”的责任。什么叫做“改造”？“改造”的责任是什么样？“改造”是改造新的。旧的解放了，没有别的去限止他，去填补他，那是没用的。所以我们要改造新的去限止他，去填补他，那么“解放”方才有结果。这是我们对于“改造”的责任。照此看来，“解放”是要有批评的眼光的，“改造”是要有创造的手段的。我再把“批评”和“创造”应该怎么样说在下边。“批评”的眼光是怎么样？批评的事情很多，我要把精细的眼光去观察他，那个应该批评，那个不值得批评。这种能力造就后，方才可以说批评了。假使应该批评的，我不去批评他，必定失了批评的责任；不值得批评的，我去批评了他，必定失了批评的资格。所以批评的眼光要精细，观察的能力要强健。创造的手段怎么样？创造的事情也很多，我们也要用决烈的手段去提出他。那个不应当创造，那个应当创造。也要把这种能力造就，方才不至有莽从的事情。假使不应该创造的，我去创造他，必至仍旧要被后来的人把他解放去；应该创造的，我不去创造他，必定要被人家骂我失了创造的本分。所以创造的手段要决烈，提出的事情要合于多数人的心理。凡是生在这个世界里头的人，差不多都有“解放”和“改造”的责任。要尽这个责任；没有奋斗的人，决计做不到；没有肯牺牲的，也决计做不到。所以我在这篇文章的结末，写了四个大字：牺牲奋斗。

读陆放翁七言律诗。新会梁任公先生，生平最推重放翁。其集中有诗曰：“诗界千年靡靡风，兵魂销尽国魂空。集中什九从军乐，亘古男儿一放翁。”则先生胸襟，可以想见。雯之读放翁集，亦袭先生之成见也。

赋七言律诗一首《岁暮感怀》。

一月十一日，日曜，晴暖。夏正十一月二十一日。

十三自习室足球部成立。本自习室足球部，为余所提创，专与他自习室作练习之比赛。举部长、书记、交际员各一人，余被选为书记。余草章程一份，于开成立大会时通过。

至北市购书。所购置书名列下：

《解放与改造》二卷第一号；《新芬》创刊号；《通俗丛刊》一、二期；《星期评论》三十一、二号；《新社会》第七号；《民心周刊》三至六号

访正华兄，遇，二时还。

寄郁君祖伦《星期评论》新年号，《通俗丛刊》一、二号各一份。此二种价甚廉，故余购以赠郁君。

一月十二日，月曜，晴，夜雨。夏正十一月二十二日。

受课六。

出外演讲。

一月十三日，火曜，晴，温度大降至二十度，且大风。夏正十一月二十三日。

受课六。

阅《民心周刊》和《新青年》《中国寓言》。

禀祖母一片。

祖母大人膝下：

谨禀者，孙近来身体颇好，堪慰悬念。校中于十二月十六日放假，孙于十七日回里，恐劳倚望，先此预禀。

肃请金安　不一

孙正璧　谨禀　十一月二十三日夜灯下呵冻

一月十四日，水曜，晴。夏正十一月二十四日。

受课三。

阅《少年世界》《新生活》和《新社会》。

译成白话诗一首《少年走的路》。

这首是梁任公先生做的，叫《少年进步之歌》。原文是英文，我把他译做白话诗。我译诗是第一次，所以译得不大好，差的地方也很多，是要请诸君原谅的。原文见先生大著《新民说》《论进取冒险》章。

（一）
少年！
当时你们向这条路上去，
你切勿回头望。
少年！
这条路虽是很长；
那后来的日子也很多，
足够你去走；
你须用你一定的志愿；
勿停了你的走，
再回转头来望。
（二）
少年！
倘有时你要扒上一个小山：
第一要用你一定的主意，
和你那强壮的胆量。
人家要用带来捆你回去；
你头也不要回。
只管大踏三步的前向。
（三）
少年！
等到你将近这山顶，
你莫要想你的工作已完；
倘然遇了那凹凸难走的山路，

你只管向上扒去……扒去。
山顶到了，
你成功就在这山顶上。
少年！
（四）
Patient
Plodding
Plucky
这几位少年，
他们曾努力地到过这山顶上。

附注：Patient、Plodding、Plucky这三个字，他的意义很多，我没有决定的力量，所以仍旧用他原文。

一月十五日晨呵冻附识

一月十五日，木曜，晴。夏正十一月二十五日。

受课五。

阅《解放和改造》与《新潮》《虞初续志》。

做白话文一篇：

妇女解放的研究

“妇女解放”已经成了近时的一个大问题，差不多那些自称“学究先生”“风流名士”的一般人，也研究起来了。他们的意思，成立不成立，精切不精切，自然比较“新青年”诸君后一步。因为他们不曾到外边去亲身经历，又加上些引经据典的恶习惯；仍旧牢守旧的，攻击新的。他们的主意原是别有所属，只知道妇女解放，是要使女子和男子直接交际；这么一来，就可以遂他们吊膀子的志愿了，这就是他们研究“妇女解放”的根本差。

照这样看来，他们的意思，自然不成立，那有精切可言呢？那么自然“新青年”诸君的研究，比他高尚一些。我为何要研究“妇女解放”问题呢？因为近来的人，都不明白“妇女解放”的意思，反而害他们生了许多邪念，同那些“学究先生”“风流名士”一样。所以我自己不量力，尽我的责任，把他细细儿解释一番。使那多数的人，不至再同他们一般，生出误会。那就是我研究这个问题的宗旨。我并不曾到外边去游历，所以那欧美社会中男女交际的情状，是不曾领略过。那么我依据什么去研究“妇女解放”呢？我也别有法儿，待我说来。我研究这个问题，纯是属于理想的。又参考那些“新青年”诸君的新著作，是把他融通一贯，那句“冶中外学说于一炉”的话，差可以包括的。有人驳吾说：“那些专惯谈‘妇女解放’的人，他的家里也未必是真真解放，那么可以在人家面前说解放呢?”我当时听了，知他是个不明文理的人，遂回驳他说：“照你的意思，是先解放了，方才可以说解放；那么是先有事实，后有思想的了，恐怕这先有事实，后有思想，二句话在学理上，万不能成个公例。况且既经有了事实，我再发表我的意思想去鼓吹什么呢？那十八世纪的傅里叶，高谈他的‘法朗鸠的共产的集团’；卢梭，高谈他的‘民约论’；和十九世纪的斯宾塞尔，高谈他的‘乌托邦主义’；巴枯宁，高谈他的‘自由共产主义’。他们未必都亲眼看见过，实行他们的‘法朗究的共产的集团’‘民约论’‘乌托邦主义’‘自由共产主义’啊!”所以他质问我的话，简实是一点没有价值。我回驳他的，也不过同“对牛弹琴”一样。因为我自己要利用我的理想，所以不得不用一番话，去推翻那些反对派的人。那么我的理想，方才成立，我且把我对于“妇女解放”的理想的实行次序列在下面：

（一）和男子自幼直接交际
（二）自营单独生活
（三）和男子受同等教育
（四）实行自由结婚
（五）废除妓妾制

（六）采一夫一妻制

（一）女子和男子，因为形骸上的根本差，又加上些“贞操”“节义”等的肉麻名词。就酿成到今天这样的“非人的生活”。今天若再不想法儿去扶她去做“人的生活”，那是我们也有些不忍了。但是我要使她去做“人的生活”，她偏愿死守着“非人的生活”，又为着甚么呢？因为她们看得男子，是个神圣不可侵犯的人，嫁了这个人，就应该件件事都从服他。倘使有什么事和他反对，觉得是一生不名誉的事。这都是她们不和男子直接交际，所以不知道多数男子的心理，是什么样的缘故。看得自己丈夫是这样的，道其他男子们也是这样。就一心一意的服从他，不敢再生他念了。假使她知道世界上有个男子，和我性格相同，他又肯平等的待我，他又把真爱情来爱我。我知道她必定欢喜和这个人结婚。这样结婚的人，他后来的生活，决不是“非人的生活”，是“人的生活”。又为甚么呢？因为强迫婚姻(即旧式结婚)，丈夫和她都没有交际过，所以不能识丈夫的性情；又牢守那“三从四德”的旧教训，事事都受丈夫的压迫，不能自由。那么平等从那里产生呢？不平等的生活，是什么生活？自由结婚的人，他不是这样。他们都已熟悉各人的性情，你我看得都应该共同生活的；二人中缺了一个，就不能独立。所以他们的地位，自然都是平等。平等的生活，是什么生活？不平等的生活，自然是“非人的生活”；平等的生活，自然是“人的生活”。这是不消说得。她们一旦和男子自由交际，定要发生一种不好意思的态度。要除这种态度，不是从小起，就使她们和男孩亲近不可。因为一个人在年幼的时候，心中都没有男女的分别，可以出他天真烂漫的性情，融成男女共同的性情。所以古时有句话说道：“狼骑竹马，妾弄青梅。”从那些道学先生看来，是一种引人入邪的话；从吾们眼光看起来，简实是个“妇女解放”的好景象。那么年纪大时，不至有怕羞的事情发生了。所以我说:“妇女解放的第一步,是‘和男子自幼直接交际’。”

(二)女子不受教育,决计不能明白自己是独立的人,和自己的人格是什么样。那么她的奴隶性,和赖人供养的性,仍旧永久不能取消。所以她虽则和男子交际,她依旧觉得她的位置,比男子低一级,那么一来,男女仍旧是不平等的了。这并不是男子不肯解放她,是她自己不知道解放自己。要她自己知道解放自己,有什么法儿呢?那么就是我说的受教育的那句话了。但是中国未尝不有些受教育的女子,她们应该早已自己解放自己,为何连话也不曾提起一句呢?不知道王会吾女士曾说过:“那些教育,仍旧是依着陈旧的名分主义、礼法主义、圈套主义、丝毫没有变换。学堂里面,服从啊,顺柔啊,仍旧说得天花乱坠。”照这样看来,她受的教育,不是新生活的教育,依旧是旧生活的教育。试问旧生活的教育,那能够产生新生活呢?既然没有新生活的教育,“解放”二字从何来。所以我的主意,当使她们受新生活的教育,还要使她们和男子受同等的教育,那么方才断绝男女不平等的界限。因为她们和男子所受的教育相同,她们的思想,自然和男子一样;她们的思想既然一样,自然你我看得都是平等的了。所以我说:“妇女解放的第二步,是‘和男子同等的教育。’”

附注:《序目》中第二与第三误列,当更正如下:

(二)和男子受同等的教育

(三)自营单独生活

其余四目,容后日有暇续竣之。项目有改变与否,视吾他日思想之变迁而定。

未完(此篇至今未续。九·八·二九　雯)

一月十六日,金曜,晴。夏正十一月二十六日。

阅《新青年》。

受课四。

一月十七日，土曜，晴。夏正十一月二十七日。

受课一。

往黄浦滩抄日货（咸鱼等）。上午全体俱往，余亦在内；下午余未往，去者，惟十分之三四。

阅《少年中国》。

一月十八日，日曜，晴。夏正十一月二十八日。

访兄不遇，遂往北市购书——兄因牙痛回里。所购之书列下：

《北京大学学生周刊》一、二期；《星期评论》三十三号；《少年中国》第七号；《新妇女》第二号；《平民导报》平民生活号；《新生活》二十一期；《太平洋》二卷二号，右杂志。

《华生包探案》《旅行述异》，右小说。

一月十九日，月曜，晴。夏正十一月二十九日。

受课六。

托本校账房买《解放与改造》二卷二号一本。

做考试题白话文一篇：

半年的学校生活，我所走的，是怎样一条路？

是趋新的路，不是守旧的路。"光阴！光阴！你为何走得这样快呀！我实在不配跟你。"我为何凭空提出这句话呢？因为近来新文化运动，一天进步一天。我也竭力跟着他走，着实有些吃力。虽则不肯饶他一步，终究是"可望而不可接"。所以巴不得那光阴过得迟些，我方才可以慢慢儿的跟他去。你想，这种思想，是不是一种妄想吗？所以我这样叫饶似的哀求，他依旧是快得不肯停啊！他依旧流水般的过去，我只好也跑马似的紧跟着他。到了今天，觉得较前已有些进步，也不枉费了这一番追随的苦心；"清夜扪心"，觉得很对得住自己。但是每一桩事，必定有因才有果；倘若说"有因没有果，有果没有因"，这种定理，是永久不成立的。所以要晓得这半年中新文学进步的原因，不可以不把我经过的始末一记。学校里的科学，不止这一种。虽则件件都要他好。但是各人有各人的嗜好,各人有各人的趋向,那能够强迫呢?所以我对于别的科学,能够敷衍得过,就敷衍过去。独是对于这新文学,却非常的留意,非常的研究,一步一步紧随他,现在还在半途啊!我以前看见容纯甫先生做的《西学东渐记》,详详细细记他自己经过欧、美新学潮流的情形。我虽则旧文学不及他;我经过现在这潮流,也不是容易。所以我也依他一个例。但是人家要讥我是"附骥",或者骂我是"续貂",那种学死去人的话,我是不承认的。文学是文化运动的器械,所以新文学是新文化运动的器械。我们生在这个新文化运动的潮流内,所以也不得不研究新文学了。我起初很是反对,后来不知不觉的也走到那条路上去。既去之后,就是叫他回来,也不肯回来。他并不有什么魔力;他的学理,是合于多数人心理的;我也是多数人的一分子,所以免不了被他吸引去。既经走了这条路,我也一心一意的不再去反对他。那些"呜呼噫嘻"的旧式文章,反而搁着不再做了。整日的专门做些白话文。我记得这半年中,曾做过五篇研究新问题的文章,载在我的日记里头。是《我的"社会主义"观》(1),《解放和改造》(2),《"妇女解放"的研究》(3),《我的自杀论》(4),和《对于"工读互助团"的吾见》。做得虽则不大好,比较以前的智识,已是革新了许多。一个人多得智识的方法,不外乎多看书。对于旧文学这样,对于新文学也是这样。我本来没有研究问题的能力。因为曾看过各种新杂志,差不多里头都讨论这种问题;我就把他大意记着,又加上些自己的意思;融合起来,就一篇一篇的产生出来了。我每逢一篇文章做成,就觉得我的意思是不容易打破。当初我做《我的"社会主义"观》的时候,曾被严良才先生批驳过。但是他不曾看完全这篇文章的首尾,不过单驳着中间几句。所以我不愿承认他的话,当他没有说过一样。老实说,严良才先生,他还没有批评我的能力,怎么样可以驳我呢?所以依旧照我的理想,发表我的意思,和没有受过摧折一样。我的著作上，又反而多了几篇（关于新思潮的）大文章了。照这样的一步一步上去，似乎决不至于退步。不过是“月无常满，事无两全”，那以前的旧文学，早已不知道都抛在那里。心里往往舍不了他。但是仿佛看见空间有几行字，在那里警醒我，是：是趋新的路，不是守旧的路。那么我也没有别的法儿去顾全他了。当初反对白话文的人也不少，都是些智识不曾完全开通的人。我不是看轻他。因为他不曾明白精神和形式的分配——内容和表面的解剖。要晓得运动新文学的宗旨，是重在“革新思想”和“改造文体”——“革新思想”，是属于精神和内容的；“改造文体”，是属于形式和表面的。照此看来，形式和表面，不过用他发表精神和内容罢了。那反对的人，只管说形式和表面不好，不知道他反对些什么啊！凡是一桩事，有了精神，方才可以有形式；有了内容，方才可以有表面。他不从根本上去推驳，专惯“剿袭成见”，学那些死去人的话，口口声声说反对；我敢说他是“无的放矢”“一文不值”，任他去“狂吠”，到那样就那样，只当不值得和他攀谈就是了。我只管走我的路，管他怎的。

附注

（1）见本书第一号十一月三十日的日记

（2）见本号一月十日的日记

（3）见本号一月十五日的日记

（4）见本号十二月三十日的日记

（5）尚未起稿，候休闲就之

一月二十日，火曜，晴。夏正十一月三十日。

受课六。第一时第三时考国文。严师云：“明年将辞职。”余闻之，不胜怅惘。

阅《少年中国》。

夜开同级会议。议挽留严先生案。讨论久之，议决举代表四人先往严师处恳求；后至朱师处，请朱师挽留。代表为宋、王、钱、薛四君，结果已九下钟矣。开会时，余取旁观的态度。

一月二十一日，水曜，晴。夏正十二初一日。

受课四。

至严师处。偕朱君至严师处，作个人的挽留，无效。

一月二十二日，木曜，晴。夏正十二初二日。

受课三。全体同学至沪宁车站迎欧洲和议专使陆徵祥。下午一时往，闻彼于三时，乘沪淞车由吴淞道经沪。至时，未至。余偕朱君祥、朱君志贤先归。道经棋盘街，至商务印书馆购《东方杂志》（十七卷一号）、《学生杂志》（七卷一号）各一份。夜九时，学生三分之一，仍往北站候陆，十二时归。余夜间适在严师处谈话，故未往。

一月二十三日，金曜，晴。夏正十二初三日。

受课六。

接兄函一。略云："兄于今日至申，弟有暇可来一会。"

往大马头抄日货。往大马头协成乾洋货号，抄出日本緞绸布匹四十一匹。归已八句钟矣。道经兄处，入晤，告云："余于星期日来候。"即出。

阅《东方杂志》。

一月二十四日，土曜，晴。夏正十二初四日。

受课三。受《语》——

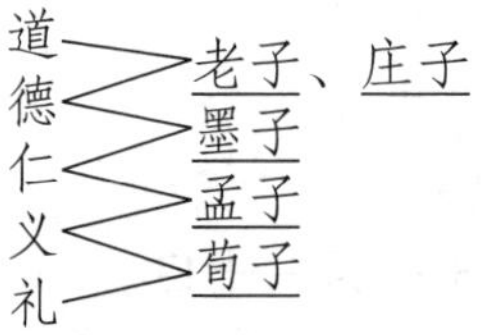

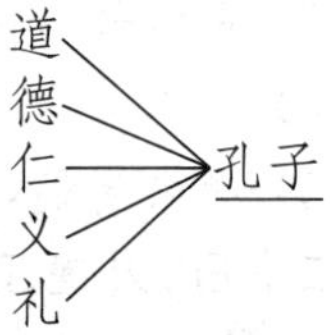

往省教育会听汪精卫先生演讲。道经夏寓，入晤清祺、清祥二君，立谈片刻，始出。既入省教育会，至三时，由沈信卿君介绍汪先生演讲宗旨。汪先生之道德文章，素为中外人士所景仰；先生演讲之题目为《新文化运动之必要》。余所闻者，十不辨一二，待他日有记出者，余照抄袭之例。

一月二十五日，日曜，晴。夏正十二初五日。

至兄处午餐后，又往北市购书。四时返校。所买的书名列下：

《太平洋》二卷三号；《新潮》二卷二号；《少年中国》一卷一号；《星期评论》三十四号；《新生活》二十二期；《新社会》第八号；《通俗丛刊》三期

一月二十六日，月曜，雨。夏正十二初六日。

受课六。上午一二两时考算术。

阅《旅行述异》。

购《钱江评论》四期。

至严师处。

一月二十七日，火曜，雨。夏正十二初七日。

受课五。

阅《新潮》。

一月二十八日，水曜，雨。夏正十二初八日。

受课三。第一时考体操。

赋七言律诗一首《夜雨》。

做白话小说一篇：

这是什么一回事？

哃！哃！哃！……啊呀！不好了！上课钟敲了！我操衣还没有穿好啦！去罢！去罢！不好再搁耽了！许多学生，从自习室里跑出来，身上都穿着操衣，到了场上，依长短排列。一个著西装的人，立在场中，手里拿着一本书。立正！——向右看齐！——前看！——报名数！一！二！三！四！五！……十三！……四十九！那个人（指穿西装的人，下仿此）把手里的书揭开，一只手又在他的袋里掏出一枝铅笔来在书上不住的划。秦思！……到！卢修仁！……到！——……朱杏生！……到！他把这本书折好，放手地上；那枝铅笔也装入袋里。立正！——

向右看齐！——前看！——原队向右转！——向左转！——向左转！——向右转！——向后转！——向后转！——少息！向右转！左转湾开步走！——一二一！一二一！一二一！……左转湾走！——向后转走！——右转湾走！——向后转走！——一二一！一二一！……——左转湾走！——……向左转立定！向右看齐！——前看！少息！他也立定着，反掷着手。口里发出一篇大议论来。今天是考试，我的考试法，和人家不同，是看你们的身体肥瘦而定。为什么缘故呢？因为身体强的人，他操得一定很好，一定很用心，所以我记他的分数也不少；弱的，和他是个相反，所以他的分数少一些。他在袋里摸出一张分数单来，一只手仍旧拿着枝铅笔。……卢修仁！一个身体瘦小的学生，从队里走到他的面前。他向他望了一望，就拿铅笔在分数单上画了一个记号。水康民！……周明诚！他点一个，记一个。点到周明诚，队里走出一个又大又肥又长的学生来，站在他面前。他依样记了一记。吾知道周和卢的分数是个反比例，因为他和他的身体是个反比例。那时算考好了，他把分数单和铅笔袋好。他俯着身子，把地上的那本书，拿在手里，依旧站着。立正！向右看前！——前看！少息！立正！——散队！他就自己去了。那些学生，都也跑到自习室里去，一路上连续不断。这是什么一回事？呆吗？连考试都不懂。不呆！因为这种考法，我没有看见过，并有我没有听得过。这是他特创的。不差！正是他特创的，所以我不懂。你赞成吗？不必说！我问你：究竟"这是什么一回事"？二个人一前一后的，一头走，一头讲。哨！哨！哨！哨！……啊呀！不好了！又上课了！不是！不要慌！刚刚散课啦！

整理书籍。

一月二十九日，木曜，雨。夏正十二初九日。

受课六。上修身课时校长命填《誓约书》。

做白话文一篇：

对于"工读互助团"[(1)]的我见

世界的潮流,一天趋新一天。从前我们在君主时代,听说人家谈革命,便以为"闻所未闻"简实新得了不得;到了今天,早已又成了过去的陈名词了。但是每一件事,有了新的去填补他,方才可以定过去的是旧。那么新的是什么呢?就是近来狠有名的"社会主义"。我前天做的《我的"社会主义"观》一篇,里头曾说:"'工团主义','共产主义',都是"社会主义"的分出。"到了今天,觉得这话是差了。因为这三个主义,都是并峙的;不过"社会主义",较其他二个主义,有势力些罢了。(参看《解放与改造》二卷二号筑山醉翁的《社会主义简明史》和三号公展的《社会主义的误解》二篇。)"社会主义"差不多就是"互助主义"。所以凡是人类,都平等的相待。各人尽各人的力,到社会里去服务,决不有"阶级制度"。所以他用不着政府来治理,也没有那他动的法律来束缚。这主义一朝实行起来,那政府和官僚的饭碗,就要打破。所以不论君主民主政府,都想禁止。但是他没有在法律上犯了第几条的罪名,却"敢怒而不敢言"。日本的新村和我国的"工读互助团"[(2)],都采"工读主义"。表面上好像和"社会主义"没有关系,实在都是实行"社会主义"的萌芽。新村我撇开不说。因为周作人和郭绍虞二位先生已经讨论过了[(3)];周先生又做了一篇洋洋千余言的《游日本新村记》[(4)],记得很是明白。至于那"工读互助团",吾只知其名,未晓其实;只看过他的简章,不曾考察他的内部;所以吾不觉得自己饶舌,来说他几句:我为何说"工读团互助团"(撇去新村不说)是实行"社会主义"的萌芽呢?他的发起人王光祈君说:"我们以后的生活,便是'日出而作,日入而息,凿井而饮,耕田而食,帝力——政府——于吾何有哉?'"[(5)]这种景象,岂不和"社会主义"的一部分相同吗?既经实行了一部分,将来终有一天要实行全部。所以吾说是"实行'社会主义'的萌芽"。筑山醉翁他说:"'工读主义',是人类生活史进化的一个新阶段，是二十世纪新思潮的一个良结果，是将来新社会建设的一个大基础。”(6)这“工读互助团”我也说他是“中国生活程度进化的一个新阶段，是运动新文化的一个良结果，是将来新中国建设的一个大基础”。我和筑山醉翁所说的话，从表面看来，觉得是有些不同，实质却一些儿也没有两样。因为筑山醉翁说的，是具体观，世界观；吾说的，是分析观，团体观。他的眼光大，吾的眼光小。吾并不是故意小，是被题目范围住了。“将来的人类生活，和世界运命，都在‘工读’。”(7)所以吾望各地方都办些“工读互助团”，并且切实的照章去做。那就是吾中国国民生存于世界的最后希望！

附注：

(1) 参观《新潮》二卷二号的《“工读互助团”启事》和《新青年》七卷二号、三号的《北京“工读互助团”消息》。

(2) 参看《新青年》六卷三号周作人先生著的《日本的新村》。

(3) 参看《新青年》七卷二号周作人先生著的《新村的精神》和《新潮》二卷一号郭绍虞先生著的《新村研究》。

(4) 见《新潮》二卷一号。

(5) 见《少年中国》一卷七号王光祈先生的《工读互助团》。

(6) 见《解放与改造》二卷三号筑山醉翁的《评“工读主义”》。

(7) 同上。

一月三十日，金曜，晴。夏正十二初十日。

受课六。

一月三十一日，土曜，雨。夏正十二十一日。

受课三。

接兄信。略云：“兄已至申。前日托购之《石头记》，已经买就，请来取。……”

二月一日，日曜，阴。夏正十二月十二日。

昨日公共体育场开国民大会，余因脚痛未往。偕朱君志贤、沈君学锦至北市购书，返，至正华兄处。所买的书名列下：

《韩诗外传》四册；《衣食住》三册；《西洋演剧史》一册；《孝经》一册；《侠隐记》三册；《续侠隐记》三册；《新生活》二十三期；《星期评论》三十五期；《解放与改造》二卷三号

至正华兄处取《石头记》，三时归。

二月二日，月曜，大雪且暴寒。夏正十二月十三日。

考英文（《中学英文读本》）。

考国文（许氏《说文解字》）。考时课堂均设火炉，故不至十分手颤。考英文在上午，考国文在下午。

二月三日，火曜，阴，候如昨。夏正十二月十四日。

考英文（文法）。

考算术（珠算）。同昨。考英文在上午，考算术在下午。

至尚文书店取所预定之《百子全书》及购贺年片。

偕朱君志贤往北市购书。所买的书名列下：

《广长舌》一本；《学生》一本；《东方杂志》十七卷二号；《少年世界》第二号；《新妇女》第三期；《西洋历史地图》一本

开本自习室茶话会。大考已毕，均甚快乐。余和朱君志贤，买水果茶食，集资开茶话会。每人约讲笑话一则，不拘雅俗。当夜尽欢而散。在会者为朱君祥、朱君志贤、王君志高、陆君廷抡、深君学锦及余，凡六人。

二月四日，水曜，雨兼雪。夏正十二月十五日。

验体格。余肺量三十度，握力亦三十度。

行休业礼。

致兄函："请明日一早来。"云云。

至兄处。本来想不去了，因为恐怕所寄的信失落，误了明天的事，所以仍旧去了一躺。往来均乘人力车的。八时睡。

附《半年来所受之功课表》：

- 主要课
  - 国文学
    - 文章学
      - 达理之文…论语
        - 学而第一十六章全
        - 为政第二二十四章
        - 八佾第三二十六章
        - 里仁第四二十六章
        - 公冶长第五二十七章
        - 雍也第六二十八章
        - 述而第七三十七章
      - 记事之文
        - 战国策
          - 东周第一四篇
          - 秦一第三三篇
          - 秦二第四七篇
          - 秦三第五二篇
          - 秦四第六二篇
          - 秦五第七二篇
          - 齐一第八五篇
          - 齐三第十四篇
          - 齐四第十一三篇
        - 选文
          - 记事文十篇
          - 讨论文二篇
          - 书翰文一篇
      - 表情之文……选诗
        - 五言古诗五首
        - 五言律诗八首
        - 七言律诗六首
        - 五言绝句十首
        - 七言绝句八首
    - 文学学
      - 形体之学、义训之学
        - 许书
          - 部首第一十四字
          - 部首第二三十字
        - 许谱
          - 谱一文字名义
          - 谱二说解体例
          - 谱三序篇条绪
          - 谱四部首声音
      - 声韵之学
        - 谱四部首声音
        - 韵谱
          - 谱一守温三十六字母
          - 谱二齐合摄呼法
          - 谱三古韵音韵之分合
          - 谱四通转组目
          - 谱五古音表
          - 谱六古韵标准
        - 清音字母
          - 韵母十二字
          - 介母三字
          - 声母二十四字
  - 英文学
    - 文法……文法易难
      - 一章九种词类
      - 二章名词
      - 三章代名词
    - 读本……读本
      - 文章二十篇
      - 诗章二篇
  - 数学
    - 笔算……算术
      - 第一篇绪论
      - 第二篇四则
      - 第三篇复名数
      - 第四篇整数之性质
      - 第五篇分数
    - 珠算……珠算讲义
      - 第一章绪论
      - 第二章加法
      - 第三章减法
      - 第四章乘法
      - 第五章除法
      - 第六章分数
      - 第七章复名数

入校以来，半年于兹；得益非鲜，乌可不记。因立表。雯识。

- 美术科
  - 乐歌
    - 曲
      - 音阶一阕
      - 二度音程一阕
      - 音程教练九阕
      - 应用曲二阕
    - 歌
      - 校歌二阕
      - 普通歌三阕
  - 书画
    - 书
      - 东方画赞字
      - 金刚经字
      - 说文部首字
    - 画
      - 铅　画三张
      - 五彩画五张
      - 随意画四张

词表本拟不列，因属稿已半，故仍之。雯志。

第三卷

息影庐漫识

寒假至矣，诸同学均束装归。兰亭旧迹，不可复寻。余以天雨连绵，迟一日始得返棹。屋舍依然，祖母无恙，私衷大慰。担橐既下，乔寓竹荫庵中，西窗孤坐，一灯相伴，朝夕讽咏，不减往日，心有所得，笔而记之，聊以续乘也。九年二月八日，雯呵冻附识。

二月五日，木，雨。夏正十二月十六日。

晨起，同朱君志贤整理行装。天将午，兄始来；乃与朱君别，乘人力车将行李搬至亮泰西烟号。致函商务印书馆，托将《英语周刊》第二百二十七、八、九期改寄黄渡。

二月六日，金，雨。夏正十二月十七日。

多日失眠，故睡至十一时始起。至商务印书馆，购《古今说部丛书》《青楼小名录》《东洋史要地图》各一部。遇匋广师。兄送余归。至家，天已乌暗矣。兄至横河村。祖母云："余曾患喉症，喉中肉块块下，后服居文石君药始愈。余默谢上苍。"

二月七日，土，雨。夏正十二月十八日。

致朱志贤君一片。

志贤知己：

与你别后，到明天乘下午的火车回里。那雪仍旧不住的落将下来，行李早已浸得希湿；却还好，身上一些儿也没有不舒服。《古今说部丛书》，我也买了一部，价钱与你买的相同。你如有空，可将这书的页数细细儿检一检。因为吾买的，内中缺去一页。你如也有缺的，可将书名第几集第几页记出，待明年到校时，再想法儿补全。校里有信没有？我在这里替你担忧，我在这里祝你明年依旧到校。过了十天，我还有一张贺年片寄你；你也千万给个信我，让我好代你安心。我知己的志贤啊！我愿你明年清明节，仍旧同今年寒假一般的喜孜孜各自回里！

十二月十九日　正璧　自黄渡发

检《百子全书》等页数。

二月八日，日，晴。夏正十二月十九日。

夏君清祺，及其令弟清祥来访，坐谈片刻，即别。夏君于本月初归自沪。孙君蓉镜来访，君近来颇研究摄影术，所摄者尚堪悦目。别来三日，真令吾当刮目相看矣。

二月九日，月曜，晴。夏正十二月二十日。

编《藏书目录》。

孙君蓉镜来访，借《国音字典》去。

阅《古今说部丛书》第一集。

二月十日，火曜，晴。夏正十二月二十一日。

续编《藏书目录》。

孙君蓉镜携照相器来，为祖母摄一影，并还《国音字典》。

阅《新青年》和《新潮》。

得商务印书馆覆片，略云"来信已得，敬依台命"云云。

整理书籍，依部居。

二月十一日，水曜，阴。夏正十二月二十二日。

至安亭。为粜租米收钱也。米价石七元。

至母亲处，母亲云："上月起，曾患足疾，不能行，若疯然。今始能小步。"余劝以"必想念三妹所致，不必过于悲伤"云云。嗟乎！余作是言，余心几又碎矣！

归黄。来往均以小舟。在舟阅《履园丛话》。

兄归自申。云"系昨日至申，因腹泻，故又归"云云。晚归横河村。

续编《藏书目录》。

二月十二日，木，阴。夏正十二月二十三日。

续编《藏书目录》。

俗祀灶。

阅《黄妳余话》。中载王昭君妹一则云："白乐天同诸客，嘲雪中马上妓云：'雪里君看何所似，王昭君妹写真图。'昭君有妹，史所不载，人亦罕称。不知乐天何据也。"雯按：乐天诗意，欲形雪中妓之美丽，故拟之曰昭君妹，意盖言堪与昭君为姊妹也；犹俗语每称事之相似者，曰堪相伯仲耳。不然以昭君之美，虽有妹，必不及昭君也明甚；乐天不举昭君，而必举昭君妹，岂乐天不识妍媸耶？况昭君雪中出塞，昭君固有妹，未必定亦雪中出塞也。诗意显明如是，何陈君玉田多事乃尔。附注：陈君玉田，系著《黄妳余话》者。

二月十三日，金曜，雨。夏正十二月二十四日。

接朱志贤君片。

正璧学兄：

我与你分别了一星期，时间虽然极短，我自己觉得非常的忧虑。但是学习里还没有信来，所以我想，明年有七八分可以和你相叙，这也是个极大的幸福呀！

你前天寄来的信，我已经收到了。我非常欢迎你，因为你不失信。

我现在要问你一件事，就是你在寒假里，上海去不去？倘然你去的，我要想寄你买一本《英文字典》。（在廉价部里）不知你究竟什么样？

明年开学的时候，我一定是初十日乘轮船到上海。不知你何日到上海？这一件事情，等到将来再说罢！

吴水汀君处，我要想写信去问他，校里有信没有？好不好？

十二月二十二日　志贤自小坪发

立《半年来所受之功课表》。

二月十四日，土曜，雨。夏正十二月二十五日。

与吴水汀君一函。

离亭曲散，鸿雁分飞。劳想丰标，寤寐难释。每忆昔日绸缪一堂，君倡我和，此情此景，宛如隔世。雯也何心，岂不思续听牙琴而重叙梁园哉。君在校时，颇为试读期所苦扼，是则雯所深知，而兼为君痛心疾首者也。兹乃学期告终矣，试读难关，得渡与否，视此数日。今晨得小坪朱君来信，云难关已渡。兼欲函询足下处若何，问雯可否。是乃雯之宿愿，而亦急于欲知者也，安有不可哉。因亦聊缮寸楮，谨以奉问。幸蒙不弃爱末，赐我佳音；俾得慰下衷，是所至盼。倘得邀天幸，明年仍得一堂获益，则雯香花默祷也久矣。比来春风易变，寒燠失常，别来无恙否？请随时自玉，诸维爱照。

顺颂 文祺不一。

雯白　二月十三夜十一时书于西窗灯下

本拟写白话文，因累赘篇幅，故改今体。然亦生疏久矣，挂遗漏误，幸勿露齿。又及。

读《空同子》。《化理》篇云："或问雷电？空同子曰：吁！胡叩渊于浅人！虽然，窃闻之矣，是阴阳搏击之谓也。"雯按：阴阳二电相抨击，声曰雷，光曰电。然明时尚未发明电学也，而梦阳先生竟能预测之；想见物理之发明于中国者，不特纸鸢火药已也。或以为先生单言阴阳二不言阴阳电，似先生亦不甚明料？殊不知当时单知光曰电，而不曾定此阴阳相击者亦曰电，故也。

阅《石头记》。读林黛玉《桃花行》，觉哀艳动人，愁媚入骨。惜人耶？惜花耶？吾不得而知之矣。因录之于后："桃花帘外东风软，桃花帘内晨妆懒。帘外桃花帘内人，人与桃花隔不远。东风有意揭帘栊，花欲窥人帘不卷。桃花帘外开仍旧，帘中人比桃花瘦。花解怜人花也愁，隔帘消息风吹透。风透帘外花满庭，庭前春色倍伤情。闲苔院落门空掩，斜日栏杆人自凭。凭栏人向东风泣，茜裙偷傍桃花立。

桃花桃叶乱纷纷,花绽新红叶凝碧。树树烟封一万株,烘照楼壁红凝糊。天机烧破鸳鸯锦,春酣欲醒移珊枕。侍女金盆进水来,香泉欲蘸胭脂冷。胭脂鲜艳何相类,花之颜色人之泪。若将人泪比桃花,泪自长流花自媚。泪眼观花泪易看,泪干春尽花憔悴。憔悴花遮憔悴人,花飞人倦易黄昏。一声杜宇春归尽,寂寞帘栊空月痕。"《石头记》中此类诗词甚多。他日有暇,当更择尤录入。

赋七言律诗一首《怀水汀》。

阅《秦淮闻见录》。卷末载严秋槎《秦淮曲》一首,风流艳荡,逼真晚唐。今全录之于左:"豆蔻含苞圃香雨,芙蓉根抱相思土。断云残月不分明,化作秦淮烟一缕。秦淮十里九停桡,金粉依稀认六朝。一道盈盈衣带水,红楼分岸住妖娆。银屏珠箔纷无数,雕栏画栋参差露。玳瑁梁高燕稳栖,流苏帐暖春离去。洞房曲折绣帘遮,帘内深藏解语花。侍儿宛转知留客,鹦鹉聪明曾唤茶。绿酒红灯开夜宴,钗声鬓影围佳艳。纤手亲揩白玉盘,冰梨雪藕随时荐。松松髻子学苏州,珠翠寻常不上头。茉莉半开工媚夜,芝兰斜插更宜秋。轻盈体态天生就,冰绡束紧腰肢瘦。衣染鹅黄柳色娇,裙拖湘水春痕绉。歌喉一串太玲珑,莺让悠扬燕让清。红豆回环新记谱,绿阴别院夜吹笙。十五吴娃初省事,眼波已解随人试。花信专工缱绻枝,炉烟也篆鸳鸯字。更有年华廿二三,可人中妇倚娇憨。温柔仅让秋娘惯,风月尤推阿姊谙。秦淮十里秦无缝,销金不比销魂重。杜牧空留薄幸名,高唐未醒迷离梦。我昔乘舟过白门,红红翠翠解温存。双飞彩风曾留影,十索新歌总断魂。江山无恙繁华歇,人间天上仙凡别。莫问当年旧板桥,斜阳衰柳蝉声咽。"

读《清诗评注》七绝。

二月十五日,日曜,阴。夏正十二月二十六日。

与粲怡君书。

粲怡足下:

久疏鱼雁,渴念良深;愿见之私,匪言可喻。雯非敢乏乏也,闻之古人曰："君子之交淡如水，小人之交甘于蜜。"雯虽不敢窃比君子，然与足下道义相交，固亦应乃尔。寒假又届矣，雯于十七日告旋。仆仆风尘，暂假捧庐息晏；一釭相伴，此中亦堪寻乐。比来风雨当窗，每至百端俱集；聊事吟咏，以资消遣；虽非韵事，抑亦雅音；他日有暇，当更录上奉教也。足下近况若何？可举以告我否？眼穿久矣，祈惠我一音。

诸维珍重，顺颂　文祺不一

雯白　十二月二十六日

十一月二十一日，曾寄上《星期评论》新年号一份五张，《通俗丛刊》一、二期各一本，未知收到否？雯已由朱匋广师取字，曰仲圭。又及。

表母舅蒋麟祥来兼命代作一函。

编《觚余偶谈》。

民国八年春，余肄业镇绅夏模周先生馆中，得友先生之大公子清祺君。君小余五岁，风姿翩翩，潇然不愿与流俗人伍。自与余识面后，执卷问难，影形相亲。每当夕阳西下，则娓娓作清谈；奇事异闻，慧我不少。以此至蜡炬将添，尚犹于邑难别也。今夕风雨当窗，偶搜旧箧，于败纸簿中，得君所谈异事数则；因亟录之，加以删改，缮就成编。题曰《觚余偶谈》，盖欲切合当时情景也。然年华长逝，流水不归；回忆前情，又令吾泪珠滚滚下矣。九年二月十五日雯序。

夏君涤尘，在厦门某校就职时，适新建校舍，尚未竣工；乃寓一祠堂内，至夜半：睡正酣，忽有声击其床槛者三，致被惊醒。涤尘素胆壮，乃起身启门小遗；返，亦击其床槛三响，遂寝。后遂寂然不闻有他。此盖随园所谓"上有生人，鬼在地下不安，欲逐之"故也。涤尘系清祺君之叔父。

模周先生，昔曾为千秋桥堍某棉花行司账。店后有朽木一枝，不知年代，上生大蕈甚多；众拟采以佐餐。是夜，先生适回府，夜间忽雷雨大作，将此朽木击毁。盖蕈有毒，恐毙人故也。由此观之，孰谓彼沧冥顽哉。然先生等，亦可云“死里逃生”矣。清祺君之上，本有一兄，生三岁而没。没时，其令叔之子，亦以病死。叔子亦三岁，自病至死，在床不过数日。初病之夕，家人见其所卧床下，一人头将床向上顶起，大惊而呼，始不见。不数日，病者果没矣。令叔至今无子，乃以清祺君之令弟为嗣云。

君之外祖父金蟠伊公幼时，其家于新岁，挂祖容致祭。某日，容前适供以糕，公游戏其前，瞥见一人取糕食；迫视之，遂不见。

余幼时同学邵君本辉（即清祺君之表兄），于去岁以病没。相传其家洗浴室有鬼。本辉有幼妹，某夕，洗浴其中；忽闻背后砰然一声，回首急视，寂无所睹；乃大惊而号，诸姊闻声毕集，廉得其故，相伴至浴罢始已。自后不论何人，非有人相伴，不敢再入此室洗浴矣。清祺之令姊清祯女士偶省其家，闻之，不信；单身一试之，亦不见有他。本辉没之前数日，偶以事出门；其家雇之老妪随之，忽睹有二人随本辉后，倏忽不见，大惊，闷不以告。是夕归，本辉即病。于是门外鬼啸声，及室内鬼火，衣间狗哭（俗以狗见鬼始哭），釜底若有人书字迹等。诸异百出，不可名状。不数日，本辉果没矣。

金蟠尹公之没也，适为清祯女士于归金氏之后二日。是日晚，公稍有不适，早寝；镇上因酬神宴夜剧，夏、金二宅内眷均往观；金宅惟清祺君之舅父及公，夏宅惟模周先生及清祺君二人。清祺君先寝。模周先生至屋外小便，返，闻房门作声；视之，门固未动；乃大惊，急上床冒被睡。及内眷看戏归，叩门，始敢起而拔关。语以方才事，各相惊诧而罢。睡未十分时，又闻叩门声，问之，曰：“金蟠尹公故矣。”

镇人施姓，有兄弟三人，已忘其名。以分产致龃龉，初惟辱骂，继以用武；弟以碗击兄，伤脑，兄遂忿而迁居。然零星杂物，一时不易迁完也;是夜,命脚班阿虎守之。阿虎者,举百钧如举芥,素以勇称;闻命,慨然诺。或曰:“闻是室有鬼,子岂不畏乎?”阿虎曰:“以我之力,人且不惧,何鬼为?”当夜,燃蜡炬而寝。睡至三更,忽醒,偶启目视,睹一丽人,坐床槛上,纤手揭其帐,向之嫣然作笑。阿虎猛忆日间之言,不觉大惊;乃定神敛容,翻身以被压之,阒若无物;急揭视,已无睹矣。及晨,始懊丧而出。余意此必雌狐所幻化,欲吸收人精,以养道者也。幸阿虎非惜花人,不然殆矣。

孙君蓉镜来访即别。携所摄祖母之照像来,坐谈一小时,即别。

著小说一篇。

悟澈空花(上)

黄溪僻处荒隅,交通迟阻。居其地者,比于隔世桃源,均不问俗事。间从历览之余,见夫北固诸山,扶舆蜿蜒,从洞庭千里而来;怪石盘陀,可远观而不可亵玩。而淞水环镇双流,净不可唾;如轮如带,作纵金戛玉之音。人杰地灵,固当以风雅文章显。然自百数年来,志乘缺如。一二先达贵人,尚籍籍人口,余则悠矣。以彼胸清襟洁,文彩烂然,潇洒出尘之姿,豪迈不群之韵。顾乃息影悲声,终老牖下。曾不如神仙怪异,犹能留佳话于人间。呜呼!有闻不彰,岂非居斯土者之责欤?雯用是心恻。故于百里内外,凡所过村塾禅堂,必留步;所遇筮老医翁,必相延访。期探奇士于风尘,冀得韵政于人世。呜呼!昔孙子荆有言:“其山　巍而嵯峨,其水　泄而扬波,其人磊砢而英多。”岂此山此水,遽无此人耶?

镇之西,有一古刹,本为重楼叠阁。数经兵燹之后,已栋折垣颓,金粉凋落,沼荒林败,竹柏倾欹。一老僧,于其最后一殿侧,置蒲团焉。妖狐昼啸于庭,奇鬼宵窥于牖;诡形怪响,百态千声;此老僧安之若素。盖视此可憎可怖之境,不啻为安乐窝也。雯数过其傍,常隐隐闻木鱼声。某日,雯往访,留坐而谈。知其法号悟空。析义探玄,似于释理大有悟者。听之神服,因与订交。于是此败垣破院中,无日无夕,不有雯之踪迹矣。顾雯也非比东坡,空也难齿佛印。虽或谈言微中,然不足与风尘俗士言也。

雯亦颇喜释理,吟咏之余,间加研究。每有不解,辄别录于简,携以问悟空。悟空每为解释,动辄万言。然雯颇疑之:以悟空之精于禅理如是,固可坐镇深山,说法名坛者,何甘居破刹为乐?抑果视此尘土作桃源耶?雯尝叩其家世,悟空辄恻然曰:"公子莫问。老衲于此中滋味,备尝久矣。实不足污公子耳。老衲非吝,言之,恐徒足使公子为老衲伤心耳。"雯见其如此,乃不复再问。

二月十六日,月曜,阴。夏正十二月二十七日。

读《唐诗三百首》五律七律。

阅《锄经书舍零墨》。中有七言艳体诗二首,因照录于左。

程黛香者,沪上弹词女郎也。色技兼绝,而尤长于才。尝自负欲兼黛玉、香君而有之,故以为名。曾见其《题冯小青题曲图》云:"楚将诗草了今生,莫再他生尚有情。卿说怜卿惟有影,侬将卿画可怜卿。卿题艳曲我题诗,旧事钱塘有所思。后有小青前小小,一般才女两情痴。美人命薄本多愁,浓福还须几世修。一语慰卿兼自慰,留些诗草也千秋。"

雾里看花客者,未询知其姓氏。尝于《申报》中,见《七夕篇》一首。情文绵缈,令人忧不忍释。其词曰:"玉阶花妥葳蕤钥,夜色空明噪灵鹊。淡月轻笼翠袖单,微云细叠银罗薄。淡雾微云隔绛河,绛河明灭泻微波。斜通恨海平潮少,界破情天梦雨多。情天恨海添惆怅,织女牵牛两相向。乍可相逢鹊起梁,俄惊惜别鸡争唱。别意茫茫共悄然,重寻旧约又明年。空劳锦段几多巧,未抵金钱剧可怜。此时灵匹才欢会,此夜何人能独寐。少妇初当引凤年,良人远去卢龙塞。绝塞长征几度秋,清宵望远独登楼。谁家锦字龙缄恨,何处箫声不助愁。小姑未解愁人苦，笑挽罗襦看秋浦。但劝偕穿七孔针，谁知点按双声谱。别有征夫去未还，年年空唱《念家山》。离魂夜入金闺悄，冷露宵传玉帐寒。金闺玉帐三千里，不比红墙隔无几。料得今宵忆远人，还防独客思连理。始信无生胜有生，愿诸檀越忏双星。争将世上无期别，换取天边永夜情。”

阅钱希言《戏瑕》，中有一则云：“宋王微《咏赋》，而《广文选》误王为玉，题作《微咏赋》，下书宋玉之名。王微乃南宋人，史具有姓名，宋人小说辨之详矣；近眉公枕谭，亦援其说，以为‘疏谬如此，殊误观者’。但余考《宋书》《南史》，并称‘微少好学，无不通览；善属文，能书画；兼解音律，医方，阴阳，术数；为文甚古，所著《文集》传于世’。其说如此。然时代辽远，古人文字少传，其中《咏赋》，未之详核。乃唐陆龟蒙撰《自遣诗》二十二首，载《笠泽丛书》者。中一首云：‘月澹花闲夜已深。宋家《微咏》有遗音。重思万古无人赏，露湿清香独满襟。’据此，则天随子博学人也，不应托之声诗乃尔。岂亦读误本而云然耶？……”雯初草草阅过，误以此南宋为南渡后之南宋。因以陆龟蒙唐人，安能读宋人文为诧异！故拟录其原文，以此言质驳之。后录至‘余考《宋书》《南史》’句，始恍然，知此南宋乃南北朝之南宋，而非南渡后之南宋也。亟欲去之，然已与他章相连，一时不能。因仍之，兼述其由于后；虽赘篇幅，亦聊以戒与古人聚讼之不易也。

阅《幽梦影》《幽梦续影》。

二月十七日，火曜，雨。夏正十二月二十八日。

致商务印书馆一片。因《英语周刊》第二百二十七期，未见寄下；故缮片往询。

绘五彩画一幅。

孙君蓉镜来访即别。君家今宵过年节，故请余晚餐；余以天雨却之，君悒悒去。

辑《品交编》。连日风雨闷人，取程荩臣《石交》于窗下阅之；奇品特识，清我怀襟不少。因思石也有交，人安独无。龙门豫料诸君子，均余友也。故品其学德,与之订交。然一字之定,踌躇累日。决不敢以千虑一得自居也,指正之惠,望之大雅。雯识。

与朱君祥以德交;与蒋君溥以怪交;与顾君殿藩以逸交;与王君志高以直交;与陆君廷抡以禅交;与朱君志贤以识交;与沈君学锦以憨交;与陆君善初以谐交;与丁君文澜以挚交;与吴君水汀以韵交;与叶君宝云以品交;与王君晋鑫以位交;与冯君国华以才交;与沈君志廉以俗交;与赵君余勋以奇交;与周君廷标以爽交;与宋君学文以雅交;与徐君雄万以文交;与黄君乃寅以俭交;与刘君守平以诚交;与朱君尧铭以真交;与施君继香以技交;与王君栋材以勤交;与龚君宝忠以和交;与钱君永福以情交;与吴君祯基以声交;与贾君观灼以气交;与陆君鼎元以谊交;与郭君祖绳以忘交;与秦君思铧以慧交;与周君明诚以势交;与卢君修仁以静交;与蔡君应昌以默交;与蒋君伯良以义交;与龚君守藩以动交。

读《唐诗三百首》。

读《清诗评注》。于五古中,得钱箨石《王贞女行》一篇,情文俱茂。惋恻缠绵,有一往情深之慨。因录之,以便朝夕讽咏也:

湛湛吴江水,有鸟名鸳鸯。君家与妾家,隔水遥相望。十五以许君,妾即罹亲丧。悠悠经二闰,于飞时正当。媒氏命再通,吉日复辰良。理我玳瑁簪,缀我明月珰。虚窗对朝日,自作嫁衣裳。何为宵梦恶,君耗来踉跄。委我玳瑁簪,捐我明月珰。虚窗对斜日,忍顾嫁衣裳。髽髻归吾门,泪血上君堂。抚棺棺不开,白日天茫茫。强起奉公姥,独侍不成行。入室披君帷,披帷坐君床。许君是君妇,君妇为君孀。雄者殒朝露,雌者守夕霜。江流无时绝,孤鸟永悲伤。

著小说一篇。

悟澈空花(中)

雯性好奇,必欲探得此僧之身世乃已。仍日造其室,或竟作竟日谈，悟空亦不厌。一日，忽谓雯曰："老衲知公子欲知吾身世久矣，今日不吝，一告之，何如？"雯闻之，大喜过望。曰："上人何昔日不肯相告，而必留待今日耶？"悟空喟然曰："昔日本拟不告；事至今日，乃有令吾不忍不告者。嗟乎！公子！老衲昨晚于破箧中翻得一函，拆阅之后，顿令吾懊悔当初。此函寄自何人，老衲且不言。公子试观之。"因袖出一函授雯。函作黯黄色，知年已久远。出其笺，色亦灰白；字迹模糊，或竟脱落。笔秀词丽，约略辨为女子书。书曰："颢哥爱鉴：骊歌唱后，想念为劳。虽天涯海角，尺素常通；而密意温情，有怀莫达。一样想思，空牵两地，哥亦同此萧索否？月来鱼沉雁杳，愈觉挂心。岂来函化作洪殷，抑别有他故乎？言念及此，侬心碎矣。上月舅氏来，为侬作冰；父亲以情不可却，将允许。侬矢志绝食，誓不从命；幸蒙阿母垂怜，百计谢绝，事始得不谐。然风云变幻，原不可测；前途如再有意外，侬惟将一死以报哥耳。诸维为国努力，请勿以侬为念。余心照不宣。妹曼仟拜上。"阅毕。问曰："颢，得毋即上人之小字乎？"悟空颔首曰："然。"于是以函还悟空；敛神危坐，而听悟空言。

属稿至此，夜深人静矣。暂搁笔，留待明日续终之。雯附识。

二月十八日，水曜，时阴时晴。夏正十二月二十九日。

阅《大夏丛刊》。

续著昨宵未终之小说。

悟澈空花(中)(续)

悟空雷姓颢名，一字静生，江都产也。生三月，即亡母；其父忠，隶军籍，后以功绩升至参将。值世盛平，暂息梓里。生性疏财仗义，扶弱锄强，以任侠名于时。颢颇慧，父甚钟爱之；延明师课读。九岁，毕五经；又三年，学大进；杂记小说，无有不通。迨淇杨事起，父又弃家从戎，奔走号召，绝道长征。时颢始十五岁也。父以不能两顾，乃寄居渭阳秦氏家。

颉之母舅曰秦沧君，仕宦京师有年，因守其先人急流勇退之训，告归林下。乃伯道无儿，惟生一女，爱之若掌上珠。女字曰曼仟，年甫二七，容华绝代；母固大家女，女红之余，教以唐诗元曲；曼仟性颖，糜不领会，雨夕良宵，居然解吟咏矣。自雷忠投戎；沧君念渭阳之情，命颉移寓伊家。表兄之与表妹，本系同源；两小无猜，实逾骨肉；竹马青梅，沧君不置意焉。花前联吟，月下敲棋；颉得如花之曼仟友，愉快可知。更加舅母垂怜，有"欲婿之"之意；一日三餐，丰腴相待；宜其此间乐，不思蜀矣。如是者二年。

秋飙横起，湘潭兴师；东南土地，渐次恢复。雷忠以屡受重伤，至此乃一病不起；转眼床笫，以不一决爱儿为恨。乃命人千里赍书往。书中言："病重恐难起，见信儿可速来，迟则恐不及矣。"又谓："儿年已不小，可遂此从征军前，以绩乃父未终之志。"颉得此书，眉颦不决。思果从父命，则难舍此腻友；欲留居此，则父病重垂危，万难拂命。是夜枕上，反复难寐。然天人交战；其结果，天终胜人耳。

阅《中华小说界》。中载瘦沈《闻见录》一则云："京师陶然亭畔有冢，相传为昔人埋香之地，或曰'某名士瘗文之所'。代远年湮，不可考也。仅存其铭云：'浩浩愁，茫茫劫。短歌终，明月缺。郁郁佳城，中有碧血。碧亦有时尽，血亦有时竭。一缕烟痕无断绝。是耶非耶？化为蝴蝶。'游人题咏甚多。某云：'飘零风雨可怜生，香梦迷离绿满汀。落尽夭桃又秾李，不堪重读瘗花铭。'某云：'长埋玉骨恨难消，惆怅城南路一条。芦荻萧萧声作雨，吴娘楼上忆残宵。'某云：'草没荒邱剧可伤，白杨零落不成行。年年多少游春客，偏向孤亭吊夕阳。''彩云散去渺无痕，小字流传短碣扪。我辈钟情还自笑，拟持杯酒酹芳魂。'数诗工于取神，颇耐寻味。"雯按：此冢即香妃冢也，都人但称"香冢"。妃，回人小和卓木妻；以体有异香，故名。清高宗灭回部，俘入宫，欲立为妃。妃曰："亡国遗姬，不敢仰邀圣宠。"卒不从。太后钮钴禄氏，嘉其志，赐帛自尽；妃从容就死，了无恋意；死后，即埋香于陶然亭东北。铭中"竭"字，或录作灭；"烟痕"或作"香魂"，未知孰是。以雯观之，"灭"与"香魂"，似较"竭"与"烟痕"切合也。究是究非，他年当于都中亲往一访之。某君有诗吊曰："此身弱草与轻尘，回首家山梦不真。古庙桃花犹在楚，不言终愧息夫人。"婉而多讽，颇存忠厚之旨。因忆得而并附之。然瘦沈君所云代远，不过清代；所云年湮，不过纪元前一百五十三年。今尚如此，何以言古；瘦沈君之怀襟，不言亦可见矣。夜十一时搁笔。

二月十九日，木曜，时晴时阴。夏正十二月三十日，除夕。

函寄贺年片于同学。凡七人，为朱君祥、吴君水汀、王君志高、顾君殿藩、陆君廷抡、宋君学文、郁君祖伦。朱君志贤处，拟以书往，故暂不寄。

赋七言绝句十章。

除夕感怀(十绝)

近来境遇半都哀，月下灯前伤几回。今夕蹉跎再虚过，留将何日展颜开。

故园风雨意悠悠，荏苒时光不我留。十九年华瞬逝去，风云俱进更多愁。

为因衣食常离别，有日归来亦刹那。此夕此宵羁旅恨，不知恨到几何多。

忆得童时不解悲，依依膝下恋难离。可怜捧檄归来日，已是陇头草满时。

彩云易逝月西湮，徒示昙花一现身。异日蓬庐偕息影，诗联柳絮又何人。

江头一别情何极，鱼雁频来意似兰。寄语伊人休挂念，闲情溪上看云滩。

狐悲兔死我怜君，久盼好音看逝云。江水东流留不住，但存残草向斜薰。

终日思君君不知，一堂话旧总难期。此宵可恨无明月，独凭窗前掩素帷。

蓝桥解杵我无心，大好青春半逝沉。岂恨多愁多病累，恨无知己少知音。

生性由来好学诗，灯前苦吟夜眠迟。投笺不再喁喁语，恐惹余悲永夕思。

挂先祖及先母像致祭。是夕，俗皆终夜不寐，名曰守岁；余则不然。以有事至十二时始寝，故天明时微有寒热，然亦不甚重也。附记。

二月二十日，金曜，阴。夏正庚申年正月一日，元旦。

阴历元旦。一切俗礼，余都除之。埋首窗前，仍同往日。

整理书籍。

著骈文一篇。

哀津学生

莽莽神州，屡起麦秀之叹；黯黯禹域，行兴荆棘之悲。风雨变色，逐鹿何多；日月不明，帝子仍在。是以伍公有爱，忠魂早逐之涛；柳老生悲，甲子已非禹历。伤哉祖龙复生，士林兴狱；悲夫乐子不来，齐域受践。陆沉之在转睫，瓜分之在刹那。霜峡猿哀，非痛黄祸；柳钟曲散，已绝广陵。凡属有心人，莫不为之痛心疾首也。乃者天津变起，噩耗又来。热心女士，屡被摧折于枪锋；爱国青年，竟受践踏于马足。落花遍地，已无惜花之人；遗玉尽红，早绝爱玉之客。狐悲兔死，同道伤心；琴断音稀，悲怀谁诉。幸也楮能著墨，笔可生华。绵绵愁意，编成惜玉之词；铮铮铗声，翻作悼花之歌。聊写悲怀，亦以见吾非无心人也。嗟乎！衷衷心绪，褚短情多；畏闻官声，敢请绝笔。

阅《碧鸡漫志》。书后有跋，曰："此卷考核援引最详雅。可与段安节《乐府杂录》，并传为词林佳话。"不知何人笔也。

阅《石头记》。录黛玉《哭花诗》：

花谢花飞花满天，红消香断有谁怜。游丝软系飘春榭，绿絮轻沾扑绣帘。闺中女儿惜春暮，愁绪满怀无释处。手把花锄出绣帘，忍踏落花来复去。柳丝榆荚自芳菲，不管桃飘与李飞。桃李明年能再发，明年闺中知有谁。三月香巢已垒成，梁间燕子太无情。明年花发虽可啄，却不道，人去梁空巢亦倾。一年三百六十日，风刀霜剑严相逼。明媚鲜妍能几时，一朝漂泊难寻觅。花开易见落难寻，阶前闷杀葬花人。独把花锄泪暗洒，洒上花枝见血痕。杜鹃无语正黄昏，荷锄归去掩重门。青灯照壁人初睡，冷雨敲窗被未温。怪奴底事倍伤情，半为怜春半恼春。怜春忽至恼忽去，至又无言去不闻。昨宵庭外悲歌发，知是花魂与鸟魂。花魂鸟魂总难留，鸟自无言花自羞。愿奴胁下生双翼，随花飞到天尽头。天尽头，何处有香邱。未若锦囊收艳骨，一抔净土掩风流。质本洁来还洁去，强于污浊陷渠沟。尔今死去侬收葬，未卜侬身何地丧。侬今葬花人笑痴，他年葬侬知是谁。试看春残花渐落，便是红颜老死时。一朝春尽红颜老，花落人亡两不知。

出游遇孙君于道，因同至武圣宫谈话，还至迎恩桥别。小窗无聊，恹恹若病，因出游消遣。遇孙君于道，共环行大街一周。至武圣宫，乃留步。宫后为青浦县黄渡乡乡立第二国民学校。校之前侧，为乡立第一女子国民学校。孙君云："黄渡一镇青浦县属有乡立国民学校十二；而嘉定县属惟三，且终岁不事调查；而青县几至一月一次。故青邑教育，实较嘉邑为发达。"余思："同是一县，何相去若是；非司其职者，当尸其咎欤？纠败为功，在他日之我，惟女子国民学校，可以不必立；因近来盛唱女子解放，大学中学且男女同校，况此国民学校哉！"又谈近事一则，颇足为青年棒喝。因记之：

苏州省立第一工业学校，有黄渡学生三人。舍监某，甚懦软，故三人得同室居。平日互谋作恶，无所不为。去岁年届将归，三人拟各偷校中枪一枝，带归游玩。其一曰："既曰偷，曷不多取。"因每人各偷五支,校中不知也。假期至,其家雇舟往——舟本为盗舟,盗被捕后,舟没入官;复由官发卖,而由舟子购归,专恃人雇,以度生者也。舟抵苏,三人将枪捆于铺盖内,命校役送下船。校役以过重为讶,问之,笑而不答。舟近镇,三人离乡已久,一旦得睹家山,俱大喜。忽来一昆山县水警艇,识为盗舟——因舟上有识——因喝令停。倒舱搜寻,藏枪见焉。艇长以私运军火,事关重大,连夜将三人及舟子及枪等,解至昆山水警所。以法论,罪当枪毙。其家怆惶万状,百计营救。求一与警长相识之人往说情,不可得。思向该校校长处设法,惟孙君之母舅袁君采华;在南京高等师范时,与该校长同学。乃函托。袁君慨然诺,因亦函达该校长。该校长以同学之情不忍拂,至昆,承认枪为校中公物,领归。三人始得释放。此校舍监以失职免任,而三人亦黜革。一场风波,至此得息。闻该舍监就职以来,已失去枪五六十支。此次始于将错就错中破案。故该校长大发积怒,立即函将该舍监辞去云。

与朱志贤君书兼寄贺年片。

日来闷坐窗下,郁郁少欢。偶忆吴君水汀亦吾友也,今岁能否到校,安忍置之不问。因拔笔蘸墨,出笺欲缮;而覆示飘临,遂即搁笔捧读。籍悉足下幸得无恙,私心快慰何如。雯新年中不至申;所委之事,实不能如命;万望原谅。足下云:"欲函询吴君。"安有不可?况雯能有意,足下岂独无情;凡在同学,俱存此意;又况多情如尔我乎?雯所缮之函稿;到校后,即当呈阅;聊引一哂。足下是否准于初十日乘轮船到申?幸一告我。因雯亦拟乘轮船故也。年新以来,俗事牵人,更无聊甚。雯不敢以俗人待足下,故不作恭维语。聊附贺片,以示不忘耳。余不一一。

雯白　一月一日灯下

二月二十一日,土曜,雨雪。夏正一月二日。

兄偕瀛侄自横河村来饭后去。侄已三岁,孜孜善顽,颇堪忘忧。

阅《涪翁杂说》《湖壖杂记》《簪云楼杂说》。《涪翁杂说》，宋黄庭坚撰。考赅典故，可与《天禄识余》《独断》并传。《湖壖杂记》，清陆云士撰。所记均西湖所见闻，可备修志者之采撷。《簪云楼杂说》，清陈云瞻著。胜朝掌故，朝野遗闻，搜罗殆遍；非近代杂记（专事抄袭者）所能比也。《湖壖杂记》中：载月轮山一则，事颇奇特。因录之：

“桂子月中落”，此奇事也。一见于宋僧式公之序，再见于钱令张君房之记。谓至清秋月夜，纷如烟雾，洒落有声；如豆如珠，青黄异色；种之成树，亦生桂实。可验骆丞之诗不妄矣。康熙二年，妙香阁僧，八月中曾寄我桂子一器，索作赋以美之。

得郁君祖伦书。

正璧兄鉴：

启者，承惠《星期评论》及《通俗丛刊》，均收到，惟弟懒于修书，致烦抱忧，罪甚罪甚。来扎所言，无任钦佩。弟值家兄病床，终日伏侍，靡有暇时。兄近日对于新文化运动，想颇致力。弟新年亦拟演讲，足下以为何如？

祖伦上

窗外柳絮绵绵，得故人书，快何如之。但细玩其辞，若有郁郁于衷者。岂为乃兄抱恙怀忧欤？果如此，则君之友爱，更令吾仰佩无量矣。惟新年演讲，雯亦有心而惭不才。实有愧为君友。君如闻之，能相恕乎？

雯附识

阅《石头记》。录黛玉《秋窗风雨夕》：

秋花惨淡秋草黄，耿耿秋灯秋夜长。已觉秋窗秋不尽，那堪风雨助凄凉。助秋风雨来何速，惊破秋窗秋梦续。抱得秋情不忍眠，自向秋屏挑泪烛。泪烛摇摇爇短檠，牵愁照眼动离情。谁家秋院无风入，何处秋窗无雨声。罗衾不奈秋风力，残漏声摧秋雨急。连宵脉脉复飕飕，灯前似伴离人泣。寒烟小院转萧条，疏竹虚窗时滴沥。不知风雨几时休，已教泪洒窗纱湿。

赋七言古诗一篇。

章台柳

英英桃瓣落青池，池上柳丝碧映堤。柳丝影里现红阁，帘前有女倚栏窥。柳絮团成碧玉身，桃蕊生就红英姿。曲终筵前善解语，诗成帘下好画眉。画眉解语朝复夕，又闻琵琶声萧飒。纤手弹成离鸾音，柔怀诉到辽西客。辽西学士素衣人，识路梦中朝复晨。可怜使君未有妇，不应宋玉是西邻。西邻宋玉原好色，况是倾城与倾国。良宵偷赖朝云忙，佳期不凭红娘力。佳期花下月良宵，妒杀花妖与月妖。亏得素公惜名士，红拂识君原先料。料得卿心坚难阻，任卿别抱琵琶去。秋月春花叹速逝，薄命怜卿似柳絮。丝丝柳絮随风飞，吹到天涯不复归。一朝名字来彼岸，怨词传去语依依。"章台柳，章台柳，昔日青青今在否。纵使长条似旧时，也应攀折他人手。"柳絮虽轻不负情，况经曾订死生盟。也凭片语报君去，相逢何必待来生。"杨柳枝，芳菲节，所恨年年赠离别。一叶随风忽报秋，纵使君来岂堪折。"歌罢未遂素日心，妒花狂雨又摧寻。画鹢夺归宠专夜，春停每恐绿成荫。绿叶成荫吾不恨，但希有日偿宿愿。香车偶逢紫薇前，怨语声声愧落溷。怜溷人忆堕溷人，况遇良宵与月辰。酒栏不禁韵凄咽，座客衫湿醉尉嗔。为君夺归依依柳，艳福还应君消受。天长地久有尽时，此情绵绵期皓首。吁嗟乎，风刀霜剑过新年，长日难销愁意牵。艳诗翻成章台柳，韵事传来杨柳篇。杨柳依依我原慕，诗成有阙须拾补。不然野草与溷花，爪鳞满筒无足数。夜十时。

二月二十二日，日曜，上午阴下午晴。夏正一月三日。

接陆君廷抡贺年名片。

著小说一篇。

悟澈空花(下)

明日乃往晤曼仟，且示以父函。告之曰："家父病重，万难违命。相别之期，行在旦夕。尔我影形不离，朝夕相晤，一旦分袂，其何以堪。"曼仙闻言，慨然曰："大丈夫志在四方，自不能终老牖下。况姑丈病重，倘有不测，哥安可不往永决。侬又岂敢以儿女私情，累哥受不孝之名乎？哥速图之。"颉曰："兄亦知世间无不散之筵席（岂料此言遂成谶语）。惟别后不知几经寒暑，始返故乡。兄有一言，素蓄诸衷而难于发者，今日不得不告。兄固不愿娶他家女为妇者矣；至兄回首桑梓，恐妹已不悉为谁家妇，是乃大可悲者。"言至此，若不胜于邑。曼仟亦泫然曰："唯哥言，侬亦不好启口。侬亦愿以此身待哥。倘侬父强制侬，侬以一死报哥，如何？"于是颉啜泣应曰："海可干，石可烂。颉若负心，有如三宝。"言已，彼此半晌无言，欲别去。颉又转身言曰："关山虽隔，鱼雁可通。与妹一月一通信，如何！"曼仟含泪诺。乃作别。呜呼！此别遂成永别矣！

颉拜辞沧君夫妇，收拾行橐，匆匆就道。抵父营，则父已先一日没。颉呼天抢地，痛不欲生；来迟之罪，百身莫赎。家将代传遗命，谓颉当承袭父职，留居军中。颉泣血受命。乃含殓入棺，厝棺野寺中，七七既终，颉出而就父职。下卒多感雷忠待遇之恩。待小主唯谨而忠。颉亦遂安此，不思归矣。而曼仟之函，一月一至；颉立即作覆，不失其期。满纸作何词，可不必言矣。将军百战胜，壮士十年归。么么小寇，至此都歼平。在征军士，犒牛赏羊。均赐假一月，归乡息养，且叙天伦之乐。颉固愿借明驼千里足，送儿归故乡者。于此时安有不归者？将归之前一夕，适得曼仟书；以匆匆治行装，且又见面在即；遂置入箧，不复拆视。呜呼！悔不当初，安有今日！

颉归心如箭，日夜兼行。一日晚抵一镇，知离乡惟剩三十里，心中甚喜。因体已疲惫，乃投旅馆宿。夜中反覆不眠，闻隔室有人声。乃潜起坐而听，其一曰："令甥女之亲事，恐不谐矣；沧君此老，太是执拗。"其一曰："君不知舍甥女已定日受聘，如何不谐。"其一作诧声曰："岂沧君已允许乎？果尔……"语至此，声渐入微,知已入睡乡。颤则神呆心怆,疑是梦中;口咬指痛,方知非梦。嗟乎!颤处此,其何能堪?思仍回乡,则不能再近妹。不回,则无家可归。坐看己爱为人夺去,则又不忍。嗟乎!平生几许伤心事,不向空门何处消。颤也更不得不然。袈裟一领,长共烟霞,悟澈空花,皈依正果。颤初祝发,于杭州天竺寺。由杭而申,由申而黄溪。今已五十岁矣。所示之函,即启程之前一日,得自曼仟寄者。

悟空之言止此。雯因叹曰:"使当日即拆视此函,安有今日!"又问曰:"令表妹后果如何?上人知否?"悟空泫然言曰:"老衲祝发后即不问世事,安得知?然公子细观此函,亦可料得。"雯颔首。又谓之曰:"雯亦伤心人也。闻此伤心事,今日日记中,又多一篇伤心记矣。就后烦上人一正之,如何?"悟空亦颔首。时天已垂暮,雯乃携曼仟函别。

当夜,于灯下将悟空所言,编成一记,题曰《悟澈空花》。至天明,遂携往就悟空正。至则蒲团无恙,竹榻已虚;孤木寒云,但剩一片惨色而已。嗟乎!此僧或已携手碧云,互证花果欤?雯乃涕零而返。

小窗无聊,作此自遣。细玩情事,大都令人失笑。然天道有变,人事不常。后复果有同我篇中事者,则作为数十年之《因话》《旧闻录》观可耳。夜十时,雯识于竹荫庵之西窗下。

二月二十三日,月曜,上午阴下午晴。夏正一月四日。

读《唐诗三百首》五古五律。

访孙君蓉镜晚归。本拟至仁大布庄阅报。因报未至,故往访孙君。

录曾国藩《复朱仲我书》。

是书言论,于小学极有心得。因录之,以备研究时一助。来函具悉,所论转注,谓:"戴氏专以训诂解转注,义有未尽。"诚为确论。至谓:"会意之老,形声之考,焯然已知;而疑许氏合此二字为转注者，为失之赘。”则窃以为不可。许君固非绝无可议者。惟指考老为转注，则在不可议之列。尊意：“履，本训践；其所为践之具者，为转注。”是以虚用者为本训，实用者为转注；凡古今文字，何字不有虚实两用？如屦字以实用者为本训，而《羽猎赋》之“屦般首”，则虚用矣。舄字以实用者为本训，而《鲁颂》之“松桷有舄”，则虚用矣。摧之衣、巾、冠、带，皆实字也；而《孟子》之“衣褐”，《周礼》之“巾车”，《史记》之“冠玉”，《月令》之“带弓”，则虚用矣。宫、室、门、户，皆实字也；而《尔疋》之“大山宫小山”，《左传》之“复室其子”，《公羊》之“无人门焉者”，《汉书》之“王嘉户殿门”，则虚用矣。将循履字之例，概以虚者为本义，实者为转注乎？抑有时以虚者命为转注乎？曩尝讥戴、段二家，以一部《尔雅》，全目为转注；以五百四十部首去，全目为转注。以为何必六书，止此一书足矣；今来函所述庭训，其病殆亦近之。不佞窃不自揆，谬立一说，笃守许氏考老之指。以谓老者，会意字也；考者，转注字也。部首之可指数者，如犛部、爨部、画部、眉部、冓部、筋部、稽部、橐部、㝱部、重部、老部、履部、㱃部、盐部、弦部、酉部，皆转注之部也。凡形声之字，大抵以左体为母，以右体之得声者为子，而母字从无省画者。凡转注之字，大抵以会意之字为母，亦以得声者为子，而母字从无不省画者。省画则母字之形不全，何以知子之所自来？惟好学深思，精心研究；则形虽不全，而意可格受。如老字虽省去匕字，而可知考耋等字之意，从老而来；履字虽省去舟夊，而可知屦屐等字之意，从履而来；橐字虽省去豕字，而可知囊橐等字之意，从橐而来；㝱字虽省去夢字，而可知寣寐等字之意，从㝱而来；推知犛爨画眉等部，莫不皆然。其曰“建类一首”者，母字之形模尚具也；其曰“同意相受”者，母字之画省而意存也。抑又有进者：转注之字，其部首固多会意者矣，亦有不尽然者。如盐从卤盐声，形声字也，而所属盐鹹等字，仍不害其为转注之字；㱃从欠酓声，形声字也，而所属之歠，仍不害其为转注之字。至于酉者象形字也,本不得目为转注之部;特以酉字之才,不足以统所属之字;似应别立酒部,而于醖酿醻醋醇醨等字,增曰"从酒省昷声,从酒省襄声,从酒省寿声,昔声享声离声"云云;乃与本书义例相合。盖此等字,本不仅胚胎于酉字,实由酒字贯注而来;斯又许君所未指为转注,而不害其为转注者也。此说蓄诸鄙心,历有岁年;闲语朋辈,疑信参半;以生平于小学致力甚浅,不敢有所造述。因来函陈义颇坚;辄复责其肤末,以相质证。惟希雅鉴。

接朱君志贤贺年片。

灯下读诗。连宵反覆难眠,至三更始入睡。今夜拟迟寝,于灯下取唐诗读之。咿唔声起,惜无梅风相送。读至杜甫《春望》、王翰《凉州词》,曼腔儿咽作楚声,惨不忍读。隔墙儿如有同意人,我知其必泪濡襟衫皆湿也。十一时　雯识。

二月二十四日,火曜,晴。夏正一月五日。

于《十八家诗钞》各卷之目录标注页数其下。近来读诗,颇觉有味。故将《十八家诗钞》之各卷目录下,注明页数,以便检读。拟今春带至校中,细读一通。

沈君其荣来访,谈话二小时别去。君,系余在青浦县立第一高等小学校时之同学也。去岁,肄业省立水产学校,于十二月初,以病归。君云:"今岁拟考大同学院,倘不取,仍入水产学校。"君又曰:"该校校长,于福州事件发生后,曾使该校毕业生张某,往日本购机械,值洋数千元。学生责问之?彼以经费缺少,不得不省为辞。"嗟乎!身为校长,而甘为此;曾不如一二里头巷口土老儿,闻学生演讲抵制,犹在旁拍掌赞成。嗟乎!提创抵制者,学校之学生;破坏抵制者,学校之校长。爱国卖国,出自一堂;吾惭为乡里父老,再谈抵制矣。然我不得专责该校长,比比皆是也。吾犹记去岁在龙门所购之操衣,裤上之铁扣上,有文曰"S. JAPAN. S"。

阅《饮冰室全集》。今人或言:"梁任公先生之文章,如有一种魔力；能令人阅之，不忍释手。”余阅之，果然因就其《全集》中，检出数种；将以携至校中，于自修课时，细读之也。目如下：

《论中国学术思想变迁之大势》二本；《宗教论》一本；《子墨子学说》一本；《新史学》一本；《中国专制政治进化史论》一本；《朝鲜亡国史略》一本；《谈薮》一本

阅《小仓山房尺牍》。今人惟知随园之诗，以主性灵胜，而不知其为文亦然。读其尺牍，俱侃侃而谈，有旁若无人之概。《儒林琐记》(不具作者姓氏)称其“才气横溢，语必标新”。洵确论也。

上郓匊广夫子书。

自违绛帐，忽更物序，元英已逝，节届青阳。敬维夫子大人道履清嘉，述业宏富，颂仰无量。生自返里后，俗事因人，荒疏旧业，顽愚犹昔，乏善可禀。比来开学在即，得侍讲坛有日矣；多日茅塞，又将得炙针砭，切切下怀，盼仰无已。余言面禀，虔请道安不一。

生谭正璧 谨禀 二月二十四日

二月二十五日，水曜，晴。夏正一月六日。

得《英语周刊》第二二九期。是书二二七期二二八期，至今未见寄来。未知何故？

至仁大布庄阅报兼往访孙君，返邀孙君至家即别。君颇善小学，因与谈许书久之。返，取《新生活》与君观，见上有谚语儿歌等，意颇新颖。因亦忆得数则，随笔记之。

阅《石头记》。

阅浏阳《仁学》。女子解放问题，盛唱半年以来，已有澈底的解放。男女同校也，废除妾制也，凡稍明文理者，类能言之。今读《仁学·断杀断淫》一篇，而知此问题之解决，已早在十数年前。固无待吾人饶舌也。今采其篇中最精要之一段录下：

苟明男女同为天地之菁英，同有无量之盛德大业；平等相均，初非为淫而始生于世。所谓色者，粉黛已耳，服饰已耳。去其粉黛服饰,血肉聚成,与我何异?又无色之可好焉。则将导之使相见,纵之使相习,油然相得,澹然相忘,犹朋友之相与往还,不觉有男女之异,复何有于淫?淫然后及今可止也。藏物于箧,惧使人见,而欲见始愈切。坦坦然剖以相示,则且曰:"熟视而若无睹矣。"……今悬为厉禁,引为深耻,沿为忌讳;是明晦人此中之有至甘焉,故为吝之秘之,使不可即得,而迫以诱之。瘗金璧者曰:"皆不得发焉。"是使人陈盗也。浆酹者甲:"皆不得饮焉。"是使人渴也。戒淫者曰:"而勿淫。"是淫之心由是而启也。不惟人以为禁,为耻,为讳;又自禁之,自耻之,自讳之。岂不以此中有至甘焉,深耽笃嗜;惟恐人之讥责,而早为之地耶?……

录者曰:"今日迂儒之恶女子解放,莫不以导淫为言也。请试以此文示之,则彼此将弭口无言焉。迂儒只可与之谈理,信然。"

二月二十六日,木曜,雨。夏正一月七日。

沈媪来,"安亭母亲病甚重"(系闻之王姓者)。拟往省,因天雨中止。

阅《牡丹亭传奇》。是书于南曲中擅名久矣,余嫌其词语太俗。反乎此者,惟《西厢记》堪能当之。

阅《说听》。书凡上下二卷,明陆延枝著。今之称笔记者,恒曰:"《聊斋志异》以辞胜,《五种笔记》以理胜,《新齐谐》以直写胜。"而不知是书实为《新齐谐》之先声,不修辞,不论理,有"过之"之誉,而无"不及"之毁也。

得王君志高贺年名片。

拟画美女图一幅,未就。

阅《中华小说界》。《艺术史》中有亦周郎著《京师三十年来梨园史》一篇。中有数语,颇可研究:"《琼林宴》《吊金龟》出《包公案》。《庆顶珠》《艳阳楼》《通天犀》《白水滩》出《水浒》。"雯按:右所举者,除《吊金龟》果出《包公案》外,皆否。雯虽不才,小说已过目不少,兹亦一一为之考其出处,列下:

《琼林宴》（见《七侠五义》）；《庆顶珠》（见《征四寇》）；《艳阳楼》（见《征四寇》）；《通天犀》（不知所出，惟《水浒》则并无此事）；《白水滩》（见《小五义》）。

夫此区区戏剧之出处，误会如此。竟敢作《梨园史》，真不啻北人学泳矣。何《中华小说界》之编辑者，瞽目一至此耶？况吾闻之，《红楼梦索隐》，亦《中华小说界》编辑者之大笔也。则《孟心史》之饶舌，不为无见。

阅《小说丛考》。书凡二卷，青浦钱静方撰。琐尾生序谓："如阅《吕览》，无一字可增减；读杜诗，无一字无来历。"实则可增减处甚多，无来历者亦复不少。因纠其纰缪，为之订正于后：

《隋唐演义考》有云："《演义》称李元霸神勇无敌，此系讹传。考《旧唐书·高祖二十二子传》：'卫王元霸，高祖第三子也，早薨无子。武德元年，追赠卫王，谥曰怀。'是元霸一无事迹者也。'"雯按：《演义》并不言李元霸神勇无敌，惟第□回有云"唐公李渊……三子元霸早卒"数语，想系先生曾阅《说唐全传》。传中言："元霸为当时第一条好汉，有单骑退十八路反王事。"故先生误指为《演义》中事，亦未可知。然二书雅俗，相去不啻天壤。先生何不明辨之哉？《西游记考》有曰："所著《西域记》，惜不得见。"雯按：有正书局佛经流通处《书目》，有"《大唐西域记》十卷，常州天宁寺藏版"。则此书并不失传，何云不得见？《绿牡丹演义考》有曰："谓宏勋即宾王之侄。骆宾王信有其人，然其侄无名宏勋者。"雯按：《绿牡丹》一名《龙潭鲍骆奇缘》，而无"演义"之名。书中言宏勋与宾王为从兄弟，并非叔侄。故宏勋之名曰宾侯。宾侯之宾，宾王之宾，明指以字行也。今交通图书馆删改其首回，而换名曰《宏碧缘》。余兄曾购之，余阅其内容，亦尚无大异。未知先生所见者，系何人所改？何荒谬一至此哉？此与闽侯吴曾棋先生之以周公为"武王之子，称王之弟"，俱可传为士林笑话。此书之谬误，尚不至此。一时不及检得，他日有闲，当续竣之。

总之，此书都采录诸家杂记。其余俞曲园《小浮梅闲话》，几章章录入。攫人功为己功，而不注其为采自某书，先生亦太不要脸儿哉！夜十时雯草于灯下。

二月二十七日，金曜，雨。夏正一月八日。

整理行装。

祖母偶恙。

阅《搜神记》《石头记》。阅《石头记》后，拟赋读《红楼梦》十二绝。其题为《宝钗扑蝶》《黛玉葬花》《湘云眠石》《宝琴立雪》《晴雯补裘》《小红遗帕》《藕官焚纸》《玉钏尝羹》《龄官画蔷》《香菱斗草》《平儿藏发》《莺儿结络》。以时近黄昏，未就。他日有闲，必续竣之。

二月二十八日，土曜，晴。夏正一月九日。

得商务印书馆覆片。略云："《英语周刊》已按期交邮寄上，可向就近邮局询问。其日期开列于左。第二二七期于二月九日寄。第二二八期于二月十六日寄。"余即持函往邮局询问，并查收信簿，不见。想已在上海邮局失去矣。

得朱祥君片。

正璧同学兄大鉴：

风雨别离，鱼雁罕通，疏若参商。恨长别之有期，悲生离之可痛。感赋阳关，古今之所共悲也；临歧而泪，天下之所同慨也。敬维 仁兄香浮竹叶，帖写梅花。雅人有此高致，弟能不羡乎？是以一日不见懿范，久若三秋也。弟在家中，对于功课，弃之九霄；醉生梦死，虚掷光阴，不知将来事也。吾兄闻之，得何笑弟乎？光阴荏苒，校中开学之期，又将届矣。弟拟于初十日到校，想兄亦不漏此日也。

草此，即请近安，并贺新禧。

弟朱祥上　元月初五日

雯按："懿范"二字，当加斟酌。君误用欤？抑故意用欤？"醉生梦死"是悟来人口吻，是同雯一流人物之口吻。信中一言一语，莫不若雯之久蓄诸衷而未发者。从他人视之，似乎有不通处；从雯视之，简实无一句不通也。“生离”二字，想用杜甫诗“生离常恻恻”之典故。不然，不通也。

访孙君即归。君拟明日与余同至申。君云：“拟至申已第十一次矣，皆以事逡巡未就。此次必可如愿。”

得兄函。

桐弟手足：

兄本拟昨日至安母亲处问候；因昨晨小儿柏顺，跌破额门，昏去一刻余钟；故至今延迟未去。但明晨乃弟开学之期，兄于明晨当至镇，与弟仝趁轮船，一仝至申也。

此致，吾弟鉴。

兄启　元月九日

得正英兄上祖母片。

祖母大人膝下：

谨禀者，今岁孙之行内，因开销起见，账枱上彼孙自做；故孙之就，已经分手。昨日到申，暂为耽搁谋事。惟是刻下谋事甚难，故望大人有路设法，托问得能有就，万分之幸。

谨此上禀，容后再详，此请金安。

孙锡英　元月八日

孙君来访即别。君阅余日记。至所记学生偷枪一节，笑谓余曰：“君谓此场风波已了结耶？却未也。”余骇问其故。君乃徐徐续述之：“三人既黜革，其乙丙二人心不甘，因甲一人为主谋，乙丙惟被动而已。又假年假时甲曾致信家中，信中言：‘同学均已旋里，乙丙二人亦已先归。行李托余同带回，故望雇某之船来校。因某素谨愿，于路可免危险之虞云。……’信中言乙丙已先归，故乙丙以之辞为不与谋。其意无非欲想再入该校也。又以颜面有关，不得不推。然甲危哉？而昆山之水警长，以此事平平了结，彼竟无功。不然，将此私运军火重犯，解至省署，必得上赏。故心亦不甘。于本月初四日，至黄仍将甲解去。——乙丙因辞不与谋，故得不解。——势必以私运军火犯解至省署定罪云……”后果如何？君亦未知，俟后日续记。君又曰：“系甲种农业学校学生，非第一工业学校学生。”余笑曰：“君亲向雯言，竟误此为彼。怪不得报纸上无实事。”君曾言甲姓张，名克勤；乙姓章名□□；丙姓万……

赋五言律诗一首《月下送孙君蓉镜》。

整理书籍。

二月二十九日，日曜，晴。夏正一月十日。

兄自横河村来。

整行李。

孙君蓉镜来访即别。借《仿园酒评》录之。临别，约于乘轮船处相会。

兄送余到校。既上船，即晤朱君志贤。时同船有同学十数人，余皆面熟，惜不悉知具名耳。到校后，同级生已到十之三四，知诸人均无恙（指试读期而言），乃大喜。余居二十三号自习室，二十五号寝室。兄即别去。兄云：“余于明日至安亭省母亲，便回家去……”

得《英语周刊》227 期 228 期。余疑已失去，至是始知该书馆并未改寄。

右《息影庐漫识》一卷，已未寒假时撰。寒假之专为休晏，昔人论之详矣。顾余性嗜美文，而于小说为尤甚；灯前窗下，以手不释卷为乐。然亦人事倥偬，不得不尔也。目睹耳食，有则必记；东钞西袭，汇以成编。近日课余无事，复取而校阅之。编中情事，尚不失真。惟《悟澈空花》一篇，自今视之，觉为我德赘。然亦一时兴之所至，仍之，作《金壶浪墨》观可也。文人好事，每自堕于小说窠巢，流为风雅，非一朝一夕之故矣。既为校正谬误多处，兼附数语于后，以示来日。九年三月十六日，黄溪谭雯，自跋于沪西龙门师范学校第二十三号自习室电灯下。

雯乘(附二)第三卷下

《藏书目录》

- 《说文解字》四本　甲
- 《说文解字注》八本一函　甲
- 《说文句读》十四本　甲
- 《说文提要》一本　甲
- 《唐说文》一本　甲
- 《广韵》五本　甲
- 《辞源》二本　乙
- 《中华大字典》十三本　甲
- 《新字典》一本
- 《国文成语辞典》一本　甲
- 《国音字典》一本
- 《续二十五子汇函》八本　乙

《孔子家语》

《鬻子》

《六韬》

《关尹子》

《尹文子》

《吴子》

《孔丛子》

《新语》

《新序》

《说苑》

《方言》

《太玄经》

《白虎通德论》

《易林》
《申鉴》
《风俗通义》
《论衡》
《盐铁论》
《独断》
《心书》
《中论》
《傅子》
《古今注》
《抱朴子》
《齐民要术》
·《诸子菁华录》二十一本　甲
《晏子春秋》一本
《荀子》一本
《贾子新书》一本
《春秋繁露》一本
《扬子法言》一本
《老子》一本
《文子》一本
《庄子》二本
《列子》一本
《管子》二本
《韩非子》一本
《尸子》一本
《淮南子》一本
《鹖冠子》一本
《商君书》一本

《墨子》一本
《吕氏春秋》二本
《孙子》一本
《日知录集释》八本一函　甲
《老子道德经》一本　甲
《荀子集解》八册一函　甲
《列子》二本　甲
《墨子》四本　甲
《管子》六本一函　甲
·《韩非子集释》六本一函　甲
·《庄子集释》四本一函　甲
·《说苑》四本　乙
·《韩诗外传》二本　乙
·《韩诗外传》四本　乙
·《世说新语》六本　乙
·《宣和遗事》四本　乙
·《鬼董狐》一本　乙
·《虞初新志》一本　乙
·《虞初续志》一本　乙
·《香祖笔记》一本　乙
·《春在堂随笔》一本　乙
·《池北偶谈》一本　乙
·《夜雨秋灯录》一本　乙
·《履园丛话》二本　乙
·《两般秋雨庵随笔》一本　乙
·《广阳杂记》一本　乙
·《心史丛刊》三集集一本　乙
·《青楼小名录》四本　乙

•《清代野记》二本　乙
•《庸庵笔记》一本　乙
•《淞滨琐话》一本　乙
•《夜谈随录》一本　乙
•《听雨轩笔记》一本　乙
•《茶余客话》一本　乙
•《阅微草堂笔记》一本　乙
•《啸亭杂录》一本　乙
•《正续子不语》二本　乙
•《智囊补》一本　乙
•《然犀录》三本　乙
•《石头记索隐》一本　乙
•《说林》十四集集一本　乙
•《里乘》四本　乙
•《梅花草堂集》四本　乙
•《觚剩》三本　乙
•《墨余录》三本　乙
•《谐铎》二本　乙
•《三异笔谈》一本　乙
•《金壶七墨》四本　乙
•《东隅琐记》一本　乙
•《技击余闻》一本　乙
•《古今说海》十二本　乙
《明季稗史初编》六本(未备)
《明季稗史续编》三本　乙
《三通考详节》二十本　甲
《清通志》五本　甲
《续通典》五本　甲

•《三国志据华》二本　乙
•《战争与进化》一本　乙
•《发明与文明》一本　乙
•《开战时之德意志》一本　乙
•《德国富强之由来》一本　乙
•《动物与人生》一本　乙
•《德国实业发达史》一本　乙
•《人类进化之研究》一本　乙
•《衣》一本　乙
•《食》一本　乙
•《住》一本　乙
•《人种改良学》二本　乙
•《中国之武士道》一本　乙
•《广长舌》一本　乙
•《讲坛》第一集集一本　乙
•《历史世系谱》一本　乙
•《殿版史记》二十本二函　甲
•《殿版三国志》十四本二函　甲
•《聊斋志异新评》八本　甲
•《列女传》四本　甲
•《战国策补注》四本　乙
•《国语韦解补正》四本　乙
•《史记论文》八本　乙
•《左传句解》六本　甲
•《素王纲鉴合编》十六本　乙
•《涵芬楼文谈》一本　甲
•《涵芬楼古今文抄小传》一本　甲
•《文心雕龙》四本　甲

- 《文学研究法》四本　甲
- 《韩柳文研究法》一本　甲
- 《青年修养录》四本　乙
- 《文法要略》二本　乙
- 《作文初步》二本一函　乙
- 《作文示范》三本　乙
- 《学诗初步》一本　乙
- 《学诗入门》一本　乙
- 《诗学指南》一本　乙
- 《词学指南》一本　乙
- 《骈文指南》一本　乙
- 《天演论》一本　乙
- 《北美瑜伽学说》一本　乙
- 《心理学大纲》四本　甲
- 《石头记》十六本　乙
- 《花月痕》四本　乙
- 《牡丹亭传奇》二本　甲
- 《桃花扇传奇》二本　甲
- 《论语》二本　甲
- 《礼记菁华录》四本　甲
- 《左传菁华录》六本　乙
- 《论语话解》四本　甲
- 《四书集注》六本一函　甲
- 《诗经集传》四本一函　甲
- 《秦汉演义》四本　乙
- 《清代演义》八本一匣　乙
- 《聊斋志异演义初编》二本　乙
- 《倭氛记》一本　乙

- 《前汉演义上编》五本　乙
- 又《中编》五本　乙
- 《东周列国志》八本　乙
- 《三国志演义》十六本　乙
- 《饮冰室全集》四十八本一箱　乙
- 《国民浅训》一本　乙
- 《浏阳全集》六本　乙
- 《小仓山房尺牍》四本　乙
- 《读通鉴论》十本　甲
- 《文选精华》二本　甲
- 《韩昌黎先生集》十二本一函　甲
- 《秋水轩尺牍》二本　甲
- 《雪鸿轩尺牍》二本　甲
- 《花近楼藏书题跋记》一本　甲
- 《评选船山史论》二本　乙
- 《左孟庄骚精华录》二本　乙
- 《十八家诗抄》十八本二函　甲
- 《古文观止》六本　甲
- 《经史百家简编》二本　甲
- 《古文辞类纂》四本　甲
- 《续古文辞类纂》四本　甲
- 《续古文辞类纂》十二本　甲
- 《国文选本》六本　乙
- 《古诗源》四本　甲
- 《唐诗三百首》二本　甲
- 《唐诗三百首注疏》六本　乙
- 《疑雨集注》四本
- 《杜诗精华》一本　甲

- 《苏诗精华》一本　甲
- 《霜猿集校订补注》一本　乙
- 《清诗评注》三本一函　甲
- 《中外地舆图说集成》二十四本　甲
- 《大清一统舆地新志》十二本　甲
- 《普通百科新大词典》十五本　乙
- 《寰瀛全志》二本　乙
- 《本国史参考书》四本　乙
- 《西湖游览指南》一本　乙
- 《日用百科全书》二本　乙
- 《孝经》一本　甲
- 《教女遗规》一本　甲
- 《七侠五义》四本　乙
- 《小五义》四本　乙
- 《续小五义》四本　乙
- 《儒林外史》六本一函　乙
- 《人文地理》一本　乙
- 《自然地理》一本　乙
- 《巴拿马万国博览会记》一本　乙
- 《自由花弹词》一本　乙
- 《笑林广记》四本　乙
- 《内经知要》二本　甲
- 《素灵类纂约注》三本　甲
- 《验方新编》十本一函　甲
- 《神经衰弱疗养法》一本　甲
- 《身心调和法》一本　乙
- 《因是子静坐法》一本　乙
- 《食物疗病法》一本　乙

·《学生必携》一本　乙
·《博物学讲义》一本　乙
·《理科讲义》二本　乙
·《东西洋史讲义》一本　乙
·《东洋史要地图》一本　乙
·《西洋历史地图》一本　乙
·《威迩逊参战演说》一本　乙
·《威迩逊和议演说》一本　乙
·《日用便览》二本　乙
·《温德华士几何学》一本　乙
·《代数学》一本　乙
·《初等代数学》一本　乙
·《初等几何学》一本　乙
·《算术》一本
·《外国地理》二本　乙
·《中华新舆图》一本　乙
·《世界新舆图》一本　乙
·《中国形势暗射图》二十四幅　乙
·《世界分类地图》第一辑辑四幅　乙
·《暗射代数学题解》一本　乙
·《唐文评注》二本一函　甲
·《秦汉三国文评注》二本一函　甲
·《说唐全传》六本　乙
·《东西汉演义》六本　乙
·《后西游记》四本一函　乙
·《绘芳园全录》八本　乙
·《说岳全传》八本　乙
·《飞龙传》二本　乙

·《短篇小说》第一集集一本　乙
·《三叶集》一本　乙
·《尝试集》一本　乙
·《晋唐小说六十种》八本一函目多不列　乙
·《文艺丛刊》甲集十二本　乙
《宋元戏曲史》一本
《梨园佳话》一本
《顾曲尘谈》一本
《西洋演剧史》一本
《读画辑略》一本
《小说丛考》二本
《欧美小说丛谈》一本
《橐园春灯话》二本
《邃汉斋谜语》一本
·《戒杀放生文》一本　甲
·《心经无垢注》一本　甲
·《金刚经精义解》一本　甲
·《和约不签字后之中国外交挽救策》一本　×
·《乾隆英使觐见记》一本　乙
·《庚子使馆被围记》一本　乙
·《慈禧外纪》一本　乙
·《慈禧写照记》一本　乙
·《清室外纪》一本　乙
·《春声》第二集一本　乙
·《织云》二本　乙
·《大夏丛刊》一本　乙
·《中华学生界》十本　乙
·《中华妇女界》二本　乙

- 《中华小说界》二十二本　乙
- 《中华读书界》四本　乙
- 《美洲童子万里寻亲记》一本　乙
- 《降妖记》一本　乙
- 《双指印》一本　乙
- 《指环党》一本　乙
- 《昙花梦》一本　乙
- 《桑伯勒包探案》一本　乙
- 《一柬缘》一本　乙
- 《车中毒针》一本　乙
- 《白巾人》一本　乙
- 《雾中人》三本　乙
- 《空谷佳人》一本　乙
- 《毒药》一本　乙
- 《圆室案》一本　乙
- 《宝石城》一本　乙
- 《多那文包探案》一本　乙
- 《金丝发》一本　乙
- 《鸳盟离合记》二本　乙
- 《情侠》一本　乙
- 《媒孽奇谈》一本　乙
- 《新飞艇》二本　乙
- 《三人影》一本　乙
- 《化身奇谈》一本　乙
- 《钟乳髑髅》二本　乙
- 《白头少年》一本　乙
- 《案中案》一本　乙
- 《血泊鸳鸯》一本　乙

•《青藜影》一本　乙
•《赋史》二本　乙
•《车中语》一本　乙
•《劫花惨史》一本　乙
•《旅行述异》二本　乙
•《华生包探案》一本　乙
•《侠隐记》三本　乙
•《续侠隐记》三本　乙
•《自由女》一本　乙
•《痛史》第一集三十一本二函　乙
《福王登极实录》一本　乙
《哭庙记略》一本
《丁酉北闱大狱记略》一本
《庄氏史案》一本
《研堂见闻杂记》一本
《思文大纪》四本
《弘光实录抄》二本
《淮城纪事》一本
《崇祯长编》二本
《浙东纪略》一本
《嘉定县乙酉纪事》一本
《江上孤忠录》一本
《启祯记闻录》四本
《海上见闻录》二本
《蜀记》一本
《鹿樵纪闻》三本
《隆武遗事》一本
《客滇述》一本

《守郧纪略》一本
《国变难臣抄》一本
·《恋海之恶波澜》一本　乙
·《学生杂志》十六本　乙
·《名人轶事》五本　乙
·《爱我中华》一本　乙
·《新青年》第七卷六本　乙
·《新青年》第六卷六本　乙
·《百子全书》六十四本八函一箱　甲
《孔子家语》
《孔子集语》
《荀子》
《孔丛子》
《新语》
《忠经》
《新书》
《盐铁论》
《新序》
《说苑》
《法言》
《方言》
《潜夫论》
《申鉴》
《中论》
《傅子》
《文中子》
《续孟子》
《伸蒙子》

《素履子》
《胡子知言》
《薛子道论》
《海樵子》
《握奇经》
《六韬》
《孙子》
《吴子》
《司马法》
《尉缭子》
《素书》
《心书》
《何博士备论》
《李忠定辅政本末》
《管子》
《晏子春秋》
《商子》
《邓析子》
《尸子》
《韩非子》
《齐民要术》
《大玄经》
《易林》
《鬻子》
《计倪子》
《于陵子》
《子华子》
《墨子》

《尹文子》
《慎子》
《公孙龙子》
《鬼谷子》
《鹖冠子》
《吕氏春秋》
《淮南子》
《金楼子》
《刘子》
《颜氏家训》
《独断》
《论衡》
《白虎通德论》
《风俗通》
《牟子》
《古今注》
《声隅子》
《懒真子》
《广成子解》
《叔苴子》
《郁离子》
《空同子》
《海沂子》
《燕丹子》
《玉泉子》
《金华子》
《山海经注》
《山海经图赞》

《山海经补注》
《神异经》
《海内十洲记》
《洞冥记》
《穆天子传》
《拾遗记》
《搜神记》
《搜神后记》
《博物志》
《续博物志》
《述异记》
《阴符经注》
《关尹子》
《老子道德经注》
《道德真经注》
《庄子》
《庄子阙误》
《列子》
《抱朴子》
《亢仓子》
《元真子》
《天隐子》
《无能子》
《胎息经》
《至游子》
《三十六子全书》四十八册　乙
《说库》六十本一箱　甲
《海内十洲记》

《神异经》
《汉武故事》
《洞冥记》
《杂事秘辛》
《搜神记》
《神仙传》
《异苑》
《述异志》
《朝野佥载》
《隋唐嘉话》
《博异志》
《谐噱录》
《岭表录异》
《龙城录》
《刘宾客嘉话录》
《云仙杂记》
《记事珠》
《枕中记》
《尚书故实》
《南柯记》
《潇湘录》
《集异记》
《次柳氏旧闻》
《前定录》
《大唐传载》
《阙史》
《北户录》
《苏氏演义》

《诺皋记》
《支诺皋》
《酉阳杂俎》
《剑侠传》
《幽闲鼓吹》
《开天传信录》
《集异志》
《广陵妖乱志》
《桂苑丛谈》
《开元天宝遗事》
《摭言》
《录异记》
《鉴戒录》
《五国故事》
《江南余载》
《北梦琐言》
《南部新书》
《玉照新志》
《湘山野录》
《茅亭客话》
《江南别录》
《王文正笔录》
《钱氏私志》
《孙公谈圃》
《谈渊》
《铁围山丛谈》
《高斋漫录》
《珩璜新论》

《昨梦录》
《避戎夜话》
《枫窗小牍》
《唐语林》
《遗史纪闻》
《鸡肋》
《默记》
《燕翼贻谋录》
《涧泉日记》
《朝野遗纪》
《文昌杂录》
《道山清话》
《萍洲可谈》
《宣和遗事》
《行营杂录》
《齐东野语》
《梦溪笔谈》
《桂海虞衡志》
《江行杂录》
《虚谷闲抄》
《避暑漫抄》
《谐史》
《溪蛮丛笑》
《碧鸡漫志》
《碧湖杂记》
《鬼董》
《稗史集传》
《诚斋杂记》

《三朝野史》
《山房随笔》
《遂昌杂录》
《异域志》
《真腊风土纪》
《病逸漫记》
《琅琊漫抄》
《听雨记谈》
《翦胜野闻》
《甲乙剩言》
《蹇斋琐缀录》
《彭文宪公笔记》
《青溪暇笔》
《檐曝偶谈》
《苏谈》
《县笥琐探》
《君子堂日询手镜》
《长物志》
《天全遗事》
《庚巳编》
《高坡异纂》
《否泰录》
《说听》
《觚不觚录》
《备遗录》
《原李耳载》
《风月堂杂识》
《投瓮随笔》

《学圃余力》
《海槎余录》
《考槃余事》
《太平清话》
《偃曝余谈》
《眉公群碎录》
《枕谭》
《煮泉小品》
《赤雅》
《陶庵梦忆》
《耳新》
《快雪堂漫录》
《宝椟记》
《烬宫遗录》
《西游补》
《方氏五种》
《三风十愆记》
《艳囮》
《浮生六记》
《笔梦叙》
《李姬传》
《闽小记》
《影梅庵忆语》
《王氏复仇记》
《秋园杂佩》
《书事七则》
《山阳录》
《筠廊偶笔》

《胜朝彤史拾遗记》
《陇蜀余闻》
《八纮译史》
《八纮荒史》
《虞山妖乱志》
《天禄识余》
《天香楼偶得》
《簪云楼杂说》
《谈助》
《说梦》
《啸亭杂录》
《尘余》
《玉台书史》
《陶说》
《闲处光阴》
《吴逆取亡录》
《述异记》
《日贯斋涂说》
《乾嘉诗坛点将录》
《香畹楼忆语》
《玉台书史》
《藤阴杂记》
《花烛闲谈》
《扬州梦》
《遁斋偶笔》
《关陇舆中偶忆编》
《游梁琐记》
《儒林琐记》

《大狱记》
《古今说部丛书》十集集一八本一箱　乙
第一集八本
《汉官仪》
《献帝春秋》
《九州春秋》
《三国典略》
《会稽典录》
《魏春秋》
《邺中记》
《群辅录》
《晋阳秋》
《续晋阳秋》
《晋中兴书》
《次柳氏旧闻》
《曲洧旧闻》
《灯下闲谈》
《皇朝类苑》
《宜斋野乘》
《养鱼经》
《拾遗名山记》
《北户录》
《黔西古迹考》
《灌园十二师》
《蛮溪丛笑》
《广东月令》
《陆机要览》
《异闻宝录》

《江淮异人录》
《述异记》
《梅涧诗话》
《诗本事》
《竹连珠》
《山林经济策》
《剑气说》
《记征南射法》
《艮堂十戒》
《酒约》
《宦海慈航》
《食珍录》
《长物志》
《芸窗雅事》
《玩月约》
《书斋快事》
《石交》
《选石记》
《纪草堂十六宜》
《仿园酒评》
《香雪斋乐事》
《读书法》
《容斋使令反》
《约言》
《半庵笑政》
《病约三章》
《小半斤谣》
《四十张纸牌说》

《五岳约》
《桓谭新论》
《谯周法训》
《虞喜志林》
《裴启语林》
《宋拾遗录》
《三辅决录》
《义山杂记》
《龙城录》
《穷愁志》
《松窗杂记》
《商芸小说》
《杜阳杂编》
《秀水闲居录》
《苍梧杂志》
《谈薮》
《青箱杂记》
《林下偶谈》
《独醒杂志》
《可谈》
《小窗自纪杂著》
第二集　六本
《文士传》
《衣冠盛事》
《幽闲鼓吹》
《法苑珠林》
《谐史》
《三朝野史》

《闲中古今录》
《西峰淡话》
《琅琊漫抄》
《相贝经》
《禽经》
《輶轩绝代语》
《神异经》
《海内十洲记》
《列仙传》
《搜神记》
《搜神后记》
《冥祥记》
《述异记》
《原化记》
《宝椟记》
《抒情录》
《碧湖杂记》
《临溪隐居诗话》
《延州笔记》
《北窗呓语》
《松亭行纪》
《十六汤品》
《采茶录》
《茶疏》
《炙毂子录》
《桂苑丛谈》
《葆化录》
《西墅记谭》

《乾馔子》
《吹剑录》
《鸡肋》
《南部新书》
《五色线》
《采兰杂志》
《异苑》
《戒庵漫笔》
《苏谈》
《耳新》
第三集　六本
《传信记》
《野航史话》
《小隐书》
《云蕉馆纪谈》
《汴园湿襟录》
《渔洋感旧集小传》
《袖中记》
《玄亭涉笔》
《荔枝谱》
《峤南琐记》
《志怪录》
《集灵记》
《祥异记》
《风骚旨格》
《灌畦暇语》
《春雨杂述》
《天爵堂笔余》

《资暇录》
《戏瑕》
《玉笑零音》
《竹坡老人诗话》
《笔经》
《膳夫录》
《林下盟》
《瓶花谱》
《摄生要录》
《滇行日录》
《太清记》
《寓简》
《林下清谈》
《真率笔记》
《致虚杂俎》
《下帷短牒》
《燕间录》
《春风堂随笔》
《枕谭》
《群碎录》
第四集　六本
《冷斋夜话》
《宜春传信录》
《钱塘遗事》
《相学斋杂钞》
《明良记》
《陇蜀余闻》
《征缅纪闻》

《蜀徼纪闻》
《南中纪闻》
《桂海果志》
《桂海虫鱼志》
《还冤记》
《蚓庵琐语》
《西清诗话》
《研北杂记》
《叩舷凭轼录》
《华阳散稿》
《醉乡日月》
《蔬食谱》
《佩楚轩客谈》
《雪鸿再录》
《使楚丛谈》
《台怀随笔》
《投荒杂录》
《金华子杂编》
《虚谷闲抄》
《桂海杂志》
《山陵杂记》
《志雅堂杂抄》
《浩然斋试听抄》
《诚斋杂记》
《顾曲杂言》
《北窗琐语》
《谭辂》
《分甘余话》

第五集　六本
《征缅记略》
《高坡异纂》
《瓠里子笔谈》
《遣戍伊犁日记》
《天山客话》
《艾子后语》
《猥谈》
《半野村人闲谈》
《蓉塘记闻》
《蓬轩吴记》
《蓬轩别记》
《吴中故语》
《觚胜》
《觚胜续编》
《然脂百一编》
《外家纪闻》
第六集　六本
《玉照新志》
《王文正笔录》
《觚不觚录》
《睽车志》
《说听》
《石林诗话》
《然灯纪闻》
《律诗定体》
《声调谱》
《谈龙录》

《西湖秋柳词》
《幽梦影》
《幽梦续影》
《匡庐纪游》
《安南纪游》
《涪翁杂说》
《湖壖杂记》
《簪云楼杂说》
《天香楼偶得》
《筠廊偶笔》
第七集　六本
《枫窗小牍》
《幸蜀记》
《谈助》
《庚巳编》
《樊榭山房集外诗》
《碧鸡漫志》
《仿园清语》
《赐观斋题画偶录》
《九华新谱》
《尘余》
《泰山纪胜》
《孙公谈圃》
《玉涧杂书》
《道山清话》
《天禄识余》
第八集　六本
《归田诗话》

《麓堂诗话》
《明季咏史百一诗》
《竹垞小志》
《骖鸾录》
《续骖鸾录》
《游雁荡山记》
《雅谑》
《闽小纪》
《遁斋偶笔》
第九集　六本
《莲子居词话》
《锄经书舍零墨》
《滹南诗话》
《南行日记》
《女红余志》
《酒颠》
《茶董》
《冬集纪程》
第十集　六集本
《救文格论》
《师友诗传录》
《师友诗传续录》
《金石要例》
《贮香小品》
《语新》
《怀芳记》
《黄妳余话》
《广四十家小说》六本甲

《渔樵闲话》
《读书笔记》
《云山散录》
《襄阳耆旧传》
《广客谈》
《贾氏谈录》
《陶朱新录》
《天隐子》
《白獭髓》
《冀越集》
《石田杂记》
《友会谈丛》
《寇莱公遗事》
《历代帝王传国玺谱》
《桂苑丛谈》
《避戎夜话》
《江淮异人录》
《清夜录》
《吴中旧事》
《西征石城记》
《中朝故事》
《平江纪事》
《震泽纪闻》
《明皇十七事》
《杜阳杂编》
《兴复哈密国王记》
《苹野纂闻》
《摭言》

《苏谈》
《绿珠内传》
《否泰录》
《神异经》
《开颜集》
《江海歼渠记》
《闲燕常谈》
《景仰撮书》
《拘虚晤言》
《宝椟记》
《太湖新录》
《蚕衣》
·《学生潮》二本　乙
·《化学提纲》一本　乙
·《外交秘事》一本　乙
·《中学新地理》一本　乙
· 第七卷已出三本　乙
·《太平洋》第二卷已出三本　乙
·《东方杂志》第七卷已出二本　乙
·《学生杂志》第七卷已出六本　乙
·《新潮》第二卷已出三本　乙
·《民心周刊》已出六期期一本　乙
·《英语周刊》已出四十九本　乙
·《新社会》已出八期期一张第七期起改为本　乙
·《钱江评论》已出张　乙
·《平民教育》一张　乙
·《星期评论》五十三期共四十四张　乙
·《爱国谭》已出二张　乙

·《新问题》已出一张　乙
·《平民导报》已出五本　乙
·《新芬》已出二本　乙
·《新妇女》已出三本　乙
·《女界铎》已出二本　乙
·《新生活》二十六本　乙
·《北京大学学生周刊》已出二期期一本　乙
·《少年中国》已出十二期期一本　乙
·《少年中国》已出六期期一本　乙
·《通俗丛刊》四本　乙
·《解放与改造》二卷已出十二本又一卷五本　乙
·《黑潮》已出二本　乙
·《文选》十六册　甲　《北大丛书》五种　乙

所有英文书约数十种　均乙

(此页衍九·十一·十　正璧记)

新年中不至申,所诿之事,实不能如命;万望原谅。足下云欲函询吴君。安有不可?况凡在同学,俱当存一体之心;矧乃"兔死狐悲,物伤同类"乎?足下其善自为之,何必问雯可不可也。足下是否准于初十日乘轮船到申!幸一告我,因雯亦拟于是日乘轮船至申故。年新以来,俗事牵人,益无聊甚。雯不敢以俗人待足下,故不作恭维语。聊附贺片,以示不忘耳。余不一一。

雯白　一月一日灯下

二月二十一日,土曜,雨雪。夏正一月二日。

兄偕瀛侄自横河村来饭后去。侄已三岁,孜孜善顽,颇堪忘忧。

阅《涪翁杂说》。书凡一卷,宋黄庭坚撰。考赅典故,引证详明,可与高澹人《天禄识余》、蔡邕《独断》并传。阅《湖壖杂记》。清陆云士撰。所记均西湖所见闻,惟《西湖志余》,始足与之颉颃。阅《簪云楼杂说》。清陈云瞻著。胜朝掌故，搜罗无遗，非近代杂记专事钞袭者所能比也。

出游一次。

书目补

《温飞卿集》四本　甲
《汪中述学》二本　甲
《康熙字典》七本　甲
《劝学篇》一本　甲
《欧洲战役史论》一本　乙
碑帖数十种　甲
《大中华》十五本　乙
《读子卮言》二本　乙
《燕子笺》二本　甲
《文学史参考书》一本　乙
《笔生花》十六本　乙
《本国地理》二　乙
《上海闲话》二本　乙
《西洋史》上　乙
《清慈禧太后画像记》一本　乙
《海潮音》一本　甲
《遣愁集》八册　甲
《大乘起信论》一本　甲
《相宗八要》三本　甲
《温代数》一
《海外轩渠录》
《日本人之支那问题》一本　乙
《民算术》一
《佛学易解》一本　甲

《新伦理学》一
《花间集》一本
《物理》一
《断肠诗词》二本
《化学》一
《漱玉词》一本
纳四
《诗词韵》一本
《文法易解》二
《水浒》四本
莎氏一
《本国史》二
《查氏丛书》
《代数》一
《天方夜谭》一

第四卷

时年二十岁 （乘始于三月三十一日终于四月三十日）。

三月一日，月曜，晴。

上祖母片。

祖母大人膝下：

谨禀者，孙自叩别慈颜，即安抵校中。诸事如常，堪慰悬念。余俟续禀。

虔请金安

孙正璧上禀 一月十一日

行开校礼。偕朱君志贤赴北市购书。以前我每逢买了几种书，必定把他记在日记里头。自本期起（因为节省用纸起见），一概都不记。

三月二日，火曜，雨。

受课三。

偕朱君志贤往北市购书。

三月三日，水曜，晴。

受课三。

偕朱君志贤往北市购书。

三月四日，木曜，晴。

著文一篇。

一刹那间的觉悟

我自从开学的那一天，到昨天的晚上，嘴里常常说："我在这一个学期内，必定抱'消极主义'。"——一来我上一学期的成绩，是在八十分以上；这一学期内，能够有四十分，就可及格。一来因为我身体不大好，决不能做积极的事情。——以为这个宗旨，是抱定不变的了。

昨天睡觉的时候，和逃禅君谈了一会研究文学和佛学的方法，觉得很是有兴，那时心里就有了一些觉悟。——但是不过最小的一些儿。

我躺在床上，忽然想到那些比我考在前面的那几位同学，我自己知道是我没有一种科学不及他们。为何我考在他们后边呢？——大约因为他们都终天的自修个不住的缘故。——难道他们能够用功，我不肯用功吗？那么我自己又什么样可以说，"没有一种科学不及他们"呢？我把这三个问题，向自己细细儿的盘问。我自己也想了几句话回答我，说："我虽则决不不及他们，但是不大用功；能够不退步，是天资少些聪明的缘故。"

照这样一比较，就出了一种公理：天资聪明＝用功；所以天资不聪明＝不用功，那么天资聪明和不用功＝天资不聪明和用工。如果照这个公理计算，就怪不得我考在他们后边。但是我对于这个"名"字，素来看得很轻。所以我也不以为意。我当时想定一个主意：就把这个"消极主义"变做"积极主义"了。因为我决不甘心考得这样后。

这一篇文，我做得很不满意，因为许多日子不做白话文，就生疏得不连贯了。以后有空功夫，我必定好好儿的再做一篇。雯附记。

阅《仁学》。

受课五。

受《语》——现在的人，因为要推崇"社会主义"，就不得不把孔子的学说推翻。要晓得一种学说的成立，在当时是决没有干不通的。到了后来，时世变换，行不通去，只好也把他废除；但是决不可说他"不合"。因为他在今天说，我们可以知道他不合的地方；在当时是决没有不合的——不合决不能传到今日。——就是现在的杜威，他的学说，不是人人都赞成的吗？到了后世，未必见得是一定行得过去。所以吾们对于孔子，当他是历史上的一个大人物看待——孔子在哲学史上占有很重要的位置。——不应当随着人家声声口口的说他"不合时宜"。"善与恶"和"明与暗"，是反比例。"善"不应当"明"，是"明"的决不是真"善"；"恶"不应当"暗"，是"暗"的方算是大"恶"。杜威说："人性本是善的。你导他入善，就是善人；你导他入恶，就是恶人。所以必定用礼来拘束他。"和孔子说的"恭而无礼则劳，慎而无礼则葸，勇而无礼则乱，直而无礼则绞"那一节，意思正是相同。曾子所说的"远暴慢"和"远鄙倍"，消极的说远。所说的"近信"，是积极的说近。由此可见古人亦恶消极而喜积极。

习《语》——匋广师说："曾子将死一段，是说人的善恶，须'盖棺论定'。所以太甲先恶后善，和王莽先善后恶，我们不可以说太甲是恶，王莽是善。"雯把匋广师的话，用学理计算，似乎有些不合。虽则雯才陋学浅；对于这种学理，却曾研究过几回。所以把他用代数式，列在下边：

甲＝善 乙＝恶　丙＝非善非恶

故甲＝非乙　乙＝非甲　丙＝甲＋乙＝非甲＋非乙＝非甲加甲＝非乙＋乙

王莽＝甲＋非甲　太甲＝非乙＋乙

因甲＋非甲＝丙　非乙＋乙亦＝丙

故甲＋非甲＝非乙＋乙

故王莽＝太甲

所以雯的意思，一个人的善恶，决不能"盖棺论定"。他先善后恶，吾不可单举他的恶，也须提起他的善。他先恶后善，吾不可单举他的善，也须提起他的恶。因为雯知道这善和恶，是永久平等的，对待的。或纯善纯恶，或善恶与，必最后日，始能得其大小之和，与正负之差，盖棺是最后日，论定是结数。

三月五日，金曜，晴。

受课五。

阅《读子卮言》上，阅《佛学易解》。

三月六日，土曜，晴。

受课三。

偕朱君往北市购书。

著记事文一篇。

虎口余生

逃禅自述，雯记。

二次革命的时候，我家（逃禅自称，下仿此）住在制造局的近边。起初风声紧得很，都知道这战事是免不了的了。所以我们都到租界去避难。但是一时借不到房屋，暂寻旅馆歇足。在这个时候，用费很大，那南市也并不曾起战事；大家大着胆儿，仍旧回到家里，不道回家的那一夜，就起了战事了。那时要想再逃到外边去，四面早已都被南军团住。忍着恐慌暂在这战窝里过活。那枪炮的声音，何曾停过一回？（未完，有暇续终之。）

阅《印度哲学概论》。

三月七日，日曜，昼晴晚雨。夏正一月十七日。

往北市购书。

游半淞园。拟作记，无闲未就。

阅《中国哲学史大纲》。

三月八日，月曜，雨。

受课六。受《语》——儒佛伦理说之暗合。

$$\text{儒家}\left\{\begin{array}{l}\text{明德}\\ \text{亲氏}\end{array}\right\}\text{至/止于至善……觉行圆满}\left\{\begin{array}{l}\text{自觉}\\ \text{觉他}\end{array}\right\}\text{佛家}$$

孔子所称禹的好处，是“菲饮食”“恶衣服”“卑宫室”三件。这三件，和今日所称“人生必需”的那“衣”“食”“住”三件，正是相同。今日的人，那一个不想衣裳穿得好，东西吃得多，房室住得适意。这禹偏不是这样，所以孔子称他说："禹！吾无间然矣！"你们想：做到禹这样的人，容易不容易！

三月九日，火曜，雨。夏正一月十九日。

受课六。

阅《中国哲学史大纲》。这本书，是胡适之先生著的。先生的思想文章，我很是佩服。这本书，是他精心的杰作；所以我看了，越觉被他的魔力吸引住，就定了一个不把他看完不放手的主意。

但是他里边有几句，我看了有些不懂，后来问了一个住居上海的同学，他把原因细细儿告诉了我，我方才恍然大悟。今把这段书录在下边，兼加些"按语"（就当研究用的）。

> ……那些儒书，这里也是"子曰"，那里也是"子曰"，正如上海的陆稿荐，东也是，西也是，只不知那一家是真陆稿荐。……
>
> 我起初看了"陆稿荐"三字，心里想还是人名呢，还是地名呢，还是其他别的名字呢？一时不懂，后来拿他问陆君逃禅。他告诉我说："这是一个酱鸭店的名字，因为生意很好，人家也用这名字来开店，弄得东也是，西也是，人家不去辨别他谁是真的？谁是假的？所以弄得越开越多了。"我听了，方才知道这三个字的意思。
>
> 我想，我今天是在上海的人，尚是不能够知道；那别处的人，不知道要把他用作什么解释了？
>
> 我们读古书，往往有些专别名词不容易懂；就是有人来把他注解，差不多是各人各样的。正所谓"聚讼纷纷""难定孰是"。明清的有名人物，如那顾亭林、黄梨洲、高士奇等，都是日日夜夜的钻在他里边讨论。我想也何苦呢？
>
> 但是我们决不可怪这些人多事。因为做这句书的人，能够自己注明一句，就不致使人家不疑心；人家不疑心，那就用不着什么讨论了。这种功夫，再烦什么人去做呢？
>
> 所以我对于胡先生的这几句文章，有一点儿的不满意。我

望胡先生对于这种地方,细细的加些研究,或者竟用了我的意思的几句话,这是我很希望的。

还有一层:胡先生有时把梅兰芳用作引证,不知道是什么用意?梅兰芳,不过是个色艺俱全的演剧家。无论什么样,总配不上和那西洋改良风化的演剧家一样看待。或者先生是有“梅癖”的,那我就不敢再说。

阅《欧洲战役史论》。这本书,我在商务印书馆廉价部里买的。我去岁在他的书柜上买,他回答我说:“已经卖完了。”后来我去买了好几次,他总是回答我“已经卖完”。当下我心里就觉得有些疑惑,把《图书汇报》揭开来看,早已没有这本书的名字。大约他算把这本书无形的取销了。

这次被我买到了,我心里那么样的欢喜,自然不须说得。后来我看到他的末页,有二章启事,我就非常注意。这启事是:“《欧洲近世史论》《欧洲最近世史论》《欧洲现代史论》。先生既成《战役史论》第一编,发愿续著此三书。期以半年完成,次第出版。……《欧洲战役史论》第二编。先生续著本书第二编,现正搜集材料。全书结构,尚未大定。……大约三个月后,方能脱稿。……”我又揭他的版权页看,是:“中华民国三年十二月廿六日初版发行,中华民国四年十月十八日三版发行。”今年是中华民国九年了。中间已经隔去五六年,我并不曾看见有这四种书出现。这二章启事,难道竟是谎话吗?

所以我想,像商务印书馆这样可靠的商店,也会说谎;怪不得那些专卖什么“黑幕”等书的书店,专惯大言欺人了。虽则他并不是骗人家银钱,但是和他的名誉,有些妨碍。

梁任公先生,是中国的一个大文学家。我也要问他:“你做的四种书在那里?你这本《欧洲战役史论》,为何停止发行?”我知道他是没有回答的了。这本《欧洲战役史论》停止发行的原因,我是知道的。因为他书中所用的言论,在今天是不适用的。

读唐诗。

三月十日,水曜,雨。夏正一月二十日。

受课四。

阅《读子卮言》下。

做小说一篇。

一个可怜的少年

我在这篇小说里头,寓些规诫的意思。因为我起初要做这篇的时候,是要用他规诫一个同学的。后来仔细一想:将来效果虽则说不定有没有,恐怕又生出别事来,所以就作罢论。但是心里储了多时,到底有些儿舍不得。今天日记上没有许多事可记。所以就把他记出来了。雯记。

何民是他父母的独养儿子,年纪已经十七岁了。他在家里并不曾十分受过教育,所以他的思想,简实和人家没有一些儿相像。他所重的,只是"金钱主义"。他眼光里看人家,都看不上眼;倘使人家用"金钱"来诱他,他就愿甘上钓了。

后来他居然到社会里去做事情了。他是一个"风姿翩翩"的少年,所以那些浪游的子弟都喜和他相识。但是应当亲近的,他偏把他远着;不应当亲近的,他偏亲近得了不得。他不肯放手的,总是个"金钱主义"。

从我的眼光看来,他是一个很聪明的人儿,他为何这样呢?说来说去,总免不了"不曾十分受过教育"八个字。假使他能够好好儿的多受点教育,变换了他的主义,他将来的幸福,我们是"望尘莫及"。唉!一样是这个人,多受教育和少受教育的结果,竟有"天渊之隔"了!

我也和他攀谈了好几回,他总是"执迷不悟"。并且他我的意思,也是"冰炭难入"。好一个聪明的人儿,坐看他糟蹋坏,心里觉得老大不忍。唉!老天!老天!你为何偏要生这种缺陷呢?

从人家看来,他是一个浪游的子弟,很是不肖。从我的眼光看来,他是天地间一个最可怜的少年,最最聪明的少年。不过没有人“怜他”,没有人“觉他”;他就自己不能怜惜自己,自己不能觉悟自己了。

我说到这里,他将有“塌天大祸”来了。这桩祸事的起源,是他自己招来的。他的结果,我就不忍再说。不但不忍再说,并且不敢说——不能说——不应该说。……

这一来,我又多看破了一些儿世事了。

这篇里头所记的,有很深的寓意。不过我不便说明,待将来暑假里的日记上再说明便了。雯又记。

三月十一日,木曜,晴。

受课五。受《语》——儒佛相通。佛之“悲”“智”兼运,同于孔子之安“仁”。菩萨之“悲”“智”双修,同于颜子之不违“仁”,子路之求“仁”。(附注:“悲”=慈悲 “慧”=智慧)孔子所少言的“命”字的意义,和列子所说的“力”“命”相对待的“命”字的意义相同。“力”是“人治”的,“命”是“天行”的。但是单靠着“天行”,不去务“人治”,那么文化就没有进步。这孔子虽少言“命”,并非断绝不言,又为着什么呢?这是时代不同的缘故。因为春秋时代,远着战国时代不多。所以那些策士,正在萌芽时代。假使孔子不把“安命”二个字去教化他的弟子,保不住这三千弟子之中,一半也要变做策士。像苏秦、张仪般的连横政策,只图自己富贵的祸,也等不到战国时代了。这是孔子的一片救世苦心。吾们决不可因为人人“安命”,要阻文化进步的缘故,去说孔子不是。

习《语》。孔子之学,惟一“仁”字可以总括。但是老子有几句话说:“……失‘仁’而后‘义’,失‘义’而后‘礼’;‘礼’者忠信之薄,而乱之首。……”明明说‘仁’者无‘礼’,孔子则偏以‘礼’教人。今举一个最明的例:《秦伯篇》说:“恭而无‘礼’则劳,慎而无‘礼’则葸,勇而无‘礼’则乱,直而无‘礼’则绞。……”处处多讲“礼”,岂非与“仁”字大相背谬吗？《学而篇》说："主忠信。……"于此可见孔子也讲"忠信"的；而老子说，"……'礼'者忠信之薄。……"则明明"礼"与"忠信"是不相并立的。孔子又讲"仁"，又讲"忠信"，又讲"礼"，正是他的"自相矛盾。"又按，《史记》：孔子尝问"礼"于老子，则老子也讲起"礼"来了。这个道理，我实在不懂。

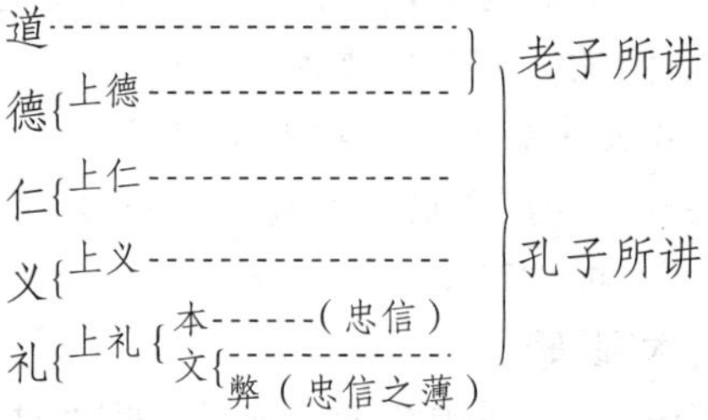

匃广师说：周礼在鲁，周礼指春秋而言；问礼老子，礼指柱下史而言。盖古亦名史为礼也。问史事非问礼制，故老子答之曰，其人与骨皆已朽矣。独其言在耳。

读杜子美七言律诗。

三月十二日，金曜，阴。夏正一月二十二日。

受课四。

得郁君祖伦书，余亦以书覆之。

阅《中国文学史参考书》。

读杜子美七言律诗。

三月十三日，土曜，晴。

赋七言律诗一首《赠逃禅》。

受课三。受文字——我们读做去声的字，国音都读做上声；我们读做上声的字，国音都读做去声；我们读做入声的字，有些国音读做平声。今把数目字为证：

我们平日读的：一八　二九　三十　四百　五千六万　七

用国音读的：一八　二九　三十　四百　五千　六万七

受《语》——现在的人，读了孔子的那句“温故而知新”的话，把“故”字误作“古”字解，就说孔子说的不是。不知道“故”字有过去的意思。譬如上半天做的事，到了下半天，就算“故的事实”了；这一秒钟里的思想，待过了这一秒钟，也就算“故的思想”了。照这个意思解释：是温习了“故的事实”和“故的思想”，并且还要知道“新的事实”和“新的思想”。所以“温故”和“知新”，是“并峙”的，而非“顺递”的。他们把他解释做：“温习了故的，方才能够知道新的。”那就成了大笑话了。

雯按：《仁学》《界说》有二例，可和此段互相发明：生近于新，灭近于逝；新与逝平等，故过去与未来平等。（《界说》十五）有过去，有未来，无现在，过去未来皆现在。（《界说》十六）“新”即等于孔子所说“知新”的“新”，“逝”即等于孔子所说“温故”的“故”；“故”即“过去”，“新”即“未来”。有“过去”，有“未来”，无“现在”；故有“新”，有“故”，而无“非新非故”。“过去”“未来”皆“现在”，故“新”“故”皆“非新非故”。过去的“新”，即是“故”；未来的“故”，即是“新”。“过去”与“未来”平等，故“新”与“故”亦平等。——故“温故”“知新”亦平等。

罗家伦《批评的研究》里边说：“……温故决不能知新。……”他是把孔子的话误解了。要晓得这温故和知新，是永久平等的，对峙的；决不能把他变做程序的，顺递的。（现在他误解他是程序的，顺递的；连意思都没有明白，那能够批评人家呢？这才是真真“无的放矢”。所以他的著作，吾们可以说他是有价值的吗？——自然是一无价值。）

偕朱、顾二君往北市购书。

读王摩诘五言律诗。

三月十四日，日曜，晴。夏正一月二十四日。

出外二次。上午到老马路里表侄居君以义那里，托他代修一只表。下午和朱君志贤往北市买了几本书，又到城隍庙里买了些东西。

阅《少年中国》。

续著记事文一篇。

虎口余生(续一)

逃禅自述,雯记。

今夜没有事,故把他续完。在这战窝中住了几天,那一天不是"提心吊胆"。有一天,有许多兵士埋伏在我们屋里,向南军放枪。又过了几天,有一个兵士常常到我们那里来;我们是急急的要想逃出去,就问他有机会没有?他很是仁厚的回答我们道:"有了机会,我再来告诉你们罢。"又过了几天,我们等得不耐烦了。就向他说:"我们米也没有吃了,请你千万替我们想个出去的法儿。"他应了一声,就出去了;不到一刻不知他在那里拿了一袋米来,嘴里向我们说:"你们吃完了这些,再讲罢。"我们就此也不敢再说。实在我们的米,并不曾吃完。因为要他替我们想出一个逃走的法儿,不得不如此说,那知他就认真了。他送来的这袋米,大约是……的——又有一天,他急急的跑到我们那里来,说:"今天你们可以出去了。此刻南军已退,我们这里都要埋地雷。你们倘使不走,也可不能够。"那时我们急急忙忙的整理东西,锁好了门,就跟着他出去了。(仍未完,有暇再终之。)

三月十五日,月曜,晴。

受课六。受《语》——现在有许多学生,在他的札记里头,批评孔子说的话,说得不好。这是他不明白批评的设施的缘故。所以要批评,先要知道左边的二个设则:用得着批评和用不着批评。能够批评和不能够批评。这两个举例明白了,那么可以说批评了。但是批评不如研究(研究而后批评);先有批评之力,而后能够批评一切。

《札记》记法的派别如下:

派别
- 从师说者
  - 叙述的—（原有式）
  - 阐发的—（引绪式）
  - 修正的—（纵合入式）
- 不从师说者
  - 制造的=（并行式）
  - 攻击的=（相背式）

不当的　当的

释刊	当的	分数在五十分以	上	至	少	五十分
	不当的		下		多	

阅《新的小说》。这本书的里头，一共有十五篇小说。惟梅魂译的那篇《边厢》，还可以看看。其余诸篇，俱“等诸自郐”罢了。

阅《东游挥汗录》。

做小说一篇。

一个可怜的少年（续）

他的脾气，弄得一天不似一天了。有一天我去拜望他，他却不在；我在他的枱上瞧见一张纸儿，我拿他起来一看，原来是他情人给他的信。

信中的话，我已经忘记了一大半。记得有几句，是什么“□不是无情的。……礼拜六的约不可忘记。……你如不理我，我也没有法儿。……”

礼拜六到了，我又去瞧他，他果真赴他情人的约去了。我就没兴的回来，在路上想：“他二个人，不是在那里发痴吗？”后来有许多朋友告诉我说：“他情人，曾送过他牙的图章一对，金的戒指一只；又同他在大陆旅馆里住了七夜，天天逛游戏场；看戏喝酒，是不必说了。他情人为了他，已经费去钞儿不少，他也居然‘承受不辞’。你想好笑不好笑？”

我听了这几句话，就叹了一口气说：“这个人是没有救的了！”

以后的事，我又不知道了。但是有句话，我要说明：“他情人,是个男子,并不是女子!”——这事奇怪不奇怪!

后来的事,并没有到。过几天,我再做一篇。我不是多事,因为要做成一篇写实小说,是使人家知道世界上有这种怪事。倘使有人说我“说谎”,我敢在他面前立个“誓”。

三月十六日,火曜,晴。夏正一月二十六日。

做白话文一篇。

我的“独身主义”

一个人有一个人的性格,你我都不可调和。所以他们的“主义”,也是互相不可侵犯。为什么呢?因为凡是人类,都有一种特殳的感觉。这种感觉,是从他的境遇不同发生的。因为境遇决不有相同,所以他的感觉也决不有相同,他的“主义”也决不有相同。这都是一定的道理。

我脑筋里发生这个“独身主义”以来,不知道已经有多少年月了。“天”“人”日夜鏖战,总是不能表决。近来看些专讲“悲欢离合”的小说,心里就生了一种说不出的理想。这种理想的结果,就使我这“独身主义”永久成立。

这“独身主义”成立的原因,可分二层说明。但是都属于理想的,并不是实验的。所以从那般已经实验的人看来,里边的谬误,一定很多。照我的意思想来,这主义幸亏是理想的。倘然不是理想的,这主义也早已打销了好久了。

(一) 形式的(即境遇的)我是世界上一个最伶仃的人,是不容讳说。倘然境遇好,那还可以说。又加上了境遇穷困,形式上早已受了许多痛苦。这痛苦的痕迹,永永的深陷在脑筋里,何尝忘记一刻?所以将来的事,不是有个欢喜共同生活的人帮助我,决不能享有家庭的幸福。但是从我眼光看来:世界上的女子,那一个能够除去这“奴隶性”和“主人性”见注一!这性一朝不除,就是男女永久不能平等,就是男女永久不能共同生活。所以我的希望,早已一些儿没有。从形式上讲,我持这个主义,是应该的。

（二）精神的（即感觉的）因为以上的许多原因，我的思想，不知道已经变了许多次数。但是有些说不出口的衷曲，只好撇开不说。我的性格，很是高傲。有一点儿被我看不上眼，我就不愿意和他交代。（这是我一生的一个大毛病儿。）所以无论什么样，世界上决不有一个和我性格相同的人在那里。倘使我莽从的做了，精神上岂不要受一番大攻击吗？但是我宁使断绝爱情，绝不愿使精神上受外界的攻击。并且不止这样。我觉得这“室家之乐”，毫无生趣。远不如和一二同志，闲坐清谈，却还可以“延年益寿”。或者竟遁迹山林，半工半读，也可遣此下半世光阴。那时精神上方才能够免除痛苦。我要持这个主义的原因，不知道有多少？上面记的，不过狠小的一部分。有许多，我实在说不出口，只好“存之于心”。但是再有一个很大的大原因，就是不能“自由订婚”。

有人驳我说：“倘使人家都像你持‘独身主义’，那时人类岂不要绝种吗？”我也照样回答他说：“倘使人人都不持‘独身主义’，那时世界上人类也要住不下了。”

所以吾说的“人的感觉”，决不有相同；那“主义”也决不有相同的。这几句话，是永久成立的。因为有人喜欢“独身主义”，就不至使世界上的人类住不下；有人不喜欢“独身主义”，就不至使人类绝种。这两种人，是并行的；不是相背的，也不是一路的。互相不干涉你我的主义，也用不着联合一气。照这样也可以成就一个“大同世界”。

我说了这一长篇的话，一定有人要笑我。但是我也有一些话，可以回对他。就是“思想自由”“人的主义，不容第二者干涉”“精神独立”这几句话。想来也可塞住他们的嘴了。

注（一）“主人性”这个名词，是我杜撰的。因为我想既经有了“奴隶性”，必定再有一种和他相反的性。这种相反的性，岂不是就是做主人的性吗？所以我定了这个名词。倘使女子果真解

放了，必定要把男子当做奴隶看待。女子本来有的，是“奴隶性”；这一来，就变做“主人性”了。所以我说前边的几句话。

得郁君祖伦书。

正璧学兄台鉴：

启者，弟生平寡交，交必知己者。足下其我知己者也。顾目高小分别以来，未得面晤，即通信，亦偶然。耿耿于此者，久矣。今偶念及之，憾恨之心益烈，不得不详修一书，聊作畅谈矣。弟家计窘迫，固足下所熟知，不必隐讳。然窃念不以境迁，不为遇困，君子所贵也。弟虽愚鲁，亦心志之。故家严令入甲组，弟必改进乙组。家严之意，以为国文精了，无患无用。教授初高，敷衍一身，未为不可。弟却以为，教书饭难吃，不如入了电报邮政，还可安逸一些，故决计改入乙组。虽师范程度浅薄，然加以功夫，不患不成。现在本校英文每星期六课，弟欲朝斯夕斯，一惟英文是求。校中他科，只求及格，不再想做第一。足下以为然否？贵校英文钟点每星期若干，可一示否？钱君永福已交好如常，甚善。余言后述。

此请近安

弟祖伦谨上 三月十五日

受课六。受许——《说文解字》部首第三。

三月十七日,水曜,晴。　受课三。

国桢侄来,余偕往北市闲游,还至邑庙别。侄因疯疾来申,今日来访余。临别,余嘱其礼拜六下午,再来访余。

做白话诗一首。

送犹子国桢

什么叫做“天涯海角”?
什么叫做“生离死别”?
“天涯”我们没有本事去,
“地角”也不过在这地球上边。
我们在天地的中间,
来往都可“自由”。
有什么是叫“天涯”?
有什么叫他做“地角”呢?
凡是人类,
都是我的父子兄弟。
离了这块儿的,
再可和那块儿的相叙——相亲。
“生离”——“生离”,
问你和那个人“生离”呢?
我和你都是青年,
你叫我“叔父”,
我不过比你大着两岁。
这界限应当早早破除,
才是世界上的正理!
凡是青年,
都是我们的“弟兄姊妹”。
比我长的,
都是我们的“诸姑伯叔”。

假使他们在襁褓里头，
我们应该把他做“侄子”看待。
“弟兄姊妹”“诸姑伯叔”“侄子”，
决没有一天里死亡干净；
问你去和什么“死别”？
什么叫做“天涯地角”？
什么叫做“生离死别”？
这种没有道理的话，
我们应该早早的谢绝了咧！
我今天希望你的：
你好似黄海里的波涛，
日夜和风雨交战；
无论什么样，
你不要失脚半步。
“努力”——“努力”，
你现在正在和他“酣战”啊！

做小说一篇。

万恶的“资本家”

去年的春里，苏常、沪海两道里的附属田地，都遭了水荒。那些可怜的农夫，都知道今年的收成，是没有好希望了。有的都往县里报荒，有的当当头卖家伙预备将来还租钱。最后的结果，县里开恩，许折扣纳粮——他不曾知道田地是“资本家”的啊——这事就算过去了。

我的家里的南邻，是镇上有名的富绅。他家有二千多亩田。听得今年收租米比去年收得更多。他在县里完粮，是七五扣。

咳！这是什么一回事？

这家是姓吴，这二千多亩田，已经传了好几代了。现在的主人，听说也是本校里的毕业生。

我寒假里在家里住了二十多天，那一天不像在地狱里一样？对于这件事，精神上却受了一番大刺击。唉！我愿生生世世，再不要向这旧社会里去求生活。——因为万恶的“资本家”，他没有一天，不是垄断在这里头。

三月十八日，木曜，雨。

阅《论中国学术思想变迁之大势》（《饮冰室全集之一》凡二本）。

受课四。匊广师把《音韵阐微》分给我们，教我们填注音字母。

读唐诗。

三月十九日，金曜，雨。夏正一月二十九日。

受课五。

阅《清慈禧太后画像记》。国桢侄来，余送至老马路居君以义处即归校。他和居君是表弟兄，所以我送他到那里住一夜。明天他要回到黄渡去了。他要回到黄渡去的原因，我说不出口，只好不说。这事就是叫做“家事难言”。

做白话诗一首。

再送国桢

细雨蒙蒙，
正是我送你的时候——
不管什么叫做雨儿风儿？
都不怕，
赶紧走罢！
今年今日今时，
我才知你和我都是个可怜可悯的人。
为什么？
世界上除你我以外，
再没有个人像我们没靠的了！
唉！你也这样！
我也这样！

我和你将来的地步，
不知道究竟怎样？
我想起你堕地的时候——
曾祖父母那样欢喜。
祖父母也那样欢喜。
活宝似的看待。
到了今日，
“前情似水”，
已随着流过的水去了。
我都不怪；
不过这万恶的旧社会，
我决不肯饶他。
学生意——学生意！
这种做奴隶的事；
一天不打破，
我和你总没有希望。
倘不是这样，
我和你——安有今天的这样！
罢！罢！罢！
面前都是黑暗的路，
教我们那么样走？
拼命的去，
到那样儿；就那样儿罢！

续著记事文一篇。

虎口余生(续二)

逃禅自述，雯记。

我们出了门，向沪杭车站走去，早有一队兵护着吾们。送了一阵，他们停着。又换一队来送，彼此替换，不知有多少次数。

到了车站，乘火车到杭州，就住在我的大哥的家里。

这个时候，我在西湖上着实好好儿的游玩了一番。我曾做过一篇《游西湖记》，有便可以给你看。

后来听得南军败回去了，我们就回上海。家里的东西，早给许多兵士拿去。我们去向他们讨，他们都不肯还；倘使你硬一句，他就要不客气了。

三月二十日，土曜，阴。

受课二。受文字——

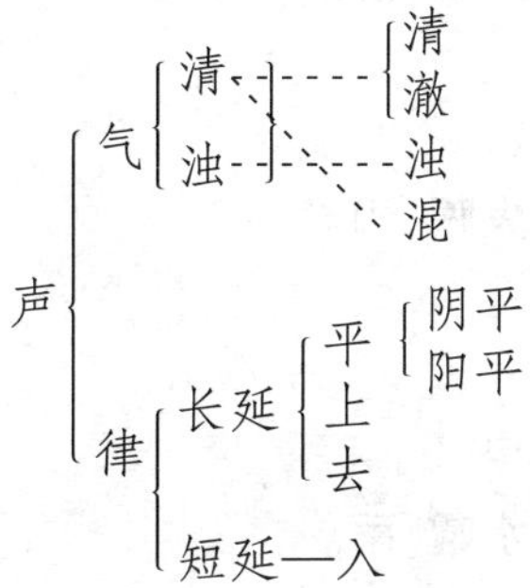

偕朱君往北市购书。

夜赴青年会听陈独秀先生演说。今年是青年会的二十五周纪念，并且征求会员，在今晚八时闭幕。所以今天晚上，开一个结束大会。我们到那边的宗旨，是要听陈独秀先生的演说。所以吃了夜饭，就发脚了。

到了那边，已经八点半。过了一刻钟，主席聂云台君报告今夜开会的原因。又请骆维廉君引导唱《爱国歌》，再由滑稽家童星门先生演讲《武化运动是什么？》。那郝春圃君的钢琴独奏，和鼻唱毕辉博士的唱歌，也都悠扬可听。

以上的事过了，那陈独秀先生方绕出来演讲。先生的话，我一句也听不懂。下面记的，是在报上钞下的。

词甚长，待后日再录。

陈先生讲罢以后，就开演影戏，演的是欧战里的事情。影戏演罢，再由王正廷君报告各队成绩，成人部飞行队是第一，得九千多分；童子部中军队第一，得一千四百多分。此次出征，一共得四万六千多分。报告罢，众皆拍手。遂由曹雪赓君致谢词，乃闭幕。

我们回到校里，已经十二点钟了。

三月二十一日，日曜，阴。

出外二次。

三月二十二日，月曜，阴。

受课六。

阅《燕子笺传奇》。

三月二十三日，火曜，雨。

受课六。

出外一次。

阅《述学内篇》。

三月二十四日，水曜，雨。

受课四。

出外一次。

阅《大中华杂志》。

三月二十五日，木曜，雨。

受课六。

做白话文一篇。

从此以后，我决不再谈国事了！

吾的上一卷日记上，不是有几篇读报卮言吗？从我今天看来，却一点价值没有。不过在当时做的时候，也曾当他一桩事情做。所以吾今天也不能一概抹杀。但是价值虽则没有，在吾个人的文艺上，却有很大的关系。为什么呢？吾在这一九一九年九月以前，并不曾知道有什么叫做新文学。后来也居然知道了一二;但是并不十分认真去随着他做。所以一二个月的当中,并不曾见得进步。然而到了今天,居然也会胡诌几篇。这种后果,我就永永不能忘却做这读报卮言一番的好处。因为做这几篇的宗旨,是在练习文艺的,并不是文学的。文艺好了,然后文学也会进步。所以我说做这几篇读报卮言的起因,等于替我的新文学下种子。那么吾什么样可以一概抹杀呢?

我今年也觉悟了许多了,所以定了个主意是:从此以后,决不再谈国事。但是报纸上边所记的,那一件不含有政治气味。所以要不谈国事,自然这读报卮言不能再做下去。——倘使仍要练习文艺,可以做别种文字。

我不谈国事的原因,也有二层:一层是狭义的,一层是广义的。狭义的就是国家观察,广义的就是世界观察。

(一) 国家观察　现在我中华民国,简实不能叫他国家。但是从历史上看,还可以叫得过去。我说的简实不能叫他做国家,是就现在说的。这一层狠应当辨明。我近来看报,差不多没有一件可以称得是光明的事,就是什么八省同盟成立,什么破坏八省同盟,什么四省连盟,什么二李战争,什么允许直接交涉,什么陕省又有战事,什么山西的军国民主教育成绩很好,什么解散浙江省立第一师范学校,以上的许多事,我一句也插不下嘴去说半句。但是报纸上边所记的,除了以上的许多事外,也没有一桩事有谈话的价值。所以我宁愿不说。

(二) 世界观察　从现在看来,这国际连盟永远不能成立。虽则这国际连盟成立了,也不见得是能够真真和平。然而也可见世界上的事,不容易做得到。所以我替这列宁也很是担忧。假使列宁也失败了,那是人类的幸福也可说是从此没有的了。近来有许多事,我很是惊心的:什么美国取销和约,什么德王要再复辟,什么各国阻止过激主义的传布,什么封锁俄罗斯劳农政府,什么南美战争,什么墨西哥人民专劫美人勒赎,什么美国专捉 Red,什么英日继续同盟,世界上有这许多事,我敢说是世界的退化。那欧洲战争,不久要变做世界大战争。这是我预料得住的。

从我上边的许多话看来,我的不谈国事,是迫于形式的,不是迫于精神的。要讲形式,就要费精神。精神并非不可费。然而要费在有用的地方,不要费在无用的地方。谈国事,不是也要费精神吗?这种精神费得有用,还是没用?我们大概也可知道。也不用再饶舌。所以我从此以后,我决不再误国事了。

三月二十六日,金曜,雨。

受课四。

正英兄来访即别。兄自黄渡来,云:"祖母命余,清明归时,可与兄俱。"余约以旧历本月十五日下午乘汽车回。

三月二十七日,土曜,阴。

受课三。

出外一次。

夜往寰球中国学生会听戏剧家宋春舫君演说。君为北京大学教员。新自外洋考察戏剧归,故在此演说。说毕,乃演影戏,及归,已十一点半钟矣。

三月二十八日,日曜,阴。

出外二次。上午偕朱君往北市购书,兼访夏君清祺、清洋。下午偕朱、顾二君游半淞园。近日时疫甚盛(即脑脊疫),民立中学已毙学生二人,故已停课。本校与彼附近,故亦大起恐慌云。整理杂物,拟明日归。

三月二十九日,月曜,晴。

受课五。

出外一次。

致正英兄书。告以余于明日先归。

三月三十日，火曜，阴。

回家。朱君志贤，龚君宝忠，亦于今日归，故同乘汽船。抵家，祖母无恙，乃大喜。

三月三十一日，水曜，雨。

在家。

雯　乘

四月一日，木曜，雨。

在家。

四月二日，金曜，雨。

在家。

阅《淞滨琐话》《夜雨秋灯录》。

四月三日，土曜，晴。

在家。

赋七绝四首。

清明即事（四绝）

凄风凄雨恼人愁，何事凭轩涕泗流。早悟空昙君莫笑，白云处处是琼楼。

丝丝飞絮满江城，花里杜鹃夹岸鸣。我欲悼春春未暮，不如归去又摧声。

昔日听莺柳未青，今朝试马柳边停。流莺有恨缘离别，野水无言自落萍。

梁间燕子语呢喃，员外飘茵送客帆。为恨相随流水去，临风洒泪湿青衫。

得逃禅君书。

正璧吾兄：

别后已经五天了，想您起居一定很好。现在的时症也渐渐的退去，校里头也没有传到。吾们何等快乐，何等侥幸！不过本级里的同学因为这个原因，回家去的共有十六人；比了别级；要算最多。所以有几位先生，狠不赞成；说加上我们一个头衔，叫做"豫科老大"。我听见了，狠不舒服。所以望您早早的出来，免得再被几位先生骂！

胡适之的《尝试集》，已经出版了。到亚东图书馆里去买，要大洋三角。前天学校里头买，只要小洋三角七十文。比了到店里去买，便宜得不少。吾想您这本书一定要的，所以吾已经替您买了一本。您几时可以到校，望您写一封信给吾。

九·四·三·晨　逃禅

至沈家浜扫墓。

四月四日，日曜，雨。

阅《古今说部丛书》。

四月五日，月曜，晴。

至安亭扫墓午后归。

得正英兄片。略云："兄于明晨来黄。……"

阅《西湖游览指南》《湖山便览》。

做白话文一篇。

"老大的豫科"，还是"少壮的豫科"？

凡是一种名词，必定要有个和他相对的。譬如有了"消极"，就有"积极"；有了"形式"，就有"精神"；有了"过去"，就有"未来"。所以我说：有了"老大的豫科"，必定再有"少壮的豫科"。

古诗说：少壮不努力，老大徒伤悲。梁任公先生说：有了"老大的中国"，必定还有"少年中国"。这是可以表明"老大"的相对，就是少壮——少年。我以为不如用"少壮"的好。因为"老"和"少"、"大"和"壮"，都是相对的。

"老大的豫科"是什么？他们说："因为春假未放以前，回家的人数，比较别级最多。"吾以为回家人数最多，正是"少壮豫科"的气象，并不是"老大豫科"的气象。他的原因我在后边说明。

我暂说真真“老大的豫科”是什么?

要知道“老大的豫科”是什么,必定先要明白这“老大”二字的意义是什么?(注一)年纪多,叫做“老大”。思想旧,也叫做“老大”。没有游嬉心,也没有前进心,也叫做“老大”。豫科里的学生,年纪比较别级最大,读的书都是讲仁讲义,整日的不出自习室半步,也没有远大的志愿。这样的豫科,方才是“老大的豫科”。现在我们的豫科,难道也是这样吗?

“少壮的豫科”是什么?也要明白这“少壮”二字的意义是什么。(注一)青年时代,是少“壮”。思想新,也是“少壮”。游嬉心很重,争名的心也很重——要名就可促进他的志向。——也算是“少壮”。现在我们的豫科,正是这样的。和上边所说“老大的豫科”,却是个反比例。

本级的同学年纪最小的,是十三岁。这是本校开办以来,不曾有过的。这不是“少壮的豫科”的第一现象?

本校里别级授的,都是死文学。从本级起,一例改做新文学。死文学的思想,自然是旧。新文学的思想,自然是新。我们的思想并不是旧的。所以就可以拿他当“少壮的豫科”第二现象。

回家的人多,正是我们游嬉心重的表现。这是“少壮的豫科”第三现象。

本校里的大考出榜,榜中从来没有每级学业甲等的人在十人以上。我们去年考试,竟有甲等二十人。也曾被几位先生妒嫉过。(注二)我们没有争名心,也能到这样吗?这是“少壮的豫科”第四现象。

照这样看来,我们是“老大的豫科”不是?我敢断一句:以前的豫科,都是“老大的豫科”;我们的豫科,是真真“少壮的豫科”。

有人说:您自己也早回家,被先生也骂在里头,所以做这篇文章出出气。我也不便回答,请他看我这篇文章的理说得对不对，就可以见得了。

注一 这“少壮”和“老大”是指人说的。倘使指别的东西，我解释的意义，就不对了。

注二 有位先生说：你们甲等虽然多，但是靠不住的。吾想：几位先生所记的分数，想来替我们都多加一等，所以这样；或者是结分时，都结差的。哈哈！正是笑话！

四月六日，火曜，晴。

到校。在火车里头，逢着赵君怀璧，他是在民立中学肄业的。多时不见，一旦相逢，心里觉得很欢喜。到校时，已经一点钟了。

往北市购书。

四月七日，水曜，晴。

受课二。

禀祖母片。告在路平安。

出外一次。

四月八日，木曜，晴。

偕逃禅游龙华。午后，和逃禅到龙华去游玩。因为今天天气很好，风也不十分大。倘使再不出去赏览，要辜负这狠好的春光了。所以和逃禅出去走走。但是又因为龙华我平生没有到过。

去时是从制造局走的，逃禅指我看，他八年前所住的地方；又有一所破屋，他说还是二次革命时击破的，到今还没有造。（见注一）过了制造局，就依铁道走。那西炮台试验新炮的声音很大，我险些吓出几身汗来。那野田里演操的一队兵士，天神似的在里练习走。走了六七里路了，两傍的桃花，一段多一段。多开得美女似的，迎着我们笑，我们险被他迷惑得流连不忍走了。不多一歇，龙华到了。那庙里有许多兵士住着，所以不能进去。那只塔也已经塌得不成样子，我们只走了二层，就不敢再上去了。下了塔，就从别道走回。那条路，是行汽车的，所以狠阔。两傍也种了许多桃花，比较方才看见的，还要大，还要肥，还要开得足。所以我笑着对逃禅说：“我们也可以算游桃花源了。”逃禅点点头，笑着不语。

有一个女郎，坐在草地上，用画器在那里画图。那女郎年纪很轻，身上穿着很朴实的衣裳。一头望，一头画。我们看她画了一歇。我立得不耐烦了，就催逃禅说：“走罢！”我们就别着她走了。渡了一顶桥，沿着河走。两边多是杂树，那旁着河一面的，稍为肥大。这一条路很长，我们走得很觉吃力。到了斜桥，又到公共体育场去逛了一回。回到校里，已是五下钟了。

四月九日，金曜，晴。

受课三。

四月十日，土曜，晴。

受课三。

邵力子先生莅新学社演讲。先生是《民国日报》的《觉悟》编辑者。今天他讲的题目是《现代思潮的批评》。开学生分会全体大会。议决下星期三起罢课，其惟一目的为“推翻北政府”。

四月十一日，日曜，雨。

出外一次。今天曾到过正英兄那边。

四月十二日，月曜，晴。

受课六。

四月十三日，火曜，晴。

受课六。

四月十四日，水曜，晴。

今天起实行罢课。

四月十五日，木曜，雨。

出外演讲。

四月十六日，金曜，阴。

出外演讲。

四月十七日，土曜，晴。

覆郁君祖伦书。信中的大意，是说：我以后求学，改变方针，也要专修英文了。

出外演讲。

四月十八日，日曜，晴。

叶楚伧先生莅新学社演讲。先生是《民国日报》的主笔。今天讲的题目是《学生自治》。

四月十九日，月曜，雨。

出外演讲。

四月二十日，火曜，晴。

出外演讲。

偕朱君游龙华。

四月二十一日，水曜，晴。

出外演讲。

四月二十二日，木曜，阴。

本校演讲员在制造局被军士所殴，全体出发要求惩办殴学生之兵士。在那边演讲，无非为着运动罢工。这天工人厅的很多，他们居然也会拍掌赞成。那些可怕的军士，就有些不难烦了。起初他们来赶逐，后来就动手打。至于真的打伤不打伤，我没有明了，不过我知道一定不会没有的。

后来我们都知道了，就忿忿的要去拼命。这次去的约有五十多人，我也在里边。到那边的时候，已经六下钟。就和军士讲："你们为什么要禁止我们演讲?"有一个军官，很和善的对吾们讲："你们爱国，我们岂有不赞成的？我们都是山东人，祖宗坟墓都在那里；一旦被日本拿去，岂有不伤心的？所以我们也都想动手，但是这上官的命令，违了就要枪毙的呀。至于打学生的兵士，他们不曾知道你们这种举动的目的，所以就误会了。你们这样请求，我们惩办他就是了。"我听了，立着不动，他们都拥进里边去了，我很替他们着急。远远的向外边望，并没有别处来帮忙。到了将近七点钟，那商业学校的学生来了，我就把一块石头放下。

有一个兵士,拿着枪在门口吓人。被那军官瞧见了,就把他打了一记耳光,说:“滚蛋罢。”那兵士就垂头丧气的进去了。

后来全校的学生都来了——因为他们听得我们五十多人也被兵士捉去,所以来的,倘使不是误传,他们决不会来的——还和着中华职业学校的学生。于是里边的学生也出来和着一气。大家回向城内游行,运动明天罢市。那工人也觉悟了,他们走在吾们的前面,一路帮着吾们运动明天罢市。

回到校里,已经十二下钟了。我肚子里在那里辘辘的叫,方才知道我今天没有吃过晚饭。

四月二十三日,金曜。

全体学生至制造局阻止工人上工,并阻止电车驶行。今天二时起身,三时半喝粥,四时出发。到了电车公司门前,就分出五十多人,去阻电车。我们到制造局时,那兵士已经蜘网般的密布在那里了。远远里挡着我们不准前进。我们四面去阻止工人上工,但是义路很多,挡了这边,他们可以打那边走;挡了那边,他们可以打这边走。所以依旧和没有挡一样。但是那些工头,都是已经觉悟的。所以凡是包工,一例不上工。依旧和昨夜一样,到城厢内外去大游行——强迫罢市。以上的事,居然都做到了。我们也就陆续的回校了。

四月二十四日,土曜,雨。

今日本埠戒严,巡警大殴学生。今天本来要二下钟起身,到制造局去运动继续罢工的。因为下雨,就停止了。我们冒雨到尚文门外去阻止电车。约来已经阻还了七八辆,眼看将要成功,不道横里生出一桩很悲惨的事来。务本女校的学生,今天也冒雨出来演讲。在黄家阙路的时候,巡警走过来干涉,把手里的传单都抢了去。又把贾观晴女士打了二下耳光。当时她们跑来告诉我们。我们听了,都勃然大怒。都要去和他拼个你死我活。于是都跟她们到那里。那巡警看见势头不好,就拿起警笛乱吹。本校的同学龚步高君,用力将他抢下,拥着他到警察局去讲理。这一去,就着下了大祸了。

到了警察局，大家都要拥进去。但是有许多巡警挡在那里，怎的能够进去？我立在最前的一排，被他们拥得脚不站地。后来局长出来了，叫我们举代表进去说。于是我们推了四个代表——二男二女——跟他进去。

在这个当儿，那巡警请我们让一条出入的路。我们岂有不答应的。等时就让了二人可并走一条路。我们立在外边听好消息，不道后面皮鞋的声音，一阵一阵的近前来。我道总是那别处来的警察，来助助威罢了，就让他们进去。咳！你道究竟什么样？他们到了我们许多人的中间，有一个警长似的人，提起鞭子说"打"，他们就把我们向两边推，口里也说"打……打……"。我起初以为还是威吓威吓罢了，不道他们竟然提起铁枪，向我们乱打。我看见风色不好，也跟着许多人逃。我想，逃了一段，决不会再追。不道后边皮鞋声音又来了。当时就着了一个慌，那只脚一时也移不快，不知跌着了什么就跌到地上。那时背上早已着了一鞭，立起来要想再逃时，我们许多人早已也一个都不见，那恶狠狠的巡警，又把我打了一枪柄。我向前再跑时，一个巡警又迎面而来——是赶了我们许多人去而还来的——提起枪又向着我头上打。我早已吓得手足失措，就哎哟说声"不好"。却奇怪，那枪并不曾打下。我抬起头看时，原来那巡警的帽子，被风吹落。他只顾拾帽子，就忘记了打我了。

当时我吓得只管逃，转了一个湾，方才看见有几个女学生躲在那里。她们七张八嘴的在那里讨论善后方法。我又向前走，觉得身上很不舒服，俯下头看时，原来身上的衣服，湿得像一件油光光的雨衣了。猛不防向自己手上一看，又吃了一惊：手背上流着许多的血，不知从那儿来的。可伤了要害没有？仔细看时，原来手背上擦去了一些皮，想是跌在地上时在石上擦去的。并不什么要紧，放心的只管向前走。忽然逢着了本校同学姚君宏功从后边来，当时我是一个孤零零的，有了伴，心里觉得那么样的欢喜，把痛苦多抛到九霄云外去了。就向他说："姚君！你方才被他们打着了没有？"他神气很懊丧的回答我说:“我腰里被他们打了二下,此刻还觉着痛,请你替我看了看,破了皮没有?”我果真撩起他衣服看,说:“还好,皮没有破,不过已变做红色。伤总算是伤;内伤,我说一定不会有的。”偶然瞧到他腕上,看见也是满腕的血,在那里流下来。我就说:“姚君!这是什么?”他也俯下头看时,就很惊骇的说道:“啊哟!不好了!腕上被他打破了。”我说:“略也不妨事的,请你安心些罢。但是吾们此刻应该到那儿去?”这一句话,就提醒了姚君。他说:“呀!吾们只管谈个人的事,把大事忘记了。我想,我们到东亚体育学校去报信罢!或者他们一定能够替吾们报仇。”吾们就一同向前走。那天上的雨一阵大一阵,像是替吾们狠伤心的。吾走在这凄风苦雨里,这身子几乎要把不住了。

本来吾们要到东亚体育学校里去的,因为一着急,就走差了。再换路走时,那些方才在校里未出来的同学,多陆续的在那儿来。吾们就和他们走在一起。他们说是要到警察局去挨打的。我说:“这个滋味,我已经尝过了。方才人数比现在多了,还被他们打得似落花流水。不要再枉牺牲罢!”他们说:“是的,但是我们到那儿看风色行事罢!”正说时,后面皮鞋声又来了。我是吓怕过的,心里说,又要受打了。但是来的是制造局里的狠和善的兵士,并不是那打人不眨眼的警察。我想这可怕的景象,我说少受些罢。当时就回校了。后来听得说,他们第二次去的又遭打。又有在西门阻电车的,也打得不知什么似的。晚上调查,本校里受伤的,约有四五十人。吴君开先要算最重。今天本来要开国民大会的。北市的各团体,一时没有知道吾们被打的事情。饭后,他们都陆续来了。到了公共体育场,那巡警和兵士早已围得水漏不通。有几个在那儿高声的说:“你们不怕打,尽管到这儿来;你们要枪毙,尽管到场里去。”他们也以为不过威吓威吓罢了。就只管向前走,不道也被他们(指巡警)打得似头破脚坏了。

开学生分会。议表示退步,就议决“至五月十日为止,如工商界没有什么表示,我们就上课”。

四月二十五日，日曜，雨。

到上海医院治伤。昨天被打之后，身上并不觉什么。到了睡觉的时候，方才觉得肩上有些痛。脱开衣裳看时，肩上肿得比平时粗了半倍。今天的早上，腰里也觉着有些痛。所以就到上海医院里去看，医费都是学生总会里出的。这医院里的医生，对于受伤的学生，却非常的优待。这是我很感激的啊！

四月二十六日，月曜，晴。

到上海医院。今天是去探望吴君开先的。

正英兄来即别。正英兄知道前天的事情，命我还家。我说："过了二天再定。"当时谈了一会别的话，就分别了。

和水君康民至北市购书。今天买了几本英文书。

四月二十七日，火曜，晴。

到上海医院。同昨天一样。

四月二十八日，水曜，晴。

接祖母书。祖母也知道了前天的事情，所以命我回家。

回家。水君康民也是今天回家，他是外冈人，所以从南翔下车的。回到家里，看见祖母很康健，这是我第一件心事，就放下了。

四月二十九日，木曜。

阅英文《天方夜谭》。

四月三十日，金曜。

阅 *The three nights and little snowdays*。此种书和吾国童话差不多，所以狠有兴味。

五月一日，土曜，晴。阴历三月十三日。

阅《侠隐记》。这本书是胡适之先生介绍吾们看的（见《短篇小说》第一集附录）。我起初看了不见得十分好，这次是第二次看了，果然觉得比别人不同。

阅报（《新申报》）。

五月二日，日曜，晴。

阅《续侠隐记》。

阅《大中华》——吴贯因著的《读经与尊孔》。这篇的大意，是说尊孔一定要的，读经可以不必。因为孔子的学说，在当时引用，吾们有应当崇拜的地方；但是现在行不通了，所以可以不必读。……雯按：读经不必读，我是很赞成的；但是一定要尊孔，觉着有些带着偶像观，我就有些不赞成了。照我的意思，读经一定要尊孔，尊孔一定要读经。因为读经的人，倘使不尊孔，读他做甚？尊孔的人不读经，怎的能够知道为什么要尊孔？两者是顺递的，不是并峙的。不知道对不对？

阅《心史丛刊》。

阅报（《新申报》）。吾恐怕昨天是劳动纪念，上海一定要生出事来，所以急急的要看报。但是没有什么，不过开会是不曾开成的。

接校中片。一片官话！

昨奉教育厅布告于一星期内上课，本校现在定于五月三日上课，万难再迟，务望即速来校为要。特此通告。五月一日。

接陆君廷抡书。

正璧我兄：

别后念甚，谅诸事如意为慰。启者：现在校中定于下星期一开课。至于同学方面是否肯听，吾不能知。不过我以为还是早日出来为妙。

特此奉闻　即请近安

弟廷抡寄　四月卅日

五月三日，月曜，晴。三月十五日。

到校。今天是趁轮船的，在船里看《日本人之支那问题》及梁任公先生的《读孟札记》解厌。到了校门口遇着钱永福及朱君志贤。我问他说："你们今天上课了不曾？"钱君道："我们不肯上。被几位先生大骂，并且硬拉，所以下午起，吾们就上课了。但是一二三四年级，还不曾上，又因为本校分会会长吴君其福被校长开除了。"我道："我懊悔我今天来了。上课也不算什么，吴君其福是不是我们全体同学公举的？校长把他开除了，我们竟忍上课，心里对得住么？我懊悔我今天来了。"说罢，回头要想走。朱君说："既然来了，也不必去了。"又把我劝了一番，我就听他。

五月四日，火曜，晴。

"五四"纪念。今天是"五四"纪念，所以我们去要求放假一天。谁知不肯。我们有六位同学和我都一定不肯上课，也就赖过了。照这样看来，我们一级的同学，对于互助二字，有些欠缺。

今天不上课的几位同学，我是狠佩服的，因为他们都有直立不挠和奋斗的精神。此种虽是小事情，可以见大的。

那六位？是宋君学文，钱君永福，火君运升，曹君汉英，朱君杏生，赵君余勋。

有几位还没有到校；倘使到了，他们一定肯"互助"的。我敢说是料得定的。吾们反对了校里的命令，就算不对，恐怕没有这个道理。因为我们不是来做奴隶的，差的当然是说差，不差的当然说不差。你用□点子，就是你拍校里的马屁！

五月五日，水曜，晴。三月十七日。

受课四。

接郁君祖伦书。

正壁知己：

兹阅报章见足下亦在受伤之列。当时方寸忧愁非常。未知究竟若何？又因连日奔走，无暇修书慰问，罪甚罪甚。望足下将情形示知为要。

现在敝校尚继续罢课。惟校长屡次说经济恐慌，大约不能再继续下去。未知贵校如何？请亦示知为要。

九・五・四　祖伦上

覆郁君祖伦书。

祖伦足下：

你的来信，我已经收到了。我并不十分大伤，所以早已在医院里医好。请您不要记念。您这样替我担忧，我是狠感激的！

我在上月的二十八日回家，三日到校的。

我们一级已经上课了。但是教员强迫的，非自愿的；所以虽是上课，却一点精神儿没有。其他各级，有上有不上。照我的意思，决没有上课的道理。因为学生总会议决十日上课，到了十日，也不算迟。

本校分会会长吴君其福，为了这件事情，被校长开除了，您想，可恨不可恨？现在寄上《星期评论》十张（这期每份不过二十文），请你收纳。您现在可要什么新文学的书？请您告诉我，我尽可替您代办，请您不要客气。

九·五·五　正璧自上海

阅《小说月报》。

偕赵君余勋至北市购书。今天不过买了几本英文书。

五月六日，木曜，雨。

受课六。

阅《小说月报》。

和赵君出外一次。

赋七绝四首。

飞絮词

江南春色旧繁华，二月垂杨已落花。错怪东风无留意，偏携遗恨走天涯。

盈盈软柳故依依，断作飞花处处飞。风雨无情人有意，痴心难挽旧芳菲。

谢家宅里旧风流，移得江滨对绿洲。忍受东风无限恨，悠然惹尽征人愁。

春来无事不伤情，微雨阶前好送迎。报道春深零落去，伤心又恨未饯行。

五月七日，金曜，晴。三月十九日。

受课六。

接郁君覆书。

正璧知己：

前天所来的信，已经收到了。承你寄来《星期评论》十张，却使我惭愧无地。你下次却不必如此。这《星期评论》，我实因正课无暇，故一向未曾买过。新文学的书报，也可以不必再劳你了。本校议决十号上课，我是随便的。校友会（注一）日子尚未定。苟定我一定去的。

九·五·七　祖伦上

注一 这校友会，是指昆山县立第二高等小学校的校友会。

五月八日，土曜，晴。

受课三。

做白话诗一首。

这是什么声音？

不知道那一天？
像是在冬天里。
那鹅毛似的白雪花，
向着东南西北乱飞。
屋子白了，树也白了。
一遍大千世界，
顿时变做银地。
我巴不得这一年四季的里头，
都是这样地。
……
不知道在什么地方？
有一座狠破的草屋，

被风吹得摇摇地动，
已是半斜半圯。
那无情的雪，
又不住的落将下来，
眼见得这破屋儿上的，
要和地上的并成一气。
……
忽地里一个娇滴滴的声浪，
“卖鱼”“卖鱼”！
从那里传到我耳朵里，
这种声浪，本是天天儿听见的，
有什么希奇？
独是今天听见了，
却激触我的神经系。
“她也是人，我也是人，
她住的是茅屋，我住的‘高厦大第’。
她不怕风——雪，难道是生性就是这样吗？
我见了雨就怕出门，却也不是老天派我这样地。”
……
呀的一声！
连忙抬起头来，
再从这窗眼里瞧去；
早看见一个“亭亭玉立”的女孩儿，
站在这雪地里。
身上虽则穿着很破碎的衣裳，
却遮不了她天生美丽。
形体上看来，她是一个很穷苦的女儿，
从精神上看，那自由的环境，

却造就了她的喜孜孜地。
……
我不忍再看了——我不忍再想了——我心关不住了。
丢了书,走出门来,向她来的路上走去。
也不怕什么风,也不怕什么雪。
“先生,您要买鱼吗?
我的鱼,又鲜又洁,又大又肥。”……
我低了头,皱着眉儿,又细细儿的听:
“……先生!你照应些罢。
吾卖不了这些鱼,吾们就一天没饭吃。
先生!您作成了吾罢!”
这呜咽的声浪,我的心,险些儿被她击碎了。
仍旧抬起头来看,
她脸上依旧喜孜孜地。
唉!知道了。
她的声浪,并不呜咽,并不悲凄。
不过入了我的耳朵里,
变做呜咽——变做悲凄。
她虽是贫苦,她却有她的自由。
我虽是有吃有穿,天生的自由。
早被外界都夺干净了。
能够自由,自然不会呜咽——不会悲凄。
不能够自由,自然呜咽——自然悲凄。
这很自由的人的快乐声浪,
入了不自由的人的耳朵里。
自然也变做呜咽——悲凄的了。
我想到这里,
那呜咽——悲凄的声浪,

却依旧不住的送入吾耳朵里。

和水、赵二君到北市买书。

五月九日，日曜，晴。国耻纪念。三月二十一日。

和赵君出外二次。上午我要到居以义君处取表，恰好赵君也要回家，所以和赵君一起走的。在老马路分手。取了表后，我就到赵君那里，和他一同回校。下午和水、赵二君，到斜桥那边去闲游。

五月十日，月曜，晴。

受课六。

做白话文一篇。

非“独身主义”

大凡一个人的思想，一天不同一天。今天以为是的，明天以为不是的了；明天以为是的，到后天又以为不是的了。所以他的觉悟，也一天多一天。

前天我做《我的“独身主义”》的时候，也经过几番研究，几番剖解。到了后来，就使他永久成立。到了今天，思想又变了。觉得这“独身主义”，是一种非人的主义。所以要把他打销。但是不把打销的原因说明，必定有人怀疑。所以不得不说明些理由在下面。

我前天抱定这个主义的原因，是眼光太小眼界太大了一点。

（未完，待有工夫时再做。著者附记。）

五月十一日，火曜，雨。三月二十三日。

受课六。

录严先生做的诗一首。

五八夜的你

两柯绿油油的黄杨树，衬着一所楼屋。呀！这好像是我的家里。

几片欲卷不卷的白云，搀扶着月亮，在黄杨树的顶上倚着——只是静悄悄地。

纯洁的清光，笼罩着我。我望望月，又望望家里——也只是静悄悄地。

"你来了吗"？装满了和爱优美的一声，打破霎时的寂寞，直冲入我醉了的心底。

我就跳也似的立起。

隔着树荫模模糊糊的望去，有一个人立在阶台的上面，

好像是你——果然是你！

我就关不住我的一笑，从醉了的心底，直透出来。

好像说道："我忘不了你的爱和美！

爱是我的真神！

美是我的生命！

爱就是你！

美也就是你。"

探赵君疾。赵君他今天病了。我于退课后去望他。——他住在调养室里。当时钱君永福来了，说："我有一番紧要的话要告诉你，你有功夫没有？"我连忙说："有的。"就同他走出来。他就告诉了我一番话。这番话，就牢牢切印在我脑筋里，但是我却说不出口。

夜间稍有寒热。

五月十二日，水曜。

受课三。昨天发了寒热，今天头痛得很。所以体操课没有上。

阅《解放与改造》。

与朱祥君书。

祥君足下：

你回家以来，已经将近三个多星期了。不知为什么缘故？至今还不出来。校里是三日起上课的。同学差不多将要到齐了。

我近来闷得狠，要闷出病来了。没有个人和我谈谈心，所以竭力的望你早日出来啊！

九·五·十二　正璧上

做白话诗一首。

自　由

笼子里的鸟，
一朝逃出去了。
有人说：
"他吃的东西，
受人家供给惯了。
一旦到外边去，
自己不会寻食吃，
一定要饿死的了。"
我说：
"这话完全不对，
应该根本的打销。
应该说：
'与其不自由的在笼子里活着，
还是自由的逃到笼子外边去饿死的好。'"

和陆君到北市买书。

探赵君病二次。

五月十三日，木曜，晴。

受课五。昨夜仍旧发寒热，所以体操课依旧不上。

阅《星期评论》四十八期。

探赵君病。吾在赵君处坐了一歇，拿了一本《刀销剑匣》看了一回。

赋七律一首。

赠逃禅

先生本是禅中人，何事人间亦笑嗔！祛妄涤名清本性，明心不没见天真。早登彼岸参遥近，悟彻空花识果因。他日寒山能入定，可容拾得结禅邻。

（这首诗是抽象的，所以觉得很不好。雯附识。）

五月十四日，金曜，雨。

受课五（体操课未上，原因同昨日）。

阅《少年中国》“诗学研究号”。

正英兄来。正英兄说：“我昨天从黄渡来。祖母在家里狠念你。因为乡间传说第二师范已经解散。你又没有信去。所以命我特地来看你。”我说：“我自前天从黄渡到申，到明天就寄过张明片。上面明明白白写着已经上课，难道没有收到吗？”正英兄道：“祖母说你没有信息，想来这信一定没有收到。”我说：“既是这样，待我明天再写封信去罢。”正英兄道：“这样狠好。”又谈了一会闲话，就分别了。

探赵君病。在那里坐了一会子，看了几回《荡寇志》。又看了一回《新青年》“劳动纪念号”。

五月十五日，土曜，阴。

正华兄来（此则系十四日事补记于此）。正华兄今天从家里来，说祖母叫他来领我回家。原因和正英兄说的相同。我也照旧说了一回。他就去了。——他是明天就要回去的。

上祖母函（自此起均本日事）。

祖母大人：

我自从前天别后，就很平安的到校。到明天也就上课了。也曾有封信告诉您，想来必定已经收到。昨天正英哥和正华哥来。说您叫我回家，并且非常的记念我。我想，我在这儿狠快乐的上课，累您在家里担忧，我觉得狠对不住您啊！

我现在身体狠好，请您放心。其余的话，等到正华哥回家时面告您罢了。

九·五·一五　孙正璧上

伴赵君到上海医院看病。今天曾到过一所地方去，这所地方，是我生平没有到过的。是什么地方呢？就是浦东。

五月十六日，日曜，晴。

至北市购杂志。

访夏君清祺。我自北市回来，就到夏君那里坐了一会。并且谈了许多话。并约他饭后到校里来走走。下午我和他到校里来游玩了一回，临去，我送他到尚文门外。

和龚宝忠君出外一次。又到北市去买了几本书。

做白话诗一首。

树影底下

很清凉的风，从对面吹来。
花儿——叶儿——枝儿，越觉得阑珊。
我在他的底下，身子倚着栏干，在那里长叹。
您是呆鸟吗？专欢徘徊。
低着头，抿着嘴，挺着腿。
自言自语，声声说为着谁来。
今天很鲜嫩的，后日落满苍苔，令人也心酸。
不如今天无，免得后来悲。

这首白话诗的体材，是我特创的。因为我觉得近来的白话诗，都是杂乱无章——除几位名家外。长的淋淋漓漓，太占篇幅；短的又达不尽意思。所以我想，就是外国诗，也有一定的章节。像现在的白话诗，随意说几句，押了些方音的韵脚，究竟不好算是诗。又况诗是一种美文。就是白话里，也应该带些美。有人说："白话里分不出美和不美。"我以为白话未尝没有美和不美。只销看以前的小说，就可见得《水浒》和《粉妆楼》，都是白话。人家说："《粉妆楼》是学《水浒》做的，然怎及得《水浒》好。"同是小说，同是白话；《水浒》的好，正是他有美；《粉妆楼》的不及《水浒》，正是因为他没有美。其余像《西游记》和《后西游记》，《红楼梦》和《青楼梦》，都是一样。照此看来，白话小说也有美和不美，白话诗是不用说的了。白话诗的美有二层：

外质——词的美

内质——意的美

内质已经由胡适之先生说过:就是要做具体的,不要做抽象的。(因为具体的是美的,抽象的是不美的。)内质虽则美了,外质不美却仍旧不好。外质的美是什么?就是我以为要有一定的章节。现在的白话诗,要算是胡适之先生的最好。因为他是旧诗里变化出来的。旧诗的音节是美到极巅的了。他既然从旧诗里化出来,自然也带着音节的美。他的白话诗的好,正是他词音节也能做得美的缘故。我假使说一定要做多少字一句,或者说一定要有了多少句,方才能够算一首。那么人家必定要骂我是"恢旧派"。这个骂,我是不怕的。不过我以为要有一定的字数或句数,也太呆板。于是我想出一个法儿来。用以前的词调,不讲平仄,只销押着些韵就算数了。他的好处,我说在下边:

一、不至太长,也不至太短。

二、可以省去许多烦麻的名字。

三、有一定的音节。

上边所说的三件好处,以前的白话诗都是没有的,并且是做不到的。即如我上边所做的那一首,是用《水调歌头》的调——比较我以前所做的,觉得好些。所以我也要学胡适之先生那句"自古成功在尝试"的话,此次也好算是尝试了。

五月十七日,月曜,晴。四月一日。

做白话文一篇。

"不可思议"的理想——我的人生观

我自有智识以来,心里就生一种"不可思议"的理想。当时也不懂什么心理学、哲学。不过觉得这种理想,狠是奇怪。要想把他用文字记出来,一时没有本领,但是自从脑海中有了这理想以后,不论在家里,在外边,在路上;总被这理想中分化出别种理想来支配住。这分化出来的理想,更觉奇异,更觉奥妙。若问为什么有这种理想，我也回对不出。我现在也会做白话文了。并且这种理想，一天发达一天，脑海里将要容不下。因此就把他发表出来了。

我所说的"不可思议"是演绎的"不可思议"，不是归纳的"不可思议"。严又陵先生在《天演论》后所解释的"不可思议"，那是归纳的，而非演绎的了。我所谓的"不可思议"，是从过去的，思议到现在；从现在的，思议到将来。有人说："既称'不可思议'，过去的，何从思议到现在；现在的，何从思议到将来?"要知我所说的"思议到现在——将来"的那"思议"两个字，并不是"不可思议"中的思议，就是我要说出的那种"不可思议"的理想。简实可以说他是"不可思议"的"'不可思议'的理想"中的"'不可思议'的理想"。

这种理想，是否是合理的，尚是一个问题。照我意思想来，这种理想，是人人懂得的；并且可以武断一句，说是人人都有的。(未完。此篇尚未完稿，我的人生观也已改变，所以决定不做下去了。九·八·二九，雯。)

受课六。

和朱君至北市取书。我所定的那部《文选》，今天应该出版了。谁知到了那里。他们说："须等到明天或后天方才有。"我们是一团高兴的，到了此时，就垂头丧气的回来了。

看龙门新剧团试演新剧《谁之咎》。

做白话诗一首。

那里去了?(调寄多丽，一名绿头鸭)

东风里，
一阵阵的花飞。
这很可怜的光景，正是晚春天气。
从前是紫红蓝绿，今天零落满地，
雨打鸟啄，人践马踏，都化做黄土青泥。

您这清美的干躯,糟蹋到这里。
看来和黄土青泥,何曾分别(读如"皮")。

我问您昔日的美,今天都在那里?
看来在一年头里,惟有几天的美丽。
几天美丽,令人丧气,好还是没有底。
您究竟那里去了,害得我挂记。
您早知道有今天,休再怎地。

五月十八日,火曜,晴。四月二日。

阅 *The men of the hill*。

受课三。

做白话文一篇。

非"独身主义"

续十日日记。

眼光太小:一个人眼光太小,每每弄出谬误来。我以前说:"我觉得这'室家之乐',毫无生趣。"到了现在,偶然想到那旧家庭里的贞女节妇(1),那一个起初不是要安贞守节的。到了后来,情不自禁,就做出许多不名誉的事(2)。她们只因一时眼光太小,以为是一桩狠容易的事,不知道是不能做到底的。即如吾的朋友某君,他是抱"不娶主义"的。他说:"这个'不娶主义',是名义上的不娶。所以高兴时,可以到堂子里去白相白相,或者买几个女子来解闷。"——正是放屁。吾以为他起初抱"不娶主义"时,他想是能够永久绝欲的。后来情欲发动了,又不能把他公然说废止。所以只好用这几句话来唐塞。也是他起初眼光太小的缘故。所以吾想到那贞女节妇,何尝不是这样。她们起初也认定是要守贞守节的,后来也不能绝欲,也不敢在人家面前说要再嫁。所以只好做些暧昧事。要晓得这些暧昧事,比了再嫁,更加不兴啊!吾因为以上的许多缘故。觉得我现在要抱这个主义,是太早了些。究竟这“室家之乐”是否是真真“毫无生趣”？现在，决计不能就断定。假使我今天抱定这个主义，后来反悔了，又没有面子去取销。那时必定要想别的法儿，来填我的欲望。岂不是又蹈了他们的“覆辙”吗？所以我想，与其悔之于后日，不如悔之于今朝。立定主意，要把眼光放大些。免得被人家笑话。我再要找一句话，就是以前的眼光，确是太小的，并且吾今天是狠懊悔的。（未完。）

五月十九日，水曜，晴。

阅 *The Three Sisters*。

受课三。

和赵君余勋及龚君宝忠至北市取书。先到扫叶山房去取《文选》。后来人在亚东图书馆买了二本《少年中国》。又闲逛了一会，就回来了。

做白话文一篇。

非“独身主义”

续十八日记。

眼界太大：吾说的眼界太大，换一句话，就是没有推测人性的能力。所以和那作“看不起人家”的解释，是截然不同。我曾说过：“从我眼光看来，世界上的女子，那一个能够除去这‘奴隶性’和‘主人性’？”又说：“无论什么样，世界上决不有一个和我性格相同的人在那里。”这几句话，从我今天看来，简实没有存在的价值。正是我眼界太大，没有推测人性的能力的缘故。为何呢？因为女子天生的性情，和男子并不两样。所以女子有“主人性”和“奴隶性”，那么男子自然也有“主人性”和“奴隶性”。既然世界上有我这样性情的男子，那么自然有个同样性情的女子在那里。倘使这“主人性”和“奴隶性”是女子单有的，那么吾们应当想法儿去融化他，也不应当弃绝他。倘使吾们是弃绝他，就是吾们待女子不平等。既然世界上总有个同样性情的女子在那里，吾们——与她同性情的——也应当顺她的欲望——婚姻。所以吾一个人抱了“独身主义”，必定要害一个女子——和我同性情的——没有丈夫。这是一件不道德事，并且是有害社会的事。吾今天觉悟了。所以无论什么样，我必定要把这“主义”取销。我虽则依旧没有推测人性的能力，但是思想是已经改变了。(未完。)

看龙门新剧团演《谁之咎》。

五月二十日，木曜，晴。四月三日。

致正华兄书。九，五，二十。

我亲爱的哥哥：

我知道您此刻已经在家里了，我前天曾有一封信寄给祖母，想来一定已经收到。我近来身子有些不大好。夜里头常常出虚汗，天天的头晕脑胀；并且还有些腹泻。但是我自己知道，是不妨事的。所以依旧天天的上课。请您告诉祖母：“不用挂念。”

本校里定于本月二十八日开第十五周纪念会，现在已经在那里预备了。听说有技击新剧影戏等种种的游艺。将来一定有一番的闹热，您倘然高兴，也不妨出来走走。这是不容易逢着的啊！(等到二十周纪念会时，我已经不在此地了。)

我因为上边的三层缘故，所以特地写信给您，您倘然有便，请您即刻回覆吾一封信。其余的话，他日再谈罢。

您的兄弟正璧上

受课五。

做白话诗一首。

人也如此

有一天，那风儿飕飕的从空里吹来：树枝儿，草叶儿，
不住的在那儿刮刮的响。
吾从远地里瞧去：绿油油的树，红腥腥的花，也受了
风的刺激，在那里荡漾。

您倘然有您的自主力，不论风光潮儿。他来鼓动你，
您当他没有一样。
可怜！您是没有知觉的，吾对您说这几句话，好似
和您做了一场春梦。
吾要夺上帝予夺的权力，把知觉——灵魂——给您，您得
了他，好好儿的去用，再不要受了风儿潮的刺激，就
撤消您的主张。
这都是我的希望。

阅《少年中国》“新唯实主义号”。

看龙门新剧团演《心毒》。

五月二十一日，金曜，雨。

阅 *Little snowdrop*。

受课五。今天体操课，我依旧没有上。

做白话文一篇。

非“独身主义”(续)

因为以上的种种的原因，又经了无数时候的研究。我觉得抱这种主义，着实对不住人。所以自今以后，决计永久的取销他。并且希望吾自己，不要再走进这条路上去。要晓得不抱这种主义，也可算是享着了一种幸福。像吾前天要这幸福丢掉，正是我自己昏瞆了啊！

注一 贞女是指已经定婚的室女，一旦未婚夫死了，她就终身不嫁，就叫做贞女。这是旧家庭里的一种不道德名词，吾们也应该把他打销的。

注二 不论已嫁未嫁的女子。做暧昧事，都算是不名誉事。倘使丈夫死了再嫁，那是正当的，吾们就不该看轻她。请阅者勿误会作一种陈旧的名词，那是我的造化了。

郑正秋先生莅龙门新剧团演讲。先生是现在的新剧家，所以请他来指导指导。他讲的话，有几句很有价值。吾现在用具体的记述

法把他记出来：

先生说："现在吾们中国，简实可说是没有新剧。因为做新剧的人，他只管讨人的好，不管做得合理不合理。譬如《空谷兰》里的陈珠，听了人家说解放，她就说：'那么吾们也好出去和男子嬲拼头了……'引得看的人都拍手的笑。要晓得编的剧本里，并不有这几句话呀！他们都只因为饭碗问题，要人家叫声好，讨老板的欢喜，不得不加添些不合理的言语来。

"然而吾们中国，也可说没有个编适合社会的剧本的人。譬如宋春舫先生，他也算是个剧本家。但是他没有经验，究竟差误的地方不少。再如胡适之先生编的《终身大事》，说一个女子不肯嫁人，究竟为什么不肯嫁人，到底不曾说出，倘使做起来，必定害得人家莫命其妙。再如现在报馆里的几位主笔，请他们编的剧本的也不少，但是编的幕数太多。照演起来，一人一幕二人也是一幕，看到人岂不要烦闷杀吗？所以编剧本，唯一宗旨，终要能够引起看者兴趣。

"每一句戏的好，全在第一幕有精神。第一幕有精神，全在幕中有一个人有精神。因为一个人有精神，就可引起别人的精神，就可引起看的人的精神，并且连续做下去的，也都有精神了。

"剧中的人，小旦和小生最难做。因为别种都可做作——譬如老生，可以做些老人的架子来，可以做出滑稽的行为来——小旦和小生，是一些儿不容假借的。

"现在人说：外国人编的剧本，都是好的。我却以为不然。像剧本名家易卜生编的《罗婀娜》，人人都说他好。倘然做起来，台上系二个人谈天，差不多要费一个多钟点，那么台下的人，不是咳嗽，就要姊姊妹妹的吵起来了。也可算是好吗？这些当他小说看，是然算好的；作剧本看，着实不配。……"

先生说罢后，团员就演《谁之咎》的首幕和末幕，请先生指正。

先生的话狠长，吾不过采他几句有精彩的。

和赵君译故事一篇《笛》。

五月二十二日,土曜,晴。 作小说一篇。

到底便宜了资本家

我记得去年冬天住在家里的时候,有一天,我到乡下去访个亲戚。那天天气狠冷,尖刀般的风四面吹将拢来,天上遮满了淡黄色的云。我走了几步,觉得身上有些打颤,并且面上被风刮得像刀刺般的痛。走了一里多路,脚上已经冻得要走不动了。远远地看见一个破车棚,在那边黄色的草地里站着。我就急急的走前去,心里想坐他一歇再说。不道刚才坐下,那鹅毛似的白雪又一片一片的,从天空里洒将下来。

我心里想还好,倘是下了雨,我不惯走泞滑的路,今夜只好在这破车棚里过夜了。当下抬起头来看,那雪下得一阵大一阵,连拳头大的也冲将下来。那田里的麦和棉花,几乎连叶儿也被他盖得看不出。正在这个当儿,猛听得一片谈话的声浪,进我左边的耳朵里。我再偏转头看时,原来是二个乡人,在那里彳亍的走向这边来。心里思忖:他们一定是从镇上回来的,并且吾料定他们也被这风吹得在那里打颤。待他们到了吾面前,我再仔细再向他们看,却奇怪——一个是壮年的,上身穿着一件薄棉袄,下身穿着一条短脚的单裤;一个是老年的,穿着一件破的棉袍子,里边的棉絮,东穿西漏的都挂在外面;二人都赤着脚,衣领下面,沾着许多雪——他们像没甚要紧的,并不打颤,也不说冷。——我真解不出这个哑谜来。当下他们二人就商量说:我们也在这里歇息一回罢。就走进车棚来,对我打量了一番,也就坐下了。——那时我穿着皮袍子,和棉袄棉裤,还坐在一边打颤哩。

他们讲起话来了。我是不懂乡下人的性质,听他一番何妨呢。

我做这篇小说的起头,是如此的。后来逃禅君说,这段太累赘了。所以我把他改少了些,至于中间几段仍是一样的。今把改的一

段,也抄在下面:

去年的冬里,有一天,天气很冷。那空里的白云,四面摆将拢来。再加那尖刀般的风,向着荒野里,刮刮儿的乱吹。路上的过路人和牛和羊,都冻得擞擞的在那里作颤。那时有个半破的牛车棚儿,站在一条小河的上面。里面坐着两个人,一个差不多有三十多岁,一个须和发都白了。身上都穿着半补半破的棉袄,赤着两双脚,在那里不住的作抖。那年轻的,将他那双紫青色的手,寒在嘴边乱呵;那年老的,缩在一边,抖得几乎气也还不过来。

猛然一阵风吹过来,从这车棚里穿过。仿佛听得他们在那里讲话。(未完,后日再录。)

受课三。

和陆君廷抡至华龙路。这块地方,是严先生介绍给吾们的。从斜桥向西,到卢家湾再朝北,不多几百步路,就到了。路的一傍,是个法国公园,一傍种的是花——树。路的中央——在公园的对面——有个池,池的两傍,是二条进去的路,上面都是草棚。路的里面,是一只草亭。吾们坐在亭子里,向外边望;面前就是池,池的外面就是华龙路;华龙路的那一边,就是公园了。亭子的左边,是一块石碑。是法国环龙纪念碑。原来环龙是个法国的飞行家,后来死在上海,法人纪念他,故为他立这块碑。连路也叫做华龙路。

后来吾们要到公园里去,被一个安南人——守园者——喝出来。但是吾看见那日本人是可以进去的。

从吾想来,不要怪他们不准吾们进去,要怪吾们自己不好。

后来就回来了。

五月二十三日,日曜,晴。

和龚、水、赵三君至华龙路。

到北市买书。

阅《学生杂志》及《太平洋杂志》。

投稿《民国日报·觉悟》。我把昨天所做的那篇小说投稿。他本名是《到底便宜了资本家》,我把她改做《农人的眼泪》。投了之后,收和不收,我也说不定的。

五月二十四日,月曜,晴。

受课六。

阅《新青年》。

上祖母函(要另用)。

五月二十五日,火曜,晴。

接正华兄来函。信中是说今天到申,现在已到松江。明天必能回来,一定可以到校里来游玩。

受课三。

至正英兄处,适外出,乃至亮泰。本校的十五周纪念将到了,各自习室都扎彩庆贺;所以吾到亮泰里去借了二付屏条,二付灯须。上午和赵君到西门街去买彩色纸。这种费用是匋广师出的,因为校里分派,别级都有,独是预科没有!

第五卷

五月二十六日,水曜,雨。

扎彩。今天整天的扎彩,没有做过别事。

五月二十七日,木曜,晴。

十五周纪念会刚第一日。

阅《东方杂志》。

出外一次。

赵君怀璧来即别。

五月二十八日,金曜,晴。

和陆君廷抡至华龙路。昨天一天的很烦闷,所以拿了几本书,到华龙路去看。看了两个钟点,看了一本《短篇小说》——《新中国杂志》社出版,一本《尝试集》。回到校里,刚敲十一下钟。

至北市一次。

正华兄来,他说明天到松江去。

五月二十九日,土曜,晴。

第十五周纪念会的末一日。

著小说一段。

(长篇)割爱

楚园逐客著

(以前写了几次,都不算差。为何此次独点黄点子,难道前天眼儿瞎了吗?)

住在上海的人,差不多都知道法租界华龙路那边的公园,是不许中国人进去的。有的咬牙切齿的说:"将来吾们一定要做到，有放吾们进去的一天。”有的说：“我们也可照他仿造一个，上面也写着不准外人入内，看他们什么样?”这种论调，我敢说他不是有意识的。因为吾们受到国人的欺侮，不知道有多少？这些狠小的事，放在心上做甚呢？大的报复了，小的自然也能够做到了。

不知道过了多少年月日，有一天，像在春夏交接的时候。那天上的云，受着太阳的照耀，黄金般的缓缓儿的在那里行。一阵阵狠温和的风，向着游人身上乱吹；被他吹着的，都觉得精神一爽，换了一付脑筋似的。那路傍的树木，比以前已经多了几倍。亭台花草，也加添了许多。却有一件狠奇怪的事：这园子里——就是在华龙路的——一个外国人都不看见；单单都是些头高气昂的中华人。那块写着“Don't Let the Chinese Get Formellement gneet Dite”的牌子上，早已改做中国文了。

这是什么时候呢？就是我大中华战胜英、德、法、意的第一年，征服日本开庆祝会的后一月。

这段的意思，与梁任公先生著的《新中国未来记》意思相同。从平常眼光看来，必要说我是抱“国家主义”的。要晓得这主义，在一十念年里头，决计不能够就不容他存在。一则那些政治家断断不能就放弃他的威权。二则“社会党”的内部，也日见分裂。所以他们的结果都不能预料。（未完。）

阅《少年世界》。

杜威博士到校演讲。题目是《教育者之天职》。由教育博士刘伯明君口译。

和水君康民至华龙路。今天坐在那边，看了几本《少年中国》。

五月三十日，日曜，晴。

至北市买书。

和龚、水、赵三君游外白渡桥。

和赵君余勋至职业学校看影戏。所演的影戏，就是本校开纪念会时演过的。以前我不曾好好儿的看，今夜却看了他个狠详细。——一次是《两难》，一次是《死要睹》，我们只看了前一次的。我觉得情节很好，所以把他翻作小说。

（短篇）两难

楚园逐客著

一处孤伶伶的房屋，站在雪地里。不论那么样大的风儿雪儿去打他，他只是兀立着不动。那时风和雪小些了。从这窗口里瞧进去，一望而知这是个狠穷苦的人家。屋的西偏，放着一只半坍半圮的竹榻；榻上好像眠着个人。榻的傍边，是只破桌子；桌子那一边的长凳上，坐着一个妙龄女郎。身上虽穿得褴褛，但是他天然的美丽，可以使得人家越看越爱。她一手支着颊，愁眉不展的坐在一边想。正在这个当儿，听得榻上的人呻吟的说道："雪莲！吾要喝茶。"那女郎就起身，在桌子上拿了一只黄沙杯子，在榻傍的一把破铜吊子里，倒了半碗不清不黄的茶，送到榻上，嘴里说："母亲！茶在这里。"那榻上的人，微微的应了一声，就坐起来受着。喝了半碗，摇摇头儿，不要喝了。那女郎一手接了杯子，一手扶她母亲睡下，嘴里说道："母亲！吾看您病势不轻，请个大夫瞧瞧好吗?"她母亲微微的应道："好的，雪莲！你就去罢。"

那时屋外的雪又大了，早已积得路也辨不出来。忽地里呀的一声，这屋子的门开了一扇。一个女郎从里边出来，走向这路上去。手里撑着伞，一手撩着裙子。她也顾不得地上泞滑，拼命的走前去。早过了一条小木桥。走到一所大宅子的门前，她就站住了。向门傍的一条黑牌子上瞧了一瞧——上边写着李叔文内外大方脉，推门进去。里面走出一个人来——像是大夫，她就把来意说明。那人说："好巧！吾此刻正没事，和小姐就去罢！"她听了，几乎把方才的愁眉通通扫个干净了。那大夫出了门口，就叫了一辆黄包车。你想她什么样呢？她跟了一段，着实跟不上。也只好雇了一辆，一路走。不多一刻，家里到了。她推开了门,请大夫先走。到了里边,她就把她方才坐的那凳子,请大夫坐。一面就去对她母亲说:“大夫已请到了!”那大夫问了一番病状,她代她母亲回答。那大夫就诊病人的脉,诊了约有十分多钟,就对她道:“令堂病势很重,非有五十元的代价,恐怕不能医好!”她道:“啊哟!吾们穷苦人家,那有这些儿银钱啊!”那大夫坐了一会,就走了。她送出门口,也就回来。仍旧坐在这条凳上,想筹备这五十元的方法。(未完。)

朱君祥到校。朱君因为他母亲过世了,所以迟至今天,方才到校。他在没有人的时候,常常坐在一边流泪。我想想法儿去劝他,但是一时想不出。

我看朱君近十来日的日记,处处令人愁眉。我想:不论那个人,每逢了一番生离死别,终有这些儿的悲伤。即如吾的妹子,去年死了,吾也曾做过几篇悲伤的文章。至亲骨肉之间,那能免得这一番呢?吾是二岁时,母亲就去世的,想到这里,吾也要和朱君一样了。唉!人生最悲惨的事,莫过于这桩事了!

五月三十一日,月曜,晴。

停课。校长看见我们忙了几天,着实有些吃力,所以放假一天。

和赵君余勋出外一次。

接沈君其荣书。

至省教育会听杜威夫人演讲。演讲的题目,是《男女同学问题》。由朱胡彬夏女士口译。

著小说一段。

(长篇)割爱(续)

楚园逐客著

在这园子的东北角上,有一只六角式的亭子。他的地位,狠是幽僻;所以那些青年男女,都借他做私会他们情人的地方。这天的晚上,礼拜堂里钟已经敲了七下,里面坐着三个人,还没有走。这三个人是谁呢?一个是何穆君,一个是方圻君,那一个是云佩女士。他们都在江苏省立第三大学校里肄业的。他们每逢退课之后,就到这里游玩。他三个人狠是友爱。何穆是精于法文的,方圻是欢喜研究英文的,云佩女士是精俄文的。他们三个人常常商量说:“吾们每人各担任翻译一国的文字,将来也好介绍西方的学术到我们中国来。”表面上自然他们各干他们的功课;但是他们的性情,极是相得;所以一退课,就叙在一起。有一天云佩女士回到家去,他们二个险些想念出病来,这也可见他们的友爱了。

他们每到这园子里,到日落西山,尚留恋不忍去。这天刚巧是月圆的夜里,所以他们吃了晚饭之后,又到这里。那方圻君是爱说话的。当下何穆君和云佩女士,就请他讲故事。他也不辞,就讲了一篇希腊的神话。讲完了后,他们都放开喉咙,悠悠扬扬的唱起歌来了:

“江流不断兮游子思乡。关山徒近兮谁知反路又长。银河耿耿兮长夜苍苍。思乡里兮不可遽忘。风云有路兮江汉无梁。愿生双翼兮寥廓而高翔。”

一阵风吹将起来,把这歌声送到云端里去。何穆君是个有心事的人,唱到这里,不觉流下泪来。(未完)

上祖母一函。

和赵君译故事一篇:“The wine men of gotham.”这篇故事,待有工夫时录就,作一个附录。

六月一日,火曜,晴。

受课六。

著小说一段。

(短篇)两难(续)

楚园逐客著

一条小河的上边,架着一条小桥。桥上满铺着雪。远远里瞧去,像银的一般。那时路上一个走路人也没有,冷清清似的,任那野风乱吹。桥的那一边，忽地里影影的有个人向这边来。走近看时，就是方才在破屋里的那个女郎。

她只管向前走，不知道走了多少路；到了一所大宅子前，她就去敲门。呀的一声！门开了！里边走出一个老翁来。身上穿着绸缎的衣裳；鼠面，獐目；掀起他的须，向着她瞧个不住。那几根须，几乎触破她的嘴唇。她面孔红的抬不过头来。只好忍耐了，跟他进去。

到了里边，就在厅上坐下。她就把她母亲的病状和医生方才所说的话，一五一十的，都告诉这位老翁听。说到后来，连着说："吾们穷人，那里来有这五十元？所以侬特地到静斋伯伯这里来，和伯伯商量。倘使伯伯允许借给侬的，吾们一定好好儿的是本是利的偿还。不知伯伯意思如何？"那老翁听了掀须大笑道："吾道什么？原来要借五十块洋钱，这是很容易的事，你何不早说？但是有句不中听的话，吾也要和小姐商量。"她连忙问道："伯伯！是什么？"老翁连着说道："我单有一个女儿宝琳，你是知道的。我想我年纪老了，眼见得将要绝祀。要想讨个小，又没有中意的人。吾今天见了小姐，不知道为什么，越瞧越爱。所以要想和你说，你如肯到我这里来，我愿把这五十元送你，如何？"她听了，半晌不语。心里不住的在那里思忖。（未完。）

阅《太平洋杂志》。

做白话诗一首。

没　题

"我"是什么？"你"是什么？"他"是什么？都在这世界里混闹。

人吗？不是。鸟吗？不是。兽吗？不是。难道是植物矿物吗？都不是。

究竟是什么？也是人，也是鸟，也是兽，也是植物，也是矿物，我叫不出他的总名字。

我知道了！是世界上的一件怪东西。

“我”,“你”,“他”,都是世界上的怪东西。

“我”! 愿做怪东西吗?“你”! 愿做怪东西吗?“他”! 愿做怪东西吗? 自然都不愿的了。

阅《跰尘续笔》。

六月二日,水曜,晴。

受课四。

做《随感录》四篇。

救济青年男女的欲望

现在有许多青年,受了新思潮里“自由订婚”声浪的激刺,被父母所代定的未妻,退婚的退婚,不嫁的不嫁;不曾定的,也就不愿再定。但是,现在男女社交尚未完全公开,这自由订婚,一时尚难做到。照这样下去,到反害了许多成年男女,都无缘无故的抱了“独身主义”。这也是一种社会将破灭的现象。吾想:订婚一定要自由的,但是男女社交,不能完全公开,吾们应当想个法儿去救济他呀!

不是改造是建设

前天《民国日报》的“觉悟”栏的“情感录”里,有某君著的《破坏和改造》一段。说:“破坏是起因,改造是结果。”吾以为破坏之后,不如建设的好。因为改造是消极的,破坏和建设,是积极的。积极的破坏,应当仍旧积极的建设,不应当走到消极的改造路上去——其余的意思,与吾相同。不知道某君以为什么样?

压制学潮的好手段

此次江苏省立各学校,由罢课而再上课之后,教育厅就下了一道命令,说:“以后学生,倘有每学年缺课,到三分之一以上,就不准升级;将毕业的,不准毕业。”有人说:“此次罢课的三星期,也要算在里头。”吾想这不过他威吓吾们,下次不敢再罢课罢了。有什么效用呢? 形式上,自然他们得了胜著。但是精神上,不论他们用什么手段来破坏,吾们是奋斗到底的!

妨碍新文化运动的恶魔

近来各书局，都借着新文化运动的照牌，投机的出版各种新书。很薄的书，定价不是五角六角，至少也须一二角。倘使他内容是有价值的，也还说得过去。但是他不是抄集人家的，就是胡乱说几句；即使名称翻译的，他并不曾知道原文是几十年前的旧著作，译他出来，加上个新名字，就当他新文化书籍用。许多青年，都以为新出的书，总是合于新思潮的。大家不嫌价贵，都去买他。不知道上了他多少的当！所以吾希望我们青年，对于购买新书一方面，要用精细的眼光去选择。因为吾们现在正在消耗时代，经济是要节省的。

这几篇我投稿到《民国日报》的"觉悟"栏里去的。

接正华兄书(从松江寄来的)。

著小说一段。

(长篇)割爱(二续)

楚园逐客著

我现在要叙何穆君的家世了。他是本地方的人，父母都已去世。他的家计，着实不配读书。因为他立志坚定，奋斗到结果，遂随了他的志愿。(照我看来，现在学校里的学生，家里贫困的往往比家里富的会用功。因为一是奋斗出来的，一是被强迫的缘故。)他自进了大学之后，非常的用功。许多同学也很瞧得起他。他自从和方圻君、云佩女士结做朋友，他的性情就大变了。但是他性情的变，是由世故变入天真。所以他和二位朋友，用真真的爱情来结合。他觉得做这种事，是精神上狠愉快的事。但是有桩事横生出来，是世界最悲惨的。就是"乐极生悲"。桃统说起来，就是"物极必反"。

可怜！可怜！(九·八·二九，雯。未完。这篇没有日子再做下去了。)

六月三日，木曜，晴。

做白话诗一首。

将来(Future)(有感而作) 九·六·十二·下午

池的上面，岸的上边，
几棵雪也似的绣球花，开得很足似的；
他也爱她，你也爱她，我独最爱她；
爱她像对我笑，爱她像是可怜我！
我并不要受她的可怜！我爱她的，是爱她的知我。
每天的早晨，到每天的晚上，我总得见她三四次；
倘使不见她，便似她早已忘记了我。
她也似知道我爱她；但是她真真的心意，我却不能够得知。
无奈何"花不常好""月不常圆""情不常全"，
只好"徒唤奈何"。

那一天的晚上，我去找她，她回转她的头，变做冰也似的脸儿，好似不认识我。

她真的不认识我？我也俯下头，想起"前情如水"，
心里一阵阵不住的难过。
难过做甚？人情原是不常，你终要怪自己从前的差误。

停课。今天因为比赛运动，所以停课。

本校举行通信运动会。

今年因为省立各校联合运动会的日期，适在罢课期里，所以没有举行。现在省里派人到各校去考查运动成绩，将来叙在一起，做个比较。叫做通信运动会。——这名儿似乎有些不通呀！一共比赛三种：一种是原地跳远，一种是掷铁球，一种是五十码赛跑。第一和第三种，我都在里头。

阅《新青年》"劳动纪念号"。陈独秀先生，他也是个新文化运动的巨子。不知为什么缘故，在上海(船务栈房)工界联合会演说的《劳动者的觉悟》里说："中国古人说：'劳心者治人，劳力者治于人。'现在

我们要将这句话倒转过来说:‘劳力者治人,劳心者治于人。’”这几句话,差不多有些不合理。因为我们现在正在打破阶级制度,讲不到什么“治人”“治于人”了。这“治人”“治于人”,正是提高了这面,压到了那面,是一种不平等的手段。倘使果然做到了“劳力者治人”“劳心者治于人,和以前的“劳心者治人”“劳力者治于人”,也依旧是换汤不换药。那么也何必多此一举呢?难道先生把‘平等’二字忘记了吗?

和朱君祥、徐君亚倩到北市购书。

至职业学校听杜威博士演讲。讲的题目是《德谟克拉西的真意》,仍旧由刘伯明博士口译的。“德谟克拉西”的原文“Democracy”。(这个英文字母,是余勋替吾写的,“抚今追昔”,真令吾不堪回首了。唉!吾亲爱的……一九二〇·十二·六·二时半,正璧于一商十号寝室。)

接家中寄来零用,余即作书覆之。

六月四日,金曜,晴。

做随感录一篇。

太清楚了

我前天到省教育会去听杜威夫人演讲。到了之后,看见坐位底两旁,一傍贴着“男宾席”三字,一傍是“女宾席”。许多听讲的人,果真男的和男的坐在一起,女的和女的坐在一起。我想,那些听讲的人,大约学生居多数。

今天讲的题目,不是《男女同学问题》吗?在这听讲的极短时间里,男女的界限,尚且画得这样清楚,将来好说甚么长期的男女同学呢!望会里的几位教育家,早早把他撕去,免得被人家看了笑话。文。

受课五。今天觉得腰里有些痛,所以体操课不曾上。

钞《治佛笔记》四十六则。这本笔记,是二年级里的同学凌君其祥听□师讲《百法赘言》时所记。我以后也想听讲,所以把他补录。

做白话文一篇。

为资本家减轻一层罪业

现在的劳动家,也算受人家抬举得很高的了。但是抬起这方面,压倒那方面,是件狠不公平的事。所以抬起了劳动家,就苦杀了那些资本家。

从人家看来,以为我替资本家做辩护人,其实不然。我以为资本家的罪恶,是劳动家造成功的,所以也要有些可怜他的心思。

劳动家譬如父母,资本家譬如子女。父母做工得来的钱,被子女烂用;他并不干涉,还放任他,使他用惯了;后来再怪儿子不孝,怪儿子把他的钱烂用;世界上恐怕没有这个道理!

资本家不是天生就专惯作威作福的,起初也是要做些工吃饭,不过比劳动家省力些罢了,后来劳动家做得多了,资本家不做也可以有饭吃。于是渐渐的作威作福,看得劳动家是应该如此的。自己以主人自待,把劳动家看做奴隶。劳动家不但不反对,并且去奉承他,去崇拜他,那么资本家自然越发胆大了。现在忽然怪资本家待他不好,把前日自己去奉承他的时候忘却,您道有这个理吗?

所以资本家和劳动家,应当趋于朋友地位,不应当趋于仇敌地位。资本家,应该渐渐的也劳动劳动;劳动家,也渐渐减轻他的劳动;使他们将来趋于同等地位。“和衷共济”,何必像今天的都待得不平等呢?

阅《民国日报·觉悟》。吾前天所投的稿子,今天登了一篇。他把题目改做《新文化运动底障碍》。(本来是《阻碍新文化运动的恶魔》。)

六月五日,土曜。

做《随感录》一篇。

女子解放的一种

有位朋友对我说:“现在许多中等学校的女学生,她底志愿,非是大学生不愿嫁。”我想,这是她底根本差了。她这样做,是把自己的人格和学问，看得比男子像应当低一级。并且不止这样，她并不是用真爱情来融结的，仍旧以头衔为标准。那么和旧式婚姻，有什么两样呢？胡适之先生说："女子解放，当从女子解放做起。"这也是"女子解放，当从女子解放做起"的一种。望诸位女同胞把他也早早解放才好！

受课二。什么话？自称大教育家。今天有位先生上课，他教得狠不清楚，学生有些厌闷了。他就说："教员的教法，应当含糊，使学生自去理会，方才能够得益处。大教育家都是这样的。"学生听了，哄然大笑。他面孔红也不红，像是没事的。

阅《民国日报·觉悟》。昨天投稿的那篇《太清楚了》，今天也登出来了。

做小说一段。

(短篇)两难(二续)

楚园逐客著

他二个人正在相对不语的时候，屏门的后面，有个人那里窃听。这人的头上，插着满头黄晃晃的首饰，面上像有些不舒服的样子。但是他两颊上的玫瑰色，红晕晕的煞是可爱。看他的眉目，就可以知他是个极慈善的人了。

那时静斋对着雪莲笑道："吾知道小姐一定允我了。您是个聪明人儿，我猜得到的。但是无凭无据的事，是不行的。不论亲戚朋友，借了钱，也要写抵押票，何况你我呢？"当时不等她回答，就走到厢房里去替她写卖身契去了。

当时屏门背后的那个人转了出来，向雪莲笑迷迷的叫了声姐姐！雪莲抬起头看时，原来也是活泼泼地的年轻女郎。她对雪莲说："姐姐，你的来意，吾知道了。吾父亲年纪虽然大，做这桩事，吾很不赞成。吾想请您再想到别的法儿，不要贪他这五十元，糟蹋了自己的终身。"雪莲听了，面上现出一种狠感激的样子，嘴里说道："姐姐！您说的话，句句是金玉良言！吾岂敢不听的！但是我没有别处的脚路，可以去借到这……啊！……”

彳亍！彳亍！这女郎仍旧急急的走到屏门后面去，那静斋已经从天井里走进来了。手里拿着一张黄色的纸，满面的笑容；脚未跨过门槛，那两只尖利的眼瞳已经射到雪莲脸上，嘴里说："这纸儿写好了，请您画个押罢！"雪莲接了看时，上面写着：

"立卖身契人——雪莲为因母亲病重药赀缺乏，只好将己身卖与杨府为妾，暂付价洋五十元……恐口无凭，立此为证。中华民国八年十二月三日，立卖身契人——雪莲。"

她看到这里，忽然听得洋钿的声音——乒乓乒乓——直钻到她的耳朵里。她再抬起头看，原来静斋已将雪也似的五十块洋钱掷在桌上。她看到这里，心里又思忖了一回。腾地里立起来，拿起笔就画了个十字。静斋也就把洋钿用纸包好。授给她，并且说："您乃是我的人了。我望您母亲早早病好，您也可以就到这边来。……"她又沉着头，红着脸，不语。……（未完。这篇也没有做完，但将来何论怎样？我必续完他。九·八·二九，雯。）

钞《治佛笔记》二十八则。

和赵君出外一次。

六月六日，日曜，晴。

做《随感录》二则。

彻底的破坏

有位革命家说："民国成立之日，余之主张建设……半筹莫展，即一败涂地。"这因为他不是彻底的破坏底缘故。譬如有一间旧的屋子，柱脚坏了，屋顶也坏了。这屋的主人，只图外边好看，不过拆换了这屋顶；再过几时，柱仍旧倒了。那么屋顶虽然新，有什么用呢？应当把他拆个干净，另造一间，才能永久的坚固。这位革命家所建设的，也是这样。所以弄到今天这番天地。我说的"彻底的破坏"是什么呢？就是要拿不屈的精神，去实行

anarchism！文。

这也该平等

新近教育厅里发了一个命令，说："自本学期起，学生的功课，如有一种不及格，就不准升级。"有几位要讨好的教职员，又加重了些说："如果不升级，一定要开除。"这是他们把我们当做什么看待？并且这教职员里头，未必个个是大教育家。教法确是不好的也狠多。吾们天天谈平等，也应当想个相对的法儿去对待他。或者就用胡适之先生的那句"千万不要让他敷衍你们，不妨赶跑他"的那句话。可怜！可怜！他们有力量开除吾们，但是我们没有本领去赶跑他。总之，吾们学生，差不多还在黑暗世界里！

九·六·六　正璧

钞《治佛笔记》二十八则。

出外四次。第一次，和水、赵二君至城隍庙附近。第二次，至北市购书及报。第三次，伴朱君祥和赵君至咸瓜街。第四次，和赵君出去买东西。

阅《民国日报》及《星期评论》五十三号。上月投稿的小说，和昨天所投的《随感录》，今天都登出来了。小说的题目，改做《农人的血泪》；《随感录》的题目，改做《应当解放的一种》。内容也修改了许多。

阅《奋斗》"破坏号"。

六月七日，月曜，晴。

做《随感录》二篇。

为自由二字进一解

以前小学校用的教科书里，差不多总有这"自由者，法律范围内之自由也"两句话。无形中使许多青年的脑子里，嵌得很深。吾们在现在时候，什么叫做"法律"，和"法律范围内之自由"是什么样，应当辨别清楚。吾们现在天天谈 anarchism，这法律正是和 anarchism 处于反对地位。就是不明白 anarchism 的人，也只消用二个问题，就可推翻他。是什么呢？就是法律内容是否是天经地义处处没有差的？定法律的人是否真真为他人谋幸福而定？照这样看来，我敢说一句：这法律处处都是差的；并且都谋在上者的便利，和我们丝毫没有关系。那么这“法律范围内之自由”，当然不是真的自由。我们还可以有什么真的自由呢？但是我们决不因为没有了法律，就做“杀人越货”的事。吾们只消抱定两个宗旨，就可和守“法律范围内之自由”者的程度，高出万倍。就是：尽几分之力得几分之报酬可以自由！作事损己利人或人己俱利都可自由！这二层，就可以明白真的自由的真义。愿诸位青年，不要再守这“法律内之自由”。只消不犯这两桩事，不论何事都可自由的；就是不能自由，吾们也当用奋斗的精神去夺还他！

九·六·七·晨五时　正璧

又是一件可叹的事

某书局出版《新文化丛书》的预告，我已经在报上和杂志上看见了好几次了。后来在他的征稿启事里，看见有一段说：“……为读者的购买力，只求普及，定价不能太大……”我想：我们从此可以得些廉价的书看了！天天的望他出版。前天出了一本《女性论》。我见了广告，等到星期日就去买。谁知大失所望，这本书的厚薄，比新潮社出版的《科学方法论》，还要薄一半。定价也要四角。我们怪《科学方法论》定价太大；谁知自说“定价不能太大”的书局，比他买得更大呢！这种书籍，我们简实也可叫他做“贵族的《新文化丛书》”。不配把“只求普及”四个字来做宗旨！文。

做小说一篇。

一幕惨剧

TCP 著

《星期评论》，是我的好朋友。我每逢星期日总要和她会面的。有一次，我因为有些小事，隔了一个星期，就觉得心里有些不舒服。唉！她要算我数一数二的好朋友了！

不道她昨天告诉我说：有许多恶魔，把住她的食道，要活活的饿死她。所以她从此要和我长辞了！我听了之后，几乎流下泪来。可爱的朋友！我又没有本事去挽回她！可怜！我从此和她不容易再见面了！

我觉得这是桩狠伤心的事，令人狠难受呢！但是她的肉体虽然消灭；她的精神，还永久存在。吾们能够在世界上多奋斗一天，总有一天见面的日子。唉！《星期评论》，吾暂且也只好和您分别！但是望你不要忘记了我！

近来各周刊中，内容最好，价又最廉，要算到《星期评论》了！她不论出一张或十张，总是卖二十文。所以我对于她，素来极欢迎的。今天她要中止了（中止的理由参看原周刊《中止的宣言》），我心里狠是不忍！所以做此篇，做个临别纪念！

九・六・七・晨六时

阅《民国日报・觉悟》。昨天所投的稿子，收了一篇《这也该平等》，他把题目改做《可怜的学生》。

受课五。

接兄信。他叫我明天去会他；因为他自松江来，要回家了。

替赵君录小说一篇。这篇小说的题目，是《一桩侥幸的事》。

六月八日，火曜，晴。

做《随感录》一篇。

废除贵族制的名词

吾们中国有个成例，就是每个人除了自己姓名之外，必定再有个字和号。到了清朝的时候，字之外再有号，有了号再有字，那时更复杂的了。这号和字，自己不能用的；人家拿来叫他，就当尊重他的意思。我想我们现在也知道讲平等了，什么叫做尊重？当然不能再容他存在。又因为一个人的人格本来好的，不用我用尊重的名词去叫他;他的人格,依旧如是。所以我极端主张一个人单有名字也足够了;名片上面的,应当和头衔等一例取消。至于名儿,暂时多几个也不妨。因为现在在黑暗政治底下,有时要使人家捉摸不定的。到了将来,都可省掉。

九·六·八·晨五时

访兄未遇。今天早晨六点钟,我就告假去访他,谁知他还没有到。

阅《民国日报·觉悟》。投考的那篇小说,已被改做《随感录》。今把他钞在下边:

总有一天

近来各周刊中,内容最好,价又最廉的,要算到《星期评论》了。他不论出多少张数,总是卖二十文;虽然金钱的关系狠小,但单在这一点上已可看出他的精神。我承认他是我们最好的朋友,不料有许多恶魔,把住他的食道,要活活地饿死他,所以他要和我暂别,我听了之后,几乎流下泪来。但是他形式虽然消灭;他的精神,还永久存在。我们在黑暗世界里多奋斗些,总有一天和他见面的!

受课三。

正华兄来即别。

做白话小说一段。

录白话诗一首。

六月九日,水曜。

做《随感录》一篇。

告几位杂志编辑者

近来新出版的各杂志,因为销路不广,或材料缺乏,所以停刊的停刊了。我想:他们不是营业性质,忧什么销路不广?他们起初都是一团高兴的,难道此时反而不高兴吗?倘使都像这样,新文化运动,早已退到“乌何有之乡”去了!然考他真的原因,因为他看得出书太容易的缘故。有的还要把他的和《星期评论》《建设》并论。要晓得这二种的停刊，是有真真不得已的苦衷，和不能再出的原因。所以吾希望诸同志，除了被封禁，勒令中止之外，千万不要中止，因为不奋斗则已，既奋斗了一定要做到底！

九·六·九·晨六时　正璧

读《宋元明清诗评注读本》(向逃禅借的)。

受课四。

和赵君至伊文思书局购英文。买了一本 *The Bolsheviki and World Peace*。

阅《民国日报·觉悟》。前天所投的那篇《又是一桩可叹的事》，被他改做《新文化》，登出来了。

六月十日，木曜，晴。

阅短篇小说和 *The Dnincell on the Hill of yeaeei*。

受课四。

做白话诗一首。

看比赛足球　九·六·十一·下午

沙尘起处，
正是双方剧战的场地。
全副的精神，全副的力量，
都消磨在这……时光里。
扑的一脚！进了！
大家拍手的呼欢喜。
那一方面，
都你怨我，我怨你；
大家垂头丧气。
赢了休欢喜，
输了休丧气。
你且回头来看：

“扑”的一脚！进了！
嬴的输了，
输的嬴了；
欢喜的变做丧气，
丧气的变做欢喜。
吾叫你休欢喜，你偏要欢喜；
吾叫你休丧气，你偏要丧气。
这“循环往复”的事体，
原算不得什么希奇。
你为何不信呢？
我早明却这番道理。
啊哎——“扑”的一声，
那边又进了！我也不敢说了！
……不知到结果，竟是怎地？

和赵君译白话诗未就。

六月十一日，金曜，雨。

和赵、水二君查 *The Bolsheviki and World Peace* 上的生字。

受课五。今天良才先生发给我们作文格子，叫我们录三天的日记，作为这半年的成绩。——啊！讲“新文化”的人，也是爱做“形式主义”的！

和赵君译故事一段“Whittington and His Cat”。这篇东西，今天不过译了第一章，原名叫做“Baeutibut wegrun”。

六月十二日，土曜，晴。

和赵、水二君翻 *The Bolsheviki and World Peace* 上的生字。

阅《手足仇》。

做白话文一篇。

人类的幸福，可说是“从此没有的”了！

近来我和赵、水二君，拟译 Leon Trotsky 氏所做的那本

The Bolsheviki and World Peace，不道今天报上说："俄反革命成功，Trotsky 遇害，□氏出七了。"照此看来，劳农政府早已消灭 Bolsheviki，也已失败。

Trotsky 氏是俄国的陆军代表，究竟怎样的受害？报上不曾说明，我不敢预料。

吾前天曾说："假使列宁氏□也失败了，那是可说：'人类的幸福，从此没有的了！'……"

为什么呢？"Bolsheviki"一失败，各国的政府，都可高枕无忧。那什么国家主义，民族主义，依然照旧行出来。这"Bolsheviki"的精神，都被破灭。什么美国，也曾捉过"red"。于此可见各政府对待"Bolsheviki"的心理了。凡事反对"Bolsheviki"的人，他们都图私利，并不为着公众。你也图私利，我也图私利，拥挤起来，不是争斗，便是杀戮；那么人类的幸福，到那里去找呢？

但是 Bolsheviki 的形式，虽然消灭；他的精神，却依旧存在。我现在说："人类的幸福，可说从此没有！"把"从此"改做"暂时"，要祝他个"后福无穷"！谅也公众心理所差不多的！

从我看来：□氏虽然失败，他总有一天回复他的原状；□氏虽然受害，还有无量数的□跟在他后边！无论什么样！这 Bolsheviki 的精神，永远不会消灭的。——就是与世界同生死的。

六·十二·下午

读《唐诗三百首》。阅《夜雨秋灯录》。

六月十三日，日曜，晴。

赋七律一首。

遣怀（第一）

忏　人

不堪重话旧华年，爱月怜花任惹牵。愁里添愁残月夜，恨中饮恨落花天。闲云未许边矶坐，野鹤何尝结禅缘。识得爱河滋味苦，此生只合泪溅溅。

长日无聊，愁恨欲绝；赋成此首，将以遣之耳！然悠悠此心，终不能已；生性造之，谓之何哉？但愿此身不至多愁多恨，予愿死足矣！雯附识。

和赵、水二君至北市购书。

又和赵、龚二君出游。

阅《学生杂志》（七卷六号）。本期的里头有俞凤宾著的《遗泄与斩伤之防免》一篇。我看完之后，暗暗的考察诸同学身体状况，觉得在这二者之中犯一桩的，着实不少。吾以前在丁福保《少年进德录》的里头，也曾看见过这种文章；就知道这是一件狠危险的事情，心里就想：我们的精神，为何要被肉体强制住呢？后来知道这是件狠难制的事，所以专门买些修养书看——如《青年修养录》各种佛经等类，方才能够免除些。所以吾奉告青年时代的人，对于这桩事，应当自己觉悟呀！

做白话诗一首。

觉悟底觉悟——彻底的觉悟（有感而作）

一阵阵的风，飕飕吹来，把池上的绣球花，吹得个飘零满地。
我是个伤心人，本来“别有怀抱”；今天把这自己伤心，
伤心到花上去，为花颦眉。
我本没有爱花心，不过可怜她残弱飘零，为拖拾起。
人家笑我——讥我，我只是不管；不是真的不管，我因为暂时忍气。
她虽则没有知觉，她也可怜我；但她并不彻底，不过令我着迷。
我觉悟了！我彻底的觉悟了！我知这种事体。黑暗底，
不是光明底；况且我今日受了人家气，将来又要受她的气。
唉！“既有今日，何必当初”；当初怎样欢喜，今天怎样丧气。
说什么欢喜——丧气？都是我觉悟的不彻底。

我愿我觉悟了再觉悟,觉悟到底,觉悟的彻底。

觉悟的觉悟,觉悟到最彻底。……

九·六·十四·下午

六月十四日,月曜,晴。

演算草。

阅《学生杂志》。

受课四。自今日以后,受课的钟点不记了。

赋七言律诗一首。

遣怀(第二)

忏 人

良辰美景本寻常,但看垄头垂白杨。世态变幻悲苍狗,辰光迅速叹黄粱。伤心岂独风中絮,薄命还怜草上霜。莫问凋零旧日事,此衷耿耿又茫茫。

做白话诗一首。

理想中的"她"

她究竟是谁?

"她是个世界上有人格的人,我和她常在一起。

我爱她慕她,爱她的美和爱情,慕她的聪明伶俐。

她也瞧得起我,我也瞧得起她,终天的喜孜孜底一团和气。

男女的爱情,本不容第三者干预;但我狠相信她,任她与第三者任意攀谈,任意交际。

她也是个明白人,识得我这番苦衷,这番心地。

何论什么样?她决不把爱我的爱情,爱到别人身上去。

我愿祝'天长地久''日换星移'。

我二人的爱情,与时间同生死。"

以上的话,都是我的妄想,我的没有见地。

我是个孤另另的人,说什么爱情不爱情,问我去爱谁?

世界上,本没有叫做真爱情。真爱情是什么?不过是一种精神作用的暂时表现。

所以我愿这理想中的她，决不要出现；因为她出现了，又要害我精神上受痛苦，形体上受损害。

这何苦来呢？

六·一五·上午五时半

六月十五日，火曜，雨。

阅《遗愁集》。

赋七绝二首。

悲 观

忏 人

长日漫漫惟有思，赏心乐事又何时。那堪追想风波险，此次风波轮到谁。当年忏悔改前非，免得临时泪沾衣。愁恨路长叹路短，此心所苦惟歔欷。

阅《石头记》。

做白话诗一首。

风——雨

什么"风风"，
吹得窗儿刮刮儿的响；
什么"雨雨"，
落得阶头滑滑似的湿。
什么响，什么湿？
只恼了窗里的主人，苦了阶前的黄叶。
为什么恼了主人？为什么苦了黄叶？
这个问题，吾没有回答，吾不能回答。
你要有回答？你去问这窗里的主人，和这阶前的黄叶。
因为他自己生受，方才能够自己回答。

六月十六日，水曜，晴。

做小说一段，约一千言。这篇小说，我想做来投稿的。名儿还没有定。今天不过做了半篇。

和赵、水二君译 *Bolsheviki and the World Peace* 里“The decline of The Revolutionary Spirit ”的第一段。

这篇东西，译了一段；解释不出了，就此中止。赵君说：“我们去请朱企云先生讲了一遍，再译罢！”于是大家就停止。

听讲佛经。

六月十七日，火曜，雨。

演算草。接昆山县主第二高小校校长周品人之母之讣闻。

禀祖母片。

阅《海潮音》及《印度哲学概论》。

赋七言绝句四首。

长恨词

忏　人

何事伤春恨欲狂，闲情沼里看鸳鸯。岂缘不解寻欢娱，早把人情嚼透尝。

简简心事小青愁，相对无言学楚囚。千古伤心惟一恨，此身原悔住红楼。

万端俱集对茫茫，身世坎坷两可伤。为憾生平无知己，只留遗恨在潇湘。

绵绵凄雨送残春，恨事阑珊泣沾巾。不悔此心长恨苦，来生愿作无心人。

六月十八日，金曜，雨。

演算草。

做白话诗一首。

现在(moment)

现在是什么？就是过去的将来，就是将来的过去。

说什么将来？说什么过去？实在多是现在。

我前天说将来（见本记六月三日日记），为什么今天偏说现在？——

我前天所说的将来，就是今天的现在；

我今天所说的现在，就是前天的将来。

现在！将来！到了明天，就是今天所说现在的过去，

就是前天所说将来的过去。

说什么将来——现在——过去，实在都是将来——现在——过去。

吾说将来，偏变做现在；将来是理想，现在是事实；将来是因，现在是果。

有了美的理想——因，自然有美的事实——果；

有了不美的理想——因，自然有不美的事实——果。

过去！过去！不过评判理想——因和事实——果。

早有现在，何必过去？——早有今日，何必当初？

我说彻底的觉悟，我当真的彻底的觉悟了无？……

九·六·十八·晨六时

读《清诗评注》。

译白话诗一首。

百灵鸟的歌

(The lark's song) (From the royal Crown Raddes. 19.)

一个菊畦的旁边，有个露水浸湿的鸟巢。

一只百灵鸟，从里边飞将出来，飞到天空去。

张开她的嘴，唱她的山歌。

又是响亮，又是清楚。

但是她并不发狂，她是高兴——有趣。

醒啊！醒啊！（"Wake up! Wake up!"）她嘴里唱道：

"这世界渐渐儿的懒惰了！——为什么我知道？——

当时我从你的窗口儿飞过，向里边偷看；

瞧见一个女孩儿，她正酣卧。

醒啊！可爱的女孩儿！你不要和这太阳同起同卧。

她听了我的话，她就慢慢地从床上爬起来。

她恐怕她不能学她的功课——她不能做完她的功课。

你知了这个，恐怕也要替她下泪了。”

九・六・十八・八时半 灯下译

六月十九日，土曜，雨。

与邵力子书。前天陈君学佳，做过一篇《随感录》，叫做《广孝》。今天有位叫做李绰的出来反对，所以我写这封信替他辩护。

六月二十一日，月曜，晴。

正英兄来即别。兄云四侄患病甚重，命余代禀祖母。

禀祖母片。

祖母大人万福金安：

今晨正英兄来校云四侄患伤寒甚重，已请医三次，未见稍好；且发呓语，状甚危急。上海家用本巨，以此经济益不支云云。命孙代禀。孙大约夏历六月十日左右，可以旋里；届时正华兄能来申同归，则尤妙。

孙正璧上禀　六月二十一日

阅《三叶集》。

收家中寄来洋一元。

至邑庙购挽对，又至北市一次（买《解放与改造》）。

六月二十二日，火曜，晴。

阅《三叶集》。

做白话诗一首。

两条路

忏　人

一条是生的路；

一条是死的路。

两条路，一样儿长，一样儿阔；

你要走那条路，就走那条路。
但是这两条的中间，我总得拣一条走去。
倘使回转头来，都是黑茫茫的，迷迷糊糊。
休回转头来，你只管奋斗走去！
能走那条路时，你就走那条去！

六月二十三日，水曜，晴。

接表兄居瑞伯君函。略云有要事奉托，请课后一来云。

到亮泰晤表兄。

阅《少年世界》。

六月二十四日，火曜，晴。

做白话文一段。未完。待做完时，录入本记。

接国桢侄片。

阅《新青年》。

六月二十五日，金曜，晴。

阅《解放与改造》。

著文言文一篇。

哭日记文（并序）

忏　人

我何为而作此文也？嗟乎！我实难言之，我实痛言之！溯自去岁五四运动以来，自由声浪，几遍全国。于是所谓新文化运动者，踵之以起。我侪适逢其会，不得不随之以兴。思想自由矣，言论自由矣；我等所享人的幸福，亦不可谓不厚。于此可见新文化运动，确乎其为人的运动也！月初以来，文字狱大兴。所谓思想言论，从此再无自由发表之一日；较之满清文字三狱，一则用暴，一则用柔，有过之而无不及。其有激烈论词，不待言矣；即有一二放诞语，而恫吓之言立至。嗟乎！我等处此无生机的压迫之下，其生活为何如哉？痛我生之不幸，伤同志之无辜；爰为此辞，为我侪日记，同声一哭。二十五日，雯识。

我为此词，彼伧见之，不知又将作何词矣？呜呼，伤哉！雯又识。

六月二十六日，土曜。

上郙香晚夫子书。

和C君译故事一段(续)。

赋七言古诗一首。

悼萱词(并序)

忏人金邑朱君吉六，吾之老友也。天性诚孝，静默寡言。余自得瞻眉宇，即以学问相励勉；朝夕于斯，获益颇不浅。今夏初，噩耗传来，高堂萱折；君呼抢痛哭，凄怆欲绝。余慰之无可慰，悼之无可悼；中心悲伤，恨世上伤心人之不我一人也；爰歌此词，用为两慰！余生八月即丧母，君年已二八余矣；相较之下，此歌之为君哭乎？为己哭乎？吾亦不得而辨之。惟知句句作楚声，可与《陇上诗》同调读也。雯识。

诗后日再录。

六月二十七日，日曜，晴。

至校长处(第二次)。

和C君与S君游半淞园。

与严师及孙君祖基书。

六月二十八日，月曜。

得兄书。

六月二十九日，火曜。

拟致C.S.二君别书(见《断肠集》)。

上表兄书，即得覆信。

六月卅十日，水曜。

拟致朱君祥别书(见《断肠集》)。

上郙师函。

七月一日，木曜。

拟致宋、钱、周、朱、施、朱六君书（见《断肠集》）。

别郁君函。

七月二日，金曜。

拟自述一段（见《断肠集》）。

七月三日，土曜。

正英兄来。

出外一次。

七月四日，日曜。

和C. S.二君至北市购书。

七月五日，月曜。

接郁君书。

七月六日，火曜。

得郏师诗。近作一首《寄助乐观》："骏马卸客憩高树，好鸟呼人入上林。除却自投罗网里，出门到处是清阴。"谭生学绥 香晚泐。

致《民国日报》馆一函。请彼将报纸分作二份，自十一号起，一份寄赵君，一份寄余。

上祖母函禀归期。

覆郁君书。

七月七日，水曜，晴。

和C. S.二君至商务印书馆买书，又至华龙路访表侄居君以义。

七月八日，火曜，晴。

行休业礼。

至亮泰，又往访赵君，同至商务印书馆，返至阅桥痛别。此段参看七月十三日《与赵君书》。

致兄信。代水君上《民国日报》馆函并看报。

七月九日，水曜，阴。

访正英兄不遇。

送行李至天泰祥。

回家。

七月十日，土曜，晴。

致水君康民书。

康民弟大鉴：

别来三日，想念为劳。雯于昨日回里，行程无恙，差堪告慰！前日代寄上《民国日报》一份，谅早收到；报馆中亦曾又去一函，嘱其改寄府上，想必能如愿矣。雯下学期行止尚未定；吾弟如不弃，请十日一通信如何？

七月十日　雯上

余勋弟于今日回周浦，弟如通讯，可直寄该处。又及。

致赵君余勋书。

勋弟如晤：

别来三日矣，伊人秋水，未能一刻忘怀；前情长逝，能不凄然；此心依依，难以言尽也！附上近作二首，聊告记念，亦以见吾之始终不忘吾弟耳！吾弟居乡行趾若何？幸一告我！雯昨日到黄，今晨由申至松；将以谋下学期读书处也。校中倘不命吾退学，吾则依旧；实言之，吾实不忍与吾弟等长别也。吾弟倘回信，请寄黄渡西市交雯收；因吾此次到松，不过耽搁二三日耳。片短意长，情不克达罄，奈何奈何！……

端月下旬四日（即九月）舟次淞江忆文绩（并序）

与赵君别一日矣，生离可痛，岂独阳关；往事难踪，遽非长恨。天涯目迎，伤鸿雁之来迟；好事无常，痛苍黄之易变。昨日同堂，今各歧路；中心怆伤，更况对此茫茫乎？随笔所之，成此二章；聊泄悲怀，亦以写恨。五月廿四日雯识于舟中。

绘断春申话别时，魂销欲绝费多词。伤心独恨阳关赋，薄命还怜嵇子痴。崔九堂前情万丈，灞陵桥上泪千瓻。知音同哭天涯别，无事愁肠应有思。（其一）

其二一首，后日再录上。

吾弟近况，可即详细示吾；观岫望云，当知吾心中惟有吾弟也！又及。

此后雯拟一星期一通讯，未知吾弟以为如何？又及。

上朱匋广夫子函。

夫子大人尊前：

谕诗一首，获读之下，窥见肺腑。此事结果若何，夫子可能一预示否？并问夫子何日回申，请俱示知，以便受业到申面商一切。

余不及罄，虔请道安！

受业 正璧禀上　七月十日

道出上海至松江访兄。

七月十一日，日曜，晴。

与兄访卫亚杰女士于慕卫第二分校。

至上海住亮泰。阅《新申报·号外》，知北京已起战事，沪宁铁路昆山间已被宁军拆断，火车抵开至南翔云云。

与赵君余勋第二书。

勋弟英鉴：

前日在申奉上一片，谅已收到。雯于今日由松至申；本拟缮一长函，作详细报告；因时促不及，容待后日。现近畿直皖军已起冲突，沪宁铁路昆山间已被苏军拆毁；黄渡至申，交通亦已断绝；此地不日亦将有战事。雯于明晨乘轮船归。吾弟如回信，恐一时不易达到矣！《民国日报》，是否照寄，请顺便示吾。余候后日详细一告。

敬颂文祺不一

雯上　七月十一日夜

王颂韩君偕余至聚丰茶园听书。

七月十二日，月曜，晴。

归家。在船中阅《民国日报》，知黄渡已驻有浙军一千五百人，铁道亦已拆毁。

七月十三日，火曜，晴。

与赵君余勋弟三书。

吾亲爱的勋弟：

以前的两封信，想您一定都已收到。今天早晨，天气很是清凉，我移了一只小桌子，在墙阴底下，写这封信给您。这信很长，很是累赘；吾生平也没有写过这样长的信，此次算是第一遭；因为吾觉得对于您，有一种特别感情；一天不见您，一天觉得没精打彩的；所以写这信告诉您一切，当您我仍旧在一起儿一样。不知您以为什么样？

八日在老马路和您分手后，一个人回到校里，一路孤零零的，觉得很是凄清。到了校里，朱君祥等在那里预备夜间开茶话会，劝我加入；当时我就应了。勋弟！勋弟！我一刻不见您，就觉得一刻不欢喜；他们虽则高声言笑，我此刻那里还有心情去应酬他们呢？

九日，我把行李寄在新马头天泰祥里，我自己先回里。那时我曾走过您的门口，要想进来见您；奈时候已不早，只好忍心的走过去。唉！吾此时肚子里，比刀割还要难过哩！

到了黄渡车站，就乘班船。在船里曾做过一首诗，就是前天寄您的。我本来要做一首七言古诗，写前日和您分别时的心理——事实；不道做了几句，左也想不出来，右也想不出来，只好作罢。就换做七律二首。成了一首，船已到镇；所以寄您的也只是一首，其余一首后日有暇再做罢。我对于旧诗，虽则欢喜学；但是不大研究。做出来的终是不大好。现在已经立定主意读英文了！对于国文一方面，我也想精一种。这旧诗不算外，或是新诗，或是小说，我总得在这二种的里头，拣一种专门去学。但是有件狠可痛的事情：下学期不知再能和您和康民弟同学不能？倘使仍旧的，那么吾们三个人，可以各人专学一种，将来也可以互相助用。唉！这事恐是我的妄想罢！

这天的夜里，我在灯下写了三张明信片。一张是寄匊广师的，一张是给康民弟的，一张就是给您的。祖母命我到松江去望家兄，并且去访问教会里开的中学有没有？所以我十日的早上，就乘火车到上海到棋盘街商务印书馆廉价部去寻《英文文法易解》，寻了半天，一本也没有。当时就买了四本本年的《教育杂志》退出来了。就打棋盘街走到宁波会馆。在这段路上走，偶然想起，从前和您也在这条路上走了好几次，今天只剩我一个人了，心里何等样的悲伤呢！趁电车到西门，再从西门到南车站，心里总是这样想，越想越恨，因此连想到这五十多天的暑假里，不知道要念到您怎样地？

我给您的信，都老老实实的叫您弟弟，我起初觉得狠是冒亵；后来我想，这事算不得甚么。况且不是我起创的——《三叶集》里头他们都以兄弟相呼。我以前常常想我恨我没有一个弟弟，不然我读书也有了导伴了。自从和您认识后，就非常羡慕你的聪明。不过起初你我不大理会，您的性情什么样？我一点也不知道。今年的春里，和您比以前和好些，所以您的性情，被我都知道了。我就想：我倘使有了这样的一个弟弟，吾此生何等的造化呢？后来知道您也没有弟兄，吾虽则有一个哥哥，但是性情是不合的；因此想起从前有二句话："无兄而有兄"，"无弟而有弟"。我们也尽可以仿他呢！我一相情愿的说了上边许多话，不知您心里究竟如何？您尽可以老老实实的也告诉我一回。

到了松江，就问路到家兄处；住了一夜。十一日的早晨，到慕卫第二分校去访卫亚杰女士——和我们是亲戚——谈了一会；她所说的都是宗教里迷信的话，我也不十分相信听。讲起教会里学校，她教我到东吴中学；我想东吴是不容易插班的，此事十停有九停不成功了。又歇了一会，就告别；临别时，她还送我许多教里的书籍。

松江也没有好玩的地方；热闹的去处；我又不欢喜去，因此我就回到上海。再到商务里去寻了一回《文法》，仍旧没有；没有别的书可买，只买了一本"□□"第四本二△钱。那时我又打您店门前走过，想您那时已经一定回到乡下去了；不然，又得和您会面咧！这天的晚上，吾的亲戚王君，他领我到聚丰茶园听书；我本来不欢喜的，因为想我好几年不听了，听他一回何妨呢？当时就去听，唱的是《文武香毬》《劫法场》，说得却还好！我最欢喜听的是，他唱的《红楼梦》开篇。

当夜又曾写信给您，因为恐怕回到家里，再写一时不容易达到了。明天就去趁轮船，在船里买了一份《民国日报》看，知道有浙军一千五百，已屯在黄渡。吾想吾的乡里，恐怕也要成瓦砾的战场了。看到最后的一段，吾心里很欢喜看！就是英大哲学家罗素亦将到华——近代四大哲学之一，杜威亦在其内——并且还说，这四位之中，还有一位法国的伯格森，也可请到。那末四大哲学家，请到了三位，我们何等造化呢！到了那时，吾知道必有一次欢迎的盛况呢。

回到家里，整理了一回书籍，忽然发现一桩极可笑的事情，就是您的那个图章，被我带回来了。我想想总是前天写信给《民国日报》的时候，用了一用；就放在我处，忘记还您了。因为恐怕您要寻，所以告诉您一声。

我现在定每晨自修英文三小时，即日实行，想您一定赞成的！我此时也没有什么样，最担忧的，是下学期，恐怕不能再和您在一起读书，这是我平生的一桩大缺隔啊！

日子多哩！吾一星期一报告我的状况，您静候着是不！

九·七·十三　正璧自黄渡

此信是叙述的体裁。以后还望大家研究研究学问，有不知的，也互相问问。英文一层，我不大懂的很多，还要望您指教呢！此时本地抢米事狠多，我想做一篇报告去投稿。不知道您那边什么样？

□查字典读作□，□读作何音，我不懂，请您用国音教我！

《民国日报》十一、二日的《英语周刊》一四九期今天都收到。读"The Report of the Commissioner of Police for may"。

七月十四日，水曜，晴。

读"□ English Reading 4th year"（Lesson Ⅰ.）"The good we Eat"(English grammar Simplified Part Ⅰ. Charpter Ⅱ.）。

阅《中华小说界》。

著小说一篇约二千六百言。这篇吾投稿《民国日报》。题目叫《灯影哭声》。

接赵君余勋书。

雯兄如晤：

不奉清谈，匪朝伊夕。忆师校把袂，时挹兰芬；风笛数声，各还乡里。海燕风萍，无从晤语；对此柳绿牵愁之候，怀想方殷；而琅函忽贲，字里行间，眷注殷殷！弟自愧疏略，过承雅意；并承赐佳章，雅意缠绵，回环捧读，手不忍释！惟足下终抱悲观，恐不利于贵体；尚祈不以此事关心，想朱师必有良法也。弟竹床石枕，手卷卷抛；跣足科头，深居简出；此景此情，恐不足为知己道也。盖对此炎暑，出外殊不变，居家中除饮食坐卧以外，惟有阅书以消遣；至于家事及各种问题，则皆置之度外，不再计及之矣。

余言后及，专此敬候佳祉。

弟余勋　七月十二日

《民国日报》未见寄来，不知吾兄处已寄来否？如亦未寄来，请再函催之。

与邵力子书并寄小说。

力子：

我为了前天一封信，校长命吾下学期不必再去。吾家里狠是清贫，下半年的行止，我还没定咧！但是我总不认是捏造！这篇小说,倘使不收,请你寄还我;或者代吾投到别种杂志里去。倘使收录,那是我狠感激的了。校里若是确定不许吾去,我还要详细的把前日情形告诉你呢! 再会罢!

前天写信给你,请你把报纸分做二份,一份寄我,一份寄南汇周浦赵杏庄君转赵余勋君收。我的报都收到,今接赵君来信,说他处没有收到。请你查一查,或者会计处忘了,也未可知? 须先谢谢!

九·九·十四 正璧

七月十五日,木曜,晴。

致兄信。

杂记一则。

昨夜梦仍在校中,赵君被彼伧居于北舍寝室六号。(此舍本无六号寝室,梦中误会耳。)不许与余相见。彼伧贴一纸于宣布处云:欲见赵君者,须告本级级长,及得本舍监之许可,方准一面。余欲见不能,几欲痛哭! 后赵君私出见余,嘱余不必多念,后会有期也。于邑所别去仍回舍中,余则仍徘徊走廊中;辗转思量,不觉泣下。时天已破晓,风雨来临;余梦始醒。幸也,否则余又不知伤心几许矣!

读□ English Reading 4th year. Lesson Ⅱ. “The Lighting of modern □”; English grammar Simplified Part Ⅰ. Charpter Ⅲ。

寄赵君余勋以诗附第四书。

端月晦夕梦见文绩因赋此寄之

苦乐本无常,离合当有期。人生行乐耳,何事好凄其。谁无续琴心,谁无复梁思。感此伤永别,别恨两心知。昨日鸿书来,殷勤致情词。君情我所怀,对此益相思。宵来梦见君,憔悴异旧时。君既惨不乐,我亦泪双垂。思君在南浦,欲渡无毛羽。会当何日见,共诉相思苦。

君在罗网中,欲飞无羽翼。闻者愤欲死,彼伧忍相迫。鱼网幸有疏,得见君颜色。刹那网复恢,恨无回天力。痛哭泪摧醒,残釭剩半息。凝坐独神伤，终宵惟苦忆。如此风波恶，前途险难测。愿君珍重去，弱肉恐强食。
勋弟如晤：

来书反复诵读，情词缠绵，实惬吾心，吾何幸而得知己如吾弟哉！近来除稍治英文外，惟阅小说，读古诗以消遣；一榻横陈，手卷抛残；此情此景，亦不至于吾弟也。昨日作小说一篇，约二千六百余言，投诸《民国日报》（署名湘客）；并询吾弟处未见寄报之理由，想彼必不至生硬也。雯处报已收得，惟苦多隔一日始到耳！附诗三首，作纪念词，聊助一哂。此时天气温和，不十分酷热；想乡居又乐于镇居矣。雯□稍杀，不再作他想；惟朱师处未有佳音，此心终慊慊耳！倘天从吾愿，后日仍得一堂获益；雯拟草一节省经济计画书，与吾弟等共商榷之。惟此恨绵绵如无人为吾填补，恐将与天地同长久也！言念及此，吾又不知递之何从矣！

七·十五　雯上

舟次淞江忆文绩（其二）

思君无日不伤情，苦雨江头愁送迎。泪看朝云凝血色，惨听孤鸣叫三声。蓼花有意常含恨，逝水多情空作惊。心绪万端难说尽，那堪更话旧时盟。

第一首前已奉上，兹续成第二首亦录奉青鉴。

阅 The □(one of □□□)、《中华小说界》。

七月十六日，金曜，雨。

录 My out-of-date life(From □□)and the □ and the □(From English and Chinese □)。

读□ English□ 2nd. Ⅰ to Ⅳ and English grammar 3nd、《秋水轩尺牍》。

著白话文一段（《十日来之黄渡状况》）。与朱君祥书（骈体附诗一）。

即 事

江萍海燕，聚散无端。苦雨凄风，会离有日。送行南浦，痛鸿雁之分飞；凭吊灞陵，念伊人其宛在。岂独鸟啼红树，忆友心殷，亦缘枫落吴江；伤秋意远，雯浦头返棹，复游云间。抚古追今，徘徊旧阙，触铜驼而生感，闻鹤唳兮兴悲。早识绿杨城郭，遍歌黍离。行看锦绣山河，满地荆棘。天公犹在，意何愦愦。壮志未酬，心终恨恨。燕然之戍非遥，笳歌之声又作。任他黯黯，岂不伤悲？对此茫茫，惟有痛哭。天涯知己，想必同俱此憾也。雯舞剑未能，舌花尚是。书此聊泄悲怀，记之用以告恨。想知己必有以解慰吾也。雯上。

接水君康民书。

正璧兄：

来片收到，《民国日报》一份也早收到。弟回家以后，也没甚毛病；路上也很平安。我收到你的邮片以后，没有就给信您，也有一个原因：您的信上虽然写着“咋日回里，行程无恙”等字样。但是看那邮局的印子时，却明明是“上海”。而且末后署的日子，却是“七月十日”。这样说时，你没有去考澄衷了。

近日我兄那里有没有校里和香晚先生的信？如其没有，或者校里也不放您跑。虽然您没有……的福气，却可以同学们仍旧叙首，我倒狠欢喜。

我还有一句话要问您：就是我丢掉的东西——丢掉的《心理学大纲》《英文文法易解》《秦编代数》《物理学答案》等等——你收到没有？——代我收到没有？

话完了，末后祝你的身子健康。

九·七·十五 康民白

与水君康民第二书。

康民弟弟：

你的情意，我都领会得了！你问我的事，我逐一的答在下边：

我九号回家——因为吾那苏州的同学，没有回信；吾不晓得他的地址，没法找他。——十号再过上海到松江。那封信我就带到上海发的，所以印的上海邮局的印。十一号回到上海，十二号方才再回到家里。余勋弟我有一封长信报告他，他通通都知道的。现在他的回信，我也已经收到了。

您不见的书籍，我一本也没有看见，想又被那几个没人格的人偷去了。您不见的文法代数等，那文法代数，想来就是下半年要用的，买到他的时候很难，我很替你可惜。我此次在上海去找了几次，一本也没有买到。你已经有了，生生被人夺去，岂不可恨。但您也不用记在心上，我倘使到上海去，一定替你再买到他。

你问我校里和香晚师有信没有，那就引起我的悲伤了！这事待下一月再说罢！

我前天曾做过一篇小说，投到《民国日报》，倘使登出来了，您就可以知道我的心事了！这篇小说，署名湘客。

我近来除每天早晨读些英文以外，专管看看小说读读旧诗；这生活虽是无聊，却还过得来。比了您，却萧条的多呢！十日一通信，想您已经允我了，请您照着做罢！再会！……并且祝你天天安好！

九·七·十六　正璧白

赋七绝一首。

即事一首

江村细雨草萋萋，荞麦花开葵映堤。自是杜鹃善泣血，归声不住叫东西。

七月十七日，土曜。

录 a mountian □.（From □□）and a winter night.（From □□）。

阅《聊斋志异演义》及《中华小说界》。

读□ English Reading 2nd Ⅴ－Ⅶ。

录谜语九页。

阅《民国日报》，知余所投小说已登录，改名《好学生的救星》。

著小说半篇，约一千二百言。（名《是爱是害?》。）

七月十八日，日曜，雨。

录 The □(From English grammar Simplified，I)。

著小说半编，约一千二百言(昨未完者)。我把他誊清，明天邮投《民国日报》馆。

阅《三叶集》(□)和《尝试集》。

接赵君余勋第二书。

正璧兄：

你寄来的三封信，都已收到了；但是第二封，却遗失了！

我写这张明片的时候，却先要告罪几声。我前次寄把你的一张信片，不是文言的吗？这一张明片，真正完全是敷衍了事，没有一句真实的，获罪多多，总要请你原谅呀！

正璧兄——我看您的信上，终不免抱着悲观。我却很不以为然。因为我们俩的交情，是从精神上生出来的；区区五十多天，数百余里，那能够来阻止我们精神上的团结呢？现在我有一首狠好的有规则白话诗，这首诗是康民弟给我的：

一对黄莺儿，喁喁在枝头。

如说分离苦，如道会期远。

转念会期即，何消忧和愁?

你看了这首白话诗以后，或者能够稍稍解去一些悲怀，那真欣幸的了不得了！

《民国日报》，已经寄了来了。我上次信上，不是说没有寄来吗？这都是交通迟滞的歹处。十一日的报，到十三日才收到；那么无怪十二日的信上，说是没有收到的了！

我看十三日的报上说，苏浙双方都已把兵队撤还了。想来你那边黄渡的一千五百个浙军想亦撤回的了。还是告诉我一声确实的消息，那我便可以放心了！

至于抢米的事，我们近边是没有。因为前几年一直非常丰稔，不过去年收获不大好，所以还没有要紧。今年米贵，恰好在种田最忙的时候；所以大家只想种田，没有闲工夫去抢米。并且我们这里种稻的很多，这次米贵，竟一大半受不着影响，所以还算安宁。

□一字，查字典读作□(□)。注起中国音来，□读作“末”的声音；□读作“是”“黑”的声音，就是读作直的声音；un读作“于”“挨”的声音；拼拢来是读作“末如挨”的声音。

九·七·十七日　余勋

与逃禅君书。

逃禅：

别后想来很好，我现在也没什么样，请你放心！我是抱□的，和你差不多；所以住在家里，也不觉得什么样，不过不能天天见几个好朋友，心里稍有些根芥罢了。

我近来每天除读英文二小时外，不是看小说，便是做小说；不是读诗，就是赋诗。这几天内曾做过二篇小说，二首七律，三首五古，一首七绝；倘使下半年仍得同校，我可以给你看的。

前天托您买的《文法》，我现在要两本，《代数》也要一本。因为前日我那康民弟来函说，他以前买的，都丢掉了。我允他替再买到，所以转托你，想你一定可以允许我。我再要日记簿二本——就是校里用的。倘使没有，不钉的也好。——请你立刻买了寄下，因为我现在等用咧！这书的价钱，我将来面给您，或是邮寄你，都可以任你的便。

日子多咧！你如没有事，常常通通信罢！末了我还要祝你身子安好！

九·七·十八　正璧

寄水君康民第三书兼白话诗。

康民！您是我最亲爱的弟弟。除了余勋弟外，要算到是您。吾记得八号的那个早晨，您坐在黄包车上；您回转头来看，我和余勋弟，也远远地不住的瞧着您。那时正是我们的“销魂桥上”，东西分离。今天到了孤另另的时候，我常常想念我那亲爱底兄弟；一个是他余勋，一个是你。余勋弟来信说：“我看你的信上，总抱着悲观，我却不以为然；因为我们俩的交情，是从精神上生出来的。区区五十多天，数百余里，那能够来阻止我们精神的团结呢？……”我受了这番教训，从这愁苦的心坎里，顿时生了一点欢喜。

虽则不能把□完全弃去，却好像有了一点儿的生机。

康民弟！你此时还是替我担忧，还是替我喜孜孜地？今天余勋弟来信，附着你寄他的一首诗，我读了几遍，手不忍释。那时我正在读□和《尝试集》，当时就心热起来，所以也做这首寄你，请您替我修改修改——老实说我做白话诗，真的不及你。前天的那篇小说，已经登出，你可看见了吗？今天我又做了一篇，约有二千四百多字，署名是S.C.T.。明天就要去投稿了。十天的一封覆信，想你也已经收到。你如有工夫，也做几篇小说去投投稿，不知您以为什么样？我现在别的心事都没有，所不安的只有一件，您是知道的。我就用“临风布意，不尽欲言”二句话作这信的结束，并且再要问你声好！

九·七·十八　正璧

读□ English Reading 2nd year Ⅷ—Ⅺ。

七月十九日，月曜，晴。

寄《民国日报》馆小说一篇。

读□ English Reading 2nd year Ⅹ—Ⅺ。

录 The □（continued yesterday）。

录小说一篇。就是在《民国日报》登出的，我把他细细录出，又改名《天涯知己》。预备做我将来的小说集的一篇。

阅□。

做小说一段(名《无家可归》)。

七月二十日,火曜,晴。

寄赵君余勋第五书。

吾亲爱的勋弟:

吾说一星期一报告吾的状况,现在一星期又满了。前天您的信到后,因为要等今天详细的报告,所以我没有就答复你。您可原谅这个?

自十四日起,每早写英文二面,读英文二三课,其余不过看看小说罢了。这天的下午,做了一篇小说,约二三千言;正在誊的时候,你的信来了,当时我丢了笔,拿来就看;心里兀自欢喜,想你在那天一边,原来也不忘我。你后来一封信里说,这信上的都是假话,我也不以为然;细细辨辨,觉得很有意思呢?你后来的一段,难道也是假话吗?所以我望你承认那信是真话,不是假话,那我就很感激了!

十五日把那篇小说寄到报馆里去。隔夜做了一个狠稀奇的梦,梦里好像仍旧在学校里,你被那沈舍监关在一间宿舍里,不准和我相见;后来你偷出来见了我一面,连忙就回去;我那时觉得很是悲伤,就哭醒了;天未十分亮,我就起来做了三首诗;后来又写了一段信,寄给你。我想你看了这三首诗,起初一定要莫名其妙呢!现在可以明白了?

十六日做了一篇白话文。偶然读《秋水轩尺牍》,心里忽然高兴起来;当时就做了一封骈体尺牍,给朱君祥。这篇尺牍,方才可以说完全是敷衍呢!现在读读,着实可笑。饭后接得康民弟一封信,信后说他丢掉了几本书——《文法》《代数》等。我连忙就回信,叫他不用把这事记在心上,我一定再替他买到。并且又告诉了他一回我的状况。晚上又做了一首绝诗。

十七日看报知我的那篇小说登出来了,但是觉得太流露了些,想你也已经看见。老实说我起初本抱定一个……字,后来接得香晚师的那首诗,知道有了些希望,方才作罢;不然,我此刻的魂灵儿不知在那里呢!放假的前几天,我说要写几封信,叫你们不要看;你猜猜看,这几封是什么信?写给谁的?里头说的什么话?你看了这篇小说,就明白了。现在这几封信,我还珍藏着;倘使再要用着,也说不定的!……这天的晚上,我又在灯下做了半篇一千二百多字的小说。

十八日自修好了英文,就继续做那篇昨夜未做完的小说;全篇共二千四五百字,署名S.C.J。午后又接到你的第二信。看了后我很感激你。因为你能体谅出我的意思。你叫我不悲观,却很是难事;因为我真的悲观,不单是在这别离上,是在下半年的读书问题。倘使下半年确定仍得同校,那我乐观之不暇,何暇悲观呢?勋弟!你领会得吗?

康民弟的那首白话诗,果然很好;当时我更读了一回□,心里技痒起来,所以也做了一首寄他。《民国日报》已经收到,我很欢喜。此地的兵真的退了,实实在在,只有三百多个;他们到镇上买东西,也还客气;临去的时候,糟蹋坏的田地,每亩赔洋二元;我想想他们程度,简实比以前高了,这也是五四运动的成绩啊!此地抢米的人,被捉的很多;听说要枪毙;我狠替他们不平,但是也"爱莫能助"!这天,又给逃禅一封信,托他多买一本《文法》和《代数》,又托他买二本日记簿;这《文法》……正是我替康民弟代托的。

昨天把第二篇小说寄出去,这篇小说,是讲的恋爱问题,结果却很是悲惨,你看了,恐怕也要心酸呢!又把前次的那篇小说誊了一遍,预备做我理想《三叶小说集》里的一篇。午后有位旧同学来访吾,我觉得十分不舒服;一则我的宗旨变了,我是在新文学上用功夫的,听那些旧的说话,着实可厌;二则我说的许多新名词,他却听不懂,在我原是惯常的。因为这二个原因,推想到这旧社会的生活，更加不堪；但是我们理想的新社会，却不知何日才实现呢？勋弟！你的心理什么样？昨夜的灯下，又做了一段小说。

我自从十二日回到家里，到今没有走出门口半步。精神上却还安舒，我新近抱了一个□主义，更觉得那些人情上的虚套子，着实没见地；所以我自己实行自己的主张，言行处处不忘这□。就是这信里的话，也没有半句假话。我现在要对你说一桩事，就是你有空也做几篇小说；如其嫌篇幅太短，你可寄给我，待我替你演长；或者有意思而不能达出，你可做一段大意，我代你做；你千万应承我这个！

小说的内容，大约不外"恋爱问题""婚姻问题""社会问题"和"人生问题"等种种，你可以随便的。话完了，其余的，下次再说罢！我亲爱的勋弟，再会！

九·七·二十晨 正璧

录 The □(continued yesterday)。

读□ English Reading 2nd year Ⅻ－ⅩⅢ。

录谜语……十页，题曰《二美集》。

看《中华小说界》。

做小说一段(续《无家可归》)。

七月二十一日，水曜，晴。

杂记一则。

昨夜梦中，欲作落花诗，惟得末句云："落花流水悠然去，独留此身天壤间。"吟至此，感慨身世，不觉下泣。乃醒，时已鸡鸣三唱矣。

温□ English Reading 2nd year Ⅰ－ⅩⅢ。

赋五古一首。

有 感

薰风来有时，万物齐向荣。大块多生气，天空列雁行。伊人心有思，有思在沧江。愿为比翼鸟，飞飞共成双。一在浦之西，一在浦之东。此恨虽绵绵，会当有日逢。
阅《说林》。
做小说一段（续《无家可归》）。
做白话诗一首。

微笑(Smile)

S. C. J.

天生成我的会忧愁；
不是长吁，便是叹气。
你看绿阴满地；
鸟儿唱歌，花儿乱飞。
这正是人家微笑的时候；
偏偏只有我还是颦眉。
我要把这颦眉生生丢去，
迎接这微笑到心坎里。
但是这黑层层的环境，
还替我挡住。
我总得把这环境，用力士的铁锤，把他击个粉碎；
还我个原来的亮晶晶的地。
微笑！微笑！你且等着机会！
你总有天到我底心坎里。
你莫要燥，只管静悄悄地。……

九·七·二十一·午后

接兄书。
接赵君余勋第三书。
雯兄：
　　我上次寄你的一张明片，想来一定已经收到了。你上次寄给我的信上说，你尝作小说一篇，投给《民国日报》，署名湘客；今天我看见十六日的《民国日报》上有一篇小说——《好学生底救星》，署名湘客，想必就是你的佳作。做的非常的好，我很想说几句话来恭维你，但是我说不出来。

您又说，你已经去询问《民国日报》馆未见寄报的理由；那真弄得错中错了；不知《民国日报》馆有没有信把你？您的□稍杀，那真慰我多多呀！至于朱师处呢——想来他将要回来了——一定有好消息的，请您不要慊慊罢！

九・七・十九日 余勋

康民弟处，有没有遇信来？我上次收到张明片以后，没有收到过；至于我自己，这几天也疏懒得很，所以没有写过信去，不知您那边怎样？

接逃禅书及寄来日记簿一本。

雯兄：

您寄来的信，我已经收到了。知道您在家里用功，我何等仰慕？不过我自暑假以后"心乱如麻"，连佛经也没有心思去看他，何况是英文一小说一诗！

商务印书馆我也去过三次，《英文文法》一本都没有；《代数》只看见一部，我已经买了；他日如再有看见，我一定会同您买，请您放心。

日记簿尚文书店里没有，幸我处尚有一本，现在先寄您用；等他异日有了，我再同您买。不过我的一本，簿面上已有我的名字，请您用的时候，换掉了就是。至于金钱问题，现在不必提起，此区区之数，我终能够同您垫的。

数日前，宁、沪间发生了军事问题，您处铁路多折断；想您一定受惊不浅！不过没有几天，就了事的。不知道您的家中，有否损失？请您便中示我。

香晚先生处有否来信？那件事已否了结？我极想念啊！

七月二十日 禅自沪寄

著小说半篇约千二百字（名《李代桃僵》）。

七月二十二日，木曜，晴。

著小说半篇约五百字（续《李代桃僵》）。

与邵力子书，寄小说并诗《微笑 Smile》。

力子：

今天寄上小说一篇——《李代桃僵》。倘使登录，应得的报纸，请您替我送给一个朋友；倘不录，那末请您寄还我。前二天也曾寄上一篇，想您已经收到了。

九·七·二十二晨　S. C. J

通讯处：黄渡柴家巷交谭正璧收。倘录取后报寄金山朱泾兴塔镇益仁堂交朱祥收，即日就寄更好，请你在报上覆吾！

录 The □（From English grammar Simplified）。

和祖母出去买夏布。今天是吾回家后，第一次出门。

读《唐诗三百首》。

阅《清代演义》《海潮音》《教育杂志》及《新的小说》。

读 The □ □，Chapter Ⅰ－Ⅲ。（One of the □ □□）。

晚上出去剪发。

七月二十三日，金曜，晴。

致兄书。

钞《雅谑选录》，为我《二美集》里的一种。

接水君康民第二书。

正璧兄：

来片收到，您说的话，我都知道了。不过我对于这《民国日报》，很不满意。他原是孙中山的机关报，他看孙中山的马头倾向如何，他就如何。不过我们是看他的第四张，也没甚关系。只是近来也有这种臭味了。您不见楚伧的随感录，和光汉的通讯吗？这是什么话？所以我劝您不要在这里投稿，坏了清名。这是我自己的话，也没有斟酌过。不知道您以为怎样？

七·二十一　康民白

接校中来信。

学生谭正璧本学期内品行分数不及格,下学期毋庸来校。

此致 谭正璧家属鉴

江苏省立第二师范学校启 九年七月二十一日

与赵君余勋第六书(?)(永诀书乎,第六书乎?)

吾亲爱的勋弟:

我的事完了! 您知道吗?

您看了这二句话,吾知道您必要跳一跳。今天收得校中来信,里头说:"学生谭正璧本学期品行不及格,下学期毋庸来校。"这不是我的催命符吗?

我的希望没有了! 再过十几天,我到上海去会朱师;倘使再不能了结,只好从我……的志愿了!

我亲爱的勋弟! 我从此和您不再会面了! 可怜! 和您白认识了半年! 勋弟! ……(写至此呜咽不能再写。)

九·七·二十三 正璧

康民弟今天来一信,不知您处怎样?

缮上朱匋广夫子书(此书不便入日记)。

与逃禅第二书兼托寄朱夫子书。

禅公:

您的信和日记收到了,谢谢! 问吾的话,下次答罢! 今天接得校里一封信,说:"品行分数不及格下学期毋庸来校……"那我急得了不得! 所以又写了一封寄朱师的信,请您到校里打听:朱师倘使再这一星期内——今日起——要回来的;或者京津间火车不通;您把这信留着,待他到申时,您面给他,或邮寄他——遂便是了。倘使他还不还申,或者火车通的,您代我快信寄去,费一角三分,您替我垫一垫。

我寄您给朱师的一封信外,还有一个信壳;是倘朱师至申时给他,请您换一换。

我把这件狠重的事——生死关头——托您,望您尽力替我办。

你收到我信后,就替我问;立刻回信吾。最好不用明片;因为此地邮局的人,我是认得的,知道了不好意思。不单是不好意思,恐被吾祖母知道!

吾的禅公!这件事倘使没有结束,您在世界上,也少了一个朋友了!您倘使念吾,还是寄将来超脱我罢!

九·七·二十三·灯下　正璧

吾写这二封信,不知落了多少泪。

七月二十四日,土曜。

阅《履园丛话》及《夜雨秋灯录》。此次假期内我本拟不看笔记,专读英文和习白话文。今事生意外,死期日迫;不事消遣,亦且闷死。我得生一日,且自乐一日;则笔记之功,实居其首也。呜呼!我为此言,我又……

赋《绝命词》二十绝,成三绝,余待续。

漫将心事诉愁词,知己天涯应有知。休道吾生坎坷累,吾生一半为情痴。(此情字包含五伦,系广义的,而非狭义的。读者休误解。)

灵均原是我前生,不合尘寰有送迎。识透湘江波浪赤,楚魂二字早呼名。

“劝君莫识一丁字,此事从来误几人。”不读放翁诗里意,岂知斯果由斯因。(上七绝三首本日作。)

生平不解合时宜,执笔挥毫遂所思。意谓祖龙不复生,谁晓祸又起文词。

我是天涯沦落人,稀逢知己少知音。江头魂魄西归日,可有友朋来吊凭?

水、赵可算是知己,友爱常呼弟与兄。一起瞟城西北隅,一在茫茫黄浦东。(水谓水康民君,赵谓赵余勋君,余视之皆如弟。）

二三诤友朱、陆、郁，天涯地角随逐鹿。闻得孤雯今不存，定当一为知音哭！（朱君祥，金山人。陆君逃禅，太仓人。郁君祖伦，昆山人，余皆视为诤友。）

我本无心作此词，惟觉心琐悲难持。付与伤心哭我人，为我留作永相思。（上皆白话诗，不讲平仄，亦不讲韵，共五首。）

七·二十五夜　灯下续作

读陆放翁七绝。

与邵力子书。

力子：

我昨天收得校里来信，里头说："学生谭正璧本学期内品行分数不及格，下学期毋庸来校。此致 谭正璧家属鉴 江苏省立师范学校启　七月二十一日。"

我看了后，作抖的几乎晕倒；此时只有我祖母在傍，问我是谁来的信，我不敢实告，只说是同学给吾的。

力子！你知他说我品行不及格——实在我是个好静不好动的人——是为什么？就是为了上月替王君抱不平给你的那一封信？我现在要把这事的始末，和我此后的行止告诉你。

上月我一封抱不平的信，在《觉悟》里登出后，校长就把我暗中骂了一顿，但是他还不知是我写的。后来被舍监沈方涵查出了，去告诉了他；他上修身课时又骂，我听了知他已经知道；连忙写了一封正误的信，亲自送到你报馆里。到了明天，这封信未曾登出，那舍监就命我到他那里去，他也埋怨了我一番，命我到校长前承认这事。我当时听了，连忙就到校长那边去，说这信是吾写的，校长把我批蹋得一文不值。末后说：你自己去想法儿消除这罪恶。我当时不以为意，以为他决不那我什么样的。过了几天，又到校长那边去，校长说：我看你这人，总是不相宜于本校。且你引坏他人，你真是害群之马，益发难容。下学期，你不必来了;我总得留你一点面子,不过再二星期,就暑假了。当时,我以为他开除我无名,所以回到自习室里,哭了一回。但仍旧不十分挂意。

他说吾引坏他人,也有一段历史。我在校里有二个最要好的朋友——康民和余勋——他们也曾在《觉悟》里投过几次稿。他就当做我叫他们投的。此事发生后,余勋被他从前高小里的校长,叫去埋怨了一顿;并且叫他不要和我亲近。校长又疑心这信不是我一个人的主裁写的,疑心到他二位身上去;也细细的盘问我,我一只咬定说:这都是我的主裁,并没有人指挥。所以他结果就说我引坏他们。

老实说,校长那几句话,并不是我捏造;那位告诉我的教员为了这件事,他连忙回家去;至今没有见过面呢!他曾说:我太实了,反害了你们!

总之他要威吓我们一级的学生,他算计的不是一天了。也有历史可讲。我们去年进来的一班预科,国文教员,就是那位告诉我"校长说那几句话"的一位。他教授的一律是新文学,我们做的都是白话文。校长就不欢喜,并且不喜那位教员,今年罢课期后,他仍来硬拖上课,我们因为分会长开除也不肯上;一个学监和舍监沈方涵在预课课堂里相商;学监说:他们不肯上,总得牺牲几个才好。沈方涵说:此时恐酿成别事,待后日慢慢地借别事开除几个罢了!这几句话是我的事发生后一日,一个同学始告诉我,他是亲听见的。我为了罢课,曾和这沈方涵起过龃龉;所以他就怀恨吾,在校长前说我坏话,并且说我是预科的领袖,那知我正巧碰了这个顶子。他益有了把柄了。

他现在命我不要去,我别处又读不起。再有一桩,我这事还没有告诉吾祖母。我家里别个人没有,只有一个祖母,父母祖父都死了;我用的上,都是我祖母向人家借的。伊常希望吾能够自谋生活后,把所欠的债归清,方才完伊的志愿。力子!我现在那有面孔对我祖母说？但是我又没有法儿挽回校里的那封信。仔细思量，终无别策；现在不过写了一封信寄教务主任朱香晚先生，托他想法儿，再无结果，我实在没路走，只好实行我的小说——《好学生底救星》——里的那个少年的意志了！

现在家里，祖母很爱吾，待我很好，但是越使我难受。唉，力子！我现在妄想非分，要求您一件事！我想托您下半年寻一读书处，每年费三四十元，我祖母还可替我设法，多则不能了。否则做工做商都可，只消能使我下半年有吃饭地方，瞒过吾祖母是被开除就好了！力子！您能够应吾这个；请您就回信我。

倘使我真的一无法儿，我只好学北大学生林君的自杀；我不是意志薄弱，我是“不得已”咧！我现在几封“永诀书”也写好了，只等你回信，就定我的生死问题！力子！千万覆一封信吾！

九·七·二十四夜　S. C. J.

这信千万不要登在报上。你回信寄黄渡西市交谭正璧收；或要我面谈，我尽可到你那边，只消你也给个信我。

七月二十五日，日曜，雨。

与郁君祖伦书。

祖伦足下：

六号奉上一函，未见答复；故雯于九日即回里。十余日未通一函，良以未知是下行止故也。前事尚未了结，请足下示知现住地址，俾得将始末一陈，是所至盼。匆匆不尽所怀。

此请文祺不一

雯白　七月二十五日

阅《履园丛话》《夜雨秋灯录》及《智囊补》。

读苏东坡七绝。

拟与祖母永诀书，成一千二百言（未完（见《断肠集》）。吾作此时，窗外雨声淅沥。若摧吾……者。嗟乎！余本零落人，岂苍天亦好欺零落人耶？……

接朱君祥书。

正璧知己兄大鉴：

顷接手札，玩诵之余；觉一片凄凉，满纸酸楚，令祥不能卒读。慨参商不会，旧雨难逢，天涯地角，风雨鸡鸣，楚楚柔肠，能不黯然乎？祥与足下，素称知己；亲如骨肉，义若同胞；兄之痛苦，亦祥之痛苦也。千万勿以斯事为怀，而废神圣之学业；努力精进，终有见胜之一日；兄之光也，祥亦得以一笑也。

此覆即颂夏安

弟祥上　6.31.

唉！这信早到了四天，我不知要欢喜到什么似的。现在我刻刻皱眉，那能做得出一点儿笑容呢？祥君！祥君！从此以后，你要少一个知己了，你在那天一边，理会得我吗？唉！我正是在这里妄想！

读清诗七绝和七律。

续著《绝命词》七绝五首。

七月二十六日，月曜，晴。

阅《续侠隐记》。

录梁任公先生著《进化论革命者颉德 Ridd 之学说》。

接兄书。

接赵君余勋第四书。

正璧兄：

您寄来的 No. 5 一封信，已经收到了。您说要我做几篇小说，但是我这几天住在家里，疏赖得很；所预定的每天写英文两面，也不实行了！所以要做小说，一定要到八月一号以后，再来应承您罢！八月一号，我是一定到上海的，并且想七月三十号动身；不知您几时动身，请您快快写一封信来告诉我，好待我在车站或轮埠上候您！

余勋

此信若在校中信未来以前收到，我也不知快乐得什么样了！余勋弟一片好意，我虽挖出心儿来，也不能酬偿他。唉！此恨虽精卫复生，也没法填补的了！勋弟！勋弟！您白用了一番爱我的心呢！……

与赵君余勋第七书。

吾亲爱的勋弟：

二十三号寄上一封信，一定收到的了。这封信，不过寥寥数言；这寥寥数言内，却含着极悲痛的意思，想您是意会得的。当时我收到校里的信（单挂号），心里已忐忑的乱跳；连忙拖起笔来，写信给您；写到后来，手里作抖得写不成了。所以那信是没有结束的。

今天收到您的信，知是未收到我那一封信以前写的。读后心里一阵酸痛，忍不住要流下泪来！倘使这时候校里没有信来，不有这种提心吊胆的事，我何等的快活！回覆您的信，一定也要加倍的起紧！现在我可不能了！

我现在英文也不读了，就是读也没心绪了！二十三号的晚上，我又写了一封上朱香晚先生的信，到明天寄给陆君廷抡，托他交快邮寄去。老实说，我的“生死存亡”，只视此封信了。倘使我是有福气的，能够仍旧和您同校，也只视这信的回覆。

康民弟劝我不要投稿《民国日报》——因有政治的臭味——所以我小说也不做了，就是做也不投稿了。上海我一定要到的，不过日子还未定。（我现在最踌躇的，是在上海过宿，有许多不便，所以至多不过住一天。）我定了日子可以写信到您店里，这地址我是知道的。

您在上海住几天？何日回乡？请您也告诉吾一声，待吾也有个把握。

勋弟呀！我好好的在校里读书，偏偏要做这种侠烈的举动，却害了自己。现在王君他怎样的安逸？他连问吾的信都一封没有！看他对得住吾啊！倘使我得生一日，我对于这种人，也算明白了一番世故。这种世故，我没齿不忘的！勋弟！您以后处世，也留心些！

一星期一报告我的状况，这事又只好中止了。切切实实的多通几封信罢！我现在在看梁任公先生著的达尔文、边沁、颉德、康德等诸家学说，但是总管没心绪！亲爱的勋弟！再会！并且问您声可好？

九·七·二十六日　正璧

康民弟还不曾知道校里命我不要去。请您顺便告诉他一声。我实在没心绪另告。

与兄书。

七月二十七日，火曜，晴。

续录 Ridd 之学说。

阅《淞滨琐话》《讲坛》及《杜威演讲录》。

杂记一则。

今天头目晕眩，腹中不舒服，像要呕吐；祖母买了二个瓜，给吾吃，方才好些。但是我想，索性生病死了也好！吾活着一天，祖母这样待吾，却令吾多难过一天！吾现在暗里祝吾自己生病，不要生小病，也不要生重病，简实生个绝病。免得我自己……时，再要作抖，也免得吾多难过几天。……

赋七言古诗一首。

恨别词

忏　人

春申江上，魂兮归来。南浦桥头，惨然辞去。既伤心于死别，亦含恨于生离，中心悠悠，赋此以遣。

沪滨花事三春好，连理枝头常合抱（同气连枝之意）。任他雨残与风摧，硁性依然傲百草。惟恐百草妒复仇，苦雨凄风常含愁。一朝潮急双摧折，海角天涯任去留。去留漂泊无时定，离合悲欢惟天听。人若如此人何堪，誓共天地同寿命。天长地久有尽时，此情绵绵永相持。良宵月下双舞剑，细雨窗前联吟诗。吟诗舞剑月复日，不管桃稀与柳密。咏歌楼头意绵绵，看云江上情切切。切切绵绵无时已，两心皎洁如秋水。生性由来傲冰霜，世态岂嫌处瓜李。瓜田李下本多诬，况是鬓眉俱丈夫。羡杀鹣鸰雁儿妒，闲情语里起风波。只缘不解风波险，烂熳天真是澹淡。早晓到头离恨生，应悔当年为学謟。丈夫别耳何謟为，功成会合终有时。红尘岂没英雄志，愿君勿效儿女悲。为悲此别成死别，烂熳心肠非石铁。虽隔云山无几层，怎耐永远君颜色。

第六卷

小　言

此本所记，纯属惨史。天笑之《飞来之日记》欤？指严之《劫花惨史》欤？请伤心人自领略之。九、七、二八、忏人氏识。

七月二十八日，水曜，晴。

阅《觉悟》内杜威讲《试验主义》allen □女士的《自由离婚论》和戴季陶著《资本主义下面的中日关系》等三篇。

夏君清祺来访坐片刻即别。与君不会面者，已将二月；风仪依旧，快何如之。惟忆及心事，使我无地自容，则有惭良友多多矣。阅 *Tales from Shakspeare*。

接陆君廷抡第二书。

正璧：

你于二十三日寄吾的信，吾于今天刚才收到。我收到了之后，立刻到梅溪学校用电话询问校中；校中答话的是程石生先生；他说："香晚先生还没有来申；并不知道他可以何日动身。"吾听了之后，恐怕他说的不确；所以又到香晚先生的家里去询问，他的老母说："半月前，他有来信说：'须阳历八月初头回家。'惟近十日来，没有一信寄到家里，大约是铁路不通的缘故，能否如期到家，也不得而知。"吾听了这几句话之后，方才深信香晚先生确没有回家；不过吾因为他说了那几句话，连这封信也不敢寄；因为铁路不通，寄了也不能立刻就到；就是过几天通了，他也要回来了，寄去也没用；所以我以为还是等他回来之后，再送给他为愈。不知道你的意见以为何如？信中所说的种种消极话，吾以为何必如此；因为江苏的师范学校，岂只有这一只而已？这只师范不要吾去读，吾可以到别只师范去读；况且师范学校毕业，并没有什么好处，薪俸不过二三十元；那末再不是一定可以有位置。所以吾以为他既然不要我去读，我可以乘此机会，转入别种较好的学校；况且你的祖母所希望的，只有您一人，倘使你做了那样事，叫你祖母如何得了。佛经上有句话，叫做“人生难得”；你是很爱读佛经的，我想您一定不会违背那句话。

吾在二十二日那一天，也接到校里一封信，现在抄在后面请您看：“学生陆廷抡本学期内品行列丁下等，今后来校务促本人格外注意，免致中途失学，是所厚望。此致 陆廷抡家属鉴。江苏省立第二师范学校启 九年七月二十一日。”

吾对于这只学校，是很淡的，所以他虽列吾在下丁等，吾也毫不介意；就是开除吾，吾也坦然无惧色；吾在这一点地方，请你也要仿效吾！

《文法》《代数》这二本书，吾到现在还没有同你买到，抱歉抱歉！

禅公 二十七日

接郁君祖伦覆书。

尊片悉。弟于七日晨返家，预筹十号赴申补习之资故也。弟札适于六号寄苏，故未得阅其，亦命也夫。再于九号得家舅信，言上海补习皆滑头钦上之计，故不赴申。弟遂默默在此十余日，足下之事竟致错过，弟实不能辞其咎也。然弟境遇之困难，谅兄亦少知，定能不责也。余不尽。

弟祖伦上

与陆君廷抡第三书。

禅公：

您的信收到了，看了后，心里很要谢你。因为诸同学——除了赵、水以外——没有一个关心吾只件事,连问吾的信一封没有;你肯替吾尽力,又劝导吾,实叫吾感激到心坎里。赵、水二位,他都慰吾说:"有香晚先生在,总管不要紧的。"我起初也是这样想。自从校里有信来,和今天知道你那边也有信,知道希望一点都没有的了。禅公!你说这只师范不要我读,可入他只师范。你不知我是开除生啊!他只师范,岂肯收开除生的!你劝吾乘此可入较好的学校,吾何尝不作如是想?但是我最苦的,家里没有人和我商量。——就是有,他们是不懂的。——我一个人,一时又生不出主裁;所以越想越没法,就卷入这厌世的思潮里。禅公!你是我知己,你的哥哥,又是在外边做事,很熟世事的;你可和你哥哥商量商量,上海可有较好的中学——单重英文也好——费用每年六七十元,能插班更好。你只消谅吾能够入的,你代我找一所;我实在没个人替我出主意,你定能再替我尽些力啊!

你收到校里的信,不动声色,吾很佩服你有镇定力!吾想,你处既然有信,别同学也有,也不得而知。话来话去,可说都是我一个人惹出来的,吾很对不住你们!

我给香晚先生的那封信,你不曾替我寄;我在这里正恨不得叫你不要寄,不寄是最好的了。待他到申时,你面给他,今天再附上一条,请你也封在那信里。唉!这是梦想罢!

我出月一定要到上海,并且定来会你。吾现在想,这件事在二月以前,万不料有这结果;佛书里说:"有因有果,善因善果,恶因恶果。"我这事岂没有恶因,那里料得有这恶果?亏这谈佛学的校长,倒做得出!

我又想,校里既然列你品你入下丁等,将来也是极危险的,不如也乘此时换学校,省得到了那时(这是吾的胡料),又多费几许光阴。不知你以为怎样?你倘使英文吃不住,吾以为能用功,没有跟不上的;因为吾在一年以前,也和你现在一样,我不过在去年春里专门读了半年,就觉得不吃力了。

现在王君志高，他怎样的安逸？我以后能够生在世上，我也情愿做个抱“个人主义”的人，不愿再做这种义愤的举动了。朱师至申时，你给个信我。

九·七·二十八　正璧

阅《淞滨琐话》。

七月二十九日，木曜，晴。

阅《说林》和《石头记》。

接邵力子书。

正璧：

读你的信，深为扼腕。我现在还希望朱香晚先生能为你设法。你应明白，上海地方，每年费三四十元读书的学校，实在没有。你所学的师范，转入他校，功课怕也不甚相宜。能达求学目的，什么委屈都不妨受，何妨你有这样爱你的祖母！自杀之念，亟宜打消。你可背你祖母而死，倒不如直截痛快，把详细禀知祖母，伊未始不可相谅。你底英文程度如何？在二师已几年？便中望告我。

力子

覆邵力子书。

力子：

你底回信，已收到了。我起初也以为朱香晚先生总能为我设法的，昨天收得同学陆廷抡来信，方才知道依旧没有希望。他底信里有一段，录在下面：

“我在二十二日那一天，也收到校里一封信。现在抄在后面，请你看看：‘学生陆廷抡本学期内品行列下丁等，今后来校务促本人格外注意，免至中途失学，是所厚望。此致　陆廷抡家属鉴 江苏省立第二师范学校启。九年七月二十一日’……”

你想，陆君品行是下丁等，那末我下丁等也不到了，他简实作吾没有人格了。况且陆君这个人，他并不激烈的，就是前次强迫上课，他也并不曾反抗。他是欢喜研究佛学的，因此和我很好，所以舍监也妒忌起来了——学生底品行，一大半是舍监定的。我想，陆君处既然有校里这样的信，别位同学，一定有几个也有的，这事都为着我一人而起，我很对不住他们！不过我是自撞了火线，酝酿得却不是一朝了。朱香晚先生还没有从北京还来，因为铁路不通，那信现在陆君处，还没有寄。看来九分是没希望的了。

前天给你的信，在心头忐忑的时候写的，所以过分的地方很多。你问我英文程度如何，在二师已几年，却使我羞于回答。因为说起来，吾简实惭愧，吾简实没有应当受人救助的地方，但是我却不能不说。我从小在私塾里读的，到十五岁方才进高等小学。十八岁毕业，考师范没有取，就在家里闲了一年。去年方才考取二师，至今不过一年。师范的英文狠平常的，一年里不过费了一本文法、一本读本和十念篇故事。今春我专看新文化书籍，因苦于英文字不识的狠多，所以约了几个同志，想下半年课外加倍的用功。不道横里生出了这件事来。暑假虽则补习，又苦于没有同伴。所以我的英文程度，是平平的，不过中学一年级的程度，真惭愧死我。

你叫我直截痛快的告诉祖母，吾何尝不可？不过告诉了伊，是没用的，反使他老人家多担一桩心事，所以吾暂时不说。待别处内行上定了再告诉伊。又因为从前进高小进师范，都是我自己主张的，家里穷了些，连亲友都嘲笑我，那肯帮忙；就是肯帮忙，乡间能懂寻学校的能有几个。因此下半年一些寻学校的事，又须我自己担任，吾自己又一时找不出，所以急得要……

你说上海地方，每年费三四十元读书的学校，实在没有。我也知道的，我现在进一步再告诉你心腹。我祖母伊预着我读到中等学校毕业，至多费去二百元，所以能够缩短读书年期，每年费贵些也不妨。实在再没法，吾做个排字工人也情愿，无论怎样总得请你设法。

我出月有事到上海，要想顺便和你面谈。倘使你允我的，请你在《觉悟》通讯栏内覆我，只消用 S. C. J 做我的名字，我看了就知道了。

九·七·二十九　正璧

我知道你狠忙，为了我这事，又害你加忙，我很对不住你！

阅《教育杂志》。

七月三十日，金曜，晴。

访夏君清祺。

阅《说林》和《石头记》。

与赵君余勋第八书。

勋弟：

二十三、六日写的二封信，你总收到了。第二信是要你答覆的，想你一定应承我——或者此时你的信已在邮局里递来也未可知——但不知现在你到了上海没有？我在这里狠是记念！第二信里说我上海一定要到的，不过日子未定，待定了告诉你；且问你在上海住几天，请你也告诉吾，免致又相错过。我因为恐怕上次的信中途有误，故又重复的告诉你；倘你已经收到覆吾，上边所说的，就作罢论便了。现在狠是无聊，又没有个同伴，天天不过垂头丧气。大约月初吾可以到上海，“相会之期行在不远”，请你候着罢！

九·七·三十下午　正璧

你倘到校里，代吾探询香晚先生究竟何日回来？吾此事已托陆君廷抡，兹又托你。你得了确切信息，请您就告诉吾！

康民弟处，你把我那件事也告诉他，因我此地用明片写有许多不便。

阅《我佛山人笔记》及《仁学》。

七月三十一日，土曜，晴。

阅 China's New Century Reading 3nd □。

阅《仁学》。

习王氏《说文句读》。

接陆君廷抡第三书。

正璧：

你于昨天寄吾的信，吾已于今天收到了。

上海的中学，那一只是较好，那一只是较歹，我们确不能说得出。不过吾以为民立中学是好考些，费用也省些，插班也可以，英文也可以，不知你的意见，是否肯进这只学校？不过他们已经招考过了，想开学相近他们一定再要招考一次。

你说"你处既然有信，别的同学也有，也不得而知"。吾现在也在这样想，像水、赵二君，某先生是狠注意的，不知道他们处也有否？请你在便的时候，写信去问问他看。

你又劝我也乘此时换学校，我自从接到了校里（不挂号）的信之后，何尝不作是想？可怜我所爱的商业学校，他们已经招考过了。至于什么中学，我确不愿入。因为入了中学，第一就是吃重英文，叫我那样的程度，如何吃得消？至说能用功没有跟不上，吾往日在学校里，现在在家里，何尝不试过？等到一拿到英文书，就生出厌倦心来了。所以吾想今年只好再到那学校敷衍一年，待来年商业学校招考再转罢！

你能出月来申甚好，甚好。香晚先生的信，吾终待他来申后交给他，请放心。

禅公 三十日

与水君康民第四书。

康民弟：

你二十一日寄的那信，我已收到了好几天了。这几天里风云变幻，我□急得要死。所以你那信里的话，暂时不辩，留待后日罢！

我于二十二日接到校里一封挂号信——与你的信同时到的——当时就知不是好消息；拆开看时，果然！信里说我"品行不及格，下学期毋庸来校……”我心里虽想……但是不动声色，所以我的祖母，至今还没有知道。连忙又写一封寄朱师的信，寄托陆君廷抡代交快邮。过了几天，陆君回信说：“我也接到校里的信，说我品行列入下丁等，以后来校当注意云云……”我又想，陆君处既然有信，别处一定也有，校里注目的，除了我外，要算到你和余勋弟了。因此吾狠着急，特地问您一声，你处究竟怎样？请你告诉我！我现在要寻学校，又一时没有，急得要死，又没有个商酌的人——因为我想定了学校，方才把那事告诉我祖母。

以后关于这种问题的信，望你不要用明片！余勋弟已于三十日到申，不知你那边知道吗？我没有心情再说了，再会罢！……

九·七·三十一　正璧

我想出月到上海，会余勋弟，你却一时不易会着，可恨！

与郁君祖伦第二书。

祖伦足下：

读大札已悉一切。校中于二十一日来函云我品行不及格下半年毋庸到校云云，故雯近日专寻别就，一时既有……念又生。足下前说之澄衷中学，以经济关系，不能如愿，因请足下将此事原委详细告知周品人先生，问其可有雯能入之学校——每年费四五十元——雯前闻昆山有一教会学校，想定能插班，故又托告周先生，一时亦不获。时能入此校亦好，惟必须插班。近日心灰欲死，故知己处更不再作多语，祈知己谅之。惟请于此五日中回吾一好消息，是所至盼。

七月三十一日 雯上

狄君武先生，被同学反对，大约下半年亦不在龙门矣。可叹！

八月一日，日曜，晴。

至申，先至商务印书馆，后访余勋未遇，又至城内访禅公稍谈话。至朱师宅，朱师仍未还。后在禅公家稍坐，再访余勋仍未遇。留刺至亮泰遇兄。晚后访余勋，云已归去矣。灯下作书致之，书寄周浦，夜宿亮泰。

八月二日，月曜，晴。

回家。晨兴，别瑞伯兄，往北时已晚，乃往中华书局购《新文化丛书》二种，乘三时二十五分钟车归。

接赵君余勋第五书。

正璧兄：

您说第二封信是要我答覆的；但是当吾收到这封信的时候，一者因为天气热，二者心里不大爽气——一就是您的事；二就是收到了宝忠哥的一封信——所以没有回覆您。上海是三十号到的，不过今天午后就要回去了，为甚呢？因为我出来的时候狠早，只有两点多钟——模模糊糊之中，就被狗咬了一口；所以上海不能多住，就要回去调养了！您托我问香晚先生何日回来，我也不能够了！至于康民弟处，您的那件事，我也没有告诉他；因为我不要我那快快活活的弟弟，弄得垂头丧气；所以我想待您得了朱先生的回音再去告诉他，您以为怎样？咳！璧兄呀！我这次原想同您会面的；不料人祸以外继之天灾，所以只好忍一忍心回家去了！我们再会罢！

九·八·二日晨 余勋

此信写二日寄，吾以为二，乃一字之误。为甚呢？因为邮局的图章，是八月一日。一定余勋弟写时狠匆促，所以差了。吾录时仍写二字，是“以存其真”的意思。

言词之间，若心里有无限痛苦，咳！“云山万层”，吾怎能够知道他究竟为什么呢？

与赵君余勋第十一书。

勋弟如晤：

三次探访不遇，恨甚！雯此次至申，实专为访会吾弟；所志未遂，自叹书生本多命薄，只可徒呼负负已！岂我第六书中所云

“我从此和你不再会面了”一句，竟成谶语耶？抑风云变幻，别有他故耶？回肠九转，念及此时，每至泪随声迸。今日回里，得吾弟书；此中崎岖，方才大彻。往日吾弟致吾之书，我读后总觉吾弟素抱乐观；即慰吾之语，亦无丧颓语气。犹此书，则若有满怀衷曲，无可发泄而又抱极悲观者。嗟乎！朱祥君昔日致我信中有言：“兄之痛苦，即祥之痛苦。”何犹吾弟之痛苦，非吾之痛苦乎？然吾有以慰吾弟者：则吾所痛苦者，精神上之痛苦，吾弟之痛苦，切肤之痛苦；切肤之痛苦易治，精神之痛苦难消；以此较彼，聊可用慰。况天灾人祸，本随自然；吾弟既逢此灾，亟宜医治。未知被咬处轻重若何？中心又不胜念念！浦南浦北，非如恨海难渡，仍可相探；其如羽翼虽长，不能自主乎？每念及此，又不知恨恨何如矣。“失意人逢失意事”，吾等此时情景，仿佛似之。信后附上昨今二日之日记，吾弟阅之，聊作面谈。“过屠门而大嚼，虽不得肉，聊且快意”，吾弟其替会此意？日记中多系坦诚之言，当时访弟不遇，故多恨词；然“明日黄花”惟有识者始知谅者；使吾弟易地而处，想亦必尔尔也；吾弟前日到校，可知学年考案，曾揭出否？如揭出，再有吾之名字否？以及吾所询于吾弟者，一切详细示我；亦得稍慰下衷，聊当此次曾会谈也。嗟乎！海天茫茫，风雪难测；“君向潇湘吾向秦”，从此天涯地角或永永无会面之期；吾虽伤心人别有怀抱，其如偏逢此伤心事，安能免一番嘘欷哉！言长无端，忍心搁笔；吾最后之望，惟望即赐吾回音；并祈吾弟以后继续通讯是荷！

正璧上　九·八·二夜

附日记。

八月一日，晨晴，余收拾书籍，检出《三叶集》《袖珍日记》各一。至九时，携之别祖母，往趁班船。时天气苦热，汗出如雨。抵车站，不过满十一小时。余思再待二句钟后，即能获见吾日夜所记念之余勋弟矣！嗟乎！孰知结果，竟有大谬不然者！自车站候火车，自上车到上海，“一刻三秋”，眼几焦穿。抵关桥，至协盛元布号；载欣载奔，自谓得见余勋，即在一刹那间。孰知号中人覆吾曰：“余勋此时适同伊父亲往北市场，四时后方归；听说今夜必回乡也。”余闻至此，神呆心怆！乃告以吾四时后再来访。及退至门前，适蔡君燮才亦来访。余告以此时已外出，吾亦来访而未获见者，且告以君于今晚必归去。蔡君曰：“吾昨日在校，曾会见君，且告我须后日方回乡也。”与蔡君别，乃至城内倒川弄访陆君廷抡，接见后，颇各事久之。陆君示以校中致彼之函，函中言“陆君品行列下丁等，后须注意”云云。阅后，相与扼腕！乃至朱师宅，朱所仍未回。后在陆君处稍坐，陆君发吾西瓜，吾虽嚼无味。至三时半，与陆君别；后往协盛元号，则余勋仍未归。余稍坐，号中人告我：“如四时至五时内不还，则时太晚，今日不回乡矣。”余乃就日记中出一名刺，用铅笔书曰：“余勋君鉴：顷走访不遇，怅甚！雯寓南市生义码头，亮太西烟号；君如见访，雯当坐候。正璧便启，八月一日。”授肆中人，托其转致余勋。余即退出，至亮太。乃鹄坐店中，向北而望；凡阅四小时，君仍未至；私心窃喜，以为君此时不归，今日必不回乡矣！乃就电灯下缮成一函，函(9)(与赵君余勋第九书)曰：“勋弟如晤：雯于今午到沪，即访足下，知已同令尊外出；遂至城内访陆君廷抡。及四小时，又至足下处，知足下仍未归。雯拟明晨再访，想足下必能待吾也。雯于明日午后，即返里；此次别后，后会难期，祈足下有以玉成之，幸甚！九·八·一夜八时　正璧。”怀而再访，则肆中人告我已回乡去矣！且语我：“君见刺后，亦未曾作他语。”乃怀信无言，忍怆出。嗟乎！吾此时心中，实为何者！思潮起落，由悲生恨，由恨生疑，因因果果，逐生幻想二：(一)君或已彻底的觉悟。知吾不肖，故拒绝吾。初未知校中绝我，故欢好如常；既知后，则一会亦不愿矣。此疑亦有故，缘吾告知校中来信后，连发二信，未曾得彼一覆故。(二)君或受委曲且不能告我。或吾致彼之信，已被人搁起。或因受上之压制，不准和我通讯，会面则无论矣。所谓委曲者，疑校中亦有函致彼如陆君也。(〔一〕为自动的。〔二〕为被动的。细思之下，〔二〕为确，〔一〕余勋决不忍心为之也。)(与赵君余勋第十书)过邮局，购一明片，返至亮泰，就灯下再缮一书。书曰："余勋足下，晚上后访，知已旋里；雯亦于明晨返舍。请将到校情形，详细示我，幸甚。九·八·一夜　正璧。"命店中人即投邮。发书后，独坐店中，思潮复起，几至泣下！忍之再三，幸店中人未之见也。及十时，睡枕上思君。既见吾名刺后，无论如何不过数十家之隔，何不来一访而竟忍心归去耶？百思不得其解！时天气又热，以巾拭汗，又以拭泪，是汗是泪，亦无人能辨之矣！及电灯熄，始入睡。梦中似曾见君，惜惟幻耳！……

八月二日，晨晴。金鸡报晓，余即起身。想余勋此时定在乡间矣。至八时半，乃乘电车至北市，购《民国日报》一份，在商务印书馆廉价部久之。时已九下钟，知乘上午火车已不及，拟待至下午再往。故至城隍庙一游，返至望平街，饮绿豆汤，聊以解饿。仍至商务书馆，天忽雷雨，乃坐待其停。购墨水一，又至中华书局购《女性论》及《政治理想》各一本。乘电车至车站，时惟十二点半。乃展阅《政治理想》，书系用直译法，故虽白话，一时不易解，因句法均照原文故也；且此书亦无甚精意，与杜威同；亦提创德谟克拉西，而反对"无政府""社会"等主义；所据虽有理，然吾颇不以为然。迨买票上车，乃阅报纸；报纸阅竟——约一小时——车始开。抵黄，乘班船；后续阅《政治理想》；舟到镇时，尚未阅竟也。

抵家，得余勋书，始悟其事。然仍不澈底也；因于灯下缮一函致之，想君必有以觉悟吾也。

日记中疑问甚多，吾弟拣有……为记者，详细示我！《政治理想》及《女性论》，吾弟如欲阅，可来函带示，即当交邮寄上，祈勿以周折而不屑为也！

八月卅一日之《觉悟》，雯处已为邮局所窃去，请特为寄下。（他日当仍奉还。）

近日专寻别就，吾弟如有主意，可示我，因我一人实无好主裁也。

八月三日，火曜，晴。

阅《女性论》及《儒林外史》。

填词一阙。

桃园忆故人（拟寄余勋）

落花时节江南路，遍洒巴陵残雨。但看若耶西，渡月锁烟笼住。　　杜鹃声里人归去，隔得飞虹千步，愁丝无数。只怕相思苦。满怀相思情绪，惯向谁人诉。

雯学填词，此次实破题儿第一遭也。按图索骥，未知能神似一二否？

此次至沪未获见余勋弟，心中痛苦万分，兹借词句，发泄一二。"似曾相识燕归来"，河梁之恨，填之后日，未知果能如愿否也？言念及此，涕泗交流；又不知此恨绵绵，何日始已？

阅《词学指南》。

八月四日，水曜，晴。

续录《Ridd学说》。

阅《民心》《词学指南》及《饮冰室文集》。温 English Grammar Simplified the □。

与《民国日报》馆片。

执事先生：

寄来七月卅一日的报纸，里头缺《觉悟》一张。吾想请您把那日的《觉悟》，再寄我一张，不知道可以不可以？

通讯处：黄渡镇西市交

九・八・四夜 正璧

此日适附《平民》一张，且纸卷又松，必为邮局所误。

与商务印书馆书。《英语周刊》251、252期，当已出版，至今未见寄到，故催之（函不录）。

八月五日，木曜，晴。

阅《儒林外史》及《尝试集》。

接水君康民第三书。

正璧兄：

我这里接到和廷抡兄同样的信。我以为余勋兄那里，一定也接到同样的信，想你当知道的。对于你的事，我竟道不出一句话。

八·二 康民白

我接到这封信，也道不出一句话。八·四 正璧

与水君康民第五书。

康民弟：

（桎人底二信，和世卫底小说的三张《觉悟》。请你检出寄我。后日我定还你的。）

你的信收到了，这事暂且搁起不要说说了也徒然多一番伤心，听天由命罢！余勋弟，我一日到上海去访他，他已经回去了；二日我回到家里，收到他的信。信里说他因为被狗咬了一口，所以他就回去调养了，别的话都没有提起。所以我狠是不安，也作信去问他，并且嘱他好好的调养。我的事，他命我不要告诉你——信里说的——但是我已经告诉了你了。"前途茫茫，黑潮万层"，能奋斗也罢，不能奋斗也罢！我和你和余勋弟总有一天在光明的新世界里相见！我们静候着罢！

九·八·五 正璧

朱师仍未回申。

与陆君廷抡第四书。

禅公：

和你别的那天，我就回家了。承你招待，很是感谢。今天接

得水君的信，说他那边也有和你同样的信，我心里很是难过。这事不知他要弄到什么地步才罢？

但是我们也不用说了，说了也不见得有一线光明，反致多一番口舌。朱师处请你格外留心，倘他回申了，你立刻通知吾。这事我重重的拜托你。宋君学文处，请你把我们的事也通知他，试试他有心没有？

他底通讯处是老北门穿心街一八五号，想你是知道的。（你说明我叫你告诉他的。）我们再会罢！我们各人去寻各人底光明的道路罢！……

九·八·五·晚 忏人

近日欲学填词，故请你代我向尚文书店买《漱玉词》笺一本。倘是和《断肠词》合刊的，也不妨。不过最好是要连史纸的，价上不过二△多些。附。

阅《日用便览》及《百科全书》。

八月六日，金曜，晴。

续录《Ridd学说》（完）。

阅《儒林外史》《劫灰梦传奇》《新罗马传奇》《侠情记传奇》及《古今说部丛书》（第一集）。

录《芸窗雅事》及《玩月约》，编入《二美集》。

阅《雪鸿轩尺牍》。

读古文若干篇。

与邵力子书。

力子：

上月二十九日，收到你底信，我就立刻回覆你。昨天水康民君来信，说他那里也收得和陆廷抡君同样的信，我看了很是咬牙。但是他仍到底比我还好。我现在只望你给个回信我，好定我底行止。力子！累你加忙，我很对不起您啊！

九·八·六·夜 正璧

填词一阙。

殢人娇·述怀

易水风寒，英雄西泪。灯前凭把堪卢试。休萧索了，白虹志气。　　但只羡调儿女楼头事。知己天涯，尺书常寄。苦难忘玉暖花腻。龙鳞百尺，君须牢记。终有朝遂戎马英雄志。

此首似乎较前次略见进步，惟苦不自然耳。

八月七日，土曜，晴。

杂记一则。

昨日起，有些腹泻。今天脑子也有些痛了，并且泻又加多。唉！吾只望一病……了到也好！

录梁任公先生著《天演论初祖达尔文之学说及其略传》。

阅《边沁学说》《儒林外史》及《近代西洋哲学史》。

温 English Grammar Simplified Part1. The □。

接兄信。

八月八日，日曜，晴。

与朱君祥第二书。

祥君足下：

上月二十五日接读覆示，字里行间，诸多关切，足下之爱吾至矣。不图事与心违，隔日接得校中书，云吾品行不及格，下学期毋庸到校，茫茫后会不知何期，百端俱集，实堪痛哭。吾本伤心人，其如偏逢此伤心事哉！吾原不欲以此事告人，故除足下及余勋、康民二弟，廷抡君外，概不通知。亦以世态炎凉，只可向知己道耳。日前接得三君覆书，除余勋弟外，亦均收得校中函言品行列入下丁等，以后务格外注意云云。足下，足下被伧叱，迫人弱肉强食，吾等何不幸一至此哉！吾本抱"不自由毋宁死"之宗旨，今觉太不值得，故更进一层改抱"顾奋斗而死"。人事不常，或终有朝达吾目的耳。近日所最踌躇者，此事而尚未向家祖母告知，我实无颜开口也。上月二十二日曾投稿小说一篇——约一千五百言——言明如录后，应得报纸寄与足下，奈至今尚未登出，足下其谅之。未接校中信以前，吾每日英文三小时，后则又放弃之矣。近日惟余梁任公著，达尔文、颉德、倍根、边沁等诸家学说，为将来研究地步尚一息尚存。此志不容少懈，吾实不愿真放弃吾神圣之学业也。昨日起，忽患腹泻，今又加剧，以此益郁郁，更无展怀时矣。下学年行止，尚未定。足下或有主意，不妨指示一二，知己定不弃我也。零琐言词，不成书体，只可作一篇谈话看矣。

八月八日 雯上

附词二首聊示近怀。

（即《桃源忆故人》〔见八月三日本记〕、《殢人娇》〔见八月六日本记〕，此处不再另录。）

略阅《说部丛书》（二至五集）。

与赵君余勋第十二书。

执别浦头，瞬将一月。前日□下造访，又失之交臂；缘悭一面，我恨如何！三日奉上一函，谅早达上，只以不获瑶音，至以为怅。吾弟伤处，是轻是重？千万一告；其余问题，待之后日再覆可也。康民弟来信，云亦得陆君同样之信，雯为之竖发。不知吾弟处又如何？安胜念念！雯近日偶患河鱼小疾，精神失常；少年如此，自怜亦堪自痛；然亦不欲医治，生死任之自然。施润君处，想亦必有此种同样之信，吾弟如有便，亦为一问，如何？《觉悟》卅一日本无，雯前误会，并白。吾身若在，后会有期，未必定在彼地狱中也。零琐不成文理，吾弟谅之！并询吾弟近好。

九·八·八 雯上

附词一阕，聊慰寂寞。

落花时节江南路，偏洒巴陵残雨。但看若耶西渡，月锁烟笼住。杜鹃声里人归去，隔得飞虹千步。满怀相思情绪，惯向天涯诉。

调寄《桃源忆故人》(一日访文债未遇,怅而成此一阕)。

雯学填词,此实第一次也。

昨夜疾又加剧,腹泻七八次,今日不能起床。八·九附上。

旦有寒热,头晕不能阅书,弟多通信,以慰寂寞,幸甚!又及。

八月九日,月曜,晴。

与郁君祖伦第三书。

祖伦足下:

前函谅已达上。雯拟预自至母校,与品人夫子接洽。祈足下亦到校一会。故请足下先向品人夫子约定一日子——最好此四日内——免致两相错过;言定后即示知为盼!

余不一,此问近佳

八·九 雯上

定期后,风雨无阻。

填词一阕。

一剪梅·病中遣怀

淡翠丝丝系紫薇,轻掩芸编,独笼绛帷。斜攲无语看黄昏,半是忧愁,半为相思。 红藕香残冷月低,才道销魂,又惹情痴。伊人秋水各天涯,雁字凭阻,望穿愁眉。

阅《觉悟》内《争自由底宣言》。

接朱君祥第二书。

正璧知己兄大鉴:

龙门握别,忽已匝月,未知贵体如何,念念启此。兄下半年究竟如何,请示之,以便通讯。若不变更,仍可聚首谈心,其乐当不改商山也。

草此即请近安

知己弟祥上 八月五日

接陆君廷抡第四书。

忏人：

《漱玉词笺》那一本书，尚文书店里没有，扫叶山房的书目上也不见。不知别处有否？

朱先生处，我今天又去过一次，不过没有看见一人。所以他已否来申？仍没有知道。邵力子处有否回信？替你想的什么法儿？请你便中知我。

水君处未知确有那□否？倘使确有那□，那末我下半年到校以后，言论举动，也可以胆大一点。

宋君处的信，吾已寄去。但不知他能否回信？

禅公 八日

赵君已否会面？他近状何如？又及。

八月十日，火曜，晴。

阅 *Two Brothers* 和《笔生花弹词》。今天身软不能起床，故看书是卧了看的。

接商务印书馆覆书。函中言 251、252 期《英语周刊》，寄在校中，自 253 期起定当改寄云云。

接郁君祖伦第二书。

正璧知己：

顷接大札，敬悉一切。所托事现已照行，但周师事情繁忙，迄今无暇有覆。弟恐兄焦急，特此先行奉告。以后苟得周师之覆，当即再行函达。弟昨日忽思得足下于高小时曾言愿入速成师范。今宝山有一只乙种师范学校，足下亦知之否？苟今亦愿入否？则速即修书至周师处，盖师范校长管城亦周师之龙门同学也。足下载水产所读之课程，可告我否？祈即一并示知为要。

专此敬请文祺

弟祖伦□

考乙种师范事非弟来劝(弟本不赞成师范)，不过记及而来问之耳。

接匊广师片。

谭生侍绥：

鄙人于今晨返沪，手书展悉。盼文驾即日来校一行晤谈，一是至切切。

香谨□ 八月九号

我病得不能起床了，一半是受了寒，一半是为上心事。我前天上匊广师函里说："倘使八月十号以内，仍无好消息，我必实行□□。……"今天刚巧是八月十号。这天的早上，我已想定仿《民国日报·觉悟》小说栏内一篇《亡姊的日记》里的□□法。觉得非常简单，并且又不痛苦。我已决计实行的了！自得了匊广师片，就打销于无形。当时就对祖母说："我明天要去会会朱师。"祖母说："你现在半点钟里要腹泻三四次，怎能够去？"我说："不打紧的，我一定要去。"但是这一定要去的原因，却说不出口。我也恐怕路上不便，但事到其间，也顾不得了！

这几天里，我直把我的身体，糟蹋到了极点。觉得活得一日，烦恼一日，死了方好！今天起，我又要改变了。

阅《欧洲战役史论》。我看了这本书，得着历史知识不少。并且又熟了西洋近世史。

八月十一日，水曜，晴。

接邵力子书。

正璧：

信及明信片均收到。你底事，我委实想不出方法。倘使找些小事，眼前即可搪塞，未免耽误前途。

上海有一免费学校，即仓圣四智大学，学膳宿费一切都免收。课程自高小至大学，即使不佳，总可得些智识。不过须跪拜仓圣，及管理严厉，有似奴隶教育而已。朱锡昌即在此校，今天《觉悟》栏载其致泪人一信，你如欲入此校，可按照通信地址，与之一商。他也是个有觉悟的青年，可见何论在何种学校内，都在自己，不必以形式之专利为嫌，你以为如何？

九·八·九　力子

昨天接得匊广师信，今天又接得力子底信，真可谓“福有双至”了。但不知吾可是个享福的人？

到上海访陆君廷抡，同晤匊广师。

我把匊广师的教训，记在下边，做个“座右铭”：

匊广师说：“我昨天到申，即看你底信。本来我只消把我替你主张的写信给你就是了。因为你信里有那话，我心里不放心，所以叫你来校一见。倘使你今天不来，明天我要差人来了。……

（我听到这里，感激得几乎要下泪了！）

我实说，你要仍旧在本校里，是决计做不到的，转学却可以。也有一个原因，因为此次品行分数不及格而退学的，尚有四人——戴秉忠、叶良让（三年级生）、徐亚东（一年级生）、赵□（讲习科生）——你们品行分数是一样的。倘使你能够入校，他四人却怎样？你应明白，不是我推诿，实是件难事。……（说至此，取出校长给他的信给我们看——里头就开除五个退学生的名字。）

费先生昨天到南京去了。你如转学，三师好劳动，你底身体不配，一师却和本校差不多。你以为怎样？你可以自决！”（我沉吟了一回说道：“就是一师罢，因为我去的路程特近，且有熟的同学。”）

“很好！待贾先生回来，我便和他商量。把你底成绩分数送过去。并且再由了洲先生从中去说，十分之九，定可成功，我虽现在不能断定，但是志在必成。我总以极短的时期结束，再告诉你，命你来校取转学的证据。”（说至此，问我至申来往火车时间，并车费等。）

“你的思想，你是根本差了。因为这是小挫折，倘再大些的，你怎样呢？所以你厌世之念，亟宜打消，你要知道，天然既生了我，应当做些事情，方不负天然生我。况且孟子说：‘天将降大任于是人也，必先苦其心志，劳其筋骨。……’这苦其心志……正是天的玉成他，我们要利用天的玉成，造就自己将来的有用，决不可受了小挫折，就把他放弃。就是曾国藩的征洪军，他是打一仗败一仗的，幸他推荐的人好——左宗棠等——所以卒至成功，由此可见挫折是一件极小的事情。即为你以后转学后，对于同学的感情，依旧照常，可以通通信，即便现在分离，将来能够同事，仍旧可以互相帮助，也未可知。所以你也不用多念。”

说至此，又问了我有兄弟没有，我答道没有。又问妹子没有，我说也没有。他点了一点头，说：“是的！已死了，就是你以前诗里提起的。”我说：“正是。”

“你的那本诗稿，和宋学文的，前天被我夹在书中，也带过北京去。待我改了，寄的你！”

我说：“不论几时罢！”时已不早，遂告别。匊广师送至礼堂，又说：“你以后做了诗，你可以寄来，我依旧替你拣——就是这几天里，想你也做诗消遣。”我应了，就告别。

到了校门口，在门房内，取了251、252的《英语周刊》；到门外，把我预备的四张明片——寄给赵、水、朱、郁四君——请陆君代将今日朱师替我转学的事告知；并且说明，其余待回家再告。当时就和陆君别了。

与赵君余勋、水君康民、朱君祥、郁君祖伦书。

勋弟如晤：

前日奉上一函，及一片，想均收到。昨日接得匊广师函，命雯到校晤谈，故今日至申。……

康民弟英鉴：

来片收到，覆片想亦达上。（下和赵君同）……

祥君足下：

来片已得，奉上一函，想已达到。（同上）……

祖伦足下：

来函已得，奉上一片，想已达上。（同上）……

做……记号的，是我托陆君代写的，所以连我自己也不知道。大约的意思，就是转学可以成功，余候定后再告云云。

以上的询问，是我昨晚在家里写好，预备今天专门填上去。

到商务买了一本《太平洋》二卷五号，一部《革命心理》。

回家。到车站，离开车只有三分钟了。连忙买票上车，火车就开。到黄乘班船，在船里看了三章《革命心理》。

得水君康民寄来《觉悟》三张。

杂记一则。今天动身到申以前，腹泻了不知多少次数；就是动身前的一点钟里头，也泻了三次。后来乘班船上火车，由申还黄，却奇怪，并不觉要大便。待到家，又照样了。唉！我真解不出这个理！

八月十二日，木曜，晴。

与陆君廷抡第五书。

禅公：

别后，我在商务里买了一本《太平洋》和一部《革命心理》。到车站，离开车只有三分钟了；立刻买票上车，火车刚巧开。

像匊广师这样的人，委实不可多得。我现在生生的离了他，懊悔也不及了。所以以后我望你对于匊广师，要怀极景仰的心；他说的处世要半真半假，吾们也要牢牢切记这句话；那正是"金玉良言"呢！

心事也完了一大半了。待匊广师再来信命我到校时，我依旧来会你。几位知己中，这假期内不过我和你会了几次，正算侥幸咧！

我要劝你一句话，就是你以后在校，何论有所主张，不要走极端。因为走了极端，往往受人妒忌。所以我们发展个性的机会，只好暂时没有。不知你以为怎样？

九·八·十二日晨 正璧

阅 Two □，接赵君余勋第六书。

璧兄：

您三日寄来的一张明片，是早已收到了。您问我到校的情形，但是我因为受了伤，您又不曾到，所以虽到过校间一次，同没有到过一样。现在我的伤处，已经痊愈了！不知道您现在怎样？——也希望您速速痊愈！您又说“康民弟来信，云亦得陆君同样之信”“施润君处，亦必有此等同样之信”。我不知道这同样之信，是同那一封信？我真弄得莫名其妙！所以您说“不知吾弟处又如何？安胜念念”，我也不能回答您，只好让您念念几天了！究竟是那一封信，请您速速告诉吾！再康民弟的通讯处，是不是“嘉定外冈西市”请您告诉我一声，因为吾去过三次信，一次也得不到他底回信。

八·十一　余勋

与赵君余勋第十四书。

勋弟：

来片收到。一号在沪寄的明片，和三号的一封长函，想已中途失去。您收到的明片，是九日寄的。所以你弄得莫名其妙了！我现在用很简单的话再告诉你一遍。原函在我日记里，他日可以给你看。

“我一号到申访你，你适同你父亲在北市购物，说四时方回，并且本日是要回乡的。我就去访陆廷抡君，他也收到校中信，说他品行列入下丁等，我们又商量说，一定别的同学也有——就是你和康民弟。到了四时我又来访，你仍未回。你店中人告我说：‘四时至五时不回，今天不及还乡了。’所以我又留了张名片后面写了几行字，命你道生义码头来找我。我等到八时，不见你来，以为你这天是不回乡的了。所以我又写了一信，携了来访你，说已经回乡了。并且说你见了我的名片，也不曾说什么。当时我忍怆而出，明天就回家了。我曾买《女性论》《政治理想》等书，你如要看，示知即可寄上，请您不要以为不便而不为！……”

以上是三日的一封长函的大略，不及原文十分之一。我现在依旧疑惑的，是你那一日为什么不等我一等？累我到今还没脱去疑心。但是你伤已好，我已很快乐了。

我问康民弟得校中来信没有？他答信说也有。——就是品行列入丁等。我告诉你的就是这个，我问你的也是这个。现在你可明白了。但不知你处究竟怎样？——我猜大约没有那种信，因为你从前的品行是乙等。

现在我又要告诉你我自己的事了。我腹泻没有好，一天总有十几次。十日接得匋广师函，那时我睡在床上，看了很是欢喜！就对祖母说："我明天要到申去。"伊说："你腹泻如何可去？"我说："不妨的。"十日我到申——这天动身以前的一点钟里，上了三次坑，后来到申，由申返家，一次也没有上过，却不觉得怎样？回家后又照样了，你道奇怪不奇怪？——同陆君访匋广师，匋广师说："你要仍在本校，一定不能，也有一个原因，因为此次品行数不及格的，尚有四人；你倘使入校，就对不起他们；所以只有转学一师。待我与校长商量后，把你成绩送过去，并且由了洲兄先去说，十分之九可以成就，虽则不能决定，但是志在必成。吾以极短的时间结束，再命你来申取转学证据。……"又劝我不要再□□之念，慰了我一番。又说："你今天不来，我明天要差人来望您了。"这因为我给他底信里说："倘十日以前，没有回音，我就□□。"你想奇也不奇！匋广师是九日回申，收到他底信，刚巧是十日。

话也尽于此了。康民弟底通讯处正是嘉定外冈西市，我已代你去问他不回信底原因，他定有话答您，请您等着是了。

我现在有桩大不惬意的事情，是暑假内没有会过你一次。所以我总设法见你一次，方遂吾心。待转学事定后，我就恢复我的原状。此时腹泻虽未好，也愿他好了。

待匋广师再命我至校会他，我仍旧到上海；可惜你不在上海，不然，总得和你见面。但是我们此时虽一会甚难，我望将来天天见面。匋广师对我说："你和诸同学，虽暂分离；将来同事，也说不定的。"我深望这句话应在我和你的身上。这信到后，就覆信我，因为前次几信失掉，我也提心吊胆了。

九·八·十二　正璧

转学定后，我定入英文课，您以为怎样？十一托陆君在申寄上一片想亦收到。其余再告。伤处总以调治至全痊为度，以后也须“珍摄”。后日如面时，依旧活泼泼地，我也可安心了。附。

与水君康民第七书。

康民弟：

您寄来的《觉悟》，已经收到。我在上海寄你底信——托陆君写的——想亦奉到。后日事定，我再详细的告诉你。

今天余勋弟来信，说他曾寄你三张明片，你一次也没有覆他，不知你收到没有？你速速写信去慰他，他很是念你啊！

他底伤好了——狗咬的——我已写信去慰他，您也照样罢！

匋广师教训我底话，吾着实感激！以后我当告诉你，和你同领略他，也使你熟得一番世故。

九·八·十二　正璧

阅《太平洋杂志》(二·五)及《仁学》。

八月十三日，金曜，时阴时晴，晚大雨。

续录《Darwin 学说及其略传》。

阅《太平洋杂志》(二·五)及《百科大辞典》。

辑《古今稗史捃华甄采诸书目录》。

与郁君祖伦第五书。

祖伦足下：

十一日在沪托同学代上一片，想已收到。雯心事已了，行动恢复原状。贵校一年级英文班所用英文及各科学书，祈详细一示！——出版书局及书名。雯在沪校中，与教务长朱师素善；前日适在北京，本月九日回沪；故中间发生此事，彼亦爱莫能助。待朱师再来信命雯到校取转学证据，雯尚须至沪。故请立刻将贵校一年级所用书告雯，以便在沪自备——大约在商务书馆廉价部觅之，因价格便宜也。——至要至要。足下如需何种书籍？示知尽可代办。余待后日续告，敬问近好？

九·八·十三　灯下　正璧

八月十四日，土曜，雨。

续录《Darwin学说及其略传》(完)。

做评论一篇。

教育家底责任

近年来各学校中，无端开除学生的很多。大半是为着文化运动和爱国运动。为着文化运动的，被那守旧派——不过派——的教所嫉恶，新旧互争，往往就加以藐视师长的罪名，减低他底品行分数，就推托品行不及格而命他退学。为着爱国运动的，那些教员为保全自己饭碗起见，又为在教育厅里献殷勤起见；乘他缺课太多，或成绩稍劣；就用学业不长进的罪名，命他退学。上一种，关于德育的；下一种，关于智育的。

我想，品行不及格，学业不长进；在学生方面，除了上述底两个原因以外，果然也有。不过我要问那几位教育家，学生到学校里来是为什么？倘说是来受教育的，那么他底品行不及格学业不长进，究竟是教育者的责任，还是受教育者自己的责任？单是教育者底责任，果然不可说；反之说是受教育者自己底责任，更不可说。因为品行不及格和学业不长进，是教育的结果，也是受教育底结果。那么受教育者不良的结果底起因，是为藐视师长，和成绩不良；请问教育者教育学生到这地步的起因，又是为什么？

学生受教育底结果不良，是退学；教员教育的结果不良；又当怎样？像行现在这种卑劣手段，在教育学上讲，是不合教育原理；在法律上讲，是不平等。

以上是持平之论，假使我说，学生不良，都是教育者的罪恶，也未尝不可。不过教育者既能使学生不良，应当使他反良，更不应当开除。就是学生入校就不良的——久远不改——也是教育者没有尽责去引导他，自己也当引咎。况且学生本来是请你教好他的。所以我奉劝几位教育家，学生的智育德育不良，自己须担责任。须知学生的不良，就是教育者底不良。不要单怪学生，自己也应觉悟！像现在专惯开除学生，于自己底道德上，和自己底令名上，恐怕也不见得算是好！良心早已丧尽了。老实说，现在果然不能拿你们怎样，我拭目看后来。

通讯处：南汇周浦镇赵杏庄君转赵余勋收

这篇我做了代余勋弟投稿的。

接郁君祖伦第三函。

正璧兄鉴：

接来札，欣悉一切。足下幸在校程度胜人，故蒙师长挽救，羡何如之？品人夫子说期定于十五（阳历八月），盖即校友会时也。风雨亦至，甚善。

此请近安

弟祖伦上　十三日

做《寒钉琐语·竹荫庵随笔合编序》。

这两种书，是我从研究旧文艺里头产生出来的。大概以笔记为宗，而更旁取于各种小说杂志。虽然这两书也有分别，《寒钉琐语》是纯粹的笔记体，《竹荫庵谈屑》是近于半小说半笔记体。至于那附的三种——《梦余小识》《伤心人语》《我闻屠苏》——那也可作小说也可作笔记，却不必分别了。

从革新的眼光看来，这二书几乎没有存在的必要。"《论语》当薪，《尔雅》糊窗"，何况这种？但我也有一个解识：胡适之先生亦存他底《去国集》于《尝试集》之后，我岂不可存此二书于《雯乘》之后！《尝试集》是沿《去国集》而逐渐革新的，《雯乘》也沿此二书而逐渐革新的，地位恰是相同。所以内容如何，体裁如何，可以不必深论。

至于我容此书存在的原意，也并不为价值问题；不过存之以验我所学进退之程序，作一种研究旧文艺的成绩观罢了。

九・八・十四 忏人自序。

兄来。

八月十五日，日曜，晴。

赴陆家浜昆山二高小校长会，即归。校友到者不过二十余人，开会所议事，亦不果形式而已，非余所敢赞成也。最洽余心者，得会郁君祖伦；知己谈心，快乐无极。余往时，郁君候于车站；及归，郁君又送至车站方别。

抵家，兄已返松。

接匋广师片。

谭生侍绥：

贾师已返，生求学事方请了师向一师校接洽，得复即闻。

楚善志 八月十四号

得赵君余勋第七书。

正璧兄：

我上次寄给您的一张信片想已收到了！但是这张信片内有些错误。吾说三日的信已经收到，其实没有收到，只收到了一日的信。所以后面的话不免有些不符，不晓得您还能够再把那信内的话，再告诉吾一回么？

九・八・十三 余勋

据伯父说三日的信已经收到，是被转寄的人遗失的！

您的病，现已好了么？附及。

照这样看来，幸亏三日的信没有到。余勋弟的待我，原是不差；我前信里的话，一般是我差怪了他呢！勋弟！勋弟！我恨没有费长房的缩地方法！和你当面谈谈！

接陆君廷抡第五书。

忏人：

你于昨天寄我的信，我已于今天收到了。

你说:“以后我望你对于匔广师,要怀极景仰的心。”查我自去年到校以后,对于朱师,未尝反对一句;就是日记上也没有说一句坏话。你和我同学一年,多已知道,无容我再说了。

至说:“走了极端,往往受嫉忌。”这句话确很不差,我与你当共勉之。

我和你下次再会面一次之后,未知到了何时再可以会面?那也是一件极可痛的事!

宋君的信至今未覆,幸亏吾们不是一定要他回信,才能做事的。

禅公 十三晚

与陆君廷抡第六书。

禅公:

我今天从母校——昆山二高——校友会回来,一连接到三张信,一张是匔广师的,一张是余勋弟的,一张就是您底。

一切都知道了,不过我的劝你景仰匔广师,是指以后永远的,不是指过去,也不是单指现在,这一层,你应明白。你既那样的表现,那是更好的了。“生离死别”,果然都是极可痛的事,但生离到底比死别还好!我们这次从死别变做生离,总算已是不幸中之幸。我和你和余勋、康民等别,我真哭也哭不出来,但是从达观方面想,却也算不得什么事。稍可自解。只好大家忍一忍心,暂时分别,形式上虽然隔膜,精神上是永结的,并且是刀剑也切不断的,我们领会了这意思就好了。

我受了这番的刺激,又觉悟了许多;就是以后求学进行方针,和处于学校中的计划;也想定了许多着手的方法。待吾写出后,还要请教你们呢!不过比较从前的,是大不相同了。

匔广师底信,是说了师已向一师接洽,妥后再覆……这一层,可见匔广师的做事仔细,和他待吾们的心了。那能教我不感激她呢?宋君的事,我也悟得了!

苏、沪交通很便，以后也照样多通通信罢！

九·八·十五 灯下 忏人

八月十六日，月曜，晴。

与赵君余勋第十五书。

余勋吾弟：

十三日的信，已收到了。这日我也寄你一信，想亦递到。前途暂暂地已见光明，想你也应该欢喜？不过康民弟事，我们总是局促不安，这结果，我反比他胜着了。现在我想想他底没有回信，也为这个缘故——就是那封信。

昨天我赴蒹葭浜母校校友会，会晤在一师底同学郁君，知道一年级也不分班了。英文和数学教员，教授法甚佳，照此看来，要比二师又称心了。不过有件极苦痛的事，就是和你久别！

“生离死别”，都是极苦痛的事，但“生离”总比“死别”好得多。“生离”是暂离，“死别”是永别。我们这次从永别里挣出暂离来，总算是万分之幸。你前次说：“我们俩底交情，是从精神上生出来的。”我现在说：“精神存在一天，我们俩底交情，缔结一天。”你想想精神是种永永不减性，比较那形式的交情却怎样？所以只好忍一忍心，形式上暂时隔膜，这苦痛只好付之精神去解决了。

昨天匄广师来信说：“……已请了师向一师接洽，妥后再复……”我想，匄广师的做事真仔细极了，他对待吾们，比自己父母还好！

后会是很容易的，现在暂不说；因我从今天到开学，还要和你通几次信。我底病，出门了几次，到反渐好了。你住的村名，可以告诉吾吗？——因我欲在地图上找看。康民弟有信没有？请你顺便告诉吾！

九·八·十六晨 正璧

录小说《是爱是害》，改名《此恨绵绵》。

阅《古文辞类篡·书说类》及《The King of the Golden □》。

接赵君余勋第八书。

正璧兄：

昨日接到你的明片，说匋广师已经叫你去晤谈过了，大约可以转入第一师范去。我看了便非常欢喜。因为吾想，你已经和校长不睦，就是仍在校里，也没有什么兴趣；现在你转入第一师范去，虽和二三知己分别，然而仍可时常通信，和同在一处一般，精神上却好得多了！不过已经确定了没有？我希望你一定成功！

八月十五日 余勋

八月十七日，火曜，晴。

整理书籍及书箱，又洒扫室内。今天整理了一天，所以一件事都没有做。

接赵君余勋第九书。

璧兄：

十三日函一封已经收到。我晓得你最要紧知道的，是我处有信没有，所以我先回答您这件事，然后别的。我三十号到沪的时候，问过店中人，说没有挂号信收到，以后收到没有，我尚不得而知。

您又说依旧疑惑我一日为甚不等您，这因为那天回店的时候，已四时多了，所以一到店就动身回家的。您可恕我，我在家庭里一切行动不能够十分自由呀！请您以后再不要疑心我了！《政治理想》一书，我当日也曾买得；但是心绪不宁，看后忘前，已经放在一边了。至于《女性论》等书，待开学了以后，再向您借来看罢！

康民弟、陆君……都得到同样之信，看了直为之发指！不知近日康民弟行止如何，身体如何？请您把所知的告诉吾一二。

至于您要和我会面，恐怕旧历七月十五日以前总是没有希望了！十五日以后，或有一线机会，我再来信知照你罢！

九·八·十六晨 余勋

来信几次遗失的缘故，都为是交通不便。信到了周浦，还要有便人带到乡间，所以不免有遗失；就是我寄出去的，也有遗失。

转学后您入英文科，我非常赞成，以后分科，我也定入英文科。

与赵君余勋第十八书。

余勋吾弟：

十五、十六两信都收到，十六我也寄上一信，想也可到了。您的意思，我都知道。实说，住在家里，我却比您自由得多。您既那样，我也总得原谅你。从此以后，这事看作冰消雪化，不必再提起了。

《政治理想》那书，译得不大好——因用直译法——所以看了没有兴味。《女性论》虽是浅近文言，却比他好得多了。我现在要介绍给一种书你看，就是梁任公的《西哲学说一脔》——商务出版价四△——看了这种，再看别种，方才有些头绪。再有那《觉悟》上的《近代西洋哲学史》，也是很要紧看的。

我想定以后对于新文学，要下切实的功夫去研究一番。先从浅近的哲学着手，然后再由生物学而社会学。所以我拟定买“尚志学会丛书”里的《近代思想》先看——现正买了一种《革命心理》——以后陆续的把他买全。下半年起，我积极的进行，再不敢似从前的抱消极态度了。

康民弟自从五日告诉我“收得那信”的信后，并没有再来过信；我也去过二次信，他均没有回答。我想一定为了那事，不大高兴了。您可再写信去慰他一回！

待转学事十分着实后，我再告诉您下半年的求学方针。——这事匋广师总能替我作成的，所以我不上心事了。

交通不便，信件果然容易失落；以后可以在信件上注明号数，那末少到一次，就可知道了。

我近来很是乐观，精神上也十分愉快！不似从前的愁眉不展了。这次的刺激,在我的人生观上,却起了一个很大的变化。或者因此增进吾后来的幸福,也未可知。勋弟!您又得替我欢喜呢!

九·八·十七　灯下 正璧

我研究英文,想从文学书——如□□□□等书——着手。不知你以为怎样?我病好了!承您记念,很是感激!附上。

与陆君廷抡第七书。

禅公:

十五的一封信,想已收到。

开学的日子近了,匋广师还没有信来,我很着急!请您代我去问一声!

日记簿又用完了,您可代吾再向尚文书店里买买看?倘仍没有,也罢了。前次那一本的钱,我二次到申要还您,总忘记掉了!您恕我罢!

九·八·十七　灯下 忏人

余勋弟确没有那信,知念并告。

八月十八日,水曜,晴。

竣《二美集》,做序一篇。

二美集自序

《牡丹亭传奇》上有二句曲说:"'良辰''美景'奈何天,'赏心''乐事'谁家院。"王勃《滕王阁序》也有二句文说:"'四美'具,'二难'并。"这《滕王阁序》里的"四美",正是《牡丹亭传奇》里的"良辰""美景""赏心""乐事"。我这书也是用他做"赏心""乐事"的,所以就用上边所引的辞义,叫他做《二美集》。……

这次暑假里,我在家里天天的"提心吊胆"!本来是立意专修英文和白话文的,自从接到那信后,就把宗旨改变。——此信底内容可详《雯乘》第六本——于是不是看小说,便是读古诗;把这一月多的光阴,很平常的挨过去。此书是在没心绪看书的时候，陆续钞成的；积满了这五六十页，就把他钉成一小册子。

此种书，当然是一无价值。我做这书自知也白费时；但是比那用这时候去逛戏场打扑克消遣的，总好得多。所以吾也不怕人家说我，七凑八集，居然凑集成了。

别的都好钞集，为甚必钞这类的东西呢？这也有一个缘故。我上半年在龙门的时候，和朱祥君讲笑话，余勋弟康民弟猜灯谜；往往笑话一时讲不出，灯谜也一时没有题目；心里很是烦闷！但是这种消遣，究竟是容易开发心志的；所以当时已经想定，待暑假回到家里，一定好好儿的自己编纂一本；预备后来再讲笑话猜灯谜时用，那可不至再缺乏材料了。

唉！……但是书虽做就，从此以后，却再不能和朱祥君讲笑话，和余勋、康民二弟猜灯谜了！……为甚呢？也为了那封令人发指的信……

九·八·十八　忏人序于竹荫庵

八月十九日，木曜，雨。

寄赵君余勋以诗及第十七书。

心坎里的“您”

“一日不见，如三秋兮。”
我读旧纸堆里这二句诗儿，
细玩了觉得狠没有道理。
……
“肠断鹡鸰风雨声”，
虽挡不住东西分明；
活泼泼地的“您”：
怎道会浦南浦北，
竟自别离。
……
形式上别了“您”；

心坎里依旧忘不了“您”。
我愿心坎里的“您”；
和时间同生同死。
有我就有“您”。
无我方没“您”。
……
夜凉似水；
我又见“您”。
紧执了“您”的手儿，
不肯放“您”。
放了手儿，
恐失了“您”。
失了“您”；
再向何处觅“您”。
……
“鸡鸣了！
放下罢！”
不忍放下！
也须放下！
放下了影像里的“您”；
又来了心坎里的“您”。
“您”！“您”！
怎说“一日不见，如三秋兮”？
不见了影像里的“您”；
还剩着心坎里的“您”。
这空间实不容分别“吾”和“您”。
……
思潮落了，

从又拥起。
落了“您”；
又起了“您”。
起起落落，
只有是“您”。
……
时间！空间！思潮！
都容着“您”；
教我怎忘了“您”？

九·八·十九 晨六时 正璧

近日《觉悟》里有很好的新诗，看了不觉“技痒”起来，故做此首寄您。然也可使您见得我这几天里，很是闲逸咧！

昨天的信，想已收到。

康民弟还没有信来，不知您处怎样？

匊广师也没有别信，已请陆君去问；待他覆我，我再告诉您罢！

勋弟！再会！

九·八·十九 正璧

赋七律四首。

秋忆（四首有序）

江萍海燕，聚散无端；苦雨凄风，会离有日。送行南浦，痛鸿雁之分飞；凭吊灞陵，念伊人其宛在。岂犹乌啼红树，忆旧心殷；亦由枫落吴江，伤秋意远。雯浦头返棹，蛰居蓬庐。每遣离怀，辄成楚调。“秋虫夜语”，不同杜老之诗；“夕鸟归林”，异于欧公之赋。未能舞剑，敢逞舌华。书此聊写悲怀，记之用以告恨。知己天涯，想必同俱此感也。庚申孟秋上浃六日。雯识。

忆文绩

秋雨秋风愁杀人，生涯潦倒不为贫。有情同志相思恨，失意英雄泣沾巾！世事苍黄难自料，秋愁黪淡易伤神。相逢不待山阴上，同笈岂复问主宾？

忆觉先

大陆阴云久晦黑，中原孤雁常往回。乘风早让君怀壮，挺险应怜我志摧！月夜庭前石色淡，霜天峡里猿啼哀。此情不减巴陵地，应亦相思寸寸灰？

忆吉六

海天秋思正茫茫，别恨还同愁恨长。素慕荆君居易水，因伤贾子吊潇湘。英雄尚有风波险，志士岂无爱国肠？荆棘洛阳宫殿里，贱他宋玉赋《高唐》！

忆才父

愁到三秋愁更多，风云南浦恨如何？岂缘未订三生约？忍把相离一世过？暧暧人情悲鬼蜮，苍苍世事等坎坷。好寻方外罗浮去，且幸人间未鬓皤。

录旧日诗十一首钉成一册。

钞就之后，我寄给匋广师，请匋广师替我改。目如下：

《有感》六·十五

《端月下旬四日舟次淞江忆文绩》(二首)七·十、十五

《端月晦夕梦见文绩因赋此寄之》(三首)七·十五

《即事》(一首)七·十六

《秋忆》(四首有序)八·十九

八月二十日，金曜，晴，七夕。

寄匋广师诗稿(即昨夜所录者)。

读杜、苏诗及《文选精华》。

得陆君廷抡寄来日记簿及第六书。

忏人：

二片多收到了。

匋广师处，我今天又去过一次。他说："待了师二十一日回申后再覆。……"

日记簿寄奉，希查收。

禅公 十九日

赋七律一首。

七 夕

露华似水已秋天，惨澹相思愁不眠。星滴绛河波欲泻，云凝淡月影还寒。谁家闺里吹羌笛？何处花丛泣杜鹃？万里关山同此色，良宵应亦寻常看。

八月二十一日，土曜，晴。

录诗五首——《秋忆》四首、《七夕》一首。拟寄陆君廷抡。

读 The *Daisy*(One of □□□□□)。

阅《觉悟》——二十日的。十四日代余勋弟投稿的那篇《教育者底责任》，于这日的《觉悟》上登出。

与赵君余勋第十八书。

勋弟：

No.16/17 二片，想多收到。二十日《觉悟》里那篇评论——《教育者底责任》——是我做的，并且我代你投稿的。稿里写的是您底通信地址，倘使你处从前的报读完了，你尽管写信去叫他继续寄您。这报我总得设法维持得续看下去，不叫您我处都断一天。横着不过多动动笔罢了！昨天陆君来信说："我去晤匋广师，匋广师云须二十一日了师回申后覆你……"所以我又担起心事来，仔细一想，匋广师决不会误我的，不然，他前次不叫我出去面晤了。

您说和我会面，须在七月十五（旧历）以后。不过十八就要到校了，无论何如？在十六、七二天里，您必到申；因为我又要拿放在您处的那只网篮，里头有日用的东西。您倘不在，我不能拿啊！

我心里有一番话要慰您，但此时说不出，留待我底事请妥定后，再慰您罢！您近日可好？

近作一首，寄助秋兴。（即《七夕》一首）

九·八·二十一下午 正璧

拟下半年修学大纲。大约分新旧二种：新的积极的进行，如哲学美学——新杂志，各种丛书及各种新诗、新小说——等。旧的消极的进行，如古文诗赋——文如《梁任公集》，诗则唐诗，词未定——等。共计用书二十多种，数十册，目不列。

八月二十二日，日曜，晴。

阅《欧美小说丛谈》（一千九百十六年出版）。这书是"文艺丛刊"里的一种，可作文艺史读，不是像《小说丛考》一类的书，专惯抄袭。他用的是小说体，所以很容易引人兴味，就是译的几段小说，也是用直译法，没有那些烦麻的调头。所以我敢承认这书，于新文学上，很有关系，直可和《欧洲文学史》"并驾齐驱"，非《中国哲学史》和《中国大文学史》可比。谓余不信，试看将来！

阅《三叶集》。

读 *The* □ □ Chapter I。此书写实很真，拟有闲把他译出。

译 *The Daisy*。——用直译法。

物犹如此（原名 The Daisy 英 □ 著载（□□□）

忏 人译

上篇《第一天》（The First Day）……近一个乡村底路傍，有一所狠美丽底屋子。在这屋子底中间，是一个清雅底花园，里头种满了花草，四面更围着白色底栅子：在这栅子的外边，一棵小小的雏菊，活泼泼地在新鲜碧绿的草里立着。

这太阳照着伊，使伊受暖，和园子里的壮丽的花一样，并且再使伊一天长大一天。有一天的早上，伊完全开足了，伊底雪白似的小叶，中间还包含着淡黄色的花蕊。

伊匿在这草的里头，没有人能见伊，所以伊免于受摘。伊纽转伊底头对着太阳，并且看着；耳朵里听者百灵鸟唱歌。伊怎样的快活？

伊的快活，好像天天在“佳节”里，并且像只有礼拜一。这学校里的学生，坐在他们底座位里，学习他们底功课；伊也挺立着伊的绿色梗子，领会这太阳和伊四围各种东西底教训。这上帝也总算待伊不薄了！

伊并不会说话，但伊觉得这百灵鸟的唱歌，是为着伊。伊虽则羡慕他底会飞会唱，但伊也不因不能学到他而忧愁。

伊想：“我会看，又会听。这太阳照着我，这风又和我接吻。我的快乐总算得十分满足了！……”

园子的里面有几棵很大很直的花，都含着少些香气，和吸着美满的空气。这牡丹，他很是自尊，所以他养他的身子，比玫瑰花又大。这郁金香，他有各种美丽的颜色，他也知道那些——自尊——所以他也使他自己挺直，像一支蜡烛。他们都尽力的要使他们的身子，最美丽——最好看。

他们在园里，都没留心到栅外的一棵小花，但伊却看着他们，看得很明白。伊想：“那鸟儿一定将飞到那边去亲近他们了。我住的地方，离着他们这样近；又能看见他们底美丽。我怎地的快活！……”

不多一歇，这鸟飞下来了，但不飞到牡丹——郁金香那边去，仍旧飞到这草地里的又小又苦的雏菊身边来。伊快活得几乎作抖，心里又吓，伊方才知道伊的预料是差了。

这小鸟近着伊不住的跳，放开胡咙唱起歌来：

“Oh, how soft in □ □!

And what a□ little □

With□ golden□heart And its □ !”

“啊！这草儿怎样的柔软？那边开着一朵又香又小的花儿；伊包着黄金的心，穿着白银的衣。”

这雏菊怎样的快活？——伊的快活，没有人能够想得出的。这鸟又用他的嘴和伊接吻，唱歌给伊听，方才从新飞到这深蓝的天空里去。

一刹那间，伊吓得作抖（此段译得不大妥）——为了那花——此时又惊又喜，仍看着园子里的花。他们也知道尊敬伊，并且也知道伊很是快乐的了！

但这郁金香第二次直立他的身子，他的面孔，渐渐变做红色，像是含怒。那牡丹也是这样（这段也不妥）。还好他们是不会说话的，不然，伊听得了许多话，一定又使伊不快活了。伊看见他们含着怒意，伊就忧愁起来。

不多几时，一个女孩子跑到这园里来，手里拿着又亮又快的刀。她跑到郁金香面前把他前面的一支割去。“呀！好不悲伤。”伊在那里悲叹，“这事也太过分了。”（此句也不妥）这女孩子拿了一支郁金香，遂跑回去。

伊何等的快乐，在这栅子外边；但伊不过是一支又小又苦的花。伊觉得着实的感激。待这太阳落山，伊就折伊的叶子，去睡觉了；一夜里不断的梦那太阳和那美丽的鸟。

（第一章完，余待续。八・二十二夜，灯下。）

与郁君祖伦第六书。

祖伦：

十五日别后很好。请您把到校的火车钟点告诉吾，使吾和您同车，那吾就不至寂寞了。并且吾初次到校，路上来去，要您招应的地方多呢！“相会之期，行在不远”，其余的话，留着面谈罢！您近日可好？英文想也日见进步！

九・八・二十二晚　正璧

八月二十三日，月曜，晴。

做评论一篇。

“孝”底牺牲

做旧道德底下孝底奴隶，我们一辈子青年，果然多不愿意；但那些旧道德家和服从旧道德者，你要不服从他，恐怕不见得就愿意。从这种争执,往往容易生出悲惨的结果!像父母替我代定的妻子,我心里不要,父母就以我为不孝,我没有法子推辞,因为谋将来幸福起见,甚至脱离家庭关系。或者退婚做到了,那女子一方面,父母以为是极羞辱的事,往往迫伊自杀!这种结果,都为两方面都走了极端,不肯牺牲的缘故。有人说:"这是奋斗,不是走极端。"但我想奋斗当然是要奋斗,但决不可忘却了牺牲。万不得已始奋斗,万不得已也只好牺牲。对于孝底争执,却有不能不牺牲者在。今我把两派的争执理由列左:

甲派 他不愿做父母的奴隶,也不愿他底子女,做他自己底奴隶。

乙派 他愿做父母的奴隶,也愿他底子女,做他自己底奴隶。

照此看来,甲派是不愿做人底奴隶,也不愿他人做他底奴隶——青年一派。乙派全然相反——旧道德家和那服从旧道德的一派。甲派是自己不做人底奴隶,所以用不着他人做他的奴隶作报酬。乙派是自己做了人的奴隶,要他人做他的奴隶作报酬。直截一句,就是有牺牲的,不能不求报酬。没牺牲的,也毋用报酬。他们的所谓牺牲就是做人的奴隶,所谓报酬就是要人家来做他底奴隶。(照公理而论,两派都还平允。我说的不能不牺牲,是两方面都应当的,并且是真牺牲,都没有报酬的。)他们底根本差误,是以为没有报酬,不必牺牲;既牺牲了,一定要求报酬。所以我们以为当劝双方各有牺牲,而均不求报酬,那方末方不至再有所争执。

甲派 暂做父母底奴隶,但仍不要子女做自己的奴隶。

乙派 仍做父母底奴隶,不要他底子女再做自己的奴隶。

以上的牺牲,却有很好的结果。就是二派的子女,既均没有做过父母底奴隶,他们将来当然也不要他们的子女再做他们底奴隶。以后就可永久的免此种争执,且取消这种傀儡道德。颉德□说:现在的牺牲,是为未来。这种牺牲,也是为着未来。果真这样，甲派的牺牲很大，精神上是极感痛苦的，但为未来起见，也只好暂时屈伏。

我再声明一句，这“孝”是单指对父母说的，不似那些说广孝的人，连及到兄弟子女身上去。因为旧道德的孝，本来是单指对父母；未来的新道德，恐怕也用不着这个孝字——只有博爱。那请广孝的，算是中世纪唯心派一类人的口吻，现在可说不通了。

九·八·二十二 于黄渡

孝底倾向例

丙(有){……甲(本无本有) / 乙(本有本无)……}丁(无)

丙过去的
甲、乙现在的
丁未来的

这篇做来投稿的。

做白话诗一首。

哭!

好音不至，叫我怎地安心；
仔细思量，只有是哭!
我从小儿会哭，不是天生就我的哭。
乃这万恶的环境迫着我哭。
气也喘了! 泪也没有了!
这涓涓不绝的泪儿，从此哭完了!
将来我要哭，也不能哭了!
为什么?
哭和不哭，不成问题；
盼佳音不至，乃是生死的关头，要定我生死问题!
我不死，泪儿虽没有，也尽着我干哭!
我死了，泪儿虽多，也不能再哭!
飒飒的秋风，你只管吹我的面上，眼泪被你吹乾了!
泪儿虽干，哭只是哭!

有人说:“你怎不奋斗?”
我不能奋斗,我智力薄弱,人家迫我,我只有是哭!
我只会牺牲。
这是名誉的牺牲——就是死。死了,方才我不能再哭!
唉!光明!光明!
我差认了您!原来你也不过戴着假面具,您的本身,
也是罪恶!
再哭吗?
气也喘了,泪也完了!我不哭了!
待我揪住这光明问他,你究竟肯给我光明吗?
他不给我,我就定我底生死问题,就是死!
哭!哭!
我的身世,只有哭,恰巧我也在这哭里过了一世!
完了!完了!
“男儿死耳!何恋恋生为!”
你休恋生,你恋生,就辱没了你底名誉!
“身可灭,名不可灭!”
你还是死!……

九·八·二十三日下午 忏人哭题

陆君的信里说:“匄广师说:‘须待了师二十一日回申再覆……。’”今天二十三日了,我怎样的担忧?守在门口儿待邮差来,时候过了,只是不来。唉!我曾说:“我不知可是个享福的人?”现在也见得了!我白欢喜了几天。

阅 *The* □ □ Chapter Ⅱ。

校《雯乘》第一卷。校正误字,及加上半卷的标点符号。

八月二十四日,火曜,晴。

与邵力子书并寄评论一篇(《“孝”底牺牲》)。

力子：

您九日给我底信，已收到。恰巧这天朱香晚先生也有信来，命我到校面晤他。他许吾转学第一师范，他说："我总替您做成的。"从前累您费了几次笔墨，我很谢谢您！七月一日至十日底《觉悟》，请您都寄我一份。倘不全，也不必寄了，待我买汇编罢。倘全的，须费若干，示知我，我即买邮票寄上。

再缺《星期评论》第九期，您可替我想法补到吗？

九日《觉悟》通讯栏载曾述给光祷底信里，所引的两种书——凌霜译《克氏近世科学和无政府主义》、李石曾译《克氏互助论》——现在可有买处？请您把出版的地方告诉吾。或者是载在杂志上的，请您也把杂志底名字告诉吾。

九·八·二十四晨 正璧

致信医学书局索《佛学撮要》。

到申。

在棋盘街买了几本书——《近代思想》《水浒》。仍晤陆君，同见匋广师。匋广师曰："了洲师昨返申，该校长不允，适该校长亦在申，故请了师再往说，五点钟回音吾，吾就要写信你了，你适来，你到五点钟再等回音罢！……"我就往陆君家里坐了一回，陆君说："你不来申我道你旧并未愈，故早上曾写信给您。……"到时又在校候了师，了师至，云："晤该校长于省教育会，适本校长亦在座，不认有学生转学事，就坚决不允。"唉！这校长，你太欺我了，我看你后来！与陆君商酌，适第一商业二十八号招考，遂拟往考。别陆君到商业索章程，云已无有矣。

与赵君余勋第十九书。

勋弟：

今日晤匋广师，前事已失望，只得别寻他就，待就后再告。

九·八·二十四夜 正璧于上海

与水君康民第八书。

康民：

前事已无望，余候再告。

九·八·二十四夜 正璧于上海

与郁君祖伦第七书。

祖伦足下：

前事完全失望，请转告品人先生是荷！

九·八·二十四夜 正璧于上海

八月二十五日，水曜，雨。

晤匋广师。再同陆君晤匋广师，告以考商业，倘有转学证书，可以插班。匋广师允我，二十七号往取。

回家。在商务书馆里逛了一回，路上买了一份《时事新报》，到家，已看完了。

得赵君余勋第十、第十一两书。

正璧兄：

No. 15、16、17 三片都已收到。您说前途渐见光明，我真的替您欢喜。您想定以后对于新大学，要切切实实下一番功夫，吾非常赞同；因为像上半年那样随东随西，前途真非常危险咧！我想我现在虽对于较深一些的新文化书籍，提不起兴味；但是以后切切实实，但求照料，不要求他有神速的进步，再大家通信通信研究，我想好歹总得着一些好处。您说研究英文，从文学着手，我也非常赞成；因为初学要在有兴味，才能够有进步；他们西文所谓的文学(literature)，既同我们的童话小说一般，那么一定提得起兴味。告您村名——因为村上都姓赵，所以就叫赵家宅，村庄虽大，然而在乡僻地方，恐怕在地图上寻不到罢！康民弟从你写信去问他以后，他曾来过一封信——以后没有来过。

九·八·廿三日晚 余勋

转学事一有端倪，请即来告诉吾。

正璧兄：

二十二日片收到了。二十日《觉悟》栏里那篇评论，我看见了以后，心里疑惑是您的——果然是您的！您不要以为这句话是滑稽话，实在是真的；因为里头描写的事情，却实在“第二师范底现形记”。

十六、七（阴历）两天里，我一定到申，您只要十七日上午来寻吾是了！

我寄给您底明片，请查一查，您查明了，我再定号数，因为我这里没有留底子！

十六日起，所有信片不必再寄到周浦了；十九日起，（都指阴历）就直接寄到校里去罢！

我查您底信——二十二日止——只有十七封，但是您写的，都是no. 18。请您查一查清爽罢！

余勋 八月廿四

接陆君廷抡第七书。

忏人：

好几天不接到你的信，我甚想念咧！

匋广师处谅已有回信，不见来申，不审起居安适否？念念！商务书馆底廉价部，已于昨天截止，《文法》《算术》仍没有同你买到，抱歉！

秋寒矣，身体各自保重，不一。

禅公 念三日晚

日记簿想已收到。又及。

与朱锡昌君书。把六日以来至昨日情形，告诉他一遍。此事可参考邵力子给我底两信。信长不录。

八月二十六日，木曜，晴。

与赵君余勋第二十书。

勋弟：

在申寄上一片，谅可收到。此事本已稍有希望，谁知校长与该校长面晤于省教育会，校长不认有学生转学事；就致了师之计，完全失败。我拟二十八号考第一商业——在小南门外陆家浜——取不取，还说不定。我知你知道了这个，又在那边祝我考取了。你的二信，都收到。——共十一次——我上次寄你而中途失去的那信里，还附着一封，所以你以为少一次了。您最好十六到申，我这天十二点来访你，不能也罢了。我明天到申——十五考商业，当日即归，或十六日归，还说不定。

九·八·二十六晨 正璧

阅《近代思想》（日本新潮社著，无锡过耀根译，“尚志学会丛书”之一种〔阅大意〕）。

阅《清室外纪》（陈冷汰译，“清外史丛刊”之一）。

阅胡适之先生《水浒考证》。

八月二十七日，金曜，晴。

到沪。会陆君，至匋广师处取成绩证书，又往第一商业报名。与陆君至华龙路，看西人拍网球。又在陆君处借笔墨——明日投考用。及《新青年》一本——拟夜间阅之。至亮泰，则店已闭；乃住居君以义处。

八月二十八日，土曜，晴。

赴商业学校投考。八时起考国文及英文。校中备有午面，食毕，一时起考算学。统计余所费时间不满三点钟。国文题为“试述暑假期中之状况”，英文翻译一篇，及造句五段，算术凡三题，余皆无误。其国文一篇，待有闲录入本乘。

考毕，至陆君处还笔墨及《新青年》。又写信二，一致居以义君，告以余已归，因时促不及作别。……一致赵君。

与赵君余勋第二十一书。

勋弟：

我昨天到沪，今天考商业学校；上午八时起，下午三时止；我考得总算还好。今天我就回去了，因为住在此地，觉得狠是烦闷。约你之期，只好失却。九月一日，我再到沪看考案——《时报》。你倘肯等吾，十二时十五分，你可在北站候着。其余的话，待面谈罢！失约之罪，请你原谅！

九·八·二十八·下午 正璧

回家。在沪购《时事新报》一份，于车中稍阅之。抵黄站，乃步行，途未半，忽倾盆大雨至，乃避于村中之一破屋内，待停，方踏湿到镇，则袜鞋裤俱被泥沾矣。

得朱锡昌君覆书。

正璧：

读你来信，知道一切。我们是全人类里二个份子，大家都是人，人和人通信，不相识，有何打紧呢？我现在底情形，和你仿佛，我这两天，心里非常痛苦；将来如何，还没一定。仓圣学校，今秋是决定不招生了；请你等待半年(可在旁处学校读书)，于来年春天，定有好消息给您啊！近视眼，没甚打紧的。校长开除学生，世界上那有此理！这种威，终要征服他才是。我们惟求根本解决，对于这种顽固派，惟有举起大队人马，来和他们宣战，显一显好身手，如何？

朱锡昌 26th. August. 1920

我这里底通信处，再隔三日，就要失去效力了，如你再要和我通信，待吾底通讯处决定后，再告你罢！望你不要自杀，须努力奋斗才是。失败了，便养精蓄锐，再接再厉。你以为如何？锡昌又笔。

我得此书，觉得现在人情，果然不比往日。但不相识的如此真心，相识的却在背后冷笑。可不是也是一种不平等吗？仔细一想，有不相识的人，肯悯怜不相识底人，已算进步一点；所以吾以后只望不相识的人帮忙,不要那相识底人瞎讨好。八·二十八 夜正璧。

得郁君祖伦第四书。

正璧知己:

频接二片,一喜一悲,其亦命也夫?弟已将于十九上午到校,足下之事尚未定局,心殊不安,望连想别法,并祈将经历原委详细示知。本拟修长函,奈近日心绪不定,无暇作多语,惟望足下自己速即筹计为荷。余候面谈,此覆。

弟粲贻 □ 十三日

与赵君余勋第二十二书。

勋弟:

今晨在申寄上一函,谅已收到。我此次投考,结果大有希望!——因考得很快,且又很容易。但中途再有变化,是说不定的;所以吾仍抱悲观。您一日在报上找到我底名字,那我方才快乐咧!九月一日十二时十五分,你如肯在北火车站等候,你可在收票处;因太远了,恐眼错过。如以为不便,则饭后即到商务印书馆等吾;吾也一直即到该处会您。你千万允吾这个,因那地狱里,我是不愿再去的了。你意会得吗?你处底报,你可写信去,叫他一号起单寄一张《觉悟》到校里,不寄却不好。我本拟代你写的,在申时时促不及,就放弃了。此次经过一番情形,待面会时,我详细告诉你,想你一定爱听的。康民弟,他如肯和你同来会吾,最好!

正璧 28th. August. 1920.

九·八·二八 灯下

与郁君祖伦第八书。

祖伦:

我今天从上海回来,收到你底信。到九月一日,吾方可把吾底告况你。你候着罢!你要看吾报上底著作,以后吾投稿了就告诉你;不过下半年起,我更在英文上用功夫,恐不似以前空闲了。你今日可好?

正璧 九·八·二八 灯下

八月二十九日,日曜,晴,晚雨。

录考商业学校,所作国文一篇。

试述暑假期中之状况

暑假以来,已将二月。此二月中,余居家惟从事于阅书焉。统计出外次数不满十次,然亦以余天性好静故也。每日晨六时起身,写英文二页,又读英文若干篇。及九时,乃钞书数页。午后,乃阅新文学书籍、新文化杂志及报章等。晚上纳凉庭中,与祖母谈故事。余家中除祖母及余外,无第三人也。故余性好静,亦吾所处环境有以致之。去岁九月以来,每日必记日记二页。此暑假中,亦未尝或断。凡余与友人通信、及所作零星诗文以及所行所见尽行记入。余素抱唯实主义,故所记一无诳语。最可惜者,余近来所作都系白话,从前所获之旧文学已尽付东流。今述暑假期内之状况,不禁感慨及之,然亦以志吾过也。

此篇尽是敷衍文字,不得榜为吾之宗旨。

阅《水浒》(第一本,共四本)。阅《欧美小说丛谈》(“文艺丛刊”之一)。

阅《近代思想》,为立表(第一章《近代思想概论》)。此表很是简单,他当立详细的。

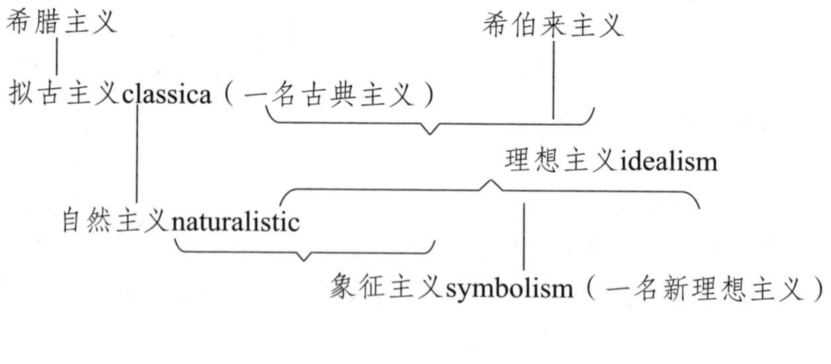

校雯乘二至四。

八月三十日，月曜，晴，晚雨。　与陆君廷抡第八书。

禅公；

别后即回家。朱锡昌已有回信，信中的大意，后日告你罢！

近日精神恍惚，像要生病的样子。但我想没甚打紧；不久就会好的。余勋君处，吾托你告诉他底话，你不要忘记。你如有话，可写信托余勋给吾，吾料他一定肯来会我的。朱祥君，可惜和你不大理会，不然，把我的近事，也告诉他一回，或托余勋告他也好！

九・八・三十六时 正璧

阅《水浒》二至三。

阅《石头记》第八九、九〇回。

译 *The Daisy*(续八・二十二)。

物犹如此(英国安迪生〔Andecsen〕著)

忏　人译

下篇 第二天(The second day)

明天的早上，那可爱的小花，狠新鲜狠快乐的张开伊底白色的叶子；在这光明的太阳底下，和清洁的空气里；伊听得那鸟儿唱歌底声浪，但觉得怎样的悲惨？唉！这可怜的百灵鸟原来被人家捉住了，关在近那边窗外的一只笼子里。

他唱的是“自由生活底快乐”，和“小青谷在田里”，和“他飞在空中时自由”。这可怜的鸟，他很是不乐；因他住在这牢狱里。——就是那只没得进出的笼子！

这雏菊，伊心里狠愿救他，但伊怎样能够做到？唉！伊也知道是做不到的。但伊把伊四围的景子怎样美丽？太阳照伊怎样使伊暖？伊的叶子怎样的——美——白？都忘记了。唉！伊所想的，只有那可怜的鸟。——就是伊底能力所不能救他的。

(未完明日续。)九时灯下

八月三十一日，火曜，晴。

杂记一则。

晨，头痛若裂，八时始起身。……又将病矣。

阅《石头记》。

校《雯乘》第一卷及二、三卷。此次为改正格式，及改正差句。

阅《女性论》。

阅《觉悟》里底柯尔（Cale）和基尔特社会主义（guild socialism）。“社会主义”的派别，我本不大明白，看了这篇，知道了好许多。心里也想研究研究“社会主义”起来了。

检出《海潮音》一本，《心理学大纲》——油印的——四本，《代数学》一本，这几本书我明日带到上海去的。一本《海潮音》送于禅公，一种《心理学大纲》送于康民。《代数学》，我暂时借与康民，倘我入商业时要用，叫他另买；我不用，就送与他。完吾前日允他的心愿。

九月一日，水曜，晴。

续译 *The Daisy*（续八·三十）。

物犹如此（英国安迪生〔Andecsen〕原著）

忏　人译

下篇 第二天 续（The second day，Continued）

未几，有二个小孩跑出花园来。一个手里拿着一把又大又尖的刀——像上次那个女孩子用来割郁金香的刀一般大一般尖。他们一直跑到这雏菊旁边来。谁想得到他们来做什么的？

一个小孩说：“这里我们可以替那百灵鸟割些草皮了。”于是他们把雏菊四周的都割个干净，只剩伊在中央。

再有一个小孩说：“我们采这朵花吗？”伊吓得周身作抖，因为伊知道倘然采去伊底花，伊就要死。但伊也愿。倘然放入鸟笼里，和那可怜的鸟作伴，比现在的生活好。

那一个说：“割那棵单独的罢！那棵看来最是美丽。”所以伊就被他们割去，并且放在那只百灵鸟底笼子里。

但这可怜的鸟，他想：他不过在牢狱里。他扑开他的翼子去撞那笼子的铁栅。同时这小花——雏菊——伊不能够谈话。伊不能用最简单的话去慰他，并且不能做许多事，像伊心里所愿做的。这样经过这个完全的早晨。

他又唱道：

"There is no water here!
They have all gone out
And forgotten me.
There is not a drop of water to drink!
My throat is dry
and □?
There is □ and ice within me,
and the air is no heavy!
Alas! I must die;
I must leave the warm sunshin
The fresh green tree,
And the □ Things which you □ mad."

当时他伸他底嘴插入那微凉的叶子里，这样他才能少些振起精神。他的眼儿满看着伊，并且弯转身来去接近伊。嘴里说：

"□, too, with white here,
□□□□
They have given me three,
And the piece of green around here,
Instead of the whole world
Which I had before!
Every little □ of □ is to □ to me a green tree,
Every white leaf of □ a □
□!

Alas! How can't only remind me of what I have □."

(未完待续)

阅《水浒考证》。

到上海会赵君余勋及陆君廷抡。我从镇上跑到火车站,从火车站到上海;那余勋弟那活泼泼地影像,刻刻在我心头里。上海到了,出了月台,向四面望了一望,不见她底踪迹。心里想:他一定在商务书馆等吾了。又细细儿向四面瞧了一回,依旧不见。当下心里又想:我投考不知取不取?倘不取,就是和我勋弟相会,也总不大起劲;倘取了,那么他也代吾安心,我自己也快活一点了。……连忙走到外边,买了一份《时报》,在广告栏里看,找到商业学校的考案,一时寻不到我底名字,心里早已着了慌。啊哈!还好!我底名字,却在第一。接着趁了六路电车,跳上去坐定后,拿出报来又看——恐怕方才看差,但我底名字,依旧明明白白的在上。我怎般的快活?勋弟,他也一定在那里替吾欢喜呢。棋盘街到了,下了电车,跑到商务书馆,在楼下寻了一回,他还没有来。就在新出版书籍的架上,拿几本书有意没意的看。看了一回,跑到二层楼上,又看了一回英文书籍。回身走下楼来,待走得梯儿将转弯时;听得一个声音叫"正璧"!我急回转头看,一个少年,他在那边走将上楼,此时翻身走向我这边来。不是我那亲爱的勋弟是谁?

此时我心里说不出的快活。勋弟向我道:"你来此几时了?"我说:"也不过不多一歇。"我连忙又问:"康民弟呢?"他道:"我今天到校,还没有和他会面过,听说他的自习室,在舍监室隔壁,我以后也不便常去了。今天是陆君廷抡和我同来的……"一头说,一头走,此时已在账台的近旁了。我和他找到了陆君廷抡,在一个凳儿上坐定。他们告诉吾,此次品行丁等,本级共有九个,其余都是丙等,只有龚守藩——级长——是乙等。别级里丁等也很多,讲习科里,一共有二十九个。

勋弟又道:"你转学不成功,都是那校长从中作梗,陆君已告诉吾了，吾很替你怀愤！”我说：“这事本已九分可望成功，怎耐那厮可恶，竟忍心使我不就，我们看他后来罢。”我就把带的几本书——昨天理出的——说明了用意。勋弟问我几时回家，我说：“三点二十五分趁车，此处二点三刻去正好。”于是我们起身走出门外，廷抡因脚痛说先回去了。我和勋弟一头说，一头向北走。勋弟说：“我那天不等你，实在因为吾父亲一定要那天回去，就是我自己也不料的。”我说：“这事不要提起了，我心里知道了。不过你狗咬的可曾全好？”勋弟说：“咬得还好，不过几个牙齿印。”我说：“是疯狗不是？”他说：“不是，但我也是照疯狗咬的方法治的。那村上的这只狗，我素来知道要咬人的；这次一个大意，也被咬了。然那时不过三点钟，天也没有亮，所以更容易遭这种事。现在已全好了。”我说：“这样很好！我当初知道了很替你担忧。这会子，我见你依旧活泼泼地，我也狠为安心。”说时，已到南京路，就转向西走。又谈了一会暑假里的状况。勋弟说：“这二个月里，我不曾十分看书，就是英文也看得不多。”我说：“我本来每晨也必写英文几页和读几篇，自从收到那信，我就把英文书、墨水笔收拾起了。终天的卧在藤榻里胡乱看书。……”他道：“我也这样，饭后卧了看书，往往睡着了到三四点才醒，所以越见得做不成事。”我说：“我们对于新文学，根底尚浅，以后吾们当细细的研究，不可再似从前的懈怠了。”勋弟道：“上半年，本来都在胡闹，一点益处，都没得到。下半年起，我们慢慢儿的从浅近书着手，一定好好儿的用功。”那时已走到日升楼。又谈了一会以后购书办法，勋弟说：“以后我们各买几种，你买了我不买，我买了你不买，替换看罢！”这计划，上半年在校里已经约定的，半途分散，心里总有些没趣，难得勋弟肯照旧，他对我的心理，于此我就猜得八九了。讲了一会桂、粤交哄事，已到泥城桥，就仍旧再回到棋盘街。路上讲的话狠多，现在忘了许多了。回到商务书馆买了一部《创化论》，又到群益书社走了一回。此时只有二点半，就又和勋弟走到外滩。路上又讲起读英文，他说：“我在暑假里看的一本《希腊故事》，生字都注出解释，待到校我给你看。”我读英文最怕翻生字,他已经都注出,我读起来又容易多多了。……到黄浦滩向北转湾。

我说:“勋弟!你读得日文,我望你依旧读下去,我可惜没有读的机会。”他说:“我是仍旧读下去的。”我说:“我们现在研究新文学,不能不借日文翻译的看——日文翻各国的书最多。”白渡桥到了。“送君千里,终须一别”,在桥上立了一回,我就乘六路电车到车站,余勋弟他看我看不见了,他方才回去。……

回家。与赵君余勋第二十三书。

勋弟:

可恶的时间,一刹那时,就令我和您分别了。但这次虽则和你分别,心里很觉欢喜,不似从前“依依不舍”似的。一者我已经定了读书的地方,二者以后也常常可以和你相会。这样我们总算已是造化万分,再有什么不满足呢?

我以前处学校里,倘同级的同学比吾年纪小,我心里总觉得惭愧。这次我只好付之不觉得了。然我利用我底程度较好,课外可竭力用功于英文和新文学,也是一个很好机会!实说像我们俩这般人,对于校里课程,不是积极的进行,也不至十分不好,何况我底根底本是不浅的?

康民弟和我,都能动能静;尤是你,我知你是好动不好静的。所以我望你以后也学做静些,不致再被那些专制魔王从中捉弄。

我于西洋哲学家,只慕一个约翰洛克(John Locke)。因为我底性质,狠和他相近;我的行为,也和他不相上下。——就是反对学校专制。我此次虽然失败,然我依旧奋斗。实在我是形式失败,精神上永永不会失败;我底失败,是因为形式上太流露了的缘故。

勋弟!我有几句勉励你的话——不是恭维你——你委实是个天资最聪明的人物。你倘能像那“目不窥园”底一派人一般的用功,莫说同级底人都不及你,就是全校也恐怕找不出第二个。

我在你的年纪时候,和你现在也不相上下;自从前年在水产学校患神经衰弱以后,记忆力一天不好一天;现在比较你,就有“天渊之隔”了。我从前曾对你说:“少年时太聪明了,恐将来容易迟钝……”这事是我自己经历底话——因为我疑心我从前的聪明,是神经敏捷病。大凡身体瘦弱而过聪明的,大半是患神经敏捷病,像你底身体,是决不有的,你只管胆大的用功——努力!

我因经济关系,这学期买书不能不节省;你说依旧我们俩替换买,那是狠好的了!

以后我们除礼拜日会面外,依旧可以通通信。因为有些话,当面不易说,在信里却可披肝沥胆的写出——这种心理作用,他人也往往有的。你以为怎样?《三叶集》,是最好的写信范本,我可拿给你看!

四号我到校,你最好在五号七时来寻吾——校址在海潮寺隔壁。我候着你,你千万不要失约!

康民弟处,我不另写信了。你代吾安慰安慰他,叫他不要因此气忿;以后自家注意些,是不打紧的!因为校长只恨是我,我既去掉了,决不会再拿你们什么样,只管胆大些是了。

写了二张纸儿,我底意思还没有完;但我底意思,是决不会完的,只好暂时搁笔,后日再写罢!再会!五号再会!

正璧 九·九·一灯下

(学校通信处是:小南门外陆家浜江苏省立第一商业学校。)

与陆君廷抡第九书。

廷抡:

别后和余勋弟闲逛了一回,就回家了。事已了结,没有别的话再可说。附上诗五首,请你指正指正!本学期,我拟专攻英文和新文学,这诗吾想不学了。所以这五首诗,可以算吾做旧诗底末次,留你处做个纪念罢!

朱祥君,我望你和他依旧理会;你不要以为不易做到,你只消看去年永福弟就知道了。

正璧 九·九·一 灯下

（永福弟底信，请你代给他！）

与钱君永福书。

永福弟：

我已考入第一商业，你处的书五本，请交赵余勋君，有便带给我。你星期日可来看我，因你校我是不来的了。再会！

正璧 九·九·一 灯下

与郁君祖伦第九书。

祖伦：

我已考入省立第一商业学校。你通讯可写上海小南门外陆家浜交吾收。我四号到校，到校后再详细的告诉你。

正璧 九·九·一 灯下

九月二日，木曜，晴。

整理书籍及行装。

阅《创化论序》。

阅《近代思想》第二、三、四章。我从前看书"贪多务得"，故都看得没用。以后我拟限定几日看一书；看完一书，再换一书。这样，或者能够多得点益处。我从前看的书，统计起来，可有几百种。现在再看，同没有看过一样。所以我就大悟，从前的看法是没用的。

我想把这理由，告诉吾那余勋弟，叫他也照我现在的计划做。吾既"覆辙"，吾望他再不要蹈吾"覆辙"，这也算是凭我底良心，尽我底一点责任。

续译 *The Daisy*（续昨）。

物犹如此（英安迪生著）

忏 人 译

（下篇 续）

伊想："那么样我方才能够安慰他呢？"但伊连一张叶儿都自

己不能动！这香味从伊底小叶里和花里直透出来，比较平常的花更香。这鸟儿是唤得的，他仍旧渴得气喘；他仍旧再把他底嘴插入草的叶柄里，他并不去触动这花——就是伊。

晚上了。仍旧没有人给这这可怜的鸟儿一点水吃。他张开他细弱的翼子，并且扑了几扑；他的歌声，都满含着悲伤和感叹；他的小头儿倾向着这花儿，他的心，也就此渴得裂开了！

伊并不怎样，和在晚上以前一般。折了伊底叶子，就睡了。又是悲伤，又是生病；伊就憔悴在地上——就是枯悴了。

那小孩子们并不来看他，直待明天早上，他们方才看见这鸟儿死了，他们哭得很是悲惨。他们把他的尸身放入一只美丽的红色匣子里，并且把他埋在小坟里，四周都种些香味的花。

当时这鸟儿活的时候，他们把他忘记，并且任他在笼内受苦。但现在他是死了，他们偏哭得这样悲惨！

但这一枝郁金香和那雏菊，被他们丢在街上。没有一个人想得到伊对于这鸟曾有许多感触，和伊很大的志愿——去安慰这鸟！……(完了。)

九·九·二 灯下

“物犹如此，人何以堪”，我们也在自然界里生活，看到这鸟和花，心里很有感触！我们人类里，像这花这鸟的也有，结果也如此的也有。我是过来人，译这篇，不觉要下泪来！为甚呢？我也有我所心爱的人，不知我那心爱的人知道我的心没有？并且再有人家嫉妒我们，把我们拆开。咳！我们简实比这花儿鸟儿底命运更苦呢！译者附记。

做白话诗一首。

黄浦江上别余勋

滔滔的浪儿，
不住的在那里击江里的船儿！
险啊！险啊！

要沉下去了！
但伊任他抛，任他击；
伊依旧没动分毫！
啊！我知道了！
伊会奋斗，伊胆大。
倘伊不奋斗，不胆大，
早已沉下去了！
我们觉悟了！
我们也学伊，
奋斗！胆大！
胆大的奋斗！
什么浪儿？
我们尽管不要怕他！

九·九·二夜 忏人

读《古诗十九首》及《别赋》。

九月三日，金曜。

上周品人夫子书。

品人师道绥：

壁已考入省立第一商业学校，于四号到校，校友会题名录之通信地址，务请代为填写是荷。

正璧 谨上

与力子书。

力子：

八月二十四日寄你一信，谅已收到。转学第一师范事又被校长从中捉弄，故又失败。我现已考入省立第一商业，朱锡昌他允我明春给好消息吾，所以我在这校是暂时的。

九·九·三 正璧

力子：

我们以前应得的报纸，倘使将完；七月十六、七日登出的那篇小说《好学生底救星》（署名湘客），及八月二十日登出的那篇评论《教育者底责任》（署名西梯）底应得的报纸，请继续寄下去。不过现在我们都要改寄了，改寄的地名列下：

原寄地名：黄渡柴家巷谭正璧；南汇周浦赵杏庄转赵余勋。改寄地名：本埠小南门外省立第一商业谭正璧；本埠尚文门省立第二师范赵余勋。从五号起，就照改寄的地名寄，惟每天只消《觉悟》一张，不必再寄全份。种种费心，谢谢！

九·九·三 谭正璧 赵余勋

附与朱锡昌书。

锡昌：

来片已到，你说三日后定你的通讯地址，不知定了没有？请你告诉吾！吾要寄你信没有寄处，故借《觉悟》栏内问你。我现在在本埠小南门外第一商业学校。

正璧 九·三

（此信请登入《觉悟》通讯栏。）

阅《近代思想》第五、六、七章。吾自从看此书，而思想大变。觉吾从前之厌世主义，为不澈底。吾极羡慕尼采（Nietzsche）的越疲乏越奋斗。书中叔本华底厌世观和尼采底乐天观，吾以为都是走极端的，最好把他俩调和，创造一种第三观念——达观。这种观念，方是完满的观念。吾以后的人生观，或者就渊源在这种观念上。那印度哲学的无挂无碍——止观，吾是不赞成的。因为他看人生看得太轻，不受自然的感染；又不是“超人主义”；他偏要把人的理性，做非人（神）的理性；是违反自然的，是不普通的。从詹姆士（James）的“实用主义”讲起来，都是不合真理的——就是没理性的。

阅□。录旧日所作旧体诗十七首。我之作旧体诗，已能日见进步。惟系非人生的文艺，故我决意不复再作。前此所作，拟别为一集。仍之,如胡适之之有《去国集》也。今日所录,惟十七首,余俟后日再录之。

阅《近代思想》第八、十章。第九章为达尔文之《进化论》。余已于梁任公先生所译之《达尔文之学说》中尽窥底蕴,故暂不阅。

做《末日》诗一首。

末日(dead day)

今天是《雯乘》底末日,
也是我浪漫生涯底末日。
从浪漫底生涯里,
超入自然底生涯去。
脱离厌世观,悲观;
再入乐生观,乐观里去。
这本书,从头至尾;
无一不是浪漫的,厌世的,悲观的;
此后我的艺术,
决换向自然的,乐生的,乐观的做去。
前途茫茫,
过吾底自然生涯;
实行真实的爱,
爱吾所爱。
精神虽不肯被物质征服,
物质也须和精神调和。
光明的,自然的;
送我入第三世界去。

九·九·三　九时灯下

中国近现代稀见史料丛刊【第八辑】

谭正璧日记（二）

张剑 徐雁平 彭国忠 主编

谭正璧 著

王润英 整理 谭篪 审订

本辑执行主编 徐雁平

凤凰出版社

拈花微笑室日记

卷之一

起一九二二年一月一日至同年一月三十一日

一月一日，曜日，候阴，夏正辛酉。

至俞、蒋二宅。晨至俞宅，为姨母结账；下午至蒋宅裱糊□……

接康民书，即覆之。康民来书，谓：近因特种原因，与素称知己之□……生性古怪，然殊出意外云云。余乃告以所持□……谓过疏友亲，及过亲反疏，均乃事理之常，□……君虽居两地，而书信往来，并无闲言，反疏□……如常持达观，不亲不疏，使之永久之为愈□……学外，将兼治医药之学，以为将来地步，而就职□……女生。以女生之性情柔婉，天资聪慧，自较授□……鼓余无聊而又冷酷之人生观，则更为相□……复告以：余不日将至申，把袂有□……衷颇快□……

一月二日，曜月，候阴，夏正□……

整理一切木器，命人挑往蒋宅。

至俞宅，又往蒋宅。午后至俞宅，时娟妹独在西厢理书，余乃助之，理毕，又取乘法牌教之，妹性绝慧，故一教即解。余已定今岁携至金宅带教，尽余之力以造就之，庶不负天生此慧质也。至蒋宅，将挑往木器，放置一处，乃归。

阅瘦鹃译大仲马之《美人之首》。此篇为瘦鹃所译欧美名家小说之一篇，□……惟以之较《东方杂志》中某君用欧化语体□……矣。

瘦鹃近主《小说周刊》礼拜六笔政，而复提倡□……余力，海上文风，为之一变。忆余尝于某星□……棋盘街，见略似学生之行人，莫不手持一册□……拜六也，其销行之广，概可想见。以此颇为新□……所不齿。然其间译一二新体小说，则文艺亦颇□……尝言之：

瘦鹃如肯尽弃“礼拜六”体小说于不为□……事于所谓新文学者，则犹不失为刘半侬第□……鸣鼓而攻之矣，瘦鹃其奈何！

阅《新潮》数册。

一月三日，曜火，候乍阴乍晴，且有风，夏正十二月初六日。

覆祖伦书，又与从龙书。

祖伦劝余专治文学，将来助彼为播译事业。余乃告以：鄙见亦如是，惟必兼治医学，以为将来糊口地步，未知君意若何？从龙借余八卷《新青年》五本，几将一载，谅已阅毕，故催其寄还。

与《民国日报》馆编辑部，及发行部各一函。其一，录所作《爱歌》二首，投入《觉悟》栏。其一，嘱将报纸自即日起，改寄黄渡东市。

与商务印书馆定书柜一通。嘱将所定之《小说月报》《妇女杂志》《学生杂志》□……例改寄黄渡东市交余收。

与中华书局推广部书。索书目及《四部备要》样本。

著《编著弹词缘起》一篇。此篇本拟为待著之某弹词序；但在某弹词□……之名尚不自知，则序之名自不能成立，故曰缘□……

> 去秋因病家居，于沉闷无聊之余，时阅弹词□……埜氏之《孤鸿影》，甫入目，即爱不忍释，阅□……以辞艳情哀，高人一等，其魔人之力，实有不可思议□……余深以得以入目为幸，复思仿而自为一书，以兴之相埒，屡欲捉笔，总以人事倥偬，无暇而止。然成于未来之志，未尝一日去怀。自今以往，余决将专力于国文学，先治小学，而后循进于六艺，然亦不能不有一二文艺之作，以慰其闷且闲也，于是而作弹词之思又兴焉。又念余每为一书，中途而废者，十居五六，作此得亦毋类是。则余之志，终将赍而已。但弹词之作，为余生平第一次，厥兴之必较作他种著作为佳，自在意中。以此，则厥成之观，容当有日乎？余企颈而自望之矣。然作而不佳，不如不作，余又以之自警者也。书未杀青以前，先述其缘起如右；至于此中经历，及作时之感想若何，容记诸休简之日。
>
> 共和重一年一月三日，夜七时，拈花微笑室主人，识□……

阳竹荫精舍之西窗下。

一月四日，曜水，候晴，夏正十二月初七日。

迁居蒋宅。今日终朝奔走，料理一切，无足可记者，故曰记从略。

一月五日，曜木，候阴，夏正十二月初八日。

至俞宅。谒姨母，谢昨日馈赠礼物，并请偕娟妹来舍，一□……下午妹来，余心始慰！

阅瘦鹃译伏尔泰《欲》（原名《人底智慧》），施退尔夫人《无可奈何花落去》（原名《柯林娜》），白尔石克《男儿死耳》（原名“EL VERDUGO”），陶苔《阿兄》（原名“LE PEIII CHOSE”），柯贝《功……罪》（原名《弹丸之穴》）。数篇均载《欧美名家短篇小说集》，阅后颇有所见，因拉杂书之：

《欲》篇中主人梅姆朗梦中所见智慧之神，无首尾手足。余按此与庄周之说，完全相反。《庄子・应帝王》篇末节：“……儵与忽时相遇于混沌之地，混沌待之甚善。儵与忽谋报混沌之德曰：‘人皆有七窍，以视、听、食、息，此独无有，尝试凿之。’日凿一窍，七日而混沌死。”夫混沌之相对曰智慧□……无孔窍，而智慧则并手足而无之。世之俱孔窍而又俱手足者，其将驾于不混沌不智慧之间乎？余心殊有疑焉！

《无可奈何花落去》柯林娜以美丽贞淑之身，遭旧家庭制度之万恶，而致失欢于情人。奥斯佛尔又为旧礼教遗命所扼，致拆散其心心相印之鸳侣，而拜倒于不以爱情相结之露珊之砑罗裙下。人非草木，执能不为柯林娜悲哉？然究其罪原，则旧家庭旧礼教之为妒花风雨，人均能道之。嗟乎！今之自以为天真烂漫之人，闻人谈旧家庭制度之当打破，旧礼教之须破灭，则必严其颜曰：“比□□人所定万世不更之制，人孰得而更之？”不问其可行与否，不问其行之果若何，而泥古不化。所谓天真烂漫之人，真若是哉？世故盈而天真灭，读圣人书者，犹经世故也，尚何云天真之有？况彼圣人所定之制，足以贼人性而斧人生。所谓圣人者，固以人命为儿戏，读鲁迅之《狂人日记》，不难于言外得之。世有见杀人而忍坐视不救者乎？则听之从之可也。

否则惟有操戈而驱斫之耳!

《男儿死耳》斯篇描写一军官命一俘虏之子,手刃其父母、兄弟、姊妹,而赦其罪。大有背于人道主义。白氏似为抱非战主义者,故描写人和人间相待之手段,惨酷如此。

其余二篇,余亦有所发表,惟须俟之异日。

一月六日,曜金,候晴,夏正十二月初九日。

接从龙书。原书大意为:君不日将言旋,《新青年》须待回家后寄回。又云欲与雯讨论少数问题云。……

阅瘦鹃译毛柏霜(今或译莫泊三)《伞》、鲍叶德《恩欤怨欤》(原名《苎麻之地》)、欧文《这一番花残月缺》(原名《乡村之结婚》)、霍桑《帷影》(原名《白衣老仆》)、波氏《心声》(原名《心之自述故事》)、施土活夫人《惩骄》(原名《无上之历史》)。

读《诗经·国风·周南》,《关雎》《葛覃》《卷耳》《樛木》四篇。余素持曾文正公看、读、写、作方法,今以《诗经》代读;下星期起,益以《资治通鉴》代阅;钞《说文部首句读》代写,代读;记日记代作。读看有得,别为劄记,著曰日记。攻治之暇,拟将《诗经》分析。或别著为篇,或录入本记,暂不定。

一月七日,曜土,候晴,夏正十二月初十日。

与康民书。约明日至申,在商务印书馆会晤。

圈杜甫七律一百五十首。曾公教人读书,须自加圈点,则书易熟,余故依之。以后拟日读数十首,至均能默诵为止。余之学诗,始于在龙门时,而得力于匋广师之指正为多。近年则贫病迫身,无心执笔,故丝毫无进,有惭于吾师实多。他日定当发愤为之,虽不能入室,亦求其能升堂,决不能因循以终也。匋广师教雯学诗,以读曾公《十八家诗钞》为佳,余故从之。但以人事倥偬,未尝细读,今而后,定当从吾志也。

读《诗经·周南》,《螽斯》《桃夭》《兔罝》《汉广》《汝坟》《麟之趾》《芣苢》七篇。

一月八日，曜日，候阴且大风，夏正十二月十一日。

至上海购书籍文具等。晤康氏于商务印书馆。三时即归。九时，乘船至车站，于船中遇夏模周、王颂韩二先生。至申，即至商务，时康民候我已久。余乃略询彼校中事，康民一一告我。余即在商务购《马氏文通》等，复偕出购他物，即与康民别。悒悒于怀者久之！至车站，遇钱君家熙，君谓余“明日将旋里”，且谓“余近来一次会面，觉消瘦一次，颇为君忧”。余乃告以近因为明年糊口问题，奔走焦心者数月；又料理迁居事，稍费精神，故身躯益见瘦弱。……开车时将至，乃与君别。君送余至轧票处方止。抵黄，即乘舟归。于舟中阅《时事新报》一遍。

阅胡适《西游记序》、陈独秀《西游记新叙》、胡适《水浒传后考》。余今日在亚东图书馆买《古本西游记》《胡适文存》各一部，于灯下略阅之。二序载《古本西游记》，《后考》载《文存》。略阅《民铎杂志·柏格森号》。

一月九日，曜月，候同昨，夏正十二月十二日。

裱糊书箱二只。约费时四小时，故今日不能践前定之日课。

娟妹来，即去；余亦赴俞宅一次，即归。

孙君来，略谈近事，即去。孙君云：“办通俗图书馆事，余已向各方面接洽，而经费恐终无着。盖商界既以不以痛痒相关为辞，而富室又复吝惜不能如捐造寺宇之慷慨。故开办可以必就，欲谋永久，则颇困难。”云云。相与慨叹久之！

与蒋君楳春解《孟子》。君与余同宅，为故名医更宅先生之嗣孙。余自迁居蒋宅后，与君朝夕晤。会君本业医，偶以作文之道请于余；余乃告以读《古文观止》或《孟子》为佳。君乃烦余讲解。余虽于《孟子》未窥门陾，然朝学夕教，人已俱能得孟，余故不惮为之。君竟不弃，则余之幸也。

读《诗经·召南》，《鹊巢》《采繁》《草虫》《采蘋》《甘棠》《行露》《羔羊》《殷其靁》《小星》《江有汜》《野有死麕》《何彼秾矣》《驺虞》《摽有梅》十四篇。《诗经》中“于”字，有作“何”字解者；朱注郑笺，均不言所以。余又检之诸字书，亦均不得，今择余所读见者，举例如下：

于以采蘩？于沼于沚。于以用之？公侯之事。（《采蘩》一章）

于以采蘩？于涧之中。于已用之？公侯之宫。（《采蘩》二章）

于以采蘋？南涧之滨。于以采藻？于彼行潦。（《采蘋》一章）

于以盛之？维筐及筥。于以湘之？维锜及釜。（《采蘋》二章）

于以奠之？宗室牖下。谁其尸之？有齐季女。（《采蘋》三章）

余本不敢决“于”字可作“何”字解，读《采蘋》三章“谁其尸之”与“于以奠之”作对偶句，“谁”与“于”对；“谁”为询问字，“何”亦为询问字。且更进而证之以通转纽目，则“何”字之声，为“于”之转，殆又无可疑者。

余何为而知“于”为“何”之转也？（称曰：“于”为“何”转，“何”为“于”转，于义俱通。）夫古字“于”“於”相通，“於”或读作“呜”。（四书“於戏”读作“呜呼”。）“何”属“匣”纽，“呜”属“影”纽，为宽格之旁纽双声，故相通转。

余固不惜以今日之我，攻昨日之我者，此说而有误也，是正之责，在后日之我。

一月十日，曜火，候晴，夏正十二月十三日。

阅《胡适文存》卷一，一至二十页。今日天气甚寒，偕梅春君曝于屋后檐下，各持一卷而阅。梅春君为述关于医药之故事数则。谈顷，适娟妹来，乃停阅。陈君企成为梅春君之表叔，时来蒋宅，与余谈论颇惬。道不谈道，余幸非同道也。

至俞宅。今日俞宅延道士设醮，余略辅一切，即归。

一月十一日，曜水，候晴，夏正十二月十四日。

阅《胡适文存》卷一，二一至一三六页。

至俞宅，即返；晚，娟妹来，六时返。

与陈君谈话。今日心期君来，言欲将所职相让，余欲番前议（即就职金宅之议），已请祖母往接洽矣。陈君劝余不可番变而伤信用，余乃止。信乎，诤友之不可不有也！

立日课表。此表拟之已多日，今日始粗具面目，录之于左。

拈花微笑室日课

一、临赵松雪《道教碑》；

二、钞《说文部首句读》；

三、阅新体书籍杂志；

四、与友人书；

五、阅《资治通鉴》；

六、读《葩经》；

七、记日记。

附注：看报不在日课之内。

一月十二日，曜木，候雨，夏正十二月十五日。

读杜甫七律六首。自今日起，将前日所圈点之杜甫七律，日读数首，至均能背诵为止。今晨读六首，题为《郑驸马宅宴洞中》《题张氏隐居》《城西陂泛舟》《赠田九判官梁邱》《赠献纳使起居田舍人澄》《送郑十八虔贬台州司户伤其临老陷贼之故阙为面别情见于诗》。

影写《道教碑》一百字。临《道教碑》，取其笔意生动，易于钞写，思间日再临《颜家庙碑》，以救其滑，惟尚未定也。

阅《胡适文存》卷一，一三七至三三〇页。胡适之先生素主张旧学为体、新学为用之说，而更以创明新学、整理国故为己任。《中学国文的教授》一篇中，杂举当读之国语文及古文书籍，兹一一为之钞出，以便陆续购置：

国语文的

《水浒》《红楼梦》《西游记》《儒林外史》《镜花缘》《七侠五义》《二十年目睹之怪现状》《恨海》《九命奇冤》《文明小史》《官场现形记》《老残游记》《侠隐记》《续侠隐记》……

古文的

《资治通鉴》(或四史。雯按:当是二十四史之误。或《通鉴记事本末》)《孟子》《墨子》《荀子》《韩非子》《淮南子》《论衡》《老子》《论语》《檀弓》《左传》《陶渊明集》《杜工部集》《王安石集》《陈同甫集》……

《茶花女轶事》《战血余腥记》《劫后英雄略》《穑者传》《十字军英雄记》《上下古今谈》

梁任公文、康长素文、严几道文、章行严文、章太炎文、李守常文、李剑农文、高一涵文

附文法

《马氏文通》

(旁加·者,系已购置之号)

上列诸书,他日当陆续研究之,务求真对于文学,能升堂入室。

钞《说文部首句读》二页。去岁寒假在家,录《说文》部首说解;附以王氏之《句读》、段氏之注、朱氏之《通训定声》、桂氏之《义证》、徐氏之《系传》;又参考诸字书中之有特解者,音以《唐韵》,为《说解部首句读》,成二卷。又《六书释例》一卷。后因负笈从学,中道而止。今岁拟续竣之,特以王氏《句读》,已采诸家之长,去糟存精,再采诸书,似可不必。况段氏志在考据,注中偏从考据一面,此须待诸专家研究之,非我辈仅求皮毛这所宜。而朱、桂、徐三家之注,谬者已为王氏所正,而精者已受采取,则不待再钞,《句读》中已含有之。再钞则叠床架屋矣。故重为编次,一依《句读》。时日既省,成书自易;且又节精省神,以防蹈前之覆辙,诚一举而两得也。

看《古本西游记》一至七回。此七回适之先生列为第一部(先生

区本书为三部）。此部只记孙行者之故事，字字滑稽，语语诙谐，寓言小说中不可多得者也。今晚本当读《诗经》，因略整一切，头痛若破，故阅《西游记》以解之。而光阴亦无余矣。

与商务书馆定书柜一片。询《小说月报》及《妇女杂志》未见寄下之故。

一月十三日，曜金，候雨且微雪，夏正十二月十六日。

读杜甫七律八首。题为《腊日》《奉和贾至舍人早朝大明宫》《宣政殿退朝晚出左掖》《紫宸殿退朝口号》《题省中壁》《曲江陪郑八丈内史饮》《曲江二首》。

影写《道教碑》六十字。昨晚孙君来访，偶见余所写字，谓日写百字太多。余故减为六十字。

阅《儿童世界》第一期。阅毕后心有所感，因著语体文一篇以发表之。题为《看了〈儿童世界〉第一期以后》。

> 今年杂志界，有这种关于儿童方面的文学杂志出版，我不觉对我们儿童界欣贺道："我们中国底爱罗先珂要出世了！你们快放下了《虹之国》……一类的书报，来看这《儿童世界》吧！"
>
> 这本《儿童世界》究竟有何种魔力？能令我拜服到这样地位？那我就不能不把这种原因说明，并且介绍于研究儿童文学诸君，作一种研究的资料。
>
> 《兔的幸福》一篇，完全是钞袭旧童话《兔娶妇》。不过白描的方法，又换了一种手腕。从艺术上去批评，自在较胜一着。在思想方面，末段的"房子一烧，丑悍的我底妻子也烧死了"（因书不在手头不过写其大意），改做"因为房子被火一烧，我妻子的性情倒变成温柔了"。"点铁成金"，亦颇不弱。
>
> 《太阳，月亮，风》故事一篇，寓意甚深。聪明的月亮，因为不忘他慈爱的母亲，所以人们非常欢喜他。儿童们呀！当你们在月亮底下跳跃游戏的时候，也不要忘了在屋子里的母亲，在那里替你们做鞋子缝衣裳啊！

《两只小鼠》一诗，虽然寓着友爱而又无端遭受猫的摧残的意思；但在理论上讲来，猫有猫的不是，鼠也有鼠的不是，不可袒护小鼠，而抑止一面。

我最欢喜那篇《太子和他的妃子》。写一个太子要和他的女友绝交，想出种种方法去难她；但这女子爱他不过，何论你怎样难她，她总不避艰难做到。后来太子到底领受了她底爱。我做的《爱歌》的末段说：

“——世界上有几个人们肯爱我？
世界上有几个人们为我所爱？
人们最得不到的是渠的爱我！
渠果爱我，
我就把心坎儿上的爱丝交给了。
再有甚么不能互相了解呢？”

这一段歌真好和这篇故事作写照了。

王尔特底《安乐王子》，写一只爱物的燕子，因为爱的缘故，帮助安乐王子救了许多不幸的人们。忘了自己，至于冻死。中间描写不幸的人们底痛哭状况，从客观方面着手；了了数语，益显得悲惨黑暗。我们快乐的儿童啊！你倘然看了这篇故事，心中觉得很不平，或者很悲伤；那末要使世界上没有这种不平，这种悲惨，就是将来的你们的责任。你们赶早努力呀！

《两个小猴子底冒险记》，纯是从从前的《中华童子界·儿童教育画》里头的《滑稽画》蜕化出来，并不有什么创作的精神。但在儿童方面，或者能视为再有趣味也没有的故事。那么作者方才可以算不曾白费了心了。

此篇随笔所写，修辞欠足。改日当再改作，作为投稿之资料。雯附志。

阅《儿童故事》四册、《儿童诗歌》二册。阅后拟著《看了〈儿童故事〉〈儿童诗歌〉以后》一篇，以中心烦闷，不能下笔，姑留待明日。阅时适娟妹来，乃为之讲解数篇。

阅《胡适文存》卷四，一至二〇六页。阅此书毕，时已十一时余，乃即就枕。思潮起伏，又兴弃古学专新学之念，结果则两相对峙，仍未解决。吁！此问题余当用全副思考力以求其果，非苟且可免也！

一月十四日，曜土，候雨，夏正十二月十七日。

影写《道教碑》六十字。

圈《白香词谱》二卷。《词谱》不圈句，不便诵读；故余考《词学指南》《花庵词选》诸书，而为之加圈。以较之草草过目者，得益多矣。

得中华书局寄来《目录》、《样本》、月份牌……各一份。

阅《胡适文存》卷四，三〇七至四〇二页。

附记一则。

余昔居竹荫庵时，无朋友交接之烦，故自修功夫颇多；今则适得其反。然友朋尝语我：多与友朋交接，既可破除寂寞，亦可获切磋之益。余始然之。今证之以种种经历，适得其反。读胡适《归国杂见》，益觉非如此因循以过，可为人之生活，而于学问可以进步也；乃矍然思，酸然悲，思有以补之。因忆康白情有《一个社交问题》一篇，似专为遇此等事而发；因检出其文，读之遍；乃色然喜作而曰：我乃有辞矣。遂期于明日，为之录出，以悬于座右，以告友朋之来访我者。

读杜甫七律七首：《曲江对酒》《曲江对雨》《因许八奉寄江宁旻上人》《题郑县亭子》《望岳》《九日蓝田崔氏庄》《崔氏东山草堂》。

至俞宅，即返；妹来，亦即去。

看《马氏文通》叙。

一月十五日，曜日，候雨，夏正十二月十八日。

影写《道教碑》六十字。

作《编著〈文学丛书〉缘起》一篇。

昨宵在枕反覆深思，觉近来对于文学非常荒芜，推究其源，虽曰由于少事研究，然不事著述，亦其唯一原因。一九二一年将去之前数日，余曾有以后不事著述之信誓，报告于我同道诸子，今始知其误；然亦不能不将其误之所在以告我诸同志也，于是将其所据理由，表之于文，虽曰与前言相反复，其亦昨日死今日生之谓也？

编著《文学丛书》缘起

每逢一次放假——像暑假和寒假——以后我总有几种——至少也有一种——著作给我底朋友们看。朋友们都晓得我底脾气，所以一到假期，问我有没有新著作的信都到了。因此我格外的起劲，格外的做得多。这几年来——从一九一七年到现在——所著的书籍，差不多有三十多种。价值问题，我可不问；但也不能不算自己肯勉励自己，而朋友们肯鼓励的效力了。

我现在把几种重要著作，列在下面：

一九一七年《寒釭琐语》一卷（杂记）。

一九一八年《夏溪随笔》一卷（杂记）；《竹荫庵随笔》一卷（杂记）；《东庄友谈》二卷（小说）；《梦余小志》一卷（小说，与永福合著）；《影中影》四卷（小说）。

一九一九年《雯乘》二卷（日记）；《古今稗史捃华》一卷。

一九二〇年《息影庐漫识》一卷（日记）；《雯乘》三卷（日记）；《二美集》二卷（杂记）；《听嗅集》二卷（通信）；《无心集》一卷（日记）；《抒情集》二卷（诗集）；《斗雪集》一卷（通信）；《声韵略说》一卷（文艺）；《适适集》（诗选）；《断肠集》（杂记）。

一九二一年《说文部首句读》二卷（小学）；《罪案》一卷（日记）；《悟昙诗集》二卷（诗集）；《文集》二卷（文集）；《词集》一卷（词集）；《悟昙室诗话》一卷（文艺）；《读书杂记》一卷（杂记）；《芭蕉底心》一卷（小说）；《墨子研究》一卷（文艺）；《故乡与爱》一卷（小说）；《短篇小说集》一卷（小说）；《烦闷》一卷（诗集）；《悟昙室日记》一卷《续记》一卷（日记）。

除上面所钞列以外，再有许多我已经取销的尚未列入。照这样看来，我近来一年一年的著作，有增无减，这是非常可以乐观的。

我在一九二二年未开始以前，曾有本年不再著作的宣言，所据的理由，是我们现在还在求学时代，多著述则少看读时光。“作而不佳，不如不作”，我底著述程度还很幼稚，所以还是不作的好。

当时根据的理由，未尝不充足，就是证之事实，也还不算差误。但到了一九二二年开始以后数天，我忽地有仿曾国藩看读写作的求学方法发表；至今虽然未能完全履行，但较之从前的方法，却好得多了。近来又看了几篇胡适之底文章，心里就生了二种疑问——胡适之在学校里读书的时候，他也时有著作发表，他是否也少读看的时光的痛苦？有著作——不论好歹——比没著作若何？并且看读写作的作，是否作出的一定是好的？我就细细地想了一回，结果的答案是——胡适之，他一定不因著作而少看读书籍，否则他一定作不出好的东西来。所以著作和研读，是没有妨碍的。研读是求知，著作是代行；知行要合一，所以读书一定要有著作，并且互为因果，二者必须同时进行的。著作有，总比没有好。著作不见得一定是好的。倘使一定是好的，方才去著作，那么世上没有所谓失败了，更没有所谓批评和比较了。这种答案，能不能算为圆满，我却不管。不过我想：纵然不是都对，也不见得都不对，所以我决心再从事著作了。

以上一段话，可以算是我再从事于著作的宣言。

我是个欢喜文学的人，朋友们都知道我的。就是我底著作，也都属于文学的；哲学等虽然也曾研究，但除少数的意见附见于各书外，并不有专门的著述。所以以后著述，自然以文学的为中心，而哲学等仍为附庸，这是不容疑义的。我现在且把我已经拟定的著作，列于后面：

（一）《诗学略说》　去年我替朋友做了一本《声韵略说》，本想就做这书。后来那位朋友不高兴学诗，所以我就未做。但那位朋友不高兴；而别的朋友，因为我在《声韵略说》里提起续做本书的话，所以都劝我不要灰心，不妨做了给他们看。所以我决心再做了！彼底稿子已经成在我脑子里，只等写出。彼的节目，大概是：

诗学在中国文学上的地位

诗学底定义

诗底界说及其起源

诗底沿革……及其他

并且想再把《声韵略说》重为编过，以去其差误。这事待本书完稿后再说。

（二）《烦闷的恋爱》 这书在去年暑假里，本想做就，后来因时间不及，只做了三四页。但文艺的程度，还不及《芭蕉底心》；所以虽然续做，而不用他原稿。他底宗旨，就是发表我底相对哲学，写恋爱之不足恃。最要的几句话，就是，渠会爱你，渠就会爱别人；不爱你，也不爱别人。看来似乎与《芭蕉底心》相像，其实是完全不同的，只消待我做出后，一比较就知道了。

（三）□□□□弹词 做这篇的原因，可参看我拿篇《编著弹词缘起》，就可知道。但彼底内容还没有定，以后再说……

（四）……

上面的几种拟题：第一种，准于月内完稿；第二种，准于下月完稿；其余的不能定期，大概不会过六月的。

我底朋友们倘得闻我这信息，他们一定又很希望我早日做就，以饱他们眼欲了。但我也要掬出我底热心来，谢他们道："这是你们鼓励我的结果呀！"

因此，一九二二年我底著作表里，又添了不少名目了！努力呀！

圈《白香词谱》三四二卷。

立《诗学略说》用表二。此表于文诗之界限，尚未十分确定。今固且录入，以待书成后再为订正。

一　文底类别——以前的分类法

- 文
  - 韵文
    - 古诗（细目从略参看下表）
    - 赋
    - 骈
    - 律诗
    - 词
    - 曲
    - 白话诗
  - 非韵文
    - 古文
    - 近体文
    - 语体文

二　文底类别——历史的分类法

- 文
  - 文
    - 古文
      - 汉以前的古文
      - 昌黎后的古文
    - 骈文
    - 今文
    - 语体
      - 国语体
      - 欧化的语体
  - 诗
    - 歌谣
      - 谣
      - 歌
    - 辞赋
      - 骚
      - 赋
    - 诗…
      - 古诗
        - 五言诗
        - 七言诗
      - 律诗
        - 五言律（含五绝在内）
        - 七言律（含七绝在内）
    - 词…
      - 古词
      - 唐宋以后词
    - 曲…
      - 小令
      - 套数
    - 白话诗

阅钱玄同《文字学音篇》。阅此书后，于《声韵略说》中，发现差误不少。他日重编时，定当借助于此书也。

一月十六日，曜月，候雨。

得家熙书。报告已经回家。

影写《道教碑》六十字。

孙君来访，历二时，始去。

与楳春君奕棋解闷。

看《故事读本乙编》十册。蒋女士兴宝，更宅先生之女公子也，芳龄十一，为余未来之女弟子之一。余既徙居蒋宅，伊母陈太夫人即命伊向余请益，余亦乐教之。今日余取《儿童世界》《儿童故事》《儿童诗歌》等命伊阅之，有不解问之余。伊取而阅，则已能一目了然矣。聪慧若此，可不令人慕爱哉！又取伊在乡立第一国民学校三年级之作文阅之，见有题为致友书，而书之始却书△△表姊，而教师不之改，侪姊于友，已为创解！末更书敬请钧安字样，而教师亦仍之，则实令人喷饭矣！

看陶渊明诗。

编《诗学略说》一章。今日成第一章，《诗与文底分配》约千余言。

一月十七日，曜火，候雪，夏正十二月二十日。

影写《道教碑》六十字。

著《诗学略说》二章。今日成第二章，《诗底起源及其定义》；第三章，《诗体底种类及其沿革》。共约三千字，参考书籍多种，列后：

> 《大江集》《尝试集》《诗学指南》《词学指南》《胡适文存》《黄节诗学》《日知录》《古诗源》《顾曲尘谈》《周易本义》《小说丛考》

得商务书馆复书。略云：通信址照改。《小说月报》《妇女杂志》，不日寄上，请勿念！……

姨母遣娟妹来，余随之往，即归。雨雪载途，顿生诗兴，吟久不成，乃作罢。

一月十八日，曜水，候阴，雪未消，水有冰，夏正十二月念一日。

影写赵字六十字。

赋七律一首。题曰《雪后》。诗曰：

斗月素娥不耐闲，九天谪落到人寰。冰肌无汗娇难胜，玉骨未消意犹悭。起筑琉璃千万里，占偏梅柳数重关。只忧九九消寒尽，流落江河去不还。

出外剪发，因之俞宅，晚归。教娟妹读，约一小时。留余晚餐，餐毕始返。

阅《儿童世界》第二期。

一月十九日，曜木，候晴，大寒且有冰，夏正十二月二十二日。

斗动物牌消寒。今日天寒甚，砚水均成冰，不能作书，故停止写字。下午，乃斗动物牌作消寒。

阅《新青年》第八卷，《小说月报》十三卷一号。《新青年》八卷，系许君由民局寄还者；《小说月报》今日始寄来，故今日始得入目。

一月二十日，曜金，候晴，余仍如昨，夏正十二月二十三日。

至俞宅即归。自俞宅归后，娟妹来传命，余往代送灶，余于八时往，送灶毕，乃归。

阅《妇女杂志》八卷一号。

一月二十一日，曜土，候如昨，夏正十二月二十四日。

阅爱罗先珂著作七篇。爱氏之著作，散见于各杂志报章。今以余所读见者列左：

《鱼的悲哀》——《妇女杂志》八卷一号；

《古怪的猫》——《觉悟·新年增刊》；

《虹之国》——《觉悟·爱罗先珂专刊》；

《世界底火□》——《小说月报》十三卷一号；

《我底学校生活的一断片》——《觉悟·爱罗先珂专刊》；

右为童话及杂记。

《世界和平日》——《妇女杂志》八卷一号；

《狭的笼》——《新青年》九卷四号。

右为散体诗。

综观爱氏之创作，以求其统一之思想，则彼之与印度哲学之关系宏深，似可断言者。右列创作七篇，关于发阐爱物之皆者，七之三；爱人之旨者，七之四；而博爱平等之旨，则每篇均含有之。由博爱同类，而及于万物；由平等人类，而及于万物；是则爱氏旅居印度所得之影响，而又彼之哲学之旨也。余读其著作，语语与余均表同情。余不禁深赞之曰：爱罗先生，其殆真所谓世界之人哉！

看《小说月报》（十三卷一号）、《妇女杂志》（八卷一号）、《儿童世界》（一卷第三期）。

娟妹送茶壶来，即去。

斗动物牌消寒。

至俞宅，晤沈君其荣，略谈近况，五时归。

一月二十二日，曜日，候雨，夏正十二月二十五日。

影写《道教碑》六十字。

沈其荣君来访，午后去。君向余借《学生杂志》八卷七至十一号。留之午餐，毕，始去。

草与伴贤弟书。伴贤为叔氏之子。叔氏曾留学东瀛，不幸早卒，遗有一子二女（子即伴贤也）。叔母居全节堂，伴贤肄业省立第三中学为通学生，素与余不同音问。今因念族少研求学问人，得此弟亦正大可傲人；故将平昔求学状况，及此后之宗旨，尽情罄告。惟因时促，未及卒稿，但亦将近十页矣。

夜与兴宝妹等玩动物牌消遣。

一月二十三日，曜月，候雨，夏历十二月二十六日。

影写《道教碑》六十字。

立拈花微笑室《阅书约》。余欲立此约久矣，屡以无绪而止。今则有不能不立之势，乃就昨日所草，为立一规约如左：

一、任阅何种书籍，须先得本主人之同意。

二、概不携借出室。

三、不得擅动而乱部居。

四、本主人以自修时间过少，不能多作无谓之周旋，故仿行康氏之“八分钟闲谈主义”，过此时间，恕不奉酬，幸谅之！

五、本约有未尽处，当随时增入。

一九二二、一、二三晚重订

欲录康氏之《一个社交问题》以榜吾室者久矣，然终以无暇而止，惟终能遂我愿也！

阅《俄国文学研究》。今日惟阅大意，明日当细阅之。

至施相公庙，即返。今日为迁祖母之寿柩，寄置该庙，余故一往视察。

至姨母家即返。姨母送礼物来，立去。

阅欧美名家小说四篇——盎掘利夫《红笑》、贵推《训狮》、查格《破题儿第一遭》、法利那《悲欢离合》。《红笑》为反对战争之有名著作，治新文学者人尽知之。《训狮》一篇，描写狮为人类之艺术所训服，亦颇创见。《破题儿第一遭》系滑稽小说，无甚可观。惟《悲欢离合》一篇，则最惬余意；盖与余所持之相对哲学，有同等之命运也。昔曾见《东方杂志》某号，记有人提夫妇分居之议。此则对欧美国人而发；我国则夫妇常各远离（除农人以外），故无不和之事，似毋庸议。惟今日则有戏言夫妇分离之苦（例如词有“尝尽孤衾滋味”句）者，请观斯二篇，可以悟矣。且爱情为哲学界尚未解决之问题，我人亦宜亟起切磋，以求其答案，则斯篇又在参考之资料中也。

一月二十四日，曜火，候阴，夏正十二月二十七日。

影写《道教碑》六十字。

过年节，祭祀祖先。今日过节，故往邀娟妹来晚餐；餐毕，妹即归。

阅曾氏《家书》一篇。

课兴宝妹读。灯前无聊甚，乃命兴宝妹将所读之书至，课之读。误者正之，不知者教之，约一小时许始已。

一月二十五日，曜水，候雨。

得家熙书。

影写《道教碑》六十字。

阅《小说月报·被损害的民族文学号》。姨母家过年节，娟妹来邀，余乃往。佐理祭事，餐毕，归，已八时矣。

一月二十六日，曜木，候雨，夏正十二月二十九日。

作散体诗一首。

生命底呼吁

时间姊姊，袅袅婷婷地又在我面前走过。我忍不住地展开双臂，把伊搂抱住了；用热烈的感情，和诚恳的态度，央求着伊说："时间姊姊，可怜儿些我们罢！我们底黑漆般的鬓毛，已经起了百合花似的霉点了；我们底苹果色的双颊，已经生了鱼网似的波皱了。昔日像我们一般活泼的青年，渠们已经长眠在旷漠之野里，静听那赤杨的肃肃的歌声，和西风的席席的鏖战声了！……时间姊姊，可怜些儿我们罢！我们都情愿将来未曾试用，未经洗涤的，纯洁无疵的爱情，供献于姊姊之前。愿姊姊和我们终身厮守着，永远的不要去罢！……"

时间姊姊流着泪回我道："人们哥哥，谅我些吧！我狠愿牺牲我一切所有者，去拯救无量数的，悲观而且失望的生命哥哥们。但我没有自主力，我有我底主宰啊！……人们哥哥，永远地恕了我吧！……"

我那时闭合了含泪的眼睛，默默地把双臂放下了。觉着在我底冰一般冷的唇吻上，伊很亲热而又狠甜蜜地吻了一下。我关不住的心催促我开眼看时，一瞥间；伊底倩影，和我所占的空间隔离了去了！

"伊是没有自主力的，伊有伊底主宰啊！"

从此以后，我们要永远地咒诅上帝了！

影写《道教碑》六十字。

续阅《小说月报·被损害的民族文学号》。

看《古本西游记》第八回至十二回。是五回，胡适之区为全书之第二部，专记取经人之出身，及取经之缘起。

看《楹联丛话》《续话》《三话》《四话》。

一月二十七日，曜水，金候，阴，夏正十二月三十日(大除夕)。

影写《道教碑》六十字。

今日为阴历大除夕，余因整理一切，预备过年，故不能读书。偕兴宝妹至陈君宅，略谈话即别。夜间无事，且俗尚守岁，更觉烦闷，乃殉兴妹之请，出外闲步。顺道至陈君企人家——企人与伊为表姊妹行——略谈琐事。君示以心期君题某君绘《挂角读书图》词一阙，及某君题七绝一首。适楳春君亦至，乃相偕返，已是万家灯火闹黄昏矣。抵家，乃与兴宝妹猜拳，楳春君奕棋，时过子更，方就榻入梦。

一月二十八日，曜土，候雨，雪珠(霰)，夏正壬戌元旦。

影写《道教碑》六十字。

阅《胡适文存》卷三《红楼梦考证》。斯篇为胡君改订本，与原稿大不相同。(原稿载汪原放加新式标点符号《红楼梦》卷一。)胡君自言改动三千余字。其考证之精确，令人不能不佩服胡君之识见高超，亦足见以科学方法治文学之成绩也。阅斯篇未竟，适陈君来劝余少息，余乃停阅，随往观博，约三小时；迨晚餐后，又与兴宝妹略周旋，故至黄昏始得续阅毕，又取初稿比较之。

一月二十九日，曜日，候阴，夏正正月初二日。

赋七律一首。此首上半首成于昨宵枕上，下半首则今日晨续竣之。

元夕书怀

回首前尘浑惘然，狎邪曾不费腰缠。几经鬼蜮千重险，一梦邯郸三七年。欲僭浮桴到海去，未偿人世耘书缘。消磨壮志行将尽，且看东陵学种田。

作诗大不如从前，此首更欠佳。其亦“业精于勤……”之意乎？余思有以补之者久矣！

影写《道教碑》六十字。

阅《西游记》卷二，第二三回至三十一回。

心期君来，略谈琐事，天黑方去。心期君与余为同宗，故索余家宗谱阅之。君言谭姓人在历史上亦无颖出之人物，而近时均生涯料落，盖不发旺，其亦运会使然欤。君于国故甚有心得，故与之谈，则侃侃不倦。余故乐聆教也！

得从龙书。信甚简，兹录于左：

正璧：

《新青年》于十日发，接到否？示得复，盼甚！前言任塾师，确乎？君言有目的而不能实践，余甚疑此言，非意志薄弱之征？云虽无能为力，然亦愿稍效微劳也。乞详告！

从龙　一、二七

阅《儿童世界》(第四期)，《学生杂志》九卷一号。

一月三十日，曜月，候晴，夏正正月初三日。

今晨略有寒热，故未写字。

与商务印书馆二片。其一：索《英文书目》，及询《史地学报》订购办法。其一：询《东方杂志》二号亦应出版，何一号尚未寄下？

复从龙书，略曰：

久不通问，殊深记念。惠书及《青年》俱收到，今日颇有空闲，将近况及此后宗旨尽情罄告，幸垂听之。

去岁在承天，以疾病牵身，实未满一月，于英文既不进步，于新旧文学则尤觉芜荒。扪心自问，实深痛愧。今正从事自修，谋所以补过也。

足下云雯有目的而不能实践为意志薄弱之征，未知足下依据何种逻辑而云？然有目的而不能实践，亦当审目的之范围若何，欲实践此目的者之环境若何，以及其历程若何，方可下一断语。足下此语，实令雯不能心服。盖足下实完全无所据而云然也。

今不得不将我所云之目的一告。雯前此所云之目的，为去岁必考入中学四年级之目的，后究未遂，故云不能实践也。试问足下倘遇此等事时，其亦单可以“奋斗”二字解决之乎？三尺之儿，亦知无此愚也。奋斗不能则为牺牲——夫当奋斗则奋斗，不当奋斗则牺牲，不得以牺牲为示弱之征而不屑为也。倘以牺牲为意志薄弱之征，则前此学生会宣言不推翻政府不上课之誓竟不能践，亦得以意志薄弱断之矣，试问此为何种逻辑学乎？况任何事理，以一人一时之眼光观之，以多人多时之眼光观之，容有异同。夫同一事理而观察之，果如斯，则安见我今日之目的，明日即以为不足而弃之乎？昔日之目的，今日以为不足而弃之乎？凡弃之者，俱牺牲之谓也。审理而处，更安得为意志薄弱？

且雯今岁之就塾师，亦有所不得已者，然亦各从其志也。雯抱独身主义已久，而家中惟一年高祖母，去岁一病，几殆。雯颇于心不忍，故今岁则非亲自侍奉不可。况学校生活，雯厌弃已久，后此更不能耐。且就塾师以课幼儿，大可有闲自修，则安见其必较学校所得为亚乎？雯故乐就于此，但此尽人而知为暂时之计，故就此至多不过一年，至少须满半载（雯既允斯职，此约万不可毁，至少半载，亦惟不得已，为信用起见不得不尔），故足下愿为雯稍效微劳亦须过此半年，然足下究为爱吾而发究思，若何助吾？不妨即为一告。雯果心甚感激而又愿听之也。

雯此后修学规程则新旧并进，其类则宗文学而辅哲学、社会学等……科学则性所不近，雯不愿反吾天性，故不专研究之也。近又因受旧友郁君之劝告，劝吾专治文学，将来助彼翻译。此君因精于英文，彼之言亦未可厚非，故雯深然其言，自后或不再治英文矣。……足下近况若何？祈亦细告。

正璧谨覆

至俞宅，即返。

夜与兴妹斗棋消遣。昨夜亦然漏书。

一月三十一日，曜火，候阴，夜大雪。

祖母至吴宅。吴宅嫁女，齐往乡去，故请祖母往守宅，大约下月九日方归云。故余寄饭蒋宅或往俞宅。

影写《道教碑》六十字。自初写至今日共成一千字。明日起拟换《颜家庙碑》，从陈君之意也。

至江南蒋乾昌内为寻房票以不得，即返。

娟妹来，余往夜餐，毕后返。午餐时，娟妹亦来邀，因已至江南，故不相值。至是，娟妹又来，邀夜餐，余不忍拂其意，即随之往。

阅《西游记》卷三。《西游记》不仅为神怪小说，于神怪中实寓无限警世之意。

起一九二二年八月一日至同月三十一日

八月一日，曜火，候晴。

临《行书》一页，《张迁碑》四页。

读《世界语》二课。

得泰东书局寄来书。内有二种，一旧一钉差，竟亦发售，商家道德堕落至此，可胜浩叹。因检出其钉差者，退还之，附书如下：

南公先生：

上月因购书籍六种，蒙寄下，于今日收到。但贵局的营利心也太重了，不但把看旧的书——《鲁森堡之一夜》——卖出，并且把钉差的书已经卖出而由人家退还过的也发售（有折印可以证明系卖出而返还者）。

所以现在把钉差的书——《革命哲学》——寄还，如蒙调换，那是再好也没有的。吾时要看贵局商业道德的程度如何而定了。

一九二二、八、一　谭正璧于江苏黄渡东市

在后又附书一行云：

为了几角钱的书籍丧失信用和道德也太不值得。

阅《沉沦》及《冲积期之化石》。二书均写留东少年之堕落。《沉沦》中之主人竟至一味情痴，全无理性，恐世间并无此人。而《南迁》更欠佳，更不如《沉沦》之文艺尚可取。此书其亦留东外史之流亚而已，仅可云创作。描写肉欲处更易引青年堕落，此种书籍反有人介绍之，何耶？

与民智书局书。

执事先生：

寄上邮票一△，下购《绿光》一二期各一册。

《心潮》何日出版？购定办法如何？《世界语自修讲义》何日发行？祈一一示知为荷。

敬颂台安

正璧于江苏黄渡东市　八、一

八月二日，曜水，候晴。

《行书》《张迁碑》，一临一页，一临四页。

读《世界语》三课。

阅《少年维特之烦恼》(未毕)。

得偎工先生书及商务复书。商务复书云不能代椟。

偎工先生书云：

正璧先生：

《青年文艺》代售事(是旬刊)我已拜托了上海民智书局，并亚东。你如要长期订阅，可直接同该处接洽。邮票想是可收的。

偎工　八、一日

阅《创造》一卷一期。里面的小说大概是和《沉沦》一类，差不多的。我都不敢赞同。只是《上帝的儿女们》那篇的首节吾看了，热情勃发，非常佩钦。不是亲身经历的，不能见其用情之妙呀。艺文补见中所说的学阀一段说得痛快淋漓，消平了无限的青年的不平，但是制造的本身却也是……的呀，这也何必说人呢？吾极希望第二期有“创作批评”出现。

至金宅赴喜筵。

八月三日，曜木，候晴。

临《张迁碑》四页，《行书备要》一页。

读《世界语》二课。

行中华书局寄来《进德》一份。

阅《民铎·柏格森号》及《黑潮》一至三期。

八月四日，曜金，候晴。

与伊文思图书局书。

执事先生：

请惠贵社目一份寄：江苏黄渡东市交谭正璧收。为荷。

专此敬颂台祺

读《世界语》二课。

临《行书备要》一页，《张迁碑》四页。

阅《笔生花弹词》。余前著《落花恨弹词》尚未完稿，思续为之，故阅此以起文思。此书作者于每回之首尾，写其身世疑论，一一可悉。同是天涯人，不竟为之之叹他日有暇，当为著一弹词。秃笔生花，以写作者之身世，发为伊传，实乃自况，成功与否，视吾志焉。

赴金宅喜筵。昨晚偕孙君往观婚礼因有感，思著小说名曰《矛盾》。今晚至金宅赴筵，同席诸君俱系酒中铮铮，智中皎皎者，猜拳睹无所不为，邀余加入，余坚却之。□无论如何，余不愿弃我所抱主义也。

八月五日，曜土，候晴。

临《行书备要》一页，《张迁碑》四页。

习《世界语》二课。

阅《教育》一号，《东方》十一号。

得《绿光》第一期，附书。

书曰，来信及邮票二△均照收到，然第二期当未出版，现将所余之六□邮票暂存敝局，待二期出版后即当寄奉也。

此复即颂大安

再附告《世界语讲义》大约八月廿号可以出版……

略阅《绿光》。

得肃商书。

别久矣，近未致候，歉甚，恭维起居如意为颂，商顷与二三同学借敝□□小国民小学作星期消遣。□思之余，兼及科学温理□□无恙，聊以告慰。足下此次有升学机会，有决心否？公暇时乞示知。本月底商拟赴天津，择一相当之学校，能如愿否，尚难预决。草此先达，余容续告。谨上正璧足下钧鉴。

肃商于八月一日

复函希寄至临海海门涂镇三石。

八月六日，曜日，候阴。

与肃商书。

肃商足下：

来书敬悉。久欲与足下通信，因不知足下行踪，踌躇而止。五六月间，雯曾患病月愈，几至不起，未知曾告之足下否。七月初，作杭州七日之游（本拟住一月，因天热而止）。身心颇爽，而文思则更迟钝于往昔矣。雯之就职于此，亦属于不得已，不得不为足下一述之。雯家中惟一七十余岁之年高祖母，一切经济权都采之伊手。雯倘入大学，则至少须四年，在此期中一旦倘有不测，则经济都落之他人之手，雯不将成为流落之人乎？故勉强就此。足下至天津是否考大学？浦中已否卒业？请示知。惟雯因受某种刺激，思稍谋积蓄，预备明春或以后作东游日本二年之举。虽留东不能得实益。然为将来计，亦不得不由此着手。未知足下亦有意于此否？足下有否留东之熟人？倘能为探得一切手续则感谢之至。（无中学文凭未知可考否？）到津祈告知地址，以便通信，此上台鉴。

正璧上　八月七日

译世界语成英文，凡六章。译世界语成英文亦一一举两得之事，盖余英文荒疏已久也，下学期定必入函授学社矣。

温世界语。

阅《绿光》——《大炮向远处攻击》，爱罗先珂著。原文为世界语，余乃取愈之所译对照读之。

得泰东图书局寄来《鲁森堡之一夜》及信。

谭正璧先生雅鉴：

来示奉悉并返书。书称计《鲁森堡之一夜》《革命哲学》各一册，上收无误。敝局经手人不明，误以污坏之书奉上，颇觉不安。《鲁森堡之一夜》今当捧奉，□乞台收。惟《革命哲学》此书本已禁售，故抵此□□无从掉换。□存□或□如何办法，即乞示知，以便了却此手续也。余容后书，此复顺□台安。

泰东各书局印务处复 八月五号

检阅《少年中国》《少年世界》第一卷。

得伊文思书局寄来目录。

阅《蔷薇之路》（完）、《银灰色的死》（次编第三篇）。此系昨夜事，漏书补记于此。

八月七日，曜月，候晴，大风。

与《晚霞》杂志社书。

执事先生：

《晚霞》第一期出版未？盼望久矣！续稿当不日续上，决不有误。

此上台祺

正璧上

与泰东各书局片。

执事先生：

复示敬悉，所存之款购《侯辞》（八卜）及《悲惨世界》（二△钱）各一册。前函多有唐突，幸勿见责是荷……

临《行书》一页，《张迁碑》四页。

阅《新体英文法》数页。

得康民寄来《学灯》五号一本及书。

正璧学兄：

来片来信并收到。在沪时，尝与同志数□谈及服务社会，及拟□开办暑期义务学校之计划，属此数同志先行返里，复与在商同志磋商进行。贴出布告，而此不全之义务，学校轻率生产生矣。弟亦强被列入发起人之一。及至返里谈及，则真俗所谓“木已成舟”，无复推辞。校共分四级，甲补修级，国民毕业相当于高小一二年，乙三四年合级，丙二年，丁一年。强为拼合，自不免削趾适履之歉，然限于教室，亦不得不尔。弟任甲级之数学、乙级之国文。数学上课自七时半起至十时半，下午休息。然以一身兼编辑者、书记者、印刷者、教授者，忙何待言？且又无暑期例假，社会又从而指摘。最可笑者，一般不知义务为何物者，惊继以疑，遂有受县署补助八十元奇谈，直已身心两疲，差幸而同学感情当佳，是亦自慰，旅杭游记君能惠示甚幸。介绍已缮，就未知合式否？余事容后续告。

顺祝健康

康民白　八月五日

彼方已先有信去矣。

读《世界语》二课。

略阅《学灯》五号(六月份)。

与愈之先生书。

愈之先生：

日前奉上一片，谅已收到。璧自修世界语，不日将读毕《爱斯不难读》后所附之课本，查国内出版界无有相当之书足以续之者，故望先生为之介绍一二外版爱世语书籍(最好如英文□□之类爱罗先珂先生所作类，此为多未知何国出版，本国可有购处)，使续成敝愿，不胜盼望。想先生素以爱世为主义，定不吝此金玉也。

专此顺颂 精神健康

江苏黄渡东市谭正璧上　八月七日

与亚东图书馆书。

执事先生台鉴：

敬启者，昔日出版《黑潮》杂志之《太平洋学社》，未知现尚存在否？鄙人欲入杂社组织之日，大函授部□尔动问，祈一为示知为荷。种种烦神先生，预谢。

敬颂台安

江苏黄渡东市谭正璧上　八月七日

与商务印书馆交通科书。

执事先生台鉴：

附上邮票一角，索阅《续古逸丛书》样本一份，如有新出《目录》，亦请附寄一份是荷。再者鄙人欲自修日文，苦无相当之书籍，执事能否介绍一二？祈示知为荷。

专此顺颂台祺

谭正璧上　八月七日

拟著小说，题曰《人间天上》。孙君等组织《黄渡月报》社初六邀余入社，后余以特种问题故不愿加入。今日来索小说稿，余乃约以作长篇小说，逐期成稿。是夜于枕上得稿一，其题如纲所述，其目略如下：

一　叙言

二　紫华的书

三　浮萍室日记

四　复紫华的书

五　复紫华的书（未完）

八月八日，曜火，候晴，大风。

临《行书》一页，《张迁碑》三页。

读世界语二课，爱氏《大炮向远处攻击》第二段。

习新体英文法 two □。

得祖伦书。通篇无非自解，且将借据重书写寄附，余不答。

著小说《人间天上》第一段叙言，约千余言，余预定全篇惟万余字。

阅冰心《遗书》及《鲁森堡之一夜》。

八月九日，曜水，候晴。

著《人间天上》第二段《紫华的书》。

写《行书》一页，《张迁碑》三页。

习《世界语》二课，《英文法》一章。

得亚东图书馆书。

正璧先生：

来信已悉。《太平洋学社》敝处亦不知其在何处，此社年余来未见有人说过，或竟已取消，亦未可料。

此请台安

上海亚东图书馆　八月八日

阅王统照《死后之胜利》——《小说月报》六、七号。是篇为罗曼主义剧描写之，手段颇高，惟篇中事实在中国今日则殊难有相当者耳，此则一味仿欧化之弊也。

阅沈雁冰《自然主义与中国小说》——《小说月报》七号。

得《儿童世界》三卷五号。

读《绝妙词选》。

八月十日，曜木，候晴。

与赵南公先生书。

南公先生；

我有一桩事向先生请求，说事是非常可笑的，又是极无理的，望先生看了不要笑话。

我的艺术的创作力是非常薄弱的。我作的短篇小说，本来都没有存在的价值和必要。但是朋友们太看重我了，时常问我要已投稿过小说全稿,可是我哪有功夫抄录,所以他们主动印成单行本出版。说来也惭愧,我底创作力也还有些,出版力却完全没有!

因此想到贵局是以提创新文学为责任的,已出版了好些无名作家底作品。所以我把这事也要求之于先生,能否将我已投稿过——完全不受酬——而又经改过的和未发表过的短篇小说,代为刊成专集,在贵局发行?定价遂意,我也不收稿费,只消出版后送吾几本,待吾分送朋友们已够了。

我抱着十分诚恳的希望,待先生的回复!

敬祝康健

一九二二、八、十 谭正璧于江苏黄渡东市

目录附后:

《人生底怨哀》(总名)

《人生底怨哀》——《人刊》二十期(浦东中学青年自觉会出版)

《怨哀底梦》——本年二月九日《觉悟》;《民国日报》

《雷雨之夕》——本年二月十四日《觉悟》

《异乡》——本年二月廿三日《觉悟》

《儿童的怨哀》——本年三月三日《觉悟》

《时间底一段》——本年三月十三日《觉悟》

《病中》——本年四月六、七日《觉悟》

《邂逅》——本年七月九日《觉悟》

《邂逅》(二)——未经发表。

《蚕丝》——去年《觉悟》,日子待查。

《玫瑰花》——未经发表。

《恐怖》——未经发表。

《农民底血泪》——前年《觉悟》,日子待查。

《黑暗之要求》——未经发表(此篇原书漏书)

附余诗

《汗漫》——本年七月十五、廿二、廿九日;《平民》第一一一、一一

二、一一三期
临《行书》一页，《张迁碑》三页。
读《世界语》二课。
得《民□》四号，《妇女》一号。
得进修社书。
正璧先生惠鉴接续：

大札敬悉，□是晚□因印刷不及，改于八月十六日出版。届时当寄奉求教。而尊稿祈源之赐来，同人等不胜欢迎。拜谢之至，肃复。

即请撰安

上海进修社□

译□……PartⅠ-Ⅱ。

八月十一日，曜金，候晴。

致商务印书馆函。
执事先生大鉴：

敬启者璧，所定□杂志二号至今未曾收到。十一号出版已久，何亦尚未寄下？贵馆问章有"邮局如有失误，惟能代为照章追查，不能赔偿……"云云，而实则贵馆何尝追查？一味敷衍了事。贵馆商业道德素著海上，何对此不能思一相当之对付法耶？璧因爱贵馆，故不禁深为贵馆惜，故敢进此忠告。贵馆定能赐否满意之答复，不使璧对于预订杂志再抱无穷之失望也。

专此敬颂台祺

定单附上备查。

读《世界语》二课。
临行书一页，《张迁碑》三页。

阅曼殊大师《悲惨世界》及《诗》第四期。《悲惨世界》余闻名已久，艺术思想实驾于新旧两者之间，不愧为过渡时代之名著。惟惜篇幅太短，令人不能起满足之成觉，此其所以逊于今之新创作欤。

续写《恐怖》(完稿)《黑暗之要求》《惟一安慰者》各一段。以上各篇,《恐怖》拟投稿《觉悟》,《黑暗之要求》拟投稿《妇女杂志》,《唯一安慰者》投稿《晚霞》。

八月十二日,曜土,候晴,大风。

读《世界语》二课。

临《行书》一页,《张迁碑》四页。

得商务书馆书。

惠诚敬悉。《续古逸丛书》样本及《图书汇报》均□属寄上,到乞查收。初级日语读本查有《和文读本入门》,每部二角;及《和文汉译》读本,每部一元。均甚合用,实价均作九折计算,邮费加一成。至《日文字典》则敝处尚无出售。承询并以奉复。

顺请台安

上海商务印书馆总务处交通科启　八月十日

录《恐怖》,投稿《觉悟》。附与力子书。

力子:

我又好久不投稿了,今天寄上小说一篇,如嫌太长,可分日登载。

我有几件事询你,望你复我!

《日汉字典》,向何处购?

我自修《世界语》已读完,《爱斯不难读》苦无相当继续之书。查国内出版界又乏此项书籍,动请先生为我介绍几种——如童话小说等类。

以上二事,望你千万复我!

敬祝康健

八、十二　正璧

阅《梭罗士勃》《我是谁》,又某氏《古埃及传说》——均载本年《小说月报》。

八月十三日，曜日，候晨晴，下午雨，终日大风。

与沈雁冰先生书。

雁冰先生：

我询你二件事情，望你一一告我！

（一）文学研究会定期出版物，除了《小说月报》《文学旬刊》《诗》以外，可有别种出版？

（二）《世界语》《短篇小说集》及其他文学书集，国内可有买处？国外以何家出版为最佳，且如何购法？

敬祝康健

八、一三　正璧

阅乞克夫《老年》及某氏《五十年后》及《老残游记》（上）。

午后睡三小时许。

得商务寄来《古逸丛书样本》及《图书汇报》。

著诗一首。

风雨之夜

风，凄凄惨惨地吹着，
雨，堂堂黄黄地打着。
天公撒下了遍海漫地的愁。
寂寞了人间的笑呀！

心是醉的，
眉是皱的，
形容是枯槁的。
尤其是自然的心的眉的形容哟！

欢乐之泉呢？
人们都手挽着手，牵了可爱的伴侣去寻找了。
“凄凉，零落，冷淡，隔膜”，

这就是泉之所在。
这就是“欢景之泉”之所在哟！

人生总是一般的呀，
冷呢！
也要穿上几件温温暖暖的袍子？
热哪！
赤裸裸的身体何尝有什么分别！
人生总是一般的呀！

在驱除生命的静止之海里，
富的，骄傲的心也化为乌有。
贫的，伏怀之胆也变成泥土。
静止之海，
平等不过的只有静止的海哪！

谎骗里的慰藉，
隐藏着人间一切的怨哀。
人间只有怨哀呀，
况是谎骗里的慰藉呢？

风，凄凄惨惨地吹着；
雨，气气苦苦地打着；
风，总是这般地吹着。
雨，总是这般地打着呀！

晚七时于拈花微笑室中

八月十四日，曜月，候阴。
临《张迁碑》四张。

读《世界语》一课(未毕)。

阅《文学旬刊》数张及《小说海》二本。

得胡愈了先生复书。

正璧足下：

两次来示谨悉，稽覆为歉。世界语读本，初学适用的很多，拣重要的开列如下：

Fundanimtl Kuitomatio

Huma Degulikeo

Diogcigoy

Kanlo

以上各书均系□出版，日本东京四方堂有出售，国内无从购买。如欲确购可先至索书目。

爱罗先珂世界语著作，国内外均无出版。

此祝康健

弟胡愈之上

著论文一篇。

黑夜之微光

——为《黄渡月报》初刊作

在这么黑暗的长夜里的人生，一分一秒钟都过得觉着烦闷和无聊呀！

要是人生的真义不过如此，那么怎怪人们要诅咒人生，要咒诅人生——不但人生而且及于一切的世界——都是无意识而且无价值的呢？

屈伏于黑暗的势力之下的人们，渠们都这般疑惑着。

好！好了！微微的光，将在这里燃烧了！只消是光明，何论是红色(Red)(注一)也吧，绿光(Venda Lume)(注二)也吧，是伟大而且永久的。果然是最后的希望，然而微微的光，未尝不可以以燃烧一切，未尝不可以做未来的伟大的光明的种子呀！

希望之火，燃烧在吾对于人生失望而又怨哀的心里。空间里一切都排除了烦闷的痛苦；移驻入快乐和希望。

这是一个黑暗之夜的末日，我底心潮这样沸腾着，在微光将露的时候，我的朋友J.君，他很兴奋地跑来告诉吾道——

“吾们现在组织了一个月报社，社员都有由永久的奋斗力的青年；吾们试办这个，也不过出于人类所同兴的热情冲动，要想创造微光，做徘徊于黑暗之夜的路上的人们的向导者。嗣后成功也吧，失败也吧，我们并不预计；要是失败，只消吾们的血还热着，吾们无论怎样，总得沥尽吾们智识之油，供给这微微的光以燃料，你总肯做吾们的扶持者吧……”

在吾灰白的双颊上，现着一向弃离而不之用的微笑！

在这样黑暗之夜里，虽然是微微的光，也会照见了一切！

睡在强权和功利中的人们，渠们也开始揉着渠们从未见过光明的眼，从噩梦中醒了转来。振起精神，屏除一切无谓的回想，和被损害的人们一起生活着，一起工作着，一起互助着，谋达到人生的真实的永久的幸福之路去！

要是仍旧顽固着，无非渠们已长睡在静止之海上，早忘怀了人间世的一切，渠们只知道听白杨的惨歌和青蛙的怨唱。(幽冥路隔)吾们尽管置之名场吧！

破坏光明的人们呀！许多因不会扶植光明而嫉妒人家扶植的人们呀！

无论你们的势力，定以破坏一切的物质，消灭一切的自由；但在光明的种子已经下入吾们热情这样沸腾的青年的心里的时候，你们的势力，却完全无用，完全无用！单只摧残而忘却了真理的人们，吾们委实都当他们——长眠在静止之海上的人们一例看待！破坏光明的人们呀！吾们撅出十分的诚意，你我同是会哭会笑的人类，愿你们也立刻觉悟，和我们一起工作，一起的供给光明以燃烧之油，不要被长眠之人高笑吧！

好！好！！微微的光，果然在这里延烧了！“世界的火灾”（注三），要不在这里发端了吧？

注一　红色为因争公理而流血的象征。

注二　绿光是和平之光。

注三　《世界的火灾》是俄国盲诗人爱罗先珂的。

一篇血和泪染成的童话——见鲁迅译《爱罗先珂童话集》。

一九二二、八、十四、夜十时

八月十五日，曜火，候晴。

至上海购书，晚乃归。在路与梅春经韩君作伴至申站即各别。在商务时携康民之介绍信往谒沈侍望君，请彼介绍购书。约购教科用书五六十册，世界丛书二种，文学丛书二种，英文文学书十一种，日语自修书一种。定杂志三种，又报去入英文函授学社第三级，乃谢君而别。这事毕，忽至车站。上车不多时即开车。下车乘船，适惟余一人，略翻书籍，抵家已七时。在申又定《申报》《文学旬刊》各一份。

抵家，孙君在，即与其灯下整书。孙君本不识英文者，今夕假做识者，翻阅余所购之两书。书中□□□□不已，甚是可笑。且谓余喜购书甚多，定获石田。余思君这石田而无之，何况玉田耶？君真顽固哉。听君□论，疑为十九世纪人物，真不足与谈也。今晚且取其余之大愤，誓必报复之。

今将所购之英文书译成华文列后：

《现代思想革命》　海格尔等著

《父与子》　屠格尼夫著

《最佳之小说选集》

《爱及其他》 莫泊三著
《神异故事及散文诗集》 王尔德著
《结婚集》 司得枯堡著
《昔曾为人及其他》 高尔谈著
《神异故事集》 安徒生著
《河丽思漫游奇境记》 卡老耳著
《从南方……》 摆克儿著
《短篇小说代表》
《短篇小说及节本》

八月十六日,曜水,候晴。

检阅所购短篇小说之已译成中文者。上午尽因为此事而消耗之。与沈侍星君书。

侍星仁兄先生台鉴:

敬启者,在沪□,介绍购书,无任感谢。近阅《西书廉价目录》,《开明大英百科全书》特别减价,璧欲购已久,此机不可再失,惟途中携带不便,故必须交来往沪黄间之航船装下。现正探询航期,恐非数日不能如愿。惟防一时售罄,故托足下代问西书部同事说明售剩一部,于九月十五以前定来购买,决不有误。书有二种,今将拟购之书列下:

十一版《大英百科全书》半箱装二十九册 原价一九一元 廉价五十元

附回转书架一 原价三十六元 廉价五元

二层书架二 原价十四元 廉价二元五△(二层书架系购作别用,未知能否单购?)

□□烦神,容当后谢。

专此敬请大祺

谭正璧谨启 八月十六日

通信处:(略……)

得廷抡书附家熙片。

正璧仁兄：

前函并《觉悟》五份想均收到，未见回书，念甚。足下自回里以后，未知作何消遣？弟于西湖亦尠往游，盖因天气炎热所致。天气稍凉，当至云栖南高峰一行，并拟至最名胜之地摄留一影作此次抵杭纪念，余再述。此询近佳。

弟廷抡寄　八月十五日

附钱君明片一纸(原文)。

正璧足下：

回家后得足下惠书，因知足下与廷抡君于月之八日赴杭，并拟作五十日之畅游，熙闻之不胜羡慕之至。足下在杭时，如有数著作(阅于杭州之游记者)，请寄熙一览为要。熙于十号回家，故回书以至返之至今日。熙下学期大约仍在澄衷读书，不知足下将如何？幸一告我。天气甚热，熙在家中对于预备功课颇觉为时甚少，即颂夏祺。不一。

弟钱家熙，自七月十六号

八月十七日，曜木，候晴。

阅 Get of the □……

复钱君书。

家熙足下：

久不通信，不胜挂念。雯上月九日至杭连游之日，因天气炎热，身体乏甚，故于十五日即归。足下来书到时，雯适已返里。于昨日(八月十六日)始由廷抡转寄，始得读悉。知足下下学期仍在澄衷，佳甚。雯近正习世界语，颇有头绪，未知足下若何。再于昔日已至申，报名入英文函授学社。至明后思东游二年，故又拟自习日文。未知足下卒业之后亦有意于此否？雯此次游杭，以天气酷热，未能尽兴。如足下有兴，拟于今秋或明春同往再游，约费每人车费五元、膳宿六元、船费三元，共约十四五元够矣。……

专此敬颂大祺

正璧上　八月十七日

复陆君书。

廷抡足下：

惠书敬悉。前函及《觉悟》均收到。足下有兴游云栖甚善，雯昔遗忘之棉背心请不必带下，因雯已不用也，置之破布中可耳。余不尽。

敬颂近佳

正璧上　八月十七

阅《阿托那尔》(剧本)——《文学研究会丛书》之一。

阅题克微支《你往何处去》——《世界丛书》之一。

八月十八日，曜金，候晴。

得《晚霞》第一期及《学生》《□□问题》号。

得侍星君书。

正璧仁兄先生台鉴：

来书均悉。二层书架可以带购，零买亦可，惟《大英百科全书》完全者现已售罄，只余有一部内缺一本者尚未有人购去，其价更贱，约在三十元之内。足下意下如何？欲购与否？均请示复。俾至可与供部接洽，购者众多，迟恐不及，祈从速速为荷。幸此有闻。

即颂台祺

弟沈侍星敬启　八月十七号

复沈君书。

侍星先生大鉴：

惠复敬悉。《大英百科全书》既已售罄，亦属无法。即缺一本者将来亦何从补购，故请不必预定。将来如再有此种廉价机会，请一为留意是荷。种种烦神，不胜感谢。

专此敬颂大祺

弟谭正璧上 八月十七夜

与祖伦片。

祖伦足下：

《晚霞》收到，弹词既不收，请寄下。小说系自著。何故书译稿定非将被识者□乎？祈于二期中声明改正是荷……

八月十九日，曜土，候晴。

阅英汉对照《汉白斯在奇地记》。

得英文函授学社来片。

寄来凡：

日记一则

学生须知一页

入学证书一张

收发表一张

课卷数页，封皮二张

英文读本讲义六册

英文法讲义十二册

读读本三课，英文法五课。以后凡书读本及文法者均为函授讲义，否则必举书名。读本注释详明，较面授更佳，余甚恰。

八月二十日，曜日，候晴，下午雨。

读文法二课兼温读读本四课完。

得《教育》及《绿光》。

阅《三国演义》卷之四——全四册。

八月二十一日，曜月，候晴，下午雨。

临《张迁碑》三页。

作英文法及读本课艺草。

读读本三课。

阅《爱罗先珂童话集》。

得《英语周刊》三五九期。

八月二十二日，曜火，候晴，下午雨。

录英文课艺——读本。寄函授社附书。

社长先生：

正璧初次为课艺，率尔操觚，当有不合格处，请先生一一纠正。再者所寄上之课艺是否当录于一纸所填定，□有差误否？切请示知为荷。

敬祝□绥

学生谭正璧谨上 八月二十二日

读读本四课——第二册完。

阅《绿光》及《儿童世界》七期（三卷）。

与《绿光》社书。

执事先生：

阅《绿光》第二期，□贵社可以代办国外世界语书籍，今璧已读毕《世界语不难读》，苦无他书以继，以此请先生为之介绍一二种，并示知价目，以便托购。

再者《绿光》印刷捐款是否限定世界语学社社员？

以上请一一示知为荷。

敬祝康健

江苏黄渡镇东市谭正璧谨上

阅《英语周刊》三五一——三五八期（略阅）。

阅英文文法第三章。

八月二十三日，曜水，候□。

著诗一首。

我怎总想起她啊！

我怎总想起她啊！
但我怎能忘了她呢？
她的那天真烂熳？

留在我眉头，
醉在我心头。
她为什么离了我啊？

她秉着人间一切的美；
在这茫茫的人间，
我只赞美她底美啊！
美之诱惑吗？
吾因美而以爱诱惑她了。
诱惑要是有罪的，
那么，上帝，
把吾们俩一起处罚吧！

我总不能忘记那一天，
那是一个鸟歌初唱的时候——
她沾了微露，
忘了一切，
过来抱着吾哀哭！
“爱呀！
只要人间世未曾消灭以前，
美和爱总是存在的吧！”
她张开已醉的情眼，
对吾呆呆里看着；
心坎里拥现出未来的希望之微笑！
这甜蜜的接吻，
就在美和爱的中间介绍成了！

月亮儿一月一度地圆呀！

花蕊一年一度地开呀！
爱之月何日圆呢？
美之花何日开呢？
她只留在我眉头，
醉在我心头，
因为她离了我呀！

一九二二、八、二三晨于枕上

温读本(已读的)。

至西先生处告开学期。

牲持三生课艺来改阅。二十一日璇亦持课卷来,面容瘦甚,询知系正生肤疾。余乃取童鸡纳霜丸与之,嘱其于夜间服食。

阅《英语周刊》数册。

八月二十四日,曜木,候晴。

终日装钉报纸。

得《绿光》社复书。

正璧先生：

大函敬悉。本社现有讲义和自修读本编印,目下正在印刷中。此两书足可供高深之研究。外国书籍,现有《英文世界语字典》寄到。《绿光》捐款,不限定会员,凡表同情如承乐助,莫不拜领。

回祝健康

《绿光》八月廿三日

得《儿童画报》二期,《东方杂志》十二号。《画报》每期均有悬赏画,余为其一成三份,思投稿。

得家熙书。大意谓君明年考东吴大学,问雯有意否,兼答前书。

夜孙君来,谈话甚久。

八月二十五日,曜金,候晴。

阅《智囊补》。

读读本三课。

阅《东方》十二号。

八月二十六日，曜土，候晴。

读读本四课。

阅《三国演义》卷四下半册。

著《患鼻衄者注意》一篇，投稿《常识》——《申报特刊》。

翻阅《函芬楼丛书》。

著散文诗一首。

血

这是生命之玉宝——血——呀！美丽的颜色，比了花还娇艳些；浓厚的质地，比了月还纯洁些；努力着循环，比了爱还永久些！什么花，月，爱，只是她的其次者罢了！

血是何等美丽，纯洁，而且永久的东西？但你不见血时，又何从知道比了花，月，爱；美丽，纯洁，而且永久呢？当你看见彼时，又何以不觉得可顽而反引起恐吓呢？

呀！世上的事情原来都是这样的。越是美丽的东西，越是纯洁的东西，越是永久的东西；越是使人们恐怖着，为了未来的生命之危险恐怖着！

人们都觉悟罢！世上的事物，倘我对之感到一分美丽，纯洁或永久的感觉时，便促凝成一分的不能再得之生命！以后我们倘再说革命呀！这就是——这美丽纯洁和永久的东西，便是我们之大敌呀！

一九二二、八、廿六得意，二七造文

得康民书。

正璧兄：

足下启者，前信并《学灯汇刊》未知收到否？未见示复，念甚。昨得上海来信请订购《植物学大辞典》者，以持有《动物学大辞典》(券)者为便，是何用意，亦未说，嘱转告。

特此即颂台祺

弟康民上　八月廿四日

复康民书。

康民足下：

前书及《学灯》均收到，不该以事忙忘于作复，致烦记念，罪甚罪甚。嗣后当照常为之，决不再使足下失望也。雯已至申，会沈君侍星探知《植物大辞典》出版时，可持《动物学大辞典》预约券往购。足下处来书之意，雯亦不明其用意。雯此次已报名入英文函授社，俟后又从每日费二三小时从事于此。校中定二八日开学，未知足下何日至校，便请一告。余待续告。

敬询佳□

正璧手复　八月二六午

八月二十七日，曜日，候晴，夜雨。

家中秋祭。

温读本。

安、璇、南三生来舍，余嘱彼预备一切，明日上课。

阅《文学旬刊》四十七期及《小说月报》八号。

检阅丛书目录，拟购《知不足斋丛书》(二百四十册)。余检阅各丛书目录，拟嗣后陆续购之。先购《知不足斋丛书》者，以其正在特价期内也。

《学津讨源》　二百册　《指海》

《学海类编》　一百二十册　《士礼居丛书》

《墨海金壶》　一百二十册　《文房小说》

《津逮秘书》　二百册　《粤雅堂丛书》

《守山阁丛书》　一百八十册　《抱经阁丛书》

《百川学海》　四十册　《古逸丛书》

《拜经楼丛书》　四十八册

著诗一首。

爱　神

多日不见爱之神，
爱之深长得更姣美了！
爱呀，
吾软弱的壮志敌不过你迷人的笑呀！

使人心花怒放者是爱，
使人感受怨哀而失望的也是爱呀！
爱之神！
你何不索性做了绝对的呀！

几时枯渴的心，
几时贮藏的忿；
只是微微的一笑，
便随怨哀的时间长流去了。

吾久堕在不可辞的迷离之网里，
没有知道爱神有二副面目！
一副是诱人失志的微笑，
一副是刺人难受的嘲笑呀！

爱神果然具二副相对的面目，
那末爱就等于不爱了；
吾心因成死灰而不愿再燃烧，
只任泪珠儿夜夜向枕边流了！

倘说泪是要感动爱神之心，
那么怎不于阳光底下流向爱神看呢？
倘因怕人家嘲笑，
那么为甚不向腹内流呀！

只有枕是安慰吾的知己者，
所以泪向枕儿流了；
白昼的一切失望和怨哀，
枕儿的接吻就消失尽了！

这样茫茫的黑暗之夜，
吾只愿人间永远是这样茫茫的黑暗之夜呀！
爱亦等于不爱，
不爱者吾也爱了！

水一般薄弱的意志，
永远被爱神缠绕住了！
要是世界存在一天，
就一天不能解去爱之束缚呀！

一九二二、八、二七夜枕上造意，二八晨作

八月二十八日，曜月，候雨。

塾开课。晨八时，璇来候，乃同往。今日暂不授书，单命之温。余自修英读本三课，温世界语数课。

阅《工人绥惠略夫》($\frac{1}{4}$全书)。

阅《红楼梦》八十回至八十二回。

著诗一首。

怨啊！

怨呀！
怨啊！
人世茫茫，
这样的黑暗，
贪争痴嫠，
不□□□。
怨啊！
怨啊！

怨啊！
怨啊！
为爱所驱使者，
永远罹牵在爱之网了。
为妒所引诱者，
永远为妒而引起怨哀和失望了。
怨啊！
怨啊！

怨啊！
怨啊！
人生只是怨的人生，
人生的过程只经过了怨的海，
永远只是怨的人生，
永远只经过的是怨的海啊！
怨啊！
怨啊！

怨啊！
怨啊！
几只老鸦在自然圈里叫着，
更足怨啊！
具智慧而又有意识的人们，
不及老鸦里会看微生命的意义和真谛。
怨啊！
怨啊！

一九二二、八、六夜四时得意，二九晨八时作

八月二十九日，曜火，候□。

做读本练习题（翻译七节）。

与中华书局二片。一索书目，一询《国语月刊》事。

执事先生：

《国语月刊》六期应已出版，鄙雯至今尚未收到，不胜盼念，祈查明，示复为盼。

专此敬颂台祺

江苏黄渡东市谭正璧上（定单二二八号）

塾授课六。自习读本二课。诸生性梗，大不如往日，十日曝之，一日寒之，果谁之咎哉！以此余不取严厉手段以复当年之旧。今日试教诸生译文，先由文译语。

阅《石头记》三回。

赋《七夕》四首。

七夕有感（七律四首）

凄凉又早是秋天，樽酒难消往事悁。千载良辰恨一逝，三生旧约叹未坚。人间好事何常久，天上姻缘太渺然。安得安期生犹在，常将神索系兰船。

遥隔盈盈一望中，银河西畔红墙东。空传青鸟殷勤意，未了天孙缱绻衷。好事如何似鸿角，纵怀几欲泣西风。深情难转春

皇旨，天上人间原可同。

云雨今朝意犹迟，河亘南北太乖违。闺中儿女懒穿针，乞巧当年事已烟。

……

久不读诗而又久不作诗，诗意全失矣。此上四首已不成，□有暇，当时时涂改之。

八月三十日，曜水，候晴。

阅《世界小说译丛》及《英语周刊》。

塾授课六。

得函授社寄回改正课卷。此次得九十九分。

录课卷三页，□问一页寄社。

读读本二课。

得商务复书。即为补《元曲选》缺页，因须候再版，故告知。

八月三十一日，曜木，候□。

与余勋及兆骧书。

余勋足下：

久不通函，殊疏问候，遥念伊人，不胜怅惘。雯此间已开学，想足下此时亦必到杭矣。新有一事报告于足下，想亦为足下所乐闻者。即雯已于本月中报名入英文函授社，讲义甚佳，恰合下衷，故每日三小时从事于此，尚不厌闷。雯本立志不再习英文，但以种种阅历所得，知不通英文委难糊口，故作此之早之计。雯思东渡或入国内大学，有此志而环境不吾许，不胜浩叹。足下近日身体若何？甚念。雯身体尚健，惟精神稍乏，但司空见惯，不足介怀也。此函甚草率，余容后启。

专此敬颂佳祉

正璧谨上　八月三十一日

兆骧足下：

□候久矣。因足下初函有北上消息，雯不知通信地址，故因循至今，甚为抱歉。此次游杭余未尽兴，惟作新诗数首，已投《平民》。想足下必已见之矣。雯近报名入英文函授学社，讲义尚佳，以此颇可消遣，为时已晏，雯将赴校，不克作多谈，余事俟之至期日，祈足下稍待之。

敬候文祉

正璧手启　八月卅一日

塾授课六。课后三生来此。

得《学生杂志》八号。

读读本二课。

起一九二二年九月一日讫同月三十日

九月一日，曜金，候雨，夜大风，屋几倾。

读英文读本五课。

阅《学生杂志》八号。

塾授课六。今日正式上课，璇甚勤，算术、抄书俱得百分。余亟奖励之。楠仍不勤，余思日后威以严罚。

孙君送《黄渡月报》来。阅后大失望。余自幸未曾加入且所作稿初未誊给亦幸甚。

录读本第三章翻译（五—七页）寄社。

九月二日，曜土，候□。

与祖伦书。

祖伦足下：

前函应收到。何稿子不见寄还？且所登之稿究酬若干？亦请明示。余不尽。

敬福台祺

与康民君书。

康民知己：

此时想已在申，雯此处已开学，师生感情仍怏，颇堪告慰。近日日修英文，尚有兴，大约到明年夏季，必能于函授社卒业。以后思再谋他就，照目前生活，甚觉无聊干燥也。近日外间空气殊恶，天灾人祸，相继而至，人心惶惶，莫知终极，后果如何，实难预料。吾恐处此□何能堪想？足下必同兴此憾也。近日家祖母稍不舒，雯以此又惊怖甚，食寝不安者数日，是则实不足为外人道者矣。新有托者附上明片一纸，祈携至中华书局二层楼营业部代付洋八△，定制书箱一只，嘱其最好于月内做好，因本月雯仍思至申一次也。《学灯》七八月份如已购得，请寄下是盼。余候续告。

敬询文祉

塾授课六。

阅《冬夜》及《随园诗话补遗》。

温读本第五。

得兆骧书。

楚魂足下：

正事裁纸问询，适奉手示，诚所谓千里一室，心神契合也。前于《平民》报端得读《汗漫》之作，哀感沉痛，令人兴愤。骧本西湖旧游客，借他人杯酒，浇自家块垒，倍觉快意耳。流光至迅，炎夏去矣。秋风秋雨正恼人，足下近作，能惠示一二，供我歌哭耶？骧前于七夕有绝句数首，兹录求改：

冉冉星炉散夕香，迢迢银汉渡牛郎。佳期应惹嫦娥妒，眉样今宵故画长。

一度幽欢亦自豪，彩桥争比劫魔高。多情只是输灵鹊，不怕西风损羽毛。

珠箔云屏迤逦开，车声隐约走轻雷。□机织就回文锦，留待离人仔细猜。

曲院秋凉浸袜罗，穿针频问夜如何。人间却有痴儿女，翻把银河作爱河。

殢雨尤云枉断肠，放将憔悴怨秋光。黄金那抵无钱贵，情债由来不易偿。

秋气不佳，惟善珍卫。

藉颂大安

弟兆骧书　九月一日

正璧足下：

又启者，余勋嘱将暑中怀足下诗录上，以代书牍者改。

诗如左：

（一）

嘒夕出疏桐，新蝉噪晚风。君家今夜月，应与此间同。

（二）

村郭小立听鸣蝉，绿野平铺一陌连。目极长天烟雾合，思君无日不茫然。

又《消夏诗》：

槐阴半亩覆横塘，日日村居伴小窗。扑得萤来沾露湿，寄将书去惹情狂。贪看银汉□更短，懒卧藤床恨书长。君得清幽常似此，一生浪过又何妨？

和诗六首兼复兆骧书。

七夕（和兆骧原韵）

世人艳羡自由□，愁怅牛郎似阮郎。谁说仙家无隔阻，不□银汉一船长。

不怕西风足自豪，银河空阻鹊桥高。君家休道仙家□，斯事由来亦凤毛。

成日愁眉为底开，踟蹰两岸怕闻雷。人间天上原相似，一度巫山费久猜。

微云淡淡祛轻罗，澄澈清波奈渡何。感待灵禽甘勍力，不妨弱水是银河。

怎舍遽离信断肠，良宵端只赖秋光。不须惧悔当年事，只待有朝将债偿。

兆骧足下：

接读来书，□悉一切。足下诗才豪放甚于昔日，令雯不禁因羡生妒。言之惭愧，雯实已久不作诗，今宵秋灯无聊，回念良友，委实难以为怀，爰将足下七夕诗一一奉和。西子效颦，自知徒足增丑，但知己如君，定必不我齿□也。时正细雨敲窗，风声淅沥，涉笔至此，不禁悠然神往，想伊人秋水亦必同具此况耳。

正璧于灯下

附和余勋诗：

昼长无树不鸣蝉，柳岸菱塘一带连。种下相思红豆子，此生忽觉是茫然。

宋君学文，雯思与之通信籍攻诗学，乞足下代为一告。

九月三日，曜日，候阴。

塾授课三。

得《画报》第三期。

读放翁七律。

阅《鬼菩颜》——《涵芬楼丛书》本。

与商务二片。

执事先生台鉴：

敬启者，所定《儿童画报》第三期已于今日收到，惟包皮上脱一“黄”字——单书江苏渡镇东市——以致邮局一时无从投递。嗣后请将“黄”字印上是荷。候复。不一。

（定单号码等略。）

九月三日夜

执事先生台鉴：

启者，日前至申，见贵馆发行所二层楼有《四部丛刊》单行本陈列出售，未知是项书籍是永久发行单行本，抑唯此数部？祈为示知。兼示下各种价目为荷。再者前人屡次索阅外版西书目录及外版杂志目录，迄今未曾索得一份。未知日下有否？如已印出，亦请寄下一份是盼。

江苏黄渡东市谭正璧谨启　九月三日

九月四日，曜月，候晴。

赋七绝二首。

初秋杂咏（之二）

余思成《初秋杂咏》若干，以防友朋之相所者，今日惟成二首，盖余嗣后不愿□□从事改诗欠佳也。

生就娇姿斗女娥，亭亭玉立影婆娑。不堪狂暴任风折，一现昙花恨转多。

——《咏破荷》

天上婚姻亦可怨，何亘南此太乖违。从来儿女寻常事，此事而今总觉疑。

——《咏七夕》

授课六。阅《草儿》。今日诸生俱不用功，余愤甚，厉以辞色。

读英文读本三课——第六章《触手成星记》。

得《儿童世界》及《英语周刊》。

夜寒热，早寝。

读放翁七律（完）。

九月五日，曜火，候晴。

赋七律二首。

初秋病中

簟凉似水正更阑，心事缠绵秋意珊。千里良朋恨落魄，万方多难怯尘灰。空劳寻乐千般计，未得浮生半日闲。我欲乘风归去也，襄阳旧梦未曾寒。

何事秋来总觉愁，春蚕自缚死方休。湘云湮没难成梦，濠水凄凉孰共游。□念离愁怀往日，非关乡思怕登楼。人情不似□云薄，恨我年年志未酬。

成于枕上

阅《耳食录》。

得《晚霞》二期附祖伦书。书中具言不能照酬之苦衷。

复祖伦书。

来书敬悉。对于酬赠事，雯亦当谅。社□谒蹶之苦衷，决不□求，惟每期惟赠二册，不亦太过乎。以后请每期惠寄□本，以便分赠亲友。第一二期亦请各补寄八本是荷。以后仍当照常投稿，附上诗词多首，祈代为投入是荷。此复不尽。

得兆骧书。

楚魂足下：

承和拙作，心感不可言！

足下有意与吾辈研诗，藉以恢复三年前之旧欢，诚令人乐不可支也。但骧驽钝，恐无以副故人厚望耳。

足下至和之章，气甚厚，惟"若耶溪似银河长"一句，骧谓改作"若耶银汉一般长"。又"只待有朝将债偿"改为"尚有来朝愿万偿"，未知当否？其余皆笔意俱到。

又足下和余勋一绝，情意宛转缠绵，令人心碎，殆发于中而形于外耶？七夕诗是老题，本不易作，骧以后亦不愿再作矣！

余勋近来颇有意于诗，学文更力求深远，将来进步，未可限量。足下本富于情者，不出五年，定奏寄效焉。骧虽愚，愿鞭策随君等之后也。

兆骧　九、四夜

附呈《闻惮》(暑期中作)一绝求改：

风前展卷新凉好，又听江蝉初试声。应是此音知(蝉名"知了"故云)者寡，故教长日向人鸣。

学文已允，愿与足下通信，以后请即以书来。

致学文书。

学文同学兄惠鉴：

萧条庭院，又是初秋。寂寞窗帷，难消永夜。掩卷则情似牵丝，拈毫则味同嚼蜡。伏念足下天资禀厚，友温情切，笔又惊人，才能倚马，幸识于先，可无憾焉。获订交于后，因所愿也。雯一载蜗居，久隔美人香草，半生潦倒，再忆知己，天涯乃者。鸿雁多情，吟笺易达，秋蝉有意，出怨难宣，思借他山之石，藉以攻槎愿。交马氏之良，希得附骥，嗣后正务有暇，祈时赐雅计。而雯□□多余，亦定常呈无师也。形迹不拘，诗文随意，未知大雅以为如何。恭候斧改，敬待教言。余待续，不尽。

专此顺颂文祺

同学弟谭正璧谨启 九月五日

附上近作求改。

（略。即《初秋病中》二首，《初秋杂咏》中《七夕》一首。）

补记。

寄祖伦诗词列后：

《殢人娇》《南歌子》《离亭燕》《点绛唇》上词

《七夕》（前年作），《忆觉生》《见堤柳有感》《忆旧》《初秋病中》

九月六日，曜水，候晴。

阅《老残游记》（全）。

塾授课六。

阅中英文《父与子》。

孙君偕翁君来访。

得肃商书。

正璧足下：

前在家得来书读悉，商自□七月初二动身，经杭州，上海上，晚始抵天津，一路无恙，勿念。入何校，后当详告，请勿燥急。

此上近佳

肃商 自天津紫竹林佛照楼旅馆店七月十一晚

九月七日，曜木，候晴。

钞诗五首，词三首，拟投《黄渡月报》。余本不愿投该报，惟以友朋之劝及推重，不能重违其意，故试之。然此因无关吾之思想也，无病沉吟之作则见矣。

对照阅《父与子》。

得祖伦寄来《晚霞》(二期)二册附书。略谓诗稿已投，大约于三期刊出，且劝余另投别报以补不足。又云申地用费大，今已负新债十元，悔不当初。待师校卒业，在乡亦可得二十元一月，亦可得过，今则□途已宽，进款不加云云。

复祖伦书。

祖伦足下：

来书及《晚霞》二期八册均收到，前信请补寄第一期八，何不且寄下，且信中亦未言及，且即寄下是荷。雯近已入英文函授社，故著作大不如往日之多，间然亦思试为之久矣。余不尽。

此颂文祺

正璧手复 九月七日

前录诗词，均为投稿。

弹词一时不及登完，故须待有暇为之，定不误事也。又及。

得康民书。大约言书箱须照英尺计算，请开下。《学灯》八月未购得，待购后当寄上云云。

塾授课六。

著《拈花微笑楼□语》。此为旧体小说，思以投考旧杂志者也。

九月八日，曜金，候晴。

与康民书。

康民足下：

来书敬悉。箱之大小，已改用英尺，惟英尺每寸惟八分，故只得用分数计出，想该局中人不至不懂也。惟该局既谁经手可一询，系托何家来作。所制《学灯》暂勿寄，因雯大约于下星期须至申也。

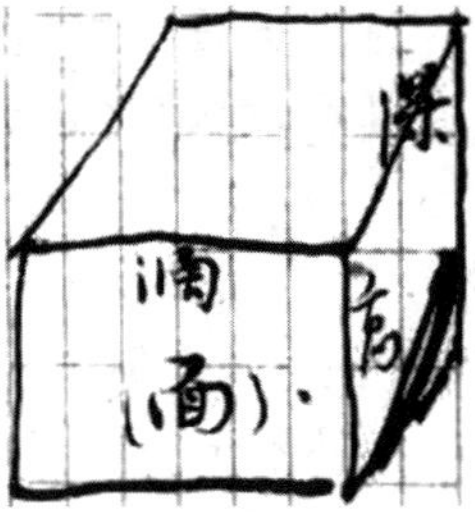

阔 $9\frac{5}{16}$

深 $6\frac{3}{4}$

高 $6\frac{15}{16}$

续著《拈花微笑楼语》。

阅《清代演义》及《虞初新志》。

得第二次课卷。此次系苏君张龙所改，得百分。

得商务印书馆二片。一为定书柜云“黄”字照加；一为交通部云《四部丛刊》单行本价，单寄上现在发行者，只此数部罄即正甲种西文书□□又□□先附上原版杂志，日□一册云云。

读读本第六章《触手成金记》一至四章。

为本章课艺——翻译。

九月九日，曜土，候晴。

阅《虞初新志》。

塾授课六。

得第三次发还课艺。此次又得百分。

得宋学文君书。

正璧兄惠鉴：

□□赍来，欣然作诵。倾心之诚，溢于言词。弟何德何能，乃蒙不弃而援为知已，不觉感甚。然弟之景，足下固非一日于兹矣，亦正与足下相同也。其曩昔之所以无片纸只字不相问闻者，盖窃以为必知或愈于形□也。然继思形疏心合不得已耳，苟心形交通不为尤乐乎？因于前月初旬一片寄杭，藉以为引玉之砖瓦，并以为谛交之先导，不图其时已在高轩遣返之后矣。正深恨恨，乃兄雁翅翩翩飞来，其愉快为何如耶？弟以樗柩之才，蒲柳之质，因环境之驱迫，情丝之牵惹，勉力向学，以备将来之奔波，岂得也哉！此心郁郁，虽时与能抑，然固未尝一与外人道也。盖歌乐之声，人所乐闻。呻吟之音，非同病者宁愿入耳。足下固天下之伤心人也，以伤心人之言，入伤心人之耳，当能相知相怜，更有以相安慰也。今足下竟开诚下交，投我所好，其愉快更当为何如耶？此后极愿时赐教□，弟有暇亦愿呈文斧改。惟弟近来专治英文，于国古不无荒疏，然愿足下有以教之。读来诗颇见功夫，实非弟之所能窥其项背。日来课忙，无暇吟作，祈待诸后日。

专此即请 □安

弟朱学文书 九月八日

作读本第五章课艺，亟誊清寄函授社。

九月十日，曜日，候晴。

余读本六章课艺，寄函授社。

塾授课二。

阅《虞初新志》。

得课艺第四次寄回。此次仍为百分之百分。

读文法二三章。

阅《文学旬刊》四十八期。

得《四部丛刊》样本及原版杂志目录。

得朱君祥书。

正璧足下：

好久不通信了，近况怎样？念的很！吾懒的很，两个多月不和你通信，恕吾吧！你游昆湖畔，但识西湖的真相和一切古迹，雅人遇此定有吟咏，请录几首寄来，一饱眼福，可以吗？别的不说了，祝你康健。

朱祥上 九月十日

阅《夜雨秋灯录》四集。

九月十一日，曜月，候晴。

录文法课艺第一章练习题三寄社。

读文法二至五册，为第二章课艺。

塾授课六。今日诸生更不如前，此数日默书仍均不能默出，余乃大愤，亟作书辞职。书如下：

西林先生钧鉴：

肃启者，自开校以来，业已二星期余。璧以为在此期中稍施羁束，定可复上学期之旧。孰知事出意外，有令人不得不将一腔热忱冰消雪释者。初开校之始数日，璧责诸生以一言，诸生几对至数十言。璧以一日之长不与较量，稍耐之，以为日后渠当自省。但在假期中旧读之书未温半本，而开后校则新授之书亦无一课能完全成诵者。璧始以为学生每逢开校之始总无心诸，故不得不授课稍严，以至其怠而不知日不如一日，近则连半句亦不复能背诵矣。如云授之太多，则璧自己亦由学生出身，岂不能酌渠等量之所及而故难之？矧上学期已稍见成效耶。总之开校以来，璧有所语十无九从，璧假中所言，至此乃不幸而中此，皆由于璧之教授无方，致诸生不能信从，深负厚望，殊深不安。倘长此以往，璧实不忍再事恋栈，愿以后贤庶不至有误诸生。区区微忱，尚祈原谅是幸。

专此教请道绥

谭正璧谨启　九月十一日

在教室中缮此书，竟忽闻安生恶言向□。生语实中伤余，余乃不能再耐，即下课归，命兴以函授入内宅。

阅《夜雨秋灯录》。

九月十二日，曜日，水候，风雨。

录文法二章，课艺投社。

塾授课四。今日余本不顾上课，后以峙三先生来请，始不得已往。下午璇缺席，安正背诵时，忽内宅命佣妇来唤，云有事，命进。余乃命辍背。即入，久不出，命南往唤还。云请假半日，余曰无故不得请假，况已上课耶。乃命复入，仍不出，余再命往，云不出则请永不出，不但今日耶。仍不复，余乃大愤，命南将二生书送入。南生□不肯，余曰不从余言将责汝，南乃往，因书多不能拿，后命生取入，良久俱不出，余乃归。

彼时宅中邀余祖母往，西先生不知信谁之言，谓为诸生怕打故不肯出。余祖母不知□里，以为果也，后归，余告之始知系佣妇来唤而不出，非诸生怕打也。而西先生又不查究是何佣妇、系何人之命来唤，后由其如夫人言此诸儿非打不行，倘不打，教先生如何管理……

西先生又言，女儿均是他家人，不命读书则意不过去，使之读而不入□。则余亦安，故不必强之使多读也。嗟乎！余半载在懞懞中，今而后一腔情衷可以已矣。

但有一事，为余心中所不惬者，盖借此而命余不罚诸生，余实不受。盖天下无此理也。倘西先生以舐犊之私则亦宜暗中嘱余，不宜令彼诸生知道，况顽固如诸生者耶！

下学期罚例已逊于上学期，而诸生反不能受，此种理由，浅人亦知之，盖吾可决诸生必不畏罚，而畏罚者因另有人在也。

而今而后，吾将专吾业而不□再如从前用心之勤矣。

九月十三日，曜木，候雨。

为课艺第三章，录以寄社。

阅《英语周刊》。

课兴妹读英文一，国文一，算若干。

九月十四日，曜金，候雨。

仍来上课。今日仍来上课，盖余以为如不明出唤安生者何人，则余必不上课，况诸生并非怕打而西先生谓为怕打，岂为群小所惑耶？

为课艺第四章，投社。

阅《夜雨秋灯录》。

课兴妹读国一，算若干。

后录第五章课艺，寄社。

与朱、钱二君书。

士兴：

君来信到已多日，因没有空工夫，迟迟未复，祈谅之。

雯在杭，旧诗半首未做——近思续为之，仍以无功夫而止——惟成新诗若干，题曰《汗漫》，载《平民》111，112，113期。足下如爱阅，可向同学借阅之。

雯已入函授英文社，自修甚忙，且明年决心考大学，故现正预备一切。

近作《初秋病中》二律，录一奉寄。

敬祝康健

一九二二、九、一四　正璧

家熙足下：

复信到已多日，未即复，歉甚。

雯定于星期六至申访足下，以商明年投考事谊，是日下午一时雯在商务谨候。如下午贵校有课，则于三时雯至贵校相访，祈勿外出为荷。

一切面谈。不尽。

正璧　九、十四

九月十五日，曜金，候晴。

温读本第六章。

读文法六。

塾授课六。今日多一学生，曰金昕华，年八岁。诸生尚驯，余心稍慰。

阅《妇女》九号。

录课艺第六章。

与本地邮局及《申报》馆一函。均为本日报纸未刊事。本日上午无一函件，晚到《民国日报》。

与祖伦书。

祖伦足下：

《晚霞》一期八本，何不肯寄下？如果不肯，则请将原稿寄还。且昔日雯在贵行，贵社长□向雯言，如逢每期出版，则邮寄多本，以便分送朋友云云犹在耳，定已忘耶？

正璧 九、十五夜

与孙君书。

□□足下：

《妇女》"离婚问题号"因雯欲对照阅司得林堡之《玩偶家庭》，故请附下。

□正璧□谢谢

正璧上

与康民书。

康民足下：

多日不通信，念甚。雯于星期六下午四时来访，足下等或于星期日上午请勿他出是荷。

正璧十五晨

杂记一篇。

此后之计划

我自从这次因大家庭中黑暗的不平，竟延到我身上，就此抱了一个明年投考大学的决心。

但是我的学生蒋女士兴宝，她的母亲和表兄都以我明年不能续教为可惜。但我可也心中过意不去。所以我决定除去自己自修英、算外，教她英、国、算三样，积极进行，以使她明春能考哈同附设女子师范学校，而我则考东吴大学或其他别校。

我对于自己和兴宝的希望都是非常大的，好在她虽然只有十二岁，而我教她不论学什么，她没有过强而不肯的。我有时责她，她也不至怪我，所以尤其使我肯为她设法了。

我这入大学的意思却已生了许多日月，倘非此次稍受刺激，还没有决定。以此，吾很谢吾的几位学生，她们都是我的有恩者。我不能不怀一些敬意还报她们。

青年的岁月，是这样的可贵的。吾以后再不妄掷了。

还有许多未完稿的作品，只好待之数年后了。

一九二二、九、一五夜

九月十六日，曜土，候晴。

至申。抵申至商务购《墨子闲话》一部，顷，钱君至，乃坐而谈近况甚悉，又共至永安公司等处一游。返在四马路定龙昇旅馆，又至商务购书多种，乃共至站坐而谈心，钱君曰余不爱此乐久矣，余亦云然。

八时钱君归校，余亦偕之出，在抛球场别。余又至各书坊一走。

报名入算学科。

九月十七日，曜日，候晴。

至海潮寺。

晨只八时，钱君来访，乃偕之出。将物件寄于正丰当（余学生兴宝之姊丈家），乃同至二师晤朱、水、陆诸君，略谈。近可至海潮寺，询拜谶价及一切，即返。

今按余祖母愿追荐先大父等，在乡拟集沙门为之。余以为乡间无一真实之沙门，食肉饮酒，当在其次，而宿娼淫恶，无不为之，不若海潮寺僧之皈依甚□，且俱为受戒律之僧，故今有此行也。

返至西门与□君别，余乃至商务购《四部丛刊》单行本七种：

《吴越春秋》　二本

《越绝书》　二本

《华阳国志》　三本

《孟东野诗集》　二本

《李义山诗集》　二本

《精选放翁诗钞》　二本

《朝野新声太平乐府》　二本

毕乃至正丰当访兴妹。偕兴妹游天韵楼，返同归。在当稍坐，乃偕兴妹往天韵楼一游。返乃同归黄。抵家已万家门户如星矣。

得《小说月报》九号，函授社课卷第一二章，第五三节各一。此次仍各得百分。

得邮局复信。

□覆者顷接□□具悉。查昨日阁下《申报》，未见上海寄到，谅系前途之误。敝局无论何种邮件肯当班即送，无遗漏之理也。

专复即颂 谭正璧先生文祺

黄渡邮局长俞爱经复　九月十六日

九月十八日，曜月，候晴，夜雨。

塾授课六。

阅文法七、八二章，《小说月报》九号。

略阅《吴越春秋》。

九月十九日，曜火，候晴。

录文法第七章，投社。

阅文法八、九章

塾授课五。
得《申报》馆书。

敬复者顷诵。来示已悉。据称报纸有不能按时而到等情，查敝馆早经按日交邮寄奉无讹。现照来示所述情形，□被中途所误。现敝馆已备函向邮局切实询查，俟得邮局查复，再行函告。但事前相应函复，以释□□。

专此并颂日祺

《申报》馆启丁

录文法课艺第八章。
九月二十日，曜水，候晴。
与康民书。
康民足下：

雯现已返里，一切均佳，勿念。《晚霞》二期祈分与朱、陆、赵、黄、宋诸君。三期已到，容后日带上。再托买贵校预科用英文习字帖一册，定即寄下是盼。前日托刻之印均二方□□见方，上刻“不借室藏书印”字用凸体，余不尽。

敬询近佳

正璧上言九月二十日

录文法课艺第九章。
阅《东方杂志》本年十三号。
塾授课五。
阅《华阳国志》。
得寄还文法课艺第四章。仍为百分而内差误略多。
习文法九、十、十一章。
得肃商书。
仲圭：

前片想已收到。□此次来津，本来想考南开大学文科；因该校文科不招新生，所以□没有考；北京方面各学校，考期都过去了，简直没有一个学校投考了！□逗留天津，不服水土，肉体精神，都不自然，即日有南旋之举；肄业何变，容后再告。

肃商于九月十七日

九月二十一日，曜木，候晴。

余文法课艺第十章。

塾授课五。近日授课，自知不勤，然实迫雯此亦不得不尔也。

得课艺一种第六章，二种一二章。仍为各得百分。

阅文法十二章及作文第一章（未完）。作文讲义系由昨日与会话讲义同时寄来。

阅《孟东野诗集》及《新青年》九卷五六号。

阅《英语周刊》第三六三期。

与家熙书。

家熙足下：

别后甚适，兹寄上《晚霞》一、三期各一册，到乞查收。足下愿学国文，雯为介绍数种如下：

《饮冰室自由书》二册　六△□

《涵芬楼文谈》一册　五△

《虞初新志》一册　三△（此书为笔记集，惟所撰文均极佳，阅之是增文思，又足消遣）

均商务出版。

余不尽。

敬询近佳

正璧上　九月二十一日夜

□文法课艺第十一、二章。

九月二十二日，曜金，候晴。

读作文第一章。

阅模范读本第二册。

塾授课五。

得算学讲义——几何及三△。

阅几何讲义第一章，未竟。

与康民及余勋书。

康民足下：

雯定于星期日晨至申，祈将《学灯》带至商务，交雯收为荷。《代数》如有借处，为之代借，则更所欢望。不尽。

余勋足下：

久疏通候，歉甚。雯定于后晨至申，托足下代借《英文》《代数》一部，如能如愿则不胜幸甚。

代询兆骧，如托彼之兄兆彪先生代购函授社代数讲义，价可稍减否？又及。

九月二十三日，曜土，候晴。

温几何第一章。

读作文第二章。

塾授课五。

阅模范读本。

九月二十四日，曜日，候晴。

整理书籍。

至申晤苏、水、朱三君。至申即至商务，候至一时半，康民未至，乃急不及待，即往晤沈侍星君。请彼介绍购书，正购间忽遇兆骧，而康民及□六君继至。此次购绘图器若干，又购《四部丛刊》十一种：

《前汉纪》六册

《韦江州集》二册

《后汉纪》六册

《刘随州集》二册

《古烈女传》三册

《甲乙集》一册

《墨子》四册

《凫藻集》二册

《吕氏春秋》五册

《陈迦陵集》十四册

《酉阳杂俎》四册

购书毕，乃与沈君别。乃与兆骧君纵谈一切，君劝余买文稍搏资，不要将心血徒供人家营利，且劝余英，国文俱宜多作，且又请余下次往彼家中一访。又云购代数讲义可八五折，惟现正托令兄向周越然先生商酌可否能对折，待复再告，因周先生适病也。语至此，时已晏，乃告别。余即乘火车归，舟中遇西先生，适亦归。舟中阅《学灯》七、八月份。

得《东方》十四号，《教育》八号。

九月二十五日，曜月，候雨。

塾授课六。

阅《模范读本》第二册。

读《甲乙集》。集中多七律，几载百分之九十九首。

得兆骧寄来二师校刊六至十一附书。

正璧足下：

由康民获厚贶《晚霞》一册，时正薄暮，浮霞在天，缅我故人，情何能已？

闻家兄言：足下在函授社成绩甚佳，慰快无既。

前骧之《七夕》已批露于时报，余兴想足下已见之。《落花恨弹词》情意缠绵，哀艳双□，拜读拜读，骧有暇，亦欲奏技。投之《晚霞》，博故人一笑焉。

前日骧有《秋怀》一律呈改：

少小豪情不可羁，客途沦落意多迟。饥缘觅句枯肠索，病为伤秋棘手医。旅雁几曾无塞梦，凉蟾犹是未圆时。那堪北望添愁怅，莫遣西风忆鬓余！

兆骧　十一、九、廿二夜灯下

得沈君寄《青光》第一期附书。书询《黄渡月报》社内容并告近况。信甚长,不录。

得家熙书。告《晚霞》已收到,又近日略有不舒云云。

阅作文讲义第三章。

九月二十六日,曜火,候雨。

阅《模范读本》第二册终。

塾授课五。

读《李义山诗》下卷全。

阅《模范读本》三册及《文学旬刊》。

与兆骧书。

兆骧足下:

惠书读悉。二师报刊亦收到。读大作《秋怀》,不胜感慨系之!又于校刊中获得佳作多首,更令人不禁羡妒。雯诗学近二年来实丝毫无进,反见退步,屡愤愤欲精究之,总以为他事所阻而止,奈何奈何!近来秋风多厉,益觉愁偕填□,愿托之吟咏,则苦无佳句,昨、今二日于治英文之余,细读罗隐、李义山诗集,稍觉有味,但总难以益我诗思耳。大作容和,匆匆不尽!

敬祝康健

正璧谨上　九、二十六夜

与沈其荣君片。

其荣足下:

来信收到,《青光》亦已细读。雯本学期服职仍旧。《黄渡月报》社为少数好名之青年所组织,雯本拟加入,后以宗旨不合而止,故□稿件亦不之投也。近已入函授社,英文(三)算学(三)二科,成绩尚佳,未知足下若何。雯盖欲借此预备考大学或专门学校也。《青光》内容甚佳,所载新闻亦颇取中立态度,附刊《晨星》更为雯所爱读。若《黄渡月报》内容亦得若此,则雯已认为同志久矣。其何奈均系非驴非马者乎?不禁为之深叹。雯近日自□务外,日□于国、英、算三者之中,精神颇爽,以故又引起重振旗鼓而再入校之志焉。究若何，待后再告。不尽。

敬祝近绥

正璧谨上　九月二十六夜

九月二十七日，曜水，候□。

读《模范读本》三册。

读李义山诗上卷。

塾授课五。

得《努力周报》19、20、21期及商务书。

与康民书。

康民足下：

别后无任惦记，兹托购《努力周报》某期（附有《读书杂志》第一期者）为之寄下是荷。再刻印一事，亦请早日办就为要。余不尽。

敬询近佳

正璧谨上　九月二十七夜

九月二十八日，曜木，候阴。

帖英字帖一页。

读读本第三册。

塾授课五。

读《放翁诗选》上。

略阅《陈迦陵全集》。凡文集六卷，骊体文十卷，《湖海楼诗集》十卷，《迦陵词》三十卷。

得课卷第六章。

九月二十九日，曜金，候□。

临英字帖一页。

阅《模范读本》三册。

塾授课五。

九月三十日，曜土，候雨。

临字帖一页。

读《模范读本》三册，终。

十月一日，曜日，候阴。

临字帖一页。

塾授课二。

读《模范读本》第四册第一课。

阅《宋元明诗评注》下本。

与从龙书。

从龙足下：

久不通讯，中心抱歉，不可言喻。新有托者，足下能否为雯觅苏州第二女子师范附属小学章程一份？如能如愿，幸先示复为荷。余不尽。

敬询近佳

正璧上启 十月一日

与中国公学片索校章。

与文明书局片索目录。

与华□洋行片索乳样。

得廷抡寄来仓圣女师校章附书。

正璧仁兄：

仓圣女校简章已寄来，寄奉希察收。《晚霞》第二三二期均收到，谢谢！但未知第一期再有否？余再述。

此询近安

弟廷抡书 九月卅日

（不借室藏书）一章顷由弟请吴景□先生刻，但何日制好，容再复。并希时通音□。又及。

十月二日，曜月，候雨。

读《模范读本》四之二

塾授课五。
阅《吴越春秋》上下卷全。
与廷抡书。
廷抡足下：

来书及女师章程俱悉，无任感谢。《晚霞》一期适值售罄，容再版出后定可设法奉上。图章得托吴先生，雯实求之不得。此由于鼎力作成，雯不胜神谢，余待续。不尽。

此上顺颂台祺

正璧上　夜

十月三日，曜火，候晴。
阅《酉阳杂俎》四册之四。
塾授课五。
改订书籍。
作作文讲义第一章课艺。
赋七律四首《秋兴》。

秋　兴

朝朝霪雨□秋潮，愁涨西风叹寂寥。懒习兵书翻汉史，殊羡鸿鹄笑鷦鷯。心存函谷惧耆老，肠断东风忆二乔。骀唱声声年月逝，将军已老霍□姚。

野外风光是劫余，潇潇疏雨湿荒墟。愁因秋到频频发，读怕寒生夕夕疏。本属无才羡八斗，难称博学傲五车。此生终没浩然志，不向人间述太虚。

一局残棋犹未终，但看世事似飘蓬。终嫌刘项惯多事，不若孙仲有守功。紫气东浮光滔滔，西风浮若月朦朦。只愁马老将军死，河汉迢迢信不通。

多愁恐是为多情，难了怀人一片心。愴月影中歌缓缓，琵琶声里忆真真。不须捧药羡神女，枉是多才傲汪伦。休道鳏生无艳福，天台夕夕是良辰。

十月四日,曜水,候晴。
阅《酉阳杂俎》三。
得从龙书。
正璧:
　　函悉弟将于明天回家,数日不克即复,恐劳盼望,故特此片告回校时当即照办也。

从龙 10、3、22

阅 *The Chinese Dragon*(龙)第一章之一段.
此书为新近出版,昨梅君今日至申托购。
十月五日,曜木,候晴。
整理书签。
阅《短篇小说丛刊》三册。
得《努力周报》二十二期,附《读书杂志》二期。
夜至企胜君宅,即踏月归。
赋七绝五首。

中秋夜造企人君宅

　　暮暮朝朝想见之,良宵清话解人颐。团圆辜负中天月,犹得夜凉带露归。

中秋杂咏

　　良宵端只是中秋,月色迷离分外幽。小驻迎思桥上望,凄凄凉露不胜愁。
　　春花灼□惟三月,明月团圆只一宵。寄语愁人休慕羡,常因常好意何劳。
　　闺中此夕应多思,万里青罗望雁归。犹有嫦娥未解事,团圆故意傲双眉。
　　谁人不道良宵好,我逢良宵偏是愁。……
十月六日,曜金,候晴。
与美术大学书。

执事先生台鉴：

敬启者，请惠文艺研究会及贵校入学章程各一份，寄本省黄渡镇东市处正璧收为荷。

专此敬颂台祺

谭正璧启　十月六日

与《晚霞》社书（此系昨日事，补记于此）

执事先生台鉴：

敬启者，《晚霞》第四期出版已多日，何尚未寄下？再第一期再版已出否？因诸友需□已久，如出版，请亦之即寄下是荷。不尽。

敬颂文绥

正璧上言

与《努力周报》社书。

执事先生台鉴：

敬悉启者，附上邮花二分购《读书杂志》第一期一张请即寄下，再《努力》一至十八未知贵社可有出售？并请示知为荷。

专此敬上台祺

江苏黄渡东市谭正璧上

余作文一章课艺三，寄社。

与兆骧书，附诗四首。

兆骧足下：

团圆节又匆匆过，雅人处斯，当有吟咏，能一饱眼福乎？璧久疏于此，偶成数章，叩在知已定必不令我齿冷，故录以奉呈。如能仍加以答改，则获过于望矣。余不尽。

敬询文祉

正璧

（诗略）

《中秋夜过陈君宅》

《中秋杂咏》四首余二(一及三)

《秋兴》四首之二

阅《家庭童话》第一集四本。

得兆骧书。

正璧足下:

前托代购函授学校数学讲义,弟即商之家兄与该校长说妥,愿对折售一部(全)。□足下望即汇款与弟,便当寄上。家兄读《晚霞》,颇赞美大作,谓俟后来沪当谋一面,足下然之乎?

我辈读书、买书颇不易,该讲义由容详整,诚自修之良物也。

学弟兆骧书 中秋后一日晨

该讲义共卅六册,足下可汇洋二元,邮费二角。

复兆骧书。

兆骧足下:

下函于晨间付邮,而大孔适于晚上至。何尔我心心相印若是耶?购讲义得对折价,无任感谢。价二元二△于今日汇上,祈查收。令兄处代为道谢,云晤面一节当无不然,矧为璧之素愿耶!《晚霞》四期不日当可寄奉,一期正在设法中,定能如愿也。余不尽。

专此敬候文绥

正璧谨启 十月六日晚灯下

十月七日,曜土,候晴。

录课艺作文第二章,未竣。

塾授课五。

得《晚霞》四期十本。

阅《妇女》本年十期。

阅《太平乐府》《朝野新声》。

寄家熙《晚霞》一册。

得美术校校章及《文学旬刊》□期。

寄康民《晚霞》六册并书。

康民足下：

不通信又久矣，殊深惦念。雯屡次托购书籍用具，未知现在逾所付之款否？雯记忆不佳，不复记清，请示知为荷。寄上《晚霞》第四期六本，仍请照前分派。其第一期定能为之弄到，勿念。《学灯》九月份如已发售，祈速购，惟勿寄下。双十节《时事新报》等如有特刊，请为购一二种。余不尽。

敬询近佳

正璧手启　十月七日

阅《孤鸿影弹词》。

十月八日，曜日，候晴。

余作文课艺第二章（全），寄社。

检阅前此已改之课艺。

阅《欧美名著小说集》（二）。

得兆骧、余勋书。

正璧足下：

前寄一函，想已收到。

足下中秋之夕，吟兴不浅，佳章已拜读。《中秋杂咏》二首最妙，“团圆故意傲双眉”之句，为之击节久之。骧于月夕亦有呻吟，谨另纸寄上斧之削之，是所望于足下。

学弟兆骧书 中秋后二日

刻接邮汇洋二元二角，不误数学讲义，明日寄去。

（诗另纸，不录。）

正璧足下：

数接惠书，缺□久不报，稔生疏懒也，愿知已不我责为幸。前悉足下已入英文函授学社，不胜欣慰。此固勋之期望于足下而运未得同意者也。更闻有志于升入国内大学，此事大佳。足下努力焉，可也。勋之前途，不堪设想，恐此身终老不得自由矣。

奉上近作四首,聊以见近日之情绪而已。倘蒙斧改,尤所欣幸。

秋雨即事

一天秋雨趁怨风,滴上疏窗客梦空。仨醒还沉情意切,犹疑儿女话喁喁。

漏屋难将雨脚扶,珠珠滴适半床襦。带惊直起翻衾匣,为看眉湾温也无。

中秋对月

几度凭栏月色凉,嗟他往事太荒唐。霜疲烛影□□约,赢得今宵万愁长。

一片云烟接九天,愁人到此自茫然。姮娥也有愁千斛,欲把蟾宫满满填。

近日身子殊恶,精神颓唐已极,对于校中功课,无心研究。即日记亦有时简断,此书草草,亦以此也。足下有暇,务请寄一□来慰我彷徨。

专此顺颂近祉

弟余勋者上 中秋后一日

复余勋书,附诗一首。

余勋足下:

惠书敬悉。雯近日通信亦懒,决不介□于足下也。读大作,不胜惘然,惟《中秋对月》第一首末句第六字是否为愁字?是则平仄不协矣,改为恨字如何?再此诗第三句之五、六二字,未知为何字,便请示知。雯志在考大学,惟现筹经费无着,正在心焦。明春此处必告卸,以此亦正□惶,虑明春□又将失业也。以愁人慰愁人,恐徒增足下愁耳。近习英文,颇有味,尚堪告慰故人。余待续。不尽。

专此敬复顺候近佳

正璧谨复 十月八夜灯下

秋夜怀人

秋意无端□夜愁，慰情□赖寄书邮。乘风未没青云志，觉高难消碧海舟。沦落天涯怜知己，凄凉凉上叹无俦。那堪重指三生石，此恨年年逐水流。

十月九日，曜月，候晴。

阅中国历史研究法(全)。

塾授课五。

阅《华阳国志》。

读会话讲义第一章。

十月十日，曜火，候晴。

整理书籍兼晒之。

拟与中华书局书一通。

十月十一日，曜水，候晴。

晒书。

读会话第二章。

塾授课五。

得宋、水二君书。

正璧知己惠鉴：

未通尺素又已月余，深为念念。蒙按期赐吾《晚霞》，尤为铭感。前日中秋偶触吟兴，咏成二律，诘屈聱牙，实不成话，祈足下有以教我。

专此顺颂刻安

同学弟宋学文书　十月九日

中秋日风雨莫定，深虑夜月难望，因愁而赋此

细雨丝丝着砌凉，桂花微度可怜香。蕉心湿透栏干泪，雁阵惊残零落行。只许双星添一巧(近年诗人每以阳历不七月七日为祈巧)，不容满月见全光。霓裳旧曲□□理，碧海云遮空断肠。

是晚忽云消月出，因与潘子同游浦滨，至白渡桥而回，同步前韵赋此

云收远树露凝凉，江上家家烧斗香。野火腾空飞点点，金□逐浪闪行□(江上月波闪人动，□似至□)。三分夜气含花气，一半天光接水光。隐约霓裳怜月姊，谱成旧曲转愁肠。

此请正璧知己斧改。　弟学文未定草。

正璧兄鉴：

《晚霞》已印发，所托刻印由廷抡请吴景蘧先生，今已刻就。《读书杂志》购得二期，九月份《学灯》当未汇订，俟购得当一并寄上或留弟处。请便前至中华询书箱事托何木匠，离甚远，只一只不便唤来，故尚未做，苟该箱不急用者，可听之，否则我意当以另托他家为妙，不妨将该约取消也。书费如何，亦不记得，请一查，恐所逾亦无□。

所托代购报纸当遵命，近校事忙迫，系每懒作书，今晚有暇，愿作短谈。

二师同学情形依旧，惟同学近颇发现有损人□之事。此君干此事，令人叹相人之难，更有交友宜慎之感(上所云云，恐不明了级中偷窃之风大盛，某君为被疑及，以余之见，理由固极充分)。故劝少交敷衍朋友。

前许将旅杭笔记见示，未知可否？近日作文有否？弟近已决与文学绝交，自感无此繁矣。兄雄心未死，不相干之文字，苟非必需意以为少作为宜，作文自娱不为外物所干涉，未知兄意以为然否？□……氏几何欲用否？若需要时可即寄上。余不尽。

此请文安

弟康民上 十月九日晚

复康民书。

康民足下：

复示敬悉。《读书杂志》购二期已够，盖雯已定《努力周报》

也(自十九期起)。《学灯》不必寄下,暂存足下处。中华书箱事取消该约亦佳。雯闻该局有改组消息,恐一时不做,后日或有纠葛也。书价雯可于日记中检之,惟恐终有遗漏耳。旅杭笔记大不恢意,且不满三千字,雯以谓待明春(虽定明春,待须视明年有否机会而定)再游记出后奉上,或待数日待雯有兴时重修一遍以寄亦可。总之,决不食言是也。不需要之文字,少作为佳,厥意甚感。惟《晚霞》投考系于暑中暇时为之,当时不过以为练字之助,非有意投稿也。故兆骧劝雯投稿卖文,雯并不赞成。此系当于沉闷无聊中为之,庶不至有该正课。足下之言,自是金玉不易得,当勉为之,以符厚望。所述校中近况一节,某君行为,令人为之三太息。惟此君何人,可否相告?雯定能为守秘密。足下可忍痛一告否?近世道德,日益堕落,即雯近所处之境亦时逊之,令人不能不屏绝外缘,以与世隔。人或谓寡情,而不知实迫,处此令人不能不如此也。雯近日研英文,仍有兴,堪慰知己。近来天气转冷,雯家居尚适,惟足下行止佳遂是祝。

正璧上复 十月十一日午后

雯近日不作文,以习英文故也甚矣。两全之难,以后当试为之,以达并举之境。又及。

《几何》不用,不必寄下。

习几何讲义第一章(终)。

得兆骧寄来数学讲义(全)。算术代数各十二,几何七,三□五册,英三十六册。

十月十二日,曜木,候晴。

与中华书局招生部一书。

塾授课五。

读会话三章。

阅最新英文法作文教科书第一篇(凡三篇)A□……English grammar and Compersition……

十月十三日，曜金，候晴。

余作文课艺四章，未完。为作文课艺，参考书多种，若下：

《纳氏英文法》第四本

《英文造句法》

《英文文法易解》下册

《共和国教科书英文法》第四册

塾授课五。

阅《胡适文存》二、三册。

读会话四章。

作《儿童画报》第三、四期悬赏题寄社。

得《努力周报》二十三期。

十月十四日，曜土，候晴。

阅《纳氏文法》第四册。

塾授课五。

十月十五日，曜日，候晴。

与康民及家熙书。

康民足下：

复书略已□阅。雯因欲购□益书社英文书籍，特价截止期在即，故定于圣诞日（即十七日）至申。祈足下将印章又买日记格二百张，带至商务交雯收（至晚一时半须至）。前托购之书籍等，已于日记中检出（倘有失漏，祈实告）。《学灯》四至八日共五份，日记二〇张，英文习字帖一册，印章一枚，《读书杂志》二份，定箱一只。

累□足下所逾又多。

如是日足下有事不能至，祈托廷抡。又及。

家熙足下：

前片已悉。《晚霞》四期收到未？雯现又购得函授社算学讲义全份，内几何三△系重发，□欲□以□足下。祈于孔子圣诞日至商务待雯为荷。余不尽。

得肃商书。略云已至申，日内至杭州，约□西湖图书馆，定价再告……

得《儿童画报》社复书。略云已于某日寄上云云，无他语。

录《中秋》二首，投月报社。

十月十六日，曜月，候晴。

与月报社书。

主事先生台鉴：

敬启者，昨奉草作二首已蒙□阅，新闻某君言有以用语不合古为嫌者，璧闻之不胜□笑。贵报既以复古为职，则请一读贵社宣言，何自相矛盾若是？又闻此中有老学究（璧非轻视老学者，老学精而又不及对新学者，斯方为璧所重），□阅故有此等评语，则璧更为之不解。贵社组织之始，动辄曰皆为不墨守之青年，而以屏除老年者为辞，而则今若何？璧敢进一忠告，在今之世无论为具体或抽象之事物，均宜寓有创造之精神，与为己所嗜者，虽受嬉骂亦不动情。若欲取悦于人，求人之勿施讥笑，为诸君人格计，为报社名誉，亦当必不愿□□。璧谊切桑梓，故敢进此直告，想不致邀诸君之怒骂也。璧新旧著作皆奉斯旨以行，收获尚佳，故敢掬此悉诚，以作诸君之参考。诗稿请掷还，不一。

正璧谨上　十月十六晨

塾授课五。

阅《天方夜谭》（原文）。

得孙君退还致《黄渡月报》社书，因更为书直寄该社。

主事先生：

今晨托孙君代上一信，即由孙君个人拆阅，即退还，且批为“误会”。误会也罢，不误会也罢，贵社是否为孙君一人所组织，编辑部是否为孙君一人所主持，令人不能无疑。并且无论怎样，从没有过将原寄退还的事情；倘然是贵社创例，那我也没得说，但我想不见得吧！我为爱贵社起见，故将此事见告，以防日后再有此等事发生。原发没甚大关系，所以已今非去了。投稿之诗，请寄还。

敬颂文健

十六夜　正璧

十月十七日，曜火，候雨，午晴夜阴。

与康民书。

康民足下：

前书略已奉到。今日天雨，至不克成行，祈谅之。惟□□书社截止托购《纳氏英文法讲义》第四册上、下卷，共三元，对折一元五△，请代购就（足下自己不便，可以托贵校帐房）。此款待面奉。不尽。

此询近佳

正璧

作英文作文课艺三至五而录其二。

得《晚霞》第一期十本，第五期十本。

十月十八日，曜水，候阴。

录课艺完，寄社。

寄家熙《晚霞》。

塾授五课。

得商务《续藏经》样本及《时事新报》馆《文学旬刊》国庆号。

得家熙书。

正璧足下：

今日午后一时许至商务面晤，足下未得如我所愿，念念。廷抡兄交□《觉悟》栏及诗等偕请于下次来申时带去。《晚霞》第四期早已收到，只以近日正在月考之时，故未作复，请原谅之。余不多言。

特此□□敬请大安

钱家熙白 十月十七号

复家熙书。

家熙足下：

惠书敬悉。昨日天雨，不能成行，以至失约，无任抱歉，祈原谅之。雯更定于星期日至申，风雨均至，决不再失约。《晚霞》五期于今晨寄上，想定收到。不尽。……

几何三△讲义定带上。又及。

作会话一、二、三章课艺，录其一。

阅《清代学术概论》(全)。近日复兼理国学，颇饶趣味，以后拟时时为之。盖性所近也。

十月十九日，曜木，候晴。

录课艺二三，同寄社。

塾授课五。

与康民书。

康民足下：

昨信想已奉上。璧定星期日定至申，决不再失约，风雨无阻。《文法讲义》如未购，可勿购，因现在发期至星期日也。又托廷抡自刻印一方，约□大小，阳文，于是日带下为荷。……

作英文会话五四章课艺。

阅《墨子学案》(略阅)。

阅《荀子集解》。此书拟细阅之，今日阅考证及《劝学》篇。

得余勋书。

正璧足下：

前书敬悉。《中秋对月》第一首有误字，再录如下：

霜痕灯影犹依约，赢得今宵万恨长。

上星期日勋往游半，忆前与足下善时，月必一二往。自足下去沪，而勋之绝迹于此园者，亦一载余矣。至前此与足下及水君摄影处，觉芳草垂杨不减旧时，况味溪流山径，依然昔日神情，为之惘然久之。风光如故，人事已非。自与足下发生误会后，彼此交情总有几分隔膜，而水君者亦复若是。余愿知己而知己不为我得，天乎！奈何此或冥冥之中自有定数，非人事之能挽回者也。我而今知之矣，不复作痴想，□任之可也。感慨之余，成诗二章，算成斧改。

专此顺颂文祉

余勋奉上　圣诞日

游半淞园得长句

幽幽曲径□依稀，石桌茅店忆故扉。一点山风吹细细，半林木叶下霏霏。轻桡竞渡波没堤，佚翼回翔云路迷。多少伤心游子意，浦江帆影带斜晖。

秋风秋雨助秋觞，秋草凄凄夹径黄。堤柳带烟还带雾，山花无色也无香。岸□□脚泥愁重，林表溪身斗恨长。那将诗情如并剪，分他一幅野风光。

覆余勋书。

余勋足下：

来书敬悉。□现辞意，几为二年前之璧，何缠绵悱恻以至于此？璧本多情，何能遣此？足下疑璧总介之于心不能自释，而不知璧已坦然置之。足下愿以璧为知己，璧安有惟绝者乎？况璧之素心耶？

本星期日璧至申购书籍，足下有暇可至商务一晤，再者足下如有兴，可来黄一游，璧当尽力招待。新再有事托足下，璧此次筹款，明年入大学不果，甚抱怨观，故思改学为商，欲入商务印书馆习业。苦无介绍人，因念兆骧之令兄兆彪在编译所，本待直接托兆骧，因恐兆骧劝吾阻吾，而面谈时又以彼此言语隔膜不能明晰，故并未提及此事。愿足下为吾尽力谋之，幸勿怠过，璧在此守候捷音也。余不尽。

敬询近佳

正璧谨复

又近日习英文，甚有兴，堪慰知己。惟作文不甚纯熟，非常烦闷，又现又报名入函授社算学科，习几何三△讲义颇佳，想知己又必为之赞评也。

附改正《中秋即事》诗二首，以供一笑。

良宵论只是中秋，月映波光分外□。小驻□思桥上望，凄凄冷露不胜愁。

闺中此夕应多思，万里□罗望雁归，犹恨嫦娥未解事，团团故意傲双眉。

十月二十日，曜金，候晴。

与《晚霞》社书。

主事先生大鉴：

敬启者，《晚霞》一、五期均收到，谢谢你。又附上词四首请斧改后再登杂刊，其余稿尚多，因一时无暇录，清改不克，如愿□有请者，璧意欲将三年来所著小说及诗（俱新体）托贵社印成单本发行，别为进修社丛书，璧亦只须得数十本，以分赠亲友足矣。如蒙许可，待有暇即为之改正录清寄上。

敬候佳音 顺颂台祺

正璧上

录会话课艺四至五章，寄社。

塾授课五。今日发现诸生□带。

阅《墨子学案》。

读故事（社讲义）数章。

阅《墨子间诂》。

十月二十一日，曜土，候晴。

阅《荀子·劝学》篇完。

塾授课五。

录会话课艺第六寄社。

作故事课艺二节。

得《画报》第六期。

得廷抡书。

正璧仁兄：

星期二下午一时至商务书馆，会足下未果。时钱君家熙来，疑足下已至澄衷，因将水君康民托第一节交之《学灯》。日记格一包，木箱定据一张及宋君学文托交之诗二首交□君，恐有不知，特此奉闻。再由弟请美景遽先生所刻之“不借室藏书”一章已刻就，□于康民处。又知足下更须弟自刻“正璧看过”一章，弟无不乐，从此章与“不借室藏书”一章，均于本星期日下午送商务书馆可也。但望勿再如上次之使弟失望为幸，余不再述。

此请 近安

弟廷抡书 二十日

再操衣一件，谅可暂借，请于此以来时带下。又近弟通信何其少也。又及。

与兴生同录小说四张。《邂逅》一页及《人生底悲哀》三页。

改正以前所著之短篇小说。

得康民书。

星期日有事，不能到商务，请至二师会晤，托购书已购。

此请正璧兄大鉴

弟康民上　二十一日

十月二十二日，曜日，候晴。

至申晤家熙、廷抡等。至商务乃晤家熙，稍谈近事。廷抡亦至，相与谈近日校中事。余始知康民所疑之人，此事余须为昭雪之。由家熙转交学文君之诗，诗待录。

归途在舟中阅《读书杂志》一期及《学灯》九月号。

十月二十三日，曜月，候雨。

与康民书。

康民足下：

昨因时促，不及到贵校，谅之。托廷抡奉上洋二元，祈詧收。此款尚不足所填之款，因一时误记，其余他次至申时当再谢。又该《纳文法》，请即为寄下是盼。

阅《章实斋先生年谱》及《英语正音学纲要》。

塾授课六。

阅《元史演义》一至二。

阅《将来之花园》。

与廷抡书。

廷抡足下：

别后甚适。所谈之事，祈勿露声色。雯当代为晤雪，宁宽毋急。兹有托者，雯有一小学生，系现房主人之女，托雯为寻相当学校。伊家并不十分富舒，故雯拟使入哈同。惟伊不过十二岁，恐不及格。故思入附属高小三年级。特此托足下托令妹一查该校预科及高三级之英、国、算用书，幸即告知。但未知足下能否托令兄转托友人介绍，以免种种手续。倘能早日成就，则雯了却一桩心愿也。余不尽。

敬请近佳

正璧上

雯倘改友人信中有毁足下语，祈勿信，此乃一种侦查作用也。又及。

雯决不有疑足下。又及。

录小说一页。

十月二十四日，曜火，候雨。

阅《比利时的怨哀》——英学社文学丛书之一。俄国安德列夫著为剧本。

塾授课五。

阅《元史演义》三至六。

得《学生》十号，《青光》二号，附有其荣君书。

与宋、苏二君书。

学文足下：

二次诗均收到。近以心绪殊恶，不能定时作复，殊深歉。仄诗亦懒作，虽作，亦不之当意，故不能寄奉，待之后日可也。心绪不宁之故，可阅兆骧、余勋□……彼等已略有所闻也。不尽。

敬候近祉

正璧上

兆骧足下：

不通信又多日，殊胜挂念。日前有信与余勋，托彼之事，未知已在足下前述及否。雯以此殊惶惶不安，足下如能为吾尽力，俾早日安心，是所盼。

敬候佳音，顺颂文祉。不一。

正璧上

十月二十五日，曜水，候晴。

阅《墨子大略》。

塾授课五。

读会话，作课艺三至五。

治《荀子》三篇。此《荀子集解》为底本，而参湖北官书局本。订正误字二："先"误"失"，卷一第九页；"情"误"精"，卷一第十页。发见衍文二。

得康民寄来英文法讲义纳氏二册。

又得函授社第七、八种讲义，凡八册。

又得《努力周报》。

十月二十六日，曜木，候晴。

阅会话第二章。

塾授课五。

与沈侍星君书。

侍星仁兄先生大鉴：

屡烦神介绍购书，不胜感谢！谨启者璧有事询足下，祈一一示明之。璧现就教职，年得薪百元，实不足雯一人购书之用，幸家中别有他资过日，始觉冻馁。然念此终非久计，因此思弃学就商，而入贵馆习业，苦无有介绍人，故请将此手续示明，以便裁夺。种种不胜惶恐。

敬候君安　顺请大祺

弟谭正璧谨上　十月二十六日

阅《玉泉子拾遗记》。

读《纳氏文法讲义》第四册。

十月二十七日，曜金，候晴。

习《纳氏文法》。

塾授课五。

阅《将来之花园》完。

治《墨子》三章。用明本及《闲话》（完本）而参考毕本。

作诗一首。

回　顾

最不值得的回顾，
终于硬着记忆回顾到了。
怨哀的回顾呀，
回顾终是悲哀呀。

只是人间世的一瞬，
趣味便已这般浓厚了。
要是尽时间都是人间，
那么人间就觉可贵了。

恁是歌是甜蜜的，

也一瞬的过去了。
凭是色是美艳的，
喘一口气也就没有了。

虫号鸟□的时候，
多么烦闷呀。
雪也般地消了，
只是微微的一笑。

何必发愁呢？
愁，这般过去了。
不愁，也这般过去了。
谁能分辨他们呢？

花无心地开着，
早落下春痕了。
花谢了，
春痕永远留着呀！

十、廿八日夜八时 灯下

十月二十八日，曜土，候晴。

重九放假。

得《东方》十六号，《诗》五号。

得沈侍星君书。

正璧仁兄先生台鉴：

今晨接□，手翰敬悉。足下欲弃教就商，承询入敝馆手续。兹特笔录数语，以告足下。投考及介绍均有，惟介绍非得敝馆中有力者推荐不可，投考须俟登报。投考时，方可发榜，及各种手续，届时必详登报端。专此手复。

顺颂讲安

弟侍星谨覆 十一月廿七日

寄《儿童画报》社悬赏及征文题。

与余勋书。

余勋足下：

前日复上之书，谅已收到。雯甚为烦闷，望稍有头绪即见告，以免挂念是荷。……余不尽。

敬询近佳

正璧上

十月二十九日，曜日，候晴。

阅《心史丛刊》一、二集。

录会话课艺八页(约四小时)。

习《纳氏文法》十余页。

阅《心史丛刊》三集。

作诗一首。

烦　闷

心心想不用烦闷，
但终要烦闷哟。
谁能把烦闷化成灰烬，
那我就对渠服从了。

烦闷缠满了人间，
不单在我哟。
谁能铲除烦闷，
那就是消灭人间了。

月儿烦闷地照着，
花儿烦闷地开着。

要说不烦闷他时，
除非渠自己暂时忘了烦闷吧。

一行一行的烦闷，
写在一行一行的诗里。
诗人的心志泉干了，
但烦闷却未动分毫哩。

十、三十夜八时二十分作

十月三十日，曜月，候晴。

录会话课艺一课并昨所录，寄社。

塾授课五。

读会话三课。

治《荀子》二章。

习《几何》第二章一至九节。

得余勋书。

正璧足下：

前函谨悉。所托事已为兆骧君述之，日前其兄来，正言将来商务招考时，彼当尽力设法，唯目下则尚不能相助也。兆骧前曾有言，足下有志，可托其兄介绍入夜校为教员，未知足下以为如何？勋近日心痛甚剧，精大坏，久不作复，亦以此也。诸希原谅。

顺颂近好

余勋手上 十月二十九日晚

得兆龙君书。此书无甚要语，不录。

复余勋函与兆骧书。

兆骧、余勋足下：

顷读余勋君来书，诵悉。一是雯近正日居烦闷中，无计自解，年□又在非瞬间以此益形忧患。来信云“兆骧前曾有言，足下如有志，可托其令兄介绍入夜校作教员，未知足下以为如何……”，雯读之，甚为欣喜。特未知系何种夜校，在何处，且每月可得薪若何，住宿若何，祈为一一探明示复，以便裁夺。再者，贵校胡寄尘先生现所任职之上海大学在何处？可有简章？祈有便向胡先生一询是荷。近习英文讲义，已去三分之二，惟苦于记忆不佳，随读随忘，深为可叹。余则不堪告慰。余勋君有恙，未知已痊否？甚念念。兆骧君处，亦久未作一细谈之书，殊胜不安，然为愁绪所压，力不从心也。

敬候君示　顺颂文祉

弟正璧谨启 十月三十日

《晚霞》一、五期收到未？

十月三十一日，曜火，候晴。

录会话课艺第二章二课。

塾授课五。

习会话三课。

录课艺一课。

阅《东方杂志》本年十七号。

治《墨子》二篇。

习《几何》四页。

阅《遣愁集》数页。

立暂定自修表：

晨兴　录课艺

上午　治英文讲义

午后　阅报纸及杂志

治国故

习几何

夜上　记日记或治杂事或补日间之不足

卷之二

一月一日，月，晴。

编诗集若干首。

治《中国哲学史大纲》。

阅《西厢》（新式标点符号本，首有郭沫若序）毕。

一月二日，火，晴。

阅《中国文学字大纲》毕。

治《诗经》二卷。

一月三日，水，晴，甚寒。

著寻常音误考证若干则。

得祖伦书，告存款事已说妥。

治《中国哲学大纲》。

著白话诗一首。

读《陈迦陵文集》。余疏掌故，故思渐习之。

一月四日，木，晴。

塾授课三。

治《中国哲学史大纲》，作表解——用张公提要钩元之法。

阅《教育杂志》道尔顿制号。

阅梁任公《论中国学术思想变迁之大势》。按，昨晚曾阅梁氏《班定远张博望传》及《赵武宁王传》……等

一月五日，金，晴。

与廷抡书，告近治因明学及中国哲学史，且询仓圣女学事。

与南方大学书，索章程。

治《中国哲学史》。

治《庄子·内篇》。

塾授课四。

一月六日，土，晴。

塾授课四。

治东西文化及其哲学一、二、三章。

一月七日，曜日，晴。

治《东西文化及其哲学》四章。

得廷抡书及南方大学章程。

与商务印书馆及中华书局书，索书目及样本。

因身热头眩，早寝。

一月八日，月，晴。

夜半邻家失慎，闻警即起，扶祖母至金宅。迨余返，则室中物已被邻人代搬出。及火稍熄，知无碍及，乃命兴生迎祖母归，余往认归己物。迨事竣，已天明矣。

今日偶兴一思，知文人之无用，而搏誉者亦惟口说之徒，邻人之素以淫名者。乃于是晚多数尽力，而尤以工艺之徒为甚。

略阅《东西文化及其哲学》五章。

下午寝。

一月九日，火，晴。

夜略有寒热，十一时始起身。

略阅《章实斋年谱》。

一月十日，水，晴。

塾授课三。

略阅《社会问题详解》。

一月十一日，木，阴。

塾授课五。

阅《中国历史研究法》。

一月十二日，金，晴。

塾授课五。

阅《创造》第一期，二师校刊及《少年维特之烦恼》。

一月十三日，土，晴。

与梅吉书，述先考南大，后考海大。

与家熙书，询已否至申。

塾授课四。

阅《女神》。

著小说《人间天上》三千言。

阅《科学方法论》。

一月十四日，日，晴。

与祖伦书，托定《小说世界》及询苏女师有熟人否。

阅《短篇小说》第一集。

读《玉台新咏》卷一。

一月十五日，月曜，晴。

读《玉台新咏》卷二及三。

得梅吉书，庆全考南大且告假期。

得余勋书，告归期，询余考何校。

阅《虚无哲学及点滴》（下）。

阅《谭嗣同笔识》。

一月十六日，火，晴。

塾授课四。（昨漏书。）

读英文、《先秦文学史叙》完。

因头晕早寝。

一月十七日，水，晴。

塾授课四。

读先秦各学史及《托尔斯泰短篇小说集》。

阅马克司《资本论入门》——此书甚浅明，余恨未早读。

阅《点滴》(上)。

得祖伦书,允书券,不能定《小说世界》,且云内容亦不佳。又二师无熟人,惟浙女师有同乡,须待回乡问。太念有讲习所已函询,需膳宿费否待复闻。

一月十八日,木,晴。

塾授课四。

温《英文翻译讲义》六册。

阅《点滴》(上)。

得康民书,询近状及赴申期。

复康民,告遭火致疾及至申期,且告明春考事。

一月十九日,金,雨。

至申,购书晚还。

阅《小说世界》一期。

一月二十日,土,晴。

阅《一叶》。

塾授课四。

著《人间天上》二千余言。

阅《小说世界》二期。

略阅梁任公《学术演讲集》及《生命之不可思议》(海凯尔著)。

一月二十一日,日,晴。

与祖伦书,告将至申,并请询上海大学内容。

与家熙书,告考南方大学,并告先秦各学史寄至府上。

与东方储蓄公司书,索画片。

著短篇小说《人生之一脔》,约三千字。

译《人生底悲哀》半篇——由华译英——以练习英文。

阅《梁任公学术演讲集》(第一集)完。

一月二十二日,月,雨。

阅《学术演讲集》二集完及《基尔特社会主义发凡》。

塾授课四。
阅《最近物理学概观》及《现代小说译丛》(上半册)。
阅《畏庐琐记》数篇。
一月二十三日,火,阴。
塾授课四。
习三角法。
阅《现代小说译丛》及《玉台新咏》。
一月二十四日,水,雪。
塾授课五。
读《盾鼻集》(下)。
阅《畏庐漫录》数篇。
一月二十五日,木,晴。
塾授课四。
阅《甲寅杂志存稿》(上)。
阅《西洋哲学史》(上)(略阅)。
阅《盾鼻集》(上)之上。
得康民书,告下星期一至星期日考……
一月二十六日,金。
与余勋书,释前愆且告近况及此后方针。
与祖伦书,询前书到否。
授课六。
阅《畏庐漫录》。
阅《水浒考证》。
一月廿七日,土,晴。
授课三。
阅《水浒考证》及俞平伯(高作后四十回□四十回)《红楼梦批评》。
得《小说世界》,附祖伦。
译《人生底悲哀》为英文。

一月廿八日，月，晴一阴。

译《人生底悲哀》完。

得日本寄来《少作人》及《劳动运动》各一份。

阅《算术》及《代数□数》

阅《小说世界》。

一月廿九日，月，阴一晴。

读日文。

与医药书局，索《□□精华》样本。

与康民书，询归期。

得余勋及廷抡书。

一月三十日，火，同昨。

与祖伦书——约后日至申。

一月三十一日，水，同昨。

习日文。

二月一日，木，阴。

至申，访祖伦，并同访余天遂先生，询大学事。

夜看影戏，宿龙昇旅馆。

买《宋诗钞》及《世界语自修讲义》。

阅《心潮》一期。

二月二日，金，晴。

买各省地图三幅。

至三泰并至二师见水、陆、宋、朱诸君。

偕兴生游先施乐园。

阅《小说海》。

夜定《小说月报》及《妇女杂志》各半年。

二月三日，土，晴。

偕兴归，疲甚。

得《东方杂志》二十二。

二月四日，火，晴。

得祖伦书。

阅《小说世界》。

二月五日，月，阴。

检《宋诗钞》页数。

二月六日，火，晴。

得廷抡书，述念圣开校期。

复廷抡书。

与祖书。

二月七日，水，晴。

习《世界书》。

二月八日，木，晴。

与祖书，告星期至申。

二月九日，金，雪阴。

孙君来，同言乡至一小章程。

二月十日，土，晴。

得祖伦书。

阅《地质学》。

二月十一日，日，阴雨。

至申，购“四史”，晚归。

阅《诗》第四期。

得廷抡书。

二月十二日，月，雨。

阅《美人磁》。

过年节。

二月十三日，火，阴雨。

阅《小说世界》。

检“四史”页(《三国·吴志》卷二第十四页缺)。

寄几何课艺。

二月十四日,水,阴晴。

阅《海外拾遗》。

至孙宅夜宴。

二月十五日,木,阴。

阅《中国哲学史》。

阴历除夕。

二月十六日,金,晴。

元旦。

至孙宅摄影、拍球。

阅《沉沦》。

与朱(枕薪)、陆及南方大学书。

二月十七日,土,雨。

阅《三角》,做几何。

二月十八日,日,阴雨。

阅《三△》,抄几何,寄社,及阅《□□录》。

二月十九日,月。

阅《三△》。

二月二十日,火,晴阴。

阅《几何》及《墨余录》。

二月二十一日,水,晴。

得南方大学书。

二月二十二日,木,阴晴。

到申访祖。

购乒乓球等。

二月二十三日,金,晴。

还家。

得廷抡书。

阅《小说世界》七、八期。

二月二十四日，土，阴晴。

阅梁《近号》第一辑，及《少年进德录》。

二月二十五日，日，阴晴。

与力子书。

二月二十六日，月，阴晴。

与廷抡书。

二月二十七日，火，晴。

二月二十八日，水，晴。

得廷抡书——述仓圣事不就。

三月一日，木，晴。

得廷抡书——复前信。

与家熙书——询开校期。

三月二日，金，晴。

至安亭访金雪园君未遇，乃至昆山甲种师范讲习所，遇询昆女子高小，以执者为佳君介绍县立女子高小，且云彼二女一子亦在该校，余乃约明日覆信定行止，且索得章程一份，乘晚车归。

晚上略阅报。

三月三日，土，晴。

与雪园君书，托报名且告明日送往。

课慧频读。半年以来，余为此生计者审矣，用心之勤，自问可告无愧。况余与彼师生之感情日深，他日余所望者，惟此一生已。吾必竭力为之，使彼至师范毕业方止。

得缀雯女士书，云所谋不就，且待下学期。

三月四日，日，阴。

送慧生至昆，在校参观一周，且已说定插入二年级，试读一星期再定。余乃嘱彼竭力用功。

饭后偕慧游马鞍山，盘桓久之，诗兴甚浓，惜无心绪记之。三时乃送慧至校，已乘车至安亭，遇子樵姻姑父。余步行回黄，抵家已上火矣。

复缀雯女士书，告慧已至昆。

三月五日，月，晴。

至申，寻上海大学地址未得，乃往访枕薪君，述一切事即别。

为慧定《少年》一份，乘晚车归。

与慧书，告彼在校当注意之事，及试读一星期中应为之事。

三月六日，火，阴雨。

至昆女校访慧，同至马鞍山。余授伊此星期中应对方略，谆谆嘱告，想必不至偾事。

在半山亭适下雨，乃逗留久之，稍小下山，至公共体育场休憩。

□又一时，乃冒雨至公园门口榻上小坐，同谈日后事。

三月七日，水，雨。

与祖伦书，托十号在车站候，同至上海大学。

回家告陈太夫人慧之状况甚佳。

整理书籍预备至校。

三月八日，木，阴。

整理书□。

复陆君及祖伦片。

得祖、康君书，云祖伦不在申。

与金雪园先生书，托照顾慧事。

整理行装。

三月九日，金，晴。

整理行装。

与家熙书。

与慧书。

作诗数首。

三月十日,土,雨。
到上海大学。
访枕薪及祖伦。
阅《小说世界》。
三月十一日,日,雨。
与祖伦书。
上祖母书。
至三泰。
三月十二日,月,雨。
与慧频书,请于三日后告退级与否。
访枕及祖。
回家。
与祖书。
三月十三日,火,雨。
到申访枕。
到校。
与祖书。与金雪园先生快函。与慧书,告星期日至昆。
阅《小说世界》。
三月十四日,水,雨。
与枕及康民书,告校中空气不佳,拟退学。
与企人君书。
买《荀子集解》及《四部丛刊》单本四种。
阅任公近著第一辑。
三月十五日,木,雨。
阅梁近著。
到商务购英文杂志三卷,及英文原版书三种……
得慧书,告未退级。
得祖书。

阅《童话》第三集二本。

三月十六日，金，雨，大风。

与沈书，得祖、康书。

阅原文《自由思想史》——此书拟译出。

阅《小说时报》——此书系同室同学施君的。

三月十七日，土，晴。

与慧书，告明日由黄至昆。

与枕书，告校中腐败情形及此后之宗旨，于后日往取覆。

回家。

阅书目录。

三月十八日，日，晴。

至昆访慧，游马鞍山。因乘车失时，乃宿中华旅社。八时送慧归校。

三月十九日，月，阴。

作《我俩的情史》三节，又诗十余首。

回家。得慧书。又作书寄之。

三月二十日，火，晴。

到申，至《民国日报》馆访沈新，未遇。

到校晤枕，商定决留校。上祖母书。与慧书。

三月二十一日，水，晴。

改入英文科——原入国学科甲级。

上课二。

到外购西书四种。

至华通访康。

与康民及枕书。

得学文书，复之。

三月廿二日，木，晴。

九时起身，因体疲甚。

受课一时。

得雪园先生书。

阅《心理学大纲》。

三月廿三日，金，晴。

受课一。与雪园先生书。上祖母书。

至外一次——拟定西衣，未就。

预备及补读课本。得慧书，改正发还兼附书。

三月廿四日，土，晴。

略读英文。

回家。

预备英文。

三月廿五日，日。

至申，到校。

至四马路做西装衣服(价四十八元)。

至商务取《小说世界》《东方杂志》……

三月廿六日，月。

上课一时。

至外购呢帽、领带等。

三月二十七日，星期一。

受课无。

至四马路穿衣样。

到华通取息。

阅《弥洒》第一期。

三月廿八日，星期三。

与家熙、慧频书各一。

与祖伦书，未寄。

三月廿九日，四。

阅《东方杂志》。

与伦书，使校役送往。

三月三十日，五。

至外取衣服，又至《申报》馆取所定的《最近之五十年》。

至祖伦处取还洋十元。

三月三十一日，六。

至昆游马鞍山，三时偕慧归家，在小摄影多张。

得肃商书，知现在中□□专校。

四月一日，日。

教慧珠算。

阅《最近之五十年》。

四月二日，月。

家中过清明节。

至沈家浜，偕慧扫墓。

与枕及肃书。

四月三日，火。

慧校往日不肯读书，且在昆亦一无所得。去年所读，反见荒废。余大愤，卧床终日。

四月四日，水。

如昨。

得《读书杂志》。

四月五日，木。

课慧读英文。

四月六日，金。

治英文（校中所用）。

四月七日，土，晴。

偕慧至黄。

游霓邱。

□新□台（以上另有记载，□不详）。

四月八日,日,晴。
送慧到校,自至申。
在车站与车夫争论,一女郎为吾解围,甚感。
四月九日,晴。
做诗一首。
上祖母书。
受课二。
至商务取杂志。
阅《小说世界》及《少年……》。
四月十日,火。
与慧书。
作诗二首。
上课一。
四月十一日,水。
今日起,每日写字二张。
上课一。
作《忏悔录》一章。
兄来访。
四月十二日,星期四。
阅《社会学》及《进化》。
至伊文司等处购书及画碟等。
与康、肃二君书。
阅《红楼梦辨》。
四月十三日,星期五。
上课一。
阅《社会学及现代社会问题》与《发展实业计画》(英文)。
阅太扑译《进化》。

四月十四日，土。

至西门看武术大会。

与博古斋索样本书。

得肃商书。

置《乐府雅词》等书。

至二师会水、宋诸君。

四月十五日，日。

与慧书。

阅《哲学问题》（英汉对照）。

阅《浅草》及《乐府雅词》。

著《影子》二段。

又与慧书（因不待彼复信）。

听李大钊讲《演化与进步》。

四月十六日，月。

治《金银岛》。

阅《哲学问题》第一章完。

听张君谋讲《相对论大意》。

得慧书。

上课二。

四月十七日，火。

阅《实业计画》及《社会学》。

阅《心理学原理》。

阅《哲学问题》第二章完。

与慧书。

习世界语。

四月十八日，水。

阅《实业计画》及《金银岛》。

习几何。

阅《英语正音学》。

四月十九日,木。

与永福、三□书。

与肃书,又得肃书,复覆肃书。

与家熙书。

治《社会学》。

至商务购 Je……

阅《妇女□□台》。

四月二十日,金。

阅《哲学问题》。

返家。

在舟中阅《心理学原理》完。

译《性的道德》,未完。

得从龙书。九日发到,已多日。

君在一师组一文学社,且出一杂志,名曰《晓光》,请吾加入。

四月廿一日,土。

著《凄凉》——短篇小说——约四千字,寄从龙。

与从龙书。告余已入上大。

四月廿二日,日。

至昆——偕蒋氏伯母同往——访慧,一游山,即归。

到申。

得慧及永福书。

四月二十三日,月。

至大世界游玩。

与慧书。

与肃书。

得兄书。

阅《从牛顿到爱因斯坦》。

四月廿四日，火。

得许、黄二君书。

作小说数百字。

复许书。

四月廿五日，水。

至丁医生处诊治。

至□庙。

访黄君肃商。

得家熙书，即复之。

阅《理科丛书》。

四月廿六日，木。

读《社会学》及《海外轩渠录》。

得慧书。生病。

复慧书。

阅《几何》。

四月廿七日，金。

著小说二千言。

治《金银岛》。

与永福书。

与中华书局书，索《进德》。

得枕薪书，约星期日往晤。

四月廿八日，土。

上祖母书，告本星期不回家。

得从龙寄来《晓光》社章多份。

至商务购□箱器，遇苏君。

阅冰心女士《繁星》。

四月廿九日，日。

治《金银岛》。

至《民国日报》馆晤沈——沈拟组一少年社会党，报告一切。

晤永及抡，在荟芳茶园小聚久之。

得从龙书。

阅《修学效能增进法》。

四月三十日，月。

与从龙书。

录《生命史上的一断片》寄之。

作诗多首。

五月一日，星期二，劳动纪念节。

与枕薪书。托彼介绍与民智书局接洽《晓光》出版事。

与慧频书。告余于今日旋里，须星期六到校，如有函可寄黄渡。且告：余居此甚烦闷，本星期日，或国耻纪念日，当来昆一游。

乘九时五十分车返家。在车中略阅《经济思想小史》。

五月二日，星期三。

阅杨诚斋、范石湖、陆放翁诗钞。

阅《弥洒》《浅草》。余此次回家，拟静养数日，故杂阅书籍以消遣。

得枕薪书。略云民智方面印刷甚忙，去春收买之稿，至今尚未出版……如须一往，接洽可托力子或楚伧写信介绍。

得慧频书。云国耻纪念日恐无暇，望余星期日往。

五月三日，星期四。

著短篇小说一篇。清明节后送慧频至昆山，迨返，在车站邂逅一事，实有令我终身不忘者，因节其意，造成斯篇。

与枕薪书。询彼可能向泰东方面接洽，并告知《弥洒》印费，以资比较。

与慧频书。告星期天定到昆。

阅《范石湖诗钞》。

五月四日，星期五。

看英文《平民政治的基本原理》二页。

看新约《马太福音》数章。余于耶教圣经素来寓目,兹翻阅之,觉造诣颇深,甚有一读之价值。嗣后或读阅之,然亦用以辅吾英文学也。

同梅春君至野外摄野景数张。

五月五日,星期六,雨。

到校。在舟中阅《浅草》。

正英、正华二兄来校。为经济问题,托余向祖母接洽。余告以明日如天晴余有他事不克分身,如天雨必返家。

五月六日,星期天,晴。

至昆山。晨六时,天清如碧,殆上火车则雾漫欲雨矣。车抵昆山,云消日出,乃欣然,时方八时半。在车中略阅《气象学》。

偕慧频游马鞍山。至女高乃偕慧频至马鞍,时游人尚稀,露沾鞋袜,浸润欲滴。在山摄风景数张,且为慧摄影二,后以取出时露光乃尽废全功。

下山至大街,思再购干片,不得,乃至通俗教育馆参观约半小时,复返至山前公园中品茗。

复上山,走入山之深处,席地而坐。慧阅爱罗先珂《鱼的怨哀》,余阅冰心女士《繁星》,慧有不解问之余,篇尽乃下山送彼入校。余至车站乘车归申。

至商务取《小说世界》,胡开文购笔二支,心心照相馆洗干片,八时返校。在车站、火车中及黄包车上成诗十二首,于晚上记出。

五月七日,星期一,晴。

与慧频书。

余与慧频书,均为极普通之语体文,嗣后摄其大意,易为文言,记入本记,以资他日参考。

原函如下(稍略去):

慧频吾弟:

　　昨抵校已八时矣,体疲甚,未知弟何若。

嗣后每星期寄弟童话或故事一，易文为语或易语为文，再寄来改正，以资练习作文。

阅书有不解，录以相寄，待为解释再寄还。

写小字均用毛笔，兄已误，弟勿再误。

昆俗低贱，设弟不在昆者，兄将永永不履其地。

祝弟愉快如恒，学问进步！

一九二三，五，七，六时 兄正璧 上

与肃商书。告以返家日数，且约下星期日游马鞍山。

补记五月一日至今日之日记。岁新以来，烦恼愁人，故凡百从事俱怀失望。日记亦因而中止，差幸将荦然大者杂记之小册中。今日得取以参考，亦未始非千失一得。嗣后当续为之，且当时时自勉，勿再自弃。余此生坎坷，逾恒自当勉力，灰心失望，俱非所宜。且今者意中有人，将来生计已有希望，长此以往，当竭力读书以报吾意中人。

整理书籍。

至宝兴路取所染衣服。

阅梁任公先生《演讲集》(一)。

读《英语模范读本》第二册十余页。

录诗十二首，作一首。

肃商君来访。君言上星期五曾来访……且请余介绍入“晓光”社。杂谈文艺事久之，临行取余短篇小说《人生的怨哀》及其他去。

得从龙书。

催接洽出版事，并询余剧本着手著否。

作诗六首。九时睡于枕上得诗即记之，凡得六首。

五月八日，星期二，晴。

晨起洗盥毕，即往野外散步一小时。余在校每晨五时起身，天晴无要事，即往野外散步。今晨草露犹浓，鞋袜尽濡，略行深呼吸，阅《排勃儿》二章，约来回行二里路。

读英文《发展实业计画叙》至能背默。嗣后余每晨读是书一页，至能背诵止。

记日记。

与余勋书。

余勋兄大鉴：

敬启者，岁新以来未通音问，殊深忆记。璧近况尚佳，惟心绪殊不宁，同道诸子又各咫尺天涯，知己谈心终成梦想。今岁曾游昆山三四次，山光天色，大足畅怀，近又拟再往。未知足下能从吾游否？亟盼示覆，余待面述。

专此敬请文祺

正璧谨上　五月八日

兆骧兄处代候。

至商务印书馆购书。购梁任公《先秦政治思想史》及《玉樵山人集》等。

返家。在车中舟中阅《先秦政治思想史》数章，抵家已六时。

五月九日，星期三，晴。

阅《小说月报》二号。

至昆访慧频。抵昆已在午后，向校中请假出外，不许，余大愤，乃强之出。至公园中稍坐，复上山摄影十八张，乃坐于坐顶之树阴下。琐谈一切，其时心潮涓涓如水，微风吹彻骨髓，几忘世界及几身。余愿此生日日在山巅水涯，和伊作此清谈。四时悒然送彼返校，乃乘车返申。在车中阅《小说月报》三号，抵申往取印片及洒干片。

夜作诗三首。迨返校即入寝，在枕成诗三。无限凄凉，黯然欲泣，于烦闷中睡去。

五月十日，星期四，晴。

记日记。

与□人书，附上祖母书。略告慧在昆状况，兼此后为伊设法问题。

与肃商书。告本星期中又往访。

得余勋书。允游昆山，询日期且告近况。

至商务印书馆等处。取《小说月报》，又在民智购《弥洒》及《微波》。取照片，得印出者十四张，坏者凡四。又在有正书局购《百喻经》及《原人论》。

夜阅《百喻经》。

略阅《小说月报》。

在枕上作诗一首。

五月十一日，星期五，晴。

与余勋书。向之告以事，且告行期。余自忖对于□之爱情，将来定无好果，现决定不再他想，如有意外，决以一死报之。海石可以干烂，吾情必不再移！告之赵君或有同意也。

与从龙书。

从龙足下：

　　来书到已多日，因接洽印刷事犹未妥贴，故不即复。现正托力子介绍至泰东，惟须至星期日往《民国日报》馆面晤，故须待星期日方能作复。陈德徵眼界很高，以后有事，万勿托他，必推事忙，可叹可叹！

一九二三、五、二　正璧

杂写录至十一时。

记日记。

阅《弥洒》及《百喻经》。

正英兄来，约余星期二同至黄，余即作信告祖母。

得祖伦书。云尚未至港，且述及别种事。

得慧频书。略云前日返校管理要记过，且不许多写信云云。不许多写信，还是不许读书的好吧，可叹！

与金雪园先生书。凡五页，告以昆女校事，且述明余与慧之关系，托彼向彼方交涉。

与慧频明片一张。

慧频贤弟：

别后身体若何？念念！

童话尚未着手编辑，此次不能寄上。在你处的童话，务逐本细阅为要！

其余一切，待吾星期日回家后再告。

敬祝进步！

一九二三、五、十一日　正璧

出外寄信。在黄包车上作诗数首。

五月十二日，星期六，晴。

上祖母书。

告星期一不能回黄，且略述作事粗率，自欲猜疑，自后当努力检束，不再多事云云。

至半淞园。午前独游半淞园，成诗多首。阅《小说世界》及《镜花缘》。午后至三泰取息。三时至二师访诸同学，杂谈一小时许。

得余勋书。劝余达观，且言彼系抱独身主义，将终与书为偶云云。又云所约期，因有他约，不能同往云云。

作诗数首。

五月十三日，星期日，晴。

与枕薪书。述上次今次不能到会之由，且催接洽印刷事。

与慧频书。命将以前寄彼之信寄来，以便向彼校交涉。

五月十四日，星期一。

著小说数千字。

阅《镜花缘》。

得雪园先生书。云已向女校说明，且问余校国文、历史用书。

答雪园先生书。告校中历史、国文用书。

与慧频书。命彼放心读书。

五月十五日，星期二，晴。

与家熙书。询病状，兼约游昆山。

与二师诸友书。告不多通信之意。

至外剪发，购衣料、《慈恩法师传》等。

阅《妇女杂志》五号及《慈恩法师传》。

正英兄来。系从黄渡来，告借款经过情形。

得企人君书。述及慧频事，且传祖母命叫余安心读书。

与慧频书。命写信到家。

著小说一节。

五月十六日，星期三，时阴时晴。

著小说数千言。

阅《王右丞集》。

抄诗集。近日以来，体日益疲，故无一日曾作正式之功课，每日睡眠时间几占三分之二。噫！长此以往，如何是了？

得肃商书，即复之。来书约吾星期日往晤，余以星期日须归去，故辞以下星期往。

与慧书。问近况，兼命复书。

五月十七日，星期四。

阅《先秦政治思想史》及《哲学问题》。

阅《镜花缘》。

五月十八日，星期五，夜雨。

阅《先秦政治思想史》完。

与枕薪谈话。余告以下学期决不留校，故托彼介绍一职业，又谈到晓光社出版事。

阅英文《自由思想史》。

与祖伦书。

与集成书局书。程起君谓余近集成出版之《小说年鉴》，吾与君俱被选小说一篇在内，故余已索一册，君亦不妨索之，故作是书。

夜至祖伦处，又访枕薪。枕薪谓余，出杂志不如出丛书。因丛书可以永久出售，而杂志一过时则购者寥寥也。余颇然其言。又询神州女校情况，彼兄为吾介绍慧频入初级中学。又借英文书多种，遂归。

五月十九日，星期六，阴。

译《思想自由史》三页。

阅《新著世界史》。

得从龙书。告《晓光》已有书局负发行之责，惟须各社员分销一半云云。

回家。不得慧书，闷甚，故回家，以便明日往访。

五月二十日，星期日，雨。

阅《小说月报》。

至昆访慧。此段曾作小说，且不与事实相违，故本记暂缺。

五月二十一日，星期一，雨。

阅《努力周报》《读书杂志》。

著往事一段。

与从龙书。

与慧书。余与慧来往之书均保存，故此后不入日记。

五月二十二日，星期二，雨。

阅《长子》。

到校。至申至郁君处取款二百五十元，又至商务托沈君购《科学大纲》及《童话》等。又定《国学丛刊》《儿童世界》。

五月二十三日，星期三，夜雨。

与慧书，寄《童话》等书。催收到即复信。

著《儿童世界》悬赏附寄慧频。

出外购观音像及草帽……

看《科学大纲》。

五月二十四日，星期四。

与肃商书。告昨往访未晤，且约星期日下午在商务晤。

与康民书。星期日约游半淞园。

译《自由思想史》第一章完。

五月二十五日，星期五。

译《自由思想史》三页。

至外购白阅纸及讲义夹等。

与肃商书。告星期日须回家，所约不践，自我约之自我失之，殊深抱歉云云。

五月二十六日，星期六。

阅《自由思想史》三页。

望慧频信，不来。今日信仍不来，余失望甚。校门外踟躅约二小时，心愤极矣。

回家。舟中著小说千余字（《博士》），译成英文，得若干首。

五月二十七日，星期日。

抄旧作《失母之孩》，兼得《微风》八十首，一并寄从龙。

阅《科学大纲》。

下午企人君来约，孙君来谈话。

与慧频书。因不得信，愤甚，岂以嗣后慧事雯完全不□云云。夜书。

与从龙书。

五月二十八日，星期一。

到申。在舟中阅《一叶》及《安徒生童话》（英文）。

作童话《五百欢喜丸》，寄《儿童世界》社。

五月二十九日，星期二。

至外购《新式标点》《镜花缘》。

访沈侍星先生，问存款商务事。

上祖母，禀到校平安。

枕薪托售《泰谷儿戏曲集》预约券五十张，余寄从龙二十五张。

与从龙书。枕薪告我《自由思想史》已由罗家伦译成《学灯》，故不译了。

夜作诗十余首。

五月卅日，星期三。

阅《安徒生童话》。

肃商来。肃商新自杭州来，彼意中人忽于日前病死，既相与嘘唏不已。余亦告以心事，彼颇赞成。彼又云，自今而后，爱情无望矣，所望者惟朋友。余谓家中已娶者解决后当不难，另想别法云。

访黄兄。

得沈君书。告款息。

得慧书。询余至昆期，系为二十七日发。

复慧书。告至昆期，且致歉意。

五月卅一日，星期四，雨。

至外访郁，且至商务托沈存款采购《易卜生戏剧本》(英文)。

至缝衣店缝衣、裤各一。

得从龙书。新印刷《晓光》已不成，已托余在申想法。

夜访枕。同往泰丰询印价等，回校已八时矣。

做诗十余首。

下午曾阅《一叶》若干页。

六月一日，星期五，晴。

阅《童话》。

六月二日，星期六，晴。

阅《安徒生童话》。

理杂物。

至商务访沈君，取存折，又买 G□…Fai T□…。

得从龙书。复之。

与枕薪书。

六月三日，星期日，晴。

偕肃商至昆，摄影多张。晚商至申，余回家。商新丧所欢，郁郁不乐，余故偕之游，以慰其意。

六月四日，星期一，晴。

改《芭蕉底心》。

阅 Boke……

得从龙书。

又得慧书，亦复之。

成小诗数首。

与枕薪书。

六月五日，星期二，晴。

课……

得枕薪书，寄来神州章程二份。

六月六日，星期三，晴。

阅《国语月刊》“汉字改革号”。

阅英文童话（T……）

译（……）二页。

六月七日，星期四，阴。

与肃商书，告到申期。

与昆女高校长书，替慧请假。

译《蜂后》完。

理书籍。

成小诗若干。

六月八日，星期五，晴。

录《微风》后六十首。

译童话（名已忘）。

到校。

得康民书。

六月九日，星期六，晴。

与从龙书。

访肃商及枕薪。

至二师晤诸友。

六月十日，星期日，晴。

校《芭蕉底心》。

上祖母书。

访枕薪，同至华丰议印事。

又与枕及梅同至半淞。

商来访。

六月十一日，星期一，晴。

与商及从龙书。

与慧书。

译《咖啡店中》完。

六月十二日，星期二，晴。

录昨译小说。

与康民书，托星期六在商候。

得枕书。

访枕借莫泊三集一及《现代剧本之社会意义》。

得从龙书。

六月十三日，星期三，晴。

得□寄还《微风》稿。

回家。

理书。

六月十四日，星期四，晴。

与枕商书。

译莫泊三《母与子》一页。

整理室中。

六月十五日，星期五，阴雨。

译《母与子》一页。

理书。

六月十六日，星期六，雨。

至昆，挈慧归(在车中遇二高校长周师)。至昆后，即乘一时四十四分车至申访枕，又至商务取杂志、会康民。又至枕处，领慧归。

六月十七日，星期日，晴。

喉痛不已。

阅《飞鸟集》(汉英对照)。

六月十八日，星期一，晴。

译莫泊三小说一段。

阅《国语文学史》。

今日端节。

校短篇小说集。

六月十九日，星期二，晴。

今日赵教慧英标。

阅《飞鸟集》。

六月二十日，星期三，雨。

过夏节。

对照阅《飞鸟集》完。

得枕寄来《大晚报》一份。

得肃商书。

得正英兄上祖母书。

六月廿一日，四，雨。

与枕商英书。

阅《繁星》书。

作诗十数首。

六月廿二日，五，晴。

阅《现代思想之进化》。

抄诗附与兆骧书寄之。

得兆龙书。

复龙书，寄《国语月刊》（廿三晨寄）。

六月廿三日，六，晴。

阅 B……

六月廿四日，星期日，晴。

命慧录小说。

六月廿五日，星期一，晴。

译童话二篇（未完）。

得许从龙书。

复许书。与朱书。

寄许《人生底悲哀》及其他（二十六晨寄）。

六月廿六日，星期二，晴，夜大雨二尺。

译童话二篇。

六月廿七日，星期三，阴。

得枕书，即复之。告印书延期。

阅《英汉三小说集》。

六月廿八日，星期四，晴。

阅《欧美小说丛谈》（昨天）。

译《飞鸟集》六七首。

六月廿九日，星期五，晴。

六月三十日，星期六，晴。

收到枕寄来《剧本》。

拈花微笑室读书札记

读《论衡》后思综合其学说，考证其事，略著一学案。嗣因参考乏书而止。今将已辑得者数事记于后，嗣后如有所得，当亦记入本书，以便他日采用。

据自纪，充生于东汉光武帝建武三年，考《世界大事表》，是年为西历纪元后二十七年。

仲长统昌言，据胡适《中国哲学史大纲》，则惟存《后汉书》中所引三篇，惟陈玉田《黄弥余话》末节，亦引及之。未知是否即引《后汉书》中所引者，当假或购得《后汉书》以考证之。

卷之三

一九二四年　正璧记

中华民国十三年，时年二十四岁。

一月一日，星期二，晴。

偕慧到申寓。

偕慧至天韵楼看影戏。迨退出，遇肃商，匆促不及谈话，彼惟告我通信处为本埠白克路九百〇二号半。

看汇刻书目。

一月二日，星期三，晴。

校授课一。

阅《甲寅存稿》《白香词谱》及《梁任公演讲集》第三集。

一月三日，星期四，晴。

校授课一。

至南方购书。昨日亦然。今日晤沈君定《东方小说月报》等。

晤苏兆龙君。

看《芝兰和茉莉》及《火灾》。

阅《近代诗钞》及《屈原》。

一月四日，星期五，晴。

校授课二。

得钱家熙、陈企人书及苏兆骧贺年片。

与枕薪、家熙书。

与《小说月报》《小说世界》社书。

寄朱枕薪《英语周刊》二本，《完璞□言》……二本。

阅《屈原》及《楚词新论》，读《左传》三卷。

康民君来。君携所译侦探小说稿来托吾考校，以时晏即去。

改课卷。

看《火灾》。

一月五日，星期六，晴。

校授课一。

得枕薪报二卷，附信二。

复枕薪书。

到商务廉价部购书。

赴天韵楼看影戏。

为康民改小说。

一月六日，星期日，晴。

赴二师，赴康民。

往商务购书。

看《武侠丛谈》。

夜同兄至祖伦母处。

下午访兆龙、兆骧二君。

一月七日，星期一，日。

至商务购书。

得枕寄来泰戈尔诗二种。

得许、翁二君书。许附稿中，翁自南京寄。

得康民书。君本约昨日下午三时来，信云因天黑欲雨，故不来。

看《合欢草》。

一月八日，星期二，晴。

往商务廉价部购书，上下午均往。

得枕薪书。

晤黄咏台君。枕薪托吾向黄君取换版税卅元，黄君约吾后日往取。

寄康民侦探小说稿。
致康、梅二君书。
编小说书目。
看侦探小说《□环记》。
一月九日，星期三，晴。
授课一——预出考历史题。
阅太戈尔《吉檀加利》。
至商务购书。
看影戏。
寄
一月十日，星期四，晴。
得枕寄来《读书杂志》十七期。
校授课一。
晤黄咏台君。以店中经济困难不能填，须待年终结算云云。
往商务廉价部购书。
看影戏。
夜与企人等外出。
闰。
一月十一日，星期五，晴。
授课二——考历史。
晤兄。
致商务交通科梅君枕薪书。
得枕寄来报，命考苏小小、李香君为妓之原因。
归家。
看《盗□奇缘》。
一月十二日，星期六，雨。
理课卷——校中考卷。
阅《夜谈随录》《福尔摩斯探案》。

一月十三日，星期日。

至申。

晤枕、梅君。

看《忏悔记》。

一月十四日，星期一，晴。

晨出外购书。

编书目。

看《冤海灵光》。

一月十五日，星期二，雨。

编书目。

看影戏。

看《小说世界》。

一月十六日，星期三，雨。

与枕薪、力子、兆龙、雪园书。

得枕寄来书十三本，新文化杂志二本，报三张。

看《冬夜草儿评论》及《呐喊》。

看周作人《自己的园地》。

一月十七日，星期四，雨。

校《村居》。

编书目。

看《自己的园地》。

一月十八日，星期五。

改历史、作文课卷。

得枕、梅书。

到商务、民智买书。

往神州晤六逸。知本月份薪水未发。

回家

看《近代文学十讲》(上)。

校《村居》。

一月十九日，星期六，晴。

与枕书。寄《俄罗斯之妇女》。

致枕、梅三书。

到七家村。

阅《太戈尔思想》——《近代思想》（下册）。

一月二十日，星期日，晴。

整理书室。

抄小说三页。

阅《自己的园地》完。

阅《泰戈尔思想》及原文《吉檀加利》。

一月二十一日，星期一。

译《吉檀加利》十首。

编书目。

看《珠兰与茉莉》——这本书很好。

一月二十二日，星期二。

整书编目。

看《牛魔王》。

译《吉檀加利》八首。

阅《世界著名之大骗子》。

看《浏阳笔识》。

一月廿三日，星期三。

译《吉檀加利》十二首。

与枕薪书。

阅《东方》二十卷中之《创作小说》。

一月廿四日，星期四。

译《吉檀加利》十首。

阅《东方》中之《创作》及《小说月报》。

一月廿五日，星期五。

阅看十二年的《小说月报》。

译《吉檀加利》十首。

阅十一年的《小说月报》。

一月廿六日，星期六，晴。

到上海廉部购书。

访兆骧。

得枕书三本，报二封。

得商务交通科书。

一月廿七日，星期日，晴，微雪。

访力子未遇。

待校中报，告薪水须待明年发。

往商务遇施君惕民。

看影戏。

与枕书。

一月廿八日，星期一，晴。

寄枕《东方·创造》(英语)，《学灯》及《红松事传》。

与力子书。

与《小说世界》社书。

回家。

得梅及兄各一片。

得枕报一封。

略看《经学历史》《经学通论》。

看《妇女》十一年份。

一月廿九日，星期二。

作文学杂话二则。

细读《经学历史》。

寄枕书十三本。《淞滨琐语》一本，《虞初新志》一本，《虞初续志》

一本,《扬州梦》……等二本,《古今说海》一本,《吴门画舫》二本,《我佛小人笔记》一本,《青楼小名录》四本。

得枕寄《新文化》一本,附书。

作《读王□我君读〈芭蕉的心〉后》,约一千余字。

一月卅日,星期三,雨。

寄枕信笺一刀,稿三张,另列明片一。

看《经学历史》。

看《文学十讲》(上)完。

一月卅一日,星期四,雨。

看《经学历史》完。

看《近代学十讲》(下)。

看《读书杂志》。

得枕报,附书。

拈花微笑室日记三编卷之二

二月一日,星期五,晴。

校正《村居》。

整理杂报。

看《近代文学十讲》(下)。

看《你往何处去》(上半本)。

得兄书。

二月二日,星期六,晴。

译《吉檀加利》二首,拟录清(已译共五十首)。

看《荒服鸿飞记》。

看《你往何处去》(下半本)。

看《遗产》(全)。

二月三日,星期三,晴。

著小说五百字(拟作长篇小说,全约五万字)。

阅《近代思想》——《佐拉思想及传略》。
得康民书及兆骧书。
二月四日,星期四,雨。
与枕书。
看《小说月报》及《十字军英雄记》。
二月五日,星期五,雨。
看《旅行述异》。
二月六日,星期六,雨。
得枕《新文化》二本。
得廷抡书。
得兄书,即复之。
阅《旅行述异》及《小说世界》。
二月七日,星期日。
与廷抡书。
与余□遂、黄肃商书。
阅《甲申朝事小纪》及《梦溪笔谈》。
与廷抡及枕薪书。
得《新文化》一本。
二月八日,星期五,雨。
著小说千余字。
阅《对联丛话》。
二月九日,星期六,雨。
得廷抡书,即复之。并寄赵君贺片。
阅《小说世界》及太戈尔号《福尔摩斯探案》。
得《学汇》一本。
二月十日,日,雨。
得梅、吉书。
得枕寄书廿本,《新文化》一本。

阅《福尔摩斯探案》。

阅《小说月报》。

二月十一日，一，雨。

阅《探案》。

得枕画片一袋。

得退还黄肃商函及兄函。

与枕、兆兄三书。

长篇小说

正　璧

巨大的雨珠，只管一阵阵地落下来。

那时我俩正在半山里，站在一只半坍半敧的亭中看雨。那时天色杳然，满山石隙中干枯的野草，伸起他们弱小的头儿迎着雨珠慢慢吸入他们的心里。四围云壤相接处，一片茫然，似云雾一般，几乎对面不能辨物。

方才的气候，是何等地快爽，虽然太阳匿在层云里，也还从孔隙中稍稍暗示他的威力；一转瞬间，大地似完全倾滔在海里，虽然不是沉没，至少也像洗了一个澡，淋淋漓漓地，但尽管怎样洗澡，里面一重重的黑暗和不平，非但不曾淡去一点，□……反而日见加重啊！永远只是如此吧。

我挽着伊手，只是沉默着。

"陵哥哥啊，山头看雨，原来别有一种风味，要是他人，定懊悔此行；在我们俩反而要流连难返。"繁启口说。

"我从百里以外的地方，来到这里，和你一同看雨；此情此景，令人对之，不禁想起身世。倘使果有一天，我俩脱离了家庭不但家庭，且脱离了世界，到这□一□人迹不到的地方，至少要一同生活一回，而且在这种地方，永远同居着，我们只管发挥我们的爱情相互爱着，没有谁来干涉，那时候何等自由痛快，可是这只是诗人的理想永远永远，到大地毁灭时，也不会有这么一会事。怎不令吾厌世呢？此后一切，倘没有繁妹，怕早在人类史上，□□□一出悲剧，到你拉住了我人生□我□再走进世界去。吾不能自主了，吾也不愿自由，一切由你指挥，由你支配，我又没有了我自己，我永远只是住在你灵魂中了吧！”□当时无意把我沉默中所感到的一切都泄泻出来，满腹辛酸，欲在一字一字中流出，繁只温柔视着我。

那是一个风雨之夜

黑云把杭州城完全笼罩住，满城栉比的屋顶之上，雨珠不住地顺风势向倾斜处乱滚，而且街道也沾湿了。那时，正是黄昏暗夜，在平日路上或许还有行人，这样的风雨之夜，路上连犬声也听不见。而有一二□□声，但不是乒乒乱响，便是不住地急跑，水花乱溅的声音，有时也可听见，所以远不如平时的自然。而且随便。

这天晚上从上海下午七点二十分开来的夜快车，在十一点四十五分钟，到了杭州车站，那时风雨正在最紧之时，但火车是一刻停留不得的；过了十分钟，便要开向别处去，所以风雨何论怎样利害，车上的旅客到了站，便一刻不能留停，只得下车走出月台，冒雨到站外，去雇黄包车，那车夫当然大搞竹□，于是站外除了风雨之声外，又多了一阵争论车价的嘈杂的人声。这时有一个西装少年，身上穿件雨衣，手里只提着一只小提箱，在雨中惨淡的电光，偶然映到他藏在帽下的脸，便可在他的眉梢头，看出他心头正有□□的着急之事，他的两颊不时颤动，而且鼻孔也不时吁吭，他似乎很急切地走出车站，随便叫了一辆黄包车，也不争论车价，在风雨之中坐上车，吼叫车夫快快拉去，约有十五钟光景，拉到一条小巷里的第三石库门前停下，他因将车费早已摸好在手里，待下一□就跳下了车，给了车钱急急去打门。这时，他面上露出十分急切的情态。

那时雨仍旧很大，在平时□如雷鸣的击门声，这时不过隐约可以听见。他急急敲了一回，方才听得里面有人答应。他又轻叩几声，里面人声也渐渐走近,渐渐可以分辨。

“谁呢?半夜三更的来大门?”里面似乎一个女人的声音,隐隐约约似乎是说这么一句话。

“我是打上海来看秋童的,我姓黄。”少年在外面回答,声音被风雨声隔得似乎时断时续的。

“那么明天来吧。她今晚正睡着,不便叫醒,而且病已比较昨天轻一些了,待她醒时我告诉她你来过就是了。”这时刚风雨稍小一些,所以声音比较略为清晰,而且在这声音里,似乎可以辨出带着些呜呜。

少年这时神色似乎十分不快,但眉头间□郁却减退了些,他只得答应了,这时幸亏那方才同来的黄包车还没有去,就仍旧坐了他,到清风旅馆去,走了很远很远的路程,方才到了。

他边提了手箱去□旅社,兴得旅客十分清少;在平日这时正在闹热时候,因为戏馆刚巧散场,游戏场也将闭市,馆里的旅客陆续都要回来。但今夜的风雨却把旅客的游兴光□扬尽了,当然这夜戏馆和游戏场、食馆的主人,都要□□上帝,旅客们,这时的唯一消遣法不是打牌,便是在床上,到梦里去找游戏。

所以他去旅社,便感到十分冷静,这时茶房去来照呼了,就代他提了手箱。领他到楼上去看,一间十七年□房间,他□□地位很冷僻,而且也非常□静,就点了点头;茶房就替他放好手箱,擦拭了桌凳,便取了茶壶和面盆到外边倒面水去了。

他这时把帽子和雨衣脱下,挂在床旁一个衣帽架上,便又皱了皱眉,俯下身子拭去了鞋上和袜□的泥浆,便在床沿上坐下。这时他刚才□……先得有全□的□备。

床的位置□对着一扇窗口,窗下放着一张红木半西式八仙桌,两旁两张有背无臂靠的西式椅桌下,又是二张方机,靠床前的左面靠着壁,是一张洗梳台,却十分考究,台中是一面大镜,床右枕头的门是如有人进来时,在那镜中可以看见,在洗梳台和床之间就放一个新式圆衣架。窗的前面就是月台。

雨依旧不住,从窗隙里隐隐约约可以听见对面楼上房间里的打牌声,和风雨声相呼应。又不知从那间室传来一阵阵弦歌声,嘹亮的弦子,和娇脆的女歌,夹入了隐微的不可诉的人生的悲哀的呼声。

他不禁微微叹了口气,辛酸的情绪不禁从胸中直冲到喉口,额上的皱纹,眼角深刻□……他忽地两眼一□,似乎忽地思索到了一桩什么事似的,就从床沿上站起来,把手箱放在椅子上,开了锁,在里面取出一支笔和一本纸薄,又拿出一只墨盒放在桌上,仍旧把箱锁上,放在一边。

这时茶房刚送面水和茶进来,他仰首对他看时:"先生对不起,热水刚才用完,我去再煮起来,所以这时才来。"茶房含着笑,露出十分局促不安的神态,两眼向他看着。

他也微笑了笑,说了声不妨事;那茶房就在袋中掏出一张纸来,他受了,就沿桌坐下,□起笔来照式写了,又从夹中掏出一张钞一并□给茶房,那茶房接着,看一看,说请洗面。又□了一杯茶,就退出去了。

他走去关上了门,就洗了脸,忽听得门外自鸣钟敲了一下,铛的一声,使他神思一振,这时他刚才知道风雨已止,屋内外万籁寂然,对楼的打牌声和不知从那里传来的弦声歌声这时越发响亮了。

他仍坐下,喝了一口茶,精神又舒展了些,又停神静听了一回,面上似乎又露出忧愁的样子来。于是他展开白纸一张,□执起笔来就写。

那时风雨定全休止,天上的层云也一会洗淡一会了。乒乓的打牌声和幽深的弦声、清脆的歌声,也逐样的休止了。

半夜里风雨未止的时候,杭城内一条小巷里的第三家的大门口,自从那少年叩门未开,退去以后,□内的风雨声越发大起来。使门儿都□□□门作响。

屋内灯火仍旧异常明亮,大门内院子里,地上积满的水面上,被火光映得闪闪耀人眼目。那时楼下没有人，灯光是正中间□□楼上玻璃窗中耀出的，楼上是间卧室，那个窗前坐着一个年近四五十岁的中年妇，满面愁容，又不住地喘着深□，同才去了烧似的。房的中央的一只卧榻上，双颊下垂，床前的桌子上面，放着杂乱的□盏，桌旁□火炉中，火还很亮，放在上面的茶罐中，水水呼呼作响，似乎和从床上偶然传出的微喘声相合唱。

“母亲，母亲，这时谁来打门呢？”忽地一个软弱的少女声音，从床上被裹中发出。

“秋童，你没睡着？”

节钞双照楼刊本

醉翁琴趣外编

千秋岁 3.5

罗衫满袖，尽是忆伊泪。残妆粉，余香被。手把金樽酒，未饮先如醉。但向道，厌厌成病皆因你。　　离思迢迢远，一似长江水。去不断，来无际。红笺著意写，不尽相思意。为个甚，相思只在心儿里。

画堂人静，翡翠帘前月。鸾帏凤枕虚铺设。风流难管束，一去音书歇。到而今，高梧冷落西风切。　　未语先垂泪，滴尽相思血。魂欲断，情难绝。都来些子事，更与何人说？为个甚，心头见底多离别？

醉蓬莱 6

见羞容敛翠，嫩脸匀红，素腰袅娜。红药栏边，恼不教伊过。半掩娇羞，语声低颤，问道有人知么？强整罗裙，偷回波眼，佯行佯坐。

更问假如，事还成后，乱了云鬟，被娘猜破。我且归家，你而今休呵。更为娘行，有些针线，诮未曾收啰。却待更阑，庭花影下，重来则个。

于飞乐 7

宝奁开，菱鉴静，一掬清蟾。新妆脸旋学花添。蜀红衫，双绣蝶，裙缕鹈鹕。寻思前事，小屏风仍画江南。　　怎空教草解宜男。柔桑密又过春蚕。正阴晴天气，更暝色相兼。佳期消息，曲房西碎月筛帘。

鼓笛慢 8

缕金裙窣轻纱，透红莹玉真堪爱。多情更把，眼儿斜盼，眉儿敛黛。舞态歌阑，困偎香脸，酒红微带。便直饶更有丹青妙手，应难写天然态。　　长恐有时不见，每饶伊百般娇騃。眼穿肠断，如今千种，思量无奈。花谢春归，梦回云散，欲寻难再。暗消魂，但觉鸳衾凤枕，有余香在。

看花回 9

晓色初透东窗，醉魂方觉。恋恋绣衾半拥，动万感脉脉，春思无托。追想少年，何处青楼贪欢乐。当媚景，恨月愁花，算伊全忘风帏约。　　空泪滴珍珠暗落，又被谁连宵留着？不晓高天甚意，既付与风流，却恁情薄。细把身心自解，只与猛拚却。又及生见来了，怎生教人恶！

蝶恋花 13. 15. 21. 24.

几度兰房听禁漏。臂上残妆，印得香盈袖。酒力融融香汗透。春娇入眼横波留。　　不见些时眉已皱。水阔山遥，乍向分飞后。大抵有情须感旧。肌肤拚为伊销瘦。

宝琢珊瑚山样瘦。缓髻轻拢，一朵云生袖。昨夜佳人初命偶。论情旋旋移相就。　　几叠鸳衾红浪皱。暗觉金钗，磔磔声相扣。一自楚台入梦后，凄凉暮雨沾裀绣。（咏枕儿）

一掬天和金粉腻。莲子心中，自有深深意。意密莲深秋正媚。

将花寄恨无人会。　　桥上少年桥下水。小棹归时，不语牵红袂。浪浅荷心圆又碎。无端欲伴相思泪。

百种相思千种恨。早是伤春，那更春醪困。薄幸辜人终不愤。何时枕畔分明问。　　懊恼风流心一寸。强醉偷眠，也即依前闷。此意为君君不信。泪珠滴尽愁难尽。

武陵春 33

宝幄华灯相见夜，妆脸小桃红。斗帐香檀翡翠笼。携手恨匆匆。

金泥双结同心带，留与记情浓。却望行云十二峰。肠断月斜钟。

梁州令 37

红杏墙头树，紫萼香心初吐。新年花发旧时枝，徘徊千绕，独共东风语。阳台一梦如云雨。为问今何处。离情别恨多少，条条结向垂杨缕。　　此事难分付。初心本谁先许。窃香解佩两沉沉，知他而今，记得当初否。谁教薄幸轻相误。不信道相思苦。如今却恁空追悔，元来也会忆人去。

贺明朝 39

忆昔花间初识面，红袖半遮，妆脸轻转。石榴裙带，故将纤纤玉指偷捻，双凤金线。　　碧梧桐锁深深院，谁料得两情，何日教缱绻？羡春来双燕，飞到玉楼，朝暮相见。

渔家傲 41—46. 51. 52

为爱莲房都一柄。双苞双蕊双红影。雨势断来风色定。秋水静。仙郎彩女临鸾镜。　　妾有容华君不省。花无恩爱犹相并。花却有情人薄幸。心耿耿。因花又染相思病。

昨日采花花欲尽。隔花闻道潮来近。风猎紫荷声又紧。低难奔。莲茎刺惹香腮损。　　一缕艳痕红隐隐。新霞点破秋蟾晕。罗袖挹残心不稳。羞人问。归来剩把胭脂衬。

一夜越溪秋水满。荷花开过溪南岸。贪采嫩香星眼慢。疏回眄。郎船不觉来自畔。　　罢采金英收玉腕。回身急打船头转。荷叶又浓波又浅。无方便。教人只得抬娇面。

近日门前溪水涨。郎船几度偷相访。船小难开红斗帐。无计向。合欢影里空惆怅。　　愿妾身为红菡萏。年年生在秋江上。重愿郎为花底浪。无隔障。随风逐雨长来往。

妾解清歌并巧笑。郎多才俊兼年少。何事抛儿行远道。无音耗。江头又绿王孙草。　　昔日采花呈窈窕。玉容长笑花枝老。今日采花添懊恼。伤怀抱。玉容不及花枝好。

一斛珠 65(李煜所作不录)

一斛珠 66

今朝祖宴。可怜明夜孤灯馆。酒醒明月空床满。翠被重重，不似香肌暖。　　愁肠恰似沉香篆。千回万转萦还断。梦中若得相寻见。却愿春宵，一夜如年远。

惜芳时 67

因倚兰台翠云亸。睡未足双眉尚锁。潜身走向伊行坐。孜孜地告他梳裹。　　发妆酒冷重温过。道要饮除非伴我。丁香嚼碎偎人睡，犹记恨夜来些个。

洞仙歌令 71. 72

楼前乱草，是离人方寸。倚遍阑干意无尽。罗巾掩，宿粉残眉香未减，人与天涯共远。　　香闺知人否，长是厌厌，拟写相思寄归信。未写了，泪成行，早满香笺。相思字一时滴损。便直饶伊家总无情，也拚了一生，为伊成病。

情知须病，奈自家先肯。天甚教伊恁端正。忆年时兰棹独倚春风，相怜处月影花光相映。　　别来凭谁诉，空寄香笺，拟问前欢甚时更。后约与新期，易失难寻，空肠断损风流心性。除只把芳樽强开颜，奈酒到愁肠，醉了还醒。

鹊踏枝　即蝶恋花 73

一曲樽前开画扇。暂近还遥，不语仍低面。直至情多缘少见。千金不直双回眄。　　苦恨行云容易散。过尽佳期，争向年芳晚。百种寻思千万遍。愁肠不似情难断。

品令 76

渐素景。金风劲。早是凄凉孤冷。那堪闻蛩吟穿金井。唤愁绪难整。　懊恼人人薄幸。负云期雨信。终日望伊来，无凭准。闷损我也不定。

燕归梁 81. 82

风摆红藤卷绣帘。宝鉴慵拈。日高梳洗几时忺。金盆水，弄纤纤。　　髻云谩亸残花淡，各娇媚瘦岩岩。离情更被宿酲兼。空惹得病厌厌。

屏里金炉帐外灯。掩春睡腾腾。绿云堆枕乱鬅鬙。犹依约那回曾。人生少有，相怜到老，宁不被天憎。而今事前总无凭。空赢得瘦棱棱。

圣无忧 84

相别重相遇，恬如一梦须臾。樽前今日欢娱事，放盏旋成虚。

莫惜斗量珠玉，随他雪白髭须。人间长久身难得，斗在不知吾。

锦香囊 88

一寸相思无着处。甚夜长难度。灯花前几转寒更，桐叶上数声秋雨。　　真个此心终难负。况少年情绪。已交共春茧缠绵，终不学细筝移柱。

系裙腰 89

水轩檐幕透薰风。银塘外柳烟浓。方床遍展鱼鳞簟，碧纱笼。小墀面对芙蓉。　　玉人共处双鸳枕，和娇困睡朦胧。起来意懒含羞态，汗香融。素裙腰，映酥胸。

阮郎归 90. 92. 93

浓香搓粉细腰肢。青螺深画眉。玉钗撩乱挽人衣。娇多常睡迟。

绣帘角，月痕低。仙郎东路归。泪红满面湿胭脂。兰芳怨别离。

去年今日落花时。依前又见伊。淡匀双脸浅匀眉。青衫透玉肌。

才会面，便相思。相思无尽期。这回相见好相知。相知已是迟。

玉肌花脸柳腰肢。红妆浅黛眉。翠鬟斜亸语声低。娇羞云雨时。

伊怜我，我怜伊。心儿与眼儿。绣屏深处说深期。幽情谁得知。

怨春郎 95

为伊家，终日闷。受尽恓惶谁问？不知不觉上心头，悄一霎身心，顿也没处顿。　　恼愁肠，成寸寸。已恁莫把人萦损。奈每每人前道著伊，空把相思泪眼和衣揾。

滴滴金 97

樽前一把横波溜。彼此心儿有。曲屏深幌解香罗，花灯微透。

偎人欲语眉先皱。红玉困春酒。为问鸳衾这回后。几时重又。

卜算子 98

极得醉中眠，迤逦翻成病。莫是前生负你来，今世里教孤冷。

言约全无定。是谁先薄幸？不惯孤眠惯成双，奈奴子心肠硬。

感庭秋 99 卷三止

红笺封了还重拆。这添追忆。且教伊见我，别来翠减香销端的。

绿波平远，暮山重叠，算难凭鳞翼。倚危楼极目，无情细草长天色。

满路花 100

铜荷融烛泪，金兽啮扉环。兰堂春夜疑，惜更残。落花风雨。向晓作轻寒。金龟朝早，香衾余暖，殢娇由自慵眠。　小鬟无事须来唤，呵破点唇檀。回身还却背屏山。春禽飞下，帘外日三竿。起来云鬓乱，不妆红粉，下阶且上秋千。

好女儿令 109

眼细眉长。宫样梳妆。靸鞋儿走向花下立着。一身绣出，两同心字，浅浅金黄。　早是肌肤轻渺，抱着了暖仍香。姿姿媚媚端正好，怎教人别后，从头子细，断得思量。

南乡子 110. 111

浅浅画双眉。取次梳妆也便宜。洒着胭脂红扑面，须知。更有何人得似伊。　宝帐烛残时。好个温柔模样儿。月里仙郎清似玉，相期。些子精神更与谁。

好个人人，深点唇儿淡抹腮。花下相逢忙走怕人猜。遗下弓弓小绣鞋。　刬袜重来。半弹乌云金凤钗。行笑行行连抱得，相挨。一向娇痴不下怀。

踏莎行 112. 114

碧藓回廊，绿杨深院。偷期夜入帘犹卷。照人无奈月华明，潜身欲恨花深浅。　　密约如沉。前欢未便。看看掷尽金壶箭。栏干敲遍不应人，分明帘下闻裁剪。

云母屏低，流苏帐小。矮床薄被秋将晓。乍凉天气未寒时，平明窗外闻啼鸟。　　困殢榴花，香添蕙草。佳期须及朱颜好。莫言多病为多情，此身甘向情中老。

诉衷情 118 119

歌时眉黛舞时腰。无处不妖饶。初剪菊欲登高，天气怯鲛绡。

紫丝障，绿杨桥。路迢迢。酒阑歌罢，一度归时，一度魂消。

离怀酒病两忡忡。欹枕梦无踪。可怜有人今夜，胆小怯房空。

杨柳绿，杏梢红。负春风。迢迢别恨，脉脉归心，付与征鸿。

恨春迟 122

欲借江梅荐饮。望陇驿音息沉沉。住在柳州东，彼此相思，梦回云去难寻。　　归燕来时花期浸。淡月坠将晓还阴。争奈多情易感，风信无凭，如何消遣初心。

盐角儿 124 125

增之太长，减之太短，出群风格。施朱太赤，施粉太白，倾城颜色。

慧多多，娇的的。天付与教谁怜惜。除非我偎着抱着，更有何人消得。

人生最苦，少年不得，鸳帏相守。西风时节，那堪话别，双娥频皱。

暗消魂，重回首。奈心儿里彼此皆有。后时我两个相见，管取一双清瘦。

忆秦娥 127

十五六，脱罗裳，长恁黛眉蹙。红玉暖，入人怀，春困熟。

展香裀，帐前明画烛。眼波长，斜浸鬓云绿。看不足。苦残宵更漏促。

少年游 128

绿云双亸插金翘。年纪正妖饶。汉妃束素，小蛮垂柳，都占洛城腰。　锦屏春过衣初减，香雪暖凝消。试问当筵眼波恨，滴滴为谁娇？

踏莎行慢 135

独自上孤舟，倚危樯目断。难成暮雨，更朝云散。凉劲残叶乱。新月照澄波浅。今夜里，厌厌离绪难消遣。　强来就枕，灯残漏永，合相思眼。分明梦见如花面。依前是旧庭院。新月照，罗幕挂，珠帘卷。渐向晓，脉然睡觉如天远。

蕙香囊 140

身作琵琶，调全宫羽，佳人自然用意。宝檀槽在雪胸前，倚香脐横枕琼臂。　组带金钩，背垂红绶，纤指转弦韵细。愿伊只恁拨梁州，且多时得在怀里。

玉楼春 152 155 156 157 158

艳冶风情天与措。清瘦肌肤冰雪妒。百年心事一宵同，愁听鸡声窗外度。　信阻青禽云雨暮。海月空惊人两处。强将离恨倚江楼，江水不能流恨去。

半辐霜绡亲手剪。香染青蛾和泪卷。画时横接眉霞长，印处双沾愁黛浅。　当时付我情何限。欲使妆痕长在眼。一回忆着一拈看，便似花前重见面。（印眉）

红楼昨夜相将饮。月近珠帘花近枕。银缸照客酒方酣，玉漏催人街已禁。　　晚潮去棹浮清浸。古岸平芜萧索甚。大都薄宦足离愁，不放双鸳长恁恁。

金雀双鬟年纪小。学画蛾眉红淡扫。尽人言语尽人怜，不解此情惟解笑。　　稳着舞衣行动俏。走向绮筵呈曲妙。刘郎大有惜花心，只恨寻花来较早。

夜来枕上争闲事。推倒屏山褰绣被。尽人求守不应人，走向碧纱窗下睡。　　直到起来由自殢。向道夜来真个醉。大家恶发大家休，毕竟到头谁不是？

南乡子 160

细雨湿流光，芳草年年惹恨长。烟锁画楼无限事，茫茫。鸾鉴鸳衾两断肠。

魂梦任悠扬，睡起杨花满绣床。薄幸不来门半掩，斜阳。负你残春泪两行。

定风波 168

把酒花前欲问伊。问伊还记那回时。黯淡梨花笼月影。人静。画堂东畔药栏西。　　及至如今都不认。难问。有情谁道不相思。何事碧窗春睡觉。偷照。粉痕匀却湿胭脂。

浣溪沙 170(175 为欧阳炯所作，不录)

楼倚江边百尺高。暮烟收处见归桡。几时期信似春朝。

花片片飞风弄叶，柳阴阴下水平桥。日长人去又经宵。

减字木兰花 177 179

去年残腊。曾折梅花相对插。人面而今。空有花开无处寻。

天天不远。把酒拈花重发愿。愿得和伊。偎雪眠香似旧时。

年来方寸。十日幽欢千日恨。未会此情。白尽人头可得平。

区区堪比。水趁浮萍风趁水。试望瑶京。芳草随人上古城。

圣无忧 180

珠帘卷,暮云愁。垂杨暗锁青楼。烟雨蒙蒙如画,轻风吹旋收。

香断锦屏新别,人闲玉簟初秋。多少旧欢新恨,书杳杳梦悠悠。

迎春乐 181

薄纱衫子裙腰匝。步轻轻小罗靸。人前爱把眼儿札。香汗透胭脂蜡。　　良夜永幽期欢则洽。约重会玉纤频插。执手临归,犹且更待留时霎。

江神子 184(上半阙用《花间》卷五张泌词,不录)

窄罗衫子薄罗裙,小腰身,晚妆新。每到花前,长是不宜春。早是自家无气力,更被伊,恶怜人。

一落索 186

小桃风撼香红碎。满帘笼花气。看花何事却成愁,悄不会春风意。　　窗在梧桐叶底。更黄昏雨细。枕前前事上心来,独自个怎生睡。

夜行船 190 191

闲把鸳衾横枕。损眉尖泪痕红沁。花时良夜不归来,忍频听漏移清禁。　　一饷无言都未寝。忆当初是谁先恁。及至如今,教人成病,风流万般徒甚。

轻捧香腮低枕。烟波媚向人相浸。佯娇佯醉索如今,这风情怎教人禁。　　却与和衣推未寝。低声地告人休恁。月夕花朝,不成虚过。芳年嫁君徒甚。

望江南 195 196

江南柳，花柳两相柔。花片落时粘酒盏，柳条低处拂人头。各自是风流。　　江南月，如镜复如钩。似镜不侵红粉面，似钩不挂画帘头。长是照离愁。

江南柳，叶小未成阴。人为丝轻那忍折，莺嫌枝嫩不胜吟。留着待春深。　　十四五，间抱琵琶寻。阶上簸钱阶下走，恁时相见早留心。何况到如今。

宴瑶池 197

恋眼哝心终未改。向意间长在。都缘为颜色殊常，见余花尽无心爱。　　都为是风流嗽。至他人强来厮坏。从今后若得相逢，绣帐里痛惜娇态。

七十一首(外二首与《花间》重复)

节自双照楼所刊词

雯纪　第一册

在此书未开始以前，先有数言当申明者，此书纯为小说的体材，与昔在龙门时所作之《雯乘》，大体均异。旧盖彼书重在写实，而此书则务在修辞。一主意而一主词，质分内外，当然不容相间也。然亦有不能以此例之者，则《雯乘》所载之诗词小说，不主辞而修辞，此书所记之天气阴晴朋友谈话等，不务实而写实，此则日记之体固应乃尔，断不能有所偏也。然两两相较，则此书有胜于彼书者，是则个人学识之关系，有进无退，当然之趋势，也非有意迥也。

是时余在澄衷中学二年级，与余日相同旋者，为赵君端源、钱君家熙，此二君与余相识之历史，另有记载，兹不重录。二君与余朝夕不离，为自来所识友朋中所未有者。然物极则反，言语龃龉，在所不免。但均事过境迁，一笑置之，未尝存之于心也。以故莫逆之乐，有甚于融泄者。嗟乎！雯本恨人，常多秋思，设非有知交如二君者，其将何以为情耶？

共和十年三月二十三日谭雯识于沪上澄衷中校

三月一日，火，晴。

受课六。

是夜余等均早寝，源君忽梦魇，呜呜而哭。余急唤醒之，叩其故，君虽应余，但哭仍不辍。余曰梦境非真，“君何自愚若是？少顷，君始辍泣答言如下：

“君之言曰梦境之非真，余非不知，但今宵所梦与余之身世境遇有甚相切合者，故不能使我不哭，更不能辍我哭。当余梦时，余身似在大海中之一小岛上，四望均茫茫，但见对岸有人熙熙攘攘，其乐不可以言喻，余欲往从之而无舟楫可渡。思彼我皆人，何独我苦而彼乐？不觉百端交集，放声大哭。被君唤醒后细思梦事，又思己之身世茫茫，前途不堪料想，故仍伤心恸哭也。嗟乎！嗟乎！余之身世，君已明晰。君谓当哭耶？不当哭耶？"

余闻至此，神呆心怆，不觉亦引起心事，泪几盈睫。嗟乎！同病如我俩，安得不互相怜爱耶？

三月二日，水，雨雪。

受课四。

与抡书，请君告近况。得民及祥君书，约下星期日来，且告雯寄在民君处之书籍。

三月三日，木，晴。

受课五。

偕源、熙二君至商务购书《白话文范》等。

在四马路中有人遗信于道，熙君急呼，其人不闻，源君乃拾而追还之。余甚愧为君等友。盖及余性懒，此虽小事，大事可知也。

得勋书，略云尚志学会新潮丛书等已交民君。

三月四日，金，晴。

受课五。

著小说一段，即记源君梦中事而益以修辞。

三月五日，土，晴。

受课三。

下午偕源、熙二君至商务购书。

三月六日，日，晴。

上午源君往访亲戚，余与熙君至商务，余购《英文俄国小说集》一册。下午熙君往访同学，余留校。民、祥二君来访，兼带勋君所托带之书来。四时二君别去，五时后熙、源二君俱归。

三月七日，月，晴。

受课四。

下午二时偕源、熙二君至伊文司购英文法。

夜与勋书。

三月八日，火，晴。

受课六。

与志贤君书，知君欲来探余，故与之约时。

阅《俄国小说集》。

三月九日，水，晴。

受课五。

阅《俄国小说集》及《中国哲学史大纲》。

三月十日，木，晴。

受课六。

阅《哲学史大纲》及《点滴》。

与民书。

得祥书，附诗。

源君有齿痛疾，今夜复发，通宵不眠。余时与谈话，欲使忘之，以减其痛，故至二时始入寝。君素重余，余亦甚重君。余等如此之友爱，盖自互重起也。

三月十一日，金，雨。

受课五。

阅《哲学史大纲》及《点滴》。

与祥书，述所寄诗平仄有误，雯当勉为改正。又寄旧作三首，《雪》《记事》（上七律），《遣悲怀》（上七绝）。盖期中所作也。

与抡书，托向勋取《水浒》一部，于星期日托志贤君带来。

三月十二日，土，晴。

受课一。

夜与源、熙二君至校外闲步，谈笑中偶起猜疑，事出多心，甚无谓也。

三月十三日，日，晴。

上午候志贤不至，下午熙君往访友，源君留校。余至商务购书，筴遇民、祥二君，与祥君略谈近日状况，余不胜怃然。

知勋君近日努力于作诗，余思作书请其略示一二首。

与祥君别即回校。

夜与源君始有烦言，但事出多心，故即一笑止之。花好不常，岂人力定不能超自然也。

三月十四日，月，晴。

受课六。

上祖母函，禀在校甚适，且告清明节必旋里。

得抡书，告近况。

三月十五日，火，晴。上丁例假。

与勋书，告以余星期日上午往访，兼索诗。

与祥书，亦告以余星期日往访，并请代告民。

与源君恢旧好。

三月十六日，水，晴。

受课五。

复抡书，告以星期日往访，兼附与志贤书。

三月十七日，木，晴。

受课六。

晨兴与源君至操场跑步，至四百四十码时，气喘不能再续，乃止而散步。

三月十八日，金，晴。

受课六。

三月十九日，土，晴。

受课三。

接勋书，附诗四首。诗意清绝，余自惭不及也。七律如《夜眺》云："两三农父语声微，意是开荒南亩归。两岸石堤潮涨满，万家灯火月明稀。孤杨傍水疑人立，修竹凌风若鸟啼。嗟吾龙门游孑孑，时时极目愿多违。"《浦江晚眺》云："行踪踽踽影雾寥，独览沙汀亦没聊。江水有源流不尽，绿萍无主顷间飘。梅花日映枝头丽，柳影风吹叶动摇。世事如斯莫复问，何时长泛五湖挠。"五绝如《夜思》云："思家梦不成，月映半窗明。待欲披衣起，夜钟远寺鸣。"《樱花》云："昨夜暖风吹，花开慰吾思。劝君且莫喜，怎度落花时。"初学诗即能至此境界，非聪慧如君，安能有是？读《樱花》诗哀其意，因和一首慰之。诗曰："暖风本屡吹，何事起君思。花落且休记，但看花满时。"其余三首余亦拟和以寄君，特时日不假吾，可恨！

得民、祥二君复书。

得兄书。

夜与源、熙二君复习跑步，时夜色沉寂，浮月掩云，不啻身在白云乡也。

三月二十日，日，雨，下午晴。

天仍雨。原定至二师访友，至此乃不果行，闷甚。

至商务，遇政坚君，谈话甚久。君告余叠新君仍在仓圣。三时与君别，是时熙君亦至东吴访友未返，源君一人寂寞久矣，余急返校。

与民、祥二君书，告以失约之故，再约下星期日定遂我志。

夜与源君略起龃龉，源君善言辞，余与熙君每不能屈。熙君戏目之曰"狐"，盖讥其言辞善饰，若狐之狡也。余更之曰："君为狐甚当，有二因可证。一……"言至此，君乃反目……

成白话诗一首。

读大白底《送花是表示爱情的?》

"送花是表示爱情的?"
爱情果然花也似地一般。
花萎了，还留种；
种还开花，花还留种。
世界没有末日，

伊也永久地采烂。

身死了，
心何在？
心碎了，
花——心上之花——何在？
谁忍说爱情是暂时的心上之花，
还是把永久的花来代。

与勋书，告以下星期日定往访。

三月二十一日，月，晴。

受课六。

晨兴与源君复旧好。午后源君至门房看信，余随之与之言，不应。叩其故，敛容不答。余不觉大愤。嗟乎！余待源君之情无所不至，为我从来待友所未有者，君竟欲示绝于吾，友道如此，可胜浩叹！

夜阅《小说月报》。

临寝，余再叩源君午后不理之故，源君答吾明日再说。

三月二十二日，火，晴。

受课六。

晨兴演代数题若干，即请源君践昨约，源君乃盛气敛容，答如下言。

源君曰："余与二君之交情为自来朋友者所未有者，余非不欲其永久，但从各方观察所得，知君等均不以真意相待……"

余急请解其故。

君怒容谓余曰："余欲问君，君究以何种人待我……"

余闻至此，气不能答，欲辩耶，则此等语不能出口。不辩耶，则余冤终不得白。嗟乎！嗟乎！余自问心，余之待源君固非别具歹意者，君竟以此种人目我，置我人格于何地？君友我一月，不知竟观察我为人若此，我为人果有可议处耶？以后余非内省，恐人格将入地矣。

余乃问:“君以为余以何种人待君,余即以何种人待君……”君不答。

谈至此,源君即将前宵谑谈所目君者相责,余等均瞠目不能对……未入校前,余非以后誓不再谈笑乎?不图口泽未干又蹈前辙,自取耶?人迫耶?我难于解答矣。

余笑谓曰:“君以谈笑当真耶?”君曰:“谈笑亦有别。君等以此目我,令人闻之将目吾为何如人……”

辩耶?不辩且恐决裂。何辩为?乃相与言,仍复旧好。惟余心终慊慊,盖君始终不明吾待君之意也。

灯下作文一题为《蒙乱愤言》,盖续课程中所未竟者。

昨日曾成记事诗一首,今录于下,诗曰:

兰亭往踪已悠悠,物是人非事事休。谁道秋云非薄幸,可怜逝水好东流。一庭月去宵成梦,数壁虫声景已秋。从此萧条濠水上,永无蝶梦托庄周。

三月二十三日,水,雨。

受课五。

阅《小说月报》。

三月二十四日,雨。

受课五。

偕源君至商务,君购《地理》,余则为《英语周刊》事至定书柜交涉。

得叠书。

三月二十五日,雨。

受课六。

与勋、抡书,约明日下午往访。

续成记事诗一首,诗如下:

旧梦烟消逐水流,闲情往事已沉浮。由来美满憩摧折,几见繁华能久留。云若无心怎出岫,花如解语更多愁。可怜百炼金钢体，原应化为绕指柔。

诗意甚显明，不待解即能自明之也。

夜偕熙出外剃发，九时归。

三月二十六日，阴，土。

受课三。

午后偕源至二师会抡、勋未遇，遇民、祥、志贤，取《水浒》及《新青年》八卷复至一商会许君，四时归。

夜因戏言，又几与源决裂。

三月二十七日，日，阴。

九时源君至亲戚家，余与熙君至公共体育场观省立运动会预赛。在场遇故友甚多，如民与祥。及午时，方君请余等至一商午餐，下午复往观。至四时，余料源君此时必已回校望之久矣，乃急归，则源君果于三时半已回校。

略阅《水浒》。

夜演代数题四，又英作文半篇。

源君对余之态度，余始终不明，余之待源君实出至诚，君终不觉。君慧人，故不觉耶？

三月二十八日，月，晴。

受课六。

与勋书，余屡访君，君拒吾不见，故致书责问，限三日复，不复即示与雯绝。

戏为英文诗一首，题曰 I am□？余英文程度甚幼稚，造句尚有误，今欲为诗，真不啻北人学泳矣呵！

夜阅《水浒考证》及演代数。

迨寝，又与源君反目，反目之理由实难说出，盖实无理由可说也。

三月二十九日，月，晴。

受课四。

续成记事诗一首，如下：

自来成败总凄凉，壮士情怀儿女肠。只有如花逐流水，从无秋意托鸳鸯。梨花另落惊宵梦，燕子呢喃愁夕阳。无事闲来惟有思，此心端只为潇湘。

此种诗自是无题而非记事，特题已出，不得不仍之。

夜略阅《印光法师文钞》下册。

三月三十日，火，晴。

受课三。

近日以来，与源君常起冲突，未知何故。回忆初进三星期中和好状况，令人心又欲碎矣。天耶？人耶？惟余对于君之不满意有二因，一无故疏我，二即二十二日晨所质问之言，令余冤莫白。余屡欲向君言明，但口若绳缝，未曾道一字。今晨则又因谑言，余与君反目。

余尝言余每与人龃龉，事过境迁终自悔而不怪人，余对源君何独不然？故每一次龃龉后，必余先向源君交言，而后欢好如常。

三时偕熙至伊文思，又至商务，在亚东购《黄节诗学》一本。

源独自出外剪发，余心实难过意，故在路每以君为念。及归，即与君交言。

阅《诗学》，成白话诗一《休恨春》。

三月三十一日，木，晴。

受课六。

今晨源君向余言，君每无故与人反目，令人难受。以后倘君先与源反目，愿君永勿与源交言，非源忍心，实以警君也。余甚然其言，乃告以事后亦颇知悔，奈事发又必偾事耳。自此以后，余愿永永与君和好，勿再蹈前辙。

今日君与余欢好如初，余心大慰。嗟乎！不幸事之来，令人莫测。本校开纪念会，校中忽命源君演新剧，先舍监与之言，不允。余固知君必不允也，及夜八时，校长命之往，时熙君寝疾在床，余一人自修无聊甚，源君又不还，望眼欲穿矣。倪君征告吾，校长有示贴出，云凡对于本校纪念会事袖手旁观者，有相当之处罚，此次不由源君不允矣,余大愤。余初入校时,闻校长喜新文学,且本校学生有对于本校有改良之意见可以直陈,不料其专制之手段,竟有甚于不喜新文学者,余对新文化前途兹又抱悲观矣。

及九时,源君仍不还。余料校长必以言迫君,君不允故迟迟耳。心潮忐忑,向熙君言,余求自由而入此校,必无久理,大约在本校至多不过半年耳。至九时半,君始返,言校长并未有言,惟请诸剧员往听讲剧幕,余因舍监未往回故仍命余往耳,明日必不往。余又问君,设校长必迫君,君将如何?君言,如强则源不得不勉为……

阅《今古奇观》《诗学》毕,《印光法师文钞》。

与祥、民二君书,告以余于星期六旋里,且询下月十六日本校开纪念会来者有几人,请先告。

禀祖母书。

梁山泊弟兄不打不亲热,不谬者斯言。余与源君之冲突,每起于无意之中,但事过后,均能付之乌有,是则非他人可比也。以无故合者,必以无故离。余与源君不敢当此,拭目观其后。

四月一日,金,晴。

受课六。

阅《近代思想解剖》及《哲学史大纲》。

源君辞演剧职,校中允。

本级筹备会成立夜,全级均至筹备处办事,余等以时日太早,有妨功课为辞,渠等强之,余与熙不得已往,源君矢不往,志坚可嘉也。及至,亦无事可为,惟闲坐一句钟而已。

四月二日,土,雨。

受课三。

得民、祥二君书。言民患咳嗽疾,且言本校纪念会日适为二师旅行期,故未能来云云。

今日本拟回家,因天雨而止。

嗟乎!自此而后,余方知交友之难言也。余始终以赤心待友,而不料竟以一二谑言认真示绝。余本感情太重之人，处此即何能堪？余之待源君，自谓始终如一，即因戏言反目，亦即言归于好，何如君之心不可测也。自此以后，余将不再交友。嗟乎！世上并无所谓知己，知己均自称耳。茫茫大地，均无吾之知己站足地，况吾耶？余因源君故，牺牲功课，牺牲时间，自谓待友之道当如是，不知彼一朝反目，前事俱忘，余以此推吾未来之友未必不以此待吾，则吾此生欲友，何为今日又因细故，君竟又以前言责吾，吾更不能堪。迨睡，思往日情形，不免万端交集，涕沾被席，因成白话诗一。

我拿爱他之心爱他，
我拿敬他之心敬他。
他说："你是我的真友。"
但他只是无情地对着我。

凭我怎般殷勤，
凭我怎般赤心。
只搏得他一句话：
"你拿什么人待我？"

我把什么人待他，
我良心上实不曾把什么人待他。
他只把这句话迫着我，
我只好对他说："我倘把什么人看待你，那不是真的我。"

感情原如浮云，
霎时布满，霎时就一丝也没有了。
为什么吾总看不破这个，
生生地牺牲，多少"固有之我"。

说什么“知己”，
世上并没有“知己”。
嘴里说“知己”，
心里恨不得说：“我管我，你管你。”

什么“管鲍分金”，
什么“胶漆雷陈”，
都不过是古人的谎言，
我敢说：“世界上永不会有这事。”

我恨不能“遗世独立”，
我恨不能“羽化登仙”。
有人对我说：“仙人也有烦恼。
你不如把烦恼丝根根割断。”

我不但把烦恼丝根根割断，
我并且愿六根都清净。
任“五蕴”缠绕吾左右，
和我都没有缘分。

四、三、七时

四月三日，日，晴。

六时起身，即记日记。源君虽与余交言，但均冷语相嘲，如对仇敌。余心愤愤欲碎，然究不忍与君决绝也。

本拟上午归家，因熙君和余至承天，遂作罢。源君访亲戚。

下午偕熙君至棋盘街商务略坐，君送余至车站别，桃花潭水深千尺，固不及君送我情也。未与源君作别，怅甚。

抵黄站，步行至镇，路中泥略乾，惟尚滑足。到家，祖母无恙。

余本告昨日至，故祖母已得倚望久矣。

灯下缮与源君书，书曰：

端源知己：

雯在此书未缮以前，先有数言告足下，盖此书之发表，雯存之于心已数日，今则不能不发表矣。书中所言，无一非出之肺腑，如有虚饰，敢矢天日。足下如以雯为知己，则此书所言即视为吾之肺腑，否则雯恨不能披肝沥胆示也。雯与足下相聚以来，已一月余。此一月余中，足下已识我为何如人，已知我为何等性情，足下之观察诚不谬，然间有一二客观差误不能不一辩之。雯非自饰——倘自饰，则欺足下矣，雯实不忍以此待足下——盖主观地位所自省明于客观者，势所然也。

足下与熙君俱知吾性情，惟熙君知我而能谅我，足下则虽知我，而时或挑我愤——此非雯冤足下，足下试自省之——此则足下不知受愤者之痛苦，故而出此。倘知之，我知足下非忍人，必不尔也。戏无益，雯倘早知此三字，必知今日之事。足下试思之，吾等之龃龉，果为何因？但前事已过，愿永永勿再复提。自今而后，雯矢志不再戏言，愿与足下为道义交，为诤友，为畏友，将一反昔日所为而正之，足下能允吾否？雯实告足下，雯之人格已十分堕落——非因足下言我而愤言，假中与足下书中亦已屡言及之矣——愿足下以待知己之心待我，倘有失检，时加指正，“互相勉籍”“互相切磋”，即为雯以后与足下交友之宗旨。足下倘以为不悖，雯愿与足下共勉之。嗟乎！雯返思二星期前，与足下和好状况，较之今日，不啻天壤。孰为为之？无非自取。故雯以最诚恳之言求足下，愿足下清纯无庇之心中永永恕我。当知此二星期中之雯非乃真雯，故待足下者，半为虚假。自后雯将凭良心，以待知己之心待足下，不忍再以虚伪待足下。今日之果，雯尝探其因，戏言不过其一因，有最大之一因在，盖不能履昔日信中约也。假期中，足下与雯信中，愿与雯互相勉励，且愿雯以足下所不知者教足下，雯心未尝不愿。特一开学后，不知何故，竟将昔日之约付之乌有，而专以一二无谓言语，暂图一时之笑谑。清夜扪心，雯实有负足下，雯实有负足下！再有一言告足下，雯生平无真友，愿以足下为真友，足下能真心纳我否？另有一事，即雯所言不能不辩者，足下常以雯以何等人待足下相责，雯每闻此言，心痛欲碎，恨不能挖心以示。夫雯人格何论没落至何等程度，决不敢轻视足下。足下竟以众人所以无目足下者，即为雯之待足下，足下亦太小觑我矣。以上数言，倘系自饰，请足下以后以非人待吾，吾必不怨足下。慧人何观察我之为人，竟一至此耶？足下阅至此，定必眼倦矣，雯亦不能再书。最后一言求之足下，即愿足下永永恕我前罪，永永以知己待我……

四月三日夜雯敬上

雯每见顾君子仪与卫君肇熙和好状况，真所谓相视而笑，莫逆于心者。以之与雯与足下之交情较，不啻天地，中心不胜伤惋。但其故可推而得，追而效之，在于自己。雯昨日归途甚适，乡村风景亦佳，雯恨足下不能与雯共赏之也。但龙华之风景不亚于此。假中与足下一游如何？四月晨又及。

又与熙君书，述状况，并谢君送余之厚意。

四月四日，月，晴。

晨兴录与源君书，往投邮。

取《智囊补》等及《静坐法》等书，从源君托也。

缮与兆骧函，告以不通信之原因，附诗四首。

终日无聊，如有所失，成随感录一篇，代源君投稿，希得报纸阅也。

与源君等相叙已久，故偶分离即无聊甚。君倘以雯为不愿友君，真枉杀雯矣。源君，源君，雯愿与君为永久交也。究不知君之意若何。嗟乎！嗟乎！

灯下阅《夜雨秋灯录》。

四月五日，火，晴，下午雨。

到校。于舟中阅《小说月报》，译《文学书的三个问题》。

抵校已十二时半，源、熙二君俱在校。

二时从龙偕池君来，坐谈二小时别。

夜阅《北美瑜伽学说》。

寄兆骧书。

四月六日，水，雨。

受课五。

上祖母书。复叠书，述对于无政府主义之怀疑。

源君终日以冷语嘲余，余大愤。

今夜因身体甚惫，且略有寒热，故与熙早寝，共谈源对吾等之态度令人莫测，言之嗟然。

四月七日，木，阴。

受课六。

译俄国小说一篇，未完稿。

本校纪念会时，学生分会拟出一种小册子，命余投稿，限明日为止。余允尽力为之。除译小说外，另作白语诗一或思潮若干篇。

得兄书。

夜偕熙出外洗浴。

四月八日，金，晴。

继续译小说完稿——《一个鞋匠的徒弟》。

倪君请源代课，源慨然诺。余请源助我翻译，君则否。今日下午余强邀君出外，君允矣，十数步后，忽又中止。君之态度终令人难测也。

总之君欲逐渐绝我，殆无可疑。从此后，我不敢再交友矣。茫茫前途，言之慨然。

周尚君催余作评论或思潮，夜成评论千余言，但未尽原稿四之一，因明日午前必交稿，时促不及矣，乃搁笔。

余谓熙言，源如此待余，余实难堪，故假中必回家。熙劝吾休回。

四月九日，土，晴。

受课二。

成白话诗一《一声》。为《一声》投稿，另与康民抄与余之《陈独秀演讲》一篇，附数言作介绍，亦投稿入《一声》。

下午偕熙至邑庙，又至二师，适有人演讲，故未会一人。怅然出，又至商务买自来水、毛笔、象棋盘……思回校亦无聊甚，乃与君至天韵楼一游，见有新结婚者在摄影，忽成诗，料一有日必发表之。略看女子新剧及男女合演之滑稽剧，余不开怀数日矣，今日观此，不知破颜若干次。

夜源命史晨间叫彼，余大愤。余每晨唤君，君必厌余，今如此，不啻示绝于雯也。乃立誓"海可干石可烂"，从此后与源永割断感情关系，有渝此誓视海石。

四月十日，日，雨。

晨兴，成新诗一首《失望》。

一朵朵花要落下，
风又吹着，雨又打着，
我很可怜地替他遮护，
花保全了，
他却到别人家园子里去了。

月亮常常缺残，
我暗祝道：
"我愿折我寿命，
使月亮常常团圆。"
月亮圆了，
却吃黑云遮住了。

休！休！
管什么花残月缺！

他们冰雪聪明，
我是泥土尘俗。
强把冰雪搅在泥土里，
这本是我的妄想非分。

花好！月圆！人寿！
这都是一般痴人的梦想！
实在呢！
只是花不常好，月不常圆，人不寿长！
梦，幻，泡，影，露，电，
原不住地常在我身边响。

晨与康民、祥书。

阅《太平洋》。

晚得康民书，述兆骧对于我之诙谐语，我心大悲，即复书于康民自辩。

与周君尚谈话，始知君亦毕业于昆山第二高小，惟比余前一届耳，为之粿然。余方知不论何学校中，均有余之同学在也。

自此以后，余将去此无聊之生活，而入于有希望之生活。友朋绝吾，我则譬我昔未识此友可贵哉！人生余果将被无聊消磨尽耶？未必，未必。

四月十一日，月，晴。

受课三。

阅《学生杂志》。

成新诗一《读叠新底“自由”》。

阅《太平洋》。

夜偕熙与周君、林君、叶君、卢君等至明星印刷社校对。（此在十二日下，误记于此。）

四月十二日，火，晴。

阅《实用国音学》《太平洋》。

四月十三日，水，晴。

夜仍偕三君至明星校对。

今日下午，余有意与源寻衅，至大骂而罢。源以余与君时和时不和，以为余别有用意，故不忍绝，实则余之不忍与君绝有二因。一君之来此，为余所介绍；二则余无多友，有友，愿交之终身。君竟误会我意，屡次申明，君仍不省。故余不能不为之示绝焉，实则岂余之本衷耶？

四月十四日，木，晴。

与周、林二君至明星，晨九时往，晚九时归，终日奔波，疲劳极矣。

四月十五日，金，晴。

阅《学生杂志》《说文解字》叙、通释。

午后偕周、熙二君至明星，即行，周先归，余等至商务、文明、著易堂等。在商务取《小说月报》四号、《学生》四号。在文明购《五剑十八义》及《锦香亭》……取《儿女与英雄》并也。

四月十六日，土，雨。

接民祥书即复之。

成立纪念日第一日。

会政坚仁□。

校中开会，秩序与余历史无关，兹不记。

阅《五剑十八义》于烛火下。

四月十七日，日，晴。

一商同学唐、方、许、顾诸君来。

得娄君书，告兄已抵海门，兼述地址。

四月十八日，月，晴。

九时起身(太早)，即与熙至南市。过天泰祥，余晤娄君，兼索兄书。君告兄事，兼命代告祖母，余诺。至一商午餐，乘火车至龙华游，龙华寺适新饰,颇美观。又游龙华公园,园虽小,甚雅。惜亭榭均凋落,复沿瑾记路,行路旁菜黄豆绿点缀田中,树上桃花半开半落,已成一片晚春天气矣。余与熙君流连欣赏,几斛俗尘,顿为消尽。渡瑾记路至徐家汇,入南洋公学,复出乘车至商务,熙君往访父,余随之,六时返校。

阅《清代学术概论》。

四月十九日,火,晴。

阅《清代学术概论》。

请熙教踏自由车一小时。

上午十时,下午一时,两次偕熙游乡村,约行十余里,久不见自然景象,令人顿生诗兴焉,欲至精神体武会,不识道,未果行。

今日起记读书札记。

成诗数首,录左。

龙华道上看桃花

都来游戏人间,
何妨抛却烦恼情丝,
觅一块清净土地,
聊当涉水游山。

燕子未归,
桃花向阳哭,
只留得一瓣两瓣,
又吃“呢喃”声声摧落!

莫道不销魂,
繁华原是另落的先声。
数日枝头看争媚,
今又凭吊落英!

花开,伊何尝叫你笑?
花落,伊何尝叫你吊?
你不要太留恋,
且听燕子叫你“归早”!“归早”!

游龙华寺

丧心病狂,
久忘了我自己。
谢我佛慈悲,
暗渡我来这清净地。

不烧一支烛,
不点一根香。
人道佛要降祸,
我又何需求福。

这么肥的金刚,
这么大的天王。
他只在殿里装潢,
怎不去人间扫除魔障?

我信我佛是慈悲,
我问我话二句话:
为什么山门里外人,
有的着绿穿红,有的衣衫碎落?

偕家熙游春郊

云淡风清夕阳低，
桃花零落，
燕子纷飞，
点缀成一片晚春意。

黄金似的菜花，
白雪似的蝴蝶。
满撒了田野，
道是大地原有的颜色。

傍水人家，
轻掩半扉。
人语声出花丛后，
我疑人在花丛里。

夜与熙君步行至泰东购《大江集》《尝试集之批评与讨论》，九时半归。

夜阅《大江集》。

四月二十日，水，晴。

与镜书，君肄业通惠工商中学，一商时之友也。

下午偕熙至二师、民立等处，托代销《一声》。

与廷抡共谈别后事，余不胜怅然，中心又甚惭愧，盖久断音信皆为□□故。又与骧、祥、民、志贤略谈，民于星期日本拟来，因路湿止。

路过棋盘街购词书二种，英文小说杂志一。

夜与抡、勋二君书。

四月二十一日，木，晴。

与民、祥、骧三书。

与熙君治《老子》上经（河上公注）。

今日共产党开会欢迎纽铁生，余偕熙与尚……往参与之，以不得路而返，于路购书三种(《十种唐诗选》《潇湘影弹词》《老子王弼注》)。

得祥、民书，约星期日下午在商务会。

阅《潇湘影》。

四月二十二日，金，晴。

治《老子》，心有所得，录入札记。

著小说半篇(《回想》)。

阅《潇湘影》完，《绘芳词》。

与民、祥二君书，得骧书。

四月二十三日，土，晴，下午夜雨。

与熙治《老子》下经，兼为劄记。

读梅村词。

拟译小说□……未果。

续著小说一段。

四月二十四日，日，晴。

填词二阙。

离亭燕・寄文绩

多少别怀离绪，生被柳丝牵误，慢道新亭风景好，落翠流红常住。去后未归来，愁满斜阳芳树。　　道是销魂难度，为数落花风雨，燕子呢喃肠欲断，柳暗花明南浦。一片暮春愁，影里流莺唤去。

惜分飞・喜晴

云淡风微天气好，昨夜釭花早报。雨后飞丝少，绿杨影里流莺笑。　　潮退江头人尽眺，零落桃花休扫。燕子归来早，好伴旧雨临吊。

赋七绝四首，五律一首。

维扬打桨词

阿侬生小不知羞，无事凝妆好荡舟。寄语浪花休抛惹，生前艳福未曾修。

含情欲语使人怜，月夕花朝惯独眠。不慕鸳鸯双宿好，为嫌燕子久流连。

极度秋波笑向人，停舟借问认乡亲。侬家不住桃源洞，怎许刘郎再问津。

轻薄桃花逐水流，无情风雨打西洲。一朝雨止花流尽，但剩鸳鸯两两浮。

寄吉六觉先

春色太难留，桃花红已休。故人常在念，贱子未了愁。欲渡无舟楫，因怀托寄邮。东风当此日，怎忍再换偷。

与勋书，附词二。

得郁君书，复之。更上家中书一。

与民、祥二君书，附词二、诗一。

下午偕熙至商务，会民、祥、廷三君。二君先别，廷至吾处，略言及勋云今日诗兴更豪，即如清明回里一星期，成诗二十多首。余恳廷恳君抄寄一二，廷诺。四时廷别。

夜阅《尝试集之批评与诗论》，胡怀琛之批评皆强词夺理，不足观也。

四月二十五日，月，雨。

受课四。

赋七律三首，填词一阕。

柳　絮

东君有意护群芳，剪断柳丝惹恨长。不让桃花逐泥水，只留燕子到门墙。汉家纵有轻狂恨，贱子岂无零落伤。同是悼春同凭吊，缘何余绪怪潇湘。

生来贱质本狂猖，未把心酸滋味尝。白水不遥留剑石，春云几度梦高唐。赵家飞燕轻狂恨，杨氏阿环薄幸伤。不是东皇情太热，怎看花落是寻常。

感 旧

旧时月色去悠悠，暮雨潇潇客里愁。谁道宵长能梦久，可怜春去太难留。寂寥不比巴山里，吟咏何如曲江头。几日飘零肠欲断，何无喜信到西洲。

相见欢·寄西

画梁还未归燕，落花天，千把愁丝难遣，写蛮笺。　　见又别，欢还戚，情堪酸，路断桃源归客，泪溅溅。

著小说一段(续)。

录所作词为词钞。

阅英文杂志。

夜梦身在二师，与绩执手同行，谈话甚欢，及醒时已四下。反覆不眠，追思往事，不觉百端交集，泪沾枕席。

四月二十六日，火，阴。

受课六。

填词三首。

如梦令

常想伊人如玉。(自注：君子以德比玉。)梦里白驹过速，大地多风波，终恐蛟龙鱼肉。休哭，休哭，心在六桥三竺。

更漏子

暗香寒，露华重，三弄梅花吹送。愁漏尽，梦天涯，何曾到谢家。　　惋叹藐云汉。生怕因情生怨。等消息，想还思，伊人心自知。

洞仙歌·题云光绘梅绘天女散花图

风鬟云鬓，两微涡红晕。婥妁婀娜服妆靓，挽菱花，薄薄鸦翎轻拢。娇又嫩，好眠鸳鸯绣枕。　　袅婷行，忍散碎群芳。魏紫姚红，香泽偎亲留纤印。意转秋波斜人笑，似欲启朱唇，未言还凝。

阅《锦香亭》完。此书远胜《粉妆楼》，且事实亦不背历史。《隋唐演义》以后系秦国事，秦琼尚无其人，则安有所谓秦琼之孙者？虽同取材于野史稗记，而此则另起一名，实较胜于彼。

昨宵失眠，故今日精神困乏异常。上夜课阅英文杂志，亦无心绪，与熙奕棋以消遣。

四月二十七日，水，雨。

受课五。

昨夜倦甚，今晨头晕身软，故至七时始起身。

阅《莲子居词话》《红叶集》《白书记恋爱之谜》。拟填词一首，谱已就，当待明日终之。

灯下缮与余勋书，未终。

四月二十八日，木，晴。

受课六。

与余勋书，凡八页。近日以来，余每兴秋思即想余勋，又悔当初不该与书示绝，乃告之悔且苦，近况和以后对君之态度，如再不复信，则余绝望矣。余书至此，几欲下泪。

填词一阙，完昨志也。

阮郎归·读恋爱之谜

离魂倩女太情痴，听莺语柳堤，阮郎憔悴，惯春思寻芳，露沾衣。　　花谢紫，水流溪空，梁落燕泥，琵琶别抱人不归，天涯别梦凄。

又成五古一，词一。

寄文绩

久与君别离，无日不在念。念君常终夕，每梦归来帆。秋林枫瑟瑟，吴江水湛湛。安得与君偕，一叶中流泛。

一斛珠·送春

恋春春去，芬芳零落江南路。多情逝水无言语，偷把年华，没送残阳树。　　燕子画梁空告诉，长门来买相如赋。落红愁杀浣溪女，一片凄凉留待雁来步。
阅《近五十年见闻录》。
四月二十九日，金，阴。
受课五。
填词三阙。

蝶恋花·听雨

寂寞空庭燕语歇，憔悴群芳，零落紫泥碧。独坐小楼弄玉笛，含情欲语娇无力。　　守着窗儿怎得黑，点滴凄清，惊破窗纱色。一片斜阳莺沥沥，相思何处难寻觅。

破阵子·春怨

一腔春愁杀了，芳芬院里争妍。昨夜东风吹太急，落翠谢红满院堆，小楼人不眠。　　无可奈何花落，似曾相识燕归，欲思托将鱼鳞去，想伊人不胜怨，天涯会合难。

南歌子·晚眺

野渡游人住，风轻柳絮丝。目送到天涯，鹧鸪声断处，夕阳西。

读纳兰词，阅俄小说，拟译。
四月三十日，土，晴。
受课三。
填词一首。

江城子·梦觉先

英雄试马结心盟，柳梢青，满江城。杜鹃叫，偏风雨断肠声。只恐饭颗山下遇，诗骨瘦，可怜生。　　连宵好梦未留痕，忒心惊到五更。销魂南浦，难忘别离情。休夸说新亭咫尺，春已过，不啼莺。

阅《三叶集》。
下午偕熙至商务，又游先施乐园，遇林君，六时归。
与志贤书。

五月一日，日，阴。劳动纪念节。

填词四首。

点绛唇·晚演杜十娘剧

淡扫蛾眉，捧心西子好模样。挚情难忘，忙杀洞庭桨。一片凄凉，月在西溪上。人无恙，不堪愁怅，玉碎黄波浪。

长相思·梦文绩

长相思，惨又凄，桃李无言花自新，流莺陌上啼。　　梦天涯，泪湿衣，此景此情谁会知，鸡声摧醒时。

忆秦娥·登先施乐园

春江暮，连天碧草莺啼树。莺啼树，恼人烦闷，不若归去。　　欲寻好梦无寻处，试登台阁消愁绪。消愁绪，凄凉满眼，又为情误。

十六字令

花，休使新红落谢家。春难住，吹梦到天涯。

与志贤书，志贤约吾今日来，待久不至，因函询之。

与熙游春郊。

填词一首。

鹊桥仙·偕家熙游春郊

板桥西去，几家临水，燕语梁间如笑。春风渗澹景寻常，恋连不如归来早。　　繁华已歇，江山无恙，满地落花谁扫。一年一度暮春愁，但愿春再休来到。

五月二日，月，雨。

受课六。

译小说一段（《仆人》）。

与民、祥、骧三君书。

得勋书，附游湖诗五首，录一首如下：

登北高峰云

苍苍郁郁野花红，□勇先登云里风。斜望钱塘江一角，西施满面笑春风。

灯下赋七绝四首。

雨夜得余勋书，赋此以寄

几日思君眉不开，踟蹰廊下等书来。君家不是田门客，贱子如何起疑猜。

果然飞鸿落轻尘，重订金兰续旧盟。不欲销魂诵别赋，风声墙角太惊人。

日来无计可遣愁，每诵新诗望小楼。大好春光忍负辜，夕阳看渡蓼花洲。

东风三日尽新花，但见夕阳阴里斜。叫杀杜鹃未归去，忍将流水比年华。

五月三日，火，阴。

受课五。

与勋书，为改诗兼寄词四、诗一。

译小说一段。

与抡书。

得骧书，附游湖诗三十六首。

赋七绝四首。

暮　春

一池春水碧于烟，细柳分条欲斗妍。旧日芬芳寻不得，鸳鸯汀外傍山眠。

飞絮无端惹恨长，桃花另落菜花黄。六桥此日游踪处，应记当年杜十娘。

几曲青烟绕紫薇，夕阳未下鸟空飞。何妨暂借扁舟泛，荡过中流下石矶。

长日倚楼若吟诗，问君何事只相思。东方已醒三春梦，满眼繁华不久持。

夜又赋七绝四首。

题复人杭游诗草

青山不让俗人游，几日魂销燕子楼。恨我无缘空伫望，辜负佳景落花洲。

小青墓上野花幽，此地无人能独留。寄语洒将数行泪，殷勤为我好浇愁。

君家韵事流湖山，堤上柳枝映墓前。不是□公春色好，朝云何故亦争妍？

读罢五诗只自怜，申江今亦闻杜鹃。青山只许骚人往，不让杨花飞满天。

得志贤书即复之，约明日至商务会。

五月四日，水，晴。

受课三。

与骧书，附诗十一首。

录骧诗三十六首。

下午至商务，又至二师，取志贤处制服与骧、民、祥、抡……谈话甚欢。回复去年之旧，又谈游杭事甚详，勋适外出，未晤，怅甚。

得康民书。

赋七绝六首。

道经黄浦滩有感

潮击江头静有声，白云苍狗看沉沦。西施恋爱东家子，为扫蛾眉抹黛匀。

惨淡山河不忍看，轻云细雨下沙滩。当年黄浦江头浪，飞入园林化血瘢。

寂寞园林大可哀，琵琶江上湿青衫。春申不是浔阳地，冷落畸人自去来。

江头波浪碧于烟，似燕轻轮迫渡船。睡榻岂容人傍鼾，鹊巢鸠占费疑猜。

赴龙门会晤诸同志，谈谑甚欢

清谈久已绝华尘，今日新亭景又看。不是东皇情意重，飘落新絮恐难寻。

夜望天韵楼

两三星火拥高楼，疑是游龙云里游。怪杀天公不自量，欲将惨淡掩风流。

五月五日，木，雨。

受课六。

与骧书，为改诗六首，寄《斗雪集》。

阅《燃灯记闻》。

成新诗一首，七绝二首。

春去了

春去了，
暖风吹散枝头鸟。
人说桃花好，
桃花颜色消磨早。

也不留春住，
也不送春归，
今岁春归去，
明年春自来。

春来未带桃花来，
春去却带桃花去。
不是春风成有情。
何为花落春风里。

春去总难留，

桃花休含愁。
梨花虽未落，
也不到深秋。

题×××

走偏长亭与短亭，从无桃李不飘零。人间亦有痴于我，岂让少青独擅名？

访文绩未遇

买得长房缩地方，海天涯思怎渺茫。遂知咫尺成千里，不逢阮郎空棹桨。

得兄书。

读《才调集》《御览诗选》及《水浒》。

五月六日，金，阴。

受课六。

与康民书。

阅《诗学》《清代学术概论》。

赋七绝三首。

年年此日哭黄花

年年此日哭黄花，碧血冢头啄暮鸦。恨杀咸阳游侠子，相怜同病隔天涯。

未杀秦王怨莫邪，年年此日哭黄花。伤心博浪沙中血，只看张良击副车。

故园归去已无家，知己浔阳托琵琶。一领青衫容易湿，年年此日哭黄花。

阅《订婚十日记》。

夜与黄、钱二君游塘山路。

五月七日，土，晴。

受课一。

与余勋书。

阅《人道》，成白话诗一首《夜游塘山路》。

著小说二段《恋爱之果及规则》。

练自由车半小时，又偕黄、钱二君至精武体育会，又游田野。

夜与熙至商务，又至法界轧头发，均步行。

五月八日，日，晴。

练自由车一小时，较前进步。

下午偕熙至二师，君往观民主运动，余在二师与诸君谈话甚欢。五时半熙来，六时返。

是日勋因返里未晤，怅甚。

夜得勋书，辩所改诗，又附寄诗八首。

五月九日，月，晴。国耻纪念。

与勋书，辩所改诗未误，且再为改昨日所寄诗。

成小说一篇，约四千余字（《回想》）。

上祖母书及兄书。

五月十日，火，晴。

受课四。

阅《少年中国》"诗学研究号"。

著小说一篇《蚕丝》。

阅英文杂志。

五月十一日，水，晴。

授课五。

阅《晓风残梦》《亡妻影事》《小说史大纲》。

得勋书，即复之。

得廷书，附西湖游记。

五月十二日，木，晴。

授课六。

成小说一篇《柳影》。译地理一段。

阅□□记太谷儿号（《新人》之一）。

为廷抡改游湖记。
与康民书。
五月十三日，金，阴。
授课六。
寄《小说月报》社小说一篇《回想》。
成新诗一首《爱情》。

千万里隔不断的是爱情，
这话我总不相信。
倘说爱情只消放在心上，
为什么有的爱了伊还爱别人？

爱情似一朵美丽的花，
我们要张开了眼儿看。
倘说只消放在心上，
我们可闭了眼睛。

爱情似一曲悠扬的歌，
我们要静着了耳朵听，
倘说只消放在心上，
我们亦没了耳朵。

没看见美丽的花，
没听出悠扬的歌，
却说“花”和“歌”都在我心里。
谁信来？

与余勋书。
五月十四日，土，晴。
授课三。

得康民书。

做小说一段《觉后》。

下午与熙、黄二君至塘山六园及精武体育会，四时归。

又做小说一篇《做了十分钟的朝鲜人》。

五月十五日，日，晴。

录《笑》。

下午至南市看中国女子体操学校运动会。

本约二师同志在商务会，余因时早，思至二师亦可。迨至，已外出。迨回校，则廷抡、康民均来过矣。余为之一呆，乃致书言罪，并声明系两相错过。

得家中祖母谕，附洋四元。

夜阅《红楼梦考证》及本书。

五月十六日，月，雨。

授课六。

阅《红楼梦》及《清代学术概论》。

得祥书，托为小说。

作小说一《哭声》。

五月十七日，火，晴。

授课六。

阅《红楼梦》。

与勋、祥书。

得抡书。

五月十八日，水，晴。

今日起病，未上课。

成小说一篇《恋爱之果》。

阅《红楼梦》。

夜与熙游塘山路。

五月十九日，木，晴。
午后起身，阅《红楼梦》消遣。
与民书，得民书。
夜仍与熙游塘山路。
五月二十日，金，晴。
病略好，惟仍不能上课。
与民书，阅《红楼梦》《小说月报》。
成小说一《圆月》。
五月二十一日，土，晴。
至图书馆阅《章氏丛书》。
午后偕熙至精武体育会。
得枕薪书，即复之。
五月二十二日，日，晴。
得出版科来函，请余为《澄衷学报》撰述员。
至商务会康民，谈颇久。
熙偕余至南站别，余回家。
夜录笔记数则。
五月二十三日，月，晴。
录诗词，为《悟昙室诗词钞》。
著《悟昙室诗话》。
五月二十四日，火，晴。
编读书札记。成小说一篇《谜》。
五月二十五日，水，阴。
得康民寄□□一本。
整理藏书。
续编诗话。
五月二十六日，木，晴。
续编诗话。

得熙书，言郁已复书。
与康民及兄书。
五月二十七日，金，晴。
阅《南北史演义》及杜七律。
五月二十八日，土，晴。
到校。
下午至公共体育场会操，夜与熙游塘山路。
五月二十九日，日，晴。
上祖母书。
作劄记及诗话之序。
下午至商务会廷抡，四时归，买《艺术论》及《甲必丹之女》。
夜与熙游塘山路，戏为打电话。
阅《甲必丹之女》。
五月卅日，月，雨。
与余勋书，附诗二(《柳絮》与《感奋》)。
至远东运动会会操，天雨，衣甚单，故甚冷。
五月卅一日，火，晴。
受课二。
郁君来。
阅《甲必丹之女》完，又阅《艺术论》。
偕熙至远东运动会观赛跑、跳高等，遇廷抡。
夜阅《东文明诗》。
六月
六月一日，水，晴。
受课三。
郁君来，同至远东运动会，成绩较佳。
夜得廷抡寄来日记格子。

六月二日,木,晴。
受课三。
阅《□氏乐府》及《东文明诗》评注读本。
下午与□熙至远东运动会,余先归,至商务一次。
与康民书。
夜与熙游塘山路。
六月三日,金,晴。
受课二。
成诗一《有感》。

三春花好雨中过,寂寞良辰关奈何。好事自知如风烟,人间始信有风波。桃源洞里愁人少,九曲路头落泪多。愁□新□相对泣,开元遗事说宫娥。

阅《儒林外史》。
六月四日,土,雨。
阅《小说月报》。
寄勋《东方星期报》二册。
至商务部□□,□同熙雨中归。
枕上成七律四。

无　题

漫将心事诉檀郎,只道海天涯思茫。往日繁华系柳絮,一春消息付东墙。

行人惯恋傍花艳,侍女凭将妖梦详。若问归途何处是,巫山已过近高唐。

桂叶无心空含滋,一天雨露到今疑。西风吹处人如梦,燕子来时月已迟。

莫道深春有垂柳,休将红叶再题诗。□珠□□思离□,待到湘江又有思。

人间天上信渺茫,旧日温廊不可忘。响屟廊成城未墟,浣纱人去水空长。

楼台此日应无恙，风雨明朝归故乡。燕子多情还识我，呢喃令我断肝肠。

闲愁诉不到芳心，梦里巫山何处寻。盟誓三郎终负约，息交陶令要归林。

梨花落后□□□，鸿雁来时信息沉。多事杜鹃还饶舌，只催归泪沾衣襟。

六月五日，日，晴。

上午郁君来。

下午至商会，水、朱二君又至三泰会居君。

阅英小说。

六月六日，月，晴。

受课四。

读杜七律及《潇湘影》。

与廷抡书。

阅《红楼梦》及《小说月报》中之剧本。

六月七日，火，晴。

受课六。

阅《小说月报》。

读杜律及《东文明律选》。

六月八日，水。

阅《红楼梦》。

夜游塘山路。

六月九日，木。

家熙和余同回家，在舟中阅《小说月报》。

阅《海上夫人》。

六月十日，金。

阅《清代野记》。

著小说二(续《圆月》及《塘山路之一夜》)。

成散体诗六首。

夜,祖母病。

六月十一日,土。

译诗一首《战之故事》。

阅《各国社会思潮》及《大江集》《宋元戏曲史》《顾曲麈谈》《西方演剧史》《欧美小说丛谈》。

六月十二日,日。

阅《绘芳园全录》。

一日无聊甚。

夜阅《心经六家注》

六月十三日,月。

阅《点滴》。

录小说一篇《圆月》。

与祥、廷抡书,告祖母病,不能即至申。

六月十四日,火。

阅《燕子笺传奇》《中华小说界》《红楼梦考证》。

六月十五日,水。

与熙书,述不能到校事。

略阅《文选》。

阅《夜雨秋灯录》及托尔斯泰的《活尸》。

六月十六日,木。

阅雁冰《尼采学说》及《现代婚姻问题》及《三叶集》及《红楼梦》第三及《东方》十七卷一号。

六月十七日,金。

得熙慰问书。

阅《痛史》《然脂余韵》。

六月十八日，土。

阅《牡丹亭传奇》。

赋七律一首，诗曰：

吹起桃□梦醒时，怀人一日几相思。添香红袖怜为谁？健褪色青衫（只自羞容）知。院琐梨花花落尽，画帘笼春春归迟。凄凉□□玳瑁语，漫读当年红豆诗。

六月十九日，日，雨。

到申，至商取《小说月报》，买金鸡纳霜。

至泰东购《新晓》。

阅朱祥君及许君书即□书复许。

夜与熙至旧书铺购英小说、杂志。

六月二十日，月，雨。

回家阅《小说月报》六号。

注英小说杂志，□□拟译。

与水、郁二君书，与水托本星期日代考本校四年级。

六月二十一日，火。

译小说一段《一个艺术家的夫人》。

阅《新晓》及《然脂余韵》。

下午菊妹来，余与玩半日。妹八岁，聪而美，余不近此秀慧者久矣。此日余心甚悦。

夜又阅《新晓》，做新诗一《母亲的梦》。

六月二十二日，水。

□小说一段。

阅《心史丛刊》《然脂余韵》及《小说月报》。

得朱、许、水书，水允吾代考，复水、朱书。

六月二十三日，木。

著随感录二篇（《中国报界之程度》及《译名商榷》）。

著小说一段《母亲》。

与沈其荣及李煜文君书。

六月二十四日，金。

阅《小说月报》二本及《代数学》及《桃花扇传奇》。

六月二十五日，土。

至校，在路阅《大江集》。

至二师，与康民约明日早上来。

购《学艺》及《学生礼拜六》“爱情号”。

六月二十六日，日，雨。

与祖母书。

康民来代考，下午别去。

阅《学艺》。

下午及晚均睡觉。

六月二十七日，月。

与民书，略云此次蒙代考，雯不敢言谢，盖此非一谢可已也……

预备大考。

游塘山路。

夜仍睡觉，不上夜课。

六月二十八日，火。

晨兴即至外买报，阅后知余未取，且熙君之友顾君亦未取。

终日闷甚，似病。

得孙君书，□借余报，有事始通信，今世实不乏此等友也……

六月廿九日，水。

至商务购《三十轶事》及《短篇故事》。

夜译小说一篇《一个久□的教训》。

复孙书，得沈复书。

与廷抡书，约星期五往访。

决计不考大考，下学期插入别校四年级，不达目的不止。

六月卅日,木。

校中大考,余不考。阅《代数》。

与熙游杨树浦路。

作文 中二乙级 谭正璧

甲 藏书宜公开供人阅览说

老大中国,居然在一九一九年起始到现在,充实了无限的新思潮,去和世界潮流作对抆。在一九一九年以前,我们真何尝梦想得到!虽然也有这种希望,但总以为是一时难于做到的。我们现在既然到了这个地位,我们当然不要放弃他,不要再把他当沉闷无聊的看待,应该永久的,努力的继续维持下去。怎样的继续维持下去呢?我且把狭义的,和文学革命有关系的一桩大事情说一说。文学革命者对我们说:“文学革命的继续手腕,有二大条件:一是整理国故,一是继续革新。”但现在一般人只记得第二件——继续革新——却把第一件忽过了。这是一桩极富研究的事情,我们既然看出这一般人是误解了偏面,我们当然再不要照着他们去做。所以我们对于国故,当负一份整理的责任。但是我们虽然“承诺不辞”,在事实上却生了一种阻碍,使我们不得不“裹足不前”。便是因为经济问题,阙少必须有的工具——图书。我记得我们从前研究小学——文字学——因为缺乏参考书的原因,“半途而废”。况且就是不为经济问题,有些古籍,坊间也没有买处。从此看来,这责任只好叫那些藏书家去担任;但是那些藏书家,只知道几百元买一部宋版书,数千元访一部原钞本的……书,他只把书这件东西,当做一种“希世之宝”看待,怎晓得担这种责任?所以我们不能不要求藏书公开,使缺少工具的人,得以有工具;把那些死的“希世之宝”,当做活的普通物品看待。——便是把有用的物品,从无用的地位移到有用的地位去。(把书籍比做工具,分别他的有用无用,极为警切。)现在我们这样的要求,正好像劳动家要求资本家一般;结果非达到“书籍公有”的目的不止,这正因也是一种狭义的“共产主义”啊！

但我想那些藏书家，决不个个是顽固守旧的，一定能够原谅我们的苦心——为文学革命继续努力的苦心——而容纳我们的要求，把所藏的书籍，像图书馆般的公开，任人随意阅看。那么我又要打一句禅话来恭维他：“这也算是替自己做了一件大功德事呢！”

甲 蒙乱愤言

世变而至今日，中国之亡，转睫间矣。日人图谋于海左，俄党觊觎于满蒙，几上肉欤？釜中鱼欤？凡属有心人，莫不为之痛心疾首也。乃者警耗传来，蒙乱掘起。报纸争载，篇不一例。凡夫祸乱之成，非一朝一夕。必有其致乱之因，苟不明晰，安从挽救？兹集报纸所载，综其事实，略为二大因，余则千错万综，置暂不论。所谓二大因者何？其一曰，蒙匪之起，由于受俄旧党之煽惑也。解之者曰，俄旧党自被逐国外，据蒙古为根据地，以攻彼反对党之赤塔政府。所谓穷寇无归，不得不假地栖息，而徐图遂其志，其目的不在此而在彼。其二曰，蒙乱之难平，由于奉派之暗助，欲利用之以谋复辟也。述之者曰，蒙匪既得库伦叨林等地，势将复进张家口，直抵京师，劫清帝至满洲，建满蒙大帝国，而后再藉日人之力，以谋统一全中国。嗟乎！吾述以上二因，吾为吾国人耻，吾为吾国人愤，吾不禁为之汗交背而涕交颐也。夫邻国新旧党争，此党彼逐，竟敢取他国地为根据，以图彼党，置他国于不顾。则此所谓他国者之命运可知。譬如盗贼相攻，而假我堂奥以为交馁之场，为之主人者情况何以堪？往者日俄交战于我之东三省，覆□非遥，□轸又遒，盖中国之受外人藐视，自非自今始，亦特于今为烈耳。嗟乎！嗟乎！吾述至此，偶念吾祖国汉唐时对外之历史，想见其当时国势之伟大，较之今日，不啻百炼钢已为绕指柔，又不禁愧愤交迫也。虽然，往事难追，来者可继，如彼朝鲜印度者，尚想复故国于荒墟。安见我国民不能图挽救于垂亡耶？吾国民其兴起，虽然，以惟指第一因言也，试言第二因，则我心之愧愤，更有甚于第一因者。夫军国主义与帝皇政治之不能再存于今日，非独吾中国为然。我国民勤勤以欧美各国之文明为慕，独对于国家政治，则取旁观态度。试问彼美欧各国之国民，亦若是耶？间或有思国事者，则咸羞缩不前，以恐受政党嫌疑为忧。故中国人民，殆若与政治脱离关系者然，嗟乎！汪精卫先生有言："除非亡国人民，始无政治关系。"我中国人其亡国人民乎？何自弃其祖国若是，吾国民性既若是，何怪乎政治之日趋日败也。张作霖幺么盗寇，竟使之坐拥雄师，独霸一方，等中央于傀儡，视号令若弁髦。始之养痈成患者何人，吾国民实不能不尸其咎也。而犹今日一电报，明日一快信，惟摧政府派兵出援，而不究谋根本之解决。纸上空谈，尽人而知其无济于事耳。呜呼！我国民其愿为帝国人民者，则尽可晏伏，以待彼独夫之来治，否则改革政治，本我国民之天职。急起直追，虎未生翅，痈未致溃，犹不难治也。国民，嗟乎！吾中国未来之大难，不惟蒙祸乱，蒙乱不过其肇始耳，吾为吾国耻，吾为吾国愤，茫茫前途，真觉百端交集耳。

（胸中雪亮，腕下风生。）

甲　光阴与学业

光阴是无限长的，学业是无止境的；拿无限长的光阴，去从事于无止境的学业，在论理上决没有不可能的。现在我们常常把不可能的事情，变做可能的——像天空里本来我们不能去的，现在有了飞艇，就可能了。像这样的例，举不胜举。——偏把这天然可能的光阴，不肯去从事于学业，而很轻忽他。这正因空间和时间的分配不同，所以才生出这不同的结果来。实在光阴的可贵，是在和学业互相消长，决没有轻忽光阴，而学业会进步的。由此可见时间和空间的关系，也是互相消长，二者决不能自行独立。

光阴一去不再来，从事学业的机会，也一失不可复得；真好像黄河里的水，只有向东面流，没有回西的；凭你力量大，决不有挽回的余地。《仁学界说》上说："时间有过去，有未来，无现在。"由此足以证明光阴是流动的，不是静止的，便是和水一般。水也是流动的，他不是向西流，便是向东流，不会静而不动；所以光阴也只有过去，有将来，而无现在。过去的光阴，没法挽回了，既然没法挽回，也不必可惜。我们只消打算怎样地努力，和努力的程序——对于学业——去和未来的光阴并进，那就不是轻忽这光阴了。从前的人，只晓得可惜过去的光阴，却不替未来的立张程序表，只是说什么“畴昔欢时迟，晚节悲年促”啊，什么“盛时不可再，百年忽我遒”啊，这正和俗话所谓放马后炮，虽响没用的，还是不说好。未来的学业很多，未来的光阴也不绝地在那边来；倘然一疏忽，再来的光阴，只够去做再来的学业，先来的只好搁置了。

倘然搁置后，这学业便永永再无从事之日。什么“少壮不努力，老大徒伤悲”，这二句话原很有经验呢！

在这篇的末段我还要申明几句，因为上面笼统说学业，究竟怎样叫“学业”，还没有说出。所谓学业，“学”是指学问，“事”是指事业，就是王阳明所说的“知行”。——学问是知的，事业是行的。“知行合一”，所以“学”“业”也是合一的。无学问，所做事业易失败；不做事业，所求的学问便没有用处。所以这篇里头把“学”“业”合笼着说，也因为“知”“行”本应该合一的呢！

诸君啊！太平洋的潮流一天皱荡一天；我们要求的学问，也一天复杂一天；吾们应该做的事业，更加一天多一天了。所以我们应当快快地立定一张程序表，循序而进，方才可以免去做了这样忘了那样的毛病啊！

甲　二十周纪念会记

凡做一件事情，从开始到成功，中间一定要经过无数的艰难。他的价值和地位，也跟这艰难的度数而定。但是不论做那件事情，到得成功，一定要回想到开始时的艰难；那么身任这艰难的人，怎不令人钦佩呢？但“青年人只宜有希望，不宜有回想”这二句话，似乎和我上边所说的成矛盾律，而实则大谬不然。我所说的回想，是历史上的回想——不回想便没有历史——而不是留恋的回想。青年人虽不应该留恋既往，然不能够不有历史的回想，而引为纪念。并且纪念既往，便可促进未来，希望那么这次我们开二十周纪念会，当然是应该的，有价值的，不是为既往，是为未来了。

本校成立的历史，别有记载；我这篇是记纪念会的经过情形和我的一切感想，所以没有录入的必要。但“躬逢其盛”的人，大概都已晓得，也不必我多说了。

纪念会的日子，是本月十六、十七二天：第一天，天公不做美，下了一天雨，所以各处扎的彩挂的灯，都大受损坏。但这是形式的，我们不必去说。很可喜的就是许多来宾——他们不怕湿，都冒着雨来参观。虽说是他们的热心，然而可见他们的钦佩本校是重精神而不重形式；假使不扎彩，不挂灯，他们也很高兴来哪！这天是叶澄衷先生铜像开幕的日子。开幕的时间，大约在午后二点钟左右。那时雨儿仍不住地落将下来，一阵阵的风也飕飕地吹个不住，搭在铜像上面的芦席棚，已吃雨浸得稀湿，风起时，芦席里的水花，吹进棚里来。棚里的人，沾湿了好许多，他们仍站着不动，等着铜像开幕。铜像的地位，恰在芦棚的中央，四围用纱帐遮着；待得开幕的钟点到，把纱帐放下时，铜像刚露出一半，早听得喝采和拍手的声音，轰然响起来。那时我也在里头，几乎吃这声音震得耳朵都聋了。接着高小班学生唱校歌，歌声悠悠扬扬，像冲破芦棚，一直冲进云端里去。那时我得到一种说不出的美感，几乎把自己身子都忘记了。又接着什么省长代表、督军代表……献颂词，我不爱听，所以一句也不记得。最可怪的，是王正廷先生——他平日最欢喜高谈阔论的，今天他只很平常的说了几句，便不说了；我想他对于纪念会，一定有一种什么意见在里头；但他不肯违众，所以连这很平常的几句话，也是勉强说的。开幕礼毕后，就是幻术；夜间又演纪念剧，这都不过助助来宾的兴，并没有什么价值，我也不必一一记出了。

第二天是本校成立纪念。这天气候很好，不过地上还没有干；所以预定高小部举行纪念运动不能照愿行。二点钟起，又演新剧；这天来宾更多，所以剧场上非常拥挤，到了夜里，开演商务印书馆自制的活动影戏。商务印书馆，他对于教育界和社会，都有极好的供献，这也可算是一种；因为他所制的影戏片，并不是"神鬼出没"的侦探片，也不是"惜玉怜花"的爱情片，他是一种补助教育所不及的风景片和技击片。虽则有些人不大满意，但大概那些都是没有识过字的人，不过少数吧了。……

一场很闹热的纪念会，早已过去。办这样的盛会，听说校里共费去二千多元。——二千多元，可以活许多北方的灾民啊！我们极快乐的时候，就是他们在那边呼天抢地的时候，一乐一苦，适成一个反比例。我们清夜扪心，觉得一样费去二千多块钱，使我们享受这样的快乐，不如去减除些他们的痛苦。我们天天讲博爱牺牲，为什么不牺牲快乐，而去实行博爱？这不过嘴里说说吧了，谁能"知行合一"？

事已过去了，"马后放炮"，已经太迟了。因为我事前就有这种思想，不过没有发表的机会；所以今天，借题发挥，说他一说，实在不过多费些纸张吧了！

（叙述事迹处，能从大处落墨，发挥意见处又极深入，显出允推合作。）

甲　夫差立庭而呼勾践卧薪尝胆论

吴越之相仇也，越杀阖闾而越几墟，吴虏勾践而吴遂沼。譬之积火，郁之愈久，则发之也愈烈。故吴越之世相仇，自非一朝一夕。论者但据战争之迹而言，固不知别有原因在也。夫以弱小处众强之间，苟欲自保，非据有相当之土地，以徐谋发展不能。吴与越国皆僻在蛮夷，赖先人之余荫，延泽至春秋之季，始通上国。以初敬教练之人民而则角逐中原，与霸国余威相抗衡，自非剪食邻封，侵吞弱小，以徐备扩张其领土不能，于是而争端见焉。吴西北临齐，东界海，南接越，如欲拓展其北界，则以齐之强，虽能败其兵，而不能有其地。子胥所谓犹石田也。故吴不欲拓地，则已诚行之，自不得不取诸越。而越则南接百蛮，取之无用，局促之口，应南无术，欲偿其志，自不能不北取之吴。饿虎相窥，待机而动。故越不能不窥吴，吴亦不能不侵越也。阖庐之负伤而死有以哉！不观近世欧洲旷古未有之大战争乎？塞之杀奥太子，不过其借端。奥之伺塞，塞之伺奥，非伊朝夕。奥人欲甘心于塞，遂不惜杀其太子为辞耳。呜呼！读史至此，令人几疑奥人之托辞，盖拾吾夫差之余意也。外史氏曰，夫差立庭而呼，不过欲励其民气耳。吾知阖闾虽不死，越人亦不得高枕而寝。阖闾死而吴人取之有辞，以素日伏处僻壤之越国，而与新败强楚之吴人战，尽人而知其胜负之有在事也，于是而吴人得志焉。但天道循环，兴亡倚伏，勾践既败，虽不卧薪尝胆，而三千君子军，岂甘久处他人腋下，亦含辛茹苦，攘臂而起矣。况会稽之辱非遥，故君之志未酬哉，故勾践不归，吴亦必不能安，终有越也。

浣纱人去响屧廊空，美人虽是亡国，然破吴壮士衣锦还家，战功究不可泯也。外史氏又曰，吴越世相仇，而越得天幸焉。国垂亡而不灭，仇既雪而霸成，以视吴王有当初鲜终者，何可同日语耶？

今者花开春殿，只剩鹧鸪仰瞻湖山。霸名何在？未尝不令人欷歔欲泣也。吴越一家，吾默以久永和平祝其后。吾不愿吾吴越人再相仇于未来也，吾更不愿同族执戈相见，而有阋墙之祸也。呜呼！

（以形势立言，胸有成竹，笔亦劲精，可喜。）

远东运动会所见

我们底日记(上)

七月一日，星期日，天雨。

斗动物牌。

与枕薪书，告剧本均收到。

与慧频下棋。
看《小说月报》。
〇和正璧哥斗动物牌。
〇上校长先生书。
〇和正璧、启人哥拍台球。
〇和正璧哥下棋三盘。
七月二日，星期一，天雨。
著小说三千字。
录清小说四页。
得《晓光》社《夏季常会报告书》一份。
看《小说月报》及其他。
〇做《英文练习题》。
〇正璧哥教我英文二课。
〇习《英文习字》。
〇看《鸟兽赛球》《阿迷的失踪》。
七月三日，星期二，上午阴，下午晴。
录清小说七页。
补记四月份日记。
〇做英文练习题。
〇正璧哥替我拍照。
〇演算术。
〇看《少年》十三卷第五期《口笛》。
〇看《猴儿的故事》一篇。
〇写字二页。
〇正璧哥教我英文二课。
七月四日，星期三，上午阴，下午晴。
著小说一万字。
看《读书杂志》。

○写字二页。
○做英文练习题。
○做语体童话一篇。
○读 English reading and grammar。
○正璧哥教我英文二课。
七月五日，星期四，雨。
著短篇小说二千字。
著《科学大纲》。
○写字二页。
○做英文练习题。
○做话体童话一篇。
○正璧哥教吾英语二课。
七月六日，星期五，雨。
看《科学大纲》及《小说月报》。
与祖伦书。
得从龙书。
○做英文练习题。
○看《民众文学》一、二、七册。
○看第五卷第一、二、三期《儿童世界》。
○正璧哥教我英文二课及做英文练习题。
七月七日，星期六，雨。
○做英文练习题。
○与正璧哥下棋四盘。
○正璧哥教吾英文二课。
看《科学大纲》及《镜花缘》。
与慧频妹下棋四盘。
七月八日，星期日，雨。
○习英文书法一页。

○看《民众文学》——《临死的要求》。
○读英语 English reading and grammar。
至上海取《韦氏大学字典》(未发行)、《科学大纲》第二册。
购《乐府诗集》等。
晚归。
得肃商书。告不在校,寓在申南。
与枕薪书。
得枕薪书。

七月九日,星期一,雨。

○做英文练习题。
○演算术。
○做语体童话一篇及其他。
○读 English reading and grammar。
与从龙书。
阅《屈原》及《小说世界》。
祖、康来。

七月十日,星期二,雨。

○同正璧哥到上海。
○买童话五册。
○看《好兄妹》及《家庭童话》一篇。
○看影戏。
和祖、康至申。
寓源君旅馆。
至商务印书馆购杜李诗集各一,兼晤沈君。
夜和祖伦挈慧至天韵楼看影戏。

七月十一日,星期三,晴。

送慧至正丰。
至商务买《封神演义》一部。

晚车返黄。
〇正璧哥送吾至正丰。
七月十二日，星期四，雨。
阅《封神演义》。
理书——《四部丛刊》单本。
看杜诗。
阅《小说月报》七号及《屈原》。
与枕薪及肃商书。
〇企人哥来申，领吾游玩了半天。
七月十三日，星期五，晴。
阅《小说世界》及《封神演义》。
看《儿童世界》七卷三号。
检《乐府诗集》页数。
〇到法界看出灯。
〇至天韵楼看三弦拉戏等。
七月十四日，星期六，晴。
阅《红楼梦辨》及李诗。
〇归家，正璧哥怪我前天不同他回家，很恨我。
七月十五日，星期日，晴。
和慧频妹至昆山取行李。
游马鞍山。
在车中阅《红楼梦辨》。
得施君转寄钱□水三□寄上海大学之信。
〇正璧哥领吾至昆山取行李。
〇游马鞍山，捉蝴蝶三只，一花，二黄。
七月十六日，星期一，晴。
圈读李诗。
阅完《红楼梦辨》。

得枕薪书。
阅《中国历史研究法》。
与钱家熙及杜书。
〇温英文。
〇看《封神演义》一回。
七月十七日，星期二，晴。
看《史记·五帝本纪》。
阅《中国历史研究法》。
〇正璧哥教吾英文一课及文法一课。
〇演算术。
得从龙书。
七月十八日，星期三，晴。
阅《乐府诗集》及《史记》。
〇默英文一课。
〇正璧哥教吾英文一课及文法一课。
〇演算术。
〇看《封神演义》及《小朋友》一篇。
七月十九日，星期四，上午晴，下雨。
看《科学大纲》第二册。
阅《先秦政治思想》序论。
得枕薪书。
得商务印书馆书。
〇默英文一课。
〇正璧哥教吾英文及英文文法易解各一课。
〇演算术。
与枕薪、从龙、肃商书。
七月二十日，星期五，上午雨，下午晴。
钞《古诗十九首》。

阅《先秦政治思想》。
得祖伦书。
阅《墨经校释》。
○正璧哥教我英文一课。
○默英文一课及做练习题。
○阅《家庭童话》。
○作文一篇《勤俭说》。
与祖伦书。

七月二十一日，星期六，晴。

○默英文课及正璧哥教吾英文一课。
○演算术。
○阅《家庭童话》。
看《清代学术概论》。
得周君代黄君复书。

七月廿二日，星期日，晴。

与枕薪书。
复周君书。
得家熙书。
做《读〈清代学术概论〉札记》。
看《墨子学案》。
○默读英文。
○阅《家庭童话》。
○演算术。

七月廿三日，星期一，晴。

得小说林书社《晓光》十七本及兆骧书。
○默英文一课及正璧哥教吾英文一课。
○演算术。
○看《中国故事》。

〇读文法及正璧哥教吾英文一课。

七月廿四日，星期二，晴。

与从龙书。

阅《墨子学案》及《墨经校释》。

〇默英文一课及正璧哥教吾英文一课。

〇做文体一篇《述中国故事一则》。

〇得校中寄来衣料一件，作文簿二本，写字薄一本。

〇阅《中国故事》。

七月廿五日，星期六，晴。

阅《墨经校释》。

阅《马克司主义》和《达尔文主义》。

阅《独秀文存》第一册。

〇演算术。

〇默英文二课。

〇正璧教吾英文一课及教文法一课。

〇阅《儿童世界》第五卷第一期。

〇做英文练习题。

七月二十六日，星期四，晴。

与乾华、祖伦、中华书局书。

阅《独秀文存》一、二、三。

得肃商书。

〇默英文一课。

〇正璧哥教吾英文一课。

〇做文体一篇《说雨之利害》。

七月廿七日，星期五，晴。

阅《独秀文存》三、四。

看《威尔逊参战演说》。

〇默英文一课。

〇正璧哥教吾英文一课。
〇读文法。
〇阅《中国故事》。
〇演算术。
七月廿八日,星期六,晴。
阅《胡适文存》。
〇读英文。
〇演算术。
〇阅《中国故事》。
七月廿九日,星期日,晴。
阅《胡适文存》。
〇默英文一课
〇正璧哥教吾英文和文法各一课。
七月卅日,星期一,晴。
得枕薪书。
与黄、朱二君书,告一号至申。
〇看《秦汉演义》。
七月卅一日,星期二,晴。
阅《遗传论》。
阅《梁任公近著》(上)。
〇默英文一课。
〇演算术。
〇看《秦汉演义》。
〇正璧哥教我英文一课。
八月一日,星期三,晴。
到上海会黄、朱二君。
会沈君,取杂志。
购《中州集》。

〇读英文。
〇看《秦汉演义》及《儿童世界》。
八月二日，星期四，晴。
阅《西洋史》。
阅《小说世界》。
〇默英文一课。
〇做文体一篇《与慧芬妹书》。
〇正璧哥教吾英文一课。
〇阅《儿童世界》。
八月三日，星期五，晴。
抄英译《飞鸟集》。
阅《西洋史》。
〇默英文一课。
〇做文体一篇《与慧芬妹书》。
〇阅《秦汉演义》。
〇正璧哥教吾英文一课。
八月四日，星期六，晴。
抄《飞鸟集》。
阅《西洋史》。
〇正璧哥教吾英文一课。
〇演算术。
〇阅《秦汉演义》。
八月五日，星期日，晴。
译黑格尔《人数学者的达尔文》(未完)。
〇默英文一课。
〇写字。
〇与正璧哥下棋二盘。
〇演算术。

○阅《秦汉演义》。

八月六日，星期一，晴。

读《中州集》。

得枕薪书，附寄小说《道德底心》稿，命校。

校小说。

与枕薪书，附小说稿。

至竹荫庵一次。

○默英文一课。

○看《秦汉演义》。

○演算术。

八月七日，星期二，晴，风。

阅《国语文学史》及《世界史》。

著札记(《世界史》)。

○默英文一课。

○看《秦汉演义》。

○演算术。

八月八日，星期三，风，阴。

看《世界史》，著札记。

得枕薪书。

与肃商书。

○默英文一课。

○正璧哥教吾英文一课。

○看《秦汉演义》。

○做作文一篇。

八月九日，星期四，晴，风。

与枕薪书。

校正所译《他的仆人》。

阅莫泊三《不幸之床》。

〇默英文一课。
〇正璧哥教吾英文一课。
〇演算术。
〇看《秦汉演义》。

八月十日，星期五，夜风。

译莫泊三《不幸之床》一半。
译托尔斯泰的《社会剧的意义》一半，且看一遍。
得祖伦、乾华书。
〇演算术。
〇温英文。

八月十一日，星期六，大风。

译昨日未译完之《不幸之床》。
译昨日未译完之托尔斯泰……
与祖伦书。
〇默英文一课。
〇演算术。
〇看《秦汉演义》。

八月十二日，星期日，大风，雨。

阅《世界史》二种。
得枕薪寄来稿，命校。
阅《华生包探案》及《案中案》。
〇温英文
〇看《秦汉演义》。
〇正璧哥教吾英文一课。

八月十三日，星期一，上午晴，下午阴。

抄所译小说、论文各一。
阅《梁任公近著》第一辑（上）。
得祖伦书。

○默英文一课。
○看《秦汉演义》。
○演算术。
八月十四日，星期二，晴，晚雨。
至申。车中阅《美人磁》，回来受雨。
在申晤郁，并偕枕晤谢六逸君。
购托尔斯泰《儿童文学类编》。
○默英文一课。
○做作文一篇。
○看《秦汉演义》。
八月十五日，星期三，晴。
略有不舒，阅《儿童文学类编》。
阅《小说月报》《小说世界》。
○演算术。
○看《秦汉演义》。
八月十六日，星期四，晴。
阅《外交秘事》《国宝案》《降妖记》。
○演算术。
○读英文。
○看《前汉演义》。
八月十七日，星期五，晴。
与枕、宋、郁、黄四君信。
得枕寄稿，即校正复之。
阅《□丝发车中毒针》。
○看《前汉演义》。
○演算术。
八月十八日，星期六，晴。
看历史自习书。

看《世界史》。
阅莫泊三《在死人之旁》。
〇读英文。
〇演算术。
八月十九日，星期日，晴。
阅高尔谈《昔曾为人之生物》。
得从龙书。
〇看《前汉演义》。
八月二十日，星期一，晴。
阅历史自习书。
得枕书。
与枕、郁书。
〇演算术。
〇看《美人磁》。
八月二十一日，星期二，晴。
著小说《寂寞》。
〇演算术。
〇看历史自习书及《美人磁》。
八月二十二日，星期三，晴。
阅《小说月报》。
著小说半篇。
〇看《前汉演义》。
〇演算术。
〇看《美人磁》。
八月二十三日，星期四，雨。
到申。
得朱书。
看《福尔摩斯侦探案》。

〇演算术。
〇看历史自习书。
〇到启人哥家里去吃七月半。
〇看《儿童世界》。
八月二十四日，星期五，晴，雨。
〇演算术。
〇看历史自习书及《美人磁》。
与枕、郁书。
阅《福尔摩斯侦探案》。
得枕书。
八月二十五日，星期六，晴。
〇演算术。
〇看《美人磁》。
到上海。
会六逸。
得枕、俞书。
阅《福尔摩斯……》。
八月二十六日，星期日。
〇温英文及读英文。
阅《福尔摩斯侦探案》。
与枕、郁书。
八月二十七日，星期一，晴。
〇演算术。
〇读英文。
阅《诗经研究》。
八月二十八日，星期二，晴。
至申。
同枕薪至黄，枕回苏。

○看……

八月廿九日，星期三，晴。

整书。

○看《托耳世泰短篇小说集》。

八月卅日，星期四，晴。

阅《文选》。

下棋。

○与正璧哥下棋。

八月卅一日，星期五。

到上海。

同枕送慧至工艺学校，因须至下星期上课，故仍挈回。

夜同孙君游新世界。

夜宿新六福。

○和正璧哥一同到上海。

○又到民国女子工艺学校里去。

○游新世界。

九月一日，星期六，雨。

到神州女校。

访祖伦书。

回家。

看《九命奇缘》。

○与枕薪先生一同到民国女子工艺学校里去。

○又同正璧哥一同回家。

九月二日，星期日，晴。

生病。

看《九命奇缘》。

寄枕《妇女杂志》。

与肃商书。

〇看九命冤案。
〇看《白话文范》。
〇读《五十轶事》。

九月三日，星期二，晴。

看《白话文范》。
晨与枕书。
寄快函与枕——因枕明日将至京。
〇看《白话文范》。

九月四日，星期二，晴。

卧病
看《白话文范》。
得祖、枕书。
写书目。
〇看《白话文范》。

九月五日，星期三，晴。

整书。
与康民书。
与祖书。
〇读《五十轶事》。
〇和正璧哥下棋。

九月六日，星期四，晴。

到申。
至神州女校。
与六逸书及黄正厂书。
夜宿龙升旅馆。
送行李至《民国日报》馆。
至永安公司购皮鞋。
〇和正璧哥一同到上海。

九月七日，星期五，晴。

送慧至校。

○和正璧哥哥一同到工艺学校里去。

○授课六。

至《民国日报》馆住宿，位已无。

访力子谈住宿。

访祖伦书。

寄快函与枕。

夜归与□□、祖伦、慧频书。

九月八日，星期六，晴。

到申。

住龙升旅馆。

○授课六。

○做算术。

○读英文。

九月九日，星期日，晴。

○得正璧哥哥书。

慧频吾弟：

　　吾今天就回家去，因为《民国日报》馆里的房子被别人住去了，其余再谈。

　　祝你康健

正璧白

○正璧哥哥领吾到半淞园去玩耍。

○又到正丰街去。

○因为正璧哥哥借房子住，所以就领吾出来住在旅社里。

领慧出校。

访苏兆骧，下午访兆龙，为宿舍事。

至顺泰里看房子。

宿大新旅馆。

九月十日，星期一，阴。

○和正璧哥哥寻房子，在下午就搬东西的借在顺泰里五巷三十二号，又到神州女校里去报名，做了一篇话体作文《吾的家庭》，就回到家里。

与企人书二，告一切。

迁居顺泰里弄三十二号。

至祖伦处索款。

九月十一日，星期二，上午阴，下午雨。

到工艺领慧行李。

时 课	八—九	九—十	十—十一	十一—十二	一—二	二—三	三—四
一	历史	国语	国语	数学	英语	英语	运动
二	地理	国语	国语	图画	英语	数学	
三	自然	自然	公民	数学	英语		运动
四	国语	国语	数学	图画	作文	作文	
五	地理	手工		数学	英语	自修	
六	历史	手工	音乐	数学			

○做算术。

○读英文。

到神州。

授课三。

九月十二日，星期三，雨。

回家。下午返申。

○授课六。

○做算术。

九月十三日，星期四，雨。

○授课四。

○读英文。

○演算术。

至祖处索款。

授课二。

九月是十四日，星期五，晴。

至祖处索款。

授课三。

○授课五。

○演算术。

九月十五日，星期六，晴。

○授课四。

○回家。

授课二。

九月十六日，星期日，晴。

回申。

索祖款。

○到上海。

○读英文。

○做算术。

九月十七日，星期一，晴。

○授课七。

○读英文。

○做算术。

授课一。

九月十八日，星期二，晴。

授课三。

〇授课六。
〇读英文。
〇做算术。
九月十九日，星期三，晴。
授课一。
〇授课六。
〇演算术。
九月廿日，星期四，晴。
〇授课四。
〇读英文。
〇演算术。
授课二。
得枕书。
九月廿一日，星期五，晴。
授课三。
抄小说一段。
购《日本小说集》《国语学草创》《宋诗抄》箱各一。
与枕薪书。
〇授课四。
〇做算术。
〇画图，没有画好。
九月二十二日，星期六，晴。
与从龙书，寄书二十五本。
寄枕哲学史二种。
授课二。
回家。
〇授课四。
〇回家。

九月廿三日，星期日，晴。
〇与正璧哥哥抄小说。
抄小说一篇。
与郁书索款。
九月廿四日，星期一，晴。
抄小说一段。
看《西学东渐记》。
〇到港南去送丧。
〇又抄小说。
九月廿五日，星期二，晴。
〇又抄小说。
抄小说一篇。到企人家。
与六逸书。
九月二十六日，星期三，晴。
到上海。
取《韦氏大学字典》。
得梅转薪书。与梅其康书。
〇缺课一天。
〇又抄小说。
九月廿七日，星期四，晴。
授课二。
得朱君访近芬女士。
〇到上海和正璧哥哥。
〇又到张近芬那里。
九月廿八日，星期五，晴。
授课三。
做小说一段。
〇授课四。

〇演算术。
九月廿九日，星期六，晴。
授课二。
访郁及王咏台。
〇授课四。
〇演算术。
九月三十日，星期日，晴。
做小说一段。
与枕书。
访康于商务，同来寓。
兆骧来。
〇写字二张。
〇读英文。
〇看《梦游地球》一、二。
〇读《孟子》。
十月一日，星期一，晴。
卧病。
作小说三千字。
与二郁书。
至南市及郁处。
〇授课七。
〇读英文。
十月二日，星期二，晴。
校中告假一天。
写小说三千字。
〇授课六。
〇读英文。

十月三日，星期三，晴。

上课一时。

〇授课六。

〇画图二张。

十月四日，星期四，晴。

上课二时。

至南市。

〇授课六。

〇读英文。

〇画图二张。

十月五日，星期五，晴。

授课三。

〇授课四。

十月六日，星期六，晴。

〇授课四。

〇回家。

得康民书。

回家。

看《妇女杂志》。

十月七日，星期日，晴。

与居及郁书。

阅《说文句读》。

理书。

〇看《少年》。

〇读《国语》几篇。

十月八日，星期一，晴。

阅《宋诗抄》。

正黄兄来。

○译《大铁椎传俗》。

十月九日，星期二，晴。

看《晨虚琐记》。

做《村居杂记》。

○看《三国演义》。

十月十日，星期三，晴。

○同正璧哥哥到上海。

十月十一日，星期四，晴。

○授课六。

○读英文。

○做算术。

十月十二日，星期五，晴。

○受课四。

○做手工。

十月十三日，星期六，晴，晚上大雨。

○受课四。

○做算术。

十月十四日，星期日，上午阴，下午晴。

○和正璧哥哥一同到商务那里，遇着廷抡、永福、梅吉、康民，回到顺泰里那里，又遇着兆骧先生。

○读英文。

十月十五日，星期一，晴。

○受课七。

○读《孟子》与英文。

十月十六日，星期二，晴。

○受课六。

○读英文和《孟子》。

十月十七日，星期三，晴。
〇授课六。
〇读英文。
十月十八日，星期四，晴。
授课二。
〇授课六。
〇读英文。
〇做算术。
十月十九日，星期五，晴。
授课二（缺席一时）。
得康民书，约星期日来，即回信诺。
与枕书。
〇授课四。
〇做算术。
十月二十日，星期六，晴。
缺席。
返黄。
作小说五千字。
〇缺课四时。
〇回家。
十月二十一日，星期日，晴。
作小说千字一并寄枕。
同慧到上海，夜往访慧母。
康民来六时走。祖、康有信。
〇和正璧哥哥母亲一同到上海。
十月二十二日，星期一，晴。
购英小说十本《史通》《削案梦诗集注》各一部。
游先施乐园。

得枕书。
〇上午受课四，下午缺课三小时。
〇和正璧哥哥母亲一同到先施里去看戏。
〇又送母亲到正丰里去。
〇回家的时候到了中国化学工业社去买了东西。

十月二十三日，星期二，晴。

与枕书。
与严先生书，问是否在尚公。
与□东□书，索小说稿。

时 课	八—九	九—十	十—十一	十一—十二	一—二	二—三	三—四
一	历史	国语	国语	数学	英语	英文	运动
二	数学	国语	国语	图画	英文		
三	自然	自然	公民	数学	英语	历史	运动
四	国语	同上	数学	地理	作文	作文	
五		手工	数学	图画	英文	地理	地理
六	历史	手工	音乐	数学			

〇做算术。
〇受课四，下午缺课。
〇读英文。

十月二十四日，星期三，晴。

〇受课四，下午缺课。
〇做算术。
病不能上课，如前。

十月二十五日，星期四，晴。

病卧床。

得六逸书。允文科有人代索《文选》,余乃复以明日往。

整理室中。

〇缺课一天。

〇做手工。

〇读《孟子》。

十月二十六日,星期五,晴。

到校授课,单授中二二时。

与枕书,述文科中三不授事。说祖伦同康的□前日来信未回。

夜访六逸。

〇授课四,下午缺课。

〇做算术。

十月二十七日,星期六,晴。

授课一。

至黄兄处晤华兄。访祖伦和康,适至,索款,问以何日,非午前即晚上。

阅《犹太灯》。得严先生书。

〇授课四,下午缺。

〇课英文。

十月二十八日,星期日,晴。

做小说。

至□华处。

祖、康来还五元,尚欠十元三角。

〇做手工。

〇做算术。

十月二十九日,星期一,晴。

与六逸书,述不甘失职事。

得六逸书,解代之因。

阅小说。

〇授课七。
〇读英文。
十月三十日，星期二，晴。
授课二。
阅小说。
得枕书。访严先生。
〇受课五。历史两课，因为先生没有来，所以就回家。
〇读英语及看短篇小说一篇。
十月三十一日，星期三，阴。
授课一。
阅小说。
得启人书。
〇受课六。运动不上。
〇做算术。
〇读孟子。

此后又分做了。
阴十月二十五、二十八
阴十一月十六，祖母至申，二十归，十七往访祖、康未见。

续圈读李白五古下。

斯为《十八家诗钞》卷之六，余始拟以一月之时间阅毕全书。以过往推之，恐有乖志愿，然欲速不达为余之隐疾，知而改之，不妨自此始也。

阅《儿童世界》二卷四期。

阅陈仲甫《东西民族根本思想之差异》(《东西文化及其哲学》附录)。

五月二日，曜火，候晴。

阅F·K·Johnson《异样的人》(《解放与改造》二卷十一号，柴霍甫《求婚》(短剧)二卷十二号)。

续著《玫瑰花》(小说)。今日只续成二百余字，以神思不舒而止。

塾授课七。今日午后诸生均开始作日记，安、兴二生均自作，璇则余代为之。以神思不舒，稍早退。

偕璇出外散步。今日体既不舒又烦闷异常，璇在余室读亦稍倦，余仍偕之外出渡迎恩桥，在野中一土墩上同采茅针，以时已不早，不敢久留，故即归。抵家少顷，安来领，乃赠以玫瑰一朵而去。

赋七绝二首。

近日心事多烦，且隐恨又起，故近日大不舒，以此不曾看书。临睡情有所感，乃成七绝二章，非云矜才，用以写恨也。

即　事

东风残落凝胭脂，几日缠绵又足悲。多少深愁愁未了，平添遗憾到蛾眉。

蛾眉纵不令人愁，世事苍黄情亦休。只为护花心意重，故教乡里试温柔。

五月三日，曜水，候晴。

阅斯德林堡《玩偶家庭》(《妇女杂志》本年四号)及爱罗先珂《幸福底船》(《东方杂志》本年四号)。

塾授课七。朝上璇来候，乃偕之校。三时后因头晕不支，故先退。嘱诸生于四句钟自行散学。散学后璇来读，璇天态娇憨，余借以破颜，儿童真可爱哉！余精神上之快慰，舍此何由焉？

阅《人刊》第十九期及《妇女评论》“生育限止问题号”。

致黄肃商君书。告近况也。附寄《即事》一首。

五四纪念节，曜木，候雨。

塾授课七。

偕兴妹游郊外。今天仍不舒，头痛若破，偕兴至郊外，以天雨即归。归后璇又来此温读，愁绪稍散。

续著《玫瑰花》(小说)。昨夜又续成四百字左右，漏书，补记于此。

得商务印书馆寄所补《左传》《十八家诗钞》缺页。

五月五日，曜金，候阴。

整理书籍。

塾授课七。晨璇来候，乃偕之至校。午后西先生命录大理院判决案一纸。课后偕璇、兴二生游防营附近，不久即归。

阅《妇女杂志》三号。

五月六日，曜土，候阴。

塾授课六。录《墨子研究》，此书成于去岁六月，惟总论三章，其本论八章，目虽有，惜未告成也。今日为立夏节，故早退一小时。课后璇来此，七时方归。

阅《东方杂志》五号。

得康民书。

正璧兄鉴：

前接书，知前书已失，然该书他无多语，亦不过略略叙述而已。近日校中小作结束，一切生活均逞变态，更以此书无关紧要，故而迟于作复。幸恕身体大佳，堪告知己。吾兄若能来沪，固所大愿。《学灯》三号尚未见有装订之告白，容后日代购，书价等亦不必急急，今列后：

地图一元九角　《儿童世界游记》一角

《学灯》六角(小洋)　廷抡兄代垫寄费一角(小洋)

地图等寄费二角(小洋)

余无多言。

敬颂健康

弟唐民白

五月七日，曜日，候晴。

塾授课三。录《墨子研究》。

偕诸生游郊外。余约诸生每于星期日则偕之出游，故近日亦然。

五月八日，曜月，候晴。

塾授课三。录《墨子研究》。课后偕诸生复游于郊，以诸生管理不听取，即归。

阅《儿童世界》二卷五期。

五月九日，曜火，候乍阴乍晴。

塾授课七。抄《墨子研究》竟。今日授《国耻》二课。

阅《中国之武士道》(《饮冰室丛著》第七种)。

五月十日，曜水，候。

塾授课七。与钱、郁二君书，云星期六至申。

略有寒热，六时即寝。

五月十一日，曜木，候。

今日因寒热沉重，不能授课。

偕璇、兴二生郊游。终日眠床，寒热亦不愈，思偕诸生外出一走，以出汗则易愈矣，及返，体惫甚。

五月十二日，曜金，候。

与钱、郁二君书，告不能至申。

仍卧床不起。终日烦闷甚，偶思屠格涅夫名作中之英雄——《前夜》《父与子》——为病所困，时不禁起同情之感慨。夜鼻血忽不止，出血约一杯余，急命兴妹往请企人君至，磨墨汁饮之，又开方服药，闹至半夜，而祖母受惊极矣。

五月十三日，曜土，候。

此后日记，不照定例，病除后则仍前之旧。

身益惫且咳嗽，又请企人君来诊，开方未服药，鼻血又不止。(约在午时)乃辍服。午后请章诗斌君来治，据云系血管破裂，因在鼻之内部，故非简单之手术所能治，最好入医院云云。因为之注射哀儿哥忒以止血，复为配寒热药水以泻去寒热，盖倘再任彼发出，恐又引起鼻血也。

夜得祖伦书，云甚盼余至申，得闻至询甚欢跃云云，且云当代为定旅馆，招待一切。余阅后不胜叹息。

五月十四日，曜日，候。

本日金宅有喜事，诸生奉命来请赴筵，以病不克往。夜八时适孙君来探疾，忽又鼻血不止，急又往请章君，君亦无法。因咳嗽，为配消渴药水。

五月十五日，曜月，候。

晨孙君又偕章君来治，鼻中为塞棉花，希塞住血管破裂之处。今日痰中带血，恐成咯血，又恐怖甚。请星者拆字，余举“头、百”二字使拆之，因得判书如下：

夜吴宅请嘉定王医生治疾，余家亦顺便往请，故夜又服中药。

夜二时，睡正寝，忽又鼻血，恐怖极矣。因念人生无用，如此生命，真危物哉！因演其意思，为小说，名曰《人生的恐怖》。

五月十六日，曜火，候。

因昨夜血仍不止，故仍请星者起课，云系程氏祖坟地风水有碍，必须镇之方愈云云。

阅《儿童世界》第六期以解闷。

五月十七日，曜水，候。

今日仍卧床不起。

下午兄偕星者往堪墓地。

五月十八日，曜木，候。

久不与诸友通信，心中难以过意，因与康民书，报告一切。书曰：

康民足下：

雯本拟于上星期六至申，突于隔晚忽患病，鼻血不止者，劳惫竭矣，不能作多谈。同校诸君，祈代为一告。正璧便启。

澄衷中学钱家熙。爱多亚路通易，□访郁祖伦。君处祈照式缮函一通以告。正璧□□。

五月十九日，曜金，候。

鼻血已止，惟咳嗽仍不止，故夜仍请王医复治。

五月二十日，曜土，候。

午星者远神符至，化服之，云坟地解法，尚未得。恐病不支，故暂以此解之。

阅《妇女杂志》八卷五号。

五月二十一日，曜日，候。

咳嗽仍不止。

阅《小说月报》本年五号及《妇女杂志》。

夜十二时兄偕星者往坟地镇风水，星者云镇之后虽不至再破败，然不能复发矣。余闻之笑曰："不饿死足矣，敢望富贵乎？"故不之介意也。

五月二十二日，曜月，候。

今日稍起床。

下午诸生来，补日记。初病之四日，每晨璇必来探，近日专昭嬉游，连日记亦未记，故余今日催伊们补之。

五月二十三日，曜火，候。

今日仍稍起床，咳嗽仍不止。

五月二十四日，曜水，候。

阅《东方杂志》六号。

终日起床，整理书橱，因此又稍疲。

下午诸生均来此补写字。

得家熙书，略云康民处转告之信已悉，得闻病受惊甚，大约总以用功过度所致，熙平日素闻兄有头痛等症，少此例，彼今得而知。此后望减少读书时间云云，且盼余报告一切。余以神昏不清且又手颤，故未作复。

五月二十五日，曜木，候雨。

阅《中国历史研究法》及《学生》四号。

下午诸生又来补写字。

晚斗牌消遣，十时睡。

余此次一病几殆，故日记亦久不作，于今日一日补记之，挂一遗百，万不能免，而病中所感受之一切痛苦之情绪，亦已消失无余，不能复为写出，兹所憾也。但足有慰吾心者，则吾理想中已成小说稿二——一曰《人生底恐怖》，一曰《唯一的安慰者》——斯二篇之得成，不得不谓非受病疾之厚赐。于梦中得诗句甚多，当时以为至佳者，而今则尽忘之矣。五月二十六日下午二时正璧附识

五月二十六日，曜金，候雨。

塾授课四。

今日起，每日上课四小时，下午不上课。

午后璇生来此同兴读。

阅胡适《水浒传考证》《水浒传后考》《红楼梦考证》（《胡适文存》卷之三）。

阅托尔斯泰《教育之果》（《俄罗斯文学丛书·俄国戏曲集》第六种第一幕，一至六八页）。

与兴妹等斗棋消遣。

五月二十七日，曜土，候雨，下午稍晴。

塾授课四。

为安、璇二生改日记——自十一日至昨日。

午后璇仍来此偕兴温读。

阅《教育之果》第二幕，六九至□页。

与水、郁、钱三君书。

与康民书略曰：

前函谅已上达。雯此次患病半月余，雯不患重病者垂十余年，而此次之病尤足令人兴人生之恐怖。雯之鼻血非同平常之鼻血，一出血则塞之不住，从口中喷出，每次必出一杯余。始已如是者四次，而体原伤矣。当时中医束手，西医无策，雯只听之

而已。月后卧床约十日，今始能起床，惟出血过多，一时不易复元也。而近则复患重咳嗽，然种种则荒矣。故今日起上课半日，休养半日，端阳节可拟至申，未知足下回乡否，请示知。倘不还乡，则初四日下午一时可否至商务一候？以便请足下同乡代购书籍。如不能，则初五日上午八时至商务亦可。雯本拟各同学处均致信，以何头昏不支，故只与足下。故望足下将此函与陆、朱、赵诸君共观之，至要至要！复示，请收到即寄，因时日已促也，余不尽。

敬询近佳

正璧上五月廿七日晚

代购日记格二百张（一百张亦可），勿忘带至商务。又及。

与祖伦书略曰：

雯此次一病几殆，今□能起床，于端阳节前一日至申，五时至兆福里访足下，祈勿他出为荷。一切面述。

此请大祺

正璧便上

与家熙书略曰：

惠示敬悉。雯此次患病半月余，几至不起，复以出血过多，一时不易复元，而精神亦甚疲弱。然以缺课太多，不能对诸学生，故而今日起上课半日。端阳节足下回家否？雯思于初四日至申，初四日下午祈至商务一候至盼。足下倘回里，则请立即示复，至要至要！

正璧便启　廿七日

著短篇小说《唯一的安慰者》，成百余字。

阅《教育杂志》本年四号。

五月二十八日，曜日，候晴。

塾授课四。

为诸生改日记。

和兴宝等斗棋消遣。

五月二十九日，曜月，候晴。

塾未授课。今晨头昏不支且咳嗽又甚，故不授课，命诸生自动的写字、记日记、读书二课。得《学生》五号，《民铎》三号。

自制壁架，以便置书箱。

五月三十日，曜火，候雨。

至申购书。

至申后未遇诸同学，乃购西药数种，笔及纸，又至商务购书。十余元极蒙优待，迨事竣，乃乘车归。

得康民书。略曰二师因筹金赎路，放假一星期，康民于今日旋里，惜未告知书名，否则代购后□同学代致云云。

检阅《元曲选》，页数不少。

五月卅一日，曜水，候晴。

夏节。

考订书籍。

与孙君、兴妹等划船作戏。

卷之五下

起一九二二年六月一日迄同年六月三十日

六月一日，曜木，候晴。

塾授课四。

自今日起，因下午课堂适为日光所射，不能上课，故只上课半日，默书、授文、查字典、授《儿童世界》《游记》各一时，下午则诸生均自写字、记日记、演算、读书。

阅堺利彦《女性中心说》（《新时代从书》之一，一—九八页）。李达译《女性中心说》原为华特《纯正社会学》之一章，此则堺氏重为编述者也。李君以为较原本为佳，故迻译以饷国人。

编《拈花微笑室书目》，成十余页。

六月二日，曜金，候晴。

塾授课四。课程同昨日。午后璇来此，偕兴共自修。

阅《女性中心说》（九九——三四页）完。

得《人刊》第二十期二本。余所投稿的《人生的悲哀》即载于是册。

偕梅春君、兴生泛舟作戏。五时以后没有事做，说得高兴，便和渠们一同去借了一只小船，在吴淞江里宕了一回。那时水波儿还算平静，也没有船只往来，所以划得非常平稳。天时渐渐地暗了，就慢慢回去。路上遇见几个顽皮的小学生拿泥块乱掷吾们，后来我们停船上岸，他们方才急得没有四只脚得逃去。

得祖伦书。略曰：

　　来札已收到多日，初四弟至通运内恭候，不料不见尊驾到来，遂怅怅回行。未知兄有何事见商，祈先函遣，或于本星期六下午五时许到兆福里内一叙。届时弟当守候，不必复余。

六月三日，曜土，候晴。

塾授课四。午后四时。

阅班纳科支《马克司主义》和《达尔文主义》(一—七六页，《新时代丛书》之一)。读此书后于进化论及资本论之大意益觉明晰，再进而读二大名著，可无复有囫囵吞枣之虑焉。

得《东方杂志》七号。

与廷抡书。略曰：

雯一病月余，几至不起。今虽起床，然犹未痊愈也。近则上课半日，余时则与竹框药罐相伴而已。惟暑假将近，游杭之约，未知有更变否？雯自忖届时定能驱策，决不失约。自前日别后，已奉上二信，以未奉复，殊胜怅惘，望即赐复音，以解悬思。

专此敬请大祺

正璧谨上 六月四日

附注 此函系六月四日所发，误记于此。

六月四日，曜月，候晴。

阅《膈膜》及其他(《世界文学丛书》之一)。

叶绍钧著凡小说二十篇，今日阅五篇。

诸生均在此温课。

与中华书局片。催寄《国语月刊》第四期。

六月五日，曜月，候晴。

塾授课四。璇连日不务功课，故默书差字甚多，今日处以重罚，以觇其后之悟与否也。

续读《膈膜》终。

阅爱罗先珂《恩宠的滥费》(《东方杂志》本年七号)。

得《儿童世界》二卷九期。

六月六日，曜火，候晴。

塾授课四。

璇仍如昨，余处罚亦如昨。

阅高畠素之《社会主义与进化论》一至四章（一一六三页，《新时代丛书》之一）。夏丏尊、李继桢合译高氏取进化论有关于社会主义之一部分，引列各家学说，一一比其得失。高氏为马克司派，故于引马氏学说不免故张其词，此则阅者须慎意评较之也。

与祖伦书，书曰：

惠书到已多日，因病后无绪，懒于作复，故因循至今。上月三十日雯曾至申，因恐旧病复发，不敢久留，故当日即归，以此不克与足下晤，致足下坐候多时，罪甚罪甚！雯与足下商酌之事，今已略有变更，兹一一奉告。雯就职金宅，在事实上甚为相宜，且祖孙同居，亦可无内顾之忧。而雯亦籍以自修，惟经济上则甚为困难。近日生活程度一天高于一天，昔之一元可抵今之十元，雯所得之资实不足供吾购书之用，尚何云赡家之有？以此雯思明春必去而就他职，惟荐引无人，殊深自悚。用是求之足下，可否托人为谋一相当之位置，以延残喘，则雯幸甚，余俟续告。

即颂近祺

正璧谨上　六月六夜

足下屡劝雯练习书法，雯尝试之，屡终以毫无成绩而止。思书法须有美术之才者，方能登峰造极。雯既不具此才，强之复有何益？故已矢志不复再习，且此次病后手腕更弱，每至作颤，以此盖灰吾志焉。附及。

六月七日，曜水，候晴。

与中华书局函，函曰：

执事先生台鉴：

敬启者：鄙人于去岁在申时曾托贵局代制缩本《中华大字典》书箱一只，嗣因须自开尺寸，自书箱面字，而鄙人思欲与缩本

《饮冰室全集》式样大小相同，而该箱不在舍间，不能依据，故因循至今始克如愿。往寄上式样箱面字各一纸，祈为照样代制，价若干，祈示知。待鄙人至申来取时面□，决不有误。

敬候复示，顺颂台祺

谭正璧谨启

通信处（略）

塾授课四。下午璇来与兴同自修，兴致尚佳，余颇慰。

阅《社会主义与进化论》五至九章（六四— 一□□页）完。

阅《诗》第三期。

与商务书，索《动物学大辞典》样本。

六月八日，曜木，候晴。

塾授课四。午后璇仍来，如昨日。

阅高畠素之《马克司学说概要》（一—□□页，《新时代丛书》之一）。施存统译高氏取马氏学说之精髓及诸家反对派之误解，一一加以发明，及指正高氏为日本社会主义学大家而又为马克司派之功臣。高氏著作，雯已得阅多种，以此又不得不谢翻译者泽吾民之厚也。

得中华复书。略云月刊于上月廿四日已寄上，祈向邮局一询云云。余果持片往询，则实未到。此项印刷品，余果无如之何也。

接康民片。

正璧兄：

前弟回舍，不得遵约；未知复片能于兄未到沪前赶到否？殊虑之！今兄苟有暇到申者，当能奉陪。

弟康民六月八日白

与廷抡书，复康民书。

廷抡足下：

四日曾有函寄足下（足下家中），未知已入青睐否？未得复音，殊深怅惘。雯生活实无聊甚，又以久病初愈，心绪殊不宁，故日来阅书甚少，而著作亦疏。并以暑假将近，前约将举，未知有否变？更深自惦念，请示知为荷。

敬候至复，顺颂近祺

谭正璧谨上　六月八日夜

附函烦代致康民。又及。

康民足下：

复示到时，雯适已至申，在申未遇一人，殊胜怅惘。惟心知诸同学此时返里者定多，不遇一人亦是意中事。雯当日即归，复患重咳，今已稍愈，惟精神疲弱更甚。研著之勤，大不如往日，而俗事牵身，几又消磨壮志。雯大约不日将再至申，届期再告，另寄上《人刊》一册，中有雯投稿之小说一篇，籍供青览，余不尽。

敬询近佳

正璧便复　六月八夜

六月九日，曜金，候晴。

塾授课三。璇于下午来，读如昨日。

阅《阿丽思漫游奇境记》（赵元任译）。据译者称，是书为欧美第一儿童文学书，欧美儿童无有不知是书者，更无有不能讲述是书者，故移译以为吾国儿童文学书之冠范。然余阅其书，究与原书有否失真则不可知，而其字里行间似欠清晰。虽曰体为欧化，然以余所阅欧化语体已复不少，是种模糊迷离之体，则果未之见也。未阅一章书，已眼瞪而勉之矣，矧儿童阅之何？近日译界之无鉴别是非之力，已为世所诟病，赵君亦其一人焉。虽胡适之称之（见《古本西游记序》），亦无谓也。

六月十日，曜土，候。

赋七律一首。

见堤柳有感

紊乱如丝经数行，不堪重系旧游航。雍和殿里千条尽，乌夜村中恶梦长。赢得名时谁爱惜，带将愁去亦何妨？诗人心地清如镜，为咏琵琶出塞章。

自注：全首都咏世事，千条尽、恶梦长，言繁华之不久也。谁爱惜、亦何妨，则直讽劝世人矣。咏琵琶出塞，则极言晏安而排拆昏乱，诗人之心固深于情也。

自注诗为自来所不经见，余以后人替古人注书，往往叙讼纷纭，莫衷一是，故自注之。亦聊以解□之余意也。

塾授课四。一切如昨。著小说《黑暗的要求》一段约二千言。

装制壁架。

六月十一日，曜日，候晴。

得商务寄来《动物学大辞典》样本及《妇女杂志》本年六号。整理书箱，故未治他事。

六月十二日，曜月，候晴。

与康民书。

康民足下：

八日托廷抡转交一函，未知收到否，念甚念甚！廷抡自前次会晤后，雯已屡有信往，至今未得一复，未知何故。今岁三月间，廷抡曾与雯有夏季游杭之约，且云既允不得反约，雯亦慨然允诺。近以暑期将届，故询其所约有否变更，谁知亦未得复，直令雯大感不解也。人心不古，一致于此夫？朋友绝交，并非世无其事，然必具有正当理由，坦然相告，矍然相许，则亦未尝不可。今则雯如入五里雾中，实不明其中真相。雯以身世不幸，朋友又一一弃置。自此而后，雯觉悟人间惟己最足恃，而除己以外，只有互相遗置而已，强求之何为哉？以此托足下代为一询其因缘，立即示复，幸甚盼甚！

专此敬上　顺颂大祺

正璧上六月十二日

塾授课四。璇下午来，同昨日。

阅十四版《西湖游览指南》。

得朱祥君书。

正璧足下：

久不通信，彼此消息隔膜，顷阅足下致康民函，云迩来偶患咯血症，现已就愈，祥心始释。足下两次来申，均未会面，殊觉怅怅。敝校对于赎路储金事，尚告热心，师生共担负三千四百元。足下此次来沪之日，斯事正在进行之中。祥以客乡，劝募不易，故回至本乡，成绩尚佳。非不敢多募，恐蹈沪杭□之覆辙，则劝募者受累匪鲜。足下迩来状况若何，尚祈一告，以释祥怀。草此。

即颂近安

阅《元曲选》第一、二、三、四册序及杂剧七种。元曲中不乏平民作家，如《杀狗劝夫》一折中写孙虫儿于雪中挨冷挨饿状况，直令人起不平之感。他日余将汇之一编，著《元曲中之平民作家》，以写吾意。

得陆廷抡书。

正璧仁兄：

八日一函，前日收到。四日一函，余于今晨回家始得。游杭一节，当不变更。至于何日能往，则现距暑假尚远，日后再定。余每以心绪之不宁，对于足下通信亦疏忽已。及今书此信时，又觉苦无资料，不得不将不关重要之事以占篇幅。余更名曰"济"——倘废姓则济上加一"元"字——字曰霊舟，别号仍是觉庐。书室决计止观精舍，至于其用意何在，另有小叙录之，并希指正。叙曰："何谓济济？己而济人也。济己易，济人难。盖于此未必能济于彼，济其往未必能济其来。茫茫苦海，一叶虚舟，戚戚然，常虑其不足。余既名济，因取字曰'虚舟'，盖亦自以未济（见《易经》）之义为警耳。我佛世尊目睹众生迷于生死轮回之苦，因说法四十九年，使共登觉岸，余虽不能亲聆其教而经文俱在，觉庐之意即在此矣。有观，不能无悲乐；去悲乐，不能不止观。止观者，入道之门，因以名我室。"小叙至此已毕。今再询足下，四日之信，何以寄至余家？八日一函，信封上何以又有"倘陆君不在，烦致水君康民拆阅"之语？是否足下疑余现不在校，但何以至此怀疑之？故请亦示知。余不再述。

此请近安

弟廷抡书　六月十一日饭后

六月十三日，曜火，候晴，惟大风。

复朱、陆二君书。

廷抡足下：

惠复敬悉。足下改名之意甚善，小叙亦镌雅可诵，雯实不能再赘一词。四日之函，实因雯知二师因储金赎路放假一星期，诸同学大都归去，故亦寄至府上。八日之函，因恐足下不在家，亦不在校，恐有误，复康民书故有代致字样，别无他故也。雯近日心绪殊懒，不多阅书，故附上小诗一首，以见鄙怀。

见堤柳有感

紊乱如丝经数牵，不堪重系旧游航。雍和宫里千条尽，乌夜村中噩梦长。赢得名时谁又惜，带将愁去亦何妨。诗人心地清如镜，为咏琵琶出塞章。

余待续述。

敬询近佳

谭正璧谨复 六月十三日夜

吉六足下：

惠书敬悉。一是雯一病几不起，幸医药有□，始能起床，而病骨支离更甚于往日。夫天既生吾，何为而更弱之？天亦多事哉！雯以此益增人生之悲哀而厌世魔则更深一层矣。近则研究既疏，著述亦懈，唯终须有日遂吾志耳。聊附近作一章，以见近怀，亦供足下验吾所学有进退否也。

堤柳（略）

余俟续告。

敬询近佳

正璧谨复 六月十三日

塾授课三。一切如昨。

阅《元曲选》第五、六、七、八、九、十册，凡杂剧十种。

得康民复书。

正璧兄：

前日《人刊》并附函皆收到，得兄书后当质廷抡。彼云已于十一日午后发出裁答，想彼时兄尚未收到，至于以前有书寄至彼家中者，则初未尝收到，此于专转矣。前信时曾说及，故此信或于专星期日回家时见之，而作书则又在至校后，遂在午后矣。此虽吾之推测，要亦可以恕彼迟延。《学灯》(是二字原信脱)四月、五月份皆已购，兄如能到申者，可面交，否则寄上。前云须购书，未知何日能来沪也。二师七月十日放假，四日起考试，略早来沪者，当可奉陪。兄有游杭之计划，闻之甚喜，此行当可载得快乐回也。

此复

康民　六月十三日

六月十四日，曜水，候晴。

塾授课三。一切如昨。

阅《元曲选》十一至十四册，凡杂剧八种。选中不具作者名者甚多，容当一一考出之，并当每种为另编大意，其体裁似胡适《水浒传考证》中所具，惟均须俟全书阅毕时为。

六月十五日，曜木，候雨。

与赵、郁、水三君书。

余勋足下：

不通信又将月余，此次雯一病几殆，今幸能起床，病骨支离，更不如往日，而研著之疏，更难以慰知己焉。本星期六雯拟至申，星期日上午雯至贵校相访，幸守候是盼。谨附上近作多章，籍供青览，亦聊以验吾所学之有进否也。

《春游杂兴》四首录三(略)

《即事》二首录一(略)

《见堤柳有感》(略)

雯近阅《元曲选》颇有味，已尽十余册(共四十八册)，《十八家诗抄》亦以圈读五六卷，余待而罄。不尽。

专此敬颂台祺

正璧谨上 六月十五日

祖伦足下：

前函谅已达上。雯定于本星期六至申，准五时往商务二层楼美术柜前候足下，祈勿失约为荷……

康民足下：

复示已悉。廷抡信亦收到。雯殊粗卤致多此一事，罪甚罪甚！本星期六雯重至申，星期日上午七时来访，足下祈勿他出为荷……

塾授课四。下午安、璇均来此读。

阅《元曲选》十五至十九册，凡杂剧十种。

六月十六日，曜金，候晴。

塾授课三。

阅《小说月报》本年六号及《元曲选》二十至二十四册。

与水、赵、郁三君书。与水、赵二君书，略曰：

前信想已上达，兹因到申日期略有变更，故再上告。雯准于星期日至申，在商务候足下等，决有失约，祈守候是盼。

正璧便启 六月十六日

又与祖伦书曰：

前片想已奉上，雯原定至申取托亲戚所购之衣料，兹因已于今日寄下，故所约又不果，信到时知足下已守望多时矣，罪甚罪甚！祈谅之。

正璧便启

六月十七日，曜土，候晴。

阅《小说月报》本年六号及《元曲选》二十五、六册。

六月十八日，曜日，候晴。

至申晤水、赵诸君，晚归。到申后晤水、陆、赵、朱四君于商务，伴购书籍约三小时始别。于车中船上心有所感，思成创作二题为《车中》（信件体）、《向后面看》（寓言体）。

得博古斋寄来《津逮秘书》样本一份。

六月十九日，曜月，候晴。

塾授课四。一切仍如前。

阅《国语月刊》四期及新式的《三国演义叙》（胡适著）。

六月二十日，曜火，候雨。

塾授课四。

著短篇小说《邂逅》。即前日拟题《车中》之改称，凡二千数百字，已完稿。

阅《元曲选》二十七、八册及《儿童世界》二卷□号。

六月二十一日，曜水，候晴。

录《邂逅》，投稿凡七页。

塾授课三。

阅《学生》本年六号及《元曲选》二十九、三十册。

得祖伦寄来进修社《晚露杂刊》征文简章，并书嘱投稿。该社为通易银行同人所组织，祖伦为其中一人，有宣言书一纸，大旨谓曰：今商人每遇空闲，大都作北里冶游，结翰墨缘者，实居少数。本社欲补此憾，故组斯社以促醒商界同人之觉醒，编辑杂志以供商界同人之消遣云云。余思著弹词以投稿，当夜即开手成数百字。

复祖伦书。

祖伦知己：

惠书敬悉。足下组织杂志社籍供研究，善甚善甚！雯不薄尽绵力，从事投稿哉！惟该刊为油印抑为铅印，为月刊抑为半月刊，尚祈示知，以便斟酌投稿材料，余不尽。

敬候玉复

正璧便启 六月二十一日夜

六月二十二日，曜木，候晴。

因夏至节放假。

著《落花恨弹词》，成第一回《秋怨》，凡二千余言。

余今春本有编著文学丛书之计划，嗣因人事倥偬，只从事于短篇创作，长篇则无暇及之。今乘郁君之索稿，勉为此书。约全书为八回，拟以八日完稿，而以四日之功夫拆录之。书中情节，约略为一少年□失怙恃，自幼寄居姑家，钟情于其中表妹。后以游学外出，而表妹以疾亡，其姑知侄知之必将随女于泉下，因待其归，以闭门羹待之，扬言女已钟情他人，琵琶别抱，少年因此愤愤外出，由其友之介绍，识一女子，终至结成婚约。其友素念生姑家事，乘二人成婚之夕，乃时姑母秘密完全披露，少年遂于是夕失踪，盖欲探埋香处，以眼泪一慰泉下人也。自后亦遽不知所终。书中情节大旨如此，倘有变更，亦不能定。

得赵、苏二君书。

赵君书曰：

正璧足下：

日前叙首，匆匆分别，不获与足下畅谈，恨何如之！月前足下患病，勋已于康民弟处探悉，所以不加一辞以慰藉者，亦有故也。语云“千古琵琶作胡语”，勋愁人也，所说无非愁语，足下复多愁，以愁解愁，徒增愁耳。是以欲捉笔而终搁笔者数数焉。□□苦衷，足下想必知之稔矣。

再者故友复人欲与足下重联旧好，夫君秉性爽直，一狂人也，勋亦狂人，故相知甚得。呜呼！足下亦狂人也，伏愿相与订文字之交，作终身之知己焉。

足下所作诗甚佳，惟《春游杂感》之第三首，勋以为尚有商榷之余地，略述之，以博一粲。第二句“涧”字仄声，于韵未合；第三、四句可改作“每觉愁肠肠欲断，忍教春亦带愁来”，不知足下以为然否。

余勋　六月廿一日晚八时

前奉诗句若干，想已阅过，今再录上二绝，以供青览。

题折扇二绝

列嶂叠千尺，涧流青复碧。□小不见人，午梦应问适。

烟迷草碧柳随风，捉鹿垂竿百虑空。只有此翁与此子，河山真色在胸中。

苏君书曰：

正璧足下：

久阙书问，懒□□□。足下前日来申，又悭一面缘，老天弄人，胡恶作剧至此！又闻足下病骨清癯甚于往昔，屈大夫之忧伤憔悴乃至于此极耶？骧素以足下为知己，但驽骀不才，不能为足下知己，以为恨耳。然而伤心人如有怀抱，境虽不同，情乃等尔，相附相籍，正在友生。暑中有暇，尚希惠教。

专此即颂学安

弟苏兆骧顿首 六月廿一日

六月二十三日，曜金，候晴。

塾授课三。

著弹词成第二回，亦二千余字。

六月二十四日，曜土，候阴。

塾授课三。

得祖伦复书。

有裱《坤舆方图》已买，价只小洋叁角，兄尽可置之度外。进修社杂刊为半月刊、铅印的，兄有暇，尽可时惠鸿著。惟此刊发行，弟恐兄作登出，盖无暇也，且内无潘译一门，故弟无意不过□之征文耳。兄何日至申，请示知，惟不可再失约……

得胡愈之君书。

正璧先生：

寄《绿光》社信已收到，承询读音，谨答如下：m. n. l. 三声母在韵母之后时，均读出一声而不收韵。其读音恰如英文 am. gn. ball 中之 m. n. l。

《世界语函授讲义》(改名为《自修通用世界语讲义》)，现已付印，两月后出版，归民智书局发行，定价一元。各讲义内有疑难处来函质询不另取费。

此祝平安

胡愈之上 六月廿三日

去信登于十九日，是日记中漏书，兹补记于此。

执事先生：

我是欢喜学世界语的人，昨天至申买了几本自修读本——《世界语初阶》《世界语文规》……看了一回，仍旧不知读音，后来从《百科大字典》中找出，和其字母读音的对照表，方才能勉强读出，然而仍旧不十分明白。例如 m 在母音字前，是否和英文"mom"中之 m 音相同？ n 在母音字之后，是否和英文"yn"中之 n 音相同？ l 在一字之末，是否也读儿字音？所以望你介绍此项自修的书籍，至盼至盼！

再者，阅杂志知将有《世界语函授讲义》出版，未知是否为贵社出版，学费若干，出版何日，祈一一示知为荷。

敬祝康健

江苏黄渡镇谭正璧上 六月十九日

著弹词第三回。

致苏、赵二君书。

兆骧足下：

惠书敬悉。前事徒劳忆记，故不再题。所述一切，自当遵命。雯精神业已恢复，惟志气灰颓，甚于往日。在乡不交一友，不出门户，研读稍倦，继以睡眠。人或以寡情为讥，殊不知雯本情天种子，燕雀无知，徒荧饶舌。雯近正着手编一弹词，虽系生花之笔，亦非纪实之简，惟以陶情适性消怨□闷耳。他日有成，定呈斧改。余俟续述。

敬颂文祺

谭正璧谨复　六月二十四夜

余勋足下：

惠书到已多日，一切均悉。所改诗甚佳，雯自惭不如，岂敢相哂？雯又久不作诗，故不能录以寄奉读。足下诗已觉大有进步，后生可畏，雯敢不拜嘉！雯因有友人嘱投稿所组织之杂志，故连日正从事著一弹词，将成万字，尚未尽稿五之一，待录清想烦足下与兆骧一改正之。近况甚佳，请勿悬念。暑假中游杭有得，当报告足下，其拭目待之。余不尽。

敬悉近佳

正璧便复　二十四夜

六月二十五日，曜日，候晴，夜雨。

塾不授课。

著弹词第四回。

近日专一意于编弹词，故对于他项功课太欠不匀，然以时日局促，不得不尔。且此书已将及半，倘中途放弃，恐又休简无日也。

阅《东方杂志》本年八号及《元曲选》第三十一册。

六月二十六日，曜月，候阴。

塾授课三。午后安、璇均来读，甚有兴。

著弹词第五回。

阅《元曲选》第三十二册。

六月二十七日，曜火，候晴。

塾授课六。教室中芦席棚已搭就，东西两面均可不透阳光，故今日起照常上课。

阅《元曲选》第三十三册及《东方》八号。

著弹词第六回。原定全书共八回，今下笔不能自休，约演为十回，以后或更演长亦未可知，总之，视余之兴味如何而定。

阅托尔斯泰《复活》卷上（共学社“俄罗斯文学丛书”之一）。书为耿济之译，分为上、中、下三册，上册最厚，约近四百页。今日于上课时阅竣之。

与杭州青年会夏令世界语专科社书。索该社简章。

复祖伦书。

祖伦知己：

惠示敬悉。雯到申期未定，届时当即告知，决不有误。雯知贵杂志主旧文艺，故近日着手编一弹词（共十回，已成六回），未知能否合用？深自疑惧，待录清当奉上一阅，余不尽。

敬询近佳

正璧敬复　六月二十七夜

六月二十八日，曜木，候雨。

塾授课六。

著弹词第七回，未竟。本回偶涉及游杭风景，以未经亲历，毫无所知，故此书渐搁笔，待余自杭归时再续为之。今日又修改前此所成者。

得廷抡书。

正璧仁兄：

弟定于七月九日上午九点零五分慢车到杭，足下则请于八日下午到申，并来校商酌一切（届时弟不在校，则请在校稍待）。此次住杭日期可增至五十日（九月一日开学），至于用费亦请略多带，免届时急促，余容面谈。

此请近安

弟廷抡书 六月廿七日

阅《潇湘影弹词》及《世界语文规》。

与廷抡及康民书。

廷抡仁兄：

来书敬悉。雯准于下月八日下午到校候晤。足下在杭通信处，请一为示知，以便留在家中后日通信用。雯此间一切预备已久，故临时可免匆促之虞。余不尽。

敬询近佳

正璧书 廿八夜

康民足下：

别后甚佳，祈勿念。《学灯》是否可以向该馆定阅，按日寄下？价若干？前日面晤时仓草未及询，仍祈一为示知。廷抡约雯下月九日至杭，八日至申到校晤彼，商酌一切，故届时雯定可顺候足下。余不尽。

敬询近佳

正璧上　廿八夜

与中华书局片。

执事先生台鉴：

本月七日曾奉函托制书箱，将尺寸单开上，至今未奉复示，未知何故。倘必须先付定洋而后再制，则尽可示知，以便交上余洋，原函不一。

敬候复示 顺颂台祺

江苏黄渡镇东市谭正璧上

六月二十九日，曜金，候雨。

塾授课六。

录清弹词第一、二回。近日以到杭期将届，故不及校正，即为录出，然亦随录随校，不因草率，虽不能完满无阙，大旨尚佳。

六月三十日，曜土，候阴。

塾授课六。

暑假将届，故管理略宽，此半载中，于智德二方成绩尚佳，主人亦雅为赞许，此余以义务心施教之结果。若较论薪水，不负责任，因循而过，则亦惟虚度此时光而已。

录弹词三、四回。今日天甚热，故四回未录，终又略阅《复活》第中卷未满百页。

得杭州青年会寄来世界语专科章程及其他。

跋半年之日记

本记已完五卷(应为六卷，因病少记，故并五、六两月为一卷)，成绩如何，固不必言，而种种预订计划，亦未践十之三四，捫心自问，深自愧惭。且于体裁方面，近又发现破绽。于行一方面，记载失之太简，且又因无纲可列，而连日删除者，如此之类，不胜枚举。故自后拟于体制方面有所改革，纲目体之缺点甚夥，决不能继续应用，决计放弃而谋所以改良，则今日余所欲言者也。以后本记之体裁，曾思之久，尚得有美满之现果。现所预订者为杂志体，分行为一门，知为数门，今约举其门类而附以说明应用与否，试之方知，暂不多述。

一大事记。记行一方面，略同普通日记体(记记事本末体)，内容亦然。

二著述记。

(甲)诗——新旧体均属之，附词及骈文。

(乙)文——短篇新旧体均属之，附通信(或另定一门)。

(丙)小说——最短之小说属之。

(丁)读书录——为读书后所得之心得或略述一书之宗旨及内容。

(戊)其他——不定。

右记知方面，体裁略本记所载而稍变更之。

每日记内除大事记不能缺少外，著述方面不必尽具，且不具亦可，此则事实应尔，何足为怪。

其余长篇之著作则仍应单行，故不搅入，以省篇幅。

以后每卷篇幅，今预算必较本记为多，自是意中事，本记近来每有篇幅多余而勉强记满者，此弊当尽力除之。

至车站乃搭车归家，于车中阅《礼拜六》。抵家，适祖母在姨母家，乃往。时祖母适与姨母谈余婚事，余告以回家之故，祖母先归。在楼小坐，搂妹于怀戏曰："昨告妹须九月再会，妹勿谓今日已九月乎？"妹微笑妞妮不已。六时归。

灯下阅故事读本。

八月卅日，火。

晨与祖母同至姨母家，因婚事甚烦闷。至申，家熙未至，乃至承天黄华学校报名。在车站购《礼拜六》及报纸二种，回黄即至姨母家，约舅父明日伴余至苏取行李。

八月卅一日，水。

晨至姨母家与舅父同至苏，因天大雨，坐车不得速行，因不及归，乃至长安居旅馆租客房一间。偕舅父至博文晤校长，告以有事，不能留此，故须归云云。校长允，乃将行李收拾，命脚夫挑至旅馆。夜与舅父至外夜餐，略饮酒，头晕不已，闲步于马路中，见粉白黛绿者参列于二傍，余心中为之歔欷。

夜十时睡。

悟昙室续记

九月一日，木。

仍雨不已，乃偕舅父冒雨乘车抵黄车站，而班船因水涨改停他处，离站约一里，行李命舟人取之船，而余等步行，及入舱则内外衣均如水浸矣。行李亦湿。抵镇乃至姨母家后上岸，姨母即泡姜汤为余□饮，又即备早餐。姨母云昨日不归，合家均眼穿矣。乃将行李整理。妹下午不至校，因故(□□□事不记)为姨母叫伊读书有不解问之余，妹不肯，姨母责之，乃哭。少顷，余□之于怀慰之，然始终失欢矣。

夜阅故事读本，又记日记。

晨在苏与廷抡片，又与报馆及书馆片，嘱改寄书报杂志。

九月二日，金。

晨阅《儒林外史》。下午至姨母家，妹已至校，四时半归，余眼穿矣，乃不欢如昨日。余心烦甚，几欲拂衣，因忍而止。夜冒雨归，阅本日报纸及《觉悟》。夜阅《左宗棠轶事》。

九月三日，土。

晨阅《儒林外史》及《英语周刊》。午妹来云姨母请祖母往过，一时余亦往，妹已到校，祖母先归，余于二时归。晚妹复来，余往即归。阅本日报纸及《觉悟》。

与郁及钱（博文中学中认识）书。

九月四日，日。

晨至姨母家，同居诸葛□章者，余之同学也，其夫人陶氏为余执柯，将其妹之庚帖来，姨母命余去告祖母持之往合婚，余归，告之祖母，祖母往及归云，命余自往星者家合之。星者算不合，余归告祖母，相与惋惜久之。午后乃走告姨母，姨母亦甚惋惜。余告以余不信星者，不算则无此事，余固何如之何也。妹不之校，余教之温书，余欲归，妹强妮余不使行，余只得留至晚方归。妹体弱甚，姨母告我将来不使外嫁，受伧夫牲，则此儿命不久矣。余乃从□使之多读书，能自主，不患受人侮。姨母亦以为然。

九月五日，月。

晨八时别祖母至姨母家，妹甚妮余，不忍别。九时妹至校，余乃乘船至站，又乘车到校。抵校遇同乡万君，素不相识者也，既晤便觉不寂寞矣。

与钱、陆二君书。上祖母书。

晚往访长弟与永源，询足病愈未，从姨母托也。及至知仍未愈，乃归校修书告之。

九月六日，火。

体疲甚，故不上课。下午至商务购书籍。

夜略阅《学艺》，又与万君出外闲步。

九月七日，水。

今日起上课。

得钱君书，云星期六下午来访余，立复之。与孙君书，托代兄致校中函，为不习数学、国文事。

偕万、胡二君外出各一次。

九月八日，木。

与廷抡书，托向赵君取杂志。得廷抡复书，云准于星期日下午在商务候。

阅《佛教问答》。

九月九日，金。

阅宋元明诗。

与孙书，催复。上祖母书，告中秋归。

九月十日，土。

今日钱君本拟来访，因天雨不果，惜甚。

阅《老残游记》及《礼拜六》。

九月十一日，日。

昨夜天大雨，雨浸入室，帐被尽湿，乃暂眠，至天明即起。

与康民及廷抡书，告近况。

下午至商务书馆购小说三种《再生缘》《荡寇志》《前夜》，及英文书、文具等物。

阅《再生缘》。

得家熙书，云因天雨，昨日不能来，倘今天晴，则今日来。

九月十二日，月。

阅《再生缘》及《前夜》。

与万潘君商，思考大西洋物券交易所。

与熙书，约星期三下午来。得陆寄来日记格百张，附书云下星期日会。与钱书，约下星期三来访。得钱书，云昨日曾来访，适余他出，余悲甚。会晤良友，失之交臂，殊堪痛惜。复陆书，云星期四归里，星期日方出云。

九月十三日，火。

今日头痛异常，初勉强上课，一小时后以实不能支乃告假，寝终日，闷甚，此间苦只思蜀矣。

复钱书，君拟中秋日来访，余乃告以中秋日适归去，故不能会，下星期三如有暇，足下可来云云。

阅《再生缘》，此书词句甚雅且内容丰富，阅此胜阅近人弹词数十种也。

得水君书，满纸慰词，足去我疾多之矣。

九月十四日，水。

今日头痛仍不已，乃整理用具，告假归。

至商务购《俄国戏曲集》十本，《前汉演义》《池北偶谈》等书。抵家已午后，乃就张医生诊治，云系用功过度所致。嗟！余不用功久矣。

丽妹来，不见十日，觉又较前长成矣。妹闻余归，急入内室见余，余扯之于怀，谓曰："昔云须九月再会，今九月耶？"乃相与一笑。妹归，不觉闷甚。

阅本日报纸。

九月十五日，木。

今日终日闷甚。

著《芭蕉底心》自叙一篇。

阅《俄国戏曲集》《六月》及《前夜》。阅本日报纸。

九月十六日，金。

上午著《斗雪集叙》一篇。

下午至姨母家，今日为旧历中秋节，余佐丽妹点香斗，妹妞妮余怀，余心如醉，返思前十日中状况，令人闷死久矣。晚九时始归，妹之声音美貌犹在目中也。

九月十七日，土。

上午阅《前夜》。

下午睡觉三时，妹送馒头来，余自梦中惊醒，急披衣起留之与玩，乃执笔教之学书。约一时，妹欲去，乃送之街后，别时不觉惘然。妹性颇与余同，无论饮食起居，嗜好与余异者颇少。倘生长一堂，人定以为同胞兄妹也，而体又弱，姨母总虑其不育，余亦恐早慧者不久，以此颇为悲观。余著《芭蕉底心》之动机或为此耶！则睹书时更令我心酸欲绝矣。

灯下草与匋广师书，托之谋事。

九月十八日，日。

阅《荡寇志》。午后睡觉。又阅小说《海佛教问答》。

夜录与匋广师书。

九月十九日，月。

与钱君片，又与校中告假片。

午后仍睡，略阅《墨余录》。

孙君来谈话，至六时，精神疲甚。

阅昨今二日之报纸。

九月二十日，火。

阅《荡寇志》。

得许君片，君在一师，立复之。

下午孙君又来，云本地某君拟发行一种周刊云……余嗤曰此事余身亲目睹之屡矣，余敢决其出不满十期也。又与余广告辨法久之。

与祥君书。

阅本日报纸。

九月二十一日，水。

阅《艺术论》。

下午睡眠。整理百子全书三十六子及其余。

丽妹来，余拥之怀，妹折花为戏，插余鬓，余心大悦。嗟乎！安得一年三百六十日中，日日与妹戏耶！近数日头痛未能或愈，且体疲甚，常思眠而心又虚馁，常多秋思。嗟乎！余历受魔折，渗淡辛苦极矣！

又况余先后天俱不足，病亦宜矣。今日曾略阅《故乡琐记》，返思暑假中快乐况状，与今判若天渊矣。恨余无心绪，不能亦写出，与彼相对垒也。

阅本日报纸及《妇女评论》。